# LIAISON
# FATALE

DANS LA MÊME COLLECTION

*Nuit de cauchemar*
par Patricia Carlon

*Une femme en danger*
par James Elliott

*Adieu Eddie !*
par James Elliott

*Ange de la mort*
par Caroline Graham

*L'oiseau de nuit*
par Nigel McCrery

*La toile d'araignée*
par Nigel McCrery

*Le tueur des bois*
par Michael Prescott

*L'arracheur de visages*
par Michael Prescott

*Toujours la nuit*
par Danuta Reah

*L'assassin du parc*
par Danuta Reah

*Le samouraï qui pleure*
par Laurent Scalese

*L'ombre de Janus*
par Laurent Scalese

CLARE FRANCIS

# LIAISON FATALE

Traduit de l'anglais
par Jean-Michel Alamagny

Pygmalion
*Gérard Watelet*
Paris

Titre original : Betrayal

Sur simple demande adressée aux
*Éditions Pygmalion/Gérard Watelet, 70, avenue de Breteuil, 75007 Paris*
vous recevrez gratuitement notre catalogue
qui vous tiendra au courant de nos dernières publications.

L'édition originale est parue en 1995 chez William Heinemann Ltd.


ISBN 2-85704-741.X

*Pour Andrew,*
*avec amour et gratitude*

# 1

Je me dressai sur mon lit dans un terrible sursaut, le cœur cognant dans ma poitrine. Je cherchai à tâtons la sonnerie du réveil puis me laissai retomber sur l'oreiller pour attendre que mon rythme cardiaque s'apaise et que mon cerveau cesse son tintamarre. Des fragments de rêve se bousculaient de façon troublante dans ma tête. Cauchemardesques pour la plupart, émaillés de scènes où j'étais pris sur le fait d'un quelconque délit. Un seul m'apporta un certain réconfort, et l'espace d'un instant je me raccrochai au doux souvenir d'un lointain passé, à l'image jaunie d'un feu de camp dans une crique reculée avec, au bord de l'eau, la fine silhouette évanescente de Sylvie.

Mais à la lumière blafarde de l'aube, cela aussi vira au cauchemar quand il me revint, avec un nouvel accès d'incrédulité, que Sylvie était morte et que je devrais me faire à cette implacable réalité tout le restant de mon existence.

Mon brutal réveil n'avait pas dérangé Ginny. Elle dormait de l'autre côté du lit, son bras frêle tendu par-dessus les oreillers dans ma direction, le visage réduit par son masque de repos à un triangle spectral de la bouche et du menton. A un moment, dans la nuit, elle avait allumé la lumière et pris un cachet. Elle avait regardé vers moi mais j'avais feint de dormir, trop à vif pour une conversation nocturne et trop incertain de ce à quoi elle nous mènerait. Ginny n'avait pas été dupe, elle savait que j'étais éveillé, mais nous avions tous deux continué de faire semblant.

Je me glissai hors du lit, envoyant une avalanche de papiers par terre : la version corrigée des termes du contrat de rachat que j'avais essayé de lire à une heure et demie du matin ou je ne sais quand, lorsque j'étais allé me coucher. Sans bruit, je remis les feuilles dans un semblant d'ordre et remarquai le tremblement de mes mains. Je pris une douche, puis me rasai non sans écorcher la cicatrice de ma lèvre supérieure, comme toujours lorsque j'étais stressé ou plus fatigué qu'à l'accoutumée. Quelques gouttes d'eau rougie tombèrent dans le lavabo et je les épongeai avec un mouchoir en papier. Je n'avais pas besoin de m'examiner de près dans la glace pour constater que les soucis de ces derniers mois s'étaient imprimés partout sur mon visage.

Je tendis la main vers un veston en velours côtelé, le genre de vêtement que je portais en général pour une journée à Hartford, mais je me souvins du message que j'allais devoir faire passer aux gens, là-bas, et optai pour un costume sobre en laine peignée grise. Je devais avoir maigri car la ceinture était lâche et je dus chercher une paire de bretelles.

Je descendis me faire un café fort pour me tenir éveillé pendant le trajet. Il était tout juste six heures et demie mais quelqu'un était déjà entré dans la maison. La fille que nous avions chargée de s'occuper des fleurs avait dû aller tôt au marché car, par la porte ouverte de la buanderie, j'aperçus plusieurs grands seaux remplis de bouquets frais au milieu d'éclaboussures d'eau. Ce qui signifiait que nous recevrions ce soir. Ce qui signifiait aussi, et ce n'était pas la première fois, que ça m'était sorti de l'esprit. La perspective de voir la maison envahie de gens en train de papoter me consterna. J'espérai confusément qu'il ne s'agirait pas d'une réunion de bienfaisance, j'aurais peut-être au moins la chance de connaître quelqu'un.

Des coups discrets de conspirateur frappés à la porte résonnèrent dans le hall. Je déverrouillai pour trouver Julia, mon assistante, qui attendait, rigide, sur les marches.

Vu mon état d'angoisse, je pressentis immédiatement de mauvaises nouvelles.

– Il est arrivé quelque chose ?

– Non, rien, se hâta-t-elle de répondre.

– Alors qu'est-ce que vous faites ici ? dis-je sur un ton plus intrigué que contrarié.

Elle me tendit un dossier.

– J'ai pensé que vous aviez besoin de ça, fit-elle avec un manque de conviction qui trahissait la faiblesse de l'excuse.

Je lui fis signe d'entrer.

– Vous êtes tombée du lit ?

Elle émit un petit rire, heureuse que je puisse encore lui lancer des piques.

– Ça m'est pourtant déjà arrivé de me lever aux aurores, vous savez. Enfin... une fois.

Nous savions l'un comme l'autre que ce dossier ne m'était pas vraiment indispensable. Je levai un sourcil interrogateur.

– Regardez le *Times* de ce matin.

Elle sortit la section financière de son sac et me l'ouvrit à la bonne page.

C'était dans la rubrique des brèves, à l'endroit des nouvelles qui ne vont pas changer le cours de la bourse. L'informateur, quel qu'il fût, ne s'était pas montré avare de précisions. Le manufacturier A. L. Cumberland, « valeur sûre » de la porcelaine et de l'éclairage, tout frais repreneur de la fabrique de cristaux et vaisselle HartWell Glass, une entreprise familiale – cela me fit mal au cœur à lire – « criblée de dettes », mettait la section déficitaire Hartford Crystal en vente au plus offrant. On citait le président de Cumberland selon lequel les lenteurs de cette cristallerie ne correspondaient pas à leur image dynamique dans le marché de la grande distribution.

Mais ce fut surtout le dernier paragraphe qui me piqua au vif.

*Après des années de ventes anémiques et d'investissements malingres, Hartford Crystal semblerait promis à l'absorption par un des grands noms de ce marché ultra-compétitif et tributaire des exportations qu'est celui du cristal. Une tentative de rachat interne menée par celui qui en fut codirecteur et actionnaire majoritaire, Hugh Wellesley, risque fort d'être étouffée dans l'œuf.*

– Belle vacherie, hein ? fit Julia.

– Ouais, répondis-je amèrement.

– Je pensais qu'il fallait que vous voyiez ça, dit-elle sans pouvoir retenir son indignation. Et comme par hasard, ça tombe à point nommé, siffla-t-elle. Je sentais venir un coup de ce genre, c'est pour ça que j'ai pris le journal en chemin.

Si elle voulait me surprendre, elle avait réussi.

– Vous le saviez ?

– Disons que je m'en doutais. Ne me demandez pas comment, vous n'approuveriez pas.

A même pas trente ans, Julia était la meilleure assistante que j'avais jamais eue, exceptionnellement futée et efficace. Pourtant au début, quand elle était arrivée, son attitude ouvertement cynique et opportuniste m'avait plutôt déplu. A présent, je la voyais d'un autre œil.

– Vous pensez que c'est parti de chez Cumberland ?

Elle m'adressa un regard appuyé.

– Je sais que oui.

Elle voulait dire que cela venait de Howard qui, jusqu'au rachat, avait partagé la direction de HartWell avec moi. Lors de la recherche d'alliance avec Cumberland et de la négociation financière, il avait réussi à se ménager une place dans leur conseil d'administration ainsi qu'une lucrative prise de participation. Pour Howard, il n'y avait pas de vieille fidélité qui tienne : dès l'instant où il avait franchi le seuil de leur porte, six semaines auparavant, il s'était donné à eux corps et âme.

– Ça pourrait venir d'un gourou de la City, suggérai-je.

– Je me dis parfois que vous êtes vraiment trop naïf pour ce monde, Hugh.

Je frémis soudain, la moutarde me monta au nez.

– Et moi, que vous avez un sacré aplomb ! m'entendis-je rétorquer.

Ses yeux s'arrondirent, elle posa sur moi un regard ébahi.

– Pardon, finit-elle par balbutier. Vous avez raison. Ce n'était pas à dire.

– C'est juste que...

Je portai ma main à la tête, incapable d'expliquer.

Julia ne se remettait pas de son étonnement. Je crois qu'elle vivait dans l'illusion que j'étais incapable de m'énerver.

Je recouvrai un peu de calme et esquissai un geste d'excuse.

– C'est juste que je trouve inutile de chercher un coupable, maintenant qu'on ne peut plus rien faire.

– Oui, bien sûr...

Il y eut un bref silence pendant lequel nous digérâmes notre seconde prise de bec en deux ans de collaboration. La première, constatai-je avec effroi, ne remontant pas à plus loin qu'hier.

Julia le rompit enfin.

– Je sais que vous comptiez aller à Hartford par vos propres moyens, fit-elle d'une voix assourdie, mais j'ai prévu un chauffeur, juste au cas où. Vous êtes tellement fatigué.

– Je conduirai moi-même.

Elle fit une seconde tentative.

– Ça fait une sacrée route et il attend à l'extérieur.

Je ne me voyais pas arriver à Hartford en voiture avec chauffeur alors que le couperet menaçait de s'abattre sur l'usine.

– Non. Merci quand même.

Je lui pris le *Times* et le *Telegraph* et ouvris la porte.

– Encore pardon de m'être laissée aller, répéta-t-elle sur un ton navré. Vous avez raison, il doit être trop tôt pour moi.

– Pour nous tous, rectifiai-je avec un sourire.

Elle hésita.

– Vous avez l'air vraiment épuisé.

– Je me reposerai ce week-end.

– Si je peux faire quoi que ce soit pour vous décharger un peu...

– Je ne crois pas. Mais c'est gentil.

Elle allait ajouter quelque chose puis se ravisa.

– Bonne chance pour aujourd'hui, en tout cas. J'espère que ça marchera. Vous le méritez tellement !

En un geste démonstratif qui ne lui ressemblait pas, elle enserra ma main dans les deux siennes et s'éloigna à grands pas dans la rue.

De retour à la cuisine, je feuilletai rapidement les deux journaux. Je tournai chaque page avec un mélange de crainte et d'espoir, mais il n'y avait plus rien au sujet de Sylvie. Le compte rendu initial de l'avant-veille avait été laconique : le corps d'une femme, repêché dans la Dart, avait été identifié comme étant celui de Sylvie Mathieson. Je ne savais trop ce qu'il me fallait de plus, à présent. Des détails sur la façon dont elle était morte, sans doute, et sur l'enquête. Mais peut-être n'y avait-il tout bonnement rien à relater, peut-être la police avait-elle imposé le silence. Cette incertitude n'arrangea pas l'anxiété lancinante qui me tordait les tripes.

J'avalai le restant de mon café et fourrai l'article du *Times* dans ma mallette. En traversant la cuisine, j'aperçus de nouveau les bouquets. Je pris une fleur blanche comme une boule de coton, peut-être un dahlia, et sans trop comprendre le pourquoi de mon geste, je montai à l'étage la déposer sur l'oreiller à côté de Ginny. Je déchirai une feuille de carnet et griffonnai « Désolé ». Sans comprendre non plus pourquoi. Tout ce que je savais, c'est que les fleurs et les petits mots étaient de bien maigres consolations pour tout le temps que nous ne passions jamais ensemble.

En baissant les yeux sur elle, j'éprouvai mon habituel mélange de perplexité et de culpabilité – de culpabilité, surtout. Il y avait bien longtemps que ça n'allait pas fort entre nous, sans que j'en sache vraiment la cause. En fait, ma vie tout entière semblait partie à la dérive, et là non plus, je ne voyais trop pour quelle raison.

Je me ravisai au sujet de la fleur – trop godiche. Je la jetai au panier et redescendis.

J'étais à mi-chemin dans l'escalier lorsque la voix de Ginny s'éleva.

– Hugh ? *Hugh !*

Elle était assise dans le lit, son masque de repos relevé sur sa tête.

– Quelle heure est-il ?

Elle paraissait si fragile que je ressentis un pincement au cœur, un tiraillement d'émotion et de regret.

– Excuse-moi, je ne voulais pas te réveiller...

Son regard se fixa sur moi.

– Où vas-tu ?

– A Hartford.

– Tu es obligé ?

– J'ai une réunion.

Elle sembla momentanément désorientée par cette réponse et je la supposai encore groggy de son somnifère ou de ce qu'elle avait pris pendant la nuit.

– Tu ne vas pas rentrer tard ? s'enquit-elle.

– Je ferai mon possible.

– Tu n'as pas oublié pour ce soir ?

– Non. (Je ne pouvais néanmoins simuler indéfiniment.) C'est pour quoi au juste, déjà, cette réception ?

Normalement, de tels trous de mémoire m'attiraient un regard plein de reproche de sa part, comme si je faisais exprès d'oublier ces choses afin de rabaisser l'importance de son travail. Mais rien de tel n'apparut sur son visage. Au lieu de cela, elle répondit d'une voix monocorde.

– Pour le service des prématurés. Le comité de collecte de fonds. Ça fait des lustres que je leur ai promis.

– Suis-je vraiment nécessaire ? (Voyant son froncement de sourcils réprobateur, je fis rapidement machine arrière.) J'essaierai d'être à l'heure.

Malgré tout le bon et beau monde qu'elle côtoyait, malgré toute sa grâce et son assurance, Ginny ne s'était jamais sentie à l'aise seule face aux gens. J'avais le cœur serré de savoir que je ne tiendrais vraisemblablement pas ma promesse, et qu'en lui faisant faux bond, je la conforterais encore une fois dans l'idée qu'elle ne pouvait guère compter sur moi.

Conscient de l'heure, je me dirigeai vers la porte.

– Il n'y aura plus de réceptions après celle-ci, lâcha-t-elle brusquement.

Je me retournai. Je ne savais trop que penser de cette déclaration, sinon qu'elle devait revêtir une certaine importance.

– Plus du tout ?

Elle secoua lentement la tête et appliqua le bout de ses doigts sur le coin de ses yeux. J'essayai de déchiffrer son visage. Etais-je censé lui poser des questions pour savoir quelles déconvenues mondaines ou affronts imaginaires l'avaient conduite à cette décision ? Si tel était le cas, son sens de l'à-propos était comme d'habitude infaillible : elle choisissait toujours un moment où j'étais pressé ou trop fatigué pour être en état de réfléchir. Et elle n'arrivait pas à comprendre pourquoi cette manie vouait nos conversations à l'échec avant même de les commencer.

– Je suis terriblement en retard, avançai-je. Sinon…

J'attendis le doux regard blessé qu'elle lançait dans ces cas-là, mais son visage resta dénué d'émotion. Elle donna un imperceptible signe de tête et je me sentis le cœur soulagé, comme toujours lorsque j'évitais une scène.

– A tout à l'heure, fit-elle en esquissant le geste de rabattre le masque sur ses yeux. Ah, au fait, Hugh ? (Je m'efforçai de ne pas montrer le moindre signe d'impatience et repassai ma tête à la porte.) Surtout, sois prudent.

Elle prononça ces mots avec une étrange solennité. Je fus de nouveau saisi de constater sa maigreur.

– Bien sûr.

– Tu tires un peu trop sur la corde en ce moment.

– Juste le temps d'assurer le rachat et…

Elle avait les yeux dans le vague, elle m'écoutait à peine.

– Eh bien sois prudent, en tout cas.

Prudent, je le fus dans les petites rues de Chelsea et pour sortir de la banlieue. Le café et le manque de sommeil m'avaient étourdi et je ne faisais pas entière confiance à mes réflexes. Mais quand la route très fréquentée de Totnes se déroula devant moi et que mon esprit papillonna sur la myriade de problèmes qui m'attendaient, ma concentration commença à se relâcher. Afin de me tenir en éveil, je mis la radio et dirigeai la ventilation vers mon visage.

L'article du *Times* revenait sans cesse me hanter. Plus j'essayais de me persuader qu'il ne réduirait pas nos chances de trouver les fonds du rachat, plus il m'apparaissait préjudiciable. Et quand je voulais vraiment me torturer – c'est-à-dire souvent – j'imaginais Zircon, les investisseurs professionnels qui finançaient notre offre, se raviser et retirer leurs billes.

Dans un fébrile besoin d'action, même stérile, j'appelai Julia sur le téléphone de la voiture et lui demandai de nous dénicher un conseiller en relations publiques d'entreprise. Après quoi je passai vingt minutes infructueuses à essayer de localiser Pollinger, notre contact chez Zircon, mais, en dépit de ses numéros de mobiles, de bips, de téléphone personnel, il paraissait insaisissable.

En quête de distraction, je remis la radio et tombai sur une émission-débat. J'augmentai le volume jusqu'à ce que les voix envahissent l'habitacle du véhicule.

Je me trouvais sur l'autoroute M5, quelque part après Taunton, lorsqu'un coup de Klaxon retentissant me fit revenir à moi avec une décharge d'adrénaline. La silhouette d'une voiture se profilait devant moi. A l'instant où je réalisais qu'elle était immobilisée, je compris que je n'aurais pas le temps de m'arrêter. Je pilai en donnant un coup de volant à gauche et sentis ma voiture chasser lorsque les roues arrière perdirent leur adhérence. Je dus sans doute contre-braquer car, après une trajectoire sinusoïdale, je me retrouvai en dérapage sur la file centrale, évitant de peu l'avant d'un gros car. La troisième voie vint vers moi au ralenti, sa circulation cachée par la masse du car, mais la route devait être dégagée puisque, l'instant d'après, je partais en glissade latérale, traversais la bande d'arrêt d'urgence et heurtais la bordure dans un cahot qui faillit m'éjecter de mon siège.

La voiture arrêta enfin sa course dans un dernier soubresaut, moteur calé. Je n'entendis plus que l'animateur de radio continuer à psalmodier ses nouvelles. Je restai figé, les mains accrochées au volant, une sueur froide me descendant le long des côtes, jusqu'à ce que quelqu'un ouvre ma portière et me demande si je n'avais rien.

Je m'entendis répondre que ça allait. Avec sans doute assez de conviction car l'homme, après m'avoir plusieurs fois conseillé de ne plus conduire comme un cinglé, claqua la portière et retourna à son autocar garé un peu plus loin sur le bas-côté.

Un long moment passa avant que je songe à repartir. Les images de mon quasi-accident ne cessaient de me revenir, de même que les quelques secondes précédentes au cours desquelles l'animateur avait prononcé le nom de Sylvie. Le son posé et détaché de sa voix résonnait encore à mes oreilles, comme une bande qu'on repasse sans fin. Pourtant deux mots seulement s'étaient véritablement gravés, insérés dans mon cœur : *poignardée* et *ligotée*.

Je sortis en chancelant de la voiture et rendis le maigre contenu de mon estomac sur l'herbe du bas-côté. Quand je me sentis un peu soulagé, je fis le tour du véhicule pour voir s'il y avait des dégâts, mais les roues paraissaient en état, les pneus n'étaient pas à plat. Ignorant s'il y avait autre chose à vérifier, je repris place au volant, et après cinq nouvelles minutes de récupération, la tête en arrière et les yeux clos, je remis le contact.

Je conduisis avec précaution, m'attendant plus ou moins à des bruits de choc ou à des flottements dans la direction, mais au bout de quelques minutes, je cessai de m'inquiéter pour la voiture et accélérai progressivement jusqu'à reprendre la voie centrale, l'esprit de nouveau à des lieues de là, dans un endroit sombre et lointain.

Je parvins à Hartford une demi-heure plus tard. En franchissant les grilles, j'essayai de voir l'usine avec les yeux d'investisseurs potentiels. Son architecture des années vingt, ses briques grisâtres et ses fenêtres étriquées donnaient à l'endroit un air de vieille gloire décrépite, tandis que son écheveau de conduits d'aération et ses cheminées en aluminium laissaient supposer une modernisation au coup par coup et sporadique. Seul l'entrepôt récemment achevé, une structure d'appoint en métal bleu cobalt, apportait un semblant de modernisme. *Ventes anémiques… Investissements malingres…* Les commentaires du journal étaient infondés mais ils me hérissaient encore.

George Bane sortit à ma rencontre. Le directeur de la production était un homme corpulent, avec un gros ventre qui mettait ses boutons de chemise à rude épreuve. Son épaisse crinière avait toujours été gris argent depuis que je le connaissais, c'est-à-dire près de vingt ans.

– Je me doutais que la circulation pourrait vous retarder, commenta-t-il tandis que nous nous serrions la main et nous dirigions vers l'entrée. Alors j'ai prévenu le personnel que nous nous réunirions à midi moins dix.

– Vous avez bien expliqué qu'il s'agissait juste d'une réunion d'information ?

– Absolument. J'ai dit que vous vouliez les tenir au courant de l'évolution des événements mais qu'il n'y avait encore rien de définitif.

Même à présent, dans l'état de préoccupation qui était le mien, je ne pouvais franchir les portes de l'usine sans ressentir le frisson du maître de céans. J'étais trop le fils de mon père, trop profondément imprégné de sa fierté paternaliste à l'ancienne pour ne pas éprouver un attachement sentimental pour l'endroit.

George m'emmena dans le bureau qui avait été celui de Papa, et qui eût été le mien si Howard n'avait à tout prix voulu ce qu'il se plaisait à appeler une gestion unifiée, et insisté pour que nous regroupions la direction et les ventes des trois sections sous un seul toit à Slough.

La pièce n'avait pratiquement pas changé depuis la retraite de mon père, une dizaine d'années auparavant. Son grand bureau en chêne occupait toujours la même place près de la fenêtre, les bonnes vieilles corbeilles en bois du courrier arrivé et de celui à partir trônaient encore sur le cuir usé, constellé de dizaines de traces d'encre. Quand j'étais petit, cet endroit m'apparaissait comme un vaste sanctuaire dans lequel Papa, derrière ce bureau massif, semblait étrangement lointain. Ce n'est qu'une fois son travail terminé, lorsqu'il descendait avec moi à l'étage de l'usine et me parlait de sa belle voix douce, que j'avais l'impression de le retrouver.

George apporta du café et nous nous installâmes à la table de conférence.

– Donc tout est signé avec Zircon ? s'enquit-il avec impatience.

– C'est signé.

– Pas de chicaneries à propos du plan d'activités ?

George et moi avions travaillé si dur sur ce document que nous en connaissions par cœur chaque mot et chaque prévision budgétaire.

– Pas la moindre, le rassurai-je, et son regard étincela de satisfaction. Mais je dois vous dire, George, que ce qu'ils ont dû subir dans les cours de récréation d'Eton leur a mis une pierre à la place du cœur. (Je pensais à l'augmentation de l'endettement bancaire qu'ils avaient exigé et aux garanties personnelles couvrant les cinquante pour cent de mes avoirs qui n'étaient pas déjà engagés dans le rachat.) Ils ont créé une nouvelle forme d'art : la torture financière, fis-je en parvenant à esquisser un sourire ironique.

– Mais ils sont avec nous, maintenant, c'est ce qui compte.

– Ils ont encore des doutes à mon sujet, je crois. Ou plutôt sur ce que je représente.

– Hein ? Pourquoi donc ?

– D'après la City, les entreprises familiales sont le terreau de l'inefficacité et du népotisme. Et un rachat par la famille... alors là ! (Je roulai de grands yeux.) C'est encore plus malsain, c'est de l'inceste.

– Mais c'est ridicule ! Ça ne marche pas comme ça, ici, ne voient-ils pas ? Nous avons toujours formé une équipe, sacré nom ! Quant à ce rachat... nous sommes dedans tous ensemble, non ?

Certes. George apportait cinquante mille livres en liquide, plus cinquante mille sur sa maison. Alan et John, les autres directeurs de Hartford, de même. Mais c'est exactement ce qu'ils cherchaient, ces investisseurs professionnels : nous tenir tous sur un baril de poudre financier.

Je passai à George la page du *Times*.

– Et ça, ça risque de ne pas arranger les choses.

George lut l'article.

– Comment ? s'indigna-t-il. Des années d'investissements malingres ? Qu'est-ce qu'ils racontent ? Nous avons modernisé le local de composition de la pâte, bon Dieu. Nous avons installé les étireuses...

– Ça ne tient pas debout, évidemment...

– Quant aux ventes anémiques... Elles se sont bougrement bien tenues, tout compte fait. Sauf chez Packenhams.

C'était là un de nos pires revers : être sortis du catalogue du deuxième grand magasin de Londres.

George abattit sa main sur le journal.

– Qui peut bien leur refiler des âneries pareilles ?

Je restai muet sur cette question.

George ne décolérait pas.

– Ça fait passer Hartford pour une petite fabrique artisanale remplie de luddites ! Comme si on s'était opposés bec et ongles au changement !

L'ironie de la chose ne nous échappait ni à l'un ni à l'autre. Pendant qu'Howard et moi étions aux commandes, l'entreprise n'avait cessé d'évoluer. C'était bien là tout le problème. Nous avions trop et trop vite changé, trop rapidement progressé vers la verrerie et la porcelaine de grande distribution au moment précis où la conjoncture commerciale commençait à se dégrader. Mon père, de son vivant, n'approuvait guère notre gestion, mais il n'avait jamais essayé de s'en mêler. J'étais heureux qu'il fût décédé en février, il s'était évité ainsi la douleur de voir l'immense gâchis que j'avais causé.

– En fin de compte, ce n'est que du baratin de journaliste, dis-je.

– Exactement ! Exactement ! s'écria George en rappelant son optimisme naturel. (Il partit d'un éclat de rire aussi soudain que tonitruant.) D'ailleurs on n'a jamais pensé que ce serait facile, hein ?

Je ris aussi, mal à l'aise. Cette opération était la plus dure que j'eusse jamais entreprise. Dans les six semaines qui avaient suivi le rachat par Cumberland, les amarres avaient été coupées avec la nouvelle maison mère et j'avais dû faire tourner Hartford Crystal sur une base de salaire zéro tout en projetant de la racheter. Négocier un endettement de rachat de trois millions de livres avec les banques, jongler avec toutes les questions financières et légales, avoir en main tous les fils de cette affaire incroyablement complexe, représentait une tâche herculéenne qui, même à raison de dix-huit heures par jour, me faisait atteindre mes limites. Très souvent, j'étais habité de la certitude forcenée que nous allions emporter le morceau, ce qui me donnait un bon coup de fouet. D'autres fois, confronté à des obstacles sans fin, je m'installais dans une attitude plus mécanique, une obstination irréfléchie qui se nourrissait de ma détermination à sauver ce que j'avais si inconsidérément mis en péril.

Mes raisons étaient claires. Pour moi, ce rachat était une restitution. Mon père avait travaillé dur pendant vingt ans pour monter cette entreprise et me la transmettre en bon état, alors que j'avais travaillé dur pendant dix ans pour ne parvenir à rien de mieux, semblait-il, que de la laisser s'étioler et de faire planer une menace sur le gagne-pain de tous les gens qui s'échinaient pour nous. Je voulais la redresser, je voulais montrer ce que je pouvais faire maintenant que j'étais débarrassé de Howard et de son impitoyable soif de diversification. Je voulais réussir pour moi-même, bien sûr, mais plus encore pour être en mesure de regarder les employés dans les yeux.

George et moi avions passé en revue les chiffres des ventes du mois et abordions l'analyse des flux de trésorerie quand une voix de femme s'éleva dans le bureau d'accueil. Il y avait quelque chose dans cette voix, un soupçon de nonchalance dans le rire, une note ténébreuse dans le timbre, qui raviva des souvenirs et me glaça le cœur.

– Ça va ? me demanda George.

– Très bien.

En tendant la main pour prendre mon café, j'eus un geste brusque et le renversai. Tout aussi maladroitement, je voulus rattraper la tasse et l'envoyai voler par-dessus la table.

– Zut ! grommelai-je en la ramassant par terre. Quel imbécile !

J'émis un rire incrédule, mais aussitôt que George fut parti chercher un torchon, je m'assis en silence en me demandant ce qui pouvait bien m'arriver, si j'étais simplement à bout de nerfs ou si je subissais avec retard une forme de choc. Quoi que ce fût, cette perte de contrôle m'effraya et j'étais atterré à l'idée qu'elle puisse se reproduire.

Quand George revint avec un rouleau d'essuie-tout, je regardais d'un œil lugubre la mare de café, essayant de refouler des visions d'eau noire où flottait, mutilé et froid, le corps de Sylvie.

– Vous voulez quelque chose à manger ? demanda George quand il eut fini de tout remettre en ordre. Un sandwich ? Des biscuits ?

– Non, merci.

Il me dévisagea.

– Si je puis me permettre, on dirait que vous avez besoin de quelque chose.

Je fis non de la tête et me levai d'un coup.

– Je crois qu'on devrait y aller.

Tandis que nous redescendions au niveau de l'usine, la secrétaire de George me héla depuis son bureau.

– Monsieur Hugh, un message du docteur Wellesley. Il sera libre à partir de midi vingt.

– Appelez-moi Hugh, ou monsieur Wellesley, la repris-je sans conviction car j'avais depuis longtemps abandonné l'espoir de faire changer aux plus anciens employés leur façon archaïque de s'adresser à quelqu'un. Mon frère sera chez lui, donc ?

– Oui. Et il y a un inspecteur principal Henderson qui a demandé après vous. Il n'a rien dit d'autre. Pourriez-vous juste l'appeler ?

Elle me tendit un morceau de papier sur lequel était inscrit un numéro. Le code régional était celui d'Exeter.

– Merci.

Je jetai un nouveau coup d'œil sur le numéro, puis le fourrai dans ma poche et m'en allai d'un pas vif. George me rattrapa et commença à chanter les louanges d'un programme de formation, mais je ne l'écoutais guère. Je me demandais quelles questions la police allait me poser. Je ne doutais pas qu'il s'agissait de Sylvie, ce ne pouvait rien être d'autre. On avait dû nous voir ensemble, sur le ponton peut-être, ou sur le bateau. Des choses de ce genre ne passaient pas inaperçues dans une petite commune comme Dittisham. J'avais eu beau me répéter, depuis la mort de Sylvie, que cette convocation allait arriver, j'éprouvais un trac étrange maintenant qu'elle était là.

Nous atteignîmes le local de composition de la pâte et je parvins à poser aux magasiniers quelques questions sensées sur le nouveau chariot élévateur et sur l'aménagement de la section d'entreposage. L'itinéraire que nous empruntâmes, George et moi, pour traverser l'usine avait existé de tout temps. Après une visite de la section qui nous fit circuler parmi des palettes de silice, d'oxyde de plomb, de litharge et de potasse, nous inspectâmes le malaxeur de composition informatisé puis, après quelques minutes passées avec le personnel de contrôle du mélange, nous pénétrâmes dans la chaleur de la salle de soufflage.

Le ronflement monotone des fourneaux éveillait encore en moi des émotions quasi ataviques. La transmutation de l'amalgame sec en une lave transparente m'apparaissait toujours comme une mystérieuse alchimie. Les deux endroits où les groupes d'écoliers et de visiteurs s'attardaient le plus, en faisant le tour de l'usine sur les galeries surélevées, c'étaient au-dessus des souffleurs, qui gonflaient la lave refroidissante et lui donnaient forme, et à côté des tailleurs, qui gravaient des motifs dans le verre, attendant avec une délectation impatiente qu'ils commettent une erreur et envoient le verre à pied, le verre droit ou la coupe dans le panier de recyclage avec un bruit de brisure. Pour moi, en revanche, la véritable fascination avait toujours résidé là, dans cette chaleur inimaginable, dans l'impénétrable magma frémissant qui semblait incapable de recevoir la moindre transformation, sans parler de sa miraculeuse métamorphose en une matière à la fois dense et transparente, complexe et sans défaut.

Bill, notre premier maître souffleur, leva les sourcils en guise de salut. Il y a bien des années, alors que je travaillais ici pendant mes vacances universitaires à balayer les sols et à pousser les poubelles sur roulettes, il avait essayé de m'apprendre à souffler la forme la plus élémentaire. Mon chef-d'œuvre trônait quelque part à la maison : un objet tout sauf rond, d'épaisseur irrégulière et constellé d'un chapelet de bulles sur un côté.

La sonnerie de l'usine retentit, coupant court à notre visite de la section du meulage et du polissage. A mesure que je suivais George vers la cantine, les idées, si l'on peut dire, que j'avais pour mon discours, semblèrent se disperser, et je regrettai de n'avoir pas consacré davantage de temps à le préparer.

Tandis que le personnel se rassemblait, je saluai le plus possible de gens par leur nom. Quelques-uns étaient à Hartford depuis trente ans ou plus. D'autres, vingt. Un grand nombre depuis plus de dix ans. Il y avait deux familles entières : le père, les fils, les belles-filles. Emargeaient même chez nous une grand-mère et sa petite-fille. Cent cinquante employés en tout, des gens dont la vie dépendait de cette usine et – c'était plus que jamais le moment de me le rappeler – de mon aptitude à lui restaurer sa prospérité.

L'heure était venue. George demanda le silence et je m'avançai, en proie à d'étranges émotions.

– Dès que la prise de contrôle a été décidée, j'ai promis de vous tenir au courant de la suite des événements, commençai-je. J'ai aussi promis que nous ferions tout ce qui est en notre pouvoir pour mettre notre projet de rachat par la direction sur de bons rails. (Exprimer cela par des mots sembla accroître sur moi le poids des responsabilités.) Alors la bonne nouvelle est que nous sommes parvenus à un accord avec des investisseurs professionnels nommés Zircon. Ils vont apporter environ un quart de la somme. Ce qui nous laisse encore une bonne moitié à obtenir des banques, et je ne prétendrai pas que c'est facile parce que ça ne l'est pas. Nous sommes dans la seconde phase de négociations avec deux banques, la Chartered Bank et la Mutuelle des Comtés de l'Ouest. Elles n'ont pas encore dit non. C'est tout ce que je puis vous apprendre pour le moment.

Je croisai le regard de Madge, du contrôle de qualité et lavage du verre, solidement campée sur sa chaise juste en face de moi. Elle fixait sur moi des yeux chargés d'une expression combative, angoissée, ou d'un mélange des deux.

– Par ailleurs, quand Cumberland nous a absorbés, je vous ai prévenus qu'ils ne feraient pas de sentiment dans leurs calculs. Et, bien qu'ils nous aient donné priorité pour le rachat de Hartford, nous devrons malgré tout nous aligner sur la meilleure offre. Je dois vous dire que, d'après nos dernières informations, ils sont en pourparlers avec Donington, et peut-être avec d'autres sociétés aussi.

La sensation de décrochage me frappa de nouveau. Sans crier gare, mon cerveau bifurqua d'un seul coup, comme par une sorte de saut latéral, et je perdis complètement le fil. Je parvins enfin à reprendre la parole d'une voix hésitante sans trop savoir si mes mots avaient un sens.

– Maintenant, m'entendis-je affirmer, il est sûr que nous sommes très séduisants… (Un petit rire niais s'éleva et, dirigeant un regard mal assuré dans sa direction, je cherchai à retomber sur mes pieds.) Que notre nom et notre réputation sont séduisants. Et nos modèles, bien entendu. Mais tenir à son nom et à sa réputation est une chose, tenir à son personnel en est une autre.

Tout cela sonnait bien, mais mon cerveau travaillait avec une lenteur d'escargot.

– Des gens comme Donington auront les moyens de sortir la gamme Hartford de leurs propres usines. Alors, s'ils surenchérissent sur nous, je vous laisse imaginer : cette usine-ci va presque certainement fermer.

J'avais enfin retrouvé les bons rails, l'esprit débarrassé de ce qui l'avait entravé. Je remis un peu d'optimisme dans ma voix.

– Mais nous pouvons faire en sorte que cela n'arrive pas, sacré nom ! Nous pouvons faire en sorte que notre offre soit meilleure que celle des autres. (Je marquai une pause, essayant en vain de jauger leur état d'esprit avant de me jeter à l'eau.) Or je sais très bien que nous vous avons déjà beaucoup demandé. Vous avez répondu à cent pour cent à notre attente, grâce à quoi nous sommes parvenus à durer jusqu'à aujourd'hui. Seulement les investisseurs veulent une garantie supplémentaire, et c'est pour cela que je viens vous consulter aujourd'hui. Ils veulent l'engagement signé que vous accepterez une période de deux ans de limitation des salaires.

J'expliquai comment cela se passerait, que leurs actions dans l'entreprise et leurs plans de participation aux bénéfices ne seraient pas affectés. J'affirmai que, s'il ne s'était agi que de moi, je ne leur aurais pas demandé quoi que ce soit par écrit, mais que les investisseurs professionnels étaient une faune beaucoup plus méfiante.

Je m'étendis encore longuement sur les espoirs que je nourrissais avant de marquer une pause avec un sentiment de soulagement. J'avais l'esprit clair à présent, mais ma désorientation momentanée m'avait ébranlé et je ne voulais pas risquer qu'elle survienne encore. Je comptais donc en rester là, sans la moindre intention d'aborder le terrain affectif. Néanmoins, tout discernement semblait m'avoir quitté.

– Vous savez, m'entendis-je poursuivre avec force sans savoir où cela pourrait me mener, certains croient que la tradition n'est pas une bonne chose, que c'est l'ennemi du changement – ce dieu majeur du modernisme, le Changement. Je pense quant à moi que les traditions qui se sont enracinées ici importent vraiment, qu'elles nous aident en fait à changer d'une façon productive. Nous faisons route ensemble depuis si longtemps que nous formons une famille, nous faisons attention à l'autre, nous ne pensons pas qu'à nous-mêmes en se fichant pas mal du voisin… (Je m'interrompis en réalisant combien ce discours devait paraître pompeux pour des gens qui, en fin de compte et comme tout le monde, ne demandaient rien d'autre qu'un emploi régulier.) Ce que je veux dire, c'est… qu'à mon avis, cette entreprise vaut la peine qu'on se batte pour elle. Pas seulement pour ce qui sort de la chaîne de production, aussi pour la façon dont nous nous y prenons ici.

– Sûr qu'on sait s'y prendre ! rigola une voix flûtée.

Il y eut une cascade de rires, suivi d'un « Faudrait demander à ta femme ! » qui déclencha quelques applaudissements clairsemés.

Requinqué par leur irrévérence, je m'esclaffai avec eux avant de leur adresser quelques mots de conclusion.

Quand je redescendis, ma chemise était moite de sueur et je tirai sur mon col pour le desserrer un peu. Madge me tendit un verre d'eau.

– Ne craignez rien du personnel, Hugh. (Après vingt-cinq ans chez Hartford, elle m'appelait par mon prénom avec une désarmante familiarité.) Ce n'est pas nous qui vous causerons du souci.

– Madge… c'est bon à entendre.

– Les salaires, ça nous est égal. Faire des heures supplémentaires, ça nous est égal. Mais ce qu'on ne supporte pas, c'est passer après les autres, faire de la verroterie.

– Je n'ai jamais eu l'intention que Hartford passe après quiconque.

– Alors on se lance, hein ? fit Madge qui se glorifiait de son franc-parler. Vous voyez grand, maintenant.

Je ne pouvais le nier et n'essayai pas de le nier.

Madge, qui était dix fois grand-mère, eut le hochement de tête d'admonition qu'elle aurait probablement adressé à un de ses propres fils de quarante ans.

George et moi restâmes quelques minutes à répondre à des questions, après quoi nous repartîmes au bureau.

– Très bon discours, exulta-t-il. Juste ce qu'il nous fallait. (Il lut mon expression.) Vous n'êtes pas satisfait ?

Je fis un geste vague.

– Ne faites pas attention à moi. J'ai l'esprit un peu encombré.

– Vous n'avez pas l'air bien. Je l'ai remarqué dès votre arrivée. Etes-vous sûr de ne pas vouloir manger quelque chose ?

– Ça va, je vous assure. (Je tentai un pâle trait d'humour.) Je m'offrirais bien un petit coup de déprime, mais je n'ai pas le temps.

Je regardai ma montre et me dirigeai vers la porte.

Avant de partir, je trouvai un bureau vide et appelai le numéro d'Exeter. L'inspecteur principal Henderson n'était pas disponible, mais on me passa le sergent Jones qui me demanda si je pourrais passer en cours d'après-midi.

– Ça prendra longtemps ?

– Je ne saurais dire, monsieur.

– Je dois être rentré à Londres à sept heures. Je peux vous consacrer une demi-heure vers deux heures et demie. S'il vous faut plus de temps, nous devrons remettre à un autre jour.

– Très bien, monsieur. A deux heures et demie, donc.

– Qui dois-je demander ?

– Quelqu'un de l'équipe de l'inspecteur principal Henderson, personne en particulier.

Je pensais savoir où se trouvait le commissariat, mais j'en pris quand même les coordonnées exactes, à tout hasard. Je raccrochai et m'aperçus seulement alors que Jones ne m'avait pas dit de quoi il s'agissait – et que je ne le lui avais pas demandé.

George me raccompagna à la voiture.

– Ils sont tous à fond pour le rachat, vous savez, dit-il. Chacun ici nous soutiendra jusqu'au bout.

Derrière mon sourire, j'étais assailli par mes doutes. Après avoir travaillé si obstinément pour ce rachat, après avoir poursuivi ce but jusqu'à l'obsession, voilà qu'il perdait soudain intérêt et signification, comme une passion dévorante qui retombe inexplicablement à plat. Je me disais que cette baisse d'énergie était due à l'épuisement, au rythme effréné auquel je m'étais astreint ces dernières semaines. Je me le disais et me le répétais parce que je ne voulais pas penser à mes autres problèmes et à la façon dont ils entamaient ma confiance.

La route était encombrée par le retour des dernières caravanes de l'été et il y avait des travaux en ville, si bien que je n'atteignis pas la route de Dartmouth avant une heure moins le quart ou presque. Je conduisais aussi vite que je pouvais, trop vite sans doute, partant du principe que plus je devrais me concentrer, moins j'aurais de temps pour gamberger.

Cela ne fonctionna pas, bien sûr. Mes pensées n'en devinrent que moins contrôlables, surgissant comme des agresseurs dans la nuit. Je ne cessais de songer à la dernière fois où j'avais emprunté cette route, non pas pour aller chez mon frère, mais à Dittisham, dans ma vieille résidence de famille qui se dressait, déserte, au-dessus des eaux noires du fleuve. Il semblait incroyable que j'aie suivi cette route juste cinq jours plus tôt, le cœur toujours tiraillé par la nostalgie, et que, quand j'étais arrivé à la maison, après avoir ouvert, tiré les rideaux et allumé toutes les lumières, j'aie encore à demi espéré que Sylvie verrait mon signal enfantin et viendrait.

Je quittai la route pour m'engager dans l'allée qui menait chez David avec soulagement. Je n'aurais pas pu supporter Dittisham aujourd'hui.

Furze Lodge était un presbytère anglican grand style du début du dix-neuvième, qui comprenait huit chambres, un appartement pour le personnel et une écurie, sur un domaine d'environ deux hectares. A voir ce jardin immaculé, les portes et les fenêtres fraîchement repeintes, je me demandai combien l'entretien de cet endroit pouvait coûter à David et Mary. Pas moins de cinquante mille livres par an, certainement, avec un couple d'employés à demeure et au moins deux chevaux. Si on ajoutait à cela les frais de scolarité – ils avaient un garçon et une fille, tous deux adolescents et élèves dans des pensionnats chics –, les manifestations de bienfaisance qu'elle accueillait et le reste des obligations de leur communauté religieuse, leurs dépenses devaient de très loin excéder les revenus de généraliste de David. Comme moi, il avait largement compté sur ses dividendes HartWell. Comme pour moi, j'imaginais que les temps devaient être difficiles.

Je trouvai David dans le cabinet de travail assez sombre qui lui servait en même temps de salle de consultation pour ses patients. Il était assis derrière son antique bureau ministre, vêtu d'un complet gris anthracite à fines rayures avec gilet et chaîne de montre. Quand il leva les yeux, il m'examina par-dessus ses lunettes en demi-lune à monture dorée et incarnait tellement l'image du médecin qu'il en était presque caricatural.

– Tu as vraiment une sale tête, observa-t-il immédiatement.

– Merci, répondis-je. Je suis heureux de ne pas être un de tes patients, ou c'est la dépression qui me guetterait.

– As-tu consulté quelqu'un ?

– Quoi ? Non, je vais bien.

Il brassait des papiers tout en parlant.

– Tu devrais.

– Ça ira mieux quand cette affaire sera réglée. C'est juste un peu la folie en ce moment, c'est tout.

– Tu arrives à dormir ?

– Je n'ai pas le temps.

– Et ces cachets que je t'ai donnés ? Tu les prends ?

Je me souvins vaguement des cachets dont il parlait mais je ne me rappelais pas où je les avais mis.

– Je ne crois pas, non.

– Ils n'ont aucun effet si on ne les prend pas régulièrement.

– Qu'est-ce qu'ils sont censés faire, exactement ?

David ouvrit un tiroir, sortit un flacon de pilules et me le lança.

– Ne les oublie pas, cette fois-ci.

Il était plus facile de les mettre dans ma poche que de chercher à discuter. Jusqu'à cet été, David avait rarement montré un quelconque intérêt pour ma santé et je n'avais jamais attendu cela de lui. Il était de deux ans mon aîné, et si nous avions été proches dans notre enfance, en grandissant, nous ne nous étions jamais trop impliqués dans la vie de l'autre. Si je m'étais arrêté à définir notre relation, je l'aurais qualifiée de fonctionnelle.

– Et toi, comment ça va ? demandai-je par automatisme.

– Moi ? fit-il sur un ton d'autodérision.

Je remarquai que ses cheveux, autrefois si noirs, grisonnaient rapidement aux tempes et que des rides de plus en plus marquées s'entrecroisaient sur ses joues, même si ces signes de vieillissement n'affectaient que peu son physique patricien qui impressionnait les femmes. Comme moi, il semblait être allé à contre-tendance et avoir conservé la minceur de sa taille. A l'inverse de moi, il n'avait pas perdu un seul cheveu.

– Oh, j'arrive à survivre, répondit-il avec ironie.

– Ces chers petits vieux ont toujours plein de bobos ?

Le Devon du sud était une région de retraités, avec une population, comme David l'avait dit une fois, du quatrième âge, voire d'un âge sidéral.

– Ils sont malades et las, dit-il pesamment. C'est une potion magique qu'il leur faudrait.

En le regardant mettre son bureau en ordre, je me dis que lui aussi était fatigué, et qu'il l'était parce qu'il ne prenait pas goût à son travail. Avec un cerveau comme le sien et ses grandes compétences, il aurait pu faire un bon spécialiste, mais, bien qu'il eût accompli deux années d'internat, il avait échoué aux examens finaux de chirurgie et ne s'était jamais représenté. Au grand désespoir de mon père, qui lui reprochait moins d'avoir échoué que de ne pas avoir eu le cran de persévérer. Pour Papa, le manque d'effort était pratiquement le plus grand péché de tous, et doublement si vous aviez la chance d'avoir un bon héritage. Il estimait que la sécurité financière vous imposait le devoir de ne pas en dépendre, qu'il était presque immoral de se reposer sur la sueur et les larmes des générations précédentes. Il lui semblait que David avait succombé à cette solution de facilité et il ne s'en était jamais vraiment remis.

Je regardai nerveusement ma montre.

– Je vais chercher Mary, fit David en se levant.

Mais il ne s'avança pas vers la porte. Au lieu de cela, il me lança de nouveau un regard.

– Tu es au courant, pour Sylvie Mathieson ? demanda-t-il de sa voix posée de médecin.

– Oui. C'est affreux.

– Elle a été poignardée, apparemment.

– Mon Dieu, fis-je dans un souffle.

– Puis jetée dans le fleuve.

– Et on n'a pas idée de qui a pu...

– Non.

Je n'étais pas sûr de vouloir davantage de détails mais je ne pus m'empêcher de demander :

– Où l'ont-ils trouvée ?

– Au premier coude du fleuve, là, près de Anchor Stone. Le corps était coincé contre un rocher. Morte depuis moins d'un jour, à leur avis. Enveloppée dans du plastique, ligotée avec une corde.

– Grands dieux.

David s'empara d'un stylo, en examina la pointe, puis le rejeta comme s'il était coupable de l'avoir distrait. Quand il reprit la parole, ce fut avec l'air de se demander s'il était bien avisé d'aborder le sujet.

– Elle était complètement déboussolée, tu sais.

Je le fixai, je sentis ma bouche s'assécher.

– C'est-à-dire ?

– Oh, la totale. Les hommes. La drogue.

Mon estomac se noua. Un sentiment irraisonné de colère m'envahit.

– Qu'est-ce que tu en sais ?

– Oh... (Son haussement d'épaules laissa supposer des informateurs bien placés.) Par ouï-dire.

Je voulais lui demander pourquoi il était si prompt à accorder crédit à de telles rumeurs, mais je préférai me lever pour qu'il ne puisse lire sur mon visage.

– Elle a toujours été un esprit libre, proclamai-je. Et toujours fait comme bon lui semblait.

Je n'avais pas besoin de le regarder pour savoir qu'il était sceptique.

– Je pense qu'il fallait que tu saches, c'est tout.
– Moi ? pourquoi ?
– Eh bien tu as été amoureux d'elle, jadis, non ?
Il avait le ton sec qu'il prenait chaque fois qu'il voulait se distancier de ce qui touchait au sentimental.
– Oui. (Pourquoi avais-je imaginé qu'il parlait d'autre chose ?) Oui, je l'étais. (En prononçant ces mots, j'eus le souvenir fugace de ces élans d'autrefois, si intenses et innocents, si pleins d'espoir.) Il y a longtemps.
– Ecoute..., commença-t-il avec irritation.
Mais il s'interrompit en entendant des pas dans le couloir.
Mary entra et son visage s'éclaira.
– Hugh ! vocalisa-t-elle.
Je m'approchai pour l'embrasser sur la joue, mais avec un gloussement réprobateur de mère poule, elle m'attira à elle pour me gratifier d'une généreuse étreinte. Puis, prenant un peu de recul, elle m'inspecta du regard.
– Comment vas-tu ?
– Bien, merci.
Elle secoua la tête et fronça les sourcils d'un air faussement fâché.
– Franchement... Crois-tu que ça vaille la peine ? Non mais, regarde-toi !
– Ah, tu ne vas pas t'y mettre aussi ! protestai-je. Il faut déjà que je supporte David et ses pilules.
– Ce n'est pas de pilules, que tu as besoin, mais d'un bon repos ! N'est-ce pas, chéri ? lança-t-elle à David avant de se retourner vers moi. Tu restes pour déjeuner, au moins ?
– Je dois m'absenter à deux heures.
– Incorrigible ! Tu es incorrigible, déclara-t-elle avec son habituel éclair d'amusement dans les yeux.
– Je pourrai toujours revenir après si nous n'avons pas terminé...
– J'insiste, il faut que tu manges ! Je vais chercher quelque chose tout de suite. (Elle adressa un regard interrogateur à David.) D'accord ?
– On pourrait peut-être juste commencer...
– Très bien, fit-elle immédiatement. Dans une minute, alors !
Elle s'installa sur la chaise que David avait tirée pour elle et me fixa d'un regard radieux. J'avais toujours aimé Mary. Elle était déterminée, extravertie, et pensait que le secret de

la vie consistait à rire de tout ce qui vous arrivait. Son exubérance parfois un peu mordante cachait une personnalité pleine de compassion et de générosité prête à voler à la rescousse de ceux qui étaient en difficulté. Ancienne avocate qui avait abandonné son exercice en épousant David, elle était très active au sein du conseil d'administration d'hospices et de foyers pour enfants, puis comme visiteuse de prison à Dartmoor.

De robuste charpente, elle avait le visage anguleux, les joues rouges et des sourcils qui semblaient trop noirs et trop épais pour son teint. Sa jupe en tweed de tous les jours, son pull informe et ses cheveux coupés court ne la mettaient guère en valeur. Mais son physique ingrat était largement compensé par une heureuse nature de tous les instants.

D'aspect ou de caractère, elle n'aurait pas pu être plus différente de Howard, et j'avais parfois du mal à me rappeler qu'ils étaient frère et sœur. Mary faisait tellement partie intégrante de la famille, de fait et d'esprit, que j'avais tendance à oublier qu'elle pouvait avoir des attaches partagées. Quand nos deux familles avaient, conjointement et harmonieusement, pris le contrôle de HartWell, ce n'était pas un problème. Mais la brouille fielleuse qui s'était installée entre Howard et moi avait été un déchirement pour Mary, et elle était restée très discrète sur le sujet.

– Nous avons examiné cette affaire de proposition de rachat, commença David qui s'appuya au dossier de son fauteuil et ôta ses lunettes de son nez en un geste maintes fois répété. Je ne peux pas dire que nous ayons une vision à cent pour cent claire sur *tout*...

Je repris donc avec eux le projet entier, point par point. Les possibilités d'investissement, les risques, les perspectives de gains substantiels en capital. Je leur détaillai ce que la nouvelle équipe avait déjà accompli et ce qu'il restait à corriger. Quand j'en vins à l'avenir, à dire comment nous pensions parvenir à faire tourner rond l'entreprise en quelques mois, certains de mes vieux élans se réveillèrent et je me remis à sermonner.

Mary écouta d'une demi-oreille, son regard aigu posé sur moi, un sourire accroché aux deux coins de sa bouche. Quand j'eus terminé, elle se tourna d'un air entendu vers David et je devinai qu'elle lui soufflait de poser des questions concertées à l'avance.

– Euh, oui, murmura-t-il en captant son coup d'œil. Imagine que nous mettions, disons, cinquante mille livres maintenant, pourrions-nous compléter plus tard ?

J'essayai de ne pas montrer mon désappointement. La semaine précédente encore, David parlait d'un minimum de cent cinquante mille livres.

– Ce serait difficile, répondis-je précautionneusement. Vois-tu, il n'y aura qu'un nombre fini de parts, et une fois le rachat effectué, on n'en aura plus à vendre.

Je les regardai l'un et l'autre alternativement en me demandant s'ils s'étaient déjà arrêtés sur cette somme sans vouloir me l'avouer.

Mary remarqua mon inquiétude et m'adressa un petit sourire compatissant.

– A l'issue des deux dernières années, s'anima David, les pertes se sont élevées à...

– Je sais. Et c'est pour ça que je voudrais que vous investissiez avec nous. Pour vous remplumer. Le potentiel est là, nous y croyons dur comme fer.

Plongé dans un débat intérieur, pupilles contractées, il tapota les extrémités de ses doigts les unes contre les autres.

Mary voulut de nouveau capter son attention, mais n'y parvenant pas, elle haussa les épaules et s'adressa à moi comme en un aparté de théâtre.

– Nous voulions te demander... Du point de vue rentabilité, quel revenu pourrions-nous attendre ?

– Il n'y aura pas de dividendes tant que nous ne serons pas bénéficiaires.

A cette remarque, David revint dans la conversation.

– Et cela pourrait prendre des années ?

– Beaucoup moins, espérons.

– *Espérons*, répéta-t-il avec un regard critique, comme s'il avait réussi à me prendre en défaut.

J'expliquai alors notre stratégie, notre intention de mener une politique offensive de vente avec le nom et le label de qualité Hartford. Mais vu l'expression d'ennui qui s'empara du visage de David – une expression que je connaissais si bien, paupières mi-closes, les ailes noires de ses sourcils voûtées en arche comme pour prendre un satanique essor – je coupai court.

– Ecoute, dis-je avec force, je mets tout ce que j'ai dans cette affaire. Je ne le ferais pas si je n'étais pas absolument sûr que nous pouvons réussir notre coup.

– Tout ? s'écria Mary sur un ton faussement horrifié.

– Toutes les liquidités dont je dispose, certainement. Et beaucoup dont je ne dispose pas, ajoutai-je avec un petit rire timide. J'emprunte autant que je peux.

Bien plus qu'il n'était prudent et avisé, songeai-je sans le dire.

Je me refusais à chiffrer combien je perdrais si le rachat échouait, ou combien j'aurais en jeu s'il réussissait. J'essayais d'oublier combien j'étais déjà surendetté. Notre train de vie, à Ginny et à moi, ne prêtait pas aux économies. Nous avions des résidences secondaires en Provence, dans le Wiltshire, du personnel de maison, des voitures. Jusqu'à l'année dernière, nous avions acheté de beaux tableaux modernes et nous recevions, si l'on peut dire, à grande échelle. Même en tenant compte de tout cela, l'argent filait à une vitesse telle que je me demandais parfois où il allait. Depuis un an que les dividendes HartWell avaient chuté, je m'étais imposé une réduction volontaire de salaire et nous avions essayé de freiner nos dépenses. Ginny avait été chargée du plan de rigueur mais, pour une raison que je n'arrivais jamais à comprendre, ses restrictions budgétaires ne semblaient guère avoir d'effet sur notre compte en banque, et chaque fois que je songeais à l'avenir, j'étais pris de panique.

Mary caricatura sur son visage une extravagante expression d'affolement.

– J'espère que tu ne vas pas nous demander de faire la même chose !

– Bien sûr que non. Je ne voudrais pas, de toute façon. Vous devez seulement investir ce que vous pouvez vous permettre.

– Et si l'entreprise fait le grand plongeon ? articula David d'une voix traînante.

– Elle ne le fera pas.

– Si ça arrive quand même ? insista-t-il avec une pointe d'impatience.

– Les banques seront créanciers prioritaires.

– Et nous, nous récupérons… ?

– Rien.

– *Exactement !* grimaça-t-il.

Je sentis le regard de Mary me fixer de nouveau. Elle émit soudain un petit rire.

– C'est une sorte de pari, alors.

Elle présentait cela comme s'il s'agissait de miser sur un cheval.

David se redressa dans son fauteuil.

– Il faut qu'on réfléchisse un peu.

– Bien sûr. (Je les regardai l'un après l'autre.) Mais ça m'aiderait beaucoup si vous pouviez me dire à peu près jusqu'à quand.

– Je ne sais pas, fit David avec une petite moue en regardant Mary. Ce week-end ? Disons mardi ?

Elle acquiesça d'un haussement d'épaules.

– Mardi, donc.

C'était un moindre mal. Réprimant mon envie de plaider encore ma cause, je parvins à sourire.

Dans le bref silence qui suivit, Mary se remit d'un bond sur ses pieds.

– Allons, je vais le préparer, ce déjeuner !

– Je ne pense pas avoir le temps, Mary.

Elle agita un doigt dans ma direction.

– Juste un sandwich. Ce sera prêt en un rien de temps.

Il y avait quelque chose de cassant, de péremptoire dans le son de sa voix. Elle s'arrêta sur le pas de la porte.

– Est-ce que tu as parlé de Dittisham à Hugh, David ?

– Euh... non.

Mary attira mon attention et, reprenant un rôle qui lui était plus familier, singea une expression de grande patience avant de disparaître dans le hall.

– Voilà, fit David quand elle fut partie. On pourrait avoir un acheteur. Quelqu'un qui serait très pressé. Nous avons appris ça ce matin. Et qui serait prêt à payer le prix demandé.

J'eus un pincement au cœur. Dittisham avait été la maison de notre enfance, l'endroit où j'avais coulé tant d'années heureuses, le foyer où nos parents avaient vécu toute leur vie de couple. Jusqu'à la mort de notre mère, vingt ans plus tôt, c'était resté le noyau central de la famille. Cependant, même si l'enfant qu'il y avait en moi trouvait insupportable l'idée que des étrangers y vivent, le réaliste savait, Papa étant décédé aussi, qu'il fallait s'y résoudre.

– Quand ces gens veulent-ils en prendre possession ? m'enquis-je.

– Dans un mois.

– Tu me préviendras, n'est-ce pas ? J'ai des affaires à récupérer.

– Tu ne pourrais pas les récupérer tout de suite ?

– Pas le temps.

Me rappelant soudain l'heure, comme toujours, j'empoignai ma mallette et bondis sur mes pieds.

– Hugh...

Il y avait une tonalité, dans le son de sa voix, comme un avertissement, qui me fit m'arrêter net. Il contourna le bureau, s'assit à demi dessus et croisa les bras.

– Voilà..., dit-il avec un soupir de contrariété, la police est venue poser des questions sur Sylvie.

Je sentis un petit tressaillement quelque part dans ma poitrine.

– Poser des questions ?

– Ils sont passés me voir hier.

– Toi ? Pourquoi toi ?

David fronça les sourcils comme si j'étais particulièrement bouché.

– Parce que c'était une de mes patientes.

Je dus laisser paraître quelque surprise sur mon visage car il s'étonna.

– Tu ne savais pas ?

J'eus un haussement d'épaules.

– Non... Ça ne m'était pas venu à l'esprit. Tu ne me l'avais pas dit...

– Soit. Le problème, c'est que... (Il hésita comme s'il abordait le sujet à contrecœur.) Ils semblent penser que Sylvie était sur le bateau il y a quelques semaines.

Inutile de demander quel bateau. Pendant l'été, David et moi avions entretenu le petit yacht de Papa, le *Ellie Miller*, en attendant de prendre une décision à son sujet.

J'affichai un masque d'étonnement.

– Qu'est-ce qui leur fait penser ça ? demandai-je d'une voix plate.

– Ils ne l'ont pas dit. Ecoute, ça ne me regarde pas mais... bon, méfie-toi de ces abrutis, d'accord ?

– Me méfier ?

Mais je savais autant que lui ce qu'il voulait dire.

– Si quelqu'un a vu Sylvie à bord avec toi, ils pourraient bien extrapoler. S'imaginer des choses, tu me comprends... (il eut un geste impatient de la main)... que vous étiez ensemble.

– Ils ont dit ça ? m'écriai-je.

– Non, non. Mais tu sais comment leur esprit travaille. Ils se forgent une idée et n'en démordent plus. D'après mon expérience, en tout cas.

J'avais eu depuis si longtemps le besoin désespéré de parler de Sylvie à quelqu'un que je me confiai presque à lui. Je voulais lui expliquer l'extraordinaire emprise qu'elle avait toujours exercée sur mon imagination, et en lui parlant, me l'expliquer à moi-même. Je voulais l'entendre me dire qu'il comprenait, que cela aurait pu lui arriver à lui aussi. Pourtant, quelque chose me retint. Un réflexe de discrétion, la peur d'être mal compris, le doute qu'il sache recevoir de telles confidences. David n'avait jamais été homme à laisser ses sentiments prendre le dessus sur lui. Pour autant que je sache, il n'avait jamais perdu la tête à cause de qui ou quoi que ce soit, encore moins d'une femme.

– Ils m'ont déjà contacté, lâchai-je brusquement.

– La police ? Tu les as vus ?

– Je vais les voir bientôt. Dans une demi-heure, en fait.

– Ah ! (Il regarda sa montre, retourna derrière son bureau consulter son agenda, tourna une page.) Si tu veux que je vienne avec toi, je pourrais peut-être arriver à me dégager.

– Je ne crois pas que ce soit nécessaire.

Mais le fait qu'il l'ait proposé avait semé une petite graine d'angoisse en moi.

– Tu es sûr ?

– Certain.

– Très bien, capitula-t-il immédiatement. Mais rappelle-toi, Hugh. Ils ont une cervelle de moineau. Et ne démordent pas de leur idée.

# 2

L'INSPECTEUR s'installa sur son siège.

– Désolé de vous avoir fait attendre, monsieur.

– Je suis assez pressé, fis-je observer. Est-ce que ça va prendre longtemps ?

A son expression, je compris que la police ne se hâtait pour personne, encore moins pour ceux qui estimaient avoir des choses plus importantes à faire.

Otant le capuchon de son stylo, il commença à écrire laborieusement sur un bloc réglementaire.

– E… S…, épelai-je en lisant mon nom à l'envers. Après *Well*, c'est E… S...

– Ah. (Il corrigea pour arriver à *Wellesley*.) Et votre adresse ?

Je la lui donnai, complète et avec code postal.

– C'est au centre de Londres, ça, n'est-ce pas ?

– Oui. A Chelsea.

– Maintenant… (Il me fixa d'un regard affable.) Vous connaissiez Sylvie Mathieson, n'est-ce pas, monsieur Wellesley ?

– Oui.

– Et vous la connaissiez bien, Sylvie ?

Cette utilisation de son prénom me désarçonna un peu, elle donnait à notre conversation le ton d'un échange banal à propos d'une vieille amie. D'ailleurs l'audition tout entière avait pris un tour étonnamment détendu, avec ces sièges confortables, la porte restée ouverte, les échos de bavardages provenant du couloir. Par le fait aussi qu'elle n'avait été confiée ni à Henderson ni à Jones, mais à cet inspecteur Reith qui, par son menton lisse, sans la moindre ombre de barbe, et son teint clair, semblait beaucoup trop jeune pour faire ce métier-là ou n'importe quel autre.

– Il fut un temps, oui, je la connaissais bien. Nous nous sommes rencontrés, oh... il y a quinze ou seize ans. Mais je ne l'ai plus revue pendant une longue période après cela, jusqu'à cet été, en fait.

– Cet été. Et là, vous vous êtes rencontrés souvent ?

Je pris une brusque inspiration.

– Non. Elle est venue au bateau une fois. Ou plutôt, deux.

– Au bateau ?

– Le bateau de plaisance de mon père. Mon père est décédé récemment et je m'occupais de l'entretien du yacht. Le pompage, ce genre de choses. Un jour, elle est passée par là à la nage.

Il cligna les yeux.

– Passée par là à la nage ?

– Oui, elle est venue nager jusqu'au bateau. On a commencé à bavarder. Elle est montée à bord prendre le thé.

Prendre le thé : cette image d'après-midi, de soleil, de respectabilité, faisait vraiment vieillot.

– Où cela s'est-il passé ?

– A Dittisham. Le bateau est mouillé en face de la maison de mon père.

– Et quand était-ce ?

– Voyons, ce devait être... (Je fis effort pour essayer de me souvenir.) En juin ? Quelque chose comme ça.

– Et la seconde fois où Sylvie est venue à bord, c'était encore à la nage ?

Ce point semblait l'intriguer, comme s'il s'agissait d'une forme de bizarrerie.

– Non, à la rame dans un petit dinghy. Elle allait vers un autre bateau.

– Quel bateau ?

– Oh, je ne connais pas son nom. Mais c'était un bateau à l'ancienne, un cotre blanc avec un beaupré. Mouillé un peu plus loin en aval sur le fleuve, après le ferry.

– Vous l'avez vue s'y rendre, donc ?

– Disons que… je savais qu'elle allait vers un bateau. J'ai supposé que c'était celui-là. Je l'avais déjà vue à son bord.

– Vous aviez déjà vu Sylvie à son bord ? répéta-t-il d'une voix impassible.

– Oui.

– Quand cela ?

– Elle était avec un groupe de gens, ils allaient à terre quelque part. Ce devait être vers… le début de juillet ? Oui… début juillet.

– Avez-vous reconnu quelqu'un, parmi ce groupe ?

– Non.

– Vous pourriez nous montrer ce bateau, par contre ?

– Sans doute, mais… (Je n'essayai point de masquer ma réticence à le faire.) … je préférerais éviter. Je ne viens pas très souvent par ici. Là, je rentre tout de suite à Londres. Ce serait vraiment malcommode. Je suis très occupé, en ce moment.

– Je veux dire… en cas de besoin.

– En cas de besoin, concédai-je en essayant de ne pas me montrer trop ouvertement négatif. Mais je suis sûr que la capitainerie du port sera en mesure de vous renseigner très vite. Il ne doit pas y avoir tellement de cotres avec un beaupré qui mouillent en aval du ferry.

Reith acquiesça de la tête, le regard dans ses pensées.

– Donc, euh… à part ces deux visites, avez-vous vu Sylvie en d'autres occasions ?

– Près du fleuve, un jour. Nous avons bavardé un moment.

– Et c'est tout ? Vous l'avez seulement rencontrée ces trois fois-là ?

– Pour parler, oui.

En prononçant ces mots, j'eus une soudaine bouffée de chaleur, je sentis la sueur perler sous ma chemise, et je réalisai quel piètre menteur je ferais si je devais répéter cet exercice à grande échelle.

– Savez-vous qui elle fréquentait ? Qui étaient ses amis ?

– Non, répondis-je un peu trop hâtivement avant de poursuivre sur un ton plus posé. La seule occasion que j'ai eue de la voir avec quelqu'un, c'était sur l'autre bateau avec ce groupe. Et une autre fois en train de marcher avec quelqu'un. Enfin, je *pense* que c'était Sylvie. Elle était loin de moi.

Que ces petites contrevérités semblaient sortir sans effort de ma bouche ! Car je pouvais difficilement expliquer que je l'avais discrètement observée à la jumelle, comme un vulgaire voyeur.

– Est-ce un homme, avec qui elle était ?

– J'ai l'impression, oui. Mais la personne avait les cheveux longs. Assez longs pour qu'on les remarque, jusqu'aux épaules ou même plus.

– Et lors de vos conversations avec elle, elle n'a mentionné le nom d'aucun de ses amis ?

– Non.

Reith s'empara d'une feuille de papier.

– A présent, monsieur Wellesley, vous rappelez-vous où vous étiez entre samedi dernier, le trente septembre, à midi et le lendemain dimanche à la même heure ? (Je pensais ne pas avoir varié d'expression, mais il dut lire une certaine inquiétude dans mes yeux.) Simple question de routine, me rassura-t-il.

A croiser le regard ferme dont il me fixait, il ne me parut soudain plus tout à fait aussi jeune.

– Bien sûr, répondis-je en me raclant la gorge. Le samedi, j'ai travaillé à mon bureau de Hammersmith jusqu'en milieu d'après-midi. J'en suis parti... il devait être environ trois heures. Après quoi je suis rentré directement à Dittisham en voiture. Je suis arrivé à la nuit tombante, donc vers sept heures et demie, je suppose. J'ai ouvert la maison et...

– De quelle maison parlons-nous, monsieur ?

Il prenait des notes détaillées, à présent.

– Celle de mon défunt père, Dittisham House. Ensuite, j'ai repris la voiture pour aller à Dartmouth acheter de quoi manger...

Je m'interrompis, le temps qu'il inscrive tout cela.

– Quelle heure pouvait-il être ?

Là, il fallait que je fasse vraiment attention de ne pas me couper.

– Oh... huit heures et quart ? Peut-être un peu plus. Oui, disons huit heures et demie.

– Où avez-vous fait vos courses, monsieur ?

– Je suis d'abord allé à la Co-op mais c'était fermé, alors je suis allé au Spar à côté de l'église. C'est le seul magasin que j'aie pu trouver. Que j'aie pu trouver ouvert, je veux dire.

– De quelle église parlez-vous ?

– Quelle église ? répétai-je, un instant désarçonné par la minutie de la question. Je n'ai pas la moindre idée de son nom, si c'est ce que vous voulez savoir. Mais c'est celle qui est dans la partie basse de la ville, près des quais.

Je me demandai si sa lenteur d'écriture venait d'une forme immodérée de zèle de copiste, ou d'un désir pervers de me retenir plus longtemps encore.

– Et ensuite ? demanda-t-il.

– Je suis retourné à la maison. Mon épouse m'y a rejoint peu de temps après.

– Votre épouse ? Elle s'appelle... ?

– Virginia Wellesley.

– Mrs. Virginia Wellesley. (Je le regardai inscrire cela en lettres capitales.) Elle est à la même adresse ?

– Je vous demande pardon ?

– A Londres. Elle vit avec vous à... (il consulta ses notes) ... Glebe Place ?

– Oui.

La conversation avait pris une tournure excentrique, à la fois prévisible et bizarre. La nature décontractée de l'entretien, les questions tarabiscotées paraissaient grotesquement inadaptées au terrible événement qui nous réunissait ici.

– A quelle heure, donc, êtes-vous rentré à la maison et avez-vous vu votre épouse ?

Je fis à nouveau mine de fouiller dans ma mémoire.

– Eh bien vers... neuf heures, à peu près.

– Ensuite ?

– Nous avons dîné et sommes allés nous coucher.

– Et le lendemain ?

– Oh, attendez, j'oubliais... Ce soir-là, mon frère est passé brièvement, vers dix heures.

– Votre frère étant... ?

– David Wellesley. Le docteur Wellesley. Il exerce à Dartmouth.

Reith tenait son stylo avec gaucherie, les phalanges courbées comme celles d'un enfant, et la pointe n'en avait que plus de mal à avancer sur la page.

– Le lendemain, donc ?

– Attendez... (Je me frottai le front.) Nous avons dû nous lever vers huit heures, et puis nous avons eu à faire à la maison et sur le bateau. Vider placards et greniers, ce genre de choses. (Encore une fois, je dus attendre que son stylo rattrape son retard.) Et le soir, nous sommes rentrés à Londres.

– Quelle heure pouvait-il être, monsieur ?

– Quand nous sommes partis ? Vers, euh... neuf heures.

Il relut laborieusement ce qu'il avait écrit puis releva les yeux et m'adressa son froid sourire professionnel.

– Je vous remercie.

Même après cela, je n'étais pas très sûr qu'il ait terminé jusqu'à ce qu'il referme son bloc et se lève. Je me levai à mon tour et lui serrai la main.

– J'espère que vous mettrez la main sur le coupable, dis-je. Elle était... (Qu'essayais-je de dire ? Pourquoi m'étais-je lancé dans cette phrase ?) C'était une ravissante personne.

– Vraiment, monsieur ?

Et il détourna les yeux d'un air entendu.

Je conduisis de nouveau à toute allure, atteignant souvent les cent soixante, les dépassant parfois, ne m'arrêtant que pour prendre de l'essence et acheter de l'eau minérale. Julia m'appela sur le téléphone de voiture et me transmit les messages de son élocution décontractée. La Chartered Bank avait avancé notre prochain rendez-vous au lendemain à onze heures, ce que j'interprétai comme un signe favorable, mais ma satisfaction s'envola avec le message suivant. Graham Moncrieff, le chef de notre équipe juridique, disait qu'il avait rencontré un problème avec Cumberland. Lesquels seraient revenus sur leur accord de nous louer à bail les installations de Hartford et exigeraient soudain que nous achetions tout simplement l'usine et les entrepôts.

Pour la seconde fois de la journée, je faillis avoir un accident, m'écartant de ma file, ce qui m'attira le coup de Klaxon bien appuyé d'une Range Rover.

Ne contenant qu'avec peine mon incrédulité et ma colère, je redescendis à un quatre-vingt-quinze bien sage et dis à Julia de me prendre un rendez-vous avec Howard le lendemain dans la journée.

– Il ne vous reste plus aucun créneau.

– Au petit déjeuner. Le soir. A minuit si nécessaire. Mais demain, Julia.

Je lui demandai de sauvegarder le reste des messages et raccrochai. J'avais besoin d'un peu de temps pour me calmer. Pour assimiler les pleines implications de la volte-face de Cumberland. S'ils voulaient nous forcer la main, s'ils nous obligeaient à acheter l'usine, il nous faudrait trouver davantage d'argent, un million de livres supplémentaire à tout le moins. Juste au moment où nous avions présenté nos chiffres définitifs aux banques. Juste au moment où nous avions presque toute la somme à portée de main. Cumberland ne faisait pas que déplacer les poteaux de but, ils les enlevaient carrément. Trouver un autre million serait difficile : nous avions capté toutes les sources, fait rentrer tous les impayés, exploité tous nos contacts.

Si cette manœuvre était destinée à nous mettre en échec, alors elle se classait très haut dans l'échelle des sales coups. Mais était-ce une manœuvre ? Cumberland voulait-il nous faire perdre, ou simplement nous soutirer davantage d'argent ? Howard serait au courant, lui. Quant à savoir s'il serait disposé à me le dire, c'était une autre histoire.

Cet aspect des affaires était celui que j'avais toujours détesté et fait de mon mieux pour éviter : ces coups dans le dos, tromperies, trahisons de confiance, ces avantages poussés jusqu'à laisser l'adversaire en sang. Howard jugeait mes scrupules ringards mais fatals. Il me trouvait trop gentil et avait sans doute raison. Mais j'aimais à laisser intacte la dignité de mes adversaires. Si c'était un défaut de répugner à se faire des ennemis, alors je l'avais bel et bien.

J'allais être en retard. Je faillis appeler Julia pour lui demander de prévenir Ginny, mais, ces dernières semaines, ce genre de message par personne interposée avait été mal reçu, Ginny m'accusant de chercher des excuses pour ne pas lui téléphoner. Confus de réaliser qu'il y avait là une petite mais indéniable part de vérité, je décidai de le faire moi-même.

– J'ai été retenu, expliquai-je aussitôt qu'elle eut décroché sur un fond sonore de bavardages.

– Tu vas arriver tard ?

– A sept heures, j'espère, sept heures et demie au maximum. Si ça ne te dérange pas que je ne sois pas lavé.

– Ça ne me dérange pas.

Elle avait l'air tellement éteinte que je m'inquiétai.

– Tu vas bien ?

– Je me sens un peu patraque. Une poussée de grippe, je crois.

L'une des voix de l'arrière-plan était masculine, celle d'un traiteur ou d'un homme du personnel d'entretien. Dans le temps, nous aurions plaisanté sur l'amant secret de Ginny, mais nous ne nous amusions plus de ce genre de choses, à présent.

– Désolé de ne pas être là-bas pour t'aider, fis-je.

– Je vais me débrouiller.

– Tu es sûre de ne pas avoir besoin du médecin ?

– Non, non. J'irai simplement au lit dès que tout le monde sera parti.

Il était huit heures moins le quart quand je parvins finalement à Glebe Place. La réception était plus importante que je ne l'avais imaginé. Après avoir longtemps tourné pour me garer – l'accès au garage était bloqué, les rues adjacentes complètement bondées –, je suivis quelques invités qui entraient pour trouver une muraille de dos à chaque porte, et un flot de gens qui se déversait du salon dans le jardin d'hiver.

Une silhouette féminine s'approcha.

– Bonjour, Hugh ! Quelle superbe petite fête ! Vous donnez toujours de si belles réceptions !

Des salutations et mon plus beau sourire accrochés aux lèvres, je me frayai un chemin à travers la pièce à la recherche de Ginny.

Je la repérai enfin près de la cheminée, dos tourné à moi. Elle s'était fait une nouvelle coiffure, ou peut-être était-ce une ancienne que j'avais oubliée, les cheveux sévèrement tirés en arrière et ramenés au cou en une bande épaisse, ce qui d'ailleurs ne diminuait en rien leur magnificence auburn et exceptionnellement lustrée. Elle était vêtue d'une robe noire simple et, quand elle se retourna, je remarquai que, mises à part des boucles d'oreilles en perles, elle ne portait pas de bijoux. Elle n'en était pas moins ravissante – rien n'aurait pu l'empêcher de l'être. Elle avait le visage en forme de cœur, les pommettes hautes et des sourcils ailés qui lui donnaient un petit air de lutin.

Elle souriait à quelqu'un. C'était un sourire que je connaissais, crispé, nerveux.

– Je suis ici, annonçai-je inutilement. Tout se passe bien ?

– Le traiteur s'est trompé dans la commande.

– C'est grave ?

– Il n'y a que des trucs en pâte. Et du poulet épicé. Ils ont oublié le saumon fumé et les paupiettes ! (Elle soupira avec un imperceptible frisson.) Mais bon, c'est trop tard, maintenant.

Ses yeux, luisants de fièvre ou d'anxiété, ou les deux à la fois, dardaient sans cesse des regards tout autour de la pièce. Pendant un moment, nous restâmes silencieux dans la houle cacophonique ambiante, tels deux naufragés perdus au milieu de la tempête qu'ils avaient eux-mêmes créée, puis Ginny se laissa entraîner à l'écart et je me retrouvai à discuter taux d'intérêt avec un homme de la City.

Je me sentis peu à peu gagner par l'ambiance de la réception : s'enquérir de la santé et des affaires des gens, détourner les questions, égrener de faibles plaisanteries, parler et ne pas trop écouter. Avec la fatigue, le champagne m'embrumait l'esprit, aussi l'abandonnai-je bientôt pour de l'eau minérale. Plus tard dans la soirée, quelqu'un fit un discours sur le service des prématurés et la nécessité de trouver des fonds, ce à quoi nous applaudîmes tous.

– Bonjour, vous, souffla une voix à mon épaule.

C'était Caroline Adam, une amie de Ginny, haut placée quelque part dans les relations publiques. Elle avait de larges lèvres carminées, une coiffure blond argenté tout ébouriffée et était assez grande pour me regarder directement dans les yeux.

– L'homme de la soirée, déclara-t-elle.

– Moi ?

– Je vous appelle tous les deux le couple en or. Si beaux, si intelligents, si... *tout.*

Je ne pouvais ébaucher la moindre réponse à cela et n'essayai même pas.

– Comment allez-vous, en fait ?

Il y avait un rien de sournoiserie dans son attitude.

– Très bien.

– Et Ginny ? Elle a l'air un peu pâlotte. Je l'ai remarqué tout de suite.

– Elle croit avoir la grippe.

– Ah bon, exhala-t-elle, ses yeux alourdis de faux cils rivés sur les miens. Mais vous deux, ça marche ?

Son sourire ne fit rien pour ôter du mordant à la question.

Une pensée affreuse me vint : celle que Ginny s'était confiée à cette femme, qu'elle lui avait exposé les détails les plus pénibles de notre malaise. Pensée qui en entraîna vite une autre, qu'elle lui avait parlé de mes visites à Dittisham, et même – j'en eus un pincement à l'estomac – qu'elle y avait trouvé quelque chose de louche.

– Ça ne pourrait pas aller mieux, fis-je avec une consternante jovialité.

Caroline essayait de lire sur mon visage, et j'eus le sentiment qu'il n'échappait pas grand-chose à ses yeux voraces.

– Ravie de l'entendre, lâcha-t-elle enfin. Il y a tant de gens qui se retrouvent le bec dans l'eau. Qui doivent jusqu'à leurs derniers lacets de chaussures à la banque. Sans travail à cinquante ans. Réduits à vendre des herbes miracles dans leur salle à manger. Pas étonnants que les mariages tanguent, sous le stress. Nous devons tous davantage nous soucier de l'autre !

Ginny avait-elle soupçonné quelque chose pendant tout ce temps ? Pensait-elle que j'avais une liaison ? A mesure que cette idée prenait corps, mon moral s'amenuisait à la perspective des confrontations à venir.

– A propos de nous soucier de l'autre, poursuivait Caroline avec un sourire provocant, il faut dire que votre bastion est assiégé, pauvres messieurs, et qu'on ne vous fait pas de cadeau. Je crois que nous, les méchantes femmes, vous avons repoussés trop loin, que vous avez tous besoin d'être à nouveau chouchoutés et dorlotés, comme au mauvais bon vieux temps.

Elle m'adressa un sourire qui n'était pas totalement frivole.

Le bruit sembla enfler autour de moi, le vin tintait dans ma tête, j'avais atteint une limite que je ne connaissais guère. Après un vague salut, je m'éloignai vivement pour me réfugier dans le jardin. Je savais que je ne devais pas me laisser atteindre par les Caroline de ce monde. Semer la discorde était plus fort qu'elle, et si je n'avais eu une aussi longue journée, je m'en serais souvenu plus tôt. Je me serais également rappelé que dans tous les reproches qu'elle avait pu me faire, Ginny n'avait jamais glissé la moindre allusion à l'infidélité. D'ailleurs notre malaise s'était installé bien avant l'été, au cours des longues années où la confusion avait pris le pas sur l'amour.

Immobile dans la nuit bleuâtre de Londres, les échos de la réception n'étant plus qu'un lointain bourdonnement, j'essayai de me représenter une époque où les choses seraient différentes, où l'entreprise serait remise sur pied, où Ginny et moi aurions retrouvé le bonheur, où par un coup de baguette magique je serais dégagé de tout souci et de tout sentiment de culpabilité. Mais l'image refusait de prendre corps, elle semblait trop inaccessible. Alors, inspirant une dernière bouffée d'air chargé de l'humidité des feuilles, je repris d'un pas lourd la direction de la maison.

Quelques invités s'attardèrent impitoyablement jusqu'à neuf heures et demie, et nous ne pûmes refermer la porte derrière l'équipe du traiteur avant dix heures.

– Monte te mettre au lit, dis-je à Ginny. Je m'occupe de tout finir ici.

– Je me sens parfaitement bien. (Elle s'assit tout au bord d'une chaise près de la cheminée.) Je ne crois pas que c'était la grippe, finalement.

– Tu es sûre ?

Elle répondit par un léger hochement de tête, les yeux obstinément fixés sur les miens, et je compris qu'elle voulait parler.

Je me servis un brandy – certainement la dernière chose à faire – et m'assis sur la chaise en face d'elle.

– C'était réussi, dirait-on ? fis-je sur un ton faussement enjoué. Et personne n'a remarqué quoi que ce soit sur la nourriture, à mon avis.

Elle était assise comme une institutrice, ses bras serrés contre ses flancs, les épaules rigides, austère, inflexible.

– Comment s'est passée ta journée ? demanda-t-elle.

– Oh, tu sais...

– Non, je ne sais pas. Dis-moi.

Et elle vissa sur moi un regard chargé d'une étrange intensité.

– Eh bien... j'ai exposé la situation au personnel de Hartford. J'ai vu David et Mary au déjeuner.

– Qu'est-ce que tu leur as dit, au personnel de Hartford ? insista-t-elle.

– Je leur ai donné les dernières nouvelles dans toute leur splendeur !

– S'il te plaît, Hugh... Je voudrais savoir.

Ma surprise vint de ce que Ginny n'avait jamais manifesté grand intérêt pour les détails de l'affaire.

– Désolé, fis-je sur un ton repentant. Ce que je leur ai dit ? Eh bien... J'ai fait passer Cumberland pour le grand méchant loup. J'ai expliqué qu'ils comptaient vendre Hartford au plus offrant, et que si ce n'était pas nous, il y aurait sûrement des licenciements. Et bien sûr, que l'avenir ne serait pas tout rose si nous rachetions, mais je crois avoir réussi à leur décrire la perspective de temps difficiles avec nous comme malgré tout plus alléchante que de se retrouver sans travail.

Elle écoutait avec attention, un petit pli sur le front, et je poursuivis, expliquant certains des risques liés à notre rachat, et le dur labeur qui nous attendait.

– Mais tu y crois, à ce rachat ? demanda-t-elle. C'est ce que tu veux ?

– Si c'est ce que je veux ? m'esclaffai-je. Autant que je sache, oui ! Du moins la dernière fois où j'ai été capable de réfléchir correctement.

– Ça y est, te voilà reparti, fit-elle en haussant le ton.

– Reparti où ?

– A ne pas me répondre sérieusement.

– Excuse-moi. (Je fis taire la tonalité un peu blessée de ma voix.) Oui, c'est ce que je veux. Oui. *Oui.* (Prononcer ces mots donna un coup de fouet à mes sentiments.) Je ne peux pas faire une croix sur une entreprise qui a tellement pour elle. Oh, je sais ce que vous pensez tous, fis-je comme si je m'adressais à ma famille entière. Vous pensez que c'est juste pour maintenir la *tradition*, ou quelque chose de ce genre, que je suis incapable de passer la main. Mais il y a davantage. Il y a les gens de Hartford, et puis l'endroit... J'en suis amoureux ! J'aime tout ce qui s'y rapporte !

– Du moment que c'est ce que tu veux, dit gravement Ginny.

– Oui, et je veux être celui qui la dirige, ajoutai-je comme si cela avait prêté à contestation. Je veux la diriger car je pense être en mesure de le faire mieux que quiconque. Avec une bonne équipe à mes côtés, et sans extravagants rêves de grandeur !

La seule pensée de Howard me fit une fois de plus monter la moutarde au nez, et il me fallut un moment avant d'enregistrer ce que Ginny disait.

– ... J'ai téléphoné au Comptoir Immobilier et je les ai menacés de mettre la maison dans une autre agence s'ils ne se démenaient pas plus pour Melton. Le gars m'a suggéré de passer une annonce dans les magazines de luxe – à *nos* frais bien entendu. J'ai dit d'accord, mais en précisant qu'il était à l'essai et que nous lui laissions six semaines au maximum. Ensuite... (Une pensée lui détourna l'attention, elle cligna rapidement les paupières.) Ensuite... j'ai demandé aux Murray par quelle agence ils étaient passés pour vendre leur maison en France. Parce que ce sont des requins, là-bas, tu sais.

Cette calme résignation de sa part fit monter en moi une bouffée de remords.

– Navré qu'on en soit arrivés là.

Regrets qu'elle écarta d'un léger haussement d'épaules.

– Trop de maisons, de toute façon.

– Mais tu adorais Melton.

Comme elle avait adoré la maison de Provence. Sa grande passion était la décoration et elle avait un immense talent pour marier meubles, objets et couleurs en de merveilleuses combinaisons. Elle avait transformé nos maisons en vitrines et les perdre serait bien plus pénible pour elle que pour moi. Mais là au moins, nous en parlions. Il avait été une époque où Ginny semblait croire que je voulais vendre les maisons par pur caprice, perversité, ou même, dans ses plus noirs moments, pour lui saper le moral. Pendant un temps, je n'avais même pas osé lui demander si les agences progressaient.

J'abordai un autre sujet épineux, celui du couple qui nous coûtait les yeux de la tête pour entretenir Melton.

– A propos des Kemp, avons-nous réussi à…

– Oui, oui, ils sont partis la semaine dernière. Je te l'ai déjà dit.

– Ah ? Pardon.

Nouvelle excuse, nouvelle petite dégringolade.

– Mrs. Hoskins a accepté d'y passer trois fois par semaine.

– Très bien.

– Allons-nous devoir vendre ici aussi ? demanda-t-elle d'une voix délibérément calme.

– Non, bien sûr que non ! (Je fis une piètre tentative d'humour.) Je crois qu'il faut quand même qu'on ait un toit. Les ponts du Strand sont pleins de courants d'air et les clochards du coin n'acceptent pas n'importe qui, paraît-il. Il y a des anciens d'Eton, des banquiers en faillite…

– Je t'en prie, arrête ! s'écria-t-elle soudain tandis que la tension montait d'un cran entre nous. Si tu pouvais simplement… me *dire* les choses ! Parfois, tu me prends vraiment pour une demeurée !

– Je te les *dis*, les choses ! répondis-je avec retenue. Et je ne t'ai jamais prise pour…

– Mais si tu dois passer ton temps à Hartford, on ne pourra pas rester ici, n'est-ce pas ?

– A terme, on devra peut-être songer à se rapprocher, effectivement.

Elle eut un soupir d'exaspération.

– Bien sûr, qu'on devra. C'est la seule chose à faire.

Je ne savais trop par quel bout prendre cette Ginny-là, toujours tendue comme une corde mais concentrée de façon aussi inattendue que miraculeuse.

– Nous ne serons pas obligés de vivre à Dittisham, j'espère ? demanda-t-elle avec insistance.

– Non.

– Pourtant, tu y songeais.

J'en avais très brièvement fait la suggestion peu après le décès de mon père, alors que je n'avais pas encore bien réalisé. La pensée de perdre à la fois mon père et la maison où j'avais grandi semblait trop dure à supporter, et pendant quelques semaines, je m'étais bercé de l'idée de la restaurer et de l'utiliser pour les week-ends d'été. Mon imagination avait recouvert cette perspective d'un lavis doré de nostalgie. J'avais revu des enfants dans le jardin, des barbecues sur la terrasse, des chasses aux œufs de Pâques, des expéditions le long du fleuve.

– C'était juste une idée en l'air. Mais non, ça va être vendu. On a reçu une offre aujourd'hui.

– Ah.

Et le soulagement revint sur son visage.

Nous avions tous deux le regard ailleurs, sur le feu éteint. Les fausses bûches étaient si bien ciselées de cendres et de marques de brûlé qu'il était impossible de les distinguer des vraies. Ginny les avait vues aux Etats-Unis et les avait commandées spécialement. Je la sentis me regarder de nouveau et s'apprêter à reprendre la parole.

– Cette fille, celle qu'ils ont retrouvée dans le fleuve… as-tu appris quelque chose ?

Je me tins immobile sur mon siège, ne montrai rien sur mon visage. Fis revenir mes yeux vers les siens.

– Oh, David en a un peu parlé. Elle a été poignardée, apparemment. Puis jetée à l'eau.

– Ils n'ont aucune idée de l'auteur du crime ?

– Je ne crois pas.

Il y eut un silence.

– Tu aurais pu me le dire, tu sais.

– Te dire quoi ?

– Que c'était *elle*. (La voix de Ginny s'était chargée d'une émotion que je ne pus décrypter. Je ne répondis pas.) Celle dont tu étais amoureux.

Je pris une lente inspiration.

– C'était il y a très longtemps, Ginny.

– Mais c'était elle, hein ?

Sa voix tremblait légèrement.

– Oui.

– Celle que tu avais voulue, mais pas pu, épouser ?

– Qui t'a dit ça ?

Elle baissa brièvement les yeux, comme si elle avait été prise en faute.

– Mary.

– Eh bien, je ne tiendrais pas toujours ce que dit Mary pour parole d'évangile, rétorquai-je en me demandant ce que ma belle-sœur avait bien pu dire d'autre. Franchement, chérie..., ajoutai-je pour atténuer mes paroles.

– Ça m'est égal, ce n'est pas ça, dit-elle en haussant le ton. J'aurais simplement préféré que tu m'en parles.

– Voyons, ça n'avait rien de...

– Tu voulais l'épouser, pourtant ?

Il y avait en Ginny un acharnement, une incapacité à lâcher prise qui résonnait dans nos querelles comme un tambour discordant. J'entendais cet écho dans sa voix, à présent. Sachant ce que cela annonçait, je m'empressai d'enchaîner.

– Ce n'est jamais arrivé à ce stade. Il n'a jamais été question... (Elle attendait des détails.) Sylvie était très jeune, expliquai-je à contrecœur. Elle n'avait que seize ans.

Quelque chose dans la façon dont Ginny reçut cette réponse, un imperceptible hochement de tête, me fit penser qu'elle le savait déjà, que Mary avait dû le lui dire. Echauffé par l'alcool à la fin d'une interminable journée, cet échange de confidences entre femmes suscita en moi une bouffée de ressentiment.

Ginny prit quelques instants pour formuler sa question suivante.

– Est-ce que tu l'as vue, cet été ?

Le calme de sa voix fut loin d'en masquer la tension.

– Une ou deux fois.

– Et elle... (nouvelle hésitation pour soigner le choix de ses mots) habitait à Dittisham ?

– Je ne sais pas. Je n'ai pas demandé.

– Mary a dit qu'elle tenait une boutique. Une poterie, ou des objets artisanaux.

– Eh bien demande-lui, alors.

J'avalai d'un coup le restant de mon brandy et me levai.

– Elle pense que...

Je me détournai pour masquer mon exaspération et mon abattement. J'étais épuisé, j'avais enduré tant de choses aujourd'hui que j'avais envie de crier, de la supplier d'arrêter et de me laisser un peu en paix.

– Elle pense que la police voudra interroger les riverains du fleuve qui étaient présents ce week-end-là.

Par la force de l'habitude, ou peut-être sans véritable raison, je me retournai presque malgré moi.

– Il y a des chances, oui.

– Alors ils vont peut-être nous interroger aussi ? (D'un geste, je confirmai cette éventualité.) Surtout toi, puisque tu la connaissais ?

– Oui. D'ailleurs… (J'aurais donné très cher pour ne pas aborder ce sujet à cet instant précis, mais un moment mal choisi en valait sans doute un autre.) … ils l'ont déjà fait. Aujourd'hui.

Et maintenant, pensai-je, on va avoir une scène pour de bon. Parce que je ne lui ai pas parlé tout de suite. Parce qu'elle va s'imaginer que j'ai quelque chose à cacher.

Mais elle restait impassible, les yeux rivés sur mon visage.

– Alors ?

– Oh, rien que la routine. Ils m'ont demandé si je connaissais Sylvie. Si je l'avais vue cet été. Ça n'a pas duré longtemps. Surtout parce que je n'avais pas grand-chose à dire.

Les pensées défilèrent sur le visage de Ginny comme des ombres sur un écran.

– Bon, eh bien voilà, dit-elle enfin.

Il me fallut un moment avant de comprendre qu'il n'y aurait pas de scène, qu'elle allait abandonner le sujet. Avec le soulagement, une incroyable sensation de fatigue s'abattit sur moi comme une chape de plomb.

– Je dois aller me coucher.

– Oui, acquiesça-t-elle. Tu es crevé, moi aussi.

Elle se dirigea vers l'escalier sans se retourner.

Je ne m'endormis pas tout de suite, cependant. Ginny non plus. Nous étions couchés chacun de notre côté du lit en nous tournant le dos, et il m'apparut comme le plus grand sentiment de solitude au monde d'être ainsi allongés ensemble sans pouvoir nous tendre la main, d'avoir des choses à nous dire sans pouvoir nous parler. De me rappeler, douloureuse pensée surgie du passé, combien nous avions été proches au début, de me rappeler l'amour, oui, que nous avions éprouvé l'un pour l'autre, et de sentir que pour une raison qui nous échappait à tous deux, ces temps semblaient définitivement révolus.

Plus tard, quelque chose me réveilla. Le vent, le crépitement lointain de la pluie. Et tout près, la respiration de Ginny qui venait par à-coups irréguliers. Un petit halètement, puis un autre. Je me tournai vers elle et lui posai une main sur l'épaule. Elle se raidit et retint son souffle. Je fis un geste pour lui toucher la joue sous son masque et sentir les larmes que je m'attendais à y trouver, mais elle me repoussa d'une voix cassante.

– Qu'est-ce que c'est ? Qu'est-ce qu'il y a ?

Je ne répondis pas et trouvai plus facile, à la fin, de simplement articuler « Rien » et de me tourner de l'autre côté.

*
* *

Il n'était pas sept heures et demie quand je tapai le code d'entrée à la porte des bureaux de HartWell à Slough. Le panneau me renvoya un son aigu qui me fit croire que Cumberland avait fait changer le code, mais j'avais dû me tromper car ma seconde tentative déclencha un vrombissement d'acceptation. Je remarquai que la lourde porte intérieure en verre épais blasonnée du logo de HartWell n'avait pas été changée. Ce logo, Howard et moi en avions discuté les moindres détails : le style, la taille, la couleur, que sais-je encore. A cette époque, la discussion avait été notre moteur, l'élément vital de notre partenariat, un stimulant pour résoudre les problèmes et trouver de nouvelles idées, une constante source d'hilarité et le seul moyen que nous connaissions pour conserver notre lucidité face à notre terrifiant succès. Un succès terrifiant pour moi, en tout cas, mais que Howard jugeait normal.

Dans les premiers temps de notre expansion en verres et porcelaines de grande distribution, nous avions mesuré ledit succès en termes de chiffre d'affaires et de marges bénéficiaires. Mais les marges bénéficiaires ne vous protègent pas de la récession ou des manœuvres au couteau de vos concurrents. Et dans un cas comme le nôtre où l'on dépend fortement des exportations, elles ne constituent pas davantage un bouclier si le dollar fait un plongeon en chute libre et ne se redresse pas.

Je regardai à l'intérieur de mon ancien bureau. Le grand vase en cristal de Hartford, qui datait des années cinquante, toujours à sa place sur la table latérale, était à présent dépourvu de fleurs. Les vues aériennes de l'usine pendaient toujours au mur à côté de l'emplacement poussiéreux du cadre de deux photos que j'avais emportées dans mon bureau provisoire de Hammersmith : l'une de mon père accueillant le jeune Prince de Galles lors d'une visite à Hartford au cours des années soixante-dix, l'autre de moi, adolescent emprunté de dix-huit ans essayant de souffler du cristal.

Aucun vase en cristal, aucune photo n'auraient pu me faire sentir à l'aise dans cette maison de verre hermétiquement close. Slough avait beau se trouver à équidistance de Hartford et de nos usines du nord, être commodément situé par rapport à Heathrow, pour moi, tout imprégné de la philosophie paternelle du travail sur le tas, cet endroit était un no man's land bureaucratique qui m'avait donné l'impression d'être dangereusement à l'écart.

J'attendis dans l'avant-bureau de Howard. Une chose sur laquelle j'avais appris à tabler pendant nos années de collaboration était son retard systématique à nos réunions. Sachant qu'aujourd'hui ne ferait pas exception, je me résolus à rester calme.

Il était huit heures moins dix quand il fit l'une des entrées silencieuses dont il avait le secret. Je levai les yeux et le vis là, emplissant l'encadrement de la porte. Il portait un coûteux costume sombre, taillé de façon à masquer l'embonpoint qui s'était installé régulièrement et, semblait-il – en dépit des séances de gymnastique dont il faisait tant l'éloge –, définitivement sur sa vaste charpente. En traversant la pièce, il glissa élégamment sa main le long du revers de son veston pour le déboutonner d'une pichenette du pouce.

– Juste toi et moi ? fit-il en feignant la surprise.

– Qui d'autre fallait-il ?

– Je pensais... des juristes, des comptables. (Il afficha l'air ironique qu'il prenait quand il voulait m'intimider.) Non ?

– Arrête tes idioties.

Il s'essaya à un masque d'innocence qu'il n'avait jamais réussi à bien reproduire. Je remarquai que ses yeux gris étaient bouffis, que ses cheveux, d'habitude impeccables, laissaient à désirer autour du col et que ses joues commençaient à présenter un aspect tacheté qui n'avait rien de sain.

Il fallait dire que, si ma vie mondaine était bien remplie, celle de Howard était frénétique. Depuis son divorce, six ans auparavant, on le voyait souvent, dans les magazines de luxe que Ginny aimait à lire, paraître en photo accompagné d'une ribambelle de femmes du monde. La dernière fois que j'avais bien voulu entendre parler de lui, il brûlait d'épouser la fille deux fois divorcée d'un duc propriétaire terrien.

Il déverrouilla son bureau et entra en premier.

– Ça n'a rien à voir avec le rachat, donc ? fit-il d'une voix traînante et en se laissant choir dans son haut fauteuil en cuir.

– Bien sûr que si ! lâchai-je sur un ton crispé.

J'évitai le fauteuil visiteur bas stratégiquement placé devant son bureau, pour aller en chercher un plus haut à la table de réunion.

– Et tu es sûr de ne vouloir personne d'autre ici ?

Devinant là une question piège, je préférai l'ignorer.

– Quel est le problème avec l'accord de location des installations Hartford ?

Mais il jouait toujours au chat et à la souris.

– J'ai besoin d'un café, déclara-t-il languissamment, cherchant autour de lui comme si cela pouvait faire surgir du néant la tasse désirée.

– Oublie le café, grognai-je, je n'ai qu'un quart d'heure.

Il partit soudain d'un vaste rire qui continua à résonner même après qu'il eut cessé de sourire.

– Hugh, fit-il sur un ton de reproche, tu es toujours tellement pressé.

– Et comment !

Il me considéra d'un air qui ressemblait à de l'affection, mais qui aurait aussi bien pu être de la pitié. Quand cette démonstration de complaisance eut rempli son office, qui était de m'exaspérer, il en vint à parler affaires.

– Il y a un problème ? murmura-t-il.

– Tu le sais très bien. Il avait été entendu que nous pourrions louer toutes les installations auprès de Cumberland. Il n'a jamais été question d'acheter !

– Ah ? fit-il en prétendant tomber des nues. Vraiment ? Es-tu sûr de ne pas confondre avec des discussions antérieures ? Au moment des premiers pourparlers de fusion, peut-être ?

Je n'avais jamais tellement compris pourquoi Howard appelait la prise de contrôle une fusion. Parce qu'il était à l'origine de la transaction, peut-être. Ou parce que cela revalorisait à ses yeux sa propre position au sein du conseil d'administration des repreneurs.

– Tu sais pertinemment de quelles discussions je parle, Howard, dis-je, déterminé à ne pas lui donner la satisfaction de me voir me mettre en colère. Quand les grandes lignes des clauses du rachat ont été convenues. En août.

Howard esquissa un sourire torve.

– Je ne crois pas que quoi que ce soit ait été décidé, Hugh. (Il fit mine de chercher dans sa mémoire.) Non, fit-il, je ne pense pas me tromper en affirmant que Cumberland ne s'est jamais engagé à louer.

– C'était un accord de principe, Howard !

– Juste une hypothèse de travail.

– Plus qu'une hypothèse. Un engagement !

Sa patience sembla s'amenuiser.

– Quoi que tu penses te rappeler, Hugh, le fait est que Cumberland ne peut absolument pas envisager d'accord de location, de concession ou de crédit-bail. Dans un rachat, on attend du client qu'il achète. Cumberland ne veut pas que l'usine de Hartford continue à figurer dans sa comptabilité. Ils veulent s'en défaire. Ce qui n'est vraiment pas déraisonnable, vu les circonstances.

– C'est déraisonnable quand on s'est engagé.

– Hugh, un engagement est un document écrit. Légalisé par des hommes de loi.

– Pour Cumberland, peut-être.

– Pour tout le monde, voyons.

– Dois-je donc considérer qu'il n'y a plus de négociation possible ? demandai-je avec raideur.

– Sur le prix ? demanda-t-il en faisant exprès de ne pas comprendre.

– Sur la possibilité d'une location !

Il soupira avec une sorte d'irritation paternelle.

– Je croyais avoir été clair, Hugh. Ne l'ai-je pas été ? fit-il en écartant les mains. Une mise en location n'est pas possible.

En dépit de mon intention de rester calme, j'entendis ma rancœur pointer dans ma voix.

– Cumberland se renie, donc ? Je veux que cela aussi soit bien clair.

– Là, je proteste vivement. Il n'est pas question de reniement. Comment peut-on renier ce qu'on n'a pas promis ?

– Tu as conscience que cela peut faire complètement capoter le projet de rachat ?

– Ah ? (Il arbora une parfaite image de feinte sollicitude.) Eh bien, je suis navré de l'entendre, vraiment. Je sais combien tu as travaillé dur dessus.

– Allons, ne me dis pas que tu ne t'en doutais pas ! répondis-je avec amertume.

– M'en douter ? (Son haussement d'épaules était ridiculement exagéré. Quel piètre acteur. Mais faire une pantomime de cette scène participait de son plaisir.) Comment aurais-je pu m'en douter, Hugh ? (Je me bornai à secouer la tête, je n'aurais pu me contenir.) Mais voyons, la somme supplémentaire ne doit pas être trop difficile à trouver ?

Il voulait juste me tirer les vers du nez, savoir où nous en étions exactement avec les banques. Je me serais damné plutôt que de lui donner ce genre de renseignement.

– Ce n'est pas une question d'argent mais de moment, Howard, tu le sais très bien. Voilà *six semaines* – six semaines – que le conseil d'administration de Cumberland est en possession de l'avant-projet, et ils décident d'un coup, comme ça, *maintenant*. Si ce n'est pas du sabotage, ça y ressemble fort !

– Désolé, Cumberland n'est pas responsable si tu as précipité les choses de *ton* côté, Hugh. La proposition devait être examinée avec soin, on ne pouvait pas le faire en une journée. Je suis navré que tu doives revenir en arrière et renégocier avec les banques, mais ce n'est pas vraiment notre problème, n'est-ce pas ?

En le regardant, un soupçon se forma dans mon esprit : c'était Howard lui-même qui avait orchestré toute cette situation et, pour des raisons à lui, il voulait faire échouer ma proposition de rachat.

Je me levai. J'étais bien déterminé à partir la tête haute, mais ma colère prit le pas sur moi.

– Tu dors quand même bien, Howard ?

– Oh, je t'en prie, Hugh, répondit-il avec l'air outré de quelqu'un qui repousse une attaque non provoquée. C'est ton éternel problème, tu prends toujours tout personnellement.

– Avec toi, je ne vois pas ce que je pourrais prendre autrement.

– Les affaires sont les affaires, Hugh. Tu n'as jamais pu intégrer ça, n'est-ce pas ?

*
* *

Les bouchons du matin commencèrent juste après Heathrow. En arrivant dans la nébulosité de l'embouteillage, je repensai à mes années de partenariat avec Howard. Bien que n'ayant jamais nourri trop d'illusions à son sujet après l'avoir vu déjà à l'époque engager des manœuvres particulièrement perfides, je m'étais toujours plu à croire qu'il y avait certaines limites qu'il n'outrepasserait pas, que les quelque soixante années pendant lesquelles nos deux familles avaient ensemble possédé et dirigé HartWell ne seraient pas sans laisser quelque chose – un reste de loyauté, peut-être, un soupçon de soli darité – et qu'il s'interdirait de conspirer directement contre moi.

Je me plaisais à croire en ces nobles sentiments parce que sinon, il ne me restait plus qu'à me retirer de mes lamentables affaires et à aller vivre une vie de reclus en France. J'avais d'ailleurs envisagé cette possibilité au début de l'été, au moment où l'ampleur de la crise de HartWell commençait à se faire jour, où je m'étais aperçu que Howard avait ourdi la prise de contrôle dans mon dos et où je compris peu à peu combien j'avais laissé m'échapper les rênes du véritable pouvoir. J'avais alors été assailli par une impression de médiocrité et d'inutilité : ma crise de la quarantaine. Un terme absurde et dérisoire pour décrire les doutes dont j'avais soudain été pris, qui me chamboulaient l'esprit, me posaient des questions qu'on ne devait plus se poser à mon âge. Qui me faisaient désespérer du présent, me raccrocher au passé, caresser les illusions de ce qui aurait pu être. Me faisaient rechercher fuite et réconfort. Rechercher Sylvie.

Je cherchai à tâtons la radio pour mettre les infos de huit heures et demie, sachant qu'il n'y aurait rien sur elle mais préférant m'en assurer de mes propres oreilles. Façon de me rassurer. Ou de rassurer ma paranoïa.

La circulation ne s'arrangea pas et je ne parvins à notre bureau de Hammersmith, un trois pièces aménagé, que cinq minutes avant l'heure où Julia et moi devions partir en réunion à la Chartered Bank. J'avais loué cet endroit comme base temporaire à Londres pendant la durée de la négociation de rachat. Il s'agissait en fait d'un simple local qui me permettait de téléphoner et d'envoyer du courrier, toutes les réunions – il y en avait jusqu'à trois par jour – se tenant dans la City, au bureau des différents banquiers, avocats et comptables qui agissaient pour nous ou pour Cumberland. Très occasionnellement, des réunions avaient lieu à Hartford même, à quatre heures de route au sud-ouest.

Avant que Julia ne puisse me mettre le grappin dessus, je téléphonai à Moncrieff pour vérifier ce que je savais déjà, à savoir que nous n'avions pas de recours légal contre Cumberland pour s'être dédit de son engagement de location. J'enchaînai par un bref appel à Pollinger, de chez Zircon, pour le prévenir que nous solliciterions davantage d'argent. Il m'avertit qu'à moins d'être prêt à céder à Zircon une plus grosse tranche de fonds propres, je ne pouvais m'attendre a plus d'un quart du million de livres supplémentaires.

Julia passa sa tête par l'entrebâillement de la porte.

– Je sais que je n'aurais pas dû, mais je n'ai pas pu m'empêcher d'entendre. Quel salopard !

Inutile de demander de qui elle parlait. Pour Julia, Howard appartenait à la catégorie des traîtres.

– La décision a dû être prise par le conseil d'administration, Julia.

– Peut-être, mais sur proposition de qui ?

– Inutile de nous préoccuper de ça pour l'instant.

– C'est ce que vous dites toujours. (Instantanément, elle se rétracta d'un geste de la main.) Pardon. *Désolée.* Ce que je voulais dire, c'est que moi, je ne serais pas aussi indulgente que vous. Le problème, en fait, c'est que vous êtes trop gentil.

– Ce n'est pas du tout être gentil, fis-je en grimaçant un sourire, cinglé par le compliment, mais réaliste.

Julia en convint avec une moue dubitative puis regarda sa montre.

– Nous devons y aller.

– Un dernier petit coup de fil, marchandai-je.

Mon directeur de banque était un personnage terne et insignifiant dénommé Elliott. Avec les différents emprunts personnels que j'avais été obligé de négocier, j'en étais venu à le voir assez souvent, ces deux dernières années. Il ne parut pas étonné de m'entendre lui demander à nouveau de l'argent.

– Cette hypothèque s'ajouterait donc à celle de votre crédit immobilier en cours ?

– Exactement.

– Cinq cent mille livres font quand même beaucoup pour une hypothèque, monsieur Wellesley. Une somme pareille se rangerait plutôt dans la catégorie des emprunts d'affaires, assujettis à des taux différents.

– Mais pourriez-vous l'envisager ?

– Cela viendrait s'ajouter à l'emprunt sur votre maison de campagne ?

– Exactement.

Il y eut un silence.

– Donc, sur votre maison de Chelsea, la nouvelle hypothèque ferait peser l'emprunt jusqu'à quatre-vingt-dix pour cent de sa valeur ?

– En l'évaluant au minimum… oui.

– Bon, je vais examiner la question, dit-il prudemment. Mais êtes-vous tout à fait sûr, monsieur Wellesley, de vouloir mettre votre maison dans la balance ?

– Oui.

– Avez-vous songé à ce qui se passerait si votre affaire venait à faire faillite ?

– Oui, répétai-je d'un ton irrité.

– Et votre épouse… approuve-t-elle cette opération ?

– Je sais qu'il faudra qu'elle donne son accord. Je connais la loi.

– Très bien. Je vous contacterai aussitôt que possible.

Julia reparut à la porte avec son air de dépêchons-nous-faut-qu'on-y-aille, mais je levai une main en signe d'attente. Après un froncement de sourcils réprobateur, elle disparut et j'appelai Ginny mais n'obtins que le répondeur. Je dis sur la bande que je devrais être rentré vers huit heures. Ce n'est qu'après avoir raccroché qu'il me vint à l'esprit que Ginny était peut-être vraiment alitée avec la grippe, après tout. Elle était sujette à attraper la moindre saleté qui passait et à en souffrir violemment. La convalescence, avec sa période d'inactivité, la déprimait, et c'est alors que je mesurais de façon plus aiguë la solitude qui devait être la sienne, sans enfants. Au cours des cinq ou six années pendant lesquelles nous avions intensément discuté de la stérilité de notre couple et passé différents examens de fertilité, j'avais une ou deux fois parlé d'adoption. Elle avait très mal reçu cette idée, comme s'il s'agissait d'une capitulation ou d'un reproche, et je n'avais plus abordé le sujet. A présent, nous ne parlions plus du tout d'enfants.

Julia refit brusquement son entrée.

– Dépêchons-nous, il faut vraiment qu'on y aille. (Elle inclina légèrement la tête et me lança un regard pénétrant.) Vous êtes sûr que ça va ?

– Ah, vous n'allez pas recommencer !

– Vous avez de nouveau une sale tête.

– Comment ça, de nouveau ? (J'attrapai ma mallette et bondis sur mes pieds.) Vous êtes pire qu'une nounou. Oui, je vais bien.

Je ne dus pas avoir l'air très convaincant.

– Quand avez-vous mangé pour la dernière fois ? demanda-t-elle sur un ton impératif alors que nous nous dirigions vers la porte.

Interprétant correctement mon silence, elle annonça qu'elle achèterait des sandwiches en route.

Je dégringolai l'escalier quatre à quatre en essayant de me concentrer sur la réunion décisive qui m'attendait. J'avais horreur d'aller faire du boniment aux banquiers, c'était comme essayer de convaincre de la pâte molle. Ils étaient malléables à souhait, on pensait que les choses prenaient forme, mais en fin de compte, on n'était jamais très sûr du résultat.

Nous émergeâmes bientôt dans le hall. A travers les portes vitrées, je pus voir Tony, le chauffeur que Julia réservait toujours pour nous conduire dans la City, attendre en bas des marches à côté de sa Rover. Deux hommes traversèrent devant la voiture et se dirigèrent vers l'entrée. Je tirai un battant de porte pour laisser passer Julia au moment où le premier des deux visiteurs poussait l'autre. Je remarquai un imperméable froissé, des cheveux grisonnants, des lèvres minces dans un visage empâté. Le second était plus jeune, plus grand et en meilleure forme physique. J'ignore à cause de quel détail – leurs chemises blanches, leurs vêtements usagés, leur air déterminé – mais, à l'éclairage des événements de la veille, mon imagination leur attribua le rôle de policiers.

Je pressai le pas vers la voiture.

Tony tenait la portière arrière ouverte et je me baissais pour entrer lorsqu'une voix m'appela.

– Monsieur Wellesley ?

Je me redressai et regardai autour de moi. Julia intervint.

– Que puis-je pour vous ? demanda-t-elle en se retournant pour intercepter les hommes qui approchaient.

Celui qui avait les cheveux gris l'ignora et continua à avancer vers moi avec le dandinement de quelqu'un qui aurait un problème de hanche. Il chercha dans sa poche intérieure, en extirpa une carte sertie dans un étui de cuir, la brandit à hauteur de mes yeux pour que je ne puisse pas la manquer et s'annonça comme étant l'inspecteur principal Henderson.

– Vous êtes bien monsieur Hugh William Wellesley ?

– Oui.

– Je vous demanderai de bien vouloir m'accompagner à Exeter, monsieur, pour nous aider dans notre enquête sur la mort de Sylvie Mathieson.

Je sentis un vide se faire au creux de mon estomac.

– Mais j'ai vu hier un de vos hommes, l'inspecteur Reith. Je lui ai dit tout ce que je savais.

– Nous vous serions reconnaissants de nous donner quelques détails supplémentaires, monsieur, fit-il d'une voix égale. Et de nous signer une déposition.

J'écartai les mains en un geste d'impuissance. Une bouffée de chaleur soudaine monta en moi, je dus ouvrir la bouche par deux fois avant de pouvoir parler.

– Je serai heureux de vous aider autant que je peux, bien sûr, articulai-je enfin. Mais je me rends à une réunion capitale et je suis déjà en retard.

Je lançai un regard en direction de Julia comme pour obtenir son soutien et vis son expression ébahie.

– C'est une affaire importante, monsieur.

– Mais cela aussi ! m'écriai-je avec incrédulité et une angoisse croissante dans la voix. Vous ne comprenez pas, inspecteur… je dois *absolument* me rendre à cette réunion !

Henderson médita avec l'air de quelqu'un qui a déjà entendu beaucoup d'excuses dans sa carrière, mais mon incrédulité paniquée dut produire un certain effet car, après avoir bien fait mine de peser le pour et le contre, il accepta de patienter. Je lui dis que ma réunion prendrait une heure et demie. Nous nous accordâmes sur deux.

Je compris avec consternation qu'en acceptant cela, je m'engageais à refaire toute la route d'Exeter.

# 3

NOUS arrivâmes dans l'obscurité et par une pluie de mousson. Les abords du commissariat étaient bloqués par des voitures qui manœuvraient et nous nous vîmes contraints de nous précipiter tête baissée sous le déluge jusqu'au porche luisant de l'entrée. Une fois à l'intérieur, Henderson secoua l'eau de son col et essora ses maigres cheveux contre la peau de son crâne. Je m'essuyai le front, levai les yeux et vis David.

J'esquissai un maigre sourire. Je pensais bien le trouver là, je savais que Julia l'avait prévenu, mais la vue de son air narquois me remonta néanmoins le moral. Le long trajet depuis Londres n'avait certes pas contribué à m'apaiser l'esprit.

David était accompagné d'un jeune homme au visage mince encadré de cheveux blonds avachis, et affecté d'un strabisme à un œil.

– Voici Charles Tingwall, du cabinet Ruthven & Forbes, annonça David, qui est là pour veiller à nos intérêts.

Je ne savais trop que penser de cela. Dans mon impressionnable esprit conditionné par des centaines de téléfilms, recourir aux services d'un avocat sous-entendait que vous aviez quelque chose à cacher. Mais après un minimum de réflexion, je compris qu'au mépris des apparences, c'était une sage précaution que je serais malavisé de ne pas prendre.

Tingwall me donna une brève poignée de main et se tourna vers Henderson.

– Sur quelle base Mr. Wellesley se trouve-t-il ici, inspecteur ?

Les deux hommes se mirent un peu à l'écart comme pour une tractation quelconque. Je parvins juste à l'entendre répéter son « Nous pensons que Mr. Wellesley pourrait nous aider dans notre enquête sur la mort de Sylvie Mathieson ».

– Mon client est-il convoqué comme témoin, donc, ou comme suspect ? demanda alors Tingwall.

– Comme témoin.

– Auquel cas...

Je n'en entendis pas davantage car David s'adressa à moi d'une voix bien forte qui sembla porter à l'autre bout du hall d'accueil, jusqu'à l'agent du guichet des renseignements.

– Qu'est-ce que je te disais ? Des cervelles de moineau.

Je lui adressai un froncement de sourcils de protestation qu'il fit exprès de mal interpréter.

– Ne t'inquiète pas, Tingwall va arranger ça. Il a été hautement recommandé. Ont-ils dit pourquoi tu étais ici, au fait ? demanda-t-il presque avec désinvolture.

– Non.

– Alors... je ne vois que le scénario de l'amant.

– Ah, merci – *merci*.

– Que veux-tu que ce soit d'autre ? fit-il avec un geste d'impatience. Je te l'ai dit, ils ne voient pas plus loin que le bout de leur nez. Rappelle-toi qu'ils ne font que de la devinette. Ne te laisse pas démonter, envoie-les sur les roses.

Pas sûr que ce serait aussi facile. Pas sûr non plus que j'aurais suffisamment confiance en moi, en ce territoire étranger.

Tingwall et Henderson revinrent vers nous.

– J'aimerais pouvoir m'entretenir avec mon client, déclara Tingwall.

– Cinq minutes ? proposa l'inspecteur.

– Je crois que Mr. Wellesley apprécierait de faire un peu de toilette et de manger un sandwich.

– Quinze, alors ?

– Vingt ? négocia Tingwall en levant un sourcil dans ma direction. Mr. Wellesley a fait une très longue route.

Henderson y consentit d'un bref hochement de tête avant de s'éloigner de son pas claudicant.

Pour une quelconque raison, cet échange professionnel bien réglé ne fit rien pour me rassurer.

J'affirmai ne pas avoir faim mais Tingwall envoya néanmoins David acheter des sandwiches et me conduisit à un banc situé dans un coin de l'espace de réception et à l'abri du regard lugubre de l'argent de service.

– A présent, monsieur Wellesley, commença Tingwall, je voudrais seulement être certain... Ils ne vous ont pas arrêté ?

– Arrêté ? Moi ?

– Ils ne vous ont pas informé de vos droits ?

– Non.

– Ni prévenu que ce que vous diriez pourrait être retenu contre vous ?

– Non.

– Très bien. (Il m'adressa un bref sourire quelque peu démenti par le regard torve de son œil gauche.) Et vous ne leur avez rien dit jusqu'à maintenant ?

– J'ai déjà déposé hier.

Il n'en avait manifestement pas été informé.

– Ah ? Qu'avez-vous déclaré au juste ?

Je lui fis un bref résumé en me demandant pour la centième fois où j'aurais bien pu déraper.

– Leur avez-vous parlé de quoi que ce soit dans la voiture, en venant ici ?

– Hein ? Non.

A part deux propositions d'arrêt dans des aires de service, Henderson et son équipier avaient observé un mutisme total pendant tout le trajet. Si leur intention avait été de jouer avec mes nerfs, ils avaient en partie réussi.

– Avez-vous quelque chose à ajouter à vos déclarations d'hier ?

– Non.

– Ils ne vous ont donné aucune idée du motif de votre retour ici ? demanda précautionneusement Tingwall.

– Non, fis-je avec un haussement d'épaules.

– Et vous-même n'en voyez pas la raison ?

– Non.

Tingwall tapota pensivement ses doigts les uns contre les autres.

– Alors s'ils se sont mépris, je veux dire s'ils font complètement fausse route, vous devez le leur dire. (Il attendit de moi un signe d'acquiescement. Ne l'obtenant pas, il reformula sa phrase.) S'ils font manifestement erreur, vous devez les détromper.

La pensée de l'erreur qu'ils auraient pu commettre me noua l'estomac, mais je parvins à esquisser un hochement de tête.

– Maintenant, vous devez connaître vos droits...

– Mes droits ? protestai-je. Grands dieux, à vous entendre, on dirait que je vais être inculpé, ou je ne sais quoi.

– Pardonnez-moi, je n'ai pas été clair. Je parlais de vos droits tout au long de l'entretien.

– Je ne suis pas certain que cela me rassure beaucoup. A la façon dont tout le monde se comporte, je commence à me sentir suspect.

– La police agit ainsi avec tout le monde, malheureusement. C'est leur façon de faire. (Il me renvoya son peu convaincant sourire.) Mais vous êtes ici à titre purement coopératif pour les besoins de l'enquête. Par conséquent, rien de ce que vous direz ne pourra être retenu contre vous. Si, par contre, ils décidaient de vous informer de vos droits, en cours d'audition ou à n'importe quel autre moment, il est de mon devoir de vous prévenir que cela changerait tout.

Loin de renforcer ma confiance, cette conversation la minait au contraire promptement.

– Vous pensez donc que je *suis* suspect ?

– Euh... non, monsieur Wellesley. (Tingwall semblait marcher sur des œufs.) Pas du tout. D'un autre côté... comment dire... ils ne vont pas chercher quelqu'un aussi loin sans avoir des raisons, bonnes ou mauvaises, de penser qu'il ou elle détient des informations.

Même dans mes moments les plus optimistes, je me rendais compte que la police n'aurait effectivement pas envoyé ses gros calibres me quérir à Londres sans avoir la conviction que j'avais quelque chose à leur dire. Mais c'était une chose de le penser, une autre de l'entendre de la bouche d'un professionnel.

– Dans ce cas, répliquai-je, expliquez-moi tout.

A présent qu'il se sentait sur un terrain plus ferme, Tingwall prit son rythme de croisière.

– La chose importante à vous rappeler est que vous n'êtes pas tenu de répondre à leurs questions.

Mes angoisses refirent immédiatement surface.

– Mais ça ne va pas sembler louche ?

– Peu importe. S'il est des domaines sur lesquels vous préférez ne pas vous étendre, quelles que soient vos raisons, ne répondez pas.

– Mais ce n'est pas le cas, me récriai-je. Je leur ai tout dit hier.

– Fort bien. Ne l'oubliez pas, néanmoins, fit Tingwall.

– Et si je ne veux pas répondre, me sentis-je obligé de demander, qu'est-ce que je dis ?

– Je laisse cela à votre jugement, rétorqua-t-il avec une curieuse accentuation comme s'il fallait en conclure quelque chose.

Je ne comprenais pas et le lui fis savoir.

– Formulons cela ainsi... (Son déroutant regard divisé semblait se concentrer quelque part sur ma joue gauche.) Il vaut mieux reconnaître qu'on ne se rappelle pas plutôt que de paraître évasif ou de changer d'avis. Et si vous n'êtes tout bonnement pas sûr de quelque chose, là encore n'essayez pas de finasser, ne donnez pas une réponse vague. Dites seulement que vous ne vous souvenez pas. Restez simple.

Je pris une longue inspiration.

– D'accord.

David revint avec les sandwiches mais je n'avais toujours pas faim et, laissant mon frère avec Tingwall, je demandai à l'agent de service où se trouvaient les toilettes. Les lavabos étaient maculés de crasse, l'un n'avait plus de bonde, et les robinets étaient de cette sorte qui s'arrête après avoir chichement laissé couler un maigre filet. Je m'aspergeai un peu le visage et me lavai les mains. M'essuyant avec une serviette en papier, je m'estimai rafraîchi.

Quand je revins à l'accueil, David était en train d'enfiler son manteau.

– Je vais à l'hôpital. Je reviendrai tout à l'heure.

– Ne te crois pas obligé.

– C'est pratiquement sur mon chemin, répondit-il avec le ton brusque qu'il utilisait pour couper court à toute réplique.

Je le suivis au-dehors et nous nous arrêtâmes sous le porche dégoulinant.

– Je songeais, dis-je, que si jamais cela sort d'ici et que la presse s'en empare... *bon Dieu* !

Cette seule pensée me faisait frémir.

– J'en ai parlé à Tingwall. Il s'en occupe.

– Ah bon ?

– Sans garantie, cependant. La presse met toujours son nez partout. Il fera son possible.

Je fermai les yeux comme pour essayer d'en éloigner la vision des gros titres des journaux.

– Ça ne pouvait pas mieux tomber !

David ne comprenait pas de quoi je parlais.

– Le rachat !

– Oh.

– La Chartered Bank est sur le point de s'engager. Le projet est pratiquement sur pied.

– C'est bien, fit-il d'une voix qui ne montrait aucun enthousiasme.

– Sur pied dans la mesure où on pourra trouver le reste de l'argent, bien entendu, ajoutai-je afin qu'il ne s'imagine pas que je tenais son soutien pour acquis, mais il interpréta cela comme un dernier appel au peuple.

– Oui, bon, lâcha-t-il avec irritation. Laisse-nous un peu de temps, d'accord ?

– Ce n'est pas ce que je voulais dire.

Il était trop difficile de rectifier le tir et, à contrecœur, je laissai glisser.

David regarda sa montre. Il donnait souvent cette impression de devoir être attendu ailleurs. C'était l'un des stratagèmes qui lui permettait de garder les gens, en particulier les patients difficiles, à distance.

– Ecoute, enchaînai-je, Ginny ignore où je suis. J'ai préféré ça, elle aurait pu se faire du souci, tu comprends. Seulement maintenant... maintenant je ne sais plus. Je ne voudrais surtout pas qu'elle l'apprenne par quelqu'un d'autre.

– Elle est au courant, en fait. Je lui ai téléphoné et le lui ai dit.

– Tu lui as... ?

J'aurais dû être fâché d'une telle initiative prise d'autorité, et je l'étais en partie. Pourtant, Ginny aurait tôt ou tard dû être mise dans la confidence et j'étais soulagé que ce soit David qui l'ait fait. On pouvait toujours compter sur lui pour calmer le jeu dans une crise, et son implacable logique devait avoir contenu la tendance de Ginny à dramatiser.

– Je lui ai dit de ne pas se déplacer, poursuivit-il comme pour confirmer mon jugement. J'ai expliqué que c'était complètement inutile, qu'il s'agissait d'une procédure de routine et que le mieux pour elle était de rester à la maison.

– Et elle l'a compris ?

– Oh oui, fit-il avec emphase.

– Merci, répondis-je non sans émotion.

Avec un petit geste désinvolte de la main et un étirement des lèvres qui pouvait être un sourire, il s'éloigna sous la pluie.

Tingwall annonça que nous étions prêts. Un agent en uniforme nous fit franchir un sas de sécurité et nous conduisit le long d'un couloir jusqu'à une porte marquée Salle d'Interrogatoire n° 2. C'était une pièce différente de celle où Reith m'avait reçu. Pas de moquette au sol, des chaises dures et droites, un magnétophone qui trônait à une extrémité de la table. L'éclairage fluorescent délivrait une fantomatique lumière tremblotante et il régnait dans l'air une odeur âcre de tabac froid mélangée au lourd parfum d'une cire pour sols.

Tingwall et moi prîmes place d'un côté de la table, Henderson de l'autre avec Reith à sa gauche. Un inspecteur Phipps nous fut présenté et resta adossé au mur à côté de la porte.

Henderson débita quelques préliminaires d'une voix sans expression, me remerciant d'avoir accepté de prêter mon concours à l'enquête – comme s'il m'avait laissé le choix – et expliquant qu'il voulait simplement établir un ou deux faits. Sa bouche mince, sans lèvres, apparaissait comme une fente jetée au hasard au milieu de traits empâtés. Il avait la peau d'un grand fumeur, aux pores dilatés et sillonnée d'un réseau de rides profondes, ses yeux aux paupières avachies ressemblaient à ceux d'un épagneul. Un visage fatigué, malmené, mais loin d'être sot, songeai-je.

Il répéta la plupart des questions que Reith m'avait posées la veille. Comment j'avais connu Sylvie, quand et où je l'avais vue ces derniers mois, ce qui s'était passé lorsque nous nous étions rencontrés.

Je délivrai mes réponses lentement, les faisant correspondre à celles que j'avais déjà données, sous le regard calme et vigilant de ses yeux délavés.

Tandis que nous progressions, je restais en partie à l'extérieur de moi-même, me demandant quelle impression je donnais. Or plus je m'écoutais, moins je me trouvais naturel et plus il me semblait émettre l'image de quelqu'un qui n'a pas la conscience tranquille.

– Pour nous résumer, donc, fit Henderson, vous avez vu Sylvie Mathieson pour la première fois cet été lorsqu'elle est venue à la nage jusqu'au bateau et que vous avez pris le thé ensemble pendant environ trois quarts d'heure ?

– Oui.

– La deuxième fois, elle est aussi venue au bateau et vous...

– Elle n'est pas montée à bord, rectifiai-je doucement, elle a juste frappé contre la coque.

– Ah, elle est restée dans l'embarcation avec laquelle elle était venue et vous avez bavardé pendant une dizaine de minutes ?

– Exactement.

– La troisième fois, vous l'avez rencontrée sur le quai ?

– Nous nous sommes rencontrés par hasard, oui.

– Et là, vous avez parlé pendant...

– Oh... deux ou trois minutes, peut-être. Au maximum.

– Vous ne l'avez vue que ces trois fois-là ?

Je haïssais ces répétitions qui gravaient ces détails toujours plus profondément dans le marbre des faits.

– Je crois, oui.

– Vous *croyez* ?

– Autant qu'il me souvienne, oui.

Ses yeux reprirent vie en un éclair.

– Ce qui signifie que votre mémoire pourrait être prise en défaut ? Que vous pourriez l'avoir vue quatre fois, cinq, ou même davantage ?

– Non, non. Si ce n'est pas trois fois, ça ne sera guère plus. Quatre à la limite.

Cela sonnait terriblement faux. Je commençais à apprécier à sa juste valeur l'avertissement de Tingwall à propos des réponses vagues.

– En quelle autre occasion cette éventuelle quatrième rencontre aurait-elle pu se produire ?

– Ecoutez, je ne suis pas certain de l'avoir vue de nouveau. Si c'est le cas, ce devait être sur l'eau. Mais honnêtement, je ne m'en souviens pas.

Je m'attendais à ce que Henderson poursuive dans cette voie mais, pour je ne sais quelle raison, son regard devint lointain.

– Vous semblez avoir passé beaucoup de temps sur l'eau, cet été, n'est-ce pas ?

– Quelques week-ends, c'est tout.

– Des sorties à la voile ?

– Une seule fois. La plupart du temps, c'était pour entretenir le bateau.

Son attention apparemment distraite, Henderson baissa les yeux avec un léger hochement de tête. Quand il les releva, son regard avait repris toute sa concentration.

– Comment pourriez-vous définir vos relations avec Sylvie Mathieson ? demanda-t-il.

L'atmosphère devint soudain plus électrique.

– C'était disons... une vieille amitié. Bien que nous ne nous soyons pas vus depuis des années.

– Rien de plus ?

David avait donc raison : on voulait me donner le rôle de l'amant secret de Sylvie.

– Non, dis-je.

– Pas de relations sexuelles ?

Je pris un peu de temps pour répondre afin de trouver la note juste, quelque part entre indignation et innocence.

– Non.

– Juste... euh, *amis* ?

– C'est cela.

Ses yeux d'homme mûr me détaillèrent froidement.

– Vous vous connaissiez antérieurement ?

Je le lui avais déjà dit.

– Oui.

– Quand vous êtes-vous rencontrés pour la première fois ?

– Ce devait être... (je fronçai le sourcil pour faire le décompte des années) ... il y a seize ans.

– Quel genre de relations aviez-vous alors ?

Je ne voulais pas répondre à cela, pas par la vérité, en tout cas. La seule pensée de révéler à cet homme soupçonneux, avec son visage gris, ses cheveux collés sur le crâne et son col trop serré, ce que j'avais jadis éprouvé pour Sylvie me hérissait.

– Nous sortions ensemble, finis-je par dire.

– C'était votre petite amie ?

– Pendant un temps, oui.

– Vous avez eu des relations sexuelles ?

Une vague ardente de colère s'éleva soudain en moi. Je jetai un regard en direction de Tingwall qui protestait déjà.

– Je ne pense pas que cela puisse avoir un rapport avec votre enquête, inspecteur.

– Nous parlons d'il y a seize ans, répondit Henderson sur un ton pondéré. Cela ne vous pose probablement pas de problème, monsieur Wellesley ?

Je ne laissai pas à Tingwall le temps d'intervenir de nouveau.

– Moi, j'en vois un, répondis-je avec humeur, c'est que ça ne vous regarde véritablement pas.

– Vous ne préférez donc pas répondre à la question, monsieur Wellesley ?

– Exactement, répondis-je d'une voix frémissante.

Il y eut dès lors un changement d'atmosphère, un durcissement palpable dans leur attitude à mon égard. Comme si je portais le mot *suspect* tatoué en travers du front.

– Puis-je vous demander combien de temps cette relation de nature non précise a duré ? demanda sèchement Henderson.

Je songeai également à ne pas répondre à cela.

– Un an et demi, répondis-je néanmoins à contrecœur.

– Quel âge aviez-vous à l'époque, monsieur Wellesley ?

Je ne doutais pas qu'il le sût, il voulait simplement me l'entendre dire.

– Vingt-six ans.

– Et quand vous avez rencontré Sylvie, elle avait quinze ans ?

– Seize.

– Euh... Pas si c'était il y a seize ans, monsieur Wellesley.

– Je me rappelle d'elle comme ayant seize ans, mais vous avez peut-être raison.

– Je pose cette question parce que je me demande si ce n'est pas là ce qui vous embarrasse. (Devant mon silence, il expliqua.) Si elle avait quinze ans, des relations sexuelles auraient évidemment été illégales. Alors, si cela peut vous mettre à l'aise, parlons de vos relations après que miss Mathieson a eu seize ans. De quelle nature étaient-elles ?

Tingwall intervint avec courroux.

– Je crois établi que cette question ne peut avoir de rapport avec l'enquête présente et que mon client a parfaitement le droit de ne pas y répondre. Il est ici pour vous aider dans vos investigations, inspecteur, pas pour être cuisiné sur sa vie privée et passée.

Henderson accepta cette remarque avec un geste fataliste de ses doigts épais et un petit haussement d'épaules, comme si cette approche, bien que vouée à l'échec, avait néanmoins valu d'être tentée.

– Poursuivons donc, fit-il en relevant son menton charnu avec une sorte de délectation. Peut-être pourrions-nous en venir à vos allées et venues du week-end dernier ? En détail si possible.

Il voulut tout savoir. A quelle heure j'étais parti au travail le samedi matin, ce que j'avais fait au bureau, qui pourrait confirmer le fait que j'avais quitté Hammersmith vers trois heures.

– Personne, expliquai-je. J'étais seul au bureau.

– Pas de personnel de sécurité ?

– A l'entrée principale, oui. Mais je ne connais pas le personnel du week-end, et eux ne me connaissent pas davantage. Il y a des douzaines de sociétés dans cet immeuble. Je n'y loue que quelques pièces.

– Alors personne ne vous a vu partir ?

– Non.

– Et rien qui puisse confirmer l'heure à laquelle vous avez pris la route ?

Je réfléchis un moment.

– Non.

– Vous dites qu'il vous a fallu quatre heures et demie pour rallier Dittisham ?

– En fait... un peu moins. J'y suis arrivé entre sept heures un quart et sept heures et demie. J'ai mis plus de temps que d'habitude, c'est certain. Il y avait une circulation affreuse. Un accident sur la M4, au niveau de Swindon, a créé un énorme bouchon.

– Personne ne vous a vu arriver à Dittisham ?

– Pas que je sache, non. Quelqu'un du village, peut-être.

– Vous êtes passé par le village ?

– C'est le seul chemin pour arriver à la maison.

– Quelle voiture conduisiez-vous ?

– Ma BMW. (Un souvenir me revint.) Ah, je me suis arrêté pour prendre de l'essence.

– Où cela ?

– Je ne peux jamais me rappeler le nom de cet endroit. C'est sur l'autoroute de ce côté-ci de Bristol. Mais j'aurai bien le reçu quelque part.

L'ombre d'une sorte de désappointement passa dans son regard.

– Quelle heure pouvait-il être ?

– Je ne sais pas. Aux alentours de cinq heures et demie, je suppose. Ou même plus tard. Six heures, peut-être. L'embouteillage était vraiment affreux.

Henderson s'adossa à son fauteuil et me fixa pensivement.

– Pourrait-on retrouver ce reçu ? demanda-t-il à Tingwall.

Lequel ne se fit pas coopératif.

– Je vais voir, dit-il.

Henderson reporta son attention sur moi.

– Vous n'avez donc vu personne quand vous êtes arrivé à Dittisham ?

Cela devenait pénible et je ne fis aucun effort pour le cacher.

– Non, lâchai-je avec un profond soupir.

– Vous êtes allé directement à la maison de votre défunt père ?

– Oui.

J'énumérai les gestes normaux que j'avais accomplis en arrivant, comme allumer les lumières, boire un verre, jeter un coup d'œil partout.

Et ensuite ?

– Je suis allé à Dartmouth acheter de la nourriture. Il devait être environ huit heures et demie quand je suis arrivé à la Co-op – et je l'ai trouvée fermée, ajoutai-je en anticipant la question suivante.

– Si je puis intervenir, coupa tranquillement Tingwall, il ne pouvait guère être plus de huit heures quand Mr. Wellesley est arrivé en ville.

Il y eut un silence pendant lequel nous le regardâmes, dans l'expectative.

– Le frère de mon client, le docteur David Wellesley, a quitté une réunion en ville juste avant huit heures et a vu Mr. Wellesley en voiture sur Duke Street peu après.

– Le docteur est sûr de cela ? demanda Henderson.

– Tout à fait certain.

– Etait-il seul ?

– Qui cela, « il » ? demanda Tingwall, faisant exprès de ne pas comprendre.

– Le docteur Wellesley.

Tingwall afficha une expression de surprise extrême comme s'il ne saisissait pas la pertinence de la question.

– Je *pense*, oui. Je pourrais vérifier, bien sûr. Mais, euh, il n'y a aucun doute sur l'heure et l'endroit.

– Serait-il prêt à déposer en ce sens ?

– Si c'est absolument nécessaire, bien sûr.

Henderson revint à moi en montrant un mélange de déception et d'irritation sur le visage. Il avait cru tenir son homme et ne supportait pas l'idée d'avoir tort.

– Votre femme est arrivée vers neuf heures ? demanda-t-il machinalement.

– Oui.

– Et vous avez passé ensemble le reste du week-end ?

– Oui.

– Très bien, monsieur Wellesley, ce sera tout pour le moment, dit-il sur un ton cassant en repoussant sa chaise. Mais j'aimerais bien que vous retrouviez ce reçu d'essence, si c'est possible, demanda-t-il à Tingwall. Et aussi que votre client revienne demain matin rédiger une déposition officielle. Je serais enfin reconnaissant à Mrs. Wellesley de nous en faire une très brève également.

Captant mon regard, Tingwall entra en négociation pour Ginny. Il demanda si une déposition était absolument nécessaire et si, dans ce cas, elle ne pourrait pas la faire à Londres. Ils en vinrent ensuite à discuter de celle de David, à savoir si elle était vraiment indispensable aussi, mais je n'écoutais plus. J'essayais de m'habituer à l'idée que je semblais tiré d'affaire.

*
* *

David ralentit quand nous arrivâmes à proximité de l'entrée de Furze Lodge.

– Tu es sûr ? Tu ne veux pas changer d'avis ?

– Non, répondis-je. Merci quand même.

– Les enfants auront leurs occupations. Ils ne t'embêteront pas. J'ai de la chance quand ils me disent un mot à moi.

– Ce n'est pas ça. Vraiment.

David eut un haussement d'épaules et remit les gaz au passage devant son portail.

– Il n'y a peut-être même plus de literie à Dittisham, tu sais. Mary a enlevé un tas d'affaires de là-bas.

– Je trouverai ce qu'il faut, ne t'inquiète pas. J'ai juste besoin d'en écraser un peu.

– Très bien.

Pendant plusieurs minutes, nous poursuivîmes en silence notre route vers la maison paternelle, accompagnés seulement du glissement cadencé des essuie-glaces, du chuintement des pneus mouillés et du faisceau trouble des phares sur l'asphalte luisant devant nous.

Depuis qu'il m'avait récupéré au commissariat, David s'était lancé presque sans discontinuer dans un interminable monologue sur les derniers détails des biens de Papa qu'il venait de régler, sur les progrès des enfants à l'école, sur tout sauf sur ce qui venait de se passer. Si j'appréciais d'avoir été ainsi dispensé de conversation et d'avoir eu un peu de temps pour recouvrer mon équilibre, j'avais néanmoins maintenant quelque chose à dire.

– Je ne sais pas si tu as bien fait, tu sais... de dire ça à Tingwall... merci quand même, en tout cas.

Il savait pertinemment de quoi je parlais, mais il affecta de s'en désintéresser ou de ne pas comprendre.

– De dire à Tingwall que tu m'avais vu en ville, repris-je. (J'avais déjà abordé le sujet au début du voyage, mais là non plus il n'avait pas relevé.) Seulement écoute, David, je ne voudrais pas que tu te mettes toi-même en position délicate.

– Ne sois pas ridicule !

– Tu dis cela, mais qu'est-ce qui se passera s'ils s'aperçoivent du contraire ? On a pu me voir ailleurs, à huit heures, passer à Dittisham en voiture, par exemple.

– Mais tu es bien allé en ville vers cette heure-là, non ? fit-il avec un air de totale innocence.

– David... C'était plutôt aux alentours de huit heures et demie.

Il fit un geste de la main en l'air.

– A quelques minutes près, et alors ?

– Une demi-heure, rétorquai-je d'un air navré.

Il ralentit pour aborder la descente raide qui traversait le village.

– Moi, je ne m'inquiéterais pas pour ça.

– Il vaudrait peut-être mieux que tu ne t'en tiennes pas à une heure précise, sait-on jamais ?

– Franchement, Hugh.

Il hocha la tête comme si j'étais un mystère complet pour lui.

Un tourbillon de feuilles traversa notre chemin lorsque nous franchîmes le portail de Dittisham House. Les lumières de sécurité clignotèrent, la silhouette sombre des arbustes se profila à la lueur de nos phares, nous suivîmes le léger coude de l'allée et la maison se dressa devant nous, ses hautes fenêtres béantes semblables à de noires orbites vides. C'était le moment que j'avais redouté, celui où les souvenirs reviendraient à l'assaut. L'espace d'un instant, les images ressurgirent effectivement : Sylvie nonchalamment adossée à la porte-fenêtre, un halo de soleil dans les cheveux, puis, comme si la page d'un album s'était tournée, celle plus sombre où elle était sur le bateau, frissonnante dans mon pull, les cheveux dégoulinant d'eau, la bouche arborant cette moue provocante et rieuse qui lui était particulière.

Nous nous arrêtâmes, le vent vint se briser contre la voiture et les images disparurent. Je me dis que si c'était là le pire auquel m'attendre, j'arriverais à le supporter.

Il y avait quelque chose de changé sur la maison, mais à la lueur indistincte des lumières extérieures, il me fallut un moment pour trouver ce que c'était. Le céanothe, qui couvrait une bonne partie de l'ouvrage en pierre formant corniche à la fenêtre de l'étage et voûte au-dessus du porche, s'était détaché du mur et gisait sur le gravier du sol en un misérable amoncellement de feuilles pourrissantes. Papa n'était décédé que depuis quelques mois, et déjà cet endroit semblait abandonné depuis des lustres. Pendant un moment, je me sentis tellement abattu que me vint l'idée d'aller chez David.

– On a de la chance d'avoir trouvé acquéreur au prix demandé, tu sais, commenta-t-il. Il n'y a pas beaucoup de maisons qui se vendent plein pot, de nos jours.

– C'est à cause de l'eau, suggérai-je. Les gens adorent l'idée d'être au bord de l'eau.

David, qui avait choisi d'habiter à l'intérieur des terres, n'était pas disposé à reconnaître le pouvoir attractif du fleuve.

– Bof, grogna-t-il d'un air dubitatif. C'est surtout qu'elle est de bonnes dimensions, souviens-toi. Il n'y en a pas beaucoup comme ça dans les environs.

Et pas beaucoup non plus d'aussi jolies. C'était une villa du début dix-neuvième avec une annexe de style Edouard VII, des fenêtres qui descendaient jusqu'au sol et, du côté du fleuve, deux oriels avec une véranda soutenue par des treillis métalliques. Le jardin s'étageait par une succession de deux terrasses et une pelouse jusqu'au fleuve en contrebas.

– Un verre ? demandai-je gaiement. (David hésita, et je compris combien j'avais envie qu'il accepte.) Bien sûr, si tu ne peux pas..., offris-je immédiatement, si tu dois rentrer...

– Eh bien... à moins que tu aies vraiment besoin de compagnie ?

J'avais surtout besoin de parler, mais ce n'était sûrement pas ce que David avait en tête. Pour lui, un ou deux verres bien tassés étaient un palliatif contre les épreuves de la journée, pas un prétexte pour soulager son âme, exercice qu'il avait toujours considéré avec la plus grande défiance.

– Non, ça va.

– Tu as une clé ?

– J'en ai laissé une sous le porche, merci. (J'ouvris la portière, une bourrasque s'engouffra dans la voiture. Je ne pus partir sans ajouter une dernière remarque.) Tu avais complètement raison, au fait.

– Raison ?

Le vent secoua la portière, menaçant de la faire claquer, et je la refermai.

– A propos de ce que la police avait en tête. Je devais tenir le rôle de l'amant jaloux.

– Je te l'avais dit, fit David avec un grognement de dérision. Ce sont des abrutis.

Il remit le contact et, hochant toujours la tête, attendit que je sorte.

– Ecoute, quand tu m'as dit qu'elle avait des amants...

Il fit une grimace.

– J'ai dit ça ?

– Hier. Tu as dit qu'elle était complètement déboussolée, qu'elle avait plusieurs amants, persistai-je.

– Des racontars, fit-il dédaigneusement.

– Mais ces racontars... me mentionnaient-ils ?

J'étais toujours en train de réfléchir à ce qui avait pu conduire la police à ma porte.

– Non, absolument pas.

– Pas même une allusion... ?

– Non ! Aucun nom n'a été cité. Rien de ce genre.

– Et ce type aux cheveux longs, celui avec lequel on la voyait, je suppose que la police s'intéresse à lui ?

– Dieu seul le sait. Vraiment, je n'en ai pas la moindre idée.

– Il semblerait pourtant logique qu'ils le cherchent.

– C'est peut-être le cas, fit-il sur un ton brusque.

Mais je ne pouvais abandonner le sujet. Après les événements de la semaine passée, j'avais besoin de parler à quelqu'un.

– En fait... je ne leur ai pas vraiment tout dit. J'ai effectivement vu un peu Sylvie cet été. Plus que je ne leur ai déclaré, en tout cas. Elle... Je...

– Ecoute, m'interrompit-il, les yeux flambants d'impatience ou de colère, j'oublierais ça si j'étais toi. Je n'en parlerais pas à n'importe qui.

Je me retins de lui dire : « Depuis quand es-tu n'importe qui ? » Mais le reproche dut transparaître sur mon visage car il fit comme à regret un geste d'apaisement.

– Laisse les choses se tasser.

– Je n'avais pas l'intention d'en parler à tout le monde, protestai-je.

– A personne, insista-t-il sur un ton de parent sévère.

Il est incroyable de voir combien la famille peut vous déstabiliser, comment en l'espace de quelques mots on peut vous prendre au dépourvu et démolir votre confiance. Que David me croyait-il capable d'aller raconter ? Que croyait-il que je savais ? Quand nous étions jeunes, il avait le don de me rabaisser, de tourner mes efforts en dérision, et, pendant un instant, me revint l'écho des anciennes humiliations, des rancœurs enfantines. J'étais redevenu le petit frère.

Nous nous souhaitâmes brièvement bonne nuit. Je le regardai s'éloigner, soulagé d'être seul.

La maison était froide, mais quand j'eus allumé quelques lumières et craqué une allumette devant le chauffage à gaz du cabinet de travail de Papa, elle devint vite plus accueillante. Le beau mobilier était parti en salle des ventes quelques semaines auparavant, mais les lourds rideaux damassés pendaient encore aux fenêtres, les tapis et vieilles carpettes étaient restés, l'antique bureau ministre tout balafré de Papa trônait toujours dans un coin et il y avait un confortable fauteuil à tirer près du feu.

La bouteille de scotch n'était pas sur le manteau de cheminée où je l'avais vue pour la dernière fois et j'eus un moment d'angoisse en songeant que Mary ou Mrs. Perry, la femme de ménage, avait pu l'emporter ; mais, après une brève traque, je la trouvai laissée solitaire dans le placard où les albums de photos de famille avaient toujours élu domicile. Il n'en restait plus aucun maintenant, et je supposai que les souvenirs familiaux s'entassaient à Furze Lodge chez David et Mary.

Je me servis une rasade bien tassée et bus plusieurs grandes gorgées avant de remplir le verre à nouveau. Jusqu'à l'été passé, je n'avais jamais été gros buveur – perdre la tête n'était pas une sensation que j'appréciais particulièrement – mais cette nuit, comme certaines des précédentes, j'avais besoin d'une petite dose d'oubli.

Le vent faisait du vacarme dans les cheminées, les fenêtres vibraient et claquaient avec frénésie, et, au-dehors, les arbres s'agitaient comme s'ils s'apprêtaient à prendre d'assaut la maison.

Le téléphone me fit sursauter. Encore tout empreint de la méfiance paranoïaque de la journée, j'hésitai à répondre.

– Ah, tu es là, haleta Ginny quand j'eus enfin décroché. Comment cela s'est-il passé ?

– Ce n'est pas une expérience que j'aimerais renouveler.

– Mais c'est terminé ?

– Je l'espère sincèrement, fis-je avec un rire éteint.

– Ils en ont fini avec toi ?

– Il semble que oui.

Elle émit un léger son qui pouvait être une exhalation ou un soupir.

– Dieu merci. (Il y eut un silence.) Tu restes là-bas ?

– Je rentrerai demain par le train.

– A quelle heure arriveras-tu ?

– Dans l'après-midi. Je ne suis pas sûr de l'heure.

Je ne lui dis pas que je devais d'abord retourner à Exeter faire ma déposition.

– Pourquoi t'ont-ils ramené là-bas ? Qu'est-ce qui leur a pris ? demanda-t-elle tout d'un trait après une courte hésitation.

– Pas la moindre idée.

– Mais il devait bien y avoir une raison ? insista-t-elle d'une voix un peu nerveuse.

– Ils ne l'ont pas dit, Ginny. Mais ils vont te demander une déposition, je le crains.

– A moi ?

– C'est une question de routine, fis-je pour dédramatiser. Pour savoir où chacun se trouvait. Ils veulent juste avoir confirmation que nous nous sommes retrouvés à neuf heures cette nuit-là et que nous sommes partis à Londres le samedi soir.

Elle ne répondit pas.

– Ginny ?

– Quand ? Quand dois-je faire cette déposition ?

– Je ne crois pas que ce soit urgent. Il y a cet avocat, Charles Tingwall, qui s'occupe de ça pour nous. Il va se débrouiller pour que tu puisses faire la tienne à Londres. Ce ne sera pas très compliqué.

– Et c'est une question de routine, tu dis ? Ils demandent ça à tout le monde ?

– Enfin… aux gens qui se trouvaient dans les parages, mentis-je.

Elle avait la respiration bruyante, ce qui était toujours un signe de tension chez elle.

– Je vois.

– Je t'en dirai plus demain. D'accord ?

Il y eut un autre silence, et je compris qu'elle allait revenir à la charge.

– Mais pourquoi sont-ils venus te chercher ? J'aimerais que tu me le dises. Ils ont bien dû te donner une raison.

– Aucune.

– Qu'est-ce qu'ils t'ont demandé, alors ? Quelle sorte de questions ?

– Ecoute, je te dirai tout demain.

– Vraiment ?

Je discernai une note accusatrice dans sa voix.

– Bien sûr.

– Bien sûr, répéta-t-elle en écho avec un scepticisme non dissimulé.

– Pardon ?

– Non, rien.

– Ginny… Ils avaient tout faux.

– Ah oui ?

Je me sentis soudain assailli de toutes parts. Où était le soutien inconditionnel de la famille ? David pour commencer, maintenant Ginny. Je refoulai une poussée aiguë d'apitoiement sur moi-même.

– Demain, Ginny. Nous parlerons de tout ça demain.

Sa voix se brisa légèrement lorsqu'elle articula un sec « D'accord ». J'imaginai l'expression de doute et de reproche qu'elle devait avoir sur le visage. Je faillis la rappeler, j'en avais la ferme intention mais, au lieu de cela, incapable de faire face à de nouvelles questions, je me versai un autre whisky.

Je m'approchai de la fenêtre et regardai au-dehors dans le noir. Une lumière, sur la rive opposée du fleuve, clignotait à travers le balancement des branches, le vent sifflait dans les avant-toits. Vidant mon verre, je tirai le verrou de la porte-fenêtre et m'avançai dans la tempête qui faisait rage. Je traversai la terrasse dallée, descendis les marches et poursuivis à tâtons pour rejoindre le niveau inférieur où l'herbe détrempée me colla aux chaussures. Une dernière série de marches et j'atteignais la pelouse en pente qui rejoignait l'eau. Les arches de la pergola s'élevaient indistinctement sur un côté, les branches nues des arbres fruitiers, toutes proches, cinglaient furieusement l'air, la masse plus noire encore du pavillon se profilait quelque part sur la droite. Evaluant mal la distance, je faillis heurter le muret qui marquait le bord de l'eau.

Le vent qui s'engouffrait avec violence dans le profond goulet du fleuve ballottait ma veste, me souffletait les oreilles et se faisait beaucoup plus froid. Les ténèbres étaient si épaisses que je ne pouvais juger de l'état de la marée, si les eaux étaient hautes ou si elles découvraient une mer de boue, bien qu'il me semblât entendre non loin le bouillonnement du reflux. Un saupoudrage de lumières donnait forme et altitude aux anses et crêtes de la rive opposée, tandis que là-bas, sur ma droite, les éclairages de Dittisham et du débarcadère du ferry soulignaient le coude du fleuve. Mais l'eau elle-même restait invisible comme un secret ruban d'encre coulant vers la mer.

Quelque part devant moi se trouvait le *Ellie Miller*, sous le vent à son mouillage, sa forme trapue noyée dans les sombres replis de la nuit. Point de lumières sur les embarcations, à présent. Point d'éclats de rire sur les flots, point de clapotis indolent de la marée dans l'air tiède de l'été. Peut-être était-ce un effet de l'alcool, ou des tensions de la journée, mais je ressentis un tel entremêlement d'émotions que mes paupières se mirent à me brûler et que je haletai pour retrouver mon souffle. Des visions me vinrent : celles de l'eau roulant dans la bouche et sur les yeux de Sylvie, de son corps ballotté contre les rochers, d'innommables blessures dans sa chair. Des images vives et pourtant curieusement floues, comme celles que j'avais de Sylvie telle que je l'avais connue. Je la voyais clairement, je la voyais indistinctement. Elle était tour à tour terne, émoustillante et fière. Distante, fuyante et froide. Ouverte et maligne. Sensuelle, cruelle et vile. Je mesurai alors qu'elle me mystifiait autant dans la mort qu'elle m'avait dérouté de son vivant.

Je fis demi-tour et remontai la pelouse pentue d'un pas trébuchant. Par-dessus le vacarme des arbres, j'entendis un cri lugubre. Je m'arrêtai net. Il s'éleva de nouveau, glacial, porté haut par le vent. Il semblait venir du fleuve, et dans un moment de désarroi et de peur, mon cauchemar se raviva d'un coup, tout se figea en moi, mon cœur et ma respiration se bloquèrent, je me sentis envahi d'une sensation de désastre imminent.

Le second ululement me ramena brutalement à la réalité. C'était un son bien humain, bien présent. Levant les yeux vers le haut de la pente, je vis une silhouette se détacher sur la porte-fenêtre.

– Ah, te voilà ! s'écria Mary de sa voix chantante alors que je gravissais les dernières marches pour entrer dans la flaque de lumière. Elle me tira à l'intérieur de la maison et fut secouée d'un théâtral frisson.

– Brrr, c'est la tempête, dehors !

Rouspétant contre le climat, elle referma les battants de la porte-fenêtre et tira les rideaux.

– Je suis venue t'apporter des draps, annonça-t-elle avec chaleur. Et de quoi te préparer le petit déjeuner. Je ne pouvais pas te laisser camper comme ça ! Mais comment vas-tu ? J'exige de savoir !

Je ne parvins pas à cacher mes sentiments, ou peut-être n'en fis-je pas l'effort, car lorsqu'elle m'eut détaillé d'un peu plus près, elle afficha un air soucieux.

– Hugh, soupira-t-elle, c'est à ce point ?

– Juste un coup de fatigue et de cafard, répondis-je en riant pour faire passer cela sur le ton de la plaisanterie. (Je partis en quête d'un autre verre.) Je suis terriblement content de te voir.

– Tu aurais dû venir passer la nuit avec nous à la maison, espèce d'idiot. Mais je sais, ajouta-t-elle en riant avec une pichenette du poignet, les enfants sont là pour le week-end ! Tu n'es pas le seul : je n'arrive pas à les supporter, parfois. Ces humeurs d'adolescents, cette musique de sauvages – le rock, le rap, ou je ne sais quoi.

Je pris une chaise du bureau de Papa et l'approchai. Puis je lui servis un whisky qu'elle accepta d'un air réjoui et complice, comme si boire était toujours une espièglerie.

Nous nous assîmes de part et d'autre du feu.

– Dis donc, fit-elle avec une grimace de compassion, quelle sale journée tu as eue.

– Oui, plus les jours passent… (Je me renversai contre le dossier de mon siège.) Cumberland a rajouté un million de livres au prix du rachat. Juste au moment où nous avions rassemblé presque toute la somme.

– J'espère que ça ne vient pas de Howard.

– Oh… je ne pense pas, quand même.

Peut-être à cause de mon hésitation ou d'une inflexion de ma voix, Mary écarquilla les yeux et soupira.

– Tu n'as pas besoin de me le cacher, tu sais. Rien ne m'étonne, venant de mon frère. D'ailleurs je serai bien contente quand ce rachat sera effectué et que nos deux familles n'auront plus jamais à travailler ensemble. (Elle eut une moue découragée.) Mais cet argent supplémentaire, vas-tu réussir à le rassembler ?

– Honnêtement, je n'en sais rien.

– C'est malheureux, après tous tes efforts... (Elle m'observa pendant un moment.) Et la police, au fait ? Ils ont été odieux ?

Elle avait pris le ton farouche d'un guerrier prêt à pourfendre mes ennemis à la moindre provocation.

– Ça peut sembler fou, dis-je, mais, pendant un moment, là-bas, j'ai bien cru qu'ils allaient me boucler.

Ne sachant réellement à quel point elle devait prendre cela au sérieux, ses lèvres esquissèrent un sourire incertain.

– Mon pauvre Hugh ! Mais c'est abominable !

– Ils paraissaient tellement focaliser sur moi. C'était ça, le plus effrayant.

Elle reprit son air farouche.

– Ils t'ont vraiment fait passer un sale moment ?

– Je l'ai ressenti comme ça, mais je n'ai pas assez d'expérience pour pouvoir comparer. Tu sais ce qu'il y avait de pire ? C'était de ne pas savoir pourquoi j'étais là. Mon crime était-il d'avoir été vu avec Sylvie ? Tu parles d'un crime, bon sang ! Ou pensaient-ils avoir quelque chose d'autre contre moi, quelque chose qu'ils ne m'auraient pas dit ? J'imagine d'ailleurs que c'est comme ça qu'ils font tomber les gens. (J'eus un sourire sinistre.) En leur faisant croire qu'ils ont des preuves accablantes contre eux.

– Les salauds ! s'écria Mary. Ils y vont à l'intimidation, hein ? (Elle but une gorgée et me dévisagea par-dessus le rebord de son verre.) Ils ne t'ont rien dit, donc ? Sur ce qu'ils te voulaient ?

Je secouai négativement la tête.

– Avec tous les amants qu'elle est censée avoir eus, on aurait pu croire qu'ils ne manquaient pas de candidats à interroger.

L'intérêt de Mary s'éveilla de nouveau.

– Elle avait beaucoup d'amants ?

– D'après David.

– Ah bon ? (Une lueur passa dans son regard. Elle émit un grognement soudain.) Tout le monde était au courant du jeune homme aux cheveux longs – nous *supposions*, du moins, qu'il était son amant – mais quant au reste... Mmm ! (Elle écarquilla les yeux de curiosité.) Je dois dire à David de me raconter tout ça.

– Il n'en sait guère plus. C'était juste une rumeur.

– Ah, une rumeur. (Elle regarda le feu.) Mais bon, fit-elle comme pour me remonter le moral, c'est fini avec la police ? Ils sont convaincus ?

Je réfléchis.

– Tu veux savoir ? Je n'en suis vraiment pas sûr. J'ai l'impression qu'ils vont revenir à la charge.

– Revenir à la charge... Hugh, c'est ridicule, voyons ! Pourquoi le feraient-ils ?

La question n'était cependant pas purement rhétorique, il y avait une véritable interrogation derrière, et je m'aperçus que Mary, comme le reste de ma famille, ne semblait pas avoir totalement exclu la possibilité que j'aie quelque chose à cacher.

– Je voulais te le demander à *toi*, d'ailleurs, repris-je. Me prêtait-on une liaison avec Sylvie ? La rumeur en circulait-elle dans le voisinage ? Si tel était le cas, j'aimerais que quelqu'un me le dise parce que je serais bien le dernier à être au courant.

– Je n'ai jamais rien entendu raconter de ce genre.

Mais le ton de sa voix était tellement enrobé de réserves, son air tellement crispé, que je levai sur elle un regard pénétrant. Elle saisit l'occasion avec un soulagement évident pour enchaîner.

– Ecoute, Hugh, il vaut mieux que je t'en parle... il est possible que Mrs. Perry ait dit quelque chose à la police.

– Mrs. Perry ? Mais qu'aurait-elle pu dire ?

– Qu'elle a vu ta voiture devant le cottage de Sylvie Mathieson. En fait... (Elle eut une mimique navrée) nous l'avons vue toutes les deux. Je conduisais Mrs. Perry. Sa voiture était en panne. Elle n'était pas venue depuis des semaines et la maison devenait si sale que je suis allée la chercher et que je l'ai ramenée, son travail terminé. Et sur le chemin du retour, nous avons vu ta BMW.

Quelque chose se brisa en moi alors, mes défenses se volatilisèrent et toutes les tensions accumulées se répandirent en un flot d'épouvante.

– Mon Dieu..., murmurai-je.

– Tu, euh... tu n'as pas dit à la police que tu te trouvais là-bas ? risqua-t-elle timidement.

– Non, répondis-je en plaquant ma main sur mes yeux.

Je l'entendis se lever et venir s'accroupir à côté de moi.

– Hugh, fit-elle en me donnant une vigoureuse étreinte amicale, ils ne peuvent pas tirer grand-chose de ça.

– Ah non ? m'écriai-je amèrement. Ils vont supposer que j'ai menti sur toute la ligne, pardi !

Elle se rassit sur son robuste arrière-train.

– Supposer seulement ? Mais ce n'est rien, ça. *Rien.*

Je regardai ce visage fort, indomptable. J'y lus de la sollicitude et une farouche loyauté.

– Mary, dis-je, ce... ce n'est pas la seule chose que je leur ai cachée.

– Oh, mon Dieu, articula-t-elle d'une toute petite voix.

Nous demeurâmes silencieux un long moment, puis elle me demanda sur un ton presque brusque :

– Tu veux m'en parler ?

Conscient que j'allais franchir un pas dont je n'avais pas mesuré les conséquences, mais ne m'en souciant guère, je commençai d'une voix faible.

– Je suis mal parti, tu sais.

– Hugh, ne sois pas bête ! (Elle agrippa mon épaule et la secoua, comme pour m'imprégner d'optimisme.) Attends...

Elle se leva, remplit nos verres à la bouteille du dessus de cheminée, approcha sa chaise et vint s'asseoir à côté de moi, anxieuse et concentrée.

– Je ne sais par où commencer...

Si, je le savais. Je savais très bien par où commencer pour que cela ait un sens.

– Il y a eu cette semaine affreuse..., entamai-je lentement. Une semaine de cauchemar après un mois épouvantable. (Je marquai un temps d'arrêt.) J'ai dû un peu craquer. (Je réfléchis un instant.) Plus j'y songe, plus je crois que c'est ça : j'ai perdu la tête, Mary.

# 4

– DAVID a appelé ça dépression. Il m'a même prescrit des antidépresseurs. C'est bien de lui ! Si seulement c'était aussi simple ! Quelques cachets, et finis les soucis ! Mais ce n'était pas de la dépression, pas au sens où il l'entendait. C'est juste que je baissais les bras. Tout allait de travers et je semblais impuissant à y remédier. L'entreprise battait de l'aile, s'enfonçait, les banques s'agitaient pour réclamer leur dû, et j'ai soudain pris conscience – d'un coup, en un ou deux jours – que nous étions en réel danger de la perdre. C'est alors… (cela me mortifiait encore de le dire) que Howard a agi dans mon dos en organisant la prise de contrôle. Il m'en aura fallu du temps pour comprendre ! Dieu que j'ai été lent ! Ce brave vieux Hugh qui ne voit pas ce qui se passe sous son nez !

Mon rire résonna amèrement à mes oreilles.

– Et puis les difficultés ont commencé à la maison. Ginny pensait… en fait, je ne sais pas ce qu'elle pensait, ce qui était en soi une moitié du problème. Nous avons commencé à nous opposer sur tout et sur rien. Il y avait cet affreux mur entre nous qui rendait tout contact impossible, nous nous heurtions tout le temps. Et l'argent… elle n'arrivait pas à voir combien il était urgent de nous restreindre, elle avait un bandeau sur les yeux. Elle ne faisait que… (Mes paroles s'étouffèrent dans ce mélange d'exaspération et de culpabilité que

Ginny paraissait toujours engendrer en moi et je revins sur un terrain moins délicat.) Tu sais ce qu'il y avait de pire, à propos de l'entreprise ? C'était de savoir que nous en étions là à cause de mon imbécillité, de ma stupide tête de lard.

– Allons, protesta Mary, et Howard, alors ? Ce doit bien être un peu sa faute aussi.

– Oh, lui, ça le dépassait, répondis-je sans plus de précision. C'était l'homme des idées, tandis que je devais exercer ce que j'avais comme talents à nous maintenir financièrement sur les rails. Tel était le principe, du moins. Mais je suis complètement passé à côté ! Je me suis laissé séduire par des idées d'argent facile et d'expansion sans limites. Péché d'orgueil. Je croyais savoir mieux que les autres. La prudence, le sens de la mesure, toutes ces qualités que Papa avait prêchées, c'était ringard, c'était dépassé, n'est-ce pas ? L'endettement, voilà la règle du jeu : on emprunte jusqu'à la garde et on pousse la machine au maximum.

– Mais le conseil d'administration, les comptables, argumenta Mary, ils auraient dû réaliser, eux !

– Ils étaient sous le charme de Howard, comme nous tous, d'ailleurs. Et puis tout paraissait aller très bien, au début : des bénéfices en hausse, des ventes qui montent en flèche. Sauf pour cette pauvre vieille usine de Hartford qui est restée sur le pavé.

– Tu as perdu espoir, donc ? fit Mary pour me ramener à mon récit.

– Pas immédiatement, non. Pendant longtemps, j'ai cru que la situation pourrait être sauvée. J'ai travaillé comme un fou sur le plan de restructuration, je me suis imposé une réduction de salaire – la moitié de ma paie. J'ai vraiment cru que j'arriverais à tout remettre d'aplomb.

– Et alors ?

– Alors... (Ce souvenir s'empara de moi avec une force renouvelée.) C'est là que j'ai pris conscience de ce que manigançait Howard.

*

* *

Je le découvris par pur hasard. Un jour, mon chauffeur étant en congé de maladie, c'est le chauffeur de Howard,

Brian, qui me conduisit chez nos banquiers pour une énième difficile réunion de restructuration – un euphémisme de la City signifiant emprunter davantage à coût élevé. Je fis une remarque sur la circulation et Brian se lança dans une diatribe débonnaire sur les travaux routiers, les portions de voies à double sens sur autoroute, et combien il devenait difficile de s'en extirper. Aller à Stafford la semaine précédente avait été une véritable gageure, me dit-il, à cause d'un accident sur la M6 qui avait provoqué un bouchon de quinze kilomètres.

Je songeai aux raisons qui auraient pu pousser Howard à aller à Stafford. J'en trouvai quelques-unes, toutes parfaitement plausibles, et pourtant, même en essayant de me persuader de les croire, une seule pensée venait tinter avec insistance dans mon esprit : celle que le quartier général de Cumberland se trouvait à Stafford, en même temps que trois de leurs quatre usines.

Observant Brian par le rétroviseur, je fis mine de chercher dans ma mémoire.

– Ah oui, ce devait être le rendez-vous de Howard avec... avec qui, déjà ?

Brian était sur le point de répondre lorsqu'il cilla d'un air coupable. Il y eut un silence embarrassé avant qu'il ne bafouille une réponse peu convaincante sur un déjeuner que Howard aurait eu dans un hôtel dont il ne se rappelait pas le nom. Quand il me déposa, il avait encore l'air gêné. Je savais ce que je devais savoir.

Au fil des années, j'avais appris qu'il n'y avait que deux façons d'approcher Howard sur des sujets qu'il n'était pas disposé à aborder. L'une était de le mettre de bonne humeur par une plaisanterie. L'autre de l'attaquer bille en tête, à la limite de l'agression.

Le lendemain, dès qu'il fut libre, j'entrai à grands pas dans son bureau et me campai en face de lui. Je n'avais guère dormi la nuit précédente, j'avais les nerfs tendus comme des cordes et je sentais des pulsations battre dans ma tête. Howard leva les yeux de ses papiers et arqua paresseusement les sourcils.

– Parle-moi de Cumberland, dis-je.

Il se renversa dans son fauteuil et prit son temps. Je voyais presque son cerveau s'activer.

– Cumberland ?

– Tu es allé les rencontrer ?

– Pas de quoi t'énerver, Hugh. Je n'ai fait qu'étendre le champ de nos options. L'ébauche d'un plan d'urgence, si tu préfères. Quelque chose à prendre en considération si les banques devenaient menaçantes.

Une colère sourde s'empara de moi. Je dus serrer les lèvres pour les empêcher de trembler.

– Comment as-tu pu ?

Je savais que ce n'était pas la chose à dire à Howard, pour qui toute prise de position morale était source d'irritation. Mais j'avais dépassé le stade de la diplomatie.

– Ecoute, il n'est pas bon de laisser place à ses émotions dans ce genre d'affaire, déclara-t-il sur un ton des plus exaspérants. Une grande partie de nos problèmes vient de là, Hugh : trop de subjectivité.

Je ne voyais vraiment pas ce que la subjectivité avait à voir avec la trahison.

– *Derrière mon dos*, Howard, balbutiai-je.

– Ne sois pas ridicule, fit-il. Ce n'était qu'un tour d'horizon préliminaire pour tâter le terrain. Il n'y a pas de quoi s'énerver. J'allais t'en parler aujourd'hui. D'ailleurs réfléchis, Hugh, argumenta-t-il malicieusement, je ne pourrais guère prendre d'initiative sans toi.

– Et maintenant que tu as tâté le terrain ?

Revenant à ses manies d'antan, il m'adressa un sourire félin accompagné d'un petit clin d'œil que n'aurait pas renié un vendeur de voitures d'occasion.

– Je te le dis, ils sont emballés par nous. Oh, ils ne le crient pas sur les toits, bien sûr, mais ils seraient fous de ne pas faire avancer l'idée.

– Et quelle est-elle exactement, cette idée, Howard ? Une prise de contrôle ?

Il prit l'air offensé.

– Grands dieux, non ! Une *fusion.* Une fusion, répéta-t-il comme si j'avais été incapable d'enregistrer la première fois. Unification de l'administration, de la distribution et des ventes. Ça ferait de grosses, de très grosses économies, Hugh.

– Et où Hartford s'intégrerait-il dans tout cela ?

Il pinça les lèvres et secoua lentement la tête comme si j'avais fait cette remarque juste pour le tester.

– Hartford est un bel atout, Hugh. Personne ne va s'en débarrasser, certainement pas.

Je le regardai, les yeux écarquillés, et me demandai lequel de nous deux était devenu fou, s'il avait toujours été ainsi ou si c'était moi qui avais changé. Il paraissait inconcevable que nous ayons pu travailler dans de bonnes conditions ensemble, ou que j'aie jamais pu lui faire confiance.

Mais même à ce moment, je n'avais pas encore bien saisi la situation.

– Plus de rendez-vous clandestins, l'avertis-je. Plus de manœuvres dans mon dos, Howard, ni dans celui du conseil d'administration !

La façon dont son regard biaisa et l'air entendu qui passa sur son visage me révélèrent la suite de l'histoire.

– Ah, je vois. Que je suis bête ! dis-je avec amertume. Tu es allé préparer le terrain auprès du conseil d'administration, n'est-ce pas ?

– Hugh, toute cette colère ne sert à rien. Je regrette qu'on ne puisse pas discuter de ça raisonnablement.

Il poussa un petit soupir et attendit, comme si un peu de réflexion sensée me montrerait la puérilité de mon attitude.

– Et ta famille ? demandai-je sur un ton aussi calme que possible.

– Tout le monde dans ma famille souhaite que soit trouvée une conclusion heureuse.

Un soupçon me vint d'un coup à l'esprit.

– Et ma famille *à moi*, qu'est-ce qu'ils en pensent ?

Il écarta les mains en signe d'innocente ignorance.

– Ça, je n'en sais rien. Mais j'imagine qu'ils sont conscients de la précarité de la situation. Qu'ils ont lu les rapports financiers. J'ai bien dit « *J'imagine* ».

Il voulait me faire lire dans son jeu, me faire penser qu'il avait déjà persuadé ma famille de voter la prise de contrôle. Il voulait me faire penser cela, et moi, bête comme tout, je me laissai manipuler.

– Merci de m'informer, dis-je d'un air pincé.

Il secoua de nouveau la tête, se leva nonchalamment, prit le temps de passer sa main le long de sa cravate comme s'il en testait la douceur.

– Il est parfois utile de se rappeler qu'il n'y a pas de honte à faire de l'argent, Hugh. Pas de honte à empocher des bénéfices durement gagnés et à récolter les fruits du succès.

Howard, parfois, me laissait sans voix.

– Du succès, répéta-t-il en se rengorgeant. On dirait que tu as un problème avec ce mot.

– Non, Howard, non. Je n'ai pas de problème avec ce mot.

J'en perdis le sommeil. Je passai des heures à rester les yeux grands ouverts dans le noir, mortifié et incrédule. Le choc n'était pas tant que Howard soit prêt à vendre l'entreprise – il ne faisait absolument pas de sentiment quand il était question d'argent – mais qu'après tant d'années passées ensemble, il soit prêt à me traiter avec pareil mépris.

Dans les deux jours qui suivirent, je me lançai avec frénésie dans une opération de limitation des dégâts. Je téléphonai tour à tour à chacun des membres du conseil d'administration, j'établis à la hâte un récapitulatif des différentes raisons pour lesquelles une fusion serait néfaste, mais bien sûr, Howard était passé par là avant moi. Il avait très précautionneusement préparé son terrain. Il les avait déjà gagnés à sa cause.

*

* *

– C'est là que j'ai commencé à perdre courage, Mary. Ou à perdre confiance en moi, ce qui sans doute revenait au même. J'ai entrepris de me poser des questions que je ne me posais plus depuis longtemps. A me demander pourquoi diable, après m'être rendu esclave du travail pendant presque toute ma vie professionnelle, j'en arrivais à être poignardé dans le dos par mon associé.

A ces mots, Mary hocha lentement et tristement la tête. Elle ne s'offusquait jamais d'entendre critiquer Howard. Elle souscrivait parfois, même.

– J'ai pensé à toutes ces années écoulées, envolées. J'ai pensé à toutes les heures que j'avais passées au travail, à toutes les soirées et les week-ends où je ne rentrais pas à la maison, à tout ce temps que je n'avais jamais trouvé pour Ginny...

– Elle n'a pas semblé y attacher trop d'importance.

– Certes, elle ne se plaignait jamais. Mais de l'importance, si, ça en avait beaucoup. Nous étions tellement pressés qu'à la fin, je crois que nous oubliions tout simplement de parler. (J'émis une autre hypothèse dont je venais de prendre conscience.) Peut-être aussi avions-nous peur de parler. Oui, il a dû y avoir de ça. Peur de nous retrouver obligés de constater combien les choses allaient mal, combien elles avaient tourné différemment de ce à quoi nous nous attendions.

Mary se pencha vers le feu et en baissa l'intensité.

– Et puis... Tout s'en est mêlé, en fait. J'ai commencé à beaucoup penser à Papa. Comme il me manquait, ce diable de père, alors que j'avais trouvé si peu de temps à lui consacrer, vers la fin !

– Ce n'était pas ta faute.

– Mais j'aurais dû *trouver* le temps, Mary. On peut toujours en trouver si on essaie vraiment. Je n'ai pas assez essayé. Je crois que j'avais honte. Honte de lui dire combien les affaires allaient mal, honte d'admettre que tout ce qu'il avait créé à la sueur de son front était en train de ficher le camp.

L'intensité de ces souvenirs me fit m'arrêter. J'éprouvai un nouvel élan d'affection mêlé à un sentiment de perte. Papa m'avait exaspéré, parfois, surtout quand j'étais jeune homme, il s'était montré autoritaire et dogmatique, affreusement paternaliste – notamment envers les femmes, ma mère incluse – mais en tant qu'être humain, il avait été remarquablement accompli, avec sa chaleur, sa sensibilité, son sens inné du devoir et de la loyauté.

– Donc tu n'avais pas le moral ?

– A zéro, oui. Et veux-tu que je te dise ? (Elle secoua lentement la tête, ses yeux pénétrants rivés sur mon visage.) L'idée de perdre l'entreprise était terrible, bien sûr, mais j'aurais pu rebondir. J'étais accablé, oui, et en colère aussi, mais c'était davantage une *réaction* qu'un état d'esprit. Je n'avais pas vraiment abandonné. J'étais seulement épuisé, complètement lessivé. Tout ce qu'il me fallait, en fait, c'était du sommeil et qu'on me laisse une chance de trouver une solution. Un peu de temps, voilà tout.

Mary lut mon expression et leva les sourcils.

– Mais tu ne l'as pas eu ?

– Ce n'est pas la faute de Ginny, assurai-je avec force. Les gens, les collectes de fonds, les soirées... c'était toute sa vie. Je l'avais tellement laissée seule, que lui restait-il d'autre ?

Le visage de Mary resta délibérément impassible.

– Que lui restait-il d'autre ? poursuivis-je d'un air malheureux. Non, Mary, quoi que ce soit qui n'ait pas marché, ce n'était pas la faute de Ginny.

*
* *

Ce fut le vendredi au petit déjeuner – le premier petit déjeuner que nous réussissions à prendre ensemble depuis un bon bout de temps – que je compris le genre de week-end qui nous attendait.

Ginny me dévisagea.

– Quelle tête tu fais ! s'exclama-t-elle.

Je me composai de mon mieux une mine plus enjouée, en ronchonnant contre les banquiers qui nous donnaient du fil à retordre et qui nous compliquaient tellement la vie.

Je m'emparai du journal, elle s'en alla préparer le jus d'orange. Le vrombissement du presse-fruits électrique s'emballa soudain.

– Ce truc ne tourne pas rond, maugréa-t-elle. J'ai bien envie d'acheter le modèle chromé. Tu sais, un de ces si jolis petits articles italiens qui ressemblent à des percolateurs.

Elle versa le jus dans un grand verre et s'essuya les doigts à un torchon. Elle se tenait de profil, la cascade luisante de sa chevelure ramenée derrière une oreille, l'expression impénétrable et, l'espace d'un instant, elle m'apparut comme une étrangère, une personne que je connaissais depuis si longtemps et si peu à la fois. Je détournai vivement les yeux tant cette idée m'effraya.

Elle déposa le jus d'orange sur le comptoir et, s'installant sur le tabouret en face, repoussa ses cheveux de son front en un revers de main qui lui était caractéristique.

– J'ai pensé partir vers dix heures, dès que le poissonnier aura livré, annonça-t-elle sur le ton léger et bref qui était le sien lorsqu'elle s'organisait. Tu as commandé assez de vin, n'est-ce pas, chéri ? Il y a potage, poisson et canard, rappelle-toi.

Il me revint alors que c'était l'un de ces week-ends où nous recevions dans le Wiltshire. Ginny descendait toujours tôt à Melton pour s'assurer que tout était prêt.

– Combien serons-nous ? demandai-je en essayant de ne pas penser à la dépense.

– Douze. Et le chef verrait bien un petit blanc doux accompagner le pudding. Tu es d'accord, chéri ? Je m'en occuperais volontiers, mais…

Elle eut un bref haussement d'épaules. Avec une étrange fierté, elle se glorifiait de ne rien y connaître en vins, sauf à déterminer dès la première gorgée si une bouteille était bonne ou pas.

Les week-ends à Melton suivaient un scénario bien établi. Nous donnions, le vendredi ou le samedi soir, un dîner d'au moins quatre plats préparés par un cuisinier en extra que nous appelions « le chef », et servi par le mari de notre couple de gardiens déguisé en maître d'hôtel. Le samedi, nous assistions avec nos invités à une quelconque manifestation sportive – généralement des courses de chevaux ou du polo – et le soir où nous n'étions pas les hôtes, nous étions invités dans une autre grande maison. Le dimanche soir, si personne ne passait la nuit chez nous, je m'avançais un peu dans ma paperasserie avant de me lever à cinq heures et demie pour rentrer à Londres.

– Tu seras placé à côté de lady Werner, m'informa Ginny. Elle fait partie du bureau de nombreuses organisations d'assistance sociale. Elle boite un peu à la suite d'un accident de chasse il y a des années, mais c'est encore une passionnée de chevaux. Ils en entraînent beaucoup, des vainqueurs du derby et autres.

Je tentai de parler, mais Ginny était lancée à toute vapeur.

– ... Surtout, elle est administratrice du fonds de bienfaisance de la famille, vois-tu, avec sir Franck – en fait, ils le gèrent tous les deux – et ils font de très gros dons... enfin, pas eux, le fonds. On pourrait obtenir jusqu'à cinquante mille livres pour trois ans de suite. Comme en plus, ils sont supergentils...

– Ginny ! l'interrompis-je avec plus de brusquerie que je ne voulais.

Elle ouvrit de grands yeux, ses lèvres se contractèrent.

– Quoi ?

J'allais soulever la question de nos finances, mais je flanchai. Je n'étais pas certain de pouvoir supporter l'inévitable scène qui s'ensuivrait. Je n'avais jamais pu déterminer si Ginny croyait, contre toute évidence, économiser, ou si elle en était simplement incapable, car chaque fois que j'abordais le sujet, elle se hérissait et se mettait tellement sur la défensive que toute discussion rationnelle devenait virtuellement impossible.

– Rien, me hâtai-je de dire. Ai-je autre chose à faire pendant le week-end ?

– Absolument pas, se récria-t-elle avec la fierté chatouilleuse de l'organisatrice-née. (Elle m'observa d'un œil soupçonneux.) Qu'est-ce qui t'arrive ?

– Je suis juste terriblement fatigué, c'est tout.

– Je n'arrive pas à comprendre pourquoi tu es obligé de tout faire toi-même. Les autres ne pourraient pas te décharger un peu ?

Je ne me sentais pas l'énergie d'expliquer.

– Ils ne peuvent pas, c'est tout.

Quand elle comprit que je n'allais pas entrer dans les détails, elle pinça les lèvres et s'en fut chercher le café. De retour, elle appuya son fin menton sur ses mains et cligna rapidement les paupières, signe infaillible de nervosité annoncée pour ce qu'elle allait dire.

– Au fait, commença-t-elle avec une désinvolture composée, Eddie Maynard part pour un week-end de stage dans une école de chasse. Il voulait savoir si ça t'intéresserait d'aller avec lui, mais j'ai répondu que tu étais bien trop occupé pour...

– Ginny, fis-je avec plus de patience que je n'en éprouvais, la question n'est pas que je suis trop occupé, la chasse ne m'intéresse pas, un point c'est tout.

– Mais tu t'y intéressais, avant.

– Non, Ginny. J'ai pu dire une fois...

– Plus d'une fois.

– C'était pour rigoler, protestai-je.

– Ah bon, fit-elle d'une voix coincée comme si j'avais changé d'avis rien que pour l'embêter.

Elle s'était accrochée à cet espoir absurde que je me mettrais à la chasse pendant un certain temps. Pourquoi, je n'en avais pas la moindre idée. J'avais horreur des armes et j'étais malheureux comme les pierres de voir ces pauvres canards sauvages pendre dans des garde-manger.

– Ce n'est pas parce que nous avons une maison de campagne qu'il faut faire comme les gens de la campagne.

– Ce n'est pas ça ! protesta-t-elle, le souffle court. Tu as l'air d'imaginer que je veux que tu t'y mettes pour des... (elle agita la main)... des raisons de *snobisme* ! Je pensais juste que ce serait tellement bon pour toi d'avoir un centre d'intérêt ici, quelque chose qui te fasse prendre un peu d'exercice et un bol d'air. Et toi, tu fais passer ça pour...

Elle suffoquait, à présent, un sifflement venait du fond de

sa poitrine. Je pris l'inhalateur dans le panier, au coin de la cuisine. Elle en aspira profondément deux giclées.

Je lui entourai doucement du bras les épaules.

– Ce n'est pas ce que je voulais dire, chérie.

– Si, tu voulais le dire ! s'égosilla-t-elle en déglutissant.

– J'aime juste me détendre, à Melton, c'est tout.

Elle fit effort pour répondre, et y parvint après une douloureuse inspiration.

– Tu crois que j'accorde de l'importance à l'avis des gens ! haleta-t-elle. C'est insultant !

Je me laissai choir avec lassitude sur le tabouret voisin du sien.

– C'est bien ce que tu penses, hein ? insista-t-elle.

Ce que je pensais vraiment m'apparut avec la limpidité que seule la mélancolie peut apporter : qu'il était dans la nature de Ginny de chercher la perfection, qu'elle ne pouvait pas supporter qu'un seul aspect de notre vie reste en deçà d'un idéal difficile à atteindre et que, en plaçant la barre aussi haut, elle nous vouait l'un et l'autre à une lutte constante. Cette réflexion en entraîna une autre, également claire : que j'étais profondément las de ce fardeau auto-imposé et que je me passerais volontiers de tout ça.

– Je crois qu'il serait sage de ralentir un peu, dis-je.

Elle me jeta un regard circonspect.

– Ralentir... ? Dans quel sens ?

– Essayer d'en faire un peu moins.

– Tu veux dire... dans mon travail de bienfaisance ?

– Non, bien sûr que non. Je parle de voir les amis un peu moins souvent. De garder pour nous davantage de soirées.

Elle se remit à suffoquer.

– Mais on ne reçoit pas aussi souvent que ça ! Et puis tu as toujours dit que tu étais ravi qu'ils viennent ! Alors voilà que tout d'un coup... ! Tu es difficile à suivre, Hugh. Et très injuste !

– C'est un peu à cause des frais, dis-je en prenant le taureau par les cornes. Nous devons nous restreindre.

Ses yeux exprimèrent une blessure muette, comme si j'avais transgressé toutes les règles de la discussion correcte.

– Je sais, fit-elle avec raideur.

– Alors, ça sourit question finances ? glissai-je pour essayer d'apporter une tonalité un peu plus légère et totalement inoffensive.

Elle fut prise d'une longue et âpre quinte de toux et tendit de nouveau la main vers son inhalateur.

– J'ai vérifié tous les comptes, si c'est ce que tu veux dire.

– Dans ce cas tu peux constater que nous dépassons de loin notre budget.

– Mais nous n'avons jamais eu de budget, chéri ! Tu en parles comme s'il était passé devant un conseil d'administration. (Ses yeux brillaient anormalement, elle paraissait au bord de la colère ou des larmes.) Je ne savais même pas qu'il existait jusqu'à ce que tu l'inventes ! On dirait que je jette l'argent par les fenêtres ! Qu'est-ce que tu crois ? Que je ne vérifie pas les factures ? Que je n'achète pas au meilleur prix ? Je ne peux quand même pas annuler des dîners prévus depuis des mois ! Il m'a fallu *un an* pour faire venir les Werner ! Une année entière !

– Tout ce que je dis, c'est que nous devons nous restreindre.

– Tu présentes ça comme si c'était ma faute...

– Non, non, me hâtai-je de l'interrompre. Bien sûr, que ce n'est pas ta faute...

– La Provence, c'était ton idée à toi.

C'était de l'histoire ancienne.

– Oui.

– Melton également.

Je ne discutai pas, c'était inutile.

– Melton *doit* être vendue aussi vite que possible.

– Tu crois que je ne le sais pas ? cria-t-elle. J'ai été sur le dos de l'agent immobilier tous les jours de la semaine. Tous les jours !

D'autres éléments se rappelèrent à moi, comme la réfection du salon, ici à Glebe Place, qui semblait se poursuivre alors que nous avions décidé de la repousser, le gardien de la maison de Provence, qui aurait dû quitter son poste le mois précédent mais était apparemment toujours en place. Il me vint cette désagréable impression de moiteur que je ressentais toujours quand je m'apercevais que nos dépenses restaient totalement hors de contrôle.

– Je fais tout ce que je peux ! fulmina Ginny en me lançant des éclairs de reproche. On dirait que tu m'accuses d'aggraver les choses !

– Bien sûr que non, je ne pense pas ça. Je voulais juste...

Un petit détail me bloqua dans ma phrase.

La bouche de Ginny était restée figée dans cette expression de peine et d'abandon que je connaissais si bien et, baissant pavillon, je pris sa main dans la mienne.

– Pardon, pardon.

Je me demandai combien de fois nous nous disions pardon au cours d'une prise de bec ordinaire, et de quelle efficacité cette énorme masse d'excuses pouvait être.

– C'est bon, répondit-elle avec une pointe de cet humour mal assuré auquel elle avait recours pour signifier la fin de nos querelles. Je ferai des économies sur la nourriture du chat, je servirai des restes, et je virerai Consuela. Si ça ne marche toujours pas, je peux aussi aller faire le trottoir. (Elle eut un petit sourire satisfait.) Je suis encore pas trop mal.

Je lui emboîtai le pas.

– Tu peux le dire ! Tu ferais fortune.

En passant mon bras autour de ses épaules, j'eus la sensation de basculer de l'étroit rebord de ma vie et de ne pouvoir enrayer la chute.

*
* *

– Vous chassez ? demanda lady Werner.

– Non, je regrette.

– Vous faites du cheval ?

– Le dernier que j'ai monté a repéré au bout de cinquante mètres que j'étais débutant et s'est débarrassé de moi en me frottant contre un arbre.

Lady Werner eut l'amabilité de rire avant de se tourner pour répondre à son voisin de droite. Ce fut un soulagement de n'avoir pas à parler pendant quelques instants. Je trouvais difficile de converser, en partie parce que j'avais trop bu de vin – je profitais au maximum des dernières bouteilles de bon bordeaux que j'avais mises en cave une dizaine d'années auparavant –, et en partie parce que mes ennuis ne cessaient de venir encombrer mon esprit et d'empêcher les mots d'en sortir.

Je regardai confusément le décor éclatant qui s'offrait à mes yeux, les rangées de bougies et les fleurs qui foisonnaient tout au long de la table, le chaud rouge rubis des tentures murales, celui, couleur sang, du vin mêlé à l'or des verres de cristal. Je vis Ginny, tout au bout de la table, son teint d'albâtre et la fine gravure de ses traits ressortant parfaitement dans l'encadrement des couleurs vives qui l'entouraient. Je la vis pencher la tête vers Werner, l'écouter avec une attention extasiée. Je me sentis complètement détaché de cette scène, comme un imposteur devant quelque étrange spectacle. Quand les invités se rendirent au salon pour prendre le café, je m'éclipsai à l'étage, m'assis au calme dans la salle de bains, pris ma tête dans mes mains et fixai la moquette d'un regard aveugle. Quand mon retour ne put être différé plus longtemps, je m'aspergeai d'eau le visage et redescendis.

Heureusement, Werner n'était pas trop exigeant dans la conversation. Je n'avais qu'à glisser à l'occasion un hochement de tête ou un commentaire pour qu'il reparte une demi-heure sur le sujet du mécénat en art. Plus difficile à supporter fut un avocat du nom de Hodgworth-Hill, dont l'arrogance mielleuse et le mépris non dissimulé pour ce qu'il appelait le troupeau du commun des mortels commencèrent à me taper sur les nerfs que j'avais déjà fort éprouvés. Je me demandai pourquoi Ginny l'avait invité : je ne l'imaginais pas participant à une œuvre de bienfaisance. A écouter son caquet, une sourde colère monta en moi. Je soupçonnai qu'il serait le dernier invité à partir et j'avais raison.

– Mais il reste ! annonça Ginny quand je l'eus prise à part dans le couloir. Je te l'avais dit ! Allons, viens jouer au backgammon, m'exhorta-t-elle avec une gaieté fébrile. On va ouvrir deux jeux.

Elle me tira par la main, mais je marmonnai pour excuse devoir m'absenter une minute à l'étage.

Son retour dans le salon fut salué par des applaudissements. J'entendis les accents pompeux de l'avocat, suivis d'éclats de rire tapageurs et de tintements de verre. Quelque chose chavira en moi. Je me trouvais là dans le hall, essayant de comprendre ma furieuse exaspération, conscient d'avoir atteint un terrifiant point de rupture difficile à expliquer et davantage encore à dominer. Tout ce que je savais, c'est que je ne pouvais supporter d'être un instant de plus parmi ces gens, qu'il fallait que je m'en aille.

Dès que cette impulsion de fuite s'empara de moi, elle devint besoin désespéré. Je ne cherchai même pas à savoir où j'irais ni pour combien de temps, je ne m'arrêtai pas à penser à Ginny, je n'avais qu'une chose en tête : m'échapper. Je me précipitai à l'étage, jetai mes habits de soirée à terre, enfilai un vieux jean et un pull. Prenant juste le temps de griffonner un message à Ginny, je partis comme un somnambule jusqu'à la voiture et démarrai en trombe.

C'était folie de conduire. Je dépassais de loin l'alcoolémie autorisée, mais la sottise de ce que je faisais ne pesa guère face à la panique et à l'impression confuse que je regagnais là une parcelle du contrôle de ma vie.

Je partis aveuglément, la question de savoir où ne se posant pas. Dittisham était le seul endroit où je pouvais me retrouver avec moi-même, le seul où j'aurais la possibilité de réfléchir.

Il n'y avait pas de circulation, l'autoroute était comme un large tunnel noir. Je parvins à rester en éveil, et par miracle à ne tuer personne. Arrivé à Dittisham en plein milieu de la nuit, je passai de pièce en pièce. Je ne revenais pas du silence qui y régnait. Un calme merveilleux, un cocon bien enveloppant de quiétude. Il me semblait que je ne l'avais jamais vraiment remarqué auparavant, que mon esprit s'était depuis longtemps fermé à de telles considérations.

L'épuisement me mit dans un état de sentimentalité larmoyante. J'éprouvai une soudaine nostalgie du passé, de la simplicité et de la cohérence de ma jeune vie. Je repensai à mon père, à tout ce qu'il avait représenté pour moi. Je retins les souvenirs plus fuyants de ma mère, décédée depuis vingt ans, et songeai que je ne l'avais pas réellement connue.

Je finis par monter à l'étage et, hésitant devant la chambre d'amis que Ginny et moi occupions toujours lors de nos séjours, poursuivis dans le corridor jusqu'à ma petite chambre d'enfant. Elle servait de débarras à présent, emplie de malles et de caisses à thé, mais dans un coin, se trouvait toujours le vieux lit en métal flanqué d'une table branlante et d'une lampe à abat-jour en parchemin ramenée de mes voyages en Inde. Sous le lit, dormaient mes aquarelles, des centaines, rangées en liasses dans des cartons à dessin, reliques du temps où j'avais pour ambition de peindre. Des années s'étaient écoulées depuis que j'avais tenu un pinceau pour la dernière fois.

Après avoir ouvert la fenêtre, je m'allongeai sur le dur matelas qui se trouvait sous une antique couverture. Il n'y avait presque pas de vent, juste un imperceptible mouvement d'air venant sans doute du fleuve, car je pouvais entendre le léger clapotis de l'eau. Bercé par le souvenir de tant de nuits paisibles, je m'endormis comme un enfant.

*
* *

– Le réveil ne s'est pas fait en douceur, loin de là. David a tambouriné contre la tête de lit. Il n'avait pas l'air content.

– C'est que nous n'avions pas passé la meilleure des nuits, expliqua sèchement Mary. Ginny a dû nous appeler vers deux heures du matin, puis de nouveau une demi-heure plus tard, sans parler du lendemain matin. Nous lui avons dit que tu ne voulais sans doute pas répondre au téléphone, mais elle insistait pour que David parte sur-le-champ, en pleine nuit, te retrouver là-bas.

– Désolé, je ne l'entendais pas, le téléphone.

– C'est évident, mais pas moyen de lui faire comprendre.

Pour la première fois, il m'apparut que Mary désapprouvait explicitement l'anxiété et la nervosité permanentes de Ginny.

– Je n'avais pas l'intention de l'inquiéter.

– David, bien sûr, a refusé net de sortir et d'aller te chercher. Jusqu'au matin, en tout cas.

– Je n'avais pas l'intention de la quitter, rien de ce genre, expliquai-je pour essayer de me justifier davantage. Je n'ai jamais cessé de l'aimer... (En disant cela, pourtant, je me demandai ce que j'entendais par « aimer », si ce mot renfermait toujours autant d'efforts et de souffrance.) Elle s'est tellement donnée pour tout, pour essayer de nous procurer une vie... *pleine.*

Mary étudiait de près son verre.

– Tu as quand même fichu le camp, me rappela-t-elle.

Défendre Ginny était une sorte de réflexe pour moi, mais cette fois, je laissai passer.

– Oui, il a fallu.

– Nous avons tous besoin d'espace, de temps en temps.

– Oui.

Ma réponse était trop tiède pour Mary.

– Il n'y a rien de mal à ça, affirma-t-elle.

– Non. Tu as raison.

Elle confirma d'un catégorique hochement de tête.

– Donc..., fis-je pour reprendre le fil de l'histoire, ce pauvre David était là. Il a commis l'erreur de me demander ce que j'avais, et il a eu droit à la totale. Mes kilomètres de tourments. Les affaires, Howard, la mort de Papa. Et bien sûr, Ginny et moi. Je me suis épanché sur lui, le pauvre.

– J'espère qu'il s'est montré compatissant.

– Ma foi, tu sais comment il est. Ce n'est pas son fort. Mais dans l'ensemble, oui. A part sur le sujet qu'il aurait dû apprendre à ne plus aborder, maintenant. Il est revenu sur cette histoire de traitement de fertilité, voulant savoir si Ginny avait essayé cette dernière méthode dont j'ai oublié le nom. Il nous avait envoyé de la documentation dessus. Il restait persuadé que l'absence d'enfant était à la base de tous nos problèmes, et j'avais beau lui dire que je ne voulais pas en parler, il me regardait avec cette horripilante expression de je-sais-tout sur le visage. Je crois parfois qu'il ne raisonne qu'en termes médicaux, y compris pour les relations entre personnes.

Mary haussa légèrement les sourcils à cette remarque mais ne fit pas de commentaire. Elle n'exprimait jamais aucun grief de couple, bien qu'il fût connu depuis longtemps, dans la famille, que David n'était pas l'homme le plus facile à vivre.

– Bref, après tout cela, il m'a juste déclaré déprimé et m'a donné des comprimés. C'est bien lui ! Rien ne résiste à un bon médicament. Ne te méprends pas, cependant : je n'attendais pas autre chose. Parce qu'il doit en avoir par-dessus la tête, David, d'entendre des gens exposer leurs maux à longueur de journée. Non, c'était très bien d'avoir quelqu'un à qui parler. Je n'avais besoin de rien d'autre.

Je regardai dans le feu.

– Mais le plus extraordinaire, Mary, le plus extraordinaire... (Mes épaules semblèrent se voûter à mesure que ce souvenir s'emparait de moi.) Nous sommes descendus vers le fleuve. David voulait voir le muret, ou je ne sais quoi qui avait besoin d'être réparé. Je continuais à divaguer sur le passé, les étés que nous avions eus, notre époque dorée – j'étais encore un peu secoué, je peux te le dire – et en évoquant ces années, nos meilleures années, j'en suis revenu à penser à Sylvie. Ce qui n'avait rien de surprenant puisque nous avions passé cette longue saison estivale ensemble, tu te souviens ? Celle où il faisait si chaud ?

– Je me rappelle.

– Eh bien au moment où elle m'est revenue à l'esprit, à la seconde même, mes yeux se sont portés sur le fleuve et je l'ai vue ! J'ai d'abord cru que je rêvais, que j'avais des hallucinations. Et puis j'ai pensé qu'il s'agissait de quelqu'un d'autre qui lui ressemblait. Elle était dans un dinghy avec tout un groupe, ils remontaient le fleuve. Mais ces cheveux, cette façon d'être assise, ce profil... David ne voyait pas la ressemblance, mais pour moi, elle sautait aux yeux. J'ai été comme frappé par la foudre, envahi par une vague soudaine de... de quoi, je ne suis pas sûr. D'espoir ? Quelque chose comme ça. Je ne pouvais plus me l'ôter de l'esprit. J'étais submergé... ensorcelé. J'ai eu cet étrange sentiment – ça paraît insensé – que tout se remettrait d'aplomb si je pouvais la revoir, qu'elle serait capable de me *sauver*, d'une certaine façon. C'est fou ! *Fou !* Mais il faut que tu te rappelles que je n'avais pas la tête à l'endroit. Je manquais encore de sommeil – à quelle heure David était-il arrivé, le matin ? Sept heures ? Huit ? Donc j'avais dormi quatre heures tout au plus. Je ne savais plus trop ce qui était réel. Je me suis dit que mon cerveau me jouait des tours. Mais quelque part tout au fond de moi, il y avait ce minuscule et irrationnel rayon d'espoir qui me disait que c'était elle. Une partie de moi-même avait un besoin désespéré d'évasion, je suppose, et Sylvie représentait quelque chose de précieux et de beau. Elle – ou l'*idée* que j'avais d'elle – était mon Eden. J'avais été si heureux avec elle, vois-tu. Tant de... *perspectives* semblaient s'offrir à moi. C'est la seule fois de ma vie où je me sois vraiment senti libre. (Le vent rugissait au-dehors, la maison gémissait comme un vieux navire. Je levai les yeux sur Mary.) Je me demande... est-ce que tout cela te paraît avoir du sens ?

Elle fit oui d'un léger hochement de tête, bien que ses yeux parussent avoir pris un éclat plus dur, plus analytique.

– Quand je suis allé sur le *Ellie Miller*, cet après-midi-là, je m'étais persuadé que c'était une hallucination. J'avais dormi un peu, alors, et j'étais violemment redescendu sur terre. Je me sentais affreusement mal, en fait.

– Qu'est-ce que tu faisais, sur le *Ellie* ?

– Oh, une inspection générale, le pompage des cales. David m'avait demandé d'y aller pour lui éviter un voyage.

J'étais content, ça me donnait une raison de rester. Je n'aurais pas pu rentrer à Melton. J'aurais été incapable de me trouver face à quiconque, à ce moment-là.

– Non, bien sûr.

– Tu vois, Mary, j'avais oublié combien le fleuve pouvait être beau. C'était une journée parfaite, calme, chaude, sans personne alentour. Si paisible ! Alors je suis resté quelque temps à bord, assis au mouillage, à boire le whisky de Papa, à penser à tout cela. Mentalement, ça se jouait à pile ou face entre me tirer une balle dans la tête et mourir d'amour de la vie. J'avais les émotions à fleur de peau, pour dire le moins.

★
★ ★

Assis là dans le bateau, je me remémorai tous les bons moments que j'avais eus dans ma jeunesse. Les sorties avec Papa sur le *Ellie Miller*, les remontées de la côte, les expéditions à terre. L'excitation des tours de veille nocturnes, les blagues continuelles dont nous nous délections, les longs silences complices.

C'est à l'occasion d'une de ces sorties, à la fin de mon adolescence, que Papa s'était confié à moi à propos de sa vie passée, de ses relations tendues avec son propre père, de leur manque de communication et d'affection, de la façon dont il s'était battu pour réussir parce qu'il pensait que c'était la seule manière de gagner son approbation. Il voulait que ce soit différent avec moi. Il voulait que je réussisse pour moi-même et par amour du métier.

Il fut un temps où j'étais contrarié de son allègre certitude que j'allais prendre sa suite. A dix-sept ans, j'avais décidé de devenir décorateur-concepteur, l'activité la plus proche de celle d'artiste peintre pouvant m'assurer un revenu. Mon père n'avait pas directement essayé de m'en dissuader, mais il s'était arrangé pour que plusieurs membres de la famille, amis, parrain et marraine, m'en fassent ressortir certains désavantages. Je n'avais pas accru mes chances d'y parvenir en échouant à l'entrée des deux premières écoles des beaux-arts où je m'étais essayé. Et quand la seule place à m'être proposée fut celle d'Oxford pour des études de langue, je commençai à comprendre l'inéluctabilité de ce qui m'attendait. Mon père était de nature généreuse. Pendant mon année de transition, il m'envoya de par le monde, finançant tous mes voyages pendant les vacances. Après cela, je me serais senti bien ingrat de ne pas faire un essai dans l'entreprise.

Je ne regrettais pas mon choix, si ce n'est d'avoir échoué.

Mon père me manquait. Personne ne vous dit comment faire le deuil de quelqu'un, à quelle douleur, à quel sentiment de culpabilité ou de colère vous attendre, s'il est normal de ne rien ressentir du tout pendant de longues périodes. Pendant les mois suivant son décès, mon chagrin avait semblé insuffisant et incomplet.

En allant à la table des cartes, je soulevai le rabat et trouvai sa liste des tâches à l'endroit où il la rangeait toujours. Je la pris délicatement et l'étalai sur la table. Voir son élégante écriture rendue tremblotante par l'âge, les colonnes bien nettes des tâches à accomplir, toutes soigneusement barrées à l'exception de trois, m'arracha enfin des larmes pour lui.

*
* *

– Ensuite… (L'image brillait d'une flamme vive dans mon esprit.) Sylvie est apparue. J'avais entendu frapper sur la coque du bateau. Je suis monté sur le pont mais n'ai rien vu. Aucune embarcation, rien. On a frappé de nouveau. Je suis passé à l'arrière, et là, je l'ai vue dans l'eau. Je n'en croyais pas mes yeux. Je la regardais, hébété. Alors elle a ri. Tu vois, Mary, c'était comme un rêve, mais davantage qu'un rêve. Elle n'avait pas changé, elle était exactement la même, comme si… comme si *rien* n'avait changé.

J'avais la gorge sèche. Je toussai, Mary me tendit le reste de son whisky. Je l'avalai d'un trait.

– Exactement la même, répétai-je en écho. Je la voyais debout dans la cabine, avec ce teint remarquable qu'elle tenait de sa mère française, ses longs cheveux noirs plaqués par l'eau sur ses épaules, sa peau blanche et diaphane constellée de légères taches de rousseur. Je m'émerveillai à nouveau du lissé de son grain, de son indifférence au temps, comme si les années qui s'étaient écoulées n'avaient pas eu prise, comme si elle n'avait pas vécu d'autre vie.

Je l'ai hissée hors de l'eau et elle m'a enguirlandé de la laisser ainsi, mouillée et frissonnante. J'ai ri parce qu'elle parlait comme s'il n'y avait que quelques heures que nous ne nous étions pas vus. Elle avait un don pour ça... (Je cherchai à exprimer une sensation que je n'avais jamais vraiment définie auparavant.) Elle avait le don de l'*intimité*. Elle vous donnait l'impression que vous étiez unique au monde, ou du moins la seule personne qui compte pour elle, l'impression qu'être en sa compagnie était le summum, qu'il ne pouvait rien y avoir de plus important ou de plus enthousiasmant, l'impression que tout était soudain possible. Et c'est exactement ce dont j'avais besoin, Mary ! J'avais besoin de sentir... de sentir que je pouvais avoir une vie à l'écart de tous les soucis, de cette succession sans fin de désastres. Que je pouvais oublier, momentanément en tout cas, et être (j'émis un petit souffle ironique) *libre* !

J'entendis de nouveau la voix de Sylvie, cette voix si riche en tonalités capable de transmettre tant de messages différents, souvent contradictoires. Elle était assise dans la cabine, enveloppée dans l'unique serviette que j'avais pu trouver et dans la veste de ciré de Papa, un whisky à la main, la tête inclinée d'un côté, le menton rentré ou soudain relevé de cette façon si française qu'elle avait. Seul son regard restait invariable, ses yeux en amande rivés sur les miens en une radieuse osmose, comme si le temps ne s'était pas interposé entre nous et que nous n'avions jamais cessé d'être âmes sœurs. Elle me parla de sa nouvelle vie, de la boutique de poteries à Dartmouth où elle travaillait, du cottage qu'elle louait juste en dehors de Dittisham. Elle adorait cet endroit, me dit-elle. Son retour avait une dimension spirituelle, il fallait qu'elle soit au contact des éléments, l'eau, le vent, sources de créativité. Elle allait se lancer dans la sculpture. Près de l'eau, elle se sentait régénérée, elle pouvait puiser au puits de l'inspiration, elle se sentait en suprême symbiose avec son corps et avec les énergies de son esprit.

Je ne connaissais personne qui s'exprimait ainsi. Les gens de ma génération auraient qualifié ce discours de psycho-galimatias moderniste, et, pourtant, Sylvie l'imprégnait d'une sorte de grandeur, une grandeur bien terrestre, néanmoins. Il y avait là un fond de sybaritisme, une forte référence au charnel et à l'hédonisme. Déjà à l'âge de quinze ans, elle exsudait une puissante sensualité animale, une stupéfiante assurance sexuelle qui, alliée à son royal mépris des conventions, avait produit un effet irrésistible sur le jeune homme plutôt réservé que j'étais quand nous nous étions rencontrés.

Celui qu'elle me fit ce jour-là, seize ans plus tard, tandis que nous sirotions tranquillement notre whisky sur le bateau, n'était guère différent. Je riais trop fort et trop vite, je m'entendais essayer de l'impressionner, de l'amuser, j'éprouvais un ridicule pétillement de plaisir. Et comme par miracle, je me sentis renaître à la vie.

Quand elle se leva pour partir, elle effleura mon visage du dos de sa main avec son petit sourire félin. Un enchantement pour moi, et une promesse.

*
* *

Mary joignit ses mains sous son menton.

– Et ensuite ?

Elle me pressait de continuer et je compris combien il devait être tard.

– Ensuite ? soupirai-je. Il fallait que je la revoie. En fait, je n'arrivais plus à penser à autre chose. C'était devenu une sorte d'obsession désespérée, une sorte de…

Ce souvenir était tellement fort que mes pensées se dérobèrent. Mary attendit un moment.

– Vous avez eu une liaison ?

Mon regard éperdu se porta sur le feu. Je secouai la tête, toujours incrédule.

– Pendant longtemps, il ne s'est rien passé. Je croyais qu'elle avait simplement peur de s'engager, qu'elle avait des scrupules de conscience. Que le fait que je sois marié la retenait. C'en est comique, rétrospectivement. (Mon sourire se mua en rictus.) Quand j'ai fini par constater qu'elle n'avait pas la moindre conscience, il était trop tard. J'étais complètement accroché. J'avais perdu tout jugement. Et elle s'est servie de ça, elle s'est servie de *moi*. (Ces mots me plongèrent dans un nouveau bain d'humiliation.) Elle m'a entraîné dans sa danse. Car c'était exactement cela : une danse !

Mary dit quelque chose qui m'échappa et qu'elle dut répéter.

– Est-ce que tu l'as vue, le week-end dernier ?

Sa voix avait pris une tension soudaine.

– Non. (Puis, saisissant les sous-entendus de sa question, je la regardai fixement.) *Non*, Mary, je ne l'ai pas vue.

– Tu n'étais pas sur le bateau avec elle ? insista-t-elle rapidement comme pour évacuer une bonne fois toute incertitude.

– Non.

Elle me lança un regard étrange, elle semblait troublée.

– *Mary !*

– Je voulais juste dire que ça n'aurait pas arrangé tes affaires que tu l'aies vue ce jour-là, se hâta-t-elle d'expliquer. C'est tout.

– Je ne l'ai pas vue le week-end dernier, répétai-je avec force. (Elle acquiesça de la tête mais un voile de doute flottait toujours dans ses yeux.) Ni les quinze jours qui ont précédé !

Elle leva une main défensive.

– Je te crois, Hugh, je te crois. *Vraiment.*

La sonnerie du téléphone interrompit le silence malaisé qui s'ensuivit.

C'était Tingwall.

– Désolé de vous déranger à une heure aussi tardive, dit-il, mais j'ai reçu un coup de téléphone de la presse

– Sapristi. Qu'est-ce qu'ils voulaient ?

– Je crois avoir coupé court aux idées qu'ils auraient pu se faire. Je leur ai dit que votre épouse et vous étiez simplement de possibles témoins parce que vous habitiez sur le bord du fleuve. Quelque chose de ce genre.

– Et c'est passé ?

– Il ne reste plus qu'à l'espérer.

# 5

GINNY apparut sur le palier du dessus pareille à un spectre, dans l'encadrement ensoleillé de la fenêtre.

– Tu es rentré, fit-elle, l'air agité. (Elle porta une main nerveuse à ses cheveux en désordre, puis au cordon de son déshabillé.) Quelle heure est-il ? Je me suis endormie.

– A peu près quatre heures. Est-ce que ça va ?

Je ne savais guère à quelle réponse m'attendre, en posant cette question. Même dans les meilleurs moments, je trouvais difficile de jauger l'humeur de Ginny.

– C'était bien la grippe, finalement, dit-elle sur un ton anodin, mais je crois que j'ai passé le mauvais cap. Et toi ? Plus de nouvelles de la police ?

– Non.

– Bon, souffla-t-elle, c'est déjà ça. Mais moi, est-ce que je dois toujours...

– Tingwall s'est arrangé pour que tu ailles au commissariat de Chelsea lundi, si ça te convient. Ils n'ont besoin que d'une brève déposition.

Elle acquiesça d'un air solennel.

Se tournant vers la chambre, elle marqua un temps d'arrêt suffisamment long pour croiser mon regard et m'adresser une requête silencieuse mais non équivoque. Le moment de rendre compte ne pouvait être différé, pensai-je, et je montai l'escalier en essayant de me préparer à ce qui m'attendait, coup de colère ou récriminations.

Elle retapait le lit.

– Je suis désolée de ce que je t'ai dit au téléphone, annonça-t-elle aussitôt, un peu comme si elle avait répété cette phrase. Ce n'était pas par refus de t'aider.

– Non bien sûr... Je n'y ai guère mis du mien non plus.

– Je voulais seulement savoir ce que la police avait en tête, c'est tout. J'étais inquiète.

Elle était sur le point d'en dire davantage mais elle baissa subitement les yeux, s'installa devant sa coiffeuse et commença à se brosser les cheveux par petites touches nerveuses qui les firent crépiter.

– Veux-tu qu'on en parle maintenant ? demandai-je.

Elle pivota sur elle-même.

– D'accord, fit-elle comme si nous avions choisi ce sujet de conversation au hasard.

Je m'assis sur le bord du lit.

– Ecoute, ils savaient que Sylvie était passée me voir une ou deux fois sur le bateau. Ça remonte loin, en juin ou quelque chose comme ça. Je le leur avais déjà dit. Et aussi que je l'avais rencontrée une fois par hasard vers le ferry. Mais pour une raison que j'ignore totalement, ils me sont tombés sur le dos. La totale. (J'émis un rire sinistre.) Ils ont une façon de vous faire sentir qu'ils ne vont pas croire un mot de vous... c'est épouvantable. *Terrifiant.* En tout cas, ils étaient très soucieux de savoir où je me trouvais quand Sylvie a été tuée. Heureusement, j'ai pu justifier de tous mes mouvements, ce samedi-là : David m'a vu chercher à acheter de la nourriture à Dartmouth, ensuite tu es arrivée, et puis David est passé un peu plus tard... Donc, de quelque manière que ce soit, je n'ai pas eu le temps matériel de me trouver ailleurs.

Elle m'écouta avec une grave concentration.

– Tu ne vois vraiment pas pourquoi ils s'accrochent à toi ?

Je secouai négativement la tête.

– Il y a bien eu quelque chose, pourtant ?

– Peut-être... sans doute.

– Et ils ne t'ont rien dit ?

– Non.

Elle eut un rire angoissé qui ne masqua rien de sa curiosité.

– Quelle raison avaient-ils d'aller te chercher et de te ramener jusqu'à Exeter ?

– Ginny, je n'en sais rien.

Elle me dévisagea pour lire sur moi un éventuel mensonge, je soutins son regard du mieux que je pus.

Elle détourna les yeux.

– Qu'ont-ils voulu savoir d'autre ? demanda-t-elle.

– Oh, tu peux imaginer. Jusqu'à quel point je connaissais Sylvie, ce genre de choses.

– Et ils se sont... satisfaits de ce que tu as dit ?

Je haussai les épaules.

– Bien obligés, non ?

Elle eut un soupir âpre.

– Comment ont-ils pu, de toute façon, t'embarquer de cette manière ? En avaient-ils le droit ?

– Je n'en sais rien, chérie. Mais ça aurait paru bizarre que je refuse, non ?

Elle songea un moment.

– Sans doute. (Elle joua nerveusement avec sa brosse, sur ses genoux, ses traits délicats marqués d'inconfort.) Et tu ignores pourquoi ils ont voulu te voir de nouveau ?

– Oui.

Elle tenta un sourire.

– Tu n'as même pas une toute petite idée ?

Nous étions revenus à cette incapacité de lâcher prise, à cet attisement constant.

– Non, Ginny. Ils ont dû penser que j'avais une liaison avec Sylvie, bien sûr. Si je l'avais tuée, je ne l'aurais pas fait sans mobile et celui-ci paraissait le plus évident.

J'entendis dans sa respiration la raucité qui précédait une crise, et je me demandai combien de temps s'écoulerait avant qu'elle n'aille chercher son inhalateur.

– Tu ne vois vraiment pas ce qui a pu les amener à penser...

Ce n'était pas une provocation, cette fois, plutôt le besoin effréné d'être rassurée. Je niai derechef, l'heure étant trop tardive pour quoi que ce soit d'autre.

Des émotions contradictoires s'entrecroisèrent sur son visage puis, d'un geste brusque, elle reposa la brosse sur le dessus de sa coiffeuse.

– En tout cas, ils savent à quoi s'en tenir, maintenant ! fit-elle vivement. Alors nous allons pouvoir commencer à oublier cette maudite affaire.

Elle s'attendait à ce que j'acquiesce. Elle voulait m'entendre dire que je tirais un trait définitif sur tout ce qui concernait Sylvie.

– Espérons. (Elle me jeta un regard aigu.) Il y a la presse, expliquai-je. Ils semblent être au courant de mon passage à la police et nous savons tous comment ils sont : d'un rien, ils font une montagne. J'avais bien besoin de ça, avec ce rachat imminent.

Elle battit rapidement des paupières, tirant avec difficulté sur ses poumons.

– La presse ? Comment a-t-elle pu être au courant ?

– Va savoir... Ce genre de choses s'ébruite vite.

Et, sans raison apparente, je songeai à Howard.

Son front se rida en plis inhabituels. Je remarquai son air fatigué, les cernes sombres autour de ses yeux.

– Qu'est-ce qui s'est passé ? Ils ont téléphoné ?

– Ils ont appelé Tingwall. Il semble croire s'en être débarrassé pour de bon.

Elle secoua la tête.

– Ce n'est pas facile de s'en débarrasser. Ils arrivent toujours à revenir. Nous devrions monter un plan d'action.

La mère de Ginny avait été une beauté très connue ayant mené une vie que l'on pourrait qualifier, en termes charitables, de mouvementée, avec trois maris, de nombreux amants et le don d'attirer le scandale. Après une enfance passée sous les feux de l'actualité, Ginny avait de bonnes raisons de s'estimer quelque peu experte en matière de presse.

– Ce qu'il faut, murmura-t-elle en suivant sa pensée, c'est être prêt à dialoguer, s'ils appellent. Rester complètement ouvert. Poli et avenant à l'extrême, voire blagueur. Maman avait coutume de dire qu'on peut tuer quelqu'un en toute quiétude, du moment qu'on fait rire la presse.

Au regard que ses grands yeux me coulèrent, je vis que l'ironie de ce qu'elle venait de me dire lui échappait complètement, ou qu'elle avait tout simplement glissé.

– Je ne suis pas sûr d'être en état de blaguer, Ginny.

– Montre-toi jovial, alors. Décontracté. S'ils détectent le moindre signe de panique, ils reviendront à la charge comme des chacals.

J'oubliais toujours sa finesse, son talent pour analyser les situations.

– Il est essentiel d'apparaître convivial, insista-t-elle. Tu sais être à l'aise, je t'ai déjà entendu avec des journalistes. Tu fais très naturel.

– Vraiment ? Je ne savais pas. Enfin, je ferai mon possible.

Je pris son inhalateur sur la table de chevet et le lui apportai.

– Les tons de voix font toute la différence...

Elle ne put en dire davantage, le souffle lui manquait.

Elle prit l'inhalateur, aspira avidement et toussa deux ou trois fois. Du jardin, en contrebas, venaient des bruits d'enfants qui jouaient et le vrombissement plaintif d'une tondeuse à gazon. Je n'arrivais pas à me rappeler que nous étions samedi.

– Ça va ? demandai-je après un moment.

Elle hocha la tête avec impatience. Elle détestait parler de son asthme.

– Au fait, Julia est venue t'apporter une pile de papiers. Je les ai mis dans le bureau.

– Merci.

Elle pivota sur son tabouret et se regarda dans la glace.

– Tu auras le temps de dîner ?

Par-dessus son essoufflement, je distinguai un reste de crispation.

– Bien sûr. Je prendrai le temps.

– Je me disais qu'on pourrait manger une bêtise, genre des œufs avec des haricots blancs à la sauce tomate.

Elle prit sa crème pour le visage. Je remarquai que sa main tremblait.

Je ressentis une bouffée de remords.

– Ginny...

– Ne t'en fais pas, fit-elle en étalant vigoureusement la crème sur ses joues, je ne vais pas te demander si tu avais une liaison ! Je t'assure... ça ne m'intéresse pas ! (Abandonnant brusquement son maquillage, elle serra ses mains l'une contre l'autre sur la tablette de la coiffeuse et resta les yeux fixés dessus.) Ce que je voudrais savoir, en revanche, c'est si tu l'aimais.

Je la regardai, hébété, dans le miroir.

– Et ne mens pas, je te prie, ajouta-t-elle d'une voix soudain aiguë. Je ne le supporterais pas.

– Non, je ne l'aimais pas, répondis-je.

Elle leva les yeux, nos regards se croisèrent dans la glace. Je vis de l'espoir sur son visage. Et une grande tristesse.

– Je ne l'aimais pas, répétai-je. (Elle essaya de lire dans mon expression puis, le souffle court, baissa les yeux avec un rapide hochement de tête.) C'était...

– Non ! N'en dis pas plus ! (Elle chercha sa crème d'une main maladroite.) Plus un mot.

Je la sentis prise de son habituelle montée de désespoir et d'incertitude. Voulait-elle vraiment en rester là ? Parfois, ses refus les plus catégoriques se révélaient être des appels que, même non formulés, je devais déchiffrer et auxquels il me fallait répondre pour la rassurer. Je cherchais les mots à lui dire lorsqu'elle releva les yeux.

– A tout à l'heure, donc, fit-elle sur un ton sec. Des œufs et des haricots, tu es sûr que ça ira ?

Le soulagement me fit sourire d'un air niais.

– Rien ne pourrait être mieux.

Elle hocha de nouveau la tête et retourna à son maquillage.

Je me penchai pour lui déposer un baiser sur le dessus des cheveux. Quand je me redressai, son regard avait fui.

★
★ ★

Avec toute la paperasserie, Julia avait laissé une note. « Impossible de trouver le reçu de la station-service, écrivait-elle. Je ne crois pas que vous me l'ayez donné. Ce n'est pas grave, je pourrai obtenir les détails par MasterCard ou au besoin par la station, mais je préfère vous prévenir au cas où vous l'auriez laissé traîner quelque part. »

Je cherchai dans le compartiment de mon portefeuille où je rangeais d'habitude reçus et tickets de cartes de crédit avant de les remettre à Julia chaque fin de semaine. Le reçu de l'essence n'y était pas, non plus que le récépissé de la carte de crédit. Je me rappelai avoir donné ma carte à la caissière de la station, je me rappelai avoir signé le ticket, tandis que le reste des manipulations, comme le parcours en voiture lui-même, restait flou. J'avais passé tout le voyage à essayer de ne pas penser à Sylvie mais sans succès. Toutes sortes d'idées fantasmatiques s'étaient bousculées dans ma tête : j'imaginais qu'elle m'attendait à Dittisham, que le téléphone sonnait dès que je franchissais le seuil, ou du moins, si c'était trop espérer, je me voyais découvrir un message m'indiquant où la trouver. Il y avait d'autres fantasmes aussi intenses qu'impossibles, tous nés de l'obsession. Je savais très bien qu'il n'y aurait aucun signe d'elle, qu'elle ferait comme d'habitude son possible pour m'éviter et que pour avoir une chance de la voir, il faudrait que je me lance moi-même à sa poursuite.

A l'approche de Dittisham, je me persuadai que je pourrais me contrôler, que j'aurais la force et la dignité de rester loin d'elle, et pourtant je savais pertinemment que j'irais la chercher. J'étais incapable de me retenir. Ce besoin impérieux de la voir devenait un délire, je brûlais de savoir ce qui s'était passé, pourquoi elle m'avait si brutalement rayé de sa vie. Je voulais désespérément retrouver ce qu'elle m'avait laissé entrevoir de façon si alléchante puis ôté si abruptement, retrouver l'euphorie, retrouver des émotions depuis longtemps oubliées, la sensation d'être pleinement et extraordinairement vivant. Je savais que notre liaison était terminée mais je ne pouvais l'accepter. Il fallait que je sache si elle avait eu l'intention de m'humilier, de me piéger avec cette dérisoire facilité : il fallait que je sache jusqu'où j'avais été dupé.

En arrivant à Dittisham, je me jouai la comédie de faire comme si de rien n'était. J'évitai le cottage de Sylvie et rejoignis directement la maison. J'entrai, mis le chauffe-eau en marche, me servis un verre et m'assis près de la fenêtre comme si je m'apprêtais à passer une soirée tranquille. Je parvins même à me convaincre de monter dans l'ancienne chambre de David et de braquer mes jumelles, achetées tout exprès, sur cette partie du fleuve, juste au-delà du ferry, où le yacht blanc avec le beaupré était au mouillage. Mais l'immobilité de la scène, l'absence totale de vie à bord, étaient à la fois un tourment et un défi. C'est alors qu'abandonnant toute prétention d'empire sur moi-même, je pris la voiture et partis la chercher.

*
* *

J'avais passé une heure sur les prévisions corrigées de flux de trésorerie lorsque Ginny m'appela par l'Interphone pour me dire que j'avais David en ligne.

– Nous sommes juste en train de sortir, annonça-t-il, toujours prompt à faire savoir que son temps était limité. Je voulais t'informer de ce que nous avons décidé pour le rachat. Ce sera cinquante mille livres. On ne peut pas faire plus, malheureusement.

– David... merci, répondis-je en masquant ma déception.

– Ce qui se passe, c'est que nous avons engagé déjà pas mal dans un fidéicommis pour les enfants. Et les termes de ce legs nous interdisent d'investir dans des valeurs à risque.

– Je comprends.

– Alors voilà.

– Vous ne le regretterez pas.

– J'espère bien ! lâcha-t-il sur un ton qui n'était pas seulement celui de la plaisanterie.

– Merci encore pour hier.

– Pour hier ? murmura-t-il d'un air distrait tandis que je l'entendais tourner des pages.

– Merci d'être venu au poste de police.

– Oh, ça me rappelle..., fit-il nonchalamment, Mary a entendu dire quelque chose à la radio-potin des avocats, ce matin – tu sais qu'elle a toujours une oreille qui traîne. Elle allait t'appeler. Elle n'a pas entendu de nom, louvoya-t-il avant d'en arriver au fait, mais il paraîtrait qu'on a mis la main sur quelqu'un pour interrogatoire, hier en fin de journée.

– Ah ? Sait-elle qui ?

– Je viens de t'expliquer qu'elle n'avait pas de détails, fit-il du ton affairé qu'il prenait pour signifier la fin imminente d'une conversation. Je te disais bien qu'il ne fallait pas t'inquiéter.

La confiance de David tenait du rouleau compresseur et ne souffrait pas de n'être point partagée.

– Oui, certes.

– Bon, faut que j'y aille.

– David, encore merci infiniment de ta participation au rachat...

– De rien, coupa-t-il.

Et avec un grognement qui pouvait être un au revoir, il raccrocha.

Je réfléchis un long moment, me demandant qui Henderson avait bien pu trouver à interroger. Le peu engageant jeune homme aux longs cheveux, peut-être ? Le propriétaire du cotre blanc ? Ou un autre de la cohorte d'amants que Sylvie était censée avoir eus ?

*Elle était complètement déboussolée.* Les mots de David résonnaient toujours dans ma tête. J'avais toujours su que Sylvie vivait selon ses règles à elle, que sa nature sensuelle l'entraînait au-delà des limites normales, mais j'en avais toujours banni de mes pensées le corollaire évident. Pendant notre liaison, je n'avais pas osé envisager l'idée que je la partageais avec quelqu'un d'autre, trop effrayé du choc qu'un tel soupçon aurait pu déclencher en moi.

Le hurlement d'une sirène s'éleva dans la direction de King's Road. Portant mon regard vers les ténèbres des jardins, au-delà de la dentelure des branches dans la lumière des maisons avoisinantes, je me sentis immensément heureux que tout cela soit terminé, heureux d'avoir en grande partie retrouvé ma personnalité et mon équilibre. Je m'étais méprisé pendant mon asservissement à Sylvie, j'avais souffert de cet état de misère mentale et de ce pitoyable besoin d'elle. Plus que tout, j'avais détesté me trouver à la merci d'émotions tellement intenses, obsessionnelles et finalement avilissantes.

Les échos de la sirène retentissaient au loin. Revenant au présent avec une sensation de soulagement, je sortis une feuille de papier et inscrivis les chiffres déjà gravés en gras dans ma tête. Au passif, cent mille livres de moins en provenance de David, plus un million de surcoût pour le prix du rachat. A l'actif, je devais arriver à tirer cinq cent mille livres de cette maison et Zircon pouvait en injecter deux cent cinquante mille. Pas besoin d'être Einstein pour constater qu'il me manquait encore trois cent cinquante mille.

Je ne blâmais pas David d'avoir réduit son investissement. La prise de contrôle lui avait rapporté quelques actions Cumberland et un peu de liquide, mais le total était inférieur d'un tiers à ce à quoi il aurait pu prétendre quelques années auparavant si nous avions vendu HartWell en haut de la vague. D'autre part, il était possible que Mary et lui eussent d'autres priorités : ils avaient peut-être prévu une retraite anticipée, peut-être aussi étaient-ils endettés jusqu'au cou. David avait beau être mon frère, il ne me disait rien de ses affaires financières.

Avec suffisamment de sueur et de larmes, je parviendrais sans doute à obtenir la somme manquante de la Chartered Bank, mais je ne me résoudrais qu'en tout dernier ressort à retourner tendre la main auprès d'eux : George et moi apparaîtrions alors au mieux comme ayant mal calculé notre coup, au pire comme de parfaits incapables. Et puis il y avait le facteur temps. Renégocier pourrait prendre des semaines et je me doutais que Cumberland en profiterait pour chercher ailleurs une meilleure offre et imposer une date couperet serrée pour les enchères finales. Quand je voulais vraiment me faire peur, je m'imaginais qu'une offre appétissante était déjà sur la table et que Howard avait posé sa bombe d'un million de livres pour faire monter la barre des enjeux et, incidemment ou non, compromettre nos chances de succès.

Trois cent cinquante mille livres. Ce ne devrait pas être trop difficile à trouver si rien ne venait secouer la barque. J'essayai de ne pas songer à la presse et à la tempête qu'elle pouvait soulever sans avoir à prononcer un seul mot de diffamation.

Je biffai d'un trait mes calculs et les jetai à la corbeille. Quand j'entendis Ginny venir me chercher pour le dîner, une onde de contentement toute bête s'éleva en moi à l'idée de déguster des haricots blancs sauce tomate sur la table de la cuisine en compagnie de ma femme.

*

* *

– J'ai tout mis au lavage.

Ginny était déjà sur la défensive, comme toujours quand elle pensait avoir mal fait. Nous étions dans le salon, debout en face de l'armoire ouverte.

– Et mon pantalon en velours côtelé beige ?

– Chez le teinturier.

– Tu n'as rien trouvé dans les poches ?

– Non. (Elle répondit un peu trop rapidement et je supposai qu'elle n'avait pas regardé.) C'était vraiment important ?

– Pas à ce point, répondis-je avec un haussement d'épaules en commençant à me déshabiller.

– Qu'est-ce que c'était ?

– Juste un reçu.

– Un reçu de quoi ?

– D'essence, c'est tout.

– Mais tu as besoin de le retrouver ?

Elle sentait quelque chose. Il était ridicule de ne pas lui expliquer.

– La police veut le voir. Pour vérifier à quelle heure j'étais sur l'autoroute samedi dernier.

Elle parut désorientée.

– Samedi dernier ? (Elle se tourna à demi en fronçant le sourcil.) *Samedi ?* C'est important, l'heure à laquelle tu as pris de l'essence ?

– Pour la police, oui. (Je jetai mes chaussettes dans le panier et tendis la main vers une robe de chambre.) Je leur ai dit que j'étais arrivé à Dittisham peu après sept heures, mais ils n'ont pas eu l'air disposés à me croire, pas sans preuve, en tout cas. Plutôt méfiants, ces gars-là.

Quelque chose la dérangeait toujours.

– Qu'est-ce qu'il va leur prouver, ce reçu ?

– Leur prouver ? Que j'étais quelque part du côté de Bristol à cinq heures et demie cet après-midi-là. Enfin, je crois qu'il était cinq heures et demie, mais je n'en suis plus très sûr, à présent. Au point que je regrette d'avoir cité une heure, au cas où je me serais trompé.

– Tu pourrais t'être trompé ?

– Qui sait ? Ce ne serait pas la fin du monde, en tout cas.

– C'est toi qui le dis ! Imagine que ce soit plus tôt. Ce pourrait être plus tôt ?

– Bah, peut-être une demi-heure, ce n'est pas beaucoup.

Elle parut atterrée.

– Ginny ! (Je lui mis en riant le bras autour des épaules.) Ce n'est pas grave, je t'assure.

Elle n'était pas si facile à apaiser.

– Que tu crois...

– Je le *sais*.

– Tu ne *peux pas* le savoir, s'écria-t-elle.

– Tu t'inquiètes trop.

Je l'attirai à moi pour l'étreindre et appuyai ma tête contre sa luxuriante chevelure. Son corps rigide semblait frémir dans mes bras, comme un petit oiseau ballotté par la tempête.

Je la berçai lentement et lui murmurai des mots de réconfort, comme je le faisais toujours dans les moments de tension ou de réconciliation. Son corps ne céda pas.

– C'est si bon pour moi d'être à la maison, Ginny, lui chuchotai-je. Tu ne peux pas imaginer.

Bon d'être à la maison rien que nous deux, voulais-je dire, sans foules à nourrir et abreuver. Mais je gardai cela pour moi.

Je me reculai un peu, soutins son menton dans le creux de ma main et me penchai pour lui donner un baiser. Elle ne se détourna pas mais ne me le rendit pas.

Je ne lui en voulus pas, je ne pouvais m'attendre à une absolution instantanée. J'avais néanmoins grand besoin de savoir que le pardon n'était pas non plus une totale impossibilité.

– Ginny, susurrai-je maladroitement, chérie... Si je t'ai causé la moindre peine, alors...

Elle poussa un petit cri et se dégagea de force de mes bras. Pendant un instant, elle agita juste la main dans ma direction, incapable de prononcer une parole.

– Pas maintenant, articula-t-elle en déglutissant, au bord des larmes. Je ne peux pas discuter de ça *maintenant* !

Elle se détourna et se précipita dans la chambre.

– Ginny !

Quelque chose m'empêcha de courir après elle, cependant. L'inutilité de la manœuvre, ou la lassitude. Je me réfugiai dans un bain chaud et y restai un bon moment. Je me réconfortai en songeant à des temps pas trop lointains où la vie serait plus sereine, où les souvenirs de l'été passé se seraient estompés, où Ginny et moi serions installés à proximité de Hartford dans une maison de campagne qui ressemblerait un peu à celle de David, avec du terrain, un jardin et un intérieur recelant assez de possibilités pour permettre aux instincts de décoratrice de Ginny de s'exercer, au moment où nous aurions donné à notre vie un rythme plus raisonnable et où nous serions parvenus, d'une manière non encore définie, à avancer dans notre relation vers des eaux plus calmes.

Il était minuit passé quand je rejoignis finalement la chambre. Les lumières étaient éteintes mais je savais que Ginny ne dormait pas. Je me dirigeai doucement vers son côté du lit, me penchai et lui déposai un baiser sur la tête.

Je vis le brillant de ses yeux se lever vers moi.

– Tu veux que je dorme dans l'autre chambre ?

– Je préférerais que non.

– Alors je reste, fis-je, le cœur soulagé.

– Je ne veux pas être seule, déclara-t-elle d'une voix dénuée d'émotion.

Je songeai à tous les week-ends où je l'avais délaissée pour aller à Dittisham.

– Non, bien sûr.

– Je ne crois pas que je pourrais à nouveau supporter d'être seule.

C'était un marché, donc ? Un engagement de restriction de ma liberté ?

Je m'armai de courage.

– Je ne te laisserai plus jamais seule, je te le promets.

– Ça représenterait tellement pour moi. Si tu pouvais y arriver.

Il n'y avait aucune ironie dans sa voix.

Un peu plus tard, alors que je commençais à m'assoupir, elle se redressa sur un coude et, sans allumer, sortit d'un flacon un comprimé qu'elle avala avec une gorgée d'eau. Quand elle se rallongea, son pied toucha ma jambe. Elle ne le retira pas.

⋆

⋆ ⋆

Une bonne vingtaine d'années auparavant, alors que j'étais tout frais diplômé de l'université, plus hardi que réfléchi, j'avais entrepris mon stage de formation dans la vente avec Ronald Simms et reçu mes premiers avant-goûts de la dure réalité des affaires. Ronald Simms était un tenant de la vieille école. Il travaillait dans son petit secteur selon un horaire sacro-saint, il connaissait le prénom des enfants des acheteurs, les maladies de leurs épouses, il portait des chemises blanches à col amidonné en perpétuel conflit avec sa pomme d'Adam, il appelait mon père monsieur Richard, et moi, monsieur Hugh.

Assis dans le salon d'accueil de l'hôtel Churchill avec l'acheteuse des grands magasins Packenhams, je me remémorai la fois où Ronald et moi nous étions préparés à faire la promo pour une vente difficile.

– Vous rappelez-vous ce que je vous ai dit ? m'avait-il demandé. Que le nom de Hartford doit briser la glace ? Ce qui n'empêchera pas l'atmosphère de certaines ventes d'être un peu plus fraîche que d'autres.

Cette vente-ci se trouvait nettement dans la catégorie fraîche. Miss Stevens, qui, avec son visage de poupée et son air timide, déconcertait par son physique de vingt ans alors qu'elle devait bien en avoir huit ou dix de plus, était depuis deux ans l'acheteuse du rayon verre et porcelaine de Packenhams et semblait revêtue d'une armure sans faille. Elle avait supprimé Hartford Crystal du catalogue cinq mois auparavant parce que nous avions consenti de meilleurs prix à Harrods ; et, dès son arrivée dans le salon du Churchill, sa molle poignée de main m'avait bien fait comprendre qu'elle n'était pas disposée à revenir sur sa décision.

– Mademoiselle Stevens, tout ce que je puis dire, c'est que je suis catastrophé de ce qui s'est produit. Je vous affirme catégoriquement que nous n'avons jamais eu une politique de favoritisme. Je ne vois là qu'une erreur monumentale de notre section des ventes. La seule chose que je puisse faire, c'est de vous présenter mes plus sincères excuses. Et de vous garantir personnellement que cela ne se reproduira plus.

« Un petit peu tard, maintenant », sembla répondre son regard inflexible.

– Sachez en tout cas que bien des choses vont changer à Hartford une fois le rachat effectué. Nous mettons tout ce que nous avons dans ce projet – financièrement, bien sûr, mais aussi du sang, de la sueur et des larmes, et nous ne ferions pas cela si nous ne croyions à cent pour cent à notre produit. Voyez-vous, nous pensons que notre cristal a vraiment quelque chose de spécial. Nous pensons... (Je m'interrompis quand un autre axiome de Ronald vint me rappeler à l'ordre : ne leur dites pas ce que vous pensez, montrez-leur ce qu'il y a de nouveau.) Ce qu'il y a de nouveau, rectifiai-je, c'est que Hartford sera dirigé par des gens qui travaillent sur le tas, qui connaissent le métier sur le bout des doigts. Et je peux en toute honnêteté affirmer que ça fera un sacré mieux.

Une légère lueur passa derrière les lunettes de miss Stevens, bien qu'il fût difficile de discerner de quel sentiment il s'agissait.

– Ce ne sera guère difficile, commenta-t-elle de son filet de voix.

– Seulement, mademoiselle Stevens, notre succès quel qu'il soit – parce que succès il y *aura* – ne sera rien si le cristal Hartford n'est pas en vente chez Packenhams et...

Mon mobile égrena ses notes dans ma mallette.

– Excusez-moi, m'empressai-je de dire. Il n'y a que ma secrétaire qui ait ce numéro et elle ne m'appelle qu'en cas d'urgence.

Miss Stevens regarda sa montre en tendant la main pour prendre son café.

Je sortis mon portable à la hâte.

– Oui ? grognai-je.

– Désolée, chuinta Julia, mais il y a un photographe en train de fureter juste devant le bureau et votre femme vient d'appeler pour dire qu'il y en avait deux aussi à Glebe Place. J'ai pensé qu'il fallait vous prévenir.

– Bon sang.

Par-dessus sa tasse de café, les yeux de miss Stevens, élargis par ses verres, m'observaient avec curiosité.

– Est-ce que la presse a appelé ?

– Non.

– Prévenez-moi s'ils le font. Et pas un mot de cela à quiconque, d'accord ?

– Bien entendu, se récria-t-elle avec indignation. Ah, et puis George a téléphoné pour dire qu'il pensait pouvoir trouver quarante-cinq mille livres supplémentaires.

Je remis le portable dans ma mallette.

– Pardonnez-moi mais c'était vraiment, euh... urgent. (L'espace d'un instant, j'imaginai que les photographes m'avaient suivi jusqu'ici et attendaient que je quitte l'hôtel.) Donc... Je disais que... (Je cherchai à retrouver le fil.) Nos projets... Oui, nous allons faire de la publicité dans les suppléments couleur pendant les trois semaines qui précèdent Noël, et ce que nous aimerions beaucoup, c'est monter une promotion « spécial printemps » conjointement avec Packenhams. (Je sortis un dossier et le lui tendis.) Tout est là-dedans.

Miss Stevens reposa sa tasse sur la table et se pencha en avant comme pour s'apprêter à partir.

– Ecoutez, me hâtai-je d'enchaîner, je souhaiterais vraiment vous faire changer d'avis à notre sujet, mademoiselle Stevens. Je ne suis pas certain d'y parvenir mais.. tant pis, je vais continuer d'essayer !

– Monsieur Wellesley, je vais réfléchir à vos propositions, c'est tout ce que je puis vous promettre. (Sa voix de fillette me faisait plus que jamais penser à une petite vendeuse de magasin tout juste sortie de l'école. Debout, elle lissa la jupe de son ensemble et hésita.) Mon père a risqué sa maison pour son affaire, annonça-t-elle.

Je ne répondis pas.

– Il a perdu et la maison et l'affaire.

– Désolé.

– Nous l'avons été aussi.

– Mademoiselle Stevens : nous n'échouerons pas.
Elle me jaugea du regard.
– Je ne pense pas, effectivement.
La lueur que je lus dans ses yeux quand elle s'en alla n'était pas totalement exempte de compassion.

*
* *

– Ils attendent juste devant la porte, expliqua Ginny dont la voix grésillante allait et venait dans mon portable tandis que mon taxi s'engageait dans Bayswater Road. Des photographes et un journaliste.
– Combien sont-ils ?
– Trois. Je dois sortir dans une minute, mais je sais bien ce que je vais leur dire.
– Ginny... (Je ne voulais pas lui faire sentir combien j'étais atterré.) Ne serait-il pas préférable de ne rien dire du tout ?
– Ne t'en fais pas, ce ne sera pas grand-chose.
Je me sentais impuissant.
– Sois prudente, grands dieux.
– D'accord.
Elle paraissait indifférente, ou déprimée : c'était difficile à définir avec une ligne aussi mauvaise.
– Comment te sens-tu ?
– Moi ? Ma foi... (Elle prit son temps avant de répondre.) Ça va.
– Et le docteur ?
– C'est justement là que je vais.
– Fais-moi savoir ce qu'il dit, d'accord ?
– Oui.
– Ne le laisse pas te donner n'importe quoi.
– Non.
Elle avait dormi la majeure partie de la journée, la veille, et quand elle s'était enfin levée, nous avions passé le temps comme deux guerriers harassés de retour de campagne. Après les tensions de la nuit précédente, nous étions restés à distance respectueuse, parlant peu et avec circonspection. Pendant un dîner pris de bonne heure, nous avions discuté la vente de Melton et de son contenu et j'avais tiré quelque réconfort du

ton normal de notre conversation. Plus tard, nous avions regardé la télévision au lit et au moment de dormir, Ginny ne m'avait pas empêché de lui glisser négligemment un bras autour de la taille.

– Tu n'es pas allée au poste de police, donc ?

– Je ne me sentais pas assez bien.

– Non, c'est sûr. J'ai laissé un message à Tingwall pour le prévenir que tu ne pourrais peut-être pas t'y rendre... Il arrangera ça avec ceux d'Exeter.

– A ce propos, dit-elle. Ton reçu, est-ce que tu...

– Julia est toujours en train de le chercher. Mais ça n'est pas grave, je t'assure. (Un ronflement s'imposa sur la ligne tandis que nous pénétrions dans un tunnel.) Prends bien soin de toi, criai-je. Et méfie-toi de ces gens.

J'imaginais ces photographes en train de lui braquer leur objectif en plein visage.

– Ne t'inquiète pas, fit-elle d'une voix qui s'entrecoupa de façon quasi inaudible. J'ai l'habitude, souviens-toi, déchiffrai-je néanmoins.

*

* *

A l'approche du bureau, je regardai par-dessus l'épaule du chauffeur mais ne vis aucun photographe à l'extérieur du bâtiment, ni personne en train de tournicoter dans le vestibule. J'entrai à grands pas avec une sorte de frisson entre les omoplates et un furieux désir de me retourner.

Julia m'informa que le photographe avait abandonné sa surveillance une vingtaine de minutes plus tôt.

– Et c'est vraiment moi qu'il cherchait ? demandai-je en connaissant déjà la réponse.

Elle m'apporta les messages en hochant affirmativement la tête.

– Il a essayé de se renseigner auprès du gardien de l'immeuble. Il voulait savoir si vous étiez venu aujourd'hui.

J'avais beau essayer de me désintéresser du problème, de me persuader qu'ils se lasseraient bientôt, une petite voix sinistre ne cessait de s'étonner qu'ils viennent maintenant alors que la police en avait terminé avec moi.

Julia attendait que je prenne connaissance des messages.

– Au fait, dit-elle, au sujet de ce reçu : j'ai eu les détails par MasterCard. Il s'agissait de la station-service Gordano, sur la M5, juste après Bristol. Quant à l'heure, vous n'avez pas idée de ce qu'il a fallu que je fasse pour obtenir le renseignement, jusqu'à glisser la pièce au gérant de la station pour qu'il cherche dans tous ses rouleaux de caisse ! Bref, il était quatre heures et quart.

Une vague d'inquiétude s'éleva en moi.

– Vous êtes sûre ?

– Oui. (M'accordant le bénéfice du doute, elle se précipita néanmoins dans son bureau et revint avec son carnet.) Voilà ici, fit-elle ne me montrant l'inscription : quatre heures et quart.

Je me trouvais donc à des lieues de la vérité en parlant de cinq heures et demie ou six heures à Henderson. Où diable étais-je allé chercher une chose pareille ? Je compris que loin de partir du bureau à trois heures, j'avais dû le quitter beaucoup plus tôt, peut-être même à deux heures. J'étais dans un tel état de confusion cet après-midi-là que tout était possible.

Je voyais maintenant l'erreur que j'avais commise en m'engageant dans une telle approximation. Une demi-heure, cela pouvait passer, une heure entière plus difficilement. C'était pourtant la chose la plus facile du monde que de se tromper sur l'heure, j'espérai bien que la police le verrait de cet œil-là. J'éprouvai soudain le besoin d'être rassuré. J'étais sur le point d'appeler Tingwall lorsque Julia m'informa par l'Interphone que j'avais Mary en ligne.

– Un instant, fit cette dernière au moment où je la saluai.

J'entendis en fond sonore les voix braillardes de personnages de dessins animés à la télévision puis, dominant le vacarme, celle, bon enfant, de Mary demandant à quelqu'un de baisser le volume.

– Henry est à la maison avec la grippe, annonça-t-elle d'un ton enjoué. Quand ce n'est pas une chose, c'est l'autre. Dis-moi, as-tu parlé avec David ? Est-ce qu'il t'a appelé ?

– Oui. Tu sais, je vous suis vraiment reconnaissant de votre soutien.

– Mais ce n'est que cinquante mille livres.

– Quoi que vous pensiez pouvoir faire me conviendra parfaitement.

– Eh bien moi, ça ne me convient pas, déclara-t-elle sur le ton tranchant et autoritaire qui lui restait de sa période juridique. Je voudrais rajouter de ma poche.

– Mary, c'est adorable de ta part, mais je ne saurais accepter.

– Pourquoi ?

– Parce que... ça m'ennuierait.

– Pourquoi est-ce que ça t'ennuierait ? C'est mon argent, David n'a rien à y voir. Oh bien sûr, je le lui dirai si c'est ça qui te gêne – mais j'espère bien que ce n'est pas le cas.

Je savais que Mary avait de l'argent à elle. A côté des actions HartWell que Howard et elle avaient hérité de leur père, des antiquités, de l'argenterie et des liquidités leur avaient également été laissées, même si j'ignorais combien cela pouvait représenter, quelle partie de son capital était en commun avec celui de David, quelle somme avait été bloquée pour les enfants.

– De combien as-tu besoin ? demanda-t-elle.

– Mary, m'esclaffai-je, tu ne vas pas me poser cette question ?

– Je te la pose !

Je ris de nouveau.

– Très bien... A la date d'aujourd'hui, il nous manque trois cent cinquante mille livres. Dans l'hypothèse où Cumberland accepte l'estimation.

– Je ne peux pas aller jusque-là, mais tu peux compter sur moi pour cent mille.

– *Mary !*

– A la réflexion, je n'en parlerai peut-être pas à David, qu'en penses-tu ? Remarque, je suis quand même un peu obligée, non ? (Elle poussa un soupir, un peu forcé pour produire de l'effet.) Ça risque de ne pas lui plaire, hein, lui qui est du genre prudence, prudence. Il n'a jamais misé un sou sur un cheval de sa vie.

– Mary, je ne sais pas quoi dire.

– Alors ne dis rien. Ah ! fit-elle avec empressement, une personne qui ne devra jamais le savoir : Howard !

– Aucun danger, Mary. On ne s'adresse guère la parole.

– Tu préserveras mon anonymat ? Rien que David, toi et moi à être au courant ?

– Bien entendu.

– Alors c'est décidé.

– Mary, tu es sensationnelle !

– Si tu le dis..., fit-elle en partant d'un rire rocailleux.

– Tu ne veux pas un peu de temps pour réfléchir ?

– J'ai déjà réfléchi. Et mes réflexions me disent que tu vas me rendre riche.

– Crois bien que je ferai tout mon possible.

Elle émit un petit « hum ! » amusé et nous prîmes congé.

Je restai assis dans un état de jubilation à peine contrôlée. Je savais certes qu'il y avait encore du chemin à parcourir, que je ne devais surtout pas crier victoire, mais j'avais été trop longtemps sevré d'optimisme et de bonheur pour ne pas savourer cet instant.

Julia entra et remarqua tout de suite ma mine réjouie.

– Bonne nouvelle ? voulut-elle savoir.

– Plus que deux cent cinquante mille à trouver !

Elle brandit un poing triomphant en accomplissant un curieux déhanchement saccadé.

Repoussant mes préoccupations avec la presse au fin fond de mon esprit, j'appelai Hartford pour mettre George au courant et passai le restant de l'après-midi à calculer les chiffres révisés pour Zircon, que Julia dactylographia et envoya par coursier spécial, puis à organiser les réunions nécessaires jusqu'à la fin de la semaine. Il y avait trois séries de documents à rédiger d'urgence : les statuts de la nouvelle société, Hartford Crystal Ltd, le contrat d'actionnariat avec Zircon, l'acte d'achat, par la nouvelle société, des actifs, appellations commerciales et fonds de roulement de l'ancienne Hartford Division. Je tenais à ce que tout soit à la signature avant le week-end pour le cas où Howard enclencherait la vitesse supérieure.

A cinq heures, transporté par les satisfactions de la journée, je me livrai à Julia.

– Vous voulez que je vous dise ? Je commence à croire que nous faisons quelques progrès.

– Je ne cesse de vous le répéter : on finit toujours par voir le bout du tunnel.

J'avais essayé tout l'après-midi de joindre Ginny mais j'étais tombé sur le répondeur. A présent, la ligne était occupée. J'espérais que le docteur lui avait donné des vitamines, il y avait longtemps que je ne l'avais pas vue aussi déprimée, bien qu'il ne fût guère besoin de me rappeler qu'une lourde part de responsabilité m'en incombait. L'idée de l'avoir rendue malheureuse me navrait, même s'il me semblait que cette mélancolie s'était installée entre nous depuis longtemps et que, sans cela, j'aurais très certainement su enrayer ma glissade finale vers la trahison.

Il y a des douzaines de façons de refouler la mélancolie. Ginny et moi avions choisi de travailler, et ce autant que faire se peut dans une seule journée, si bien que nous n'avions jamais le temps de nous demander à quoi tout cela rimait.

Je connaissais l'organisation des journées de Ginny. Je savais où elle allait, qui elle voyait, quand elle sortait faire les courses. J'étais au courant de ses réunions de comité, de ses déjeuners de travail, des heures qu'elle passait au téléphone. Mais je n'avais jamais pu déterminer si ces activités étaient réellement sources de satisfaction pour elle. Elle s'était toujours acquittée de ses obligations avec sérieux, celles de la maison – s'occuper de la nourriture qui venait à notre table, des fleurs et de la décoration, tenir l'agenda – et celles de ses œuvres de bienfaisance auxquelles elle se donnait fort consciencieusement. Mais ressentait-elle une sensation d'accomplissement après tout cela ? Elle n'exprimait jamais la moindre opinion, ni dans un sens ni dans l'autre. Elle semblait se méfier des discussions sur le bonheur comme si ce genre d'analyse risquait d'attirer le mauvais sort et de menacer les joies qu'elle pouvait avoir.

Je rangeai mes affaires dans ma mallette quand Julia appela à l'Interphone pour m'annoncer que j'avais Tingwall en ligne.

– J'allais vous appeler, dis-je immédiatement en commençant à lui parler du reçu d'essence.

– Peut-être pouvons-nous laisser cela pour une autre fois, m'interrompit-il. Je crains d'avoir de mauvaises nouvelles. La police veut vous entendre de nouveau, et cette fois-ci comme suspect. Ils ont délivré plusieurs mandats de perquisition contre vous.

Mon cœur se remit à cogner contre ma poitrine.

– Que voulez-vous dire ?

– Qu'ils ont obtenu des mandats pour perquisitionner à Dittisham House, au *Ellie Miller* et pour saisir votre voiture.

La pièce sembla vaciller autour de moi, je sentis le sang refluer dans mes veines.

– Vous plaisantez ! (Les mots parvenaient à peine à sortir de ma bouche.) C'est une blague, ou quoi ?

– Ils vont vous arrêter sur présomption. Mais c'est une formalité. Souvenez-vous que ce n'est pas la même chose que d'être inculpé.

– Bon Dieu de bon Dieu. (Je me laissai choir dans mon fauteuil.) Pourquoi ? *Pourquoi ?*

– Ils ne sont pas tenus de nous le dire, hélas. Et nous n'avons aucun moyen de savoir.

– Mais il doit bien y avoir une raison ?

– Dans la mesure où la police doit présenter au juge un motif valable pour qu'il signe les mandats, oui, il doit y en avoir une. Les juges varient de l'un à l'autre, bien sûr, certains ont la signature facile, mais en règle générale…

Mon incrédulité céda à la douloureuse prise de conscience que, de gré ou de force, j'avais à me sortir de ce cauchemar qui venait, si soudain et si fort, de s'abattre sur moi.

– Le bateau, avez-vous dit ? Et la voiture ?

– Je me suis arrangé avec votre frère pour qu'il leur remette les clés de Dittisham House et du bateau. Ils ont votre voiture.

Il me fallut un moment pour assimiler ce qu'il disait.

– Ils ont ma voiture ?

– Ils sont chez vous. Je leur ai dit que vous vous tiendriez à leur disposition là-bas. J'ai pensé que ce serait plus commode pour vous.

– Ils sont chez moi *maintenant* ?

– Oui. Monsieur Wellesley, ai-je besoin de vous conseiller de ne rien dire avant d'être arrivé à Exeter ? Je vous retrouverai sur place.

– Charles ?

– Oui ?

L'énormité de ce qui m'attendait m'apparut soudain, ma gorge se noua, une onde de panique et d'apitoiement sur moi-même déferla en moi.

– Tout ceci est complètement ridicule !

– J'en suis certain.

– Ils se trompent complètement.

Il y eut un léger silence.

– Nous allons débrouiller cela.

– Ils se trompent.

Il y avait comme une supplique, dans ma voix. Et du désespoir.

– Souvenez-vous seulement de ne rien dire pendant le trajet. D'accord ?

Je bafouillai quelques mots à Julia ahurie avant de descendre aveuglément jusqu'à la rue et de héler un taxi. Le chauffeur démarra à toute allure et tandis que nous foncions vers Chelsea, j'eus la sensation que tout, dans ma vie, allait trop vite, comme un film en accéléré. J'essayai de me préparer à ce qui m'attendait mais mon esprit était en plein désarroi, pris entre désespoir, raison et panique grandissante. Je tentai de temps à autre de joindre Ginny par le portable, mais la ligne était toujours occupée.

J'avais oublié les photographes. Quand nous arrivâmes à Glebe Place, je les vis rassemblés autour du portail. Jetant un billet au chauffeur, je franchis leur cercle d'objectifs et de déclics sans les regarder mais sans masquer mon visage non plus.

Ginny devait avoir surveillé mon arrivée car elle ouvrit juste au moment où j'approchais.

Phipps et Reith se tenaient derrière elle dans le hall.

– Ils ont un mandat, fit Ginny dans un souffle.

Reith s'avança.

– Hugh William Wellesley, débita-t-il sur un ton monocorde, je vous arrête pour présomption de meurtre sur la personne de Sylvie Anne Mathieson…

Je commençai à secouer la tête.

– … Vous n'êtes pas tenu de parler. Mais il pourrait nuire à vos intérêts d'omettre lors de votre interrogatoire des éléments que vous invoqueriez ensuite devant la cour. Tout ce que vous direz pourra être retenu contre vous. Me comprenez-vous ?

Mon cerveau répondit, il fallut un peu plus de temps à mes lèvres pour faire de même.

– Je comprends.

– Je désirerais accompagner mon mari dans le Devon. J'espère que ce sera possible.

Reith échangea un regard avec Phipps.

– Si vous voulez, madame.

– D'autre part, mon mari a besoin de faire un peu de toilette et de changer de vêtements.

Reith parut hésiter, mais il dut juger que je n'étais pas candidat au suicide car il hocha brusquement la tête en signe d'assentiment et recula d'un pas pour me laisser passer.

Ginny me suivit dans les escaliers et nous entrâmes dans la chambre en refermant rapidement la porte.

– Qu'ont-ils découvert ? chuchota-t-elle.

– Qu'est-ce que j'en sais ? Tu crois qu'ils m'ont téléphoné pour me le dire ? (Comprenant le ton de colère immature de ma voix, je m'excusai.) Pardon, désolé, articulai-je.

– Hugh, nous devons réfléchir à tout ça.

– Il n'y a pas à réfléchir ! Il n'y a rien à faire ! m'étouffai-je d'une rage impuissante. Cette fois, ça va être dans tous les journaux, tu te rends compte ? Partout, sacré nom !

Elle me saisit l'avant-bras.

– Hugh, nous *devons* réfléchir ! haleta-t-elle. (Sa voix tremblait.) Voyons. Qu'as-tu dit à la police ? Non, attends, se reprit-elle avec un geste impatient des deux mains. Ce que je veux dire, c'est : Sylvie est-elle jamais montée dans la voiture avec toi ?

Je ne voyais pas à quoi elle voulait en venir.

– Je crois... une fois, fis-je en faisant mine de chercher dans ma mémoire alors que je savais parfaitement bien que je ne me trompais pas. Une fois, oui.

– L'as-tu dit à la police ?

Je la regardai. Je commençai soudain à comprendre.

– Et à la maison ? Leur as-tu dit qu'elle y était allée ?

Je secouai la tête d'un air misérable.

– Je veux savoir ce que tu leur as dit ! s'écria-t-elle, animée d'une furieuse énergie.

– Le problème n'est pas tant ce que je leur ai dit que ce que je ne leur ai *pas* dit. Quand ils m'ont demandé où et quand je l'avais vue, je n'ai parlé ni de la maison ni de la voiture.

Elle ferma un instant les yeux comme pour évaluer toute la portée de mes paroles.

– Et a-t-elle *touché* quelque chose, à la maison ?

– Pardon ?

– Des portes, des verres... Je ne sais pas, moi. Des objets ?

Je revis Sylvie me regarder par-dessus le bord de son verre, je la revis tenir une tasse de café.

– Oui, elle en a touché.

Il y eut un ténébreux silence. Ginny prit une soudaine inspiration et sembla ne parler qu'à force de volonté.

– Ils vont le savoir, alors.

Je m'assis sur le bord du lit, me penchai en avant et me pris la tête entre les mains.

– Ginny, Ginny... Je suis tellement désolé !

– Non, non, cria-t-elle. Ecoute ! (Elle vint s'asseoir à côté de moi, écarta mes mains de mon visage et me secoua par l'épaule jusqu'à ce que je la regarde.) Je dirai que c'est *moi* qui l'ai invitée à la maison.

– Hein ?

Elle hocha vivement la tête.

– Je dirai que tu nous avais présentées, que je l'ai rencontrée au village et que je l'ai invitée à venir prendre le café. Que c'était juste à la fin du mois d'août. Que tu étais sur le bateau, à le préparer pour le week-end.

– Ginny, *Ginny*... ! (J'avais le cœur serré de reconnaissance, elle essayait de si bien faire.) Mais chérie, ils voudront avoir des dates, des heures précises. Ça ne peut pas marcher. S'ils... ou plutôt *quand* ils s'apercevront que tu n'y étais pas, ce sera encore pire.

Elle serra les lèvres, entrecroisa nerveusement ses longs doigts et émit un petit ricanement ironique.

– Mais j'y étais, ce week-end-là, vois-tu. (Elle prit une inspiration, mi-halètement mi-sanglot.) Et je l'ai vue, oui. Je l'ai vue à la maison.

Je ne pus que rester abasourdi, les yeux écarquillés.

– Je ne suis pas allée en Provence, expliqua-t-elle. J'ai pris la voiture pour te retrouver là-bas.

Je vis une ombre de honte et de souffrance passer sur son visage. Je compris que c'était vrai.

– Oh, Ginny...

Elle respirait avec difficulté, mais quand je voulus aller chercher l'inhalateur, elle m'agrippa par le bras et me retint.

– Je vous ai vus aller au bateau, aussi. Je vous ai vus partir. Mais je n'étais pas la seule, Hugh. Quelqu'un d'autre vous a vus, quelqu'un à l'auberge, qui l'a dit à David. David m'a demandé si c'est moi qui étais à bord et j'ai répondu oui, que c'était moi ! (Comme pour bien imprimer ces paroles dans ma tête, elle me secoua de nouveau le bras.) Ensuite, Mary m'a posé la même question et j'ai répété que c'était moi. Il faut donc que nous nous en tenions à cette version, Hugh, insista-t-elle, à bout de souffle. Même sous serment ! C'était *moi* !

J'éprouvai une sensation d'écroulement intérieur, de renoncement soudain. L'idée de m'engager dans de nouveaux mensonges n'était déjà pas réjouissante, mais essayer de faire passer une aussi fragile supercherie paraissait totalement voué à l'échec.

– Ça ne marchera pas, Ginny. Ça ne peut pas marcher.

– Que veux-tu dire ?

Sa poigne se resserra encore autour de mon bras.

– Ils vont s'en apercevoir. Franchement, Ginny, ça ne fera qu'aggraver les choses.

– Non ! (Sa véhémence me prit par surprise.) *Non !* A quoi penses-tu ? A *qui* penses-tu ?

Elle tremblait de nouveau.

– Ce sera mieux de leur dire la vérité. Ils la découvriront de toute façon !

Cette pensée me plongea de nouveau dans un abîme de désespoir.

– Tu ne peux pas faire ça ! Non, tu ne peux pas ! (Elle s'agenouilla devant moi et saisit mon visage entre ses mains pour m'obliger à regarder sa détermination en face.) Pense à *moi*, Hugh ! Pense à *moi* !

Des larmes jaillirent dans ses yeux. De fureur et d'étouffement. Je me précipitai vers l'inhalateur. Tout le temps qu'elle inspira le médicament dans ses poumons, son regard resta rivé sur moi.

– Ginny, je suis désolé. Pardonne-moi.

– Ne sois pas désolé, articula-t-elle avec colère, sois courageux. *Courageux !* C'est ce que je te demande, Hugh. Fais-le pour moi. *S'il te plaît !*

# 6

J'ai oublié quelle excuse je trouvai pour retourner à Dittisham, cette nuit-là. Faire du rangement dans les greniers, m'occuper du bateau. Peu importe, d'ailleurs, puisque Ginny comprit très vite que j'avais besoin d'être seul. Venant après ma fuite nocturne de la soirée de bienfaisance, cela ne contribua guère à détendre l'atmosphère entre nous. Ginny avait besoin d'explications et de réconforts que je n'étais pas en mesure de lui apporter, cependant que je rêvais de solitude et de tranquillité d'esprit, désirs que je n'osais formuler de peur d'envenimer les choses.

Nous étions censés dîner avec des amis de New York le vendredi, puis déjeuner le dimanche avec des voisins, mais sous prétexte de ne supporter de voir personne, ce qui était vrai, je suggérai à Ginny d'y aller sans moi, ce que je savais très bien qu'elle ne ferait jamais.

J'en éprouvai une certaine culpabilité qui fut vite balayée par ce besoin désespéré de fuite. Cette semaine-là, j'étais parti deux jours faire la tournée de nos plus gros clients en France et en Belgique, je m'étais battu bec et ongles chaque jour avec les banques pour obtenir des extensions de prêt, et, lors d'une réunion houleuse, le conseil d'administration avait voté contre moi pour passer la motion de Howard d'ouvrir des négociations officielles de fusion avec Cumberland. Le vendredi, je n'étais plus en état de converser de tout et de rien, d'afficher une façade devant les gens, de prétendre que tout marchait. Les choses étaient loin d'aller bien et je savais que ce qui était le plus en crise, dans tout cela, c'était moi.

Sylvie avait occupé mon esprit en permanence depuis l'épisode de son arrivée à la nage, quinze jours plus tôt, mais je me défendis d'aller à Dittisham pour la voir. J'y allais pour me remettre les idées en place, ce qui était suffisamment vrai pour ne pas heurter ma conscience.

J'atteignis la maison à minuit passé le vendredi soir et je dormis d'une traite jusqu'à six heures, ce qui, en ces temps d'insomnie, était une véritable performance. Après quoi, mû par l'énergie fébrile que l'épuisement suscite, je descendis en ville avec la voiture, pris le ferry pour Kingswear et, après m'être garé sur les falaises, j'empruntai le sentier côtier jusqu'à ce que mes jambes me fissent mal. Au retour, j'effectuai un crochet par Brixham et, ayant déniché un petit café miteux près du port, je dévorai une assiette de bacon moelleux aux œufs bien dorés, le tout arrosé de thé.

De retour à la maison, j'entrepris sans conviction de ranger les livres de Papa, mais je ne tenais pas en place et je commençai vite à errer sans but d'une fenêtre à l'autre. Je finis par laisser les livres de côté et descendis par le jardin jusqu'au bord du fleuve. En aval, au-delà du ferry, je pus voir le cotre blanc de style ancien, avec son beaupré, dont Sylvie m'avait parlé, celui avec lequel ses amis et elle sortaient presque tous les week-ends. Ce samedi-là, il était à son mouillage, sans aucune vie à son bord.

Je m'assis sur le talus à regarder la marée monter insidieusement tandis que les mouettes se chamaillaient dans le ciel au-dessus du *Ellie Miller* et que le ferry s'activait à faire passer promeneurs et vacanciers à Greenway. Je restai là près d'une heure et ne me décidai à remonter pesamment la pente que lorsque de gros nuages vinrent masquer le soleil. A l'approche de la maison, j'entendis le téléphone sonner mais quelque chose me retint de presser le pas pour décrocher et, quand je parvins à l'intérieur, il s'était tu.

Toujours incapable de rester en place, je repartis en ville avec la voiture et passai de rue en rue jusqu'à ce que je trouve la poterie où Sylvie travaillait. C'était un petit local coincé au milieu d'une rangée de boutiques de souvenirs dans une ruelle proche du port. Pots et bols aux vives couleurs étaient alignés sur des étagères qui s'étiraient sur toute la largeur de la vitrine. Par la porte ouverte, je pus distinguer une femme d'une cinquantaine d'années vêtue d'une robe ethnique, assise à côté de la caisse et en train de lire un journal. Elle paraissait seule. Je poursuivis jusqu'au supermarché, errai au hasard entre les rayons, achetai du whisky, du lait et des céréales pour le petit déjeuner, avant de finir dans un pub et de perdre une vingtaine de minutes devant une bière et un solide pâté en croûte.

Aussitôt rentré à la maison, je montai à l'ancienne chambre de David et regardai le fleuve en contrebas.

Le cotre était parti.

J'en éprouvai une absurde rancœur, comme si j'avais été injustement exclu. Je cherchai des jumelles dans la maison, mais n'en trouvant pas, je repartis à grands pas vers la rive pour m'en assurer : pas de doute, le bateau était parti, laissant un courtaud dinghy en bois à son mouillage.

Ce puéril ressentiment continua à brûler en moi. Quand je parvins enfin à analyser cette ridicule émotion, je compris qu'elle était basée sur la jalousie, sur le désir naïf et sentimental d'être partie intégrante de l'histoire de Sylvie, de hisser les voiles pour aller avec elle Dieu sait où, comme nous l'avions fait jadis lors de ce langoureux été sans fin, peut-être vers quelque crique tranquille, ou bien en France, ou nulle part en particulier. J'avais la nostalgie de ces journées si simples où nous n'avions d'autre souci qu'un tour à la barre ou un changement de voile. Plus que tout, peut-être, j'avais la nostalgie de l'amour et des rires que nous avions partagés et qui semblaient s'être irrémédiablement effacés de ma vie.

J'avais dit à Ginny que je rentrerais le soir même, mais je trouvai de bonnes raisons pour différer mon retour. Trier les livres de Papa se révéla beaucoup plus long que prévu – du moins fis-je en sorte que ce le fût – après quoi je me persuadai qu'il fallait aller pomper les cales du *Ellie Miller*. Dans la douceur de l'après-midi estival, je pris une paire de rames et de tolets dans le garage puis je traversai le village jusqu'au quai.

Je trouvai le canot sous deux autres parmi un empilement d'embarcations qui se bousculaient à l'extrémité du ponton du ferry. Je partis vers le *Ellie* par une autre voie que celle que j'empruntais d'habitude et qui longeait les bas-fonds boueux jusqu'à ce que le fleuve s'élargisse un peu et me permettait de traverser au plus faible du courant. Au lieu de cela, je ramai en pleine marée descendante de façon à être rabattu tout près du mouillage du cotre. Quand j'y parvins, il n'y avait bien entendu rien à voir, à part la bouée et un dinghy en contre-plaqué tout malmené aux fargues profondément entamées et portant une longue estafilade sur un flanc.

Il y avait beaucoup d'eau à pomper dans le *Ellie*. J'en déduisis que David n'était pas venu à bord depuis un certain temps. Quand j'eus remis les cales au sec, je regardai autour de moi pour voir s'il y avait autre chose à faire, n'importe quoi pour retarder mon départ. Je m'occupai à des riens pendant une heure environ, faisant tourner le moteur, réglant une ou deux bricoles par-ci par-là, sans cesser de surveiller d'un œil le retour du cotre.

Je refermais le compartiment moteur et je rassemblais mes affaires pour rentrer à la maison lorsque, en regardant par l'écoutille, je vis un haut de mât en mouvement. Je gravis l'escalier de cabine pour mieux voir : le cotre blanc rejoignait son mouillage. Je comptai quatre personnes à bord. Même à cette distance, la fine silhouette de Sylvie était clairement reconnaissable.

C'est alors que j'aurais dû comprendre la nature de mes secrets espoirs. Mon agitation aurait dû m'avertir, de même que l'hostilité injustifiée que j'éprouvai à la vue des deux hommes du groupe, surtout celui auquel je dévolus immédiatement le rôle de l'amant.

Ils étaient tous quatre pressés d'aller à terre. S'ils avaient un taud de grand-voile, ils ne le mirent pas, ils oublièrent de tendre les drisses, encore moins de les fixer aux taquets. Pendant qu'ils halaient le dinghy bord à bord et commençaient à le charger, Sylvie se tenait dans le cockpit, mains sur les hanches, et j'eus l'impression qu'elle se disputait avec l'un des hommes, une grande silhouette à la chevelure blonde. Le second, filiforme avec des cheveux noirs qui lui tombaient sur les épaules, descendit dans le dinghy et réceptionna les sacs que lui tendait l'autre femme.

Je pris des jumelles dans la cabine. Le temps que je mette au point sur Sylvie, elle s'était déplacée sur le pont latéral. Si elle ne se disputait pas avec le blond, du moins faisait-elle passer son message avec force et larges gesticulations. Je faillis éclater de rire à la regarder, tant elle était corporellement expressive. Le blond sembla lui tourner délibérément le dos avant d'embarquer dans le dinghy. Finalement, après un nouvel échange, Sylvie envoya en l'air un geste dédaigneux puis, apparemment de mauvaise grâce, rejoignit ses compagnons dans le canot.

Jusqu'à ce moment, j'aurais encore pu rester en retrait, me persuader de garder mes distances, mais, tandis que le jeune homme blond ramait en direction du quai, Sylvie se tourna à demi et, en une posture qui aurait pu paraître totalement affectée si elle n'avait été aussi typique d'elle, laissa descendre sa main dans l'eau en tournant la tête, la joue posée sur son épaule, comme pour observer les vaguelettes qu'elle créait.

J'eus tout à coup la certitude qu'elle me regardait. Comme si, sachant que j'étais là, elle avait expressément imaginé cette mise en scène à notre intention à nous.

Je levai la main et lui fis signe. Sans en être absolument sûr, je crus la voir répondre à mon sourire avant de se retourner vers ses compagnons. Ce petit sourire anodin prit une importance gigantesque dans mon esprit. Mon pouls s'accéléra, une folle excitation s'empara de moi. C'est alors que je sus qu'il fallait que je la revoie.

Le temps que j'arrive au quai, ses compagnons et elle avaient disparu. Je rentrai à la maison à toute allure et, m'installant au bureau de Papa, je passai une demi-heure à rédiger un message. J'écrivis que j'adorerais la revoir, que notre rencontre sur le bateau avait été beaucoup trop brève, que je redescendrais le week-end prochain et que si une petite sortie à la voile la tentait...

Dans ma nouvelle stratégie de discrétion, je jugeai qu'il serait préférable de nous rencontrer sur le bateau. Là, il n'y avait pas de danger que David ou Mary débarquent à l'improviste, et on considérait que le besoin d'équipiers amenait les gens les plus inattendus à se rencontrer. Même à ce moment-là, je comprenais que toute relation que je pourrais avoir avec Sylvie, aussi innocente fût-elle, devrait rester discrète. Sa sensualité était trop criarde pour qu'on puisse l'imaginer capable de pure et simple amitié. Déjà à l'âge de seize ans, son allure, son indifférence au qu'en-dira-t-on avaient provoqué équivoque et commérages.

Je trouvai une enveloppe, la cachetai, pris la voiture et glissai le pli sous la porte de la poterie avant de reprendre la route de Londres.

La semaine apporta tout un lot de réunions de crise. Galvanisé par le discours incendiaire de Howard sur un désastre financier imminent, le conseil d'administration décida de soumettre en urgence la proposition de prise de contrôle directement aux actionnaires, ce qui n'était guère qu'une formalité puisque la moitié desdits actionnaires siégeaient au conseil et que les autres étaient leurs conjoints ou parents.

Face à une défaite quasi inéluctable, j'entrai dans un état schizophrénique de renoncement et de désespoir. Je me jetai dans les problèmes comme si, par la seule force de l'effort, je pouvais trouver la solution miracle aux difficultés de HartWell. Je rentrais rarement à la maison avant dix heures, et encore n'était-ce que pour me replonger dans le travail jusque tard dans la nuit. Les conversations avec Ginny se limitaient aux questions de repas, de transport et de lessive.

J'essayai de ne pas penser au week-end, et pourtant l'idée de revoir Sylvie luisait tranquillement au fond de mon esprit, comme une lointaine balise sur un océan de ténèbres.

Le vendredi, ce que j'avais pris pour un simple gros coup de fatigue se révéla être un signe avant-coureur de fièvre. Cela ne m'empêcha pas de prendre la voiture pour aller à Dittisham, bien sûr. J'expliquai à Ginny que j'avais besoin de travailler loin du téléphone.

Il n'y avait pas de message de Sylvie, à la maison. Pas de réponse manuscrite sur le paillasson.

Je passai une mauvaise nuit. Je transpirais abondamment et envoyais dinguer mes couvertures pour me réveiller quelques instants plus tard, grelottant de froid. J'émergeai à neuf heures le lendemain matin, la bouche sèche et le front brûlant. Je trouvai de l'aspirine dans une armoire à pharmacie et en avalai deux cachets. Après quoi, je transportai un duvet et un oreiller dans le bureau de Papa puis, tirant le sofa devant la fenêtre ouverte, je m'étendis tête sur l'accoudoir de façon à avoir vue sur le jardin jusqu'au fleuve. Muni d'une carafe d'eau et d'un livre, je somnolai sporadiquement.

Quand je m'éveillai, une silhouette se tenait dans l'encadrement de la porte-fenêtre. C'était Sylvie.

– Tiens, tu es malade, observa-t-elle avec un petit reniflement.

– Tu n'as pas l'air très compatissante, répondis-je avec un sourire.

– Non, bien sûr, parce que ça veut dire qu'on ne pourra pas sortir en bateau alors que le temps est parfait.

– Tu serais venue avec moi ?

C'était la question typique de l'amant angoissé.

– Oui, pourquoi pas ? répondit-elle avec ce petit haussement d'épaules moqueur bien à elle.

– Je me sentirai peut-être suffisamment d'aplomb demain, proposai-je.

Cette perspective ne sembla pas l'intéresser.

Je ne pouvais m'empêcher de la regarder. J'avais oublié ce nuage de cheveux qui partait de sa tête pour retomber doucement sur ses épaules, j'avais oublié la plénitude de ses lèvres et la façon dont elle les poussait en avant quand elle finissait de parler, si bien que ses moindres paroles, même les plus banales, semblaient contenir une invitation.

– Le week-end prochain, dis-je. D'accord ?

Elle alluma une cigarette et renifla encore. S'adossant au chambranle de la porte-fenêtre, le regard de chat de ses yeux en amande biaisa vers moi.

– Pourrait-on aller en France ?

– En France ? répétai-je, ahuri.

Elle était sérieuse. Elle attendait ma réponse.

– Ah, ce serait super, évidemment, me hâtai-je de répondre, mais le bateau n'est pas vraiment équipé pour. Et puis je ne suis pas très sûr non plus... ça fait longtemps que je ne suis pas sorti en mer.

Ses lèvres sensuelles avaient formé une petite moue boudeuse.

– Ce serait tellement excitant, dit-elle en donnant au mot « excitant » une tonalité aguichante.

Mon cœur battit au rythme d'un émoi depuis longtemps oublié. Je savais que j'allais accepter. L'idée de laisser pendant deux jours derrière moi le chaos de ma vie était irrésistible.

– Je ne sais pas, renâclai-je une dernière fois pour la forme. Je pourrais demander au chantier naval de jeter un coup d'œil au bateau, je suppose. Ils devraient pouvoir le préparer à temps.

Son sourire sembla me dire : « Tu vois que ce n'est pas si difficile. »

– J'espère que tu sauras naviguer, fis-je en ne plaisantant qu'à moitié.

Elle fronça le sourcil.

– Tu n'as pas le GPS ?

– Il est installé, oui.

Son regard brilla.

– Eh bien alors ?

– Je ne sais pas comment ça marche, admis-je.

– Moi, je sais.

Je secouai la tête en riant.

– Peux-tu t'occuper de la nourriture ?

– De la nourriture ? répéta-t-elle en feignant l'horreur comme si elle n'osait jamais toucher à une chose pareille.

Je ris de nouveau, à la fois de sa manœuvre si effrontément transparente et de l'exultation fébrile qui montait en moi.

– Où irions-nous ? demandai-je.

Elle tira sur sa cigarette et exhala un long panache de fumée.

– A Cherbourg.

– A Cherbourg ? Mais c'est toujours plein de monde.

Elle détourna les yeux.

– Il y a un bon restaurant, là-bas. Et puis je veux acheter des chaussures.

– Des chaussures !

– Oui, des chaussures, fit-elle en reniflant de nouveau.

Ce fut à son tour de rire, à présent.

J'essayai de ne pas trop penser au fait que s'il était très facile d'aller à Cherbourg, le retour était beaucoup plus difficile contre les vents dominants.

– Pourrait-on partir vendredi ? demanda-t-elle.

– Il faudra, pour être sûrs d'être rentrés dimanche.

– Excellent, dit-elle.

– Mais ça ne nous laissera pas beaucoup de temps à Cherbourg.

– Et alors ? Ce sera génial ! s'écria-t-elle avec un petit sourire malicieux.

A voir ce sourire, mon désir d'elle devint d'un coup tellement intense qu'il sembla prendre mon cœur dans un étau et me laisser sans souffle. Mais si, à cet instant, ce désir était mû par l'aiguillon de la passion, il s'assombrit également d'une nuance plus possessive. Déjà, avant même que notre liaison eût commencé, j'étais hanté par l'idée qu'elle me quitterait.

– Dis-moi ce que tu as fait pendant toutes ces années, demandai-je.

Sa main et sa cigarette dessinèrent un geste évasif dans l'air. J'insistai.

– Non, sérieusement. Où es-tu allée ? Qu'as-tu fait ?

– Le passé, répondit-elle avec un haussement d'épaules, c'est le passé. Il n'y a rien à en dire.

– Allons, Sylvie, pressai-je sur un léger ton de remontrance.

Mais elle ne voulut rien révéler, ou pas grand-chose en tout cas. Elle avait eu de bons et de mauvais moments. Elle avait un peu voyagé – sa main sembla indiquer des contrées lointaines – puis elle avait vécu à Paris et dans le Midi.

– Ensuite… Mais je te le dis, le passé, c'est le passé. Ce qui compte, c'est que je suis ici, que je vais faire de la sculpture, que je me sens heureuse et libre. Heureuse et libre, répéta-t-elle.

Langoureusement, en un geste qui n'était pas exempt d'autocaricature, elle leva en riant les bras comme si elle voulait étreindre le soleil.

Je n'avais aucune raison de penser que cette extravagante et langoureuse extase était tout sauf une authentique manifestation de plaisir. Je ne vis pas la détermination, l'obstination de son regard.

Ses yeux revinrent sur moi.

– Tu as une sale tête, observa-t-elle.

– Merci du compliment, fis-je en riant.

– Il n'y a donc personne pour s'occuper de toi ? demanda-t-elle, faussement surprise.

– Personne ne sait que je suis ici.

Elle s'approcha de moi et me dévisagea.

– Tu as pris des médicaments ? J'ai une infusion qui te nettoie le sang.

– Si ça peut me nettoyer le sang, alors ça doit être bon, répondis-je.

– Tu veux que j'apporte à manger, aussi ?

– Je croyais que tu refusais de t'occuper de nourriture ?

– Ah, mais là, tu es malade, n'est-ce pas ?

– Et c'est différent ?

– Ça veut dire que j'ai pitié de toi.

Et comme pour le prouver, elle me versa un verre d'eau. Prise soudain d'une quinte de toux, elle sortit un mouchoir et se moucha.

– Tu n'as pas l'air bien toi-même, fis-je remarquer.

Elle écarta cette pensée d'une pichenette de la main.

– Mangeras-tu avec moi ? demandai-je.

Elle eut une moue d'hésitation. Ses épaules se haussèrent légèrement, non pour repousser l'idée mais pour en envisager la possibilité, au contraire.

– Qu'est-ce que tu aimerais manger ? s'enquit-elle.

– Je n'ai pas très faim pour l'instant.

– Tu diras autrement plus tard, affirma-t-elle en se dirigeant vers la porte-fenêtre.

– Vraiment ?

– Oh, je crois bien.

Il y avait dans sa voix une dualité subtile mais délibérée qui me fit rire de nouveau.

Me souriant en retour, elle m'adressa un petit au revoir du bout des doigts et s'en alla.

– Quand reviendras-tu ? demandai-je dans son dos en m'attendant, comme de juste, à ne pas recevoir de réponse.

Je m'assoupis de nouveau, mais par à-coups. Mon sommeil fut perturbé par un rêve répétitif dans lequel j'attendais indéfiniment Sylvie à bord du *Ellie Miller* jusqu'à ce qu'en levant les yeux, je la voie partir sur le cotre blanc avec ses amis. Comme souvent dans ce genre de rêve, j'ouvrais la bouche pour lui crier de revenir mais aucun son n'en sortait.

Le téléphone me réveilla et me fit aller en clopinant vers le bureau de Papa. C'était Ginny, qui voulait savoir comment je me sentais. Je lui dis que j'avais la grippe et que je rentrerais vers midi le lendemain. Si je n'avais été aussi mal fichu, je me serais rappelé que parler de grippe était une erreur. Ginny allait se faire du souci, vouloir à tout prix que je prenne un chauffeur qui me rapatrie à la maison, et elle ne lâcherait pas prise jusqu'à ce que, malgré toutes mes bonnes intentions, je finisse par m'énerver et que nous nous retirions chacun de notre côté meurtris et peinés.

– Tu ne peux pas conduire avec la grippe, dit-elle.

– Ça ira mieux demain.

– Mais tu as encore de la température ?

– Non, elle est tombée. Je suis sûr que je n'en ai plus.

– Hugh, tu ne dois même pas songer à conduire en étant malade.

– Je t'assure que c'est fini.

– Tu dois quand même être très faible.

– Sincèrement, chérie…

Mon œil perçut un mouvement et je regardai autour de moi : Sylvie pénétrait sans bruit dans la pièce, un sac de commissions sous le bras.

Elle porta son doigt contre ses lèvres comme si nous étions deux conspirateurs, ce qui me procura une excitante sensation de fruit défendu.

– Je t'assure que ça ira, dis-je à Ginny tout en regardant Sylvie s'éclipser vers la cuisine. Sinon, je prendrai le train.

– Promis ?

– C'est promis, répondis-je avec une pointe de remords et d'autant plus mauvaise conscience que ce n'était pas cela, je le savais, qui m'empêcherait de partir en France avec Sylvie le week-end suivant.

Honteux de ma disposition au double jeu mais incapable, semblait-il, de la réprimer, je laissai Ginny dire et redire son inquiétude et pris mon temps pour la rassurer. Mais je n'avais plus tôt raccroché que je refoulai toute notion de fidélité et de bonne conscience au fin fond de mon esprit pour me précipiter à la cuisine, le cœur battant comme un gamin.

Sylvie attendait près de la bouilloire que l'eau soit chaude.

– Ça a vraiment un sale goût, prévint-elle.

– Quoi donc ?

– Ce que je vais te donner à boire.

J'eus une grimace de dégoût.

– Je ne suis pas très courageux, tu sais.

– Grand bêta, fit-elle avec cette intimité de ton qui signifiait que nous pourrions encore être amants.

– Tu es sûre que je dois avaler ça ?

– Ce qui fait du bien est toujours dur à avaler.

– Toujours ? glissai-je malicieusement. J'espère bien que non !

Je me trouvais spirituel, éblouissant. Mais c'était l'effet qu'elle avait sur moi : avec elle, je me sentais à nouveau beau, intelligent, et en restaurant mon amour-propre elle me redonnait confiance en mes possibilités.

J'examinai le repas qu'elle avait apporté. Une brique de soupe, une boîte de sardines, quelques tomates, deux petits pains, deux pommes.

– Un vrai festin, plaisantai-je.

Elle alluma une cigarette et la tint entre le pouce et l'index, comme un gangster de cinéma.

– Je n'avais pas d'argent, expliqua-t-elle.

– Tu aurais dû me le dire !

Elle étira son sourire de chat.

– Pourquoi ? Tu m'en aurais donné ?

Je levai les yeux au ciel d'un air désespéré.

– Tu es riche et généreux ? demanda-t-elle.

Sylvie étant Sylvie, c'était une question au premier degré.

– Riche, tout est relatif, répondis-je. Mais j'ai de quoi nous amener en France et nous payer un bon repas une fois sur place.

Elle fit mine de se plonger dans une grave réflexion puis émit son petit reniflement caractéristique.

– Bon, passe pour un début, fit-elle d'un air faussement condescendant.

– Un début ? répétai-je, ravi de jouer avec les mots. Le début de quoi ? Un début vers quoi ?

Mais elle se tourna vers la bouilloire car l'eau était prête. Elle en versa dans une tasse avec une poudre grisâtre qu'elle mélangea, puis leva la décoction à hauteur de son nez. Avec une expression de dégoût, elle me la tendit.

– C'est à ce point mauvais ?

– Voyons de quoi tu es capable, fit-elle avec un regard chargé de tous les défis.

Le breuvage était beaucoup trop chaud. Je reposai la tasse, regardai Sylvie dans les yeux pendant un long moment puis, faisant un pas dans l'espace qui nous séparait, je tendis le bras et effleurai la douceur de sa joue du dos de ma main. Ses yeux, qui de loin semblaient presque noirs, s'allumèrent d'un flamboiement ambré, et quand mes doigts commencèrent à se faire caressants, elle ferma les paupières avec la béatitude d'un chat en train de se chauffer au soleil.

Ma paume lissa ses cheveux, jusqu'à sa nuque, et elle rejeta la tête en arrière comme pour mieux s'ouvrir à moi.

Ce fut elle qui entendit le bruit en premier. Elle se redressa brusquement, un éclair d'avertissement dans le regard. Puis j'entendis à mon tour un crissement de pneus sur le gravier.

Avec une mimique excédée, je laissai Sylvie sur place et me précipitai vers la fenêtre du hall pour voir David descendre de voiture. Je revins la prévenir, mais il n'y avait plus trace d'elle dans la cuisine, et après avoir regardé dans le bureau et dans le jardin, je constatai qu'elle avait disparu.

David ne sembla pas trop ravi de me voir, surtout quand je lui eus dit que j'avais été malade car il se sentit professionnellement obligé de faire des gestes médicaux tels que prendre ma température ou mon pouls. S'il trouva étrange que je sois venu seul sans les avoir prévenus, Mary ou lui, il ne fit aucun commentaire. Il était juste passé s'assurer que tout allait bien dans la maison et ne resta pas longtemps. Dès qu'il fut parti, je sortis dans le jardin et appelai Sylvie, mais j'attendis en vain son retour.

La première chose que je fis le lundi matin fut d'appeler le chantier, et ils promirent d'aller inspecter le *Ellie Miller* dans l'heure qui suivait. J'aurais dû me rappeler qu'ils avaient une notion élastique du temps. Quand je les relançai mercredi matin, ils venaient tout juste d'estimer que les fixations vers l'étrave étaient un peu fatiguées et qu'il fallait mettre le bateau au sec pendant une semaine pour qu'ils puissent y remédier. J'en vins à mettre en doute la nécessité de mesures aussi radicales, mais ce n'était là que façon d'évacuer ma déception. J'en avais suffisamment appris de mon père pour savoir qu'on ne plaisantait pas avec les fixations et qu'on ne prenait pas la mer si elles n'étaient pas en bon état.

Je dus assister à deux interminables réunions cet après-midi-là. Dès que les discussions commençaient à languir, mon esprit s'égarait vers le week-end et les façons de le sauver. Il serait difficile de rester à Dittisham, David pouvait débarquer à tout moment pour jeter un coup d'œil sur la maison et Mary débarrassait encore le grenier. J'avais l'impression que le cottage de Sylvie ne serait guère approprié non plus, même si je ne voulais pas trop m'appesantir à chercher pourquoi. Un hôtel, alors ? Un week-end à l'étranger ? Il y aurait le risque de nous faire repérer, mais outrepassant mes dernières parcelles de bon sens, je décidai qu'il était trop minime pour m'en inquiéter.

Dès que j'eus l'occasion de pouvoir m'isoler pour téléphoner, l'estomac noué et les mains moites, j'appelai la poterie. Une étrange voix féminine me répondit et, mû par une sorte de réflexe de culpabilité, je raccrochai sans dire un mot. Je me calmai, appelai de nouveau et demandai à parler à Sylvie, mais il me fut répondu qu'elle n'était pas là et n'y serait peut-être pas jusqu'à vendredi. La femme refusa de me donner son numéro mais proposa de prendre le mien et de le transmettre. Sans dire mon nom, je laissai celui de ma ligne directe au bureau avec le message que cela concernait le week-end prochain.

Mais je ne pouvais en rester là, tout ceci était trop mal défini. J'envoyai donc une lettre par exprès à la poterie avec mention de faire suivre d'urgence. Dans cette lettre, j'expliquais à Sylvie le problème du bateau et suggérais, avec autant de subtilité que de détermination, qu'un week-end tranquille dans un hôtel à étoiles sur le versant nord des landes de Dartmoor pourrait être sympathique. Ou alors – par anticipation sur son mépris pour le banal et le prévisible – un voyage de deux jours à Nice ou à Madrid. Je lui demandai de me rappeler au bureau aussi tôt que possible, et que, à défaut, je la retrouverais à Dittisham vendredi à six heures.

Elle n'appela pas. J'essayai de la joindre à la poterie, mais c'était toujours la même voix de femme qui répondait et je raccrochai chaque fois. Le vendredi, je sautai une réunion de mi-journée et partis tôt, nerveux et angoissé.

Je passai devant la poterie, mais elle était fermée. J'arrivai à la maison, ouvris et attendis. Six heures passèrent sans qu'elle vienne. Je me versai un whisky et me forçai à attendre une demi-heure supplémentaire avant de monter dans l'ancienne chambre de David et d'aller à la fenêtre.

Je dus m'armer de courage pour regarder en direction du fleuve car une partie de moi redoutait déjà ce que j'allais y voir. Le cotre n'était pas à son mouillage.

Je me versai un autre whisky et m'obligeai à attendre encore deux heures. A dix heures, en dépit de ce que signifiait l'absence du bateau, je partis à sa recherche. Je savais que la poterie serait aussi vide qu'auparavant, mais cela ne m'empêcha pas de passer devant et de jeter un coup d'œil dans la pénombre intérieure.

Sur le chemin du retour, j'observai chaque cottage comme si leurs lumières pouvaient m'indiquer lequel était celui de Sylvie. Des voitures étaient garées devant certains d'entre eux, mais j'ignorais si Sylvie en avait une, et encore moins de quelle marque.

Je me garai en bas du village et entrai dans le pub qui surplombait le ferry. En traversant la foule pour me diriger vers le bar, je reconnus certains hommes du chantier naval, et avec eux un assistant de la capitainerie du port, nommé Horrocks, qui avait bien connu mon père. Ils formaient un groupe jovial, bavard, échauffé par la bière, et quand j'eus payé une tournée, il ne fut pas difficile d'amener la conversation sur le cotre blanc. Ah, ceux-là ! ricanèrent-ils avec mépris, des hippies, de drôles d'oiseaux ! Le bateau s'appelait le *Samphire*, m'apprirent-ils, et le propriétaire, un marginal du nom de Hayden, avait jadis été skipper sur un gros yacht privé en Méditerranée et vivait à présent du côté de Totnes sans moyen apparent de subsistance.

– Il est mignon, ce bateau, fis-je pour expliquer l'intérêt que je lui portais.

– C'est mignon à bord aussi, rigola un des gars. Tous les garçons ont les cheveux longs !

Je demandai s'ils sortaient loin. Le même plaisantin supposa qu'ils s'éloignaient juste ce qu'il fallait pour ne pas être vus de la côte et s'adonner à leurs agapes de sexe et de drogue. La griserie aidant, il se délecta de me raconter qu'en début d'été, ils avaient été vus dans une petite crique tranquille en train de se balader nus comme des vers, ou peu s'en fallait, sur le pont.

Ils allaient souvent à Alderney, m'indiqua plus sobrement Horrocks, l'homme de la capitainerie. Mais ce week-end, il savait justement qu'ils étaient partis pour Barfleur. C'était la destination qu'ils avaient indiquée à la douane, en tout cas, même s'il inclinait à penser qu'ils rentreraient dare-dare, vu le grain d'ouest qui était annoncé.

Je dormis mal, me réveillant sans cesse pendant la nuit. Aux premières lueurs de l'aube, je montai à la fenêtre de la chambre de David et regardai en direction du fleuve. Une pluie battante brouillait ma vision et il me fallut une autre demi-heure pour constater que le cotre blanc n'avait pas rejoint son mouillage.

Je fermai la maison et repartis pour Londres. Je ne me rappelle plus quelle explication je donnai à Ginny pour ma rentrée prématurée, peut-être qu'il faisait trop mauvais pour que je puisse faire quoi que ce soit sur le bateau. Ayant été exaspérée de ma décision de passer un nouveau week-end à Dittisham, elle accueillit mon retour inattendu dans un silence glacial.

Tout obsédé que j'étais par Sylvie, je ne pouvais me résoudre à abandonner Ginny un troisième week-end d'affilée et nous passâmes deux jours tranquilles à Melton, avec seulement un apéritif à endurer et un souper décontracté chez des voisins. Je ne sais si Ginny avait décidé de jouer la tactique de la tendresse ou si elle avait senti que ma morosité et mes préoccupations reposaient sur un lit de désespoir, mais elle me traita avec retenue et affection, avec de soudains accès d'un humour désabusé. Quand nous fîmes l'amour, je pensai à Sylvie et eus la décence d'en éprouver de la honte.

J'aurais pu rester éloigné de Dittisham un autre week-end, voire plus longtemps, si Sylvie n'avait appelé. Elle le fit sur ma ligne directe de sa manière bien à elle, sans dire son nom ni même bonjour, en s'annonçant par une question.

– Le bateau est prêt ?

Il me fallut un moment avant de pouvoir articuler un mot.

– Qu'est-ce qui t'est arrivé ? demandai-je enfin.

– Comment ça, qu'est-ce qui m'est arrivé ? demanda-t-elle avec une désinvolte innocence.

– Tu sais bien, fis-je sèchement. Quand on devait partir en France.

– Mais le bateau n'était pas prêt. C'est toi-même qui l'as dit.

– Oui, mais j'avais prévu autre chose pour nous, rappelle-toi. Je t'ai attendue. Tu aurais pu me prévenir, fis-je en essayant de gommer l'irritation de ma voix.

– Bof, ça ne me disait rien d'aller ailleurs, dit-elle. C'est tellement bon, les sorties en bateau. J'adore.

– Tu sembles en faire déjà beaucoup sur le *Samphire.*

Son rire évasif ne me permit pas de discerner si le côté réprobateur de ma remarque lui avait échappé ou si elle avait simplement choisi de l'ignorer.

– Alors, il est prêt ? On peut partir ?

– Ce n'est pas si facile, répondis-je.

C'était bien vrai. En disant cela, je me souvins que Ginny avait prévu quelque chose pour le week-end suivant et qu'il faudrait que je lui mente si je devais m'absenter.

– Ah bon, fit Sylvie avec une sorte de soupir traînant annonciateur de perte d'intérêt.

– C'est que j'avais d'autres projets, expliquai-je.

Mais c'était une bien faible tentative de résistance :

J'étais déjà prêt à lui pardonner au moment même où j'avais entendu sa voix.

– Alors on ne peut pas partir ?

Je bafouillai d'autres bribes d'incertitude pour essayer de rassembler les restes de ma fierté, puis baissai pavillon.

– Peut-être que je pourrai, après tout.

– Peut-être ?

– Peut-être.

– Tu n'as pas l'air emballé ?

– Si, bien sûr. Mais après l'épisode de l'autre fois, comment puis-je être certain que tu viendras ?

– Je viendrai, Choupinet.

Le surnom me prit au dépourvu et me ramena d'un coup au passé, au temps où ses promesses étaient implicitement porteuses de tant de perspectives, où notre si grande intimité naissait de l'échange de nos pensées les plus secrètes.

– Il faudrait que nous partions vers six heures, dis-je.

– D'accord, répondit-elle.

Et j'étais certain qu'elle avait son sourire de félin.

– Donne-moi ton adresse et ton numéro de téléphone, dis-je, au cas où il y aurait des problèmes.

– Tu prévois des problèmes ?

– Non, mais je dois pouvoir te joindre, au cas où.

Elle hésita un moment, comme si elle étudiait le bien-fondé de ma requête, puis m'informa avec indolence qu'elle habitait Blackwell Cottage, sur Farrars Lane. Elle n'arrivait soi-disant jamais à se rappeler son numéro de téléphone, constatation que j'essayai de ne pas accueillir avec trop de scepticisme, et je m'y repris à trois fois avant de me convaincre qu'elle disait probablement vrai.

– Où nous retrouvons-nous ? demandai-je.

– Je ne sais pas. Vers les canots, au bout du ponton ?

– Non, me hâtai-je de répondre, pensant qu'on pourrait nous voir.

– Ah, Hugh, tu n'as pas changé, hein ? ironisa-t-elle. Bon, prends-moi directement au *Samphire*, alors.

– Tu es sûre ?

– Sûre.

– Si tu n'y es pas, je te tue.

Elle s'esclaffa, comme si j'avais dit quelque chose de vraiment spirituel.

– Et n'oublie pas la nourriture, lançai-je, mais elle avait déjà raccroché. Une obstination acharnée s'empara de mon esprit, une sorte de vision monoculaire qui occultait les vérités les plus gênantes. Ma vie était au bord du chaos, je savais au fond de moi qu'avoir une liaison était la dernière chose à faire pour la remettre sur les rails et pourtant c'était plus fort que moi. Je m'accrochais à la pensée de Sylvie comme un homme qui se noie s'agrippe à une bouée de sauvetage. Je trouvais des justifications. Je me disais que Sylvie était le grand amour inaccompli de ma vie, qu'elle faisait partie d'un avenir doré qui m'avait été injustement refusé et que donc, par une sorte de logique tortueuse, j'avais le droit de la récupérer. Je me persuadais qu'après avoir stoïquement enduré les difficultés de mon mariage, je méritais quelque chose de plus exaltant et de moins exigeant. Venait ensuite la bonne vieille excuse finale : le monde de Sylvie ne recoupait en rien le mien, Ginny ne serait jamais au courant, il n'y aurait donc aucun mal. Je me disais tout cela, et parfois, je parvenais à y croire.

Je n'étais pas très fier de moi quand il fallut de nouveau mentir à Ginny, mais je le fis néanmoins. Je parvins à la regarder en face en lui disant que je voulais sortir en bateau le week-end suivant. Ce n'est que lorsqu'elle proposa de m'accompagner que ma conscience me travailla un peu. Sachant combien elle détestait le bateau, je réalisai l'effort que son offre devait lui coûter. Mais le sentiment de culpabilité me rendit mauvais, et je lui répondis brutalement que je préférais partir seul.

Elle accusa alors un peu le coup.

– Pourquoi, seul ? demanda-t-elle.

– J'ai besoin de réfléchir un peu.

– Mais ne puis-je t'aider ?

– Tu m'aides déjà beaucoup, Ginny. Vraiment. Il me faut juste un peu de recul.

– C'est à cause de ce week-end à Melton, affirma-t-elle. Il s'est passé quelque chose à ce moment-là, n'est-ce pas ? Pourquoi ne peux-tu me dire ce que c'était ?

– Il n'y a rien eu de particulier.

– Mais tu es parti de la maison comme un voleur ! Tu as carrément disparu !

– Tous ces gens..., fis-je avec un élan d'honnêteté. Je n'avais rien à leur dire.

– Donc je n'aurais pas dû les inviter ?

– Je ne dis pas ça, répondis-je d'un ton las. C'est sans doute venu de moi.

– Mais ils t'ont déplu ?

Devais-je mentir ou risquer la vérité ?

– Pas tous, non, finis-je par dire.

Sa respiration s'accéléra, elle prit un air désemparé.

– C'est ma faute, donc.

Je fermai brièvement les yeux avant de répondre.

– Ce n'est pas une question de faute, Ginny. Le pourquoi et le comment n'ont aucune importance, ne vois-tu pas ?

Elle ne voyait pas. Elle m'adressa un long regard blessé avant de pincer les lèvres et de quitter la pièce. Je la retrouvai en train de pleurer dans la cuisine, et comme deux acteurs condamnés à redire éternellement leur texte dans une pièce sans fin, nous recommençâmes notre cheminement habituel entre craintes et apaisements, doutes et réconforts. Tandis que Ginny insistait pour savoir ce qu'elle avait fait de mal, je répétais les formules éculées qui finissaient d'habitude par nous redonner un semblant d'équilibre, fût-il instable. J'avais l'impression que nous parvenions à une forme de réconciliation non pas parce que l'un était vraiment consolé par les paroles de l'autre, mais parce que pour l'un comme pour l'autre, la perspective de ce qui se passerait sans cela était trop terrible à envisager.

Je promis de faire plus d'efforts avec ses amis, je promis que nous passerions davantage de temps ensemble, mais je refusai de céder pour le week-end suivant, si bien que le lendemain, elle annonça sèchement qu'elle irait seule à Melton. J'en éprouvai du remords, mais aussi et surtout du soulagement.

Je commandai un panier garni chez Fortnum et l'étoffai de quelques articles de base de l'épicerie du village de Dittisham, lorsque j'arrivai le vendredi après-midi. Je n'osais regarder le temps mais il était impossible de ne pas remarquer le secouement des arbres et les moutons rageurs à la surface de l'eau. J'essayai de me persuader que les risées ne pouvaient dépasser force cinq, mais quand je me rendis au magasin de fournitures nautiques pour acheter un almanach, on m'informa d'un avis de coup de vent.

Les premières gouttes criblèrent la surface du fleuve tandis que je ramais vers le *Ellie*, et le temps que je décharge les provisions et prépare le bateau à prendre la mer, il pleuvait à seaux. Quand je partis rejoindre le *Samphire* à six heures moins dix, les contours du cotre étaient à peine visibles dans l'obscurité.

J'attendis dans le cockpit du *Samphire*, de plus en plus mouillé et anxieux. Sylvie apparut finalement à six heures et demie, silhouette recroquevillée en ciré jaune émergeant de rideaux de pluie. Je lui lançai un joyeux bonjour mais elle ne répondit pas. Elle laissa son dinghy attaché au cotre et embarqua dans le mien.

– Fabuleux, ce temps ! m'écriai-je avec une grimace. Incroyable, non ?

Mais elle ne prononça pas un mot jusqu'à ce que nous soyons dans le salon du *Ellie*, dégoulinant d'eau.

– Je suppose que ça signifie qu'on ne part pas ?

– J'en ai peur, répondis-je en l'informant de l'avis de coup de vent.

Ses yeux se rétrécirent et elle montra sa contrariété à la française, avec un soupir et un coup d'œil excédés, bras nerveusement croisés comme pour contenir son mécontentement.

– Prenons les choses du bon côté, fis-je de la façon la plus réjouissante et – espérai-je – séduisante possible : la vue est plus belle ici qu'à Cherbourg, et le cuistot est plein de bonne volonté à défaut de qualités. Nous avons du vin. Nous avons de la nourriture. Et nous avons même – je les brandis avec un geste de triomphe – des bougies !

Elle ne commença à se radoucir que lorsque nous en fûmes à notre second verre de vin. Dans mon sentiment d'incertitude, j'essayais trop fort de l'amuser, je parlais trop haut, je m'agitais et faisais du raffut dans la coquerie comme un cuisinier de télévision qui touille avec extravagance, sort de mauvaises blagues, verse le vin avec de grands moulinets du bras. Contre toute raison, j'estimais que j'étais responsable de son déplaisir et que je devais tout faire pour l'égayer. Mais là encore, j'étais aveuglé, je n'aurais pas reconnu la réalité même si elle était venue me regarder en face. Il me fallut un temps infini pour comprendre que ce n'était pas moi qui l'intéressait, mais d'aller en France.

Nous dînâmes, ouvrîmes une deuxième bouteille de vin. Elle semblait émerger lentement de ses préoccupations. Pendant un temps, elle resta assise, immobile, sur son siège, écoutant à peine ce que je disais, puis elle appuya un coude sur la table et posa sa joue sur sa main en m'observant avec un détachement amusé. Elle se rendit aux toilettes et quand elle revint, elle sembla avoir décidé de me charmer de nouveau.

Elle se mit à parler de façon langoureuse, provocante, faisant décrire à la conversation de larges méandres ou changeant soudain de direction, se délectant de me reprendre sur des vétilles, me houspillant de temps à autre comme elle savait si bien le faire. Et de nouveau j'eus cette enivrante sensation d'être la seule personne au monde pour elle, au plus profond d'elle-même, où nul autre n'était jamais allé.

Elle éternua et je crus qu'elle était enrhumée, mais quand je voulus m'en inquiéter, elle me sourit d'un air attendri et tendit la main pour m'effleurer le visage.

Son énergie la quitta aussi vite qu'elle était venue. Elle tomba dans un sourire rêveur, son verre incliné dans sa main. Je vins m'asseoir sur le siège voisin du sien, le cœur battant fort dans ma poitrine, les nerfs tendus d'espoir. Par précaution, je lui pris son verre et le reposai sur la table, lui caressai les cheveux, puis déposai un baiser sur ses lèvres avant de me reculer, refréné par mon incertitude.

Elle étira son sourire animal, ses pupilles se contractèrent et elle vint vers moi, tête rejetée en arrière, lèvres entrouvertes.

Je fondis alors sur elle, toute délicatesse balayée. Je plaquai ma bouche contre la sienne, je lui attrapai un sein, dernier geste possible pour me retenir de lui arracher ses vêtements.

Elle enroula sa langue autour de la mienne avec un long gémissement sensuel, et il me sembla n'avoir jamais éprouvé autant de désir pour rien ni personne de toute ma vie.

Le changement intervint imperceptiblement. Sa bouche se relâcha un peu, elle se fit plus lourde dans mes bras. Puis tout à coup, ses réponses à mes élans s'estompèrent, elle s'affaissa mollement contre son dossier. Je la regardai, incrédule. Je l'appelai, prononçai son nom. Elle bougea une fois, émit un imperceptible rire et sombra dans un profond sommeil. J'eus beau la secouer, crier, je ne pus la réveiller.

J'en voulus au monde entier, à elle, au vent, à moi. Je jurai, je devins tour à tour philosophe, puis furieux, puis larmoyant. A la fin, je me sentis las. Je l'allongeai sur la banquette, la couvris d'un sac de couchage et m'étendis de l'autre côté du salon.

Sans doute le sommeil me prit-il, mais je n'en eus pas l'impression. La tempête resta déchaînée jusqu'à l'aube. De ma couchette, j'entendais le gémissement des drisses, le grincement répétitif du mât, le claquement furieux des vagues contre la coque, et je crus que la nuit ne finirait jamais.

Le soleil était haut dans le ciel quand je m'éveillai. Je vis les bouteilles vides, et au-delà, la banquette. Vide elle aussi.

Elle avait pris le dinghy.

Il me fallut une demi-heure avant de pouvoir arrêter un bateau et me faire ramener à terre. Je pris la voiture et filai directement à Farrars Lane. Blackwell Cottage se trouvait en retrait de la route derrière un jardin en friche. C'était une minuscule maison vétuste avec de maigres fenêtres, une peinture grise qui partait en lambeaux, tandis qu'une camionnette rouillait derrière le portail sur un carré de gravier envahi par les herbes.

Je tambourinai sur la porte. Un silence méprisant me répondit. Je tapai de nouveau du poing, au rythme des battements de mon cœur.

Il y eut un bruit, celui d'une porte qui s'ouvre ou se ferme. Des pas approchèrent sans se presser sur un sol sans moquette, le loquet cliqueta, la porte s'entrouvrit de quelques centimètres pour révéler un œil masculin et de longs cheveux noirs hirsutes retombant sur un menton mal rasé. Le visage se recula. Je poussai la porte et pénétrai dans un minuscule hall tout sombre qui sentait l'humidité et menait à un escalier étriqué.

– Où est Sylvie ? criai-je dans le dos de l'homme qui s'éloignait.

Il continua de s'avancer dans l'étroit couloir et j'appelai de nouveau.

– Je suis là, fit Sylvie en sortant de la pénombre de la pièce du devant. Je me préparais justement à aller te chercher.

Je préférai ne rien dire.

– Je t'assure, j'allais te chercher, répéta-t-elle, d'un air innocent.

– Qui c'est, celui-là ? fis-je avec un geste de la tête en direction du couloir.

– Joe ? Un vieux copain. C'est tout.

Elle ne lisait que trop bien dans mon esprit.

– Ah vraiment ?

J'entendis le sarcasme puéril qui habitait ma propre voix.

– Mais oui, persista-t-elle en riant. Je le connais depuis toujours.

Elle tendit le bras et fit descendre une main consolatrice le long de ma joue. Je frissonnai sous la caresse.

Son œil frais et clair, le satiné translucide de sa peau semblaient montrer qu'elle n'avait nullement souffert de l'alcool ingurgité pendant la nuit. Sa beauté tranchait violemment avec l'aspect miséreux du cottage.

– On y va ? dit-elle en me précédant sur le chemin.

Nous montâmes en voiture. Je ne pouvais toujours pas parler.

– J'ai dû rentrer prendre quelque chose, expliqua-t-elle. Je pensais pouvoir retourner au bateau avant que tu te réveilles.

– C'est raté, articulai-je d'une voix étranglée.

Elle posa une main sur mon genou.

– Pauvre Choupinet. (Ses lèvres s'arrondirent en forme de baiser, sa main remonta sur ma cuisse. Il n'y avait rien dans ces deux gestes qui ne fût délibéré.) Allons à ta maison.

Elle aurait pu me proposer le bord du chemin que j'aurais pu accepter. A partir de ce moment-là, ma colère et mon désir se mêlèrent inextricablement, et je ne parvins jamais plus à les séparer.

Nous fîmes la route jusqu'à la maison en silence. Une fois à l'intérieur, nous restâmes immobiles à quelque distance l'un de l'autre, comme si chacun jaugeait l'adversaire avant le combat, puis Sylvie me prit la main et m'entraîna à l'étage dans l'ancienne chambre de David.

Je me tins devant elle, sans bouger, sans parler. Peut-être aima-t-elle cela, peut-être en fit-elle un jeu car elle se sourit à elle-même avant d'approcher sa main et de la glisser sous ma chemise.

Ses prunelles de jais luirent tandis que ses caresses passaient sur ma poitrine, remontaient dans mon dos, puis descendaient pour finalement épouser le globe de ma croupe et s'incurver par l'arrière à l'intérieur de mes cuisses.

Je ne répondis pas immédiatement, je ne voulais pas qu'elle voie combien j'étais à sa merci. Quand je la touchai enfin, ce fut pour l'attraper par les épaules, mais même en m'efforçant de conserver un semblant de contrôle, je dus l'agripper plus fort que je ne pensais car elle grimaça légèrement et frissonna.

Je ne la lâchai pas. Ses lèvres s'entrouvrirent, elle exhala un âpre soupir, de défi ou de capitulation. Je compris avec un mélange de fascination et d'exultation qu'il n'y avait pas de barrières pour elle, que, dans sa boulimie d'expériences, elle n'avait pas de limites, et cette découverte ouvrit la porte à un désir plus terrifiant encore. A ce moment, je fus définitivement perdu.

Nous eûmes à peine le temps d'aller jusqu'au lit. Ce fut fait en quelques minutes. Plus tard, nous fîmes l'amour dans le bureau, sur le sofa, toutes lumières allumées.

Elle disparut pendant la nuit sans même laisser un mot. Son téléphone ne répondait pas. Ce qui était annonciateur d'un futur d'incertitude et de tourment, incertitude et tourment dont Sylvie savait si facilement jouer avec moi.

Ce fut peu de temps après cela, fin juillet, que Cumberland accepta le principe d'une prise de contrôle. Laissant Howard et les avocats négocier les détails techniques, je passai la plus grande partie des deux semaines qui suivirent à Hartford pour établir un plan d'activité. George proposa de m'héberger, mais je trouvai toujours des excuses pour aller à Dittisham.

Sylvie annonçait parfois qu'elle ne pouvait pas me voir sans jamais se donner la peine de me fournir une raison, me riant au nez si j'en demandais une. Et quand elle acceptait de me rencontrer, elle arrivait en retard, ou pire, ne venait tout simplement pas. Alors, le cœur à l'agonie, consterné de ma propre faiblesse, je me lançais à sa recherche au cottage, ou à la poterie, je braquais mes jumelles nouvellement achetées sur le *Samphire*, je traversais le village à pied jusqu'au quai. Je me jurai maintes fois d'en terminer avec elle, et pourtant je continuais à la chercher avec la même effarante frénésie masochiste.

Quand je finissais par la trouver, je la soumettais à un interrogatoire pathétique, mais mon humiliation ne diminuait en rien mon insatiable désir. Elle me regardait alors avec pitié et quand j'essayais de l'enlacer, elle se dégageait avec impatience et partait sans explication. Dans ces moments-là, je commençais à comprendre comment des gens pouvaient en arriver à se tuer.

Quand elle me laissa malgré tout lui faire l'amour – deux fois seulement dans ces deux semaines – ce fut contre la promesse de faire ce voyage en France depuis si longtemps repoussé. J'étais trop aveuglé pour en comprendre la signification.

Je ne pus me libérer les deux week-ends qui suivirent – un mariage dans la famille et un paquet de réunions dues à la prise de contrôle – mais je parvins à m'échapper deux fois en milieu de semaine. J'avais perdu toute retenue, toute prudence aussi. Je prenais des risques, je laissais des messages téléphoniques cryptés à Joe-les-cheveux-longs (signés Choup., ma seule concession à la discrétion) et une fois même j'invitai Sylvie dans un restaurant à la campagne où nous aurions fort bien pu rencontrer des gens que je connaissais. Elle posa d'ailleurs ses conditions, lors de ce dîner, disant qu'elle ne voulait pas continuer à moins que nous ne partions en France. Dans mon aveuglement, je m'en sentis flatté, m'imaginant qu'elle voulait revivre nos anciennes aventures, loin de la foule et du bruit, être seule avec moi. Alors, dans l'attente éperdue de mon petit moment de bonheur, je m'entendis promettre formellement de l'y emmener le week-end suivant.

Traditionnellement, Ginny et moi partions toujours une dizaine de jours en Provence le vendredi du long week-end d'août – le lundi étant férié – mais cette fois, je la prévins deux jours avant que je ne pourrais me libérer. J'avais trop de travail à Hartford, dis-je, elle devrait peut-être s'y rendre seule un jour ou deux afin de bouger un peu les agents immobiliers et de vérifier que tout était en ordre dans la maison. Si elle m'avait fait une scène, si elle m'avait questionné sur une éventuelle liaison, ma conscience aurait peut-être repris le dessus, mais elle ne le fit pas, et avec une logique d'homme adultère, je pris son acceptation comme une sorte de permission.

Je ne pus descendre à Dittisham avant minuit, le vendredi. Sylvie m'attendait à la maison. Il était trop tard pour aller au bateau à cette heure, et nous pique-niquâmes dans le bureau près de la porte-fenêtre. L'imminence du plaisir était comme une drogue, j'avais la tête dans les nuages, mon cœur battait la chamade. Nous fîmes l'amour sur le canapé, les rideaux non tirés.

Au moment où Sylvie venait sur moi, je crus entendre du bruit au-dehors, mais perdu dans le tourbillon de mes sensations, j'éjectai vivement cette pensée hors de mon esprit.

# 7

HENDERSON se préparait sans se presser, disposant ses papiers, vérifiant le magnétophone, m'ignorant totalement. Tingwall me versa un verre d'eau.

– Ça va ? murmura-t-il.

Je fis signe que oui, essayant de rester calme.

– Nous pourrons faire une pause, à un moment donné ?

– J'y veillerai.

– Je ne veux pas que ma femme attende pendant des heures.

– Ne vous inquiétez pas, on n'y passera pas la nuit.

C'était la même salle d'interrogatoire que précédemment. Reith était assis un peu en retrait de la table à gauche d'Henderson, Phipps adossé au mur à côté de la porte. L'air était tiède et sentait le renfermé comme si la pièce venait d'être libérée par une autre équipe et sa proie en pleine sudation. L'espace d'un instant, je me demandai comment était l'air en prison, pareil ou pire, s'il sentait la transpiration, l'urine et la drogue, et la peur vint me tirailler au creux de l'estomac.

Le magnétophone fut mis en marche. Henderson débita les préliminaires, m'informant que l'entretien était enregistré et que je pourrais emporter une copie de la bande si je le désirais. Puis il précisa l'heure, le lieu, et identifia chaque personne présente.

Il posa ses avant-bras massifs sur la table et leva deux yeux lugubres vers les miens.

– Monsieur Wellesley, pourriez-vous s'il vous plaît nous décrire vos faits et gestes du samedi trente septembre ?

– Je me suis trompé sur l'heure, pour l'essence, annonçai-je d'emblée. Il était plus tôt que je ne pensais : quatre heures et quart.

– Et où avez-vous acheté cette essence ?

– A la station-service Gordano.

– Sur la M5 ?

– Oui, juste de ce côté-ci de Bristol.

– Quatre heures et quart... Alors à quelle heure avez-vous quitté Londres ?

– Cela signifie que j'ai dû partir vers deux heures et demie. Peut-être même deux heures.

– Dans votre précédente déposition, vous avez indiqué trois heures.

– J'ai travaillé dur, ce jour-là. J'étais sous pression. J'ai un peu perdu la notion du temps.

– Et à quel moment êtes-vous arrivé à Dittisham ?

– Aux environs de sept heures et quart.

– Il vous a donc fallu trois heures pour aller de la sortie de Bristol à Dittisham ?

– Oui.

– Bien que le bouchon dont vous avez fait état dans votre précédente déposition se soit situé *avant* Bristol, *avant* que vous ne vous arrêtiez pour prendre de l'essence ?

– La circulation était dense partout. C'était un samedi.

– Mais trois heures, monsieur Wellesley ? (Il inclina sa lourde tête.) Même si la circulation était dense, il paraît tout à fait anormal de mettre autant de temps, non ?

J'eus un haussement d'épaules.

– C'est pourtant ce que ça m'a pris.

– Vous semblez avoir une vision assez floue de vos horaires, monsieur Wellesley.

– Non, je les ai bien en tête à présent.

– Comment pouvez-vous être sûr de l'heure à laquelle vous êtes arrivé à Dittisham ?

– Parce que j'avais besoin d'acheter de quoi manger et que, quand j'ai regardé l'heure, j'ai constaté que l'alimentation du village serait fermée.

– Cependant vous ne pouvez toujours pas expliquer la durée anormalement longue de votre voyage ?

– Non. Enfin, si… je ne peux vous dire que ce qui s'est effectivement passé.

– Certes, dit-il d'une voix où pointait le scepticisme. (Il baissa brièvement les yeux.) Et à quelle heure aviez-vous rendez-vous avec Sylvie Mathieson ce jour-là ?

Ma bouche s'assécha quelque peu.

– Je n'avais pas rendez-vous avec elle.

– Allons donc. Vous deviez vous retrouver en début de soirée, n'est-ce pas ?

– Absolument pas.

– Sur le bateau de votre père, le *Ellie Miller* ?

– Je n'avais pas rendez-vous avec elle ce jour-là.

– Pas ce jour-là ? (Il affecta un air intrigué.) Un autre jour, alors ?

– Non.

– Vous rencontriez régulièrement Sylvie sur le bateau, n'est-ce pas, monsieur Wellesley ?

Je lui lançai un regard furieux mais ne répondis pas.

– Je répète : la rencontriez-vous régulièrement sur le bateau ?

– Je vous l'ai dit : je l'y ai vue deux fois.

– Vous êtes également allé chez elle, à Blackwell Cottage ?

Je compris que cette information n'avait pu provenir que de Joe. Joe-les-cheveux-longs, Joe-le-défoncé.

– Y êtes-vous allé plus d'une fois ?

Je secouai négativement la tête.

– Exprimez-vous à haute et intelligible voix, je vous prie, monsieur Wellesley.

– Je vous ai dit combien de fois je l'ai rencontrée.

J'essayais de gagner du temps pour évaluer si Joe serait capable de m'identifier après m'avoir brièvement vu par l'entrebâillement d'une porte, puis un peu plus longuement dans la pénombre alors qu'il était en plein trip. Et aussi quelle crédibilité pouvait être accordée au témoignage d'un drogué.

– Ce que je vous demande, monsieur Wellesley, c'est si vous la voyiez régulièrement.

– Je n'avais pas rendez-vous avec elle ce jour-là, répétai-je obstinément sans répondre à la question.

– Mais toutes les autres fois ? insista-t-il.

– Je vous ai dit combien de fois je l'avais vue.

– Trois ou quatre fois ?

- Oui.

– Seulement tout cela est faux, n'est-ce pas ? Vous l'avez rencontrée beaucoup plus souvent, en fait ?

– Je ne l'ai pas vue ce samedi-là.

Telle était la seule tactique à laquelle je pouvais songer : répéter comme une litanie.

– Vous ne répondez pas à ma question, monsieur Wellesley. Rencontriez-vous régulièrement Sylvie Mathieson, oui ou non ?

– Je ne la rencontrais pas régulièrement.

– Vous le niez, donc ?

Je songeai à Ginny, à ce qu'elle m'avait demandé, et il reçut enfin la réponse directe qu'il attendait.

– Oui.

Henderson abaissa les extrémités de la fente de sa bouche et poursuivit.

– Vous êtes partis en bateau en France, n'est-ce pas ? Vers la fin août ?

– Oui.

– Avec Sylvie Mathieson ?

– Non. Avec ma femme.

A cette réponse, Henderson haussa légèrement le sourcil.

– Avec votre femme ?

– Oui.

– Vous êtes bien sûr ?

– Là, je pourrais difficilement me tromper.

Ses lèvres se pincèrent en un pli dur. Il me fixa de ses yeux lourds.

– Certes. (Il s'adressa à Tingwall.) Mrs. Wellesley seraitelle prête à faire une déposition en ce sens ?

Tingwall m'adressa un regard éclair.

– Je, euh… devrai m'entretenir avec ma cliente, bien entendu, mais je pense qu'il n'y aura pas de problème.

Henderson revint à moi.

– Vous êtes néanmoins parti avec Sylvie Mathieson à un moment donné, monsieur Wellesley ?

– Non.

– Quoi… vous n'êtes jamais partis ensemble ?

– Non.

– Ne parlons plus de la France, n'importe où… une remontée du fleuve ?

– Non, répétai-je avec un soupir excédé.

Henderson tapota par deux fois la table de ses doigts boudinés.

– Et au port, vous avez bien passé du temps avec elle sur le bateau, non ?

– Une seule fois, je vous l'ai dit. Plus la fois où elle est venue à la rame depuis un autre bateau.

– Peut-être désirez-vous reconsidérer votre déposition, monsieur Wellesley ? Car il y a des témoins qui disent avoir vu Sylvie Mathieson sur... (il consulta ses notes)... le *Ellie Miller* plus d'une fois ou deux. Ils affirment l'y avoir vue à plusieurs reprises.

– Je vous ai déjà dit qu'elle n'y était venue que deux fois.

– Et vous n'avez rien à ajouter à cette déclaration ?

– Non.

– Il y a pourtant eu d'autres fois, monsieur Wellesley, réfléchissez.

– Je vous ai dit ce que j'avais à dire.

– Mais ces témoins, alors, qui ont vu Sylvie vous rendre visite à bord ?

– Pas la moindre idée.

– Allons, monsieur Wellesley, nous savons que vous vous rencontriez régulièrement. Pourquoi ne pas le reconnaître ?

C'était cela, sa méthode, une sorte de rudoiement verbal. La technique était limpide, et pourtant je comprenais comment cela pouvait user les gens, comment ils pouvaient avouer ce qu'il avait envie d'entendre pour glaner quelques minutes de répit. Je me demandai s'il était conscient que j'avais déjà en grande partie capitulé, qu'il n'était guère besoin de travail de sape supplémentaire, que sans la promesse que j'avais faite à Ginny et sans les abominables interprétations qu'il ne manquerait pas de donner à la moindre de mes confessions, je lui aurais déjà depuis une demi-heure dit la vérité sur ma liaison. Un adultère n'était rien, après tout, comparé à un meurtre. Cette affaire avait trop duré, elle était devenue trop effrayante pour laisser place à des considérations de fierté.

– Il n'y a rien d'autre à dire.

Henderson me considéra avec une attention non dissimulée, comme s'il essayait de déterminer si j'étais fou ou simplement idiot.

– Et le samedi trente septembre, alors ? Vous étiez bien avec Sylvie sur le bateau, n'est-ce pas ?

– Je vous l'ai déjà dit : non.

– Vous l'y avez emmenée parce que vous aviez une liaison avec elle, hein ?

Je ne répondis pas.

– Vous l'y avez emmenée comme tant de fois auparavant, mais ce jour-là, vous avez eu une dispute qui a mal tourné et vous l'avez tuée.

Tout l'interrogatoire avait mené vers cette accusation, et pourtant, devant sa brutalité, j'eus un haut-le-corps.

– Ce n'est pas vrai.

– Peut-être ne vouliez-vous pas la tuer. Peut-être était-ce juste un moment de colère.

– Ecoutez, fis-je en essayant de garder un ton posé, je ne l'ai pas vue ce jour-là. Je n'avais pas rendez-vous avec elle. Et je ne l'ai certainement pas tuée. Vous pourrez poser les mêmes questions autant de fois que vous voudrez, vous aurez beau imaginer ces... *choses*, ça n'y changera rien. (Ma voix se chargea d'émotion.) Parce que c'est tout simplement faux.

Reith échangea un regard entendu avec Phipps. Seule l'expression de Henderson ne varia pas.

– C'est faux, répétai-je en levant les mains d'impuissance.

Mes paroles se perdirent dans le silence.

Henderson poussa un soupir.

– Revenons au samedi trente septembre, voulez-vous ?

Je jetai un regard en direction de Tingwall mais son air absorbé ne me conseilla guère.

Nous reprîmes tout dans les moindres détails, le voyage anormalement long, le laps de temps que Henderson qualifiait d'inexpliqué, le reste du week-end. Nous revînmes sur la nature de mes relations avec Sylvie, ses deux visites au bateau, nos conversations. Nous poursuivîmes ainsi une heure ou même davantage. Je ne fis aucun dérapage – j'avais trop bien appris ma leçon pour cela – et pourtant l'air sembla devenir plus étouffant, les lumières plus blafardes, et j'entendis avec soulagement Tingwall demander une suspension.

Henderson accepta sans difficulté.

– Très bien, fit-il en se dirigeant vers le magnétophone pour accomplir sur la bande la procédure d'interruption. Au fait, maître, nous aimerions relever les empreintes digitales de Mr. Wellesley, si vous n'y voyez pas d'inconvénient.

Le strabisme de Tingwall sembla s'accentuer.

– Uniquement pour procéder par élimination, bien sûr ?

– Si vous voulez, concéda Henderson avec un léger haussement d'épaules.

Tingwall demanda à s'entretenir avec moi et m'entraîna dans le couloir.

– Ecoutez, chuchota-t-il, je crains, si nous refusons, qu'ils ne vous collent une inculpation sur le dos, et là, la prise d'empreintes sera obligatoire de toute façon. Il serait peut-être préférable d'accepter tout de suite. Je pense que plus nous retarderons une inculpation, mieux cela vaudra.

J'acquiesçai docilement de la tête et nous revînmes dans la pièce.

– Mr. Wellesley s'y soumettra volontiers.

– Mrs. Wellesley attend en bas, je crois ?

Tingwall confirma.

– Et je suppose qu'elle aussi acceptera de donner ses empreintes ?

– Est-ce nécessaire ? demandai-je avec force.

M'ignorant délibérément, Henderson laissa à Tingwall le soin de me répondre. L'attitude du policier me rendit soudain furieux.

– Je vous demande si c'est vraiment nécessaire, insistai-je.

Tingwall voulut parler mais je lui clouai le bec d'une main impérative.

Quand Henderson daigna enfin me répondre, ce fut de mauvaise grâce, comme s'il m'accordait une faveur indue.

– Pour procéder par élimination, lâcha-t-il, nous devons relever les empreintes de toutes les personnes autorisées.

– Ça va faire un paquet de gens, rétorquai-je sans trop savoir ce qu'il entendait par autorisées. Toute ma famille, pour commencer !

Tingwall intervint en douceur.

– Pourrait-on disposer d'une heure, inspecteur ? Mr. Wellesley doit manger quelque chose avant que tout ne ferme et j'aurai besoin de m'entretenir avec lui.

Henderson consulta sa montre.

– Prise d'empreintes dans quinze minutes et reprise de l'interrogatoire demain matin à neuf heures, d'accord ?

Tingwall acquiesça de la tête et m'attira à l'écart.

– Vous allez devoir passer la nuit en cellule, je le crains. Je vais vous chercher un sandwich, sinon vous n'aurez rien jusqu'au petit déjeuner.

– Combien de temps vais-je rester ici ?

– Ils peuvent vous maintenir vingt-quatre heures en garde à vue sans chef d'inculpation. Trente-six sur décision du commissaire général.

– Désolé de m'être emporté, dis-je. (Il leva un sourcil.) Cela aussi sera-t-il retenu contre moi ?

Tingwall saisit ma pâle tentative d'humour.

– Vous savez, par rapport à la grande majorité de ses clients, vous êtes un saint.

J'attendis dans l'atmosphère lourde de la salle d'interrogatoire en compagnie d'un Phipps qui ne cessait de bâiller jusqu'à ce que Tingwall fût de retour.

– Mrs. Wellesley a accepté la prise d'empreintes, dit-il quand Phipps eut quitté la pièce. Elle a demandé que vous soyez présent. J'ai répondu que cela pourrait sans doute se faire.

Il y avait de l'admiration et du respect dans sa voix. Tingwall semblait avoir été impressionné par Ginny.

– Ecoutez, fis-je, je deviens fou ou alors... S'il y avait des traces de drogue dans le corps de Sylvie, pourquoi la police ne se tourne-t-elle pas de ce côté-là ? Pourquoi ne remontent-ils pas ces filières ?

Une lueur circonspecte passa dans son regard.

– De la drogue ? Il y avait des traces de drogue ?

– C'est ce que mon frère a dit. Il le tenait, je ne me rappelle plus, de l'hôpital ou de confrères. Et qui dit drogue dit fournisseurs, toxicos. Peut-être leur devait-elle de l'argent... Peut-être... je ne sais pas, mais tout est possible.

Tingwall tourna cela dans son esprit.

– Il pourrait effectivement y avoir là matière à réflexion, conclut-il avec prudence.

– Alors pourquoi ne le font-ils pas ?

– Ils le font peut-être, qu'en savons-nous ?

– Vraiment ? lâchai-je avec humeur. Eh bien je n'en ai pas l'impression, moi. Il me semble plutôt qu'ils ont déjà leur idée bien arrêtée.

– Ce n'est pas facile de dire à la police ce qu'elle doit faire, Hugh. Ces messieurs n'apprécient guère, en général. Mais je vais essayer.

Il ne paraissait pas optimiste.

Phipps revint pour nous conduire à la salle des empreintes. Ginny s'y trouvait déjà, assise à l'écart des policiers qui attendaient. Quand elle me vit, elle se leva d'un bond et vint m'embrasser. Vêtue avec chic dans son ensemble et sa cape, avec ses longues jambes et la cascade luisante de ses cheveux, elle se dressait dans cette sinistre pièce tel un mirage en plein désert.

– Ça va ? chuchota-t-elle.

Je ne pouvais me méprendre sur la question que son regard me posait.

– Ça va.

Mes yeux lui répondirent pareillement que j'avais tenu parole et respecté notre scénario.

Elle prit et serra mon bras en un geste d'encouragement complice.

Nous nous tînmes côte à côte devant le bureau comme un couple à l'état civil. Quand elle tendit sa main au sergent, je remarquai qu'elle tremblait, et quand le policier lui roula le doigt sur le papier, un frisson lui parcourut tout le corps. A la dernière prise d'empreintes, elle exhala un soupir soudain puis, essuyant l'encre de ses doigts, se tourna vers moi avec un sourire déformé par l'anxiété. A la voir ainsi, je me demandai comment j'avais pu m'imaginer ne pas l'aimer.

*
* *

Le lendemain matin, on me laissa sortir de cellule pour me débarbouiller et me raser. Je négligeai le petit déjeuner complet pour me contenter de thé fort et de toasts secs. Tingwall arriva à neuf heures, l'air tout jeune avec sa peau bien lisse et son air vif.

Il m'informa que l'interrogatoire avait été repoussé sans plus de précision.

– C'est bon ou mauvais signe ?

– Impossible à dire.

– Je vais donc devoir rester ici toute la journée ?

– Oui.

Je ne posai pas de question au sujet de la presse car je savais que s'il n'y avait rien sur les journaux d'aujourd'hui, ce serait différent demain, et je n'étais pas encore prêt à en affronter les conséquences.

– Ils ont demandé que votre femme fasse sa déposition ce matin, alors j'ai pris rendez-vous pour onze heures. C'est votre belle-sœur qui la conduira.

– Est-ce que je pourrai la voir ?

Il prit un air navré.

– Probablement pas.

Ginny avait passé la nuit à Furze Lodge. David et Mary s'étaient sûrement montrés prévenants et attentionnés, peut-être un peu pesants aussi, et j'imaginais qu'elle devait être sous tension.

Après le départ de Tingwall, je demandai un stylo et du papier, que les policiers de garde me fournirent, et, pour tenter de revenir à un semblant de normalité, j'essayai en écrivant sur mes genoux de réfléchir à des projets de marketing. Peine perdue : j'étais incapable de me concentrer et après un moment, je m'allongeai sur la couchette, les yeux fixés au plafond, me demandant comment des gens pouvaient survivre à cela pendant des jours et des jours. A midi, un plat de poisson et de frites me fut servi avec un pudding collant et une nouvelle tasse de thé fort. A une heure, Tingwall vint me dire que Ginny avait fait sa déposition sans problème et que le tout n'avait pas pris plus d'une heure.

– Elle s'est très bien débrouillée, précisa Tingwall avec un étrange sourire benêt comme s'il était particulièrement fier d'elle. Ils n'ont rien dit à votre propos, ni donné d'heure pour la reprise de l'interrogatoire.

– Est-ce bon ou mauvais signe ?

– Je ne saurais dire. Ils attendent peut-être quelque chose.

L'après-midi fut interminable. Vers trois heures, je faisais les cent pas dans la cellule, vers cinq heures je réclamais Tingwall. Il m'apparut que le plus démoralisant, dans le fait d'être enfermé, n'était pas tant la privation de liberté que le fait d'être soudain placé dans l'incapacité d'agir et de communiquer.

Ils vinrent finalement me chercher à neuf heures. Nous reprîmes nos places dans la salle des interrogatoires comme de vieux habitués. Tout d'abord, Henderson ne dévia pas de sa routine. Il revint en arrière et je fis attention à apporter les mêmes réponses. La nouvelle question mit une heure à arriver. Nous en étions au week-end de la mort de Sylvie.

– Le dimanche, vous avez passé un certain temps éloigné de votre femme, n'est-ce pas ?

Je me demandai ce que Ginny leur avait dit exactement.

– Nous avions des tas de corvées à faire, répondis-je. Nous nous sommes réparti le travail. Je suis surtout resté à la maison et… oui, pendant un certain temps, ma femme a vaqué à d'autres occupations.

– Elle est allée deux heures sur le bateau ?

– Je ne me rappelle pas combien de temps elle y est restée, mais elle est effectivement allée sur le bateau.

– C'est vous qui l'y avez envoyée ?

– Non, simplement... il y avait certaines tâches que j'étais seul à pouvoir accomplir : trier des coffres, des papiers, ce genre de choses. Alors ça s'est trouvé comme ça.

– Qu'y a-t-elle fait, au juste ?

– Oh, du nettoyage, prendre ce qu'il y avait à emporter. Le préparer à être désarmé.

– Désarmé ?

– Sorti de l'eau et mis en cale sèche pour l'hiver.

– C'est toujours elle qui se chargeait de ce travail ?

– Non, c'était mon père. Il ne laissait à personne le soin de s'occuper de son bateau.

– Alors pourquoi y est-elle allée cette fois-là ? Comment savait-elle ce qu'il y avait à faire ?

Je comprenais, à présent. J'avais envoyé Ginny sur le bateau par stratagème pour l'éloigner de la maison et me ménager le temps de dissimuler mon crime de la nuit précédente. Ou peut-être n'étaient-ils pas sûrs du moment où Sylvie avait été tuée. S'imaginaient-ils que je l'avais fait le dimanche matin, et que j'avais tranquillement transporté le corps jusqu'au fleuve pour le jeter à l'eau au vu et au su de n'importe quel promeneur, rameur ou plaisancier du week-end ?

– Ma femme connaissait bien le bateau. Elle sortait avec, au début de notre mariage. Elle savait qu'il fallait vider la cuisine de tout ustensile, ôter la literie, ce genre de choses.

– C'est ce que vous lui avez demandé de faire ? La cuisine et la literie ?

– Je vous l'ai dit. Nous ne sommes pas entrés dans le détail, c'était inutile. Elle sait très bien se débrouiller toute seule.

Henderson réfléchit.

– Et pendant qu'elle était partie, vous...

– J'ai trié tout un coffre de vieilles lettres.

– Vous n'avez vu personne ?

– Ma foi non. J'étais dans le grenier.

– Personne n'est venu à la maison ?

– Pas que je sache. Je n'aurais sans doute pas entendu la sonnette.

Il me fixa attentivement.

– A quelle heure votre femme est-elle revenue ?

– Vers une heure ? Non... midi et demi.

– Et ensuite ?

– Nous avons déjeuné. Comme ma femme vous l'aura sans doute expliqué.

Il resta un moment immobile puis, en un geste de dépit ou de résignation, dégourdit ses gros doigts et ses épaules avant de revenir sur un bon vieux terrain déjà couvert.

Ce fut là le véritable tournant, même si je ne m'en aperçus pas tout de suite. Henderson poursuivit pour la forme une demi-heure environ, mais sa voix avait pris un ton las, il regardait sa montre de temps à autre, et Tingwall, conscient de ces signaux, commença à pousser pour finir les débats. Ils se mirent à négocier comme des marchands de tapis. Me prenant à part, Tingwall me demanda si, pour preuve de bonne volonté, je pourrais accepter de rester dans les environs pendant deux ou trois jours.

– Y suis-je obligé ?

– Non. Mais ça pourrait le convaincre de ne pas exiger une prolongation de garde à vue.

J'y consentis, car à ce moment-là, j'aurais fait quasiment n'importe quoi pour filer de cet endroit.

Ce n'est qu'une fois parvenu à l'accueil, où Ginny attendait, que je me laissai aller à un embryon de soulagement.

Elle haleta en me voyant.

– Merci mon Dieu, merci mon Dieu, répéta-t-elle.

Elle se mit à pleurer et à rire en même temps.

– Ce n'est peut-être pas encore fini, suggérai-je.

Elle me dévisagea longuement comme pour s'imprégner de mes paroles.

– Chaque chose en son temps, dit-elle.

*

* *

Il était près de minuit quand le taxi nous déposa à Furze Lodge. David nous ouvrit.

– Tu n'aurais pas dû attendre si tard, dis-je.

– Et quoi encore, fit-il sur un ton désinvolte avant d'embrasser Ginny sur les deux joues.

– Je suis un peu fatiguée, annonça-t-elle d'une voix éteinte, je crois que je vais aller directement au lit.

Je proposai de lui monter une boisson chaude. Elle répondit d'abord que ce n'était pas la peine, mais peut-être comprit-elle que dans ma ridicule incapacité à m'exprimer, j'essayais par là de lui montrer ma gratitude car elle changea d'avis et dit que s'il y avait de la camomille, elle en prendrait bien une, ou sinon n'importe quoi d'autre.

Je suivis David dans la cuisine et le regardai fouiller sans conviction dans un ou deux placards.

– Nous ne sommes pas très tisane, dit-il comme pour s'excuser.

Il finit par dénicher un sachet solitaire de thé à la menthe.

– Alors ? s'enquit-il en remplissant la bouilloire avant de la poser sans délicatesse sur la plaque chauffante.

– Ils m'ont laissé sortir mais ils sont persuadés que c'est moi.

– Ils sont persuadés ou ils sont sûrs ?

– Ils ne peuvent pas être sûrs de ce qui n'existe pas, protestai-je avec raideur.

– Ce n'est pas ce que je voulais dire, rétorqua-t-il avec une pointe d'impatience. Quels éléments de preuve ont-ils ?

– Ils ne le disent pas.

En secouant la tête, il disparut et revint presque aussitôt avec deux verres et une bouteille de scotch.

– David, tu disais que Sylvie s'adonnait à la drogue.

Il posa bruyamment les verres sur le comptoir entre nous deux.

– J'ai dit ça, moi ?

– Oui, l'autre jour. Tu affirmais qu'elle prenait des tas de trucs.

Il versa du whisky dans les verres et abaissa les coins de sa bouche en signe de dénégation.

– Je ne crois pas, non.

– Sacré bon sang, David !

Il avait déjà fait cela quand nous étions plus jeunes : lancer avec assurance une affirmation pour mieux se rétracter ensuite et d'une certaine façon faire retomber le blâme sur moi pour avoir mal compris.

Devant mon regard furieux, il fit à contrecœur machine arrière avec un haussement d'épaules et un geste ambigu de la main.

– Ce n'était qu'une rumeur. Un ragot d'hôpital. Il suffit que le médecin légiste ou un employé du laboratoire médico-légal fasse une allusion, tu sais. On ne peut pas trop se fier à ce genre de choses. Crois-moi.

– Mais c'était une de tes patientes.

– Ha ! (Ma naïveté lui arracha cette exclamation d'amusement sarcastique.) Tu t'imagines que les patients disent tout à leur médecin ? Qu'ils avouent leur alcoolisme secret, leurs quarante clopes par jour et les pilules qu'ils prennent sans ordonnance ? (Il leva les yeux au ciel.) Elle n'est venue me consulter que deux ou trois fois et la question de savoir si elle se droguait ou non n'a pas *vraiment* été abordée.

– Et les gens qu'elle fréquentait ?

Il avala une gorgée de son whisky.

– Aucune idée.

– Il y avait cette épave à longs cheveux.

– Laquelle ? fit-il d'un air moqueur comme si son cabinet était envahi d'épaves à cheveux longs.

– Joe quelque chose.

– Ça ne me dit rien.

– Et quelqu'un du nom de Hayden.

Il secoua la tête.

– Ce n'est pas quelqu'un qui consultait chez moi. Pour autant que sache, du moins.

– Elle sortait souvent sur le bateau de ce Hayden. A ce qu'on dit au chantier naval, en tout cas.

– Et c'est un toxico ?

– Lui ou quelqu'un d'autre, en tout cas. (Je passai mes mains sur mon visage d'un air las.) Ah, je n'en sais rien, je n'en sais fichtre rien, David. Tout ça est un tel cauchemar.

– Pas la peine de paniquer, fit-il laconiquement. On ne peut pas t'accuser de quelque chose que tu n'as pas commis, n'est-ce pas ?

– J'espère que non, répondis-je avec véhémence. Mais parfois...

– En tout cas nous, on fera tout ce qu'on pourra pour t'aider, poursuivit-il sur le même ton bref.

Après pareille journée, j'avais les émotions à fleur de peau, et quand je voulus le remercier, mes yeux s'embuèrent et les mots s'étranglèrent dans ma gorge. Signes qui semblèrent alarmer David.

– Je suppose qu'ils voudront relever nos empreintes ? demanda-t-il.

– Oui, répondis-je en me ressaisissant. Pour procéder par

élimination, comme ils disent. Tingwall pourra t'expliquer mieux que moi. On n'est pas obligé d'accepter, apparemment, mais ils peuvent insister.

David eut un geste qui signifiait que cela ne lui faisait ni chaud ni froid, puis il se retourna vers la bouilloire.

– Sa famille m'a contacté, annonça-t-il par-dessus son épaule.

– Sa famille ?

– Le frère de Sylvie. Jean quelque chose. Jean-Paul.

Un souvenir incertain me revint à l'esprit, celle d'un jeune joueur de guitare imbu de lui-même qui avait fait deux ou trois apparitions lors de cet été lointain.

– Ah oui... j'avais oublié.

– Une sorte d'universitaire. A Bristol.

– Qu'est-ce qu'il voulait ?

David versa de l'eau chaude dans une tasse.

– Savoir où s'adresser pour organiser l'enterrement, ce genre de choses.

Je n'avais pensé ni à la famille de Sylvie, ni à son enterrement.

– Quand a lieu la cérémonie ?

David fit faire trempette au sachet de thé à la menthe dans la tasse, le ressortit, puis d'un air incertain, sourcils froncés, le lâcha dedans une bonne fois pour toutes.

– Oh, pas dans l'immédiat, j'imagine. Il voulait savoir comment te contacter, ajouta-t-il négligemment.

– *Moi ?* (Cette pensée me troubla profondément.) Pourquoi ?

– Je ne suis pas sûr. Au nom du bon vieux temps, peut-être. (Je ne pus dire si c'était de l'ironie ou non.) Je l'en ai dissuadé, en tout cas.

– Il ne devait pas se douter que j'étais le suspect numéro un, alors, fis-je avec une brusque poussée d'apitoiement sur moi-même.

– Probablement pas, non.

Tel serait mon avenir immédiat, pensai-je. Devenu socialement infréquentable, j'allais devoir m'en remettre à ma famille pour me protéger de rencontres inopportunes et à mes avocats pour me préserver des plus graves intrusions de la presse.

David bâilla et se frotta frénétiquement les yeux avec ses index.

– Désolé, fis-je tout de suite, je t'empêche d'aller te coucher.

– Non, si tu veux parler...

Il faisait de son mieux pour paraître disponible mais cette attitude ne lui était pas naturelle, ce qui se voyait à l'impatience de son regard et à sa prudente réserve. Quand nous étions enfants, nous nous disions tout, nous étions complices pour faire des bêtises, nous nous couvrions indéfectiblement l'un l'autre, et puis au début de l'adolescence, David avait brusquement pris ses distances avec moi et avec le monde en général. Moi-même à un âge critique, je n'avais jamais compris pourquoi.

– Merci de le proposer, dis-je, mais je suis épuisé.

Il hocha la tête, peut-être de soulagement, éteignit les lumières et me précéda à l'étage.

Je portai le thé à Ginny qui lisait un magazine au lit, le plaçai sur la table de chevet et déposai un baiser sur son front. Son beau sourire fidèle me répondit. Il me vint à l'esprit que, si je devais me retrouver sous les verrous, c'est cela qui me serait le plus difficile à supporter : la perte de tels moments de paisible intimité.

*
* *

Après une nuit agitée, je m'éveillai au petit matin. Le ciel était dégagé et l'air empreint des senteurs de l'automne. Je restai un moment au lit, me souvenant m'éveiller un matin semblable il n'y avait pas si longtemps et me dire le bonheur que j'avais d'être vivant. Ce devait être avant la crise de trésorerie de l'entreprise, avant que David ne me révèle que Papa avait un cancer.

Ginny avait pris des cachets et dormait encore. Je me levai sans bruit, et après m'être fait du café, j'en emportai une tasse dans la fraîcheur du jardin. Mes chaussures se tachèrent d'humidité dans la rosée de l'herbe. Au-dessus de moi, le feuillage des chênes s'était coloré de jaune safran, de jaune citron et d'or, tandis qu'un érable flamboyait à l'autre extrémité de la pelouse du jeu de croquet. Un oiseau solitaire appelait quelque part. Mieux valait ne pas s'attarder sur la beauté de tout cela, c'était la porte ouverte à la dépression et au désespoir.

Un bruit me fit me retourner et, comme une répétition de notre rencontre à Dittisham House, je vis Mary qui me faisait de grands signes. Elle ferma la porte derrière elle et vint me rejoindre à grands pas, dans sa veste de campagne, sa jupe à mi-jambe et ses bottes en caoutchouc. Un large sourire illumina son visage rond.

– Je voulais rester éveillée, la nuit dernière, s'insurgea-t-elle aussitôt après m'avoir embrassé. J'avais pourtant demandé à David de m'appeler haut et fort dès que tu arriverais ! Je t'assure ! (D'une pirouette de la main, elle signifia que tout cela était en pure perte.) Mais bon... comment vas-tu ?

– Comment je vais ? (J'y réfléchis avec un sourire mélancolique.) A jeter en pâture au public, je vais bien : je me drape dans une légitime indignation, je clame sur les toits mon innocence. Mais en réalité... très franchement, Mary, quand je n'ai pas l'impression d'étouffer, j'ai une trouille bleue.

– Ils ont découvert la vérité, à propos de toi et de Sylvie ?

Je haussai les épaules.

– Dieu seul le sait. Ils ne me disent rien.

– Mais toi-même, qu'est-ce que tu leur as dit ?

– Rien.

– Rien, répéta-t-elle pensivement comme si elle n'était pas entièrement convaincue, sans vouloir me le dire, de la sagesse de cette stratégie.

– Et que faut-il que je leur dise, Mary ? argumentai-je avec un soudain emportement. Qu'ils sont tombés en plein dans le mille, que je leur ai sorti un tissu de mensonges, que j'ai eu une liaison torride avec Sylvie, que j'avais tous les motifs de la tuer ?

– Tous les motifs ? m'interrompit-elle avec un petit rire embarrassé.

En parlant, je compris que j'étais en train de tester mon histoire pour le jour où j'aurais peut-être à la livrer dans des circonstances plus importantes.

– Eh bien elle m'avait laissé tomber, n'est-ce pas ? Elle avait mis fin à tout, d'un coup, sans prévenir. Sans la moindre raison, sans me dire pourquoi. En fait, elle ne voulait plus du tout communiquer. Elle m'évitait délibérément. Elle m'avait carrément largué. Ça, elle était forte, ajoutai-je sur un ton désabusé, pour envoyer bouler les gens !

– Ah, fit Mary avec une moue navrée, je n'avais pas saisi.

– Pourtant, je savais que ce n'était pas un bon plan, dis-je. Je savais que c'était sans espoir ! Je voyais bien que ce n'était plus la même personne, qu'elle avait changé du tout au tout. Elle était souvent parfaitement imbuvable. Or malgré cela, malgré cela... je n'ai pas pu m'arrêter, vois-tu. C'était plus fort que moi.

Mary écoutait avec l'expression de quelqu'un qui essaie d'imaginer une passion totalement étrangère à sa propre expérience.

– Mon pauvre vieux, articula-t-elle enfin. Ça a dû être terrible pour toi !

Nous nous dirigions vers la pelouse du croquet.

– Quand cela s'est-il passé ? demanda-t-elle.

– Fin août.

Il y eut un silence.

– Tu veux dire... au moment où tu es allé en France ?

– A peu près, oui.

– C'est donc ça... (Elle laissa sa voix traîner jusqu'à ce qu'elle fût chargée de sous-entendus.) Je me disais bien que ce devait être Sylvie, avec toi, sur le *Ellie*. (Je m'arrêtai net.) Ginny a toujours détesté faire du bateau.

– Mon Dieu. Est-ce que quelqu'un d'autre... David...

– Je ne pense pas.

– Parce qu'en fait... nous prétendons que c'était Ginny. Nous disons à la police que nous sommes allés en France ensemble. Ginny y tient absolument. Elle a fait une déposition en ce sens. Alors tu ne... enfin... (j'eus un geste embarrassé)... à personne ?

Elle me fusilla du regard.

– Si tu n'étais pas dans cet état, je prendrais ça pour une insulte !

– Désolé, Mary, excuse-moi. Je deviens paranoïaque, par moments.

Elle secoua la tête affectueusement et nous reprîmes notre promenade.

– Désolé de revenir là-dessus, mais Ginny n'est allée nulle part où on aurait pu la reconnaître, pendant qu'elle était censée être sur le bateau avec toi ?

– Non.

Que ce soit par délicatesse où parce qu'elle avait compris que Ginny était secrètement venue à Dittisham, elle ne me demanda pas de préciser cette lapidaire réponse.

J'hésitai, sachant que j'allais encore l'énerver.

– Toujours ma paranoïa, mais j'ai besoin d'être sûr... Tu n'as rien dit à David, n'est-ce pas ? A propos de Sylvie et moi ?

– Ne sois pas ridicule, fit-elle en rejetant la tête en arrière avec un rire sec, mi-amusé mi-méprisant. Il n'écouterait même pas, de toute façon !

Nous étions arrivés à un banc installé sur un petit ressaut de terrain qui surplombait la pelouse du croquet. Sortant un foulard de sa poche, elle se mit en devoir d'essuyer la rosée sur le siège à grands gestes circulaires.

– Non pas qu'il se désintéresse de toi, me rassura-t-elle, mais il déteste qu'on lui parle de choses tant soit peu dérangeantes. Il a toujours été comme ça. C'est une véritable autruche quand il y a problème ou crise. Il occulte tout purement et simplement. Il n'aurait d'ailleurs jamais dû être médecin généraliste, il ne sait pas y faire avec les patients. Et c'est pour ça que j'ai élevé les enfants pratiquement seule. Oh, ne crois pas que je me lamente ! ajouta-t-elle jovialement en se servant des pointes du foulard comme d'un fouet pour éliminer les dernières gouttes sur le banc, parce que ce n'est pas le cas. C'est ainsi, tout simplement. Je n'y fais même pas attention. J'ai supporté ses petits travers toutes ces années, ce n'est pas maintenant que je vais craquer !

Elle partit d'un rire tonitruant, s'assit et, croisant ses jambes musculeuses, me fit signe de m'installer à côté d'elle.

– Alors maintenant, qu'est-ce qui va se passer ? demanda-t-elle en retrouvant sa tonicité pragmatique.

– Sans doute encore des interrogatoires, fis-je en me laissant choir avec désinvolture sur le banc. Mais je veux que Tingwall les presse de dire ce qu'ils font d'autre. Ou d'expliquer pourquoi ils n'ont pas été chercher dans le reste de la vie de Sylvie. Comme ses rapports avec la drogue, pour commencer.

Mary me lança un regard.

– Elle touchait à la drogue ?

– D'une manière ou d'une autre, oui.

– Mince alors ! s'exclama-t-elle avec une sorte d'admiration déconcertée, comme si la vie des autres ne cessait jamais de l'ébahir. Elle te l'a dit, c'est ça ?

– Dit ? rigolai-je avec ironie. Pas de danger. Mais si j'avais eu ma tête à moi, j'aurais compris tout de suite. C'était gros comme une maison. Elle avait le nez qui coulait la moitié du temps. Elle se montrait renfrognée, un instant plus tard elle filait aux toilettes, et hop ! elle ressortait toute fringante.

– Et d'après toi, la police ne serait pas au courant ?

– Je ne dis pas ça, concédai-je. Je suppose qu'ils le sont. Tu penses bien que si David le savait...

– David le savait ?

– Des bruits circulaient dans le milieu médical.

– Ah.

– Mais la police ne semble guère s'intéresser à cette piste, à se renseigner sur ses relations, sur les lieux où elle se fournissait, ce genre de choses.

Mary avançait précautionneusement sur ce terrain qui lui était étranger.

– Tu veux dire qu'elle fréquentait des dealers et autres spécimens douteux de ce genre ?

Je jetai le fond de mon café dans l'herbe.

– Exactement.

Un petit avion à hélice vrombit au-dessus de nous et nous levâmes les yeux.

– Elle travaillait pour eux, me hâtai-je d'ajouter afin de ne pas me laisser le temps d'hésiter à faire cette révélation.

Mary réfléchit posément, suivant toujours le petit avion du regard.

– Elle travaillait pour les dealers ?

– Ces sorties qu'elle faisait sur le *Samphire*, elles avaient toutes un rapport avec la drogue.

Elle se tourna vers moi pour me dévisager.

– Ils la convoyaient à bord ?

– Ils allaient s'approvisionner en France. Je ne sais pas exactement de quel genre de marchandises il s'agissait, mais c'était du hard. Une sorte de poudre.

Mary patienta silencieusement pendant que je cherchais les mots pour lui raconter la suite de cette lamentable histoire.

– Sylvie a dû se brouiller avec ses copains, commençai-je. Du moins je le suppose parce que tout à coup, le *Samphire* a fait ses sorties sans elle ou n'est plus sorti du tout. Dans un cas comme ça... (j'écartai les mains en un geste de dérision)... change ton fusil d'épaule et ouvre ton propre négoce. Trouve une bonne poire qui possède un bateau, de préférence quelqu'un de bien naïf et de bien malléable...

– Hugh, allons...

– ... sers t'en pour aller en France.

– Oh, non.

– ... va chercher ton colis et fais-toi payer un bon repas dans un restaurant chic par ton amoureux éperdu avant qu'il te rapatrie. Et là, laisse-le porter le chapeau.

Le visage de Mary prit une expression alarmée.

– Pourquoi, tu t'es fait pincer ?

Je frémis à ce cuisant souvenir.

– Il s'en est fallu de peu, Mary. De bien peu.

*

* *

Tandis que le *Ellie Miller* glissait hors de l'abri de la côte et recevait les premiers souffles d'un vent incertain, je ressentis l'exultation de celui qui avait oublié l'extraordinaire impression de liberté que l'on a en mer, la sensation de laisser le monde derrière soi.

Je m'affairais sur le bateau, arrangeant les écoutes, tendant les drisses, tenant le registre de bord, et revivais l'excitation des sorties en mer de mon enfance, quand mon père disait qu'un équipier ne devait pas s'arrêter avant que toutes les tâches ne soient accomplies, quand aucune voile n'était considérée bien orientée avant d'être passée par sa salutaire inspection, quand, à l'âge de vingt ans, je m'étais pour la première fois vu confier la fonction de navigateur. Quelle fierté n'avais-je pas ressentie, quelle crainte aussi de me tromper, quelle satisfaction enfin, une fois notre destination ralliée !

Un bon frais d'ouest soufflait. Joli temps pour le *Ellie*, un force cinq régulier, grand largue tout le long. A mesure que le bon vieux bateau prenait son rythme de croisière, il grinçait, craquait, grognait de contentement comme un grand-père donnant un peu d'exercice à ses jointures ankylosées. L'eau sifflait et jaillissait le long de la coque, de la vaisselle s'entrechoquait dans la cuisine, du bois gémissait contre du bois quelque part. A entendre ces bruits depuis si longtemps oubliés, à sentir les mouvements du bateau sous mes pieds, il me sembla qu'en abandonnant la voile pendant toutes ces années, j'avais laissé quelque chose d'important derrière moi, une partie de mon passé, une partie de moi-même.

Sylvie resta assise dans le cockpit pendant une heure environ, bavardant de façon décousue, puis descendit dormir dans la cabine. Après déjeuner, je sommeillai une heure ou deux tandis qu'elle prenait son tour de veille. Quand je remontai sur le pont, elle était dans une de ses humeurs les plus exubérantes. Elle m'en raconta un peu plus sur sa vie en France, même s'il manquait toujours des pièces au puzzle. Il y avait eu une maison dans le Midi, occupée, semblait-il, par plusieurs résidents, mais elle ne voulait pas s'étendre sur les relations entre ces personnes. Amants et maîtresses, maris et femmes, tout cela était très flou. Cette période avait-elle été heureuse ? Assez, oui, répondit-elle avant de tourner vers moi ses yeux en amande et d'ajouter de cette voix grave et sonore qui était la sienne : mais pas heureuse comme à notre époque à nous, Choupinet.

Il n'en fallut pas davantage, juste cette petite remarque, pour que mon cœur explose d'une joie insensée et que s'évanouissent, temporairement du moins, les doutes tapis en permanence à la lisière de mes sentiments pour Sylvie. En un instant d'euphorie, tous mes idéaux romantiques d'amour immortel revinrent au grand galop, je pensai dans les termes les plus grotesquement pompeux à la grande roue de la destinée qui nous avait de nouveau réunis, Sylvie et moi. Pendant ce court moment, jusqu'à ce que le malaise ne se réinstalle, je redevins complètement hébété d'amour.

Quand le crépuscule tomba et que nous fûmes en vue des phares des Casquets et de la pointe de La Hague, la brise se renforça, le *Ellie* prit le mors aux dents et cingla vers la côte à un galop de six nœuds et demi. C'était étrange, mais bien que j'eusse depuis le début de notre liaison caressé le rêve de dormir à côté de Sylvie dans un petit port tranquille, quelque chose me fit battre en retraite. J'avais toujours un terrible désir d'elle, mais c'est une envie bestiale qui me lui fit faire l'amour cette nuit-là, le besoin impérieux de la posséder à tout prix, presque un acte de vengeance pour la détresse qu'elle avait engendrée en moi. Quand j'eus quitté son corps et qu'elle vint se lover contre moi pour s'endormir, quelque chose dans l'intimité de cette position, ses connotations familiales, me perturba, et au bout de quelques minutes, je partis en douce m'allonger sur une couchette du salon.

Quand je m'éveillai, elle partait chercher du pain et des croissants. Il y avait de la tension en elle, une impatience à peine dissimulée, et elle ne fut pas plus tôt rentrée qu'elle annonça qu'elle allait ressortir.

– Les magasins de chaussures sont ouverts ? plaisantai-je.

Elle haussa les épaules.

– Entre autres.

Je lui demandai si cela pouvait attendre une demi-heure, le temps de prendre notre café.

– Tu n'es pas obligé de venir, répondit-elle.

Au-dessus de son sourire vide, il y avait un regard sombre et froid.

– Si, je suis partant, fis-je sur un ton désinvolte pour détendre l'atmosphère.

Elle resta assise une minute ou deux puis grimpa l'escalier de cabine. Ne l'entendant pas sauter sur le ponton, je crus qu'elle m'attendait dans le cockpit, mais légère comme elle était, elle avait dû filer immédiatement car le temps que j'avale une gorgée de café brûlant et que je monte à sa suite, elle avait disparu. Retenant ma fureur, je bouclai le bateau et partis d'un pas nerveux vers la ville.

A l'approche du quartier commerçant, je vis au loin sa silhouette reconnaissable s'engager dans une rue latérale. Je pressai le pas, me mis à courir, mais quand j'atteignis l'angle, elle avait disparu. C'était une rue de petites boutiques familiales : une boucherie violemment éclairée, une librairie désuète, une boulangerie dont la file de clients serpentait sur le trottoir, et enfin – je m'en félicitai – un magasin de chaussures. La vitrine étant couverte d'affichettes de vente, il me fallut entrer pour constater qu'elle ne s'y trouvait pas.

Mon ressentiment s'embrasa de nouveau, une bouffée d'appréhension m'envahit. Pour la première fois, j'eus des idées de violence, je me vis la saisir par le bras et serrer jusqu'à ce qu'elle gémisse.

Au bout de la rue se trouvait un marché en plein air installé sur une petite place. Il y avait beaucoup de monde, des étals serrés les uns contre les autres, mais je la repérai presque immédiatement. Je crus d'abord qu'elle s'intéressait aux colifichets d'un marchand de bibelots, puis elle se tourna vers le jeune homme qui se tenait à côté, lui parla, et je constatai avec stupéfaction qu'ils se connaissaient.

Je les regardai emprunter d'un pas décidé une étroite ruelle qui partait de la place vers le sud. Je les suivis à distance, ils s'arrêtèrent à mi-chemin devant une porte et entrèrent.

J'attendis une dizaine de minutes à quelques mètres, mon imagination s'emballant de façon incontrôlable, les nerfs à fleur de peau. J'étais sur le point de tambouriner sur la porte quand Sylvie reparut, seule.

Je m'avançai de sorte qu'elle ne puisse manquer de me voir.

Elle ne se montra pas surprise. Au contraire, elle m'adressa un vague signe de reconnaissance comme si elle s'était plus ou moins attendue à me trouver là, comme quelqu'un qui, après avoir donné des caresses à un chien errant, ne peut plus se débarrasser de l'animal. Elle passa devant moi sans ralentir, si bien que je dus la rattraper. Ce détail de comportement était révélateur de son insensibilité, pur exemple parmi tant d'autres des petites humiliations qu'elle infligeait sans réfléchir, aveuglément, à la poursuite de ses propres intérêts.

Je la saisis par le bras et la fis pivoter sur elle-même.

– Merci de m'avoir attendu, sifflai-je.

– Je pensais que tu t'ennuierais. J'avais cette course à faire.

– Une course, hein ? ironisai-je. C'est une course de rencontrer quelqu'un ?

Elle secoua la tête en signe d'exaspération ou de désintérêt, et alors je fis ce que je n'avais jamais fait de toute ma vie : je rudoyai une femme. Ma violence imaginée devint réalité. Je lui saisis le bras et serrai jusqu'à ce qu'elle blêmisse et grimace de douleur.

– Ne me fais plus jamais ça ! criai-je avant de la laisser sur place et de partir à l'aveuglette.

Je déjeunai seul, me posant question sur question sur cette liaison, me demandant comment une seule personne pouvait me pousser à des extrémités émotionnelles aussi effarantes. Je m'étais toujours considéré comme un homme pondéré, qui savait raison garder en toutes circonstances, et pourtant, quand je l'avais saisie par le bras, j'étais tremblant de rage. Pareille perte de contrôle m'effraya. J'étais terrifié à l'idée que cela puisse se reproduire.

Quand je revins au bateau, Sylvie était assise sur le gaillard d'avant et lisait un livre. Je l'ignorai et descendis. Elle me suivit et, s'approchant par-derrière, m'entoura la taille de ses bras et appuya sa tête contre mon dos.

– Ne te fâche pas, soupira-t-elle. On passe un si bon moment ensemble.

– Au point que tu fiches le camp !

– Ce n'était pas pour longtemps. S'il te plaît, mon Choupinet, la vie est trop courte.

– Qu'est-ce qui me prouve que tu ne vas pas recommencer ?

– Je te promets que non.

Je la questionnai à propos de l'homme du marché, j'exigeai de savoir ce qu'ils avaient fait ensemble dans l'appartement, ou quel que fût cet endroit. Ce n'était que l'ami d'un ami, répondit-elle, quelqu'un qui travaillait au marché. Elle était seulement passée prendre quelque chose chez lui, pour rendre service à l'ami commun.

J'abandonnai alors, car aucune réponse ne pourrait me convaincre ou faire taire mes noirs soupçons.

Et je lui pardonnai. Je lui pardonnai parce que je voulais que cessent souffrance et humiliation. Et parce que ce terrible désir malsain lancinait toujours dans mon cœur.

– Ne recommence plus, dis-je faiblement.

Plus tard, nous allâmes dans un restaurant très cher qui nous servit un médiocre repas de fruits de mer après une bonne heure d'attente. Nous avions décidé d'un commun accord d'effectuer la traversée du retour aussitôt après avoir mangé, ce qui ne m'empêcha pas de boire beaucoup plus que de raison, et ce fut davantage par miracle que par lucidité que nous ne touchâmes qu'un seul bateau en quittant le mouillage.

Nous étions plein vent debout, force quatre ou cinq. Après une demi-heure de tangage dans une mer très formée, je rendis mon dîner à la mer. Je laissai une bonne partie du temps la barre à Sylvie et passai une nuit affreuse entre le cockpit et les garde-corps à vomir l'estomac vide.

L'aube n'apporta guère d'amélioration. Le vent se renforça jusqu'à six ou sept et ne montra aucun signe d'amollissement. En son temps, le *Ellie* avait été un robuste bateau, mais au bruit que faisaient les fixations et le bordage, je n'osais pas trop le pousser. A midi, nous avions fait trente-cinq misérables milles et je commençais à désespérer d'être jamais de retour à la maison. Voyant mon état d'épuisement, Sylvie ignora ma tiède résistance et prit un long tour de veille le matin puis de nouveau l'après-midi, me laissant me recroqueviller sur une couchette détrempée. Sans prêter attention à l'égouttement persistant d'une fuite du pont, je pus sommeiller un peu. J'aimais Sylvie, alors, j'aimais sa solidité, son ressort, le visage intrépide qu'elle tournait face au vent, celui d'une enfant sauvage dans une mer sauvage.

A six heures, le vent mollit enfin. Nous regagnâmes un peu de temps, mais il était quand même quatre heures du matin lorsque nous arrivâmes en vue du phare de Kingswear. Nous passâmes à bonne allure le rocher de Blackstone, et Sylvie me tendit un brandy que j'avalai cul sec.

Toute colère résiduelle que j'aurais pu conserver de l'épisode de Cherbourg se perdit dans l'esprit de camaraderie euphorique que l'on ressent toujours à l'issue d'un voyage difficile, et dans ma gratitude pour le cran qu'elle avait montré comme équipière. Nous prîmes un autre brandy, elle plaqua un baiser imprégné d'alcool contre ma bouche et je me sentis de nouveau ridiculement heureux.

Nous abordâmes la courbe de Kingswear dans cette étrange lumière qui précède l'aube elle-même, où les ombres semblent nous jouer des tours, où des formes apparaissent et disparaissent instantanément. En portant les yeux vers le quai des pêcheurs, à côté de la station navale, je vis une grosse vedette amarrée aux pilotis et, dans mon imagination, il me sembla voir des hommes debout sur le pont.

Tandis que nous poursuivions notre remontée du fleuve, Sylvie ne cessait de regarder en arrière, et quand je lui demandai d'aller chercher la torche, elle ne répondit pas. Au lieu de cela, elle émit une exclamation rageuse.

– Shit, merde ! siffla-t-elle. Ils arrivent ! Vite ! Vite !

Je regardai à mon tour et ne vis rien.

– Quoi ? Qu'est-ce qui te prend ? m'écriai-je.

– Vite ! Accélère ! gronda-t-elle pour toute réponse.

Devant mon absence de réaction, elle empoigna la manette des gaz et la poussa à fond.

– Pour l'amour du ciel ! lâchai-je en essayant de ne pas me laisser gagner par l'atmosphère de panique.

Tandis que nous foncions parmi les rangées de mouillages, je ne cessai de jeter des coups d'œil par-dessus mon épaule et finis par apercevoir ce que Sylvie avait vu : à quelque distance derrière nous, se détachant sur la myriade d'illuminations de la ville, les feux d'une vedette avançaient vers nous à toute allure et gagnaient du terrain. Je regardai de nouveau vers l'avant, Sylvie était descendue en cabine. Contenant difficilement ma fureur, je l'appelai de toutes mes forces pour savoir ce qui se passait.

Quand elle reparut enfin, elle était pratiquement nue. A la lumière rougeoyante du compas, je la vis en petite culotte, la taille ceinte d'une large bande noire qui, au toucher, s'avéra être du gros adhésif d'emballage qu'elle avait entortillé plusieurs fois autour d'elle. Je ne compris pas à quoi cela servait jusqu'à ce qu'elle se tourne pour grimper sur le pont latéral et que se révèle à mes yeux le paquet protubérant fixé au creux de ses reins. Je tendis la main et enfonçai le doigt dans le plastique : c'était mou, à l'intérieur, comme du sucre ou de la farine.

– Bon Dieu, Sylvie, m'égosillai-je, qu'est-ce que c'est que ça ?

C'était davantage un cri d'incrédulité qu'une question. Même moi, je ne pouvais plus ignorer une interprétation des événements qui me donnait la nausée et me glaçait le cœur.

Je continuai à hurler après elle par-dessus le bruit du moteur, mais elle ne répondit pas, trop occupée à déterminer à quelle hauteur du fleuve nous nous trouvions, à quelle distance de Dittisham, comment elle parviendrait à remonter à terre si elle plongeait maintenant, pesant le pour et le contre en fonction de la vitesse d'approche de la vedette des douaniers.

– Je n'ai jamais été à bord, entends-tu ? cria-t-elle par-dessus les halètements du moteur. A aucun moment ! Tu es parti seul ! N'en démords pas sinon nous sommes fichus tous les deux !

Après quoi elle passa par-dessus les garde-corps et piqua une tête dans le noir. Son plongeon ne fit pratiquement aucune éclaboussure. Je scrutai l'eau à l'arrière mais ne la vis pas refaire surface. Elle devait avoir bonne étoile ou bon jugement car quelques secondes à peine plus tard, le puissant projecteur du bateau des douaniers s'allumait et inondait le *Ellie* d'une lumière aveuglante.

Je ralentis et laissai la vedette me rattraper et se placer bord à bord. Je me pliai à leur interpellation. Nom du bateau ? Quelle provenance ? Port d'attache ? J'hésitai à la question « Combien de personnes à bord ? » avant de répondre, la peur au ventre : « Une. »

La vedette remorqua le *Ellie* jusqu'à un mouillage et deux douaniers montèrent à bord. Ils examinèrent les papiers du bateau et mon passeport. Ils ne parurent pas surpris que je sois seul mais demandèrent si j'avais avisé la douane de mon départ pour la France. Quand j'eus admis que non, ils me dirent que j'étais en contravention avec la loi – en étais-je conscient ? Je répondis que je l'apprenais maintenant, que n'étant pas sorti en mer depuis des années, je n'étais plus très au fait des règlements. J'attendais avec effroi le moment où ils fouilleraient le bateau et trouveraient le sac de Sylvie, son passeport et tous les autres indices montrant qu'il y avait eu quelqu'un d'autre à bord.

Leur inspection, en fin de compte, fut assez superficielle. Ils fouinèrent un peu dans les placards, dans les cales, glissèrent une main dans les sacs à voiles. Ils ne semblèrent pas s'étonner que certains habits soient féminins. Où que ce fût, Sylvie avait bien caché son sac.

Peut-être le fait d'avoir mentionné que j'avais vécu de nombreuses années au bord du fleuve et que le bateau était à la charge d'un frère médecin y fut-il pour quelque chose, mais ils me laissèrent partir avec rien de plus qu'une verte semonce.

Dans un état de total épuisement, je remontai le fleuve avec le *Ellie* jusqu'à son mouillage. Je découvris le sac à main de Sylvie dans une poche latérale de son fourre-tout. Il contenait une brosse à cheveux, un baume pour les lèvres, une crème hydratante. Pas de passeport, pas d'argent, aucune identification. Je compris qu'elle avait dû les mettre dans le paquet si astucieusement fixé à son dos. Rusée Sylvie. Diabolique Sylvie. Qui échappait toujours. Qui m'échappait toujours.

De retour à terre, je pris la voiture et fonçai droit au cottage sous prétexte de m'assurer qu'elle avait survécu à son bain forcé. La vérité était beaucoup moins noble et altruiste que cela : j'étais habité d'une colère froide, je voulais avoir une explication avec elle, je voulais savoir si mes plus noirs soupçons étaient fondés, si elle s'était servie de moi depuis le début. Je voulais l'entendre de sa propre bouche.

J'entrai dans le cottage sans frapper. Il n'y avait personne dans les pièces du bas. Je montai quatre à quatre l'escalier bancal, jetai un coup d'œil dans une chambre, à l'arrière, tellement jonchée de vêtements et d'objets divers que le sol en était pratiquement invisible. Je m'approchai de la chambre du devant et entendis un léger bruit à l'intérieur. Le cœur cognant dans ma poitrine, j'hésitai une seconde avant d'ouvrir d'un seul coup la porte.

Quelque chose d'opaque devait avoir été collé sur les vitres de la fenêtre car la petite pièce était plongée dans le noir, à l'exception de deux bougies qui brûlaient de part et d'autre d'un grand lit qui occupait près de la moitié de l'espace disponible. Sylvie était allongée, le buste relevé sur des oreillers, entièrement nue et découverte, un peu comme dans un Botticelli. A côté d'elle gisait le sombre Joe, pareillement nu, qui semblait, lui, sorti d'un film d'horreur. Sylvie tourna vers moi avec une infinie lenteur sa tête trop lourde et fronça les sourcils en un effort pour ajuster sa vision. Joe était carrément sur une autre planète, lui, faisant des bruits avec ses lèvres et gloussant de rire tout seul comme un demeuré.

Sylvie me reconnut enfin, m'adressa un sourire chaleureux et un petit rire de gorge.

– Viens nous rejoindre, articula-t-elle.

Les gloussements de Joe me poursuivirent jusqu'à la voiture et peuplèrent mes cauchemars pendant des semaines. Dans un de ces rêves, je vis Sylvie plonger dans l'eau avec un poids en plomb attaché à sa taille. Quand je compris qu'elle se noyait, je ne fis rien pour la sauver.

# 8

JE m'éveillai à côté de Ginny dans la pimpante chambre d'amis jaune de Furze Lodge et me demandai, comme chacun des deux matins précédents, si ce jour était celui où je serais convoqué de nouveau. Je voyais parfois dans cette attente un signe que les policiers, malgré toutes leurs investigations dans maison, bateau et voiture, n'avaient rien trouvé contre moi et seraient bientôt obligés de reconnaître leur erreur. A d'autres moments de moindre confiance, cette même temporisation m'apparaissait en termes plus sinistres. Je m'imaginais qu'ils étaient parvenus à rassembler quelques misérables miettes de preuves et qu'ils attendaient leur heure pour revenir à la charge.

Cette incertitude me travaillait, je n'arrivais pas à manger, je dormais mal, et pourtant ce matin-là, à l'instar de tous les précédents, je pris une voiture de la société et me rendis à Hartford comme si de rien n'était.

J'avais informé George et les autres de mon arrestation, ne faisant aucunement mystère des soupçons qui pesaient sur moi. J'étais même parvenu à plaisanter sur l'éventualité d'être de nouveau arrêté. Peut-être avaient-ils remarqué combien j'étais ébranlé, peut-être même soupçonnaient-ils, en ce qui concernait mes relations avec Sylvie, qu'il n'y avait sans doute pas de fumée sans feu, mais à première vue, ils se refusaient à prendre cette idée au sérieux et évitaient soigneusement le sujet, comme si le résultat de l'enquête allait tellement de soi qu'il n'y avait aucun commentaire à faire. C'est ainsi qu'en plein milieu de ma crise personnelle, nous continuâmes à travailler d'arrache-pied pour le rachat dont le dossier devait être bouclé dans les quinze jours. George suivait une piste pour cinquante mille livres supplémentaires, Alan pensait avoir repéré un investisseur potentiel pour cent mille, nous étions tout proches d'un accord avec les employés sur les salaires et la productivité, et plus tard dans la journée, la Chartered Bank venait effectuer sa déterminante visite d'usine.

Il était inutile de faire une quelconque annonce au personnel de Hartford au sujet de mon arrestation. Avec l'invasion de Dittisham House par les gens des labos de police, avec la mise sous bâche plastique et sous garde policière vingt-quatre heures sur vingt-quatre du *Ellie* au chantier naval, avec les plongeurs qui sondaient le fleuve autour de notre mouillage, la nouvelle aurait aussi bien pu être diffusée en dix langues sur les quatre chaînes de télévision. De même que le canard local aurait pu faire l'économie de son article faussement évasif sur l'arrestation par la police, puis la libération sous caution, d'un homme à l'identité non révélée, en imprimant mon nom en lettres de cinq centimètres de haut.

Le personnel s'efforçait de ne pas m'embarrasser par des sourires ou des regards dérobés, mais leur curiosité était tellement palpable que, lorsque je descendais à l'étage de fabrication, je me sentais un peu comme un animal exhibé dans un zoo et je ne mis pas longtemps à trouver des excuses pour ne plus y aller.

Les soirées à Furze Lodge avaient engendré leurs propres tensions. Tandis que David se retranchait derrière son habituelle humeur absorbée, Mary compensait par une tonique démonstration de solidarité familiale. Son constant papotage donnait aux conversations un certain allant, il était impossible de ne pas croire en ses bonnes intentions et pourtant, au bout de deux ou trois jours, cet assaut verbal commença à éroder les affections. Il y avait quelque chose de rigide dans l'attitude de Mary, d'impératif dans son entrain qui n'autorisait guère la fragilité et le doute, et pour moi, dans mon état de perte de confiance, cette approche était un peu trop à l'emporte-pièce.

Je ne sais ce que j'attendais de Ginny – guère dans le domaine de l'indulgence, je suppose – mais je l'avais méjugée.

Par la seule force de sa volonté, elle parvint à s'imposer une roide dignité, un calme imperturbable, et sachant ce que cela devait lui coûter, sachant combien cela allait à l'encontre de sa nature anxieuse et nerveuse, je lui en fus doublement reconnaissant. C'était comme si elle avait pris la décision de s'exclure des données du problème, de refouler ses propres sentiments pour concentrer tous ses efforts sur moi. Quand, parée de cette nouvelle image, elle m'offrait de menus gestes de réconfort, quand ses doigts fins venaient prendre ma main, j'étais infiniment ému.

Le mercredi soir, nous étions tous deux assis dans la cuisine après que Mary et David furent allés se coucher.

– Sans toi, je ne survivrais pas à tout cela, lui déclarai-je.

– Nous nous en sortirons, affirma-t-elle avec un regard qui contenait néanmoins une pointe d'incertitude.

– Quand ce sera passé, tout sera différent. Je te le promets.

Elle eut un battement de paupières.

– Vraiment ?

– Je réduirai mon temps de travail pour que nous en ayons plus à nous.

– Hugh, fit-elle en secouant la tête, mais sans rancœur, tu travailles toujours trop. Tu ne changeras pas.

– Je veux changer. Je ne veux plus continuer comme avant. Qu'est-ce qu'il nous a rapporté, tout ce travail ?

– Il t'a rendu heureux.

– Tu crois ? Au début, peut-être. Mais je ne cesse de me demander ce qu'il a fait pour nous. Il ne nous a pas rendus heureux *tous les deux*, n'est-ce pas ? (Je voulais réellement savoir.) Je me trompe ?

– Je pensais que si, répondit-elle avec prudence. Moi, j'étais toujours heureuse quand tu l'étais, en tout cas. (Elle se leva brusquement pour porter les tasses dans l'évier.) Et quand tu ne l'as plus été... (Elle hésita avant de finir sa phrase d'une voix soudain étranglée.) ... alors je n'ai plus su quoi faire.

– Tu aurais dû le dire.

– Le dire ? Mais, chéri, dire quoi ? Il me semblait que tout ce que je disais était mal, que tu étais déjà décidé à t'éloigner de moi. (Elle secoua la tête pour m'empêcher de me récrier.) Si, c'est vrai. Tu sais bien que c'est vrai.

– Je ne t'ai jamais reproché quoi que ce soit. Je me sentais juste... *assailli* de toutes parts.

Elle revint vers la table.

– J'aurais fait n'importe quoi pour t'aider. N'importe quoi. Je me sentais tellement inutile. Bonne à rien. J'avais l'impression que tu n'avais plus besoin de moi.

– Ginny, il n'a jamais été question de ça, voyons. J'ai juste... perdu les pédales.

Mes aveux commençaient à sonner un peu artificiels cependant, même à mes propres oreilles, aussi en revins-je à une vérité plus incontestable.

– Ce qui est sûr en tout cas, c'est que j'ai besoin de toi maintenant.

Elle eut un sourire attristé à ces mots, et quand nous nous couchâmes, ce fut pour rester longtemps enlacés.

L'attitude retenue de Ginny perdura jusqu'au jeudi, au moment où Tingwall nous informa que la police la rappelait à Exeter pour complément d'interrogatoire. Là, en dépit de ses efforts pour rester calme, elle montra des signes de son ancienne nervosité.

– Ce doit être au sujet du voyage en France, fit-elle d'une voix haletante.

– Pourquoi ?

– Ils ne m'ont pas beaucoup questionnée là-dessus. Rien que sur les dates, des trucs comme ça. Ils doivent sûrement vouloir des détails.

Nous étions assis côte à côte sur le lit dans notre chambre, à Furze Lodge, le seul endroit où nous pouvions vraiment nous isoler.

– Tout se passera bien, n'est-ce pas ? demanda-t-elle. Du moment qu'on s'en tient à ce que nous avons dit. C'est ça qui est important, tu ne crois pas ?

Ce besoin désespéré de réconfort fut loin de me rassurer, non seulement parce qu'il me rappelait combien notre histoire de voyage ensemble était fragile et combien il serait aisé pour la police d'y voir clair, mais aussi parce qu'il me faisait suspecter qu'en dépit de ses dénégations, Ginny était persuadée qu'il y avait beaucoup plus que la sortie en France à cacher.

– C'est bien d'accord, hein ? répéta-t-elle comme pour se rasséréner elle-même. Il faut nous y tenir ?

– Je suppose.

– Tu n'as pas l'air très sûr ?

– Ginny... non, je ne suis pas sûr, admis-je sans détour. Je sais qu'affirmer que nous étions ensemble paraissait être la meilleure option sur le moment, raisonnai-je prudemment. Je ne t'en blâme pas, mais je ne puis m'empêcher de penser à l'effet désastreux que cela aura si la vérité vient à apparaître.

– Comment apparaîtrait-elle ?

– Je ne sais pas. Mais c'est aussi une possibilité, non ?

– Vous a-t-on vus, en France ?

– Non. Pas que je sache, en tout cas. A part peut-être dans ce restaurant de Cherbourg où nous sommes allés et où tous les Britanniques descendent. Tu sais comment c'est, dans ce genre d'endroit, il y a toujours quelqu'un qui te connaît. Et puis au départ, aussi, quand nous avons rejoint le *Ellie* à la rame depuis le ponton au vu de tout le village.

Je m'interrompis en me rappelant que Ginny elle-même nous avait vus, qu'elle était quelque part cachée sur la rive à nous observer secrètement. Pensée qui déclencha une avalanche de pénibles questions : depuis combien de temps était-elle là, me demandai-je, qu'avait-elle vu d'autre pendant le week-end ? Je fermai involontairement les yeux au souvenir de nos ébats, à Sylvie et à moi, sur le sofa de Dittisham House, rideaux grands ouverts...

– Même si personne n'a vu Sylvie, il y a pourtant eu... (J'hésitai, réfléchissant à l'intérêt de révéler tardivement un fait aussi fâcheux.) Au retour de France, tandis que nous remontions le fleuve, la vedette des douanes nous a arraisonnés. *Nous*, pas exactement. Sylvie n'était plus là. Elle avait filé à la nage. Il n'y avait plus que moi, donc. Le problème, c'est que je leur ai déclaré que je naviguais seul. Ils l'ont constaté, d'ailleurs. Or maintenant, nous affirmons que tu étais avec moi. Si jamais la police compare ses registres avec ceux de la douane, comment expliquer que tu n'étais pas à bord ? Et pour quelle raison aurais-je caché ta présence à *toi* ?

Ginny baissa les yeux sur ses mains et j'entendis sa respiration devenir difficile. Elle resta quelque temps silencieuse. Elle releva soudain son regard vers la fenêtre.

– Il faut nous en tenir à ce que nous avons dit, persista-t-elle d'une voix rigide.

– Bien sûr, murmurai-je, davantage pour me persuader moi-même que par conviction.

Ginny avait commencé à haleter. Pour se contrôler, elle crispa ses lèvres afin d'inspirer l'air plus lentement et de l'expulser ensuite d'un léger souffle, comme un fumeur exhale un long filet de fumée.

– Peux-tu me faire un topo de ce que tu leur as dit ? demanda-t-elle entre deux respirations. Je voudrais être sûre de ne pas me tromper.

Je revis mentalement la salle d'interrogatoire, Henderson, l'interminable chapelet de questions.

– Simplement que c'est toi qui étais venue en France avec moi, et pas Sylvie. Je ne leur ai donné aucun détail. Ils n'en ont pas demandé.

– Je dois quand même les connaître, fit-elle remarquer, au cas où ils me cuisineraient.

Je lui indiquai donc à quelle heure nous avions quitté le fleuve, avec un temps superbe à l'aller qui nous avait permis de gagner Cherbourg rapidement. Je lui décrivis la place du marché, le restaurant, le dîner, ainsi que l'interminable et pénible traversée de la Manche que nous avions connue pour rentrer. Si la police la questionnait sur l'intervention de la douane, je lui suggérai de répondre que, pressée de remettre pied à terre, elle m'avait demandé de la débarquer sur une jetée en ville pour pouvoir prendre un taxi. Explication plutôt bancale, mais c'était la seule qui me venait à l'esprit.

Ginny assimila tout cela avec une intense concentration, se mordillant la lèvre, hochant la tête de temps à autre comme un étudiant sérieux.

– Pourrait-on revenir sur le dernier week-end, celui où elle est morte, juste en cas ?

Sa voix trembla, marque de faiblesse qu'elle gomma aussitôt d'un bref ricanement.

– Je leur ai simplement raconté ce qui s'est effectivement passé : que je suis arrivé à Dittisham House vers sept heures et quart…

– Ce qui m'intéresse, m'interrompit-elle avec un geste impatient de la main, c'est ce que *nous* avons fait. Que leur as-tu dit sur *nous* ?

C'était la Ginny nette et précise, celle qui savait toujours me mettre en porte à faux.

– Oui, bien sûr… (Je fis un nouvel effort de mémoire.) Je leur ai dit que tu étais arrivée vers neuf heures, que nous avons pris un dîner rudimentaire.

– Tu attendais ma venue ?

– Ils ne m'ont pas posé la question. Mais… je n'ai certainement pas dit que je ne t'attendais pas.

Je me souvins du bruit de la porte d'entrée qui s'ouvrait, de la silhouette de Ginny apparaissant dans l'encadrement, comment j'étais resté muet de surprise.

– Pourquoi sommes-nous venus séparément ?

– Ils n'ont pas non plus posé la question.

– J'aurais pu être retenue à Londres, hasarda-t-elle. Du travail à faire à la maison ou une réunion de comité, par exemple. Qu'est-ce que tu en penses ? demanda-t-elle anxieusement, ça tient la route, non ?

Je posai ma main sur la sienne.

– Je suis sûr que ça ira.

Elle ne retira pas véritablement sa main mais sembla trouver mon geste plus perturbant que bienvenu. Je l'interrompis donc.

– Ils ne t'ont pas encore posé toutes ces questions ? fis-je.

– Non, ils se sont juste intéressés à la chronologie des événements, c'est tout. Donc, t'avais-je prévenu que j'arriverais vers neuf heures ou... (elle réfléchissait tout haut)... ou étions-nous convenus d'une heure ?

– Nous n'avions pas spécialement besoin de convenir d'une heure.

– Dans la soirée, donc. Je t'ai dit que j'arriverais dans la soirée, récita-t-elle comme une leçon apprise avant de poursuivre résolument. Et ensuite ?

– Oh, j'ai raconté que nous avions soupé, sans entrer dans le détail de ce que nous avons mangé ou de choses de ce genre, puis que David était venu quelques minutes vers dix heures. Ensuite, que nous étions allés nous coucher aux environs de onze heures et demie. C'est d'ailleurs la vérité, n'est-ce pas ? Après quoi ils sont passés au dimanche. Je suis resté assez vague sur l'heure à laquelle nous avons pris le petit déjeuner – vers neuf heures me semblait-il – et j'ai expliqué que nous avions passé le reste de la journée à nous occuper de la maison et du bateau.

– A nous occuper de la maison et du bateau, dis-tu ?

– Oui... A débarrasser la maison, à faire le tri dans le grenier, tout ce qu'il y a à faire avant une vente.

– Et le bateau ?

– J'ai dit que nous préparions le *Ellie* à être désarmé. Ils ne savaient pas trop ce que cela signifiait, ajoutai-je en me rappelant la question vétilleuse de Henderson. Il a fallu que j'explique. Ils ont semblé s'intéresser au fait que ce soit toi qui ailles au bateau et moi qui reste à la maison.

– Ah bon ? demanda-t-elle vivement.

– J'ai répondu que je devais m'occuper des papiers de Papa et que je t'avais laissée faire les autres travaux. Que je ne t'avais pas spécialement demandé d'aller au bateau, que ça s'était juste trouvé comme ça.

– Autre chose ?

– C'est tout.

– Ce sont donc tes termes exacts ?

– Je crois. Mais tu sais, chérie, fis-je doucement, je ne pense pas que nous devions raconter mot pour mot la même histoire. Ça ferait louche, en fait.

Elle m'adressa le regard qu'elle réservait pour mes réflexions les moins intelligentes.

– Je sais, fit-elle en affectant la patience. Il faut quand même que je sois au courant.

– Excuse-moi, répondis-je en me demandant comment elle arrivait à me supporter. *Désolé.*

– Et le reste du week-end ?

– J'ai dit que nous avions déjeuné vers une heure, travaillé tout l'après-midi et repris la route de Londres vers neuf heures.

Elle attendait encore.

– Rien d'autre, fis-je.

Elle resta un moment pensive et retrouva cette maîtrise qu'elle affichait depuis peu.

– Je voulais juste que ce soit bien clair. J'aurais trop peur de me tromper, précisa-t-elle, un doute ayant probablement subsisté sur mon visage.

Elle ne souffla mot jusqu'à Exeter. Elle avait le regard fixé droit devant, sur la route, et j'eus l'impression qu'elle répétait à nouveau le scénario dans sa tête.

Afin d'éviter toute rencontre inopportune avec la presse, nous avions prévu de retrouver Tingwall dans un hôtel des faubourgs de la ville, puis qu'il l'emmène au poste de police.

Quand il entra dans le hall, je cherchai à lire sur son visage s'il y avait du nouveau, mais il était trop occupé à couver Ginny d'un regard à l'eau de rose pour pouvoir émettre ce genre de signaux.

– Quoi de neuf ? demandai-je pour essayer de capter son attention.

Il tourna à regret le regard vers moi.

– Quoi de neuf ? répéta-t-il en écho. Euh, rien, hélas. Rien non plus au sujet de la voiture et de la maison. Ils n'ont pas dit quand ils en auraient terminé de ce côté-là.

– Quand pourrai-je retourner à Londres ? J'ai déjà manqué des réunions très importantes.

– Si vous pouviez patienter encore un peu... disons jusqu'au week-end.

– Mais s'il se passe quelque chose et que je doive partir ?

– Prévenez-moi. *Surtout*, prévenez-moi.

Avant que je ne puisse en dire davantage, Ginny me toucha le bras comme pour me rappeler pourquoi nous étions ici.

– Ça va aller ? lui murmurai-je de côté tandis que nous marchions vers le parking.

Sans doute déjà tendue à l'idée de l'épreuve qui l'attendait, elle ne répondit pas. Tingwall accéléra pour nous précéder, lui ouvrit sa portière et, plein d'égards, attendit qu'elle s'installe. Comme un chauffeur, il referma tout doucement sans claquer. Je le vis lui sourire tandis qu'il prenait place à côté d'elle.

Immobile, je les regardai s'éloigner mais elle ne se retourna pas.

Devant une attente qui pouvait être longue, je m'assis dans la voiture et me préparai à passer quelques coups de fil. Je n'avais pas été crier mes problèmes sur les toits, je n'en avais bien sûr pas parlé à Zircon ni aux banques, et Julia avait bien pris garde que mes réunions à décommander le soient pour des questions d'agenda. Un petit paragraphe faisant état d'une « arrestation » avait paru dans deux des quotidiens nationaux du matin, mais soit la police avait fait preuve d'une discrétion digne d'éloges, soit une disposition légale empêchait la presse d'en dire trop, car aucun des deux journaux ne mentionnait mon nom. J'avais espéré que cet anonymat durerait, mais à la seconde même où j'eus Pollinger, de chez Zircon, au téléphone, je compris que mon délai de grâce avait expiré.

Le ton de son salut m'avertit avant même qu'il n'en vînt au fait.

– Il paraît que vous avez un petit souci, dit-il sèchement.

– Ah, cette enquête de police ? répondis-je avec désinvolture. Ils m'ont demandé de témoigner, oui. La victime était quelqu'un que j'ai connu il y a des années, mais c'est tout.

– J'ai entendu parler d'*arrestation*.

Je n'essayai pas de le nier.

– La police s'est un peu précipitée, pour ne pas dire plus. Mais ils m'ont relaxé aussitôt sans inculpation.

– Tout est réglé, alors ?

– Bien sûr, mentis-je.

– Ça fait mauvais effet, pour le rachat.

– J'en suis parfaitement conscient.

– Il faut immédiatement couper court à cette sorte de rumeur, Wellesley, sinon elle va continuer à circuler et s'installer dans l'esprit des gens.

Je n'étais pas certain de savoir couper court à aucune sorte de rumeur, encore moins à celle-ci qui prêtait à imaginations salaces et malsaines.

– Comment êtes-vous au courant ?

– Moi ? (Pollinger, passé tout droit de l'école de Winchester à la City de Londres, n'était pas homme à révéler ses sources.) Ecoutez, ce que je peux vous dire, c'est que, si cette histoire ne s'est pas déjà répandue partout, ça ne saurait tarder.

– Qu'est-ce que vous me conseillez, alors ? Un communiqué de presse ?

– Là, vous y allez au marteau-pilon, mon vieux. Une lettre à vos commanditaires serait peut-être un peu plus diplomatique.

Pollinger avait raison de dire que la nouvelle se répandrait vite. Julia le confirma dès que je pus lui parler. Presque tout Cumberland était au courant, me dit-elle, et au moins deux de leurs avocats, ainsi peut-être que la Chartered Bank, encore que, de ce côté-là, elle ne puisse avoir de certitude à moins de leur poser directement la question. Au fait, me rapporta-t-elle d'une voix narquoise, Howard avait appelé pour demander s'il était vrai que j'avais été inculpé de meurtre, et elle avait pris la liberté de lui répondre que, si ses espions ne trouvaient rien de mieux à lui rapporter, il ferait bien de les rayer de ses cadres. Elle espérait avoir bien fait.

C'était une impression étrange que d'être assis dans un parking à voitures des faubourgs d'Exeter en sachant qu'on épluchait ma vie dans une bonne douzaine de bureaux partout dans le pays. J'imaginais combien les banques seraient ravies de prêter leur argent à quelqu'un qui semblait pouvoir être inculpé de meurtre à tout moment. Et je voyais d'ici Howard se hâter de sauver les meubles en prenant dare-dare ses distances avec moi, avec le rachat, et en disant à qui voulait l'entendre que, tout au long de nos années de partenariat, il avait toujours eu des doutes sur mon équilibre mental.

Je demandai à Julia de rédiger un projet de fax à l'attention de Zircon et des banques afin d'expliquer la situation et de les rassurer. Je n'eus ni le cœur ni le courage de passer d'autres appels, après cela. Je restai assis dans la voiture, apathique, à regarder la circulation et à penser à Ginny. Je me la représentais dans cette oppressante salle des interrogatoires, assise sur cette chaise à dossier droit usagée face au regard froid de Henderson, en train de lui parler de ce café qu'elle était censée avoir pris avec Sylvie à Dittisham House. Je voyais Henderson la dévisager pendant qu'elle lui expliquait comment elle avait rencontré Sylvie par hasard au village, puis l'avait invitée à la maison. J'entendais le policier lui demander de quoi elles avaient parlé. Après quoi – la tactique était tellement flagrante que je m'en voulus de ne pas avoir songé à la prévenir – je savais qu'il essaierait de la prendre en défaut en l'interrogeant sur les habits que portait Sylvie, sur la marque de sa voiture si elle en avait une. Ginny m'apparaissait pâle et tendue face à cette situation de crise, et pourtant, étrangement, je ne la sentais pas faillir. J'avais beau me repasser plusieurs fois la scène, ériger Henderson en superflic, l'aura de sang-froid qui émanait de Ginny restait un bastion imprenable.

Ma confiance ne faiblissait que lorsque je pensais aux endroits où la police pouvait avoir trouvé des empreintes digitales de Sylvie – dans l'ancienne chambre de David, sur la colonne de lit – et à la difficulté qu'il y aurait à expliquer leur présence après une simple invitation à prendre le café. Mais il y a de quoi devenir fou à chercher ainsi la petite bête. A regretter pour la centième fois de ne pas avoir tout de suite avoué quelque chose d'aussi banal qu'une relation extra-conjugale.

Je fermai les yeux. Je dus sommeiller un bon moment car il faisait noir quand le bruit de l'ouverture de la portière du passager m'éveilla.

– Comment ça s'est passé ? demandai-je à Ginny tandis qu'elle montait.

Elle se laissa choir sur le siège et secoua la tête.

– Je suis tellement fatiguée, articula-t-elle avec un soupir, tellement lasse. On ne pourrait pas rentrer tout de suite, s'il te plaît ?

Tout en conduisant, je ne cessais de lui jeter des regards de côté. La nuque reposant contre l'appuie-tête, elle avait les yeux clos.

– A vrai dire, reprit-elle au bout d'une ou deux minutes, je ne sais pas trop comment ça s'est passé.

Quelque chose dans le ton de sa voix fit tinter une petite alarme dans mon esprit.

– Le week-end en France ?

– Ils n'en ont pas parlé.

Chaque mot semblait lui être un effort incommensurable.

– Pas du tout ?

– Non.

Sa voix devenait si basse que je la saisissais à peine.

– L'invitation à Sylvie de prendre le café ?

– Non.

– Quoi, *rien* à ce sujet ?

– Pourtant, je l'ai abordé, murmura-t-elle. Mais ce n'est pas ça qui l'intéressait.

– Qu'est-ce qui l'intéressait, alors ?

Elle resta si longtemps sans répondre que je crus qu'elle n'avait pas entendu.

– Il voulait savoir combien de fois j'avais été à Dittisham.

J'essayai de lire sur son profil à la lueur des lumières de l'extérieur.

– Et qu'as-tu répondu ?

– J'ai dit… J'ai dit que je n'y étais pas allée très souvent. Trois fois seulement. Il… (autre silence) … il a voulu des dates. J'ai répondu qu'il fallait que je consulte mon agenda, que je le lui ferais savoir. Mais ce n'est toujours pas ce qui l'intéressait vraiment…

– Qu'est-ce que c'était, alors ?

Elle inclina la tête vers l'avant et ses cheveux retombèrent sur ses joues.

– Le week-end dernier, murmura-t-elle. Il a voulu tout savoir sur le week-end dernier.

– Quoi, les heures, ou…

Avec une immense lassitude, elle releva la tête et regarda droit devant elle.

– Le dimanche. Ils se sont concentrés sur le dimanche.

– Qu'est-ce qu'ils voulaient savoir ?

Je dus forcer mon attention à revenir à la route.

– Tout, fit-elle. Absolument tout.

– Mais encore ? m'obstinai-je.

Elle ne répondit pas.

– *Ginny…*

– Le bateau. C'était à propos du bateau.

J'eus alors une impression désagréable. Un mauvais pressentiment. Quand je regardai de nouveau de son côté, elle avait le visage à demi tourné vers moi, son expression cachée par l'obscurité.

– Ils ont établi qu'elle avait été tuée à bord du bateau.

Mon estomac se souleva. Je me sentis pris dans une atmosphère d'irréalité. Je cherchai un endroit pour m'arrêter, il n'y en avait pas. Je repérai enfin le portail d'entrée d'une ferme et m'y rangeai.

– *Ils ont dit ça ?* Qu'elle avait été tuée sur le *Ellie* ?

– Ils n'ont pas eu besoin de le dire. Il est évident qu'ils l'ont établi.

– Comment cela ? criai-je.

– Les questions qu'ils ont posées… tout. (Sa voix était âpre, proche du désespoir ou des larmes.) Ils m'ont demandé qui était monté à bord... Pourquoi j'y étais allée le dimanche... Sur l'idée de qui… Pourquoi j'avais brossé par terre... Si j'y avais remarqué des traces, ou... (elle put à peine prononcer le mot)... des taches. Des *taches*. Pas besoin de faire un dessin, n'est-ce pas ? Ils savent. Ils savent qu'elle a été tuée sur le bateau.

– C'est ridicule ! protestai-je. Tu dois te tromper ! Forcément !

Elle secoua négativement la tête. Avec insistance.

– Voyons, Ginny, ça ne tient pas debout ! Comment ont-ils… comment peuvent-ils… Bon sang, c'est absurde ! Tu dois te tromper, ce n'est pas possible autrement.

Je continuai à bredouiller ainsi quelques instants avant de sombrer dans un silence d'abattement. J'appuyai mon front sur le volant et fermai les yeux.

– Mon Dieu…

C'était une expression d'épouvante, cette fois.

J'entendis les giclées de l'inhalateur de Ginny. Elle eut deux toux profondes avant de murmurer, d'une voix râpeuse :

– Rentrons à la maison.

*

* *

Les deux hommes de la Chartered Bank avaient dans les quarante-cinq ans. Ils portaient des costumes gris presque identiques et affichaient l'air paisible et plutôt enjoué de cadres de grosses organisations qui n'ont jamais vécu les affres de risquer tout leur argent ou de voir leur carrière sérieusement menacée.

Les souffleurs de verre furent ce qu'ils apprécièrent le plus. Ils se tinrent un peu en retrait et secouèrent la tête avec admiration avant de s'avancer timidement pour voir de plus près. Ils posèrent les questions habituelles. Comment les souffleurs parvenaient-ils à produire la forme et l'épaisseur correctes à chaque fois, comment empêchaient-ils les bulles d'entrer dans les parois de verre, combien de temps l'équipe travaillait-elle avant de prendre du repos ?

Ils regardèrent consciencieusement les tailleurs manipuler les pièces brutes contre meules et molettes, ils inspectèrent la salle d'emballage, après quoi George et moi les ramenâmes dans le hall d'accueil pour leur offrir à chacun un service de six verres à vin avec carafe, à emporter tranquillement chez eux sans déclaration sur leur feuille d'impôts.

Nous leur adressâmes de grands sourires en les raccompagnant à leur voiture, ils nous retournèrent de grands sourires. Mais ces simagrées ne trompaient personne. Aucun engagement définitif n'avait été pris, aucune date fixée pour la signature du contrat de prêt. Les deux représentants se bornèrent à dire qu'ils retournaient à la banque pour « consultations finales » et qu'ils nous donneraient une réponse dans les trois jours. Il était impensable que ces consultations finales n'incluent pas une discussion à propos de mon fax, expédié la veille à tous nos soutiens. Julia avait rédigé le texte. Tout en évitant les contrevérités flagrantes, elle était parvenue à insinuer que les rumeurs de mon arrestation n'étaient que bruits malveillants diffusés par ceux qui avaient un intérêt direct à faire capoter le rachat. Quand elle me le lut pour la première fois, je lui dis que ces propos étaient incendiaires, que des allégations de complot pouvaient fort bien se retourner contre nous, mais avec toutes mes préoccupations, je n'étais pas de taille à lutter avec une Julia remontée à l'extrême, et le fax partit plus ou moins comme elle l'avait concocté.

George et moi adressâmes un dernier signe de la main à la voiture qui s'éloignait avant de retourner à l'usine. C'était une délicieuse journée d'automne, lumineuse et dégagée avec une pointe d'air un peu vif. L'usine paraissait presque jolie dans le soleil de l'après-midi, ses briques ternes avaient pris une teinte rosée, les conduits d'aération rutilaient comme les cheminées d'un paquebot. Les portes principales avaient hâtivement reçu une couche de peinture bleue pour la visite des banquiers tandis que les bacs à fleurs, de part et d'autre, avaient été fraîchement replantés de rouge et de blanc. La vieille dame semblait s'être refait une beauté comme une femme d'âge mûr pour un nouvel amant.

– Je serais navré que cela soit perdu à cause de moi, commentai-je.

– Que voulez-vous dire ?

Il savait parfaitement ce que je voulais dire.

– Ce problème que j'ai… il pourrait nous handicaper plus que nous n'imaginions.

– Allons donc !

Il me jeta un regard qui était à la fois une dénégation et une prise de conscience.

– Essayez de vous mettre à leur place, dis-je, avec un mouvement de tête en direction des visiteurs qui venaient de nous quitter. Est-ce que vous engageriez plus de deux millions de livres sur quelqu'un qui risque d'aller en prison pour la vie ?

– Mais vous ne risquez pas d'aller en prison.

– Qu'est-ce qu'ils en savent, eux ?

– Je croirais réentendre Howard, sacré nom !

Il grimaça, conscient d'avoir commis une gaffe.

– Qu'est-ce qu'il a dit, Howard ?

– Hugh… (Il voulut écarter le sujet d'un geste de la main qui se mua presque aussitôt en geste de résignation devant l'inutilité de la tentative.) Oh, il a continué à débiter des idioties.

– De quel genre ?

– Du blabla sur le manque de garanties. Il dit que Cumberland réclamait des garanties.

– Ah oui ? fis-je avec un sourire sardonique. Des garanties sur quoi ?

– Sur le fait que nous sommes bien en mesure de procéder au rachat. Des trucs de ce genre.

– Sinon ? Car il doit bien y avoir un « sinon » ?

– Hugh, il faisait juste du ramdam, vous le connaissez.

– Sinon quoi, George ?

– Bah, des grands mots sur l'obligation de prendre en compte l'intérêt des actionnaires.

– Il envisagerait de rompre notre accord ?

– Il n'a pas dit ça.

– Mais c'est ce qu'il voulait dire.

– Vous savez comment il est, Howard : ce n'étaient que des paroles.

Je ne croyais pas un seul instant qu'il ne s'agissait que de paroles. Howard aurait sauté sur n'importe quel prétexte pour bloquer notre offre et m'empêcher de réussir avec Hartford. Il ne pouvait supporter l'idée de me voir montrer ce qu'on pouvait faire avec l'entreprise sans qu'il soit là pour mettre son grain de sel.

Bien que l'époque des déjeuners interminables et des week-ends à rallonge fût révolue depuis la fin des années quatre-vingt, il semblait toujours aussi difficile de trouver un avocat à son bureau le vendredi à quatre heures de l'après-midi. Moncrieff, m'expliqua son assistant, était en rendez-vous en dehors de la ville et le reste de l'équipe juridique était occupée ailleurs et ne serait de retour au bureau que le lundi. J'appelai Julia pour lui demander de joindre Moncrieff chez lui le soir même et de prendre rendez-vous pour le lendemain.

– Et s'il ne peut pas, un samedi ?

– Dimanche, alors. Et je veux un rendez-vous lundi avec Howard et les gens de Cumberland.

– Il se passe quelque chose ? s'enquit-elle.

– Pas si je peux l'empêcher.

La décision de partir pour Londres bien arrêtée dans mon esprit, je fourrai mes papiers dans ma mallette et, me souvenant de départs plus souriants, je décrochai mon pardessus de l'ancien portemanteau qui montait la garde depuis le temps de mon père et sortis à grands pas.

La circulation était difficile. J'essayai d'appeler Furze Lodge pour prévenir Ginny de commencer à faire les valises, mais la ligne était occupée. Je tentai aussi de joindre Tingwall et je n'eus aucun regret d'entendre la réceptionniste répondre qu'il ne serait pas là de la journée : cela me donnait une bonne excuse pour ne pas le tenir informé de ce que je m'apprêtais à faire avant qu'il ne soit trop tard pour qu'il essaie de m'en dissuader.

Mary apparut à la porte dès que j'arrêtai la voiture.

– Alors, ces banquiers ? demanda-t-elle gaiement.

– Costumes gris. Insipides. Très banquiers.

– Qu'est-ce qu'ils ont dit ?

Nous entrâmes dans la maison.

– Pas grand-chose. Ils n'ont pas pris le risque de s'engager, en tout cas. Mary... nous allons partir ce soir. Je voulais te remercier pour tout, de nous avoir supportés tout ce temps.

Elle passa tour à tour de la surprise à l'incrédulité puis à l'effusion de joie.

– Ils t'ont autorisé à partir, alors ?

– Non, mais je pars quand même.

Son sourire retomba.

– Mais êtes-vous obligés de partir cette nuit ? Vous ne pourriez pas attendre demain matin ? (Elle essayait de me faire comprendre quelque chose.) Parce que Ginny..., annonça-t-elle enfin.

Je levai instinctivement les yeux vers l'escalier.

– Qu'est-ce qu'elle a ?

– Rien de grave. David lui a donné quelque chose.

– Elle est malade ?

Mary leva les sourcils et jeta un regard qui contenait un soupçon de reproche.

– Elle ne mange pas. Elle a passé la plus grande partie de la journée au lit. David pense que c'est dû au stress.

Stupéfait, je me remémorai les derniers jours. Je n'avais pas remarqué que Ginny refusait de manger. Pas quand nous étions ensemble le soir, en tout cas. Quant au fait qu'elle passe des journées entières au lit, personne ne m'en avait parlé – et certainement pas Ginny elle-même. J'éprouvai malgré tout un sentiment de responsabilité directe : quand il s'agissait de Ginny, ma culpabilité n'avait pas de fin.

– Si c'est le cas, raison de plus pour rentrer à la maison, lançai-je à Mary en montant l'escalier.

Ginny était couchée, rehaussée par son oreiller, les yeux clos, un magazine ouvert sur les genoux. Quand elle m'entendit entrer, elle tourna la tête de mon côté et, murmurant un bref salut, se redressa sur son coude. Je m'approchai du lit.

– J'ai pensé que nous rentrerions à Londres.

Elle ne posa pas de question.

– On part maintenant ? demanda-t-elle.

– Si tu es prête.

Elle acquiesça de la tête et se frotta les yeux avant de rejeter les couvertures et de se lever.

– Mary dit que tu ne manges plus.

Elle entra dans la salle de bains et fit couler de l'eau.

– Tu es contente de rentrer ce soir ? ajoutai-je de loin. Tu me le dirais, sinon ?

Elle reparut.

– On fait comme tu voudras.

Mais elle parlait l'esprit ailleurs et je me demandais quelle sorte de comprimés David lui avait donnés, s'ils ne lui avaient pas brouillé le cerveau.

– Nous partirons en vacances une fois tout cela terminé, annonçai-je. Dans un petit paradis. La Barbade, par exemple.

Elle leva les yeux et songea.

– Ce serait super, oui, fit-elle avant de retourner dans la salle de bains.

Je la suivis en hésitant et la trouvai face au miroir en train de lisser le dessous de ses yeux. Sans quitter du regard son reflet dans la glace, elle baissa les mains et me demanda pensivement :

– Est-ce que tu m'aimes ? Juste un tout petit peu ?

Je me récriai par une exclamation qui sonna faux, presque une sorte d'ébrouement.

– Bien sûr que je t'aime ! Et plus qu'un petit peu, Ginny. *Enormément.*

– Je ne le supporterais pas, si tu ne m'aimais pas du tout. Si tu me détestais.

Je m'approchai par-derrière et l'entourai de mes bras.

– Ginny, je t'aime très fort. Je ne serais jamais arrivé à rien, sans toi.

– J'ai souvent commis des erreurs, n'est-ce pas ?

– Ne raconte pas de bêtises.

– Oh si, je sais bien que notre vie n'a pas été ce que tu espérais. Elle a été... *différente.* Mais j'ai essayé. Peut-être trop, d'ailleurs – non, ne dis rien. Et si j'ai trop essayé, c'est parce que je t'aimais.

– Ginny ! me récriai-je de nouveau comme si je ne savais quoi répondre. Tu ne dois pas culpabiliser pour quoi que ce soit ! Tu as été merveilleuse, tu as été tout ce que je pouvais désirer.

– Pas tout, me corrigea-t-elle en fronçant le sourcil, les yeux baissés sur ses mains. Pas tout... (Son regard trouva de nouveau le mien.) Mais ça n'a quand même pas été trop mal, dis ?

Je la retournai vers moi et l'étreignis. Quand je me reculai, je lui adressai un sourire frémissant.

– Je t'aime de tout mon cœur.

– Je suis désolée, fit-elle dans un souffle, tellement désolée...

Elle semblait porter sur elle toute la misère du monde.

– Rentrons à la maison, dis-je.

Nous fîmes résolument les bagages. Ginny termina avant moi, puis se tint devant la fenêtre, le regard perdu dans le crépuscule.

De l'avant de la maison, nous parvint le lointain crissement de pneus de voitures sur le gravier. Quelque chose, dans ce bruit, me fit lever les yeux. Ginny l'avait entendu, elle aussi. Elle me regarda, le visage blême. Pendant un instant, nous n'esquissâmes pas le moindre geste, puis je sortis sur le palier d'où l'on voyait l'allée d'accès.

Deux voitures. Des uniformes. Henderson qui descend.

Tout tournoya autour de moi, mon estomac se souleva, j'eus l'impression de perdre l'équilibre. Je revins à l'aveuglette dans la chambre.

– Ce sont eux ! C'est la police, sacré nom !

De fureur, je partis comme un bolide vers l'escalier, prêt à en découdre.

– Hugh !

Mais je ne m'arrêtai ni ne me retournai. On sonna à la porte d'entrée, le timbre résonna dans toute la maison. En bas des escaliers, je croisai Mary qui sortait de la cuisine.

– Veux-tu que j'appelle les avocats ? proposa-t-elle d'une voix inquiète.

Je fis non de la tête en me dirigeant vers la porte que j'ouvris d'un coup sec.

Henderson se dressait devant moi flanqué de Phipps et de Reith, tandis que quatre agents en uniforme, dont deux femmes, formaient l'arrière-garde.

– Monsieur Wellesley, fit-il avec un hochement de tête, pouvons-nous entrer ?

– Je vous écoute, inspecteur, lâchai-je, la gorge nouée d'indignation. Dites tout de suite ce que vous avez à dire. Mais je vous préviens, vous avez intérêt à être sûr de ce que vous faites.

Je me sentais frémir, le visage en feu.

Henderson hésita et regarda derrière moi dans le hall.

– Je vous écoute, dis-je.

Son regard se focalisa sur un point situé juste derrière mon épaule gauche. D'un bref coup d'œil latéral, je vis Ginny se placer à côté de moi.

– Madame Wellesley, prononça Henderson davantage comme une sommation que comme une salutation.

Sans la quitter des yeux, il se tourna légèrement vers elle afin de mieux lui faire face. Pour une raison inexplicable, je devinai brusquement ce qui allait se produire.

– Non ! criai-je au moment où il ouvrait la bouche.

– Madame Virginia Wellesley, je vous arrête sur présomption de meurtre sur la personne de Sylvie Mathieson...

– *Non !*

– Vous pouvez garder le silence. Mais il pourrait nuire à vos intérêts...

– Ne soyez pas ridicule ! protestai-je. C'est complètement fou !

Phipps s'avança pour se placer entre Henderson et moi, m'obligeant à reculer.

– ... des éléments que vous invoqueriez ensuite devant la cour...

Je regardai Ginny, les yeux écarquillés. Elle était parfaitement immobile, les yeux baissés.

– ... tout ce que vous direz pourra être retenu contre vous.

– C'est dément ! *Dément !*

Mais Henderson continuait à débiter ses paroles. A la fin de sa mélopée, il demanda à Ginny si elle comprenait et elle répondit affirmativement par un fantomatique hochement de tête. Tout le monde se mit alors en mouvement. Les policières s'avancèrent et la firent sortir, les inspecteurs regagnèrent leur véhicule. Seul Henderson demeura sur place.

– Grands dieux ! criai-je furieusement.

– Peut-être devriez-vous empaqueter quelques effets pour votre épouse, monsieur Wellesley. Vous-même ou... (il jeta un coup d'œil vers Mary)... ou quelqu'un d'autre.

– Vous êtes fou, ne pouvais-je que répéter. Elle ne sait rien ! Elle n'était même pas près du fleuve !

– Monsieur Wellesley, nous allons partir sous peu. Je vous conseille vivement de prendre des affaires pour votre femme.

Mais j'avais l'esprit paralysé, je ne pouvais entendre.

– Je m'en occupe, fit la voix de Mary.

Henderson allait s'éloigner mais je l'agrippai par le bras.

– Expliquez-moi, implorai-je. Dites-moi, *pourquoi* ? Qu'a-t-elle fait ? De quoi peut-on bien l'accuser ?

Henderson sembla hésiter puis, après un rapide coup d'œil par-dessus son épaule comme pour s'assurer que personne n'était à proximité, il me murmura à l'oreille :

– Il y a de lourdes charges contre elle, monsieur Wellesley.

– Lesquelles ? haletai-je.

Il écarta les mains en un geste d'impuissance.

– Désolé, on ne peut rien dire dans ce genre d'affaire.

– Lesquelles ?

Mais il s'éloignait déjà. Incapable d'appréhender l'énormité de ce qui arrivait, ou refusant de le faire, je le suivis, ahuri, jusqu'à la voiture ou Ginny était déjà assise entre les deux policières.

J'étais sur le point de lui crier quelque chose lorsque la voix de Mary s'éleva comme en écho derrière moi.

– Lesquelles ? Quel genre d'affaires ? *Hugh ?*

Je me retournai et il me fallut un moment pour comprendre qu'elle parlait des vêtements que nous avions rangés dans nos valises. Elle les avait descendues de notre chambre. Je pris celle de Ginny et la tendis à un policier.

Les moteurs vrombirent. Je me rappelai soudain l'inhalateur de Ginny. J'eus à peine le temps de foncer à l'étage, d'attraper son sac et de le passer par la vitre avant que la dernière portière ne claque et que les voitures ne s'éloignent.

Suivant du regard le dernier véhicule qui disparaissait dans l'allée, je sentis le bras de Mary m'entourer la taille, et je m'aperçus que les halètements furieux que j'entendais étaient ceux de mon propre désespoir.

# 9

– Ce qui m'inquiète vraiment, fis-je avec l'émotion qui ne quittait pratiquement plus ma voix, c'est qu'elle ne pourra pas survivre dans cet endroit. Ça va la rendre malade, encore plus qu'elle n'est déjà. La saleté, les conditions de détention, l'état déplorable des sanitaires. Pas de cabinet de toilette, sacré nom. Elle en mourra, j'en suis sûr.

– Je comprends votre souci, Hugh, répondit prudemment Tingwall, mais j'ai fait toutes les interventions possibles. J'ai transmis la lettre du docteur. J'ai rencontré le personnel médical et ils sont parfaitement au courant de son état. Elle est sous surveillance permanente. Et puis, ajouta-t-il en hasardant une touche de réconfort, elle semblait aller bien, la dernière fois que je l'ai vue. Elle a dit que sa chambre était décente et qu'on s'occupait bien d'elle.

Le fait qu'elle ait parlé à Tingwall alors qu'elle m'avait à peine adressé la parole lors de mes deux visites n'aurait pas dû me tracasser plus que cela. Pourtant, je ne parvenais pas à me défaire de l'impression qu'elle me rejetait à dessein.

– Il faut absolument la sortir de là, insistai-je plus que de raison.

– Nous ferons de notre mieux, Hugh.

Nous avions à peine entamé notre entretien que, déjà, je me trouvais face au mur d'impuissance qui semblait dominer toutes mes récentes conversations avec Tingwall.

– Je ne doute pas que vous ferez de votre mieux, mais si je puis me permettre, il me semble que nous progressons bien peu.

Derrière son bureau, Tingwall fronça le sourcil.

– Hugh, je sais combien cette situation doit être difficile pour vous. Je comprends votre angoisse. Malheureusement, nous sommes soumis à des procédures, nous devons nous y conformer, et ce, sans garantie de résultat.

Je l'arrêtai d'un geste de la main.

– Attendez, qu'insinuez-vous, exactement ? (Le ton de ma voix sonna comme une mise en garde.) Que nous ne sommes pas sûrs d'obtenir la libération sous caution ?

– Je ne dis pas cela, Hugh, non. Mais la libération sous caution est tout à fait exceptionnelle dans une affaire de ce genre. Nous devrons présenter une demande particulièrement fondée et l'étayer avec soin.

– Justement, fis-je avec un geste déconcerté, s'il en est une qui est fondée, c'est bien celle de Ginny.

– Nous avons certes des arguments...

– Et si nous engagions un avocat de la Couronne, un ténor du barreau ? Je crois que nous devrions.

– Nous pourrions effectivement nous faire assister...

– Charles, engageons le meilleur. Demain. Le *meilleur* qui soit.

Je lui forçais la main, je le savais, mais la justice, avec ses lenteurs et ses inextricables complexités, me mettait à bout de patience.

Nous étions dans le bureau de Tingwall, une pièce haute de plafond, en façade d'une maison fin dix-huitième qui donnait sur une rue bruyante du centre d'Exeter. C'était ma troisième visite de la semaine, la troisième depuis que Ginny avait officiellement été inculpée le dimanche soir. Une semaine au cours de laquelle je l'avais vue placée en détention préventive, où j'avais par deux fois vainement tenté de converser avec elle dans le lugubre parloir de la prison de Bristol, où j'étais passé par tous les stades de l'incrédulité et de la désespérance, et pendant laquelle je m'étais efforcé de considérer ce qui était arrivé avec logique, raison et sensibilité pour ne trouver qu'incompréhension et effroi. Je tournais en rond, mes pensées ne me menaient nulle part. Mes nuits étaient peuplées de cauchemars et de paniques soudaines. Le trouble et le doute avaient rompu mes amarres, je dérivais au gré de mes incertitudes, prêt à me raccrocher à tout et à rien, à me battre et à renoncer, à tout contester sans rien remettre en question.

– Je ne dis pas que nous n'obtiendrons pas la liberté sous caution, répéta Tingwall, certainement pas, mais je ne veux pas non plus vous donner trop d'espoir.

– Quel pourrait être le problème, alors ? demandai-je en essayant d'adopter un ton plus conciliant. Quelle raison auraient-ils de refuser ?

Il entrecroisa ses longs doigts décharnés.

– Il n'y a évidemment aucun danger que Ginny... (Il croisa mon regard.) Si vous permettez, elle m'a demandé de l'appeler ainsi.

– Oui, bien sûr.

– Il n'y a aucun danger de fuite ou de récidive avec elle, ça ne se discute même pas. Mais dans une affaire de meurtre, les magistrats sont tenus de prendre d'autres facteurs en considération, le rapport médical par exemple.

– Alors là, il sera catégorique, c'est sûr. Elle a déjà eu deux graves crises d'asthme provoquées par le stress, le manque d'hygiène et l'humidité. Que veulent-ils de plus ?

Tingwall eut un lent hochement de tête semblable à un salut d'acteur.

– Nous ferons bien sûr état de cela, oui. J'ai déjà écrit au spécialiste de Ginny pour lui demander un certificat. Mais la cour devra également tenir compte des conclusions de l'examen psychiatrique.

– L'examen psychiatrique ?

Je me remis instantanément sur la défensive. Chaque fois que je pensais prendre la mesure des procédures, il surgissait toujours un nouvel obstacle de ce genre, un coup de tonnerre dans un ciel bleu.

– J'en ai déjà parlé, fit délicatement observer Tingwall. (Il attendit un quelconque signe de ma part pour continuer.) Dans les affaires importantes, ils demandent toujours un examen psychiatrique, d'abord pour savoir si l'accusé est mentalement capable de faire face à des accusations...

– S'il est sain d'esprit, vous voulez dire ?

– Oui.

Je ne pouvais supporter tous ces euphémismes et circonvolutions de langage.

– Si vous pouviez dire les choses simplement...

Tingwall encaissa cette remarque avec un rapide froncement de sourcils contrit.

– Mais aussi, poursuivit-il, afin de déterminer s'il constitue potentiellement un danger pour lui-même.

– Le suicide ? ricanai-je. Ginny ne ferait pas une chose pareille. Sauf si on la force à rester dans ce trou, du moins.

– Peut-être. (Tingwall marchait sur des œufs.) Seulement, Hugh, je dois vous dire que le spécialiste que nous avons commis, Robertson... (Il me jeta un regard interrogateur.) Vous vous rappelez, Hugh, je vous ai dit qu'il serait important de faire procéder à notre propre examen ?

– C'est un psychiatre ?

Dans mon état d'angoisse, je ne m'en souvenais absolument pas.

– Oui. Il a vu Ginny mercredi et... (il prit une expression navrée)... je crains que ses conclusions ne soient pas aussi catégoriques que je l'aurais souhaité.

Je me sentis soudain envahi d'une grande souffrance.

– Il la trouve déséquilibrée ?

– Ce qu'il dit, c'est qu'il ne peut se porter garant de l'état d'esprit de Ginny. Pour le moment, en tout cas.

– Mais qui est-ce, ce Robertson, m'insurgeai-je pour chercher une échappatoire. Fait-il vraiment autorité ? Ne nous faudrait-il pas un deuxième avis ?

– Il m'a été recommandé. Mais nous pourrions consulter quelqu'un d'autre, oui. Seulement avant de prendre une décision finale, je crois que nous devrions nous faire conseiller par un avocat de la Couronne.

Nous tournions de nouveau en rond.

– Qu'attendons-nous, alors, pour en solliciter un ?

– Les meilleurs conseillers de la Couronne sont très pris, Hugh. Je fais des recherches pour essayer de trouver lesquels parmi les grands noms seraient disponibles. Ce n'est pas toujours commode de découvrir la personne qu'il faut.

Je me levai et me dirigeai avec mon découragement jusqu'à la fenêtre.

– Bon, fis-je en sombrant d'un coup dans une profonde lassitude. Combien de temps cela va-t-il prendre ?

– La demande de libération sous caution ? Je crois qu'il faut nous donner une semaine avant de la présenter. De quoi nous laisser le temps de bien la peaufiner et d'obtenir ce second avis médical, si c'est ce que nous décidons.

Dehors, les braves citoyens d'Exeter déambulaient sur les trottoirs, vaquaient à leurs occupations, portant leurs propres soucis sur leur visage. Je me demandai combien étaient informés de la comparution de Ginny devant le juge, ce qu'ils en pensaient, s'ils avaient juste parcouru l'article ou s'ils s'étaient plongés dedans avec une curiosité vorace. Si eux aussi la croyaient un peu détraquée. Imaginer sa vie ainsi mise à nu était presque plus que je ne pouvais supporter. Et je savais fort bien que la couverture médiatique présente n'était rien comparée à ce qu'elle serait s'il y avait procès.

Je me retournai.

– Cet examen psychiatrique, c'est une procédure normale, n'est-ce pas ?

Tingwall leva sur moi un regard étrange et indéchiffrable.

– Nous aurions *pu* la refuser.

Les bras m'en tombèrent.

– Alors pourquoi ne l'avons-nous pas fait ? Pourquoi n'avons-nous pas... (Une pensée me vint à l'esprit. Tellement évidente que je me demandai pourquoi je ne l'avais pas eue avant.) Combien d'affaires de meurtre avez-vous eu à gérer avant celle-ci, Charles ?

Tingwall inclina la tête pour montrer qu'il comprenait le bien-fondé de la question.

– Peut-être devrais-je répondre à cela en précisant que, contrairement à ce que beaucoup de gens croient, le meurtre est un forfait relativement rare et que notre région doit avoir l'un des taux de criminalité les plus bas du pays. Et que, dans la plupart des cas, ceux qui sont effectivement commis le sont à la maison ou dans des circonstances évidentes : je veux dire par là qu'il n'y a généralement guère de doute sur leur auteur. La question est plutôt d'en déterminer le mobile, s'il y avait légitime défense, etc. Il y a très peu – extrêmement peu – de cas où les faits sont... (il choisit ses mots)... davantage sujets à interprétation. Alors pour répondre à votre question, ce cabinet a traité trois affaires de meurtre au cours des dix-huit derniers mois, ce qui est beaucoup pour ce secteur, en fait deux fois plus que tout autre cabinet d'avocat à Exeter. Maintenant, si Ginny désire confier sa défense à des gens ayant davantage de compétence en la matière, je comprendrai fort bien et je ferai de mon mieux pour transmettre à mes confrères le dossier en bon ordre. Quant à l'examen psychiatrique, tout ce que je puis dire c'est que je pensais vraiment agir pour le mieux.

Je revins m'asseoir sur mon siège et scrutai l'étroit visage intense de Tingwall.

– Quel est votre avis à vous ? demandai-je sèchement. Pensez-vous qu'elle devrait s'adresser à quelqu'un d'autre ?

Tingwall médita sur ces paroles avec son habituelle application.

– Certains gros cabinets de Londres auraient certainement une plus grande expérience dans ce genre d'affaire. En revanche, un cabinet local a l'avantage de mieux connaître le terrain. Dans la capitale, on aura peut-être plus immédiatement accès aux experts, aux spécialistes, mais un cabinet local, s'il fait bien son travail, ne se laissera pas arrêter par ce problème : si tu n'as pas sous la main l'expert qu'il te faut, récita-t-il en levant doctement un doigt en l'air, remue ciel et terre pour le dénicher. (Il m'adressa un demi-sourire.) Aussi, une petite structure comme la nôtre se donnera peut-être plus de mal.

Malgré sa jeunesse et sa relative inexpérience, malgré sa boulette de l'examen psychiatrique, mon premier réflexe fut de rester avec lui. C'était pourtant de l'avenir de Ginny qu'il s'agissait. Prendre la bonne décision était probablement la chose la plus importante que j'aurais jamais à faire pour elle. Mais avant d'en référer à Ginny, je décidai de consulter des amis avocats à Londres.

– Il faudra que j'en parle avec ma femme, dis-je.

– Bien sûr. C'est à elle de décider. (Il esquissa un petit sourire embarrassé.) Tout ce que je puis dire, c'est que... si elle décide de me faire confiance, je ferai vraiment de mon mieux, je donnerai tout ce que j'ai.

– Je lui en ferai part.

Une ombre de la fascination, plus distante et mélancolique à présent, qu'il éprouvait pour Ginny, descendit sur son visage et détendit ses traits.

– Vous lui rendez visite demain matin ? questionna-t-il. Transmettez-lui mes hommages, voulez-vous ? Et dites-lui que je la reverrai avant sa comparution devant la cour lundi.

Derrière lui, sur les étagères, les volumes reliés d'ouvrages juridiques étaient en ordre de bataille tandis qu'une pile de dossiers s'élevait en équilibre précaire à portée de sa main, et je me demandai combien d'autres affaires il avait en cours.

– Que va-t-il exactement se passer, lundi ?

– Pas grand-chose. Le ministère public va solliciter une prolongation de la détention préventive, j'insisterai pour qu'elle soit fixée à une semaine et les magistrats donneront leur accord. Voilà.

– Nous ne contestons rien ?

– Sur les raisons de la détention, vous voulez dire ? Pas à ce stade, non.

– Quand, alors ?

Les petits yeux de Tingwall se détournèrent brièvement, il fit la moue.

– Je ne crois pas que nous ayons intérêt à contester quoi que ce soit avant le procès. Encore que nous ne puissions véritablement en décider tant que nous n'aurons pas pris connaissance des chefs d'accusation du ministère public.

– Et le procès n'aura lieu que dans huit mois, lâchai-je, écœuré.

– Peut-être six.

– Il n'y a aucun espoir de pouvoir arrêter l'affaire avant cela ?

Tingwall sembla gêné comme chaque fois que je lui tenais ce genre de propos.

– Faisons-nous à l'idée que c'est très improbable.

Mon découragement refit instantanément surface.

– Tout cela paraît tellement *négatif*.

– Mais réaliste, j'espère, répondit-il avec détachement.

Je passai mes mains sur mon visage pour refréner ma colère. Je savais que je ne devais pas déverser ma déception sur Tingwall, et pourtant une partie de moi-même refusait d'accepter cette effrayante atmosphère d'inéluctabilité qui semblait s'être attachée à l'affaire de Ginny.

– Vous croyez qu'ils ont un dossier à ce point solide ?

Je ne voulais pas vraiment poser cette question. Je n'étais pas sûr d'être prêt à entendre la réponse.

– Tel qu'établi et présenté par la police, répondit-il prudemment, il semblerait qu'il y ait suffisamment matière à porter l'affaire aux assises.

J'avais jusqu'à présent évité la discussion des preuves matérielles. Il est des sujets difficiles à aborder. Mais là, je fis enfin appel à toute mon énergie pour regarder les faits en face, en partie pour mettre à l'épreuve sa connaissance du dossier par rapport à ce que je savais, mais aussi, indéniablement, pour satisfaire ma soif de comprendre, pour enrichir d'images et de couleurs le film qui se projetait sans cesse dans ma tête.

– Dites-moi ce qu'à votre connaissance ils ont en leur possession, demandai-je avec calme. Les éléments de preuve dont ils disposent.

Tingwall me lança un regard interrogateur puis se leva.

– Bien sûr. Du café ?

Il s'approcha d'une desserte et versa du café d'une Thermos dans deux tasses qu'il apporta. Puis il posa une chaise perpendiculairement à la mienne, s'assit sur le bord du siège, penché en avant, les coudes appuyés sur les genoux et commença à parler du ton doux et mesuré d'un conteur.

– J'ai demandé à la police un résumé du dossier immédiatement après l'inculpation de Ginny. Il était identique aux charges énumérées devant le juge lundi. Certes, il est possible qu'ils gardent quelque chose en réserve dans la mesure où l'on n'est pas tenu d'en révéler plus qu'il ne faut à ce stade de la procédure, mais j'en doute. Dans une affaire comme celle-ci, je pense qu'ils auront produit tout ce qu'ils détiennent pour plus de sûreté. Donc... (Il entrecroisa ses doigts.) Le premier élément dont ils ont fait état est qu'ils auraient trouvé plusieurs traces du sang de la victime sur le plancher du *Ellie Miller*, désignant ainsi le bateau comme le lieu du crime. Cela étant établi de façon formelle sur les conclusions médico-légales, nous pouvons supposer qu'ils ont pratiqué les tests ADN et tout le reste. Ensuite... (Il s'interrompit pour prendre une gorgée de café et rassembler ses idées.) Ensuite, ils ont dit y avoir découvert une empreinte de Ginny sur une tache de sang, et que ce sang était également celui de la victime.

J'avais décidé de rester silencieux mais je l'interrompis néanmoins.

– Ces conclusions médico-légales, elles sont fermes et définitives ?

– En général, oui. En particulier dans le cas de tests ADN. (Il était comme un chat sur une étroite corniche, cherchant le meilleur endroit pour faire le pas suivant.) D'autres conclusions médico-légales peuvent... laisser place à interprétation. C'est souvent une question d'opinion personnelle de l'expert et les opinions peuvent diverger. Considérablement, même, dans certains cas. Ce que nous pourrions faire, bien sûr, serait de commettre notre propre spécialiste pour procéder à une contre-expertise. Si ses conclusions nous donnent espoir de pouvoir contester celles de l'accusation, alors nous nous engouffrerons bien entendu dans cette voie, nous prendrons un troisième avis et ainsi de suite. La première étape, comme je crois vous l'avoir dit l'autre jour, est de demander à un médecin légiste de pratiquer une autopsie pour notre compte. Je me suis renseigné et le docteur James Bagnall pourrait s'en charger la semaine prochaine. C'est un spécialiste fort réputé, le meilleur à l'heure actuelle. Si son confrère de la police a commis la moindre erreur, il s'en apercevra et son avis pèsera lourd. Il a été sur beaucoup d'affaires de meurtre, toutes celles qu'on lit dans les journaux.

Et maintenant celle-ci, songeai-je. Une de plus à lire dans les journaux.

– C'est d'accord, donc ? demanda Tingwall. J'appelle Bagnall ?

– Oui, répondis-je en essayant de ne pas penser au corps de Sylvie et à ce qu'il subirait sous le scalpel dudit docteur. Mais je vous ai interrompu. Vous en étiez aux preuves à charge rassemblées par la police.

Le regard déconcertant de Tingwall revint sur moi avant de se fixer sur le plancher, à un ou deux mètres devant lui.

– Ensuite... Ils disent détenir un témoin qui affirmerait avoir vu Ginny rejoindre le bateau à la rame le *samedi* après-midi alors qu'elle prétend partir de Londres à ce moment-là. Il est certain que les témoignages oculaires peuvent toujours être sujets à caution, et que si l'accusation ne se basait sur rien de plus solide, nous déposerions vite un recours.

Mais ce n'était pas le seul élément à charge et il se hâta d'enchaîner.

– Enfin, ils ont cité la propre déposition de Ginny, où elle déclare être allée sur le *Ellie Miller* le lendemain dimanche et avoir frotté partout pour le nettoyer. Ils en ont déduit qu'elle faisait disparaître les traces de sang et tout le reste.

Dans le silence qui suivit, je me repassai mentalement le film du dimanche matin comme je l'avais si souvent fait la semaine passée. Je vis Ginny, vêtue d'un jean et d'un haut assez ample, préparer un seau en plastique et des produits de nettoyage pour emporter sur le bateau. J'eus beau faire, avec ma caméra mentale, un gros plan sur son visage pour déceler dans son expression le moindre signe de traumatisme ou de désespoir, me remémorer les bribes de notre dialogue, chercher dans les mots prononcés incidemment les signes annonciateurs d'un désastre, je ne trouvai rien, pas le moindre indice. En revanche, si j'installais Ginny dans un rôle d'innocente, je voyais une femme désireuse de participer à la vie de Dittisham centrée sur le bateau, une vie dont je l'avais exclue depuis si longtemps cet été, impatiente de mettre la main à la pâte, de me montrer comment elle pouvait s'impliquer et, ce faisant, de redonner un coup de fouet à notre mariage : Ginny la conciliatrice, qui ne souffrait de plus funeste défaut que son angoisse. Puis je la revêtais d'un costume terriblement différent, celui d'une personne que je reconnaissais à peine, calculatrice et vindicative, froide et méthodique, capable non seulement de commettre un acte aussi horrible, mais en plus de se comporter comme si rien ne s'était passé, et sous les traits de cet avatar, sa légère agitation, ce matin-là, prenait finalement une coupable signification.

– Bien entendu, ajouta Tingwall, nous devons attendre l'exposé des motifs de l'accusation avant de vraiment savoir à quoi nous serons confrontés, et cela n'interviendra pas avant encore plusieurs semaines.

– Donc pour l'instant, ça se présente plutôt mal, n'est-ce pas ? dis-je en regardant droit dans ses yeux divergents.

– Je n'emploierais pas ces termes-là, Hugh. Mais c'est vrai que l'affaire est grave.

Cette conclusion, bien que je m'y fusse attendu, me serra le cœur comme dans un étau.

– Quel est le pire qui puisse arriver ? me forçai-je à demander.

– Le pire ? répéta-t-il en rejetant légèrement la tête en arrière comme s'il regimbait devant une tâche désagréable à accomplir. Vraiment, je... ce sera à l'avocat de la Couronne de nous conseiller.

– En admettant qu'elle soit reconnue coupable ? insistai-je.

– Pour meurtre, répugna-t-il à répondre, c'est obligatoirement la réclusion à vie. Seulement Hugh, il y aura forcément des circonstances atténuantes, la possibilité d'un verdict plus clément...

– Forcément ?

– Bien sûr ! L'affaire de Ginny ne tombera jamais dans la même catégorie que le crime d'un voyou sans foi ni loi. Il y a tant d'approches possibles, Hugh. Elle pourrait plaider coupable d'homicide sans préméditation avec circonstances atténuantes, par exemple. Dire qu'elle subissait une tension tellement insupportable qu'elle a perdu la tête. Qu'elle a été gravement provoquée et qu'elle a réagi dans un moment d'égarement. Elle peut aussi avoir souffert de grave dépression nerveuse. Il y a tellement de façons d'aborder cela, tellement de façons de s'attirer la compréhension du jury.

– Et pour homicide sans préméditation, combien ?

Ce petit jeu ne lui plaisait guère. Il soupira en faisant la moue.

– Cela peut tellement varier que je ne saurais vous donner un chiffre. Tout dépend des circonstances et du juge. De quelques années à quinze ou dix-huit, avec remise de la moitié pour bonne conduite, la fourchette est large.

C'était bien moins que l'emprisonnement à vie, en tout cas. Pour je ne sais quelle raison, je m'accrochai à l'idée de sept ans, un laps de temps tolérable qui, aussi long fût-il, laissait entrevoir la fin du tunnel. Je m'imaginais rendant visite à Ginny en prison année après année, elle et moi prenant de l'âge, frisant la cinquantaine quand nous envisagerions de recommencer notre vie, en France peut-être ou en Italie. Oui, à cela nous pourrions survivre.

Un camion passa dans la rue, faisant trembler les vitres et emplissant la pièce d'un grondement sourd.

– Homicide sans préméditation pourrait donc être le meilleur cheval de bataille ? demandai-je, en quête d'espoir.

– Nous devons attendre les recommandations de l'avocat de la Couronne, et il ne sera en mesure de se prononcer pour Ginny que quand il aura tout à plat devant lui et qu'il connaîtra sa version à elle.

La version de Ginny. La grande inconnue. J'étais partagé entre l'impatience de l'entendre et la crainte de ce qu'elle pourrait receler.

– Elle ne vous a rien dit ?

– Non, et je n'ai pas fait pression. Ce que j'aimerais savoir assez vite, en revanche, c'est si quelqu'un peut témoigner des lieux où elle s'est rendue le samedi après-midi. Je sais par expérience que, pour un alibi, les témoins doivent être recherchés rapidement, avant que les souvenirs ne s'estompent. Mais elle n'était pas vraiment en état de se préoccuper de cela, il faudra donc que je lui en reparle lundi.

– Des témoins pour un alibi ? fis-je avec une moue dubitative. Vous croyez que c'est possible ?

Il sembla contrarié par cette remarque, comme si j'avais manqué un point essentiel.

– Je n'ai pas à croire ou à ne pas croire, affirma-t-il. A ce stade, nous ne devons écarter aucune possibilité. Ce serait une terrible erreur que de négliger le moindre détail susceptible d'aider la défense. Une affaire ne doit jamais être perdue faute d'avoir tout essayé.

Il ne détourna de mon visage son regard énergique que quand il fut certain que j'avais compris l'importance de ses paroles. A ce moment précis, une onde de confiance en lui m'envahit, et ce fut comme si une petite parcelle de mon fardeau m'était ôtée.

– Il faudra remuer ciel et terre, dis-je.

Nous nous levâmes.

– Jusqu'au moindre petit caillou, ajouta-t-il avec un sourire timide. N'allez pas croire qu'il n'y a rien à faire, Hugh. Il est très rare qu'il n'y ait rien à faire.

Il me semblait pourtant bien, alors, que la situation de Ginny était sans espoir.

*
* *

Un coup de Klaxon retentit et je vis ma voiture sortir d'un stationnement interdit pour venir se ranger à côté de moi le long du trottoir. Julia baissa la vitre, et au premier coup d'œil, je compris à son expression qu'il n'y avait pas eu d'appel de Cumberland.

– Vous voulez conduire ? me demanda-t-elle.

Je fis non de la tête et contournai la voiture du côté passager.

– Pas de sursis, donc ? m'enquis-je en m'installant.

Elle me fusilla du regard.

– Vous y croyiez, vous ? Toute cette histoire de demander au conseil d'administration un revirement de dernière minute, c'était tout simplement Howard qui jouait sur les deux tableaux. Il n'y a jamais eu la moindre chance !

C'était fini, donc. A un moment donné, ce matin-là, Cumberland avait officiellement accepté l'offre d'une autre société, une fabrique de verre du nom de Donington. Dans leur fax d'explication à toute l'équipe de Hartford, expédié la veille à six heures du soir après que des rumeurs eurent circulé toute la journée, le conseil d'administration avait évoqué son devoir de servir au mieux l'intérêt des actionnaires, ce qu'il estimait faire en acceptant l'offre de Donington.

C'était donc terminé, pour moi en tout cas. Tard dans la nuit, George avait parlé de se battre contre le conseil d'administration de Cumberland, d'écrire à chacun de leurs actionnaires pour leur exposer les faits, de convoquer une assemblée générale extraordinaire, de les convaincre de refuser l'offre de Donington et de soutenir la nôtre. Il voulait faire flèche de tout bois, saisir les médias, les politiciens, utiliser toutes les tactiques dilatoires possibles. Tout cela était bel et bon, c'était courageux, mais au fond de mon cœur, je savais que pour moi le combat était terminé. J'étais prêt à lâcher Hartford, l'idée d'être battu par Howard ne me gênait plus. Dans l'ombre de la catastrophe qui frappait Ginny, mes propres petits combats semblaient bien dérisoires. La seule pensée qui me faisait encore frémir, c'était celle de la fermeture de Hartford, du licenciement des gens, de la mort des fourneaux.

Julia suivit le dédale des sens uniques en pestant contre le manque de panneaux indicateurs, jusqu'à ce que je lui indique la route de Totnes.

– George a informé tout le monde, n'est-ce pas ? demandai-je.

– Il l'aura fait à l'heure qu'il est. Il les avait prévenus hier de façon à les préparer. Et tant que nous y sommes à propos de personnel, ajouta-t-elle d'une voix ferme, je resterai avec vous aussi longtemps que vous voudrez de moi, un jour, un mois. Pas besoin de lettre de licenciement, merci beaucoup. J'ai un autre boulot qui m'attend dès que je serai partie.

– J'aurais bien voulu vous garder.

– Pas de problème.

– Mais vous serez au-dessus de mes moyens.

– C'est ce que me disent mes petits amis.

Je n'avais pas encore abordé ma situation financière. Maintenant que le rachat était tombé à l'eau, je devrais faire face aux frais de montage du dossier pour lesquels je m'étais engagé personnellement – les commissions des investisseurs professionnels, les honoraires des comptables et juristes. Je ne m'étais pas encore aventuré à faire l'addition, mais il s'agirait certainement d'un total à six chiffres. Et puis, plus important que tout, j'aurais à mettre une grosse somme de côté pour la défense de Ginny, et là, il ne faudrait lésiner sur rien.

– Quand a-t-elle finalement été restituée ? demandai-je en montrant la voiture.

– Mercredi.

Je cherchai des traces des examens de la police, de la poudre à empreintes ou je ne sais ce qu'ils utilisaient, mais le tableau de bord était propre et rien n'apparaissait sur les portières.

– Mary m'a dit qu'ils en avaient terminé avec Dittisham House également, ajouta Julia, mais il est trop tard pour sauver la vente, apparemment. Les gens en ont eu assez d'attendre.

Ou alors ils n'appréciaient pas la triste célébrité rapidement grandissante de la maison, mais ni l'un ni l'autre n'en fîmes la remarque.

– Mary voulait savoir si vous comptiez passer la nuit chez eux.

Je n'avais pas prévu aussi loin. Toute cette semaine, je ne m'étais décidé où coucher qu'au gré du moment ou presque, faisant parfois des kilomètres pour revenir à Londres après avoir vu Tingwall, roulant parfois quarante minutes jusqu'à Melton après avoir rendu visite à Ginny à la prison, ou un jour – ce devait être le mercredi – m'enfermant juste dans Glebe Place où je bus, sommeillai, eus des crises de larmes jusqu'à ce que, réveillé à deux heures du matin, je prenne la voiture pour aller en pleine nuit à Dittisham. Là, je descendis sur le quai pour m'asseoir sur un muret et regarder l'aube poindre. Quand il avait fait plein jour, j'étais allé au chantier naval et, à travers la palissade, j'avais regardé la silhouette du *Ellie* en cale sèche, drapé dans son linceul, et l'espace d'un instant, je m'étais remis à pleurer.

Je n'étais pas allé chez David et Mary depuis le week-end. Non pour les éviter véritablement, mais je ne me sentais guère l'envie de discuter de l'affaire de Ginny avec quelqu'un d'autre que Tingwall. Julia comprenait cela intuitivement, de même que David qui, bien que m'ayant appelé plusieurs fois, avait pris soin de s'en tenir à des questions matérielles. Mary, en revanche, serait sans doute plus difficile à refréner. Quand nous nous étions parlé au téléphone, elle n'avait cessé de poser le genre de questions auxquelles je n'étais pas disposé à répondre. Même si notre amitié m'était toujours aussi chère, même s'il m'était apparu naturel de me confier à elle au sujet de Sylvie, il en allait différemment pour Ginny, et pour l'instant du moins, la curiosité de Mary m'incitait à relever le pont-levis.

– Je déciderai plus tard, répondis-je.

– Elle m'a dit quelle vous laisserait un souper sorti au cas où vous arriveriez tard. D'ailleurs ça me rappelle... (Elle chercha derrière son siège et me tendit un sandwich.) Et on ne discute pas.

Je ne discutai pas. J'avais mangé irrégulièrement – quand j'avais mangé – et je savais que, pour être d'une quelconque utilité à Ginny, il fallait que je commence par me remettre d'aplomb.

Nous arrivâmes à Hartford sous un ciel de plus en plus sombre et sous une sorte de crachin qui jetait un voile de ténèbres sur les fenêtres de l'usine et lavait les fleurs de l'entrée de toute couleur.

Heather, la réceptionniste, leva sur moi des yeux rougis qu'elle tamponna avec son mouchoir.

– Ah, monsieur Wellesley, je suis tellement triste, sanglota-t-elle, un masque tragique sur son visage.

– Je le suis aussi, Heather.

Pendant un instant de confusion, je me demandai si c'était de Hartford que nous parlions ou de Ginny.

George, Alan et John attendaient dans l'ancien bureau de Papa. Nos poignées de main furent plus appuyées que d'habitude, à l'extrême limite de l'attendrissement.

– Nous avons peut-être perdu une bataille, Hugh, déclara George, un poing vengeur brandi en l'air, mais nous n'avons pas perdu la guerre ! Ils ont eu le culot de nous dire que l'offre de Donington était plus intéressante que la nôtre ? Eh bien c'est faux ! Ils se font payer en partie en actions Donington – peut-être avec une idée de fusion ou quelque chose comme ça derrière la tête. Or le cours actuel de l'action est de dix pence inférieur à sa valeur nominative. J'en ai parlé avec les avocats : ils sont bien d'accord qu'il y a là matière à convoquer une assemblée générale extraordinaire. Nous pouvons encore les coincer, Hugh ! Nous pouvons encore gagner !

Il délivra un rugissement d'excitation qui sembla rehausser encore le teint empourpré de ses joues.

– Vous vous êtes rudement démené, articulai-je, incapable de trouver autre chose à dire.

Nous nous rassemblâmes autour de la table, prêts à nous asseoir. Il y eut un silence pendant lequel Alan et John tournèrent leur regard vers George, attendant qu'il fasse une sorte d'annonce.

– Oui, euh…, fit ce dernier en fronçant le sourcil, nous voudrions tous vous exprimer notre tristesse pour ce qui est arrivé à votre femme, Hugh. Et nous voulons que vous sachiez que, si nous pouvons faire quelque chose, n'importe quoi, vous pouvez compter sur nous.

– Merci beaucoup.

– Je m'associe totalement à cela, fit Alan.

– Moi aussi, ajouta aussitôt John.

– Merci. Tout ce que je puis dire… (même ces quelques mots me furent difficiles à trouver)… c'est que j'apprécie votre délicate pensée. Et si mes problèmes familiaux ont fait basculer la décision de Cumberland à notre détriment, j'en suis profondément navré. Pour vous et pour tout le monde à Hartford.

George se récria et Alan lui emboîta aussitôt le pas.

– Ecoutez, Cumberland avait décidé depuis le début de nous mettre des bâtons dans les roues, n'est-ce pas ?

– Howard, vous voulez dire, rajouta George. D'une façon ou d'une autre.

– Ne vous culpabilisez pas, Hugh, m'exhorta Alan. Ce devait être la bagarre, de toute façon.

Ils disaient ce qu'ils pensaient que je voulais entendre, mais je savais, tout comme eux certainement, que le bruit fait autour de Ginny, la terrible gravité du délit, et le fait qu'avec tous mes problèmes, je n'étais plus en mesure de véritablement m'impliquer dans Hartford, avaient dû lourdement peser contre nous.

Il y eut un nouveau silence, un instant de mutuelle commisération et de gêne, avant que nous ne laissions le sujet de côté.

Sans même attendre que nous fussions complètement installés sur nos sièges, George entama l'exposé de son plan d'attaque.

– La première étape, fit-il avec entrain, est de provoquer une assemblée générale extraordinaire. Tout ce qu'il nous faut, c'est le soutien de dix pour cent des actionnaires. Avec votre portefeuille, Hugh, et celui de votre frère…

– George… (Peut-être eut-il prescience de ce que j'allais dire car il fronça le sourcil.) Etes-vous certain d'avoir encore Zircon et les banques derrière vous ?

J'avais utilisé le « vous » à la place du « nous », mais s'il remarquait que je m'excluais de l'opération, il n'en laissa rien paraître.

– J'allais y venir, s'empressa-t-il de répondre. Je suis bien conscient qu'il ne sera pas facile de les convaincre d'attendre, mais si nous voulons que cette AG extraordinaire voie le jour, nous avons intérêt à faire vite.

– Je crois que vous avez intérêt à faire vite avec les banques aussi, dis-je avec le plus de diplomatie possible. Ils n'étaient déjà pas très chauds, la nouvelle de l'offre de Donington risque de les achever. A mon avis, il n'y a pas de temps à perdre.

Ces mots déclenchèrent un échange de regards entre George et Alan.

– En fait, reprit le premier, nous espérions que vous pourriez peut-être vous charger des banques. Nous aurions toutes les chances, avec vous.

– Ne dites pas de bêtises. Vous n'en auriez aucune, au contraire. Elles ne voudront plus entendre parler de moi.

– Pourquoi donc ?

Etait-ce là une marque de fidélité hors de propos, ou ne voyaient-ils réellement pas le problème ?

– George, même sans parler de ma crédibilité personnelle, elles sauront que je suis obligé de lâcher les rênes, que je ne peux plus m'y consacrer à cent pour cent, et elles auront tout à fait raison.

– Nous comprenons que ce ne sera pas facile pour vous, Hugh. Que votre temps sera limité. Mais nous en avons parlé et nous ne pensons pas pouvoir y arriver seuls.

– Vous pourrez fort bien vous passer de moi.

George ignora cette remarque.

– Vous savez parler le langage des banquiers.

Comment lui faire comprendre que c'était fini ?

– Je n'en suis plus, George.

– Nous nous occuperons du reste, des questions juridiques, du gros œuvre. Vous serez déchargé de tout. Juste les banques, Hugh, supplia-t-il. S'il vous plaît, faites un essai.

J'avais oublié combien George savait se montrer tenace et combien cette qualité, si précieuse pour un directeur de la production, pouvait devenir pénible dès lors qu'on la subissait.

– Je n'ai simplement pas le cœur à ça, articulai-je pour lui mettre les points sur les i.

– C'est ce que vous ressentez pour l'instant, Hugh, et nous comprenons. Mais consacrez-y un petit moment. Quelques jours, disons une semaine.

– Je n'aurai pas le temps, martelai-je de nouveau. Franchement pas le temps.

– C'est comme ça aujourd'hui, mais plus tard, vous en aurez peut-être un peu plus et alors vous serez bien content d'avoir un projet.

Contre toute attente, cela toucha une corde sensible. Pour les mois à venir, j'avais prévu de consacrer mon temps à Ginny, à consulter des avocats, à faire tout ce que je pouvais. Mais à présent que le choc initial s'était quelque peu estompé, je m'apercevais que j'avais peut-être trop idéalisé mon rôle, ou du moins que je l'avais vu de façon trop simpliste. Une fois Ginny en liberté sous caution, il se pourrait qu'elle ne veuille pas m'avoir tout le temps accroché à ses basques, et que de mon côté, j'aie besoin d'un dérivatif : l'un et l'autre éprouverions peut-être le besoin urgent d'avoir un semblant de vie normale.

Voyant le défaut de ma cuirasse, George abattit sa dernière carte.

– Nous devons cela à nos gens, Hugh, fit-il en essayant de façon flagrante de me prendre par les sentiments. Sinon ils vont se retrouver sur le carreau, pointer au chômage, perdre leur technicité. Vraiment, nous devons faire une dernière tentative pour eux.

– Je pourrais causer plus de tort que de bien, auprès des banques.

– Nous prenons le risque.

– Vous ne direz pas que je ne vous ai pas prévenus. (Ils attendaient.) Bon, je vais *réfléchir*, concédai-je avec un soupir, bien conscient que cela avait valeur de promesse et que, d'une manière ou d'une autre, j'avais réussi à me faire coincer.

*
* *

Je déposai Julia à la gare et poursuivis jusqu'à Dartmouth pour voir David. Son cabinet, un local utilitaire à un seul étage qu'il partageait avec ses deux associés, se situait en haut d'une pente abrupte qui dominait le port avec vue jusqu'à Kingswear et la marina. Parmi la forêt de mâts, je me surpris à chercher la forme effilée de la vedette des douanes et me demandai si les douaniers avaient été au courant des activités de Sylvie avant notre traversée pour la France. J'écartai instantanément cette pensée de mon esprit. Quelle importance, à présent ? C'était terminé. Sylvie ne reviendrait jamais plus. Sauf pour détruire ma vie, peut-être.

Le cabinet avait été refait à neuf depuis ma dernière visite, la salle d'attente dotée de chaises en bois clair à siège rembourré, de plantes en pot, de reproductions encadrées et, au mur, d'un panneau électronique indiquant aux patients quand leur médecin était prêt à les recevoir.

Cinq personnes attendaient, mais après dix minutes, la réceptionniste me fit signe de venir.

Le couloir menant à la pièce de David était orné de photos et de posters de voitures de course qu'il avait amassés pendant la période, au sortir de l'adolescence, où il avait nourri la passion et l'espoir de devenir pilote amateur. Comme la plupart de ses ambitions les plus extravagantes du moment – faire voler des montgolfières, investir dans une affaire d'affrètement de yachts aux Caraïbes – celle-ci avait été victime de la rigueur financière à laquelle Papa nous astreignait tous les deux. David l'avait fort mal reçu, comme un injuste refus de son héritage alors que Papa avait toujours bien pris la peine de nous expliquer comment nos fidéicommis avaient été établis, nous précisant depuis notre jeune âge que nous n'aurions aucun capital avant nos trente ans. Je n'ai jamais compris pourquoi David n'avait pas tout simplement accepté cela ou comment il avait pu penser arriver à passer outre. Quoi qu'il en soit, il avait été régulièrement, et à ses yeux injustement, déçu.

Il fit le tour de son bureau et m'agrippa maladroitement par les épaules. Je crus sur le moment qu'il voulait m'étreindre, ce qui nous aurait l'un comme l'autre mis mal à l'aise, mais au lieu de cela, il me donna une petite secousse, une sorte de bourrade de réconfort. Puis il recula, comme s'il regrettait de s'être laissé aller.

– Vacherie d'affaire ! s'exclama-t-il enfin.

Je ne pus qu'acquiescer de la tête.

– Est-ce que Tingwall avance ? demanda-t-il en me faisant signe de m'asseoir comme à un patient. C'est vraiment le meilleur avocat local : je me suis encore renseigné sur lui, dans mon entourage. (Il tira une autre chaise et vint s'asseoir à côté de moi.) Il est vrai qu'être le meilleur par ici n'est pas forcément une référence, admit-il en levant les yeux au ciel devant les limitations de la province. Est-ce que tu comptes voir quelqu'un sur Londres ?

– Je prends des avis à ce sujet.

– Choisis le meilleur, m'exhorta-t-il. Et un avocat de la Couronne ? Tingwall va-t-il t'en solliciter un ?

Nous avions déjà une fois, peut-être deux, parlé de cela au téléphone. David avait-il oublié ou insistait-il pour enfoncer le clou, je ne savais dire.

– Et du point de vue médical ? poursuivit-il méthodiquement comme un chef d'entreprise passant en revue l'ordre du jour. Tout va bien de ce côté-là ?

– Nous demandons un certificat à son spécialiste de l'asthme attestant qu'elle doit être libérée sous caution pour raison de santé.

– As-tu besoin de quoi que ce soit dans ce domaine ? questionna-t-il presque violemment.

– C'est la raison de ma venue, en fait. Nous avons besoin d'un bon psychiatre. De quelqu'un qui soit prêt à déclarer que Ginny n'est pas suicidaire. Sinon, ils pourraient lui refuser la liberté sous caution.

Cette mise à contribution sembla éclairer le visage de David. Il réfléchit en tapotant ses doigts les uns contre les autres.

– Il y a un gars qui s'appelle Jones, établi à Bristol.

– Il est bien ?

– Il fera le nécessaire, si c'est ce que tu veux dire. (A entendre le ton confidentiel de sa voix, on les eût pris, Jones et lui, pour deux mafiosi s'adonnant au trafic de faux certificats médicaux.) Je lui parlerai cet après-midi.

Il s'empara d'un bloc et inscrivit une note.

– Tingwall a trouvé un certain Robertson, mais (cela me fit encore peine à dire) il semble estimer que Ginny pourrait constituer un danger pour elle-même.

Ayant besoin d'être rassuré, je levai un sourcil interrogateur.

– C'est vrai que n'importe qui pourrait céder au désespoir dans sa situation, non ? Faire face à tout ça, grands dieux ! (Il grimaça à cette pensée puis eut un soudain frisson.) Mais si elle a un coup de déprime, quelques médicaments bien ciblés devraient vite la remettre sur pied.

– Tu es sûr ?

J'étais impatient de voir Ginny remise en liberté, mais parfois, la perspective de devoir m'occuper d'elle tout seul m'angoissait.

– Oh oui. Jones saura quoi lui prescrire.

Il y eut un silence pendant lequel nous échangeâmes un bref regard.

– Il n'y a rien d'autre que je puisse faire ?

Je secouai négativement la tête.

Il y eut un nouveau silence pendant lequel David sembla préparer ses paroles.

– Ecoute, fit-il d'un air embarrassé, ce ne sont pas mes affaires et je ne voudrais surtout pas... *m'immiscer.* (Il grimaça de nouveau, prêt à des objections, avant de poursuivre sur un ton bourru.) Mais qu'ont-ils comme preuves, sacré nom ? Ont-ils le moindre élément ? Il y a forcément une bourde quelque part, car il est fou de penser que Ginny...

Il s'arrêta net comme s'il en avait déjà assez dit.

Je n'aurais jamais imaginé David se faisant ainsi ouvertement le héraut de la cause de Ginny, je n'aurais jamais imaginé qu'il puisse se montrer à ce point préoccupé. J'en fus ému. Avec ce détachement qu'il affichait depuis si longtemps et son aversion pour les vaines confidences, il se tenait d'habitude au large de ce qu'il appelait « les histoires ».

– Ils ont établi que Sylvie avait été tuée sur le bateau, dis-je sur un ton heurté. Ils ont aussi une empreinte digitale de Ginny découverte à bord. Enfin, un témoin l'aurait vue rejoindre le *Ellie* à la rame, le samedi après-midi.

Il fronça le sourcil.

– Une empreinte digitale ? Mais qu'est-ce que ça prouve, sacré nom ? Ginny est si souvent venue sur le bateau !

– Non, c'est que... c'était une empreinte ensanglantée, vois-tu. Du sang de Sylvie.

– Ah, fit-il d'un air contrarié. (Il regarda pensivement derrière moi puis secoua la tête.) Mais ne pourrait-il y avoir d'autre explication ? Est-ce qu'elle n'aurait pas pu... je ne sais pas, moi (sa main pirouetta en l'air)... entrer en contact avec ce sang d'une autre manière ? Après l'acte, ou... (Il se trouva à court d'idées, comme moi chaque fois que je me lançais dans le même exercice.) Mais bon, ajouta-t-il vivement quand il s'aperçut avec inquiétude que j'étais sur le point de craquer, il y aura un moyen de la tirer de là, Hugh. Il y a toujours un moyen. Un fait qui leur aura échappé, un témoin qui ne se sera pas manifesté, une procédure à trouver avec les avocats. C'est pour cela que tu dois te payer les meilleurs défenseurs qu'il y ait sur le marché. D'accord ?

Mais rien ne pouvait me rendre moins sombre.

– Ginny est tout simplement incapable d'une chose pareille, David. Elle ne peut pas l'avoir fait.

Il changea de position sur son siège.

– Non.

– Elle n'aurait pas pu, parvins-je à peine à articuler avec un filet de voix. (Il hocha la tête d'un air sombre.) Elle...

Mes mots restèrent dans ma bouche tellement mes lèvres étaient crispées l'une contre l'autre.

David se pencha en avant, avança une main incertaine comme pour me consoler, puis se ravisa et la porta à son menton.

– Il n'y a aucune violence en elle, dis-je en haletant, aucune. Elle ne ferait pas de mal à une mouche, elle ne pourrait pas...

– C'est sûr.

Il se leva brusquement, alla chercher de l'eau et des Kleenex qu'il poussa devant moi, puis me laissa le temps de me moucher et de retrouver mes esprits.

– Je retarde tes patients, dis-je.

– Oh, ils ont l'habitude, éluda-t-il avec désinvolture. A toi, maintenant. As-tu besoin de quelque chose pour dormir ? Ou pour te requinquer ?

– Non, ça va, affirmai-je en essayant de prendre un air un peu moins lugubre.

– Si je te donnais quelque chose quand même, juste en cas ?

Je me levai et me mouchai une dernière fois.

– David, il n'existe pas de cachets pour ce que j'ai.

– Tu serais surpris de ce que le Prozac peut faire, dit-il en levant un sourcil d'un air satanique.

– Merci, je préférerais ne pas le découvrir maintenant.

– Mes patients vivent carrément avec, déclara-t-il, impassible. Et pas à petite dose, ça les tient bien et ça les calme.

Comme souvent, je ne savais trop s'il s'agissait d'un trait de l'humour noir de mon frère.

Il me raccompagna jusqu'à la porte de la salle d'attente puis, reprenant un peu de son ancienne attitude, m'expédia d'un vague sourire presque impatient.

Je déverrouillai ma voiture lorsqu'un petit coup de Klaxon me fit lever les yeux : je vis la voiture de Mary franchir en trombe le portail d'entrée et se garer n'importe comment. Elle descendit et s'approcha à grands pas.

– Ah, ce n'est pas trop tôt ! David m'a dit que tu allais passer. Je suis tellement contente de te mettre enfin la main dessus ! (Elle me déposa une bise sonore sur la joue puis, m'agrippant par le bras, me dévisagea avec une affectueuse sollicitude.) Comment vas-tu ?

Je répondis par une expression mi-figue mi-raisin.

– Bon, ce soir, tu restes à la maison, n'est-ce pas ?

– J'aimerais bien, mais...

J'eus un geste évocateur de difficultés.

– Allons, viens chez nous !

– Vraiment, je ne peux pas !

Elle fit la grimace.

– Mais pourquoi, sacré nom ? Où vas-tu donc ?

– A Melton. Il faut que j'aille jeter un coup d'œil.

Elle secoua la tête.

– Reviens prendre un café rapide, alors !

– Mary, ça me ferait très plaisir mais je n'ai pas le temps.

– Il faut pourtant que je te parle ! (Elle agrémenta ses paroles d'un bref sourire pour adoucir le ton de reproche de sa voix.) J'ai des choses importantes à te dire.

– Quelles choses importantes ?

– Je t'expliquerai si tu viens prendre le café. Ce sera plus facile.

Je ne pus masquer mon exaspération.

– Mais enfin, à quel sujet, Mary ?

– De l'affaire, bien entendu !

J'eus un frémissement d'espoir.

– Tu as du nouveau ? Je t'en prie, dis !

– C'est difficile à expliquer comme ça.

– Mary, dis vite, maintenant, je t'en supplie !

Elle me lança un regard faussement vexé, mais sa mimique n'était pas que plaisanterie.

– Je ne vois pas pourquoi il est si difficile de passer une minute à la maison ! (Sa bonne humeur s'était empreinte de nervosité, et je compris qu'elle aussi commençait à mal supporter cette soudaine triste publicité faite autour de la famille.) Très bien, très bien ! s'écria-t-elle comme si elle cédait au caprice d'un enfant. Mais ne restons pas aux quatre vents, au moins.

Nous allâmes dans ma voiture. Mary repoussa ses cheveux en arrière et je crus vaguement remarquer qu'elle avait fait quelque chose de nouveau, sinon de totalement convainquant, à sa coiffure. Elle s'était maquillé les yeux, également, d'une teinte de bleu qui contrastait violemment avec ses joues roses et ses sourcils foncés.

– Bon ! commença-t-elle avec force. Ce que je voulais te dire, c'est que j'ai fait des recherches. D'abord, je me suis plongée dans mes vieux ouvrages de droit – ceux qui me restent, du moins. Ensuite, je suis allée consulter la bibliothèque juridique d'un ami qui est plus actuelle, et enfin je suis allée parler à une relation que j'ai à Londres et qui est un as en matière de précédents. Bref, il semble qu'il y ait eu des affaires très révélatrices dans les années récentes. (Elle parlait vite, avec véhémence.) Celle d'une femme qui a tué la maîtresse de son mari, par exemple : elle a plaidé homicide sans préméditation avec circonstances atténuantes et n'a écopé que de huit ans. Ce qui veut dire qu'elle n'en a effectué que quatre. Pourtant, il y avait de forts soupçons de préméditation – elle s'est rendue au domicile de sa rivale armée d'un marteau. Soi-disant avec pour seule intention de briser les fenêtres, mais bon... (Elle prit l'air entendu avant d'enchaîner sur le même rythme.) Et l'histoire de cette femme qui a surpris son mari au lit avec une autre, qui est allée prendre un couteau dans la cuisine et qui est remontée dans la chambre pour le poignarder. Elle a mis cela sur le compte d'un coup de folie dû au syndrome prémenstruel. Elle est pratiquement ressortie libre...

– Mary, qu'essaies-tu de me dire, exactement ? l'interrompis-je d'une voix posée.

Je l'avais arrêtée sur sa lancée.

– Ce que *j'essayais* de te dire, c'est que dans ce genre d'affaire, un indice de préméditation échappe souvent au jury et...

– Non, ce que je veux savoir, c'est où tu veux vraiment en venir.

– Si tu veux bien me laisser t'expliquer...

– S'il te plaît, fis-je en levant les deux mains, c'est très gentil mais je ne crois pas être en mesure d'entendre tout ça.

Elle eut un bref sourire machinal.

– Je voudrais seulement te faire comprendre qu'avec une responsabilité atténuée et la préméditation non établie, elle pourrait s'en tirer avec presque rien ! Juste quelques années !

– Je vois, fis-je sèchement, je vois. Merci de t'être donné cette peine.

Préférant ne rien ajouter, je m'extirpai de la voiture et partis regarder le port, en contrebas.

J'entendis claquer la portière de Mary.

– Hugh ! cria-t-elle en s'approchant derrière moi. Je voulais seulement te montrer que le tableau n'est pas forcément aussi noir… Quelques années, après tout, ça passe vite, n'est-ce pas ?

Cela me sembla soudain fort long, au contraire, bien plus que dans le bureau de Tingwall. Et je fus extrêmement choqué de la façon dont Mary présumait Ginny coupable, par sa manière de présenter quelques années de prison comme une sorte de lot de consolation. Dans ma détresse, il me vint que, derrière sa façade de sollicitude, David lui-même pensait peut-être Ginny coupable. Peut-être tout le monde la pensait-il coupable.

Peut-être aussi avais-je cette réaction violente parce que tout au fond de moi, à l'encontre de mes vœux les plus chers, c'était également ce que je pensais.

★
★ ★

Ginny apparut enfin. Quand elle me vit, elle baissa les yeux et se faufila lentement entre les tables déjà occupées. Elle était habillée avec goût, remarquai-je, d'une jupe flottante qui lui descendait aux chevilles avec un haut assorti, tandis que ses cheveux, fraîchement lavés et peignés, chatoyaient de reflets ambrés à la lumière.

Nous nous étreignîmes brièvement et nous assîmes de part et d'autre de la table en Formica.

– Comment vas-tu ? demandai-je en scrutant son visage.

Elle sembla réfléchir avant de répondre.

– Oh… Ils m'ont donné des cachets. Des tranquillisants, je crois. Ça aplanit un peu les choses.

C'était plus qu'elle ne m'en avait dit lors de mes deux précédentes visites.

– Tu as meilleure mine, dis-je avec un sourire.

Ce n'était pas vrai. Elle avait maigri, ses yeux paraissaient agrandis dans son visage, ses joues étaient creuses. Mais le regard vide qui m'avait tant bouleversé lors de ma dernière visite s'était estompé et je retrouvais quelque chose de l'ancienne Ginny dans son expression.

– Et ta chambre ? Est-ce qu'ils t'ont déménagée ?

Elle hocha imperceptiblement la tête.

– Je suis toute seule. Ce n'est pas donné à tout le monde.

– Ça, c'est déjà bien !

– Et elle est ensoleillée.

– Merveilleux ! répondis-je avec un enthousiasme un peu forcé. Et ta santé ? As-tu assez d'inhalateurs ? As-tu vu un docteur ?

Elle mettait du temps à se concentrer.

– Plus d'un, répondit-elle enfin. Deux... trois. Des psychiatres, surtout.

– Tu vas en voir encore un autre, tu sais, annonçai-je précautionneusement. Il s'appelle Jones. Est-ce que Tingwall t'en a parlé ? C'est pour être sûr de faire passer notre demande de libération sous caution.

Elle parut chercher comme si sa mémoire lui jouait des tours.

– Nous avons besoin qu'un spécialiste puisse certifier que tu es en état de rentrer à la maison. Tingwall aurait dû te prévenir.

– Je ne savais pas quoi dire, murmura-t-elle. Il n'arrêtait pas de me demander comment je voyais l'avenir.

– Qui ? Robertson ?

– Qu'est-ce qu'il fallait que je dise ? (Elle m'adressa un regard désemparé.) Je ne savais pas ce qu'il voulait.

Je lui pris la main.

– Ne t'inquiète pas, chérie. Laisse Jones s'occuper de ça quand il viendra. Il fera ce qu'il faut.

Il y eut du vacarme à une table voisine, un enfant se mit à crier.

– On va me libérer sous caution ? demanda Ginny d'un air las quand l'enfant se fut calmé.

J'hésitai.

– Tingwall pense qu'il y a une excellente chance.

Je lui parlai de l'avocat de la Couronne, et comment Tingwall essayait d'anticiper sur les objections éventuelles de la police ou du ministère public. Mais elle avait remarqué mon hésitation et comprit. Elle comprit qu'il ne fallait pas trop compter sur une libération prochaine.

– Ecoute, fis-je en instillant une note d'optimisme dans ma voix, j'ai eu une longue conversation avec lui. Nous avons commencé à faire un plan d'ensemble. Nous disposons de six mois, peut-être un peu plus, avant le procès. Cela lui donne tout le temps de préparer la meilleure défense possible. Sois-en convaincue, chérie : nous aurons les meilleurs avocats, les meilleurs experts, les meilleurs médecins – tout ce qu'il faudra. Aucun détail ne sera négligé. Aucun !

Elle m'écouta attentivement mais ne parut pas davantage réconfortée.

Je repartis à la charge.

– Quant à l'aspect tactique, nous avons plusieurs possibilités d'approche. Tingwall les a passées en revue avec moi... Ginny ?

Elle rentrait les lèvres, clignait rapidement les yeux : mauvais signe.

– Chérie, l'implorai-je en vain.

Elle retira sa main, baissa les yeux sur la table et secoua la tête. C'était à la fois une supplique et un avertissement. Elle ne voulait pas en parler.

Je battis en retraite et cherchai un terrain plus sûr. Il y eut un long silence.

– La situation est toujours aussi chaotique à Hartford, commençai-je sans conviction. Tout le monde s'agite...

Elle me fit signe de la tête qu'elle m'écoutait.

– Mais j'ai pris du recul pour un certain temps. Qu'ils se débrouillent. Ça fait du bien, de se sentir en dehors. Je pourrais d'ailleurs l'envisager définitivement, ajoutai-je pour détendre un peu l'atmosphère.

Elle n'eut en réponse pas l'ombre d'un sourire.

– Et le rachat ?

– Plus de bas que de hauts en ce moment, répondis-je avec un haussement d'épaules. Mais bon, ça faisait partie des risques.

– Désolée.

– C'est de ces choses... (Il y eut un autre silence pendant lequel je me sentis de plus en plus désorienté.) Au fait... l'agence immobilière dit qu'il y aurait peut-être des gens intéressés par Melton.

– Ce serait bien, fit-elle visiblement avec effort. Avant qu'ils n'aillent visiter, demande à Mrs. Hoskins de mettre plein de fleurs partout, veux-tu ? Ça fait une telle différence.

Deux jeunes enfants passèrent à toute allure. Nous retombâmes dans le silence.

– Toujours pas de nouvelles des agences de France, en revanche, dis-je.

Elle eut un long soupir saccadé.

– Je suis désolée, haleta-t-elle. (Je compris qu'il n'était plus question de maisons.) Je sais que tu essayais de me rendre service.

– Ce n'est rien.

– Je trouve ça tellement dur... Tu comprends (elle leva enfin les yeux), chaque fois que j'y pense, je ne vois aucune issue, et ça m'effraie à en mourir.

Une ombre d'effroi passa entre nous.

– Ginny, il y *aura* une issue. Attends de voir Tingwall, il t'expliquera toutes les possibilités. Je te le promets : il y *aura* une issue ! Dis-lui simplement tout ce qu'il a besoin de savoir. Je t'assure !

Elle secoua lentement la tête.

– Mais que veux-tu que je lui dise ?

Sentant qu'elle était peut-être au bord de quelque révélation capitale, saisi d'un terrible mélange de peur et de curiosité, je l'incitai à aller de l'avant.

– Tu dois lui dire tout ce qui pourrait être d'une quelconque utilité. Par exemple où tu étais le samedi après-midi, à quelle heure exactement, qui aurait pu te voir... Il doit bien y avoir quelqu'un, chérie. A Glebe Place, ou sur l'autoroute, ou bien...

– Mais non... J'y étais, là-bas.

Ce commentaire glissa dans l'onde étale du silence et dessina à la surface une petite ride qui enfla, enfla...

– Je ne peux pas prétendre le contraire. C'est bien pour ça qu'ils ne me croiront jamais. (Elle éclata d'un rire âpre, proche des larmes.) Jamais !

Ma respiration resta bloquée dans ma poitrine.

– Là-bas... Tu veux dire à Dittisham ?

Elle confirma d'un sec hochement de tête.

– Tu... (Je pus à peine poser la question.) Tu n'étais pas du côté du bateau, par contre ?

– Je pensais que tu étais à bord. J'ai voulu aller t'y rejoindre.

Je fus glacé d'horreur. Une sensation de nausée me prit à l'estomac.

– Et ensuite ? murmurai-je.

Je crus, l'espace d'un instant, qu'elle n'allait pas répondre. Des larmes perlèrent à ses paupières.

– Je l'ai trouvée là.

Je ne pus que répéter.

– Trouvée là ?

Elle porta une main à sa tête, comme si elle avait mal.

– Ginny, Ginny... (J'essayai de donner à ma voix le ton le plus naturel.) Que veux-tu dire ? Qu'elle était morte ?

Elle demeura silencieuse.

– *Ginny ?* suppliai-je. Explique-moi !

Elle se massa les tempes.

– Ça n'a pas d'importance.

– Mais est-ce bien ce que tu voulais dire ? De grâce, *parle* !

Elle me fixa alors droit dans les yeux, d'un regard résigné et vaincu avec enfin, imperceptible mais indéniable, un léger battement de cils de confirmation.

Mon esprit se lança aussitôt dans différentes directions, déroutantes voire effarantes.

– Mais Ginny... pourquoi ne l'as-tu révélé à personne ? Pourquoi ne pas l'avoir mentionné dans ta déposition ?

Elle secoua la tête, lentement, interminablement.

Je me penchai sur la table, lui saisis sans ménagement les deux mains.

– Tu dois leur dire maintenant ! Tout de suite !

– Ça n'apporterait rien de bon.

– Pourquoi donc, sacré nom ?

– Oh, Hugh...

Elle m'adressa un long regard apitoyé.

– Je ne comprends pas.

Mais elle se ferma à moi. Son visage se vida de toute expression, elle baissa les yeux.

Je m'efforçai de donner un sens à tout cela, j'essayai de saisir ce qu'elle me disait. Je me sentis blessé et troublé de son manque de confiance en moi, tout s'emmêlait, et pendant un moment, je me sentis moi aussi devenir fou.

# 10

DANS les tribunaux anglais, il y a deux sortes de magistrats, m'éclaira Tingwall. Ceux qui sont rétribués, familièrement appelés « pros », des juges de tribunal d'instance qui siègent seuls et qui sont des professionnels à plein temps, et ceux qui ne sont pas professionnels, des juges de paix à temps partiel, les JP, qui ne siègent que quelques jours par mois et en triumvirat avec deux autres JP.

Exeter n'avait pas de pros, seulement des JP. Cela ne m'aurait fait ni chaud ni froid et je n'y aurais certainement vu aucun désavantage particulier si je n'avais entendu Grainger, notre avocat de la Couronne, faire ce commentaire à Tingwall : « Ah, si nous avions un pro… » Voyant que j'avais relevé, il s'expliqua, avec toute l'affectation narquoise de son accent précieux :

– Les JP peuvent être d'atroces vieilles bonnes femmes paralysées par la peur de commettre une erreur. Et qui, par conséquent, commettent effectivement souvent des erreurs.

Cela ne me tourmenta guère. D'abord parce que je vis dans cette remarque une façon pour lui de couvrir ses arrières, ensuite parce qu'après avoir attendu une bonne heure dans le hall du tribunal, je commençais à me dire que Grainger lui-même pourrait constituer un bien plus gros handicap encore. Son style londonien, tout d'arrogance et de hauteur, me semblait devoir inéluctablement indisposer le juge de la même manière qu'il m'avait si copieusement exaspéré. J'essayai de raisonner cette antipathie, mais sa façon de se rengorger, sa voix emphatique et sa morgue me mirent tellement hors de moi que je me résolus à sortir prendre l'air autour du bâtiment. Tingwall eut beau m'assurer que Grainger était l'un des meilleurs avocats criminalistes du pays et qu'il n'avait pas acquis sa réputation par hasard, quand notre affaire fut appelée, j'étais convaincu qu'il constituait à tous points de vue une monumentale erreur.

Je reconnus l'un des juges hommes d'une précédente mise en détention préventive, mais les deux autres, un homme et une femme, étaient nouveaux. Les deux hommes devaient avoir la soixantaine, l'un du style homme d'affaires prospère, l'autre en tweed cossu évoquant plutôt un propriétaire terrien ou une profession libérale. La femme, plus jeune, avait la quarantaine stylée. C'était le genre de personnes que Ginny et moi avions parfois rencontrées lors de nos week-ends dans le Wiltshire, mais je ne savais si je devais en tirer encouragement ou non.

Des escaliers montaient directement des cellules des prévenus, en contrebas, au banc des accusés, et sur fond sonore de claquements de portes souterraines et de bruits de pas traînants, Ginny fit son apparition, encadrée devant et derrière par des policiers en uniforme. Ce spectacle me bouleversa tant il semblait grotesque, comme si Ginny avait été victime de quelque abominable substitution d'identité.

Elle ne regarda pas dans ma direction tandis qu'elle rejoignait le banc et s'installait. Les débats commencèrent aussitôt. Grainger annonça qu'il représentait Ginny et fit sa demande de liberté sous caution.

L'accusation s'y opposa compte tenu de la gravité des faits reprochés, et sur la foi du rapport du psychiatre de la prison qui mentionnait une fragilité mentale de la prévenue pouvant constituer un danger pour sa propre personne.

Grainger se leva et entama sa plaidoirie. Je dus faire effort pour l'entendre. Je crus d'abord que c'était juste une mise en train, qu'il travaillait sa voix pour l'amener à une tessiture plus théâtrale, mais je ne tardai pas à comprendre que ce ton posé et sobre était celui qu'il avait délibérément choisi pour l'occasion, l'avocat-acteur jouant alors le défenseur sincère et sans prétention. A mesure qu'il plaidait, évoquant le passé irréprochable de Ginny, son bon caractère, sa vie exemplaire, son travail de bienfaisance, sa santé fragile qui, avis médicaux à l'appui, se dégraderait de façon dramatique si elle n'était autorisée à rentrer chez elle, force me fut de reconnaître sa valeur – d'abord à contrecœur, puis avec une admiration grandissante. Ce fut une démonstration magistrale de pondération et de retenue, avec juste la petite touche d'humilité qui convenait. Si je ne l'avais préalablement rencontré, j'aurais vu en lui un homme délicieux.

Sans donner la moindre indication sur la façon dont Ginny allait plaider, il parvint à la faire paraître comme incapable de faire de mal à une mouche, et soudain, l'idée de son innocence commença à doucement et discrètement s'installer dans la salle. Il insista sur le fait que Ginny retournerait au sein de son foyer avec le plein et entier soutien de son mari, de sa famille et de ses proches amis.

Calmement, Grainger invita la cour à se reporter à l'expertise d'un éminent psychiatre, le docteur Jones, qui, s'il convenait que Ginny s'était trouvée en état de choc et de dépression pendant la semaine qui avait suivi son inculpation, affirmait qu'à présent, avec le début de son traitement, elle avait recouvré une disposition d'esprit stable et sensée et ne constituait plus un danger pour elle-même. La santé mentale de Mrs. Wellesley continuerait à être surveillée par le docteur Jones qui la verrait au moins une fois par semaine. Maintenir Ginny en détention n'apporterait rien de bien, se résuma-t-il, lui accorder la liberté sous caution n'apporterait rien de mal. Il proposa l'assignation à résidence à Melton avec remise du passeport de Ginny, assortie d'une caution à discrétion de la cour.

Tingwall m'avait prévenu que les juges se retireraient pour délibérer, si bien que je fus complètement pris au dépourvu lorsque, après un bref entretien entre eux et consultation du greffier, le président annonça directement que la liberté sous caution était accordée avec assignation à résidence à Melton, retrait du passeport et une caution de cinquante mille livres.

Tingwall tenait les papiers prêts, la caution fut acceptée, ce sur quoi la cour se retira pour aller déjeuner.

Je me frayai un chemin à travers la tribune du public, passai devant l'huissier et pénétrai dans l'enceinte de la cour. Ginny se tourna vers moi et accueillit mon étreinte aussi enveloppante que maladroite avec impassibilité.

– Nous rentrons à la maison, dis-je en contenant à peine mon émotion. Je te ramène chez nous.

– Tu y seras ?

Je fus un peu dérouté par sa question.

– Bien entendu. Où veux-tu que je sois sinon ?

Grainger s'approcha et je lui serrai la main.

– Merci. Vous avez été magnifique.

Il eut un petit sourire comme si, conscient de ce que j'avais préalablement pensé de lui, il s'amusait de m'avoir prouvé que j'avais tort.

– Peut-être préférerez-vous sortir par l'arrière, me fit-il remarquer en tournant les yeux vers un groupe de journalistes attroupés à côté de la porte. Ils ne peuvent pas vous ennuyer à l'intérieur du bâtiment, mais ils vont essayer de prendre des photos à l'extérieur. Je déconseille qu'elle se couvre la tête d'un vêtement, cela fait une très fâcheuse impression. Les lunettes noires ne sont pas idéales non plus. Alors la tête de profil, les cheveux cachant les traits, la famille formant écran des deux côtés et devant ?

Je ne m'étais pas préparé à cela. Par réflexe, je me tournai vers Tingwall.

– Je vais aller me rendre compte, dit-il d'un air perplexe.

Je compris qu'il ne s'y était pas préparé non plus.

La voix de David s'éleva derrière moi.

– Mets-moi en avant-garde. Je suis bon, pour faire place nette.

– Je ne savais pas que tu étais là, m'esclaffai-je.

– J'étais en retard. Je me suis glissé au fond. (Il embrassa Ginny brièvement sur la joue.) Si j'allais chercher ma voiture pour l'amener vers un côté ?

Tingwall obtint l'autorisation de nous faire sortir en traversant le bureau du tribunal. David, avec le plus grand sérieux, régla sa montre sur la mienne et partit en reconnaissance. Tingwall nous emmena, Ginny et moi, dans le bureau du tribunal comme si nous avions d'autres formalités administratives à remplir. Deux reporters au visage de fouine nous suivirent à travers le hall et firent les cent pas devant la porte du bureau sans essayer le moins du monde de cacher leurs intentions. Quelqu'un alla chercher le sac de Ginny dans sa cellule, nous trouvâmes d'autres raisons d'ouvrir régulièrement la porte afin de bien montrer que nous étions toujours à l'intérieur, puis à la minute convenue, nous nous précipitâmes vers la sortie latérale pour nous engouffrer dans la Mercedes de David.

Nous aurions probablement évité le gros de la presse si la barrière automatique n'avait été aussi lente à s'ouvrir. Obligés de nous arrêter en pleine vue de tout le monde, nous fûmes bientôt entourés de photographes. Quand ils braquèrent leurs appareils, je prévins Ginny et levai ma main pour masquer son visage. Et ce fut cette photo qui parut régulièrement sur les journaux, les jours et les mois qui suivirent : on y voyait la tête de Ginny masquée en grande partie par ma main déployée, tandis qu'en arrière-plan, bien mis en évidence par la lumière des flashes, apparaissait mon visage avec une expression affreusement agressive, montrant les dents, les yeux exorbités, comme un fou dangereux échappé de l'asile.

Cette photo me passa l'envie de lire les journaux.

*
* *

Par superstition ou manque de prévoyance, ou un mélange des deux, je n'avais fait aucun préparatif pour notre arrivée à Melton. Je n'avais ni téléphoné à Mrs. Hoskins pour lui demander de monter le chauffage, ni prévu aucune provision. Nous arrivâmes donc dans une maison noire et froide, au réfrigérateur vide hormis quelques œufs, une brique de lait à moitié vide et une boîte de pâté ouverte depuis une date dangereusement reculée.

Installant Ginny à la table de la cuisine avec une tasse de thé, je parcourus toutes les pièces pour monter les thermostats, allumer les feux de cheminée électriques, tirer les rideaux. Quand je revins, elle était assise dans la même position, le regard perdu au-delà de la fenêtre dans le crépuscule.

– Il y a de l'eau chaude, annonçai-je.

– Je vais déballer mes affaires.

Je montai son sac à l'étage. Dans mon plaisir et ma fébrilité de l'avoir à la maison, je parlais nerveusement de tout ce qui me passait par la tête : ce que j'achèterais pour nos repas le lendemain matin, le livre que je voulais qu'elle lise, les dernières nouvelles de Hartford, alors que je lui avais déjà presque tout raconté dans la voiture en rentrant d'Exeter. Je plaisantai en disant que le chômage me rendait paresseux, que j'étais bien content de n'avoir pas à me lever matin, ce qui était faux évidemment mais me paraissait être un élément nécessaire au petit jeu du retour à la vie ordinaire.

Elle sortit un à un du sac ses vêtements et les mit dans le panier à linge, à l'exception de deux pulls qu'elle étala sur le lit pour les plier avec soin suivant l'immuable routine qu'elle suivait toujours. Plaçant les pulls symétriquement sur l'étagère, elle les considéra un moment avant de changer d'avis et de les expédier avec le reste dans le panier.

– C'était si sale, là-bas, murmura-t-elle. Si sale. J'ai l'impression que je ne pourrai plus jamais me sentir propre.

– Un bon bain va laver tout ça ! lui lançai-je pour la stimuler comme un capitaine en train de motiver ses troupes. Je vais te le faire couler.

Son regard parut me voir pour la première fois depuis que nous étions rentrés.

– Tu es très gentil avec moi, confia-t-elle.

– Ne dis pas de bêtises, voyons, fis-je avec un rire emprunté.

– Tu ne peux pas savoir ce que ça représente que tu... que tu sois ici.

– Bien sûr, que je suis ici. Où pourrais-je être autrement ? lançai-je d'un air dégagé.

Il y eut un silence. Nous détournâmes tous deux le regard.

– Veux-tu quelque chose à boire pendant que tu prends ton bain ? demandai-je sur le même ton jovial. Un verre de vin ?

Je compris alors qu'elle avait voulu me parler et que, dans l'état de non-réceptivité dans lequel je me trouvais en ce moment, j'avais manqué – ou voulu manquer – l'occasion.

Pour essayer de me rendre utile, je descendis le panier à linge dans la buanderie et, ne sachant trop quoi faire des vêtements, je les déversai sur le dessus de la machine à laver.

A la vue de ce tas, des pensées importunes se précipitèrent dans mon esprit. Que portait Ginny le week-end de la mort de Sylvie ? Je redoutais ces incursions mais je ne pouvais les endiguer, je ne pouvais m'empêcher de fouiller dans ma mémoire à la recherche d'indices, de confirmations ou d'infirmations.

J'essayai de la revoir telle qu'elle fit cette apparition inattendue à Dittisham le samedi soir. Elle portait un pantalon décontracté – pas exactement des jeans – blanc cassé ou crème, une chemise claire et sa veste préférée couleur framboise, une longue écharpe négligemment fourrée dans la poche. Ce que j'essayais de me rappeler, bien sûr, c'était le sang. Pouvais-je ne pas l'avoir vu ? Même lamentable observateur, aurais-je pu ne pas en remarquer des taches ou des éclaboussures ?

Abandonnant le panier à linge, j'appelai Ginny pour lui dire où j'allais, partis en voiture jusqu'au pub local et commandai du poulet et des frites à emporter. La femme qui servait au bar, que je connaissais de mes visites occasionnelles, me prévint qu'ils ne faisaient pas à strictement parler de plats à emporter, mais avec un sourire complice, elle m'assura néanmoins qu'elle parviendrait à me préparer quelque chose si je ne voyais pas d'inconvénient à un emballage en papier journal. Attendant à un coin du bar, je sentis peser sur moi le regard des autres, ce qui me renforça dans l'idée que, quoi qu'il advienne, même si Ginny était remise en liberté, nous ne pourrions jamais plus vivre notre vie comme avant. Une telle prise de conscience, pour pénible qu'elle fût, ne m'intimidait plus guère : il y avait de pires soucis, pour Ginny du moins.

De retour avec mon paquet en papier journal brûlant, je trouvai Ginny recroquevillée dans le lit, dormant du sommeil écrasant de la personne épuisée. Je la couvris de la couette et je revins la voir régulièrement en gardant le repas au chaud dans le four, mais elle ne se réveilla pas, si bien qu'à minuit, j'éteignis le four et vins me glisser à côté d'elle. Quand je voulus passer mon bras autour de sa taille, elle poussa un petit cri effrayé comme quelqu'un qui serait pris d'une terreur nocturne puis, toujours sans se réveiller, m'agrippa le bras et m'attira contre son dos pour ne plus me laisser m'écarter d'elle jusqu'au matin. C'était un sentiment étrange que d'être de nouveau ensemble dans notre lit, dans le cocon de notre grande et confortable maison, de retrouver cette sécurité que nous avions toujours tenue pour acquise, et d'avoir pourtant perdu toute certitude quant à l'avenir. C'était comme une illusion, une gigantesque jonglerie mentale ou tout et son contraire était vrai, où rien n'était ce qu'il paraissait.

En écoutant la respiration douce de Ginny, une image s'insinua furtivement à la périphérie de mon esprit, la seule scène que j'étais jusqu'à présent parvenu à refouler de mes pensées : celle de sa confrontation avec Sylvie. Je voyais aisément une fierté farouche dans l'expression de Ginny, je pouvais y lire jalousie et colère, fureur même, mais l'acte lui-même… non, cela m'échappait complètement. Je n'arrivais pas à visualiser le couteau, ni la main qui l'enfonçait dans la chair de Sylvie. Je ne pouvais mettre de visage sur la personne qui, une fois cet acte terrible accompli, avait froidement empaqueté puis ligoté le corps avant de le faire basculer par-dessus bord dans les eaux noires du fleuve. J'essayais de donner substance, action et dialogue à la scène, mais quand elle incluait Ginny, elle demeurait obscure et informe. Peut-être manquais-je simplement de courage.

Les premiers jours qui suivirent l'arrestation de Ginny, je m'étais accroché à l'idée de son innocence comme à un mécanisme de survie essentiel au franchissement des longs mois qui se profilaient devant nous. Mais depuis ses révélations à la prison, j'étais bien obligé de constater que, même si je ne demandais qu'à la croire, des doutes persistants s'étaient douloureusement installés dans mon esprit.

En retrouvant dans le parfum de ses cheveux et le toucher de nos corps l'histoire des longues années que nous avions passées ensemble, une chose était certaine : nous resterions unis dans cette épreuve, nous tiendrions jusqu'au bout contre vents et marées. Je ne pouvais l'abandonner, encore moins la juger. Il m'apparaissait que ma culpabilité était inséparable de la sienne, qu'en termes de responsabilité, mon égoïsme était indissociable de sa désespérance.

Je me réveillai tôt et fis une liste des courses. Une liste d'homme, aurait commenté Ginny, avec beaucoup d'accessoire et très peu d'essentiel. Mais c'est elle qui s'était toujours chargée de la nourriture, de la cuisine, du personnel, de l'entretien. Depuis le début de notre mariage, elle m'avait vivement découragé de toute intervention dans ce qui avait à voir de près ou de loin avec la maison. Elle n'avait pas voulu un homme libéré, elle ne l'avait pas.

Il me fallut du temps, en ville, pour repérer les meilleurs magasins. Je finis par trouver de l'huile d'olive, des tomates séchées au soleil, des endives, pour accompagner le saumon sauvage et les pâtes fraîches. J'achetai quelques bouteilles du pouilly fumé favori de Ginny, je pensai aux fines herbes et aux fleurs, et ce ne fut qu'une fois rentré que je m'aperçus avoir oublié le beurre et les jus de fruits.

Je trouvai la maison silencieuse, la chambre et la salle de bains vides. Réprimant un accès de panique, je me précipitai au rez-de-chaussée et criai partout son nom jusqu'à ce que je débouche, à bout de souffle, sur la terrasse. Elle était là, debout à regarder le jardin, vêtue d'un déshabillé japonais et d'un manteau de laine jeté par-dessus.

– Je suis là, fit-elle d'un air absent.

Mon soulagement fut tellement visible qu'elle dut deviner ce qui m'était passé par l'esprit.

– Les fleurs fanées n'ont pas été enlevées des rosiers, commenta-t-elle de la même voix atone. Oh, et l'agent immobilier a appelé. Les gens voudraient jeter un autre coup d'œil cet après-midi à trois heures. Ils vont faire une offre, a-t-il dit.

– C'est bien.

– S'ils décident d'acheter, je voulais te demander... (Elle se tourna vers moi, et je remarquai combien ses yeux étaient gonflés, combien sa peau, toujours si lumineuse, avait perdu de son éclat et de sa transparence.) Pourrions-nous déménager tout de suite ?

– Ma foi... si c'est ce que tu souhaites.

– Si tu veux bien.

Sa politesse était presque cérémonieuse.

– Ça fera du remue-ménage.

– Pas tant que ça. Et puis ça m'occupera.

Malgré son élocution monocorde, je me sentis rassuré par l'aspect normal de notre conversation, par son regain d'intérêt pour les questions pratiques qui avaient toujours revêtu tant d'importance pour elle. Quant au déménagement, point n'était besoin de me convaincre des avantages qu'il y aurait à habiter Londres à l'année. Sans parler des frais d'entretien des deux domiciles, je passais mon temps à laisser mes habits dans la mauvaise maison, quand il ne s'agissait pas de documents ou, comme une fois, d'un billet d'avion.

– Et voudrais-tu bien... (Elle avait repris sa politesse cérémonieuse.) Est-ce qu'on ne pourrait pas louer quelque chose ? Un cottage ?

Je dus masquer ma surprise.

– Tu... tu ne veux pas vivre à Londres ? demandai-je sur un ton égal.

– Je préférerais éviter. Si tu es d'accord.

– Eh bien...

– Juste un cottage, quelque chose de tout petit. Proche de Londres si tu veux... ou de Hartford, peu importe.

Portant mon regard sur les vastes pelouses et les entrelacs de végétation, je me mis à rêver d'un petit cottage confortable, sans jardiniers ni femmes de ménage, un endroit où nous pourrions vivre anonymement dans tous les sens du terme.

– Oui, pourquoi pas ?

– J'aimerais qu'on se débarrasse de la maison de Provence aussi, ajouta-t-elle avec une étincelle de son ancienne fébrilité.

– Là, il n'y a pas urgence. Ne prenons pas de décision pour l'instant. Attendons... (J'allais dire que *les choses se décantent*, mais je préférai tourner cela en plaisanterie.) Attendons de savoir si je vais ou non retrouver un emploi rémunérateur.

– Mais c'est du souci, de l'entretenir. Tu ne vas pas t'embêter avec ça.

Je remarquai ce « tu » qui laissait entendre qu'elle ne serait plus là pour s'en occuper.

– Nous réglerons ce problème en temps et en heure. Parce que nous aurons peut-être envie de nous retirer là-bas. J'y songeais déjà – avant toute cette histoire, veux-je dire. Ce serait peut-être une idée à creuser, qu'en penses-tu ?

– Nous retirer ? répéta-t-elle comme si je parlais chinois.

– Quand le moment viendra, bien sûr. Dans dix ans, qui sait ? Des tas de gens se retirent à cinquante ans. Ce pourrait être agréable, en Provence, enchaînai-je. Plus de foire d'empoigne. Des journées rien qu'à nous. Des gens sympa, de la bonne nourriture, du bon vin. Des amis à recevoir.

– Dix ans, fit-elle en clignant rapidement les paupières. Charles pense que je vais prendre dix ans ?

– Hein ? Mais pas du tout !

– Qu'est-ce qu'il dit, alors ?

– Ginny, quand je t'ai parlé de dix ans, ça n'avait rien à voir avec toi ni avec... ton *affaire*.

– Il doit pourtant bien avoir une idée de ce que je pourrais récolter.

– Il ne peut faire aucune prédiction. Aucune. Nous allons te tirer de là, de toute façon. Charles et moi y consacrons toute notre énergie !

Ignorant – ou acceptant – ces paroles, elle regarda au loin.

– Je ne voudrais pas que ça t'ennuie, de louer un cottage.

– Ne sois pas bête, voyons !

– Parce qu'en fait, il me semble que... si nous pouvions passer quelques mois dans un endroit tranquille, juste toi et moi, j'arriverais mieux à supporter l'idée de ne pas revenir.

– Ginny, tu ne dois pas...

– Autrement, je ne suis pas du tout sûre d'avoir la force, dit-elle gravement. Le docteur Jones m'a donné un tas de cachets. Il veut que je les prenne sans faute, sinon... il n'a pas dit sinon quoi. J'ai l'impression qu'il me croit déjà à moitié timbrée, et je pense parfois qu'il a raison. (Elle eut un ricanement amer.) Il y a eu des moments où c'était si dur de simplement survivre, comme si... comme si tout ça était trop lourd pour ma pauvre tête. C'est dans ces moments-là que j'ai peur... (elle luttait pour forcer les mots à sortir)... que je ne suis pas sûre de pouvoir tenir le coup.

Je passai mon bras autour d'elle et l'attirai à moi.

– Chérie, si tu ne te sens pas bien, tu dois m'en parler, d'accord ? Tu promets de m'en parler ?

Je l'embrassai sur le dessus de la tête mais je fus pris d'une angoisse vertigineuse en voyant combien elle était au bord de l'abîme, combien la responsabilité que j'avais prise de m'occuper d'elle était redoutable. Je me demandai s'il serait jamais prudent de la laisser seule.

– Oh ça ira bien tant que je serai ici, fit-elle comme si elle avait lu dans mes pensées. Sincèrement. C'est après... c'est l'idée d'être renvoyée dans cet horrible endroit.

– Tu en parles comme si c'était inévitable. Ce ne l'est pas ! Dès que Charles s'occupera de ta défense, dès qu'il connaîtra ton histoire...

Elle s'éloigna.

– Mon histoire ? Il n'y a pas d'histoire.

– Ginny, il faut que tu dises à Charles ce qui s'est passé.

– Il n'y a pas d'histoire, répéta-t-elle, au bord des larmes.

Je m'aventurai avec précaution.

– Mais ce que tu m'as dit... que tu avais trouvé Sylvie morte ?

J'oubliais toujours combien elle était fine, combien elle saisissait la moindre nuance ou omission. Elle perçut le doute tapi derrière mes paroles.

– Si tu ne me crois pas, fit-elle ironiquement, pourquoi Charles me croirait-il, lui ?

– Mais si, je te crois ! Bien sûr ! Je ne comprends simplement pas pourquoi tu ne veux pas en parler, pourquoi tu en fais un secret. Quelle raison peut-il y avoir ?

– C'était une erreur. J'ai commis une erreur.

Le téléphone se mit à sonner, à l'intérieur.

– Une erreur ? m'écriai-je, aussi exaspéré qu'intrigué. Que veux-tu dire ?

Ses paupières s'alourdirent.

– Je suis terriblement fatiguée. Les cachets, sans doute...

Elle se détourna et rentra dans la maison.

– Ginny ! l'appelai-je avec colère.

Mais elle ne se retourna pas.

Elle traversa le hall, sembla tout à coup prendre conscience de la sonnerie du téléphone et, changeant de direction, décrocha, approcha le combiné de ses lèvres avant de se raviser et de me le tendre.

C'était George. Suivant des yeux Ginny qui montait l'escalier, je ne compris d'abord pas ce qu'il disait.

– ... par la poste. Vous devriez le recevoir demain.

– Quoi donc, George ?

– Quelque chose de la part de tout le monde ici à Hartford, quelque chose qui parlera de soi-même, dit-il énigmatiquement. Ils pensent très fort à vous, Hugh. Par ailleurs – j'ose à peine vous en parler sachant combien vous êtes occupé – il y a une réunion demain avec la Chartered Bank. Je ne veux pas trop insister, mais ça changerait tout si vous pouviez être là.

C'était dur de se remettre aux affaires de Hartford. J'avais déjà passé une bonne partie de la semaine précédente à persuader Zircon et les banques de maintenir leurs prêts et George avait fini en quelque sorte par m'entraîner dans plusieurs réunions sur la stratégie à adopter.

– Dix heures à Cheapside, m'exhorta-t-il. Juste une heure, Hugh. Je sais que ce n'est pas du tout dans votre secteur et qu'il faudra que vous vous déplaciez spécialement, mais c'est grave.

– Qu'est-ce qui s'est passé ?

– Ils menacent de nous laisser tomber. Ce sera notre seule et unique chance de les faire changer d'avis.

– Ils étaient pourtant d'accord, la semaine dernière.

– Il y a quelque chose qui les a fait réfléchir. C'est vital, Hugh.

Avec George, toute réunion était vitale, toute demande un ultime appel à l'aide. D'un côté, cette pression permanente m'exaspérait, mais de l'autre, je savais que je ferais exactement la même chose à sa place, et que sans mes problèmes personnels, je serais tout de suite monté au front à ses côtés.

– Je ne suis pas certain de pouvoir me libérer, répondis-je en me sentant déjà déchiré. Puis-je vous rappeler ?

– Bien sûr, mais... Hugh, ça changerait tout.

Je me rendis dans le cabinet de travail, où j'avais davantage de chances de ne pas être entendu, pour appeler Jones. Sa secrétaire m'informa qu'il faisait ses visites à l'hôpital mais qu'il devrait pouvoir me rappeler plus tard.

Je compris en raccrochant que j'aurais pu m'épargner ce coup de fil. Quoi que le psychiatre puisse me dire, aussi rassurant soit-il sur l'état mental de Ginny, je ne pourrais me résoudre à la laisser seule. Ce n'était pas seulement une question de surveillance, encore qu'il faudrait s'en préoccuper tant qu'elle tiendrait des propos aussi troublants, mais aussi de confiance. Je n'avais pas oublié la promesse que je lui avais faite le soir où nous avions cherché le reçu d'essence. Je lui avais promis de ne plus jamais la laisser seule, et bien que sur le moment, aucun des deux n'eût interprété cela comme un engagement à vingt-quatre heures sur vingt-quatre, j'estimais le lui devoir à présent.

Je rappelai la secrétaire du docteur et annulai le message.

La décision était simple et nette, sa mise en œuvre plus difficile. Qui veillerait sur Ginny quand je ne serais pas là ? J'avais ouvert son courrier pendant son absence, et les cartes et messages de deux ou trois de ses amies londoniennes ne ressemblaient en rien à un soutien massif et inconditionnel. Quant aux gens des environs de Melton, ceux-là même qui avaient apprécié notre table, ils ne s'étaient manifestés, par circonspection ou par réprobation, que par un silence assourdissant.

Les amis ne semblaient pas devoir être une très bonne idée, de toute façon. Le peu d'entre eux que j'avais vus ces dernières semaines avaient exprimé le genre de compassion embarrassée que l'on réserve normalement à ceux qui font face à une faillite ou à un divorce difficile. Ils avaient eu un tel souci de se montrer aussi peu curieux que possible qu'ils s'en étaient tenus à une désinvolture distante, presque indifférente. Il y avait peu de chances que ce genre de contact devienne plus facile à l'avenir.

Nos familles offraient encore moins de possibilités. Ginny était fille unique, son père était décédé depuis longtemps et sa mère vivait à l'étranger. De mon côté, il n'y avait que David et Mary, lesquels avaient des obligations qui ne les laisseraient pas libres dans l'immédiat.

Je compris alors que Ginny et moi ne pouvions compter que sur nous-mêmes, et que l'autre était peut-être tout ce que nous avions jamais possédé. En dépit du rythme effréné de nos mondanités et de nos déplacements, ni elle ni moi n'avions jamais eu, au fond, l'instinct grégaire. Avec chacun nos occupations, nous étions la plupart du temps entourés de monde, mais en fin de compte, nous avions toujours été heureux de nous retrouver dans le cocon sécurisant de notre propre compagnie. Cela jusqu'à ce que les choses se mettent à aller mal entre nous et que nous perdions notre havre de tranquillité. C'est à partir de ce moment, me semblait-il à présent, que nous avions tous les deux commencé à dériver.

J'appelai Julia pour lui demander si elle ne verrait pas d'inconvénient à venir travailler à Melton le lendemain. Julia, qui restait en poste jusqu'à ce que l'affaire du rachat soit résolue, présentait l'avantage d'être non seulement instantanément disponible, mais aussi loyale et discrète. N'étant pas quelqu'un à qui Ginny pourrait parler, elle ne risquait pas de devenir importune.

La poste apporta le mystérieux pli auquel George avait fait allusion. C'était une carte de souhaits géante portant la signature de tout le personnel de Hartford. Au-dessus du message imprimé, avait été inscrit à la main : *Avec vous toujours et jusqu'au bout pour le rachat.* Je ne pus cependant m'empêcher de me demander si ce geste était entièrement spontané ou s'il n'avait pas, de façon plus machiavélique, été téléguidé par George qui, en mon absence, semblait avoir acquis des talents de tacticien insoupçonnés.

Je posai la carte debout sur mon bureau pour me rappeler, si besoin était, que la vie continuait à déferler, dans le monde extérieur.

Je montai à l'étage pour voir ce que faisait Ginny mais elle s'était rendormie, recroquevillée dans le lit, la bouche entrouverte, les sourcils légèrement froncés au-dessus de son masque de repos. J'examinai ses flacons de cachets mais ne reconnus aucun nom de médicament. Je décrochai le téléphone de la chambre, sortis doucement et refermai la porte.

Tingwall serait au tribunal toute la journée, m'informa son secrétariat, et ce ne fut qu'à midi passé qu'il put me rappeler.

– Comment va-t-elle ? s'enquit-il.

– Elle est très fatiguée.

– Quand pensez-vous qu'elle sera en mesure de me voir ?

– Je ne sais pas. Mais, Charles... elle ne veut rien me dire. Elle ne veut rien me dire de ce qui s'est passé et j'ai le sentiment qu'elle ne vous parlera pas davantage à vous.

– Il est peut-être encore un peu tôt. Et puis vous savez, Hugh, il arrive que des gens se confient à leur avocat plutôt qu'à leur famille. On parle parfois plus facilement à un étranger, surtout s'il est tenu par le secret professionnel de ne rien dire à personne.

Il n'ajouta pas « en particulier au mari » mais il le pensait très fort.

– J'espère que vous avez raison.

Nous convînmes que je conduirais Ginny à son cabinet le surlendemain.

– Le rapport préliminaire du docteur Bagnall est arrivé.

Le médecin légiste. L'autopsie. Le corps de Sylvie découpé sur une plaque de marbre. L'odeur de formol, comme au labo de l'école.

– Alors ?

– Rien de bien surprenant, je le crains. La cause de la mort est confirmée et il n'y a rien qui permette de penser que le crime n'a pu être commis par une femme de taille moyenne.

J'en eus une vision éclair, cette fois, une image si violente et si nette qu'elle me prit de panique. Ginny enfonçant le couteau sous les côtes de Sylvie.

– Mais cela ne prouve rien ? enchaînai-je vivement pour chasser cette image de mon esprit.

– Cela ne permet certainement pas d'accuser ou de disculper quelqu'un en particulier.

– Le coupable pourrait être un homme, alors ?

– Oui... bien sûr, fit-il de nouveau avec circonspection.

– Et pour le reste des analyses médico-légales ?

– J'ai déniché un expert en ADN et il y a un des meilleurs labos d'analyses d'empreintes à Wolverhampton. Le gars de l'ADN ne sera pas libre avant deux semaines, mais ceux des empreintes pourront se mettre au travail tout de suite.

– Et s'ils ne trouvent rien ?

– Alors nous devrons admettre qu'il n'y a rien à trouver.

– Nous n'avons pas à faire état de cela devant la cour ?

– Quoi ? Non, bien sûr. Notre avocat décidera des arguments que nous devrons développer, et il ne retiendra que ce qui peut effectivement jouer en notre faveur. Comment avez-vous trouvé Grainger, au fait ?

– Pompeux, prétentieux et arrogant, répondis-je sans hésiter.

– Ah.

– Mais étonnamment efficace.

– Bon, nous n'avons pas à nous engager vis-à-vis de lui tout de suite. Ce n'est qu'après avoir reçu le dossier de l'accusation que nous pourrons lui demander un avis, nous déciderons à ce moment-là. (Il y eut un silence.) Et en ce qui me concerne, à propos ?

– En ce qui vous concerne ? fis-je en sachant fort bien ce qu'il voulait dire.

– Comptez-vous me garder ?

– C'est à Ginny que vous devriez demander cela.

– Oui, bien sûr. C'est juste que le vrai travail va commencer maintenant et je me disais...

– Pour ma part, vous ferez très bien l'affaire, Charles.

Il eut un petit rire car il était dans sa nature de prendre cela pour un compliment.

J'avais un peu tâté le terrain à propos de Tingwall auprès de certains amis avocats, mais avant même que me revienne l'opinion générale qu'il était compétent, j'avais pris la décision de le garder. Il avait en tant que juriste un rare avantage : il était prêt à s'impliquer émotionnellement. L'aspect froidement professionnel était l'affaire de l'avocat de la Couronne. Ce qu'il fallait à Ginny à ce stade, c'était quelqu'un qui soit prêt à faire le pas de plus.

– Etes-vous marié, Charles ?

– Comment ? Oui. Depuis six ans, maintenant. J'ai deux jumeaux de deux ans et demi. De vrais petits diables.

Alors tu es bien placé pour me comprendre, songeai-je. Pour comprendre mon besoin de trouver une issue.

– Au fait, dit-il en reprenant sa voix d'avocat, quelque chose de vraiment curieux : un témoin s'est présenté pour corroborer vos dires.

– *Mes* dires ?

– Il vous a vu juste à la sortie de Totnes, conduisant vers le sud à environ sept heures moins vingt le soir du samedi du meurtre. Il était en congé lorsque vous avez été arrêté. Il ne l'a appris qu'à son retour. Il m'a contacté hier soir par l'intermédiaire de votre frère. Il s'appelle Horrocks et travaille à la capitainerie du port, à ce qu'il paraît.

Je me souvins de ce Horrocks. C'était l'un des hommes auxquels j'avais payé un verre au pub alors que j'étais en quête de renseignements sur le *Samphire*.

– Il a été absolument catégorique quant à votre identification. Il a reconnu votre voiture, il vous a reconnu. Il vous a même fait signe, à ce qu'il dit. Quant à l'heure, il n'avait aucun doute – c'est vraiment le témoin idéal – parce qu'il était attendu à la célébration des noces d'argent de sa sœur et qu'il était déjà en retard de dix minutes. Enfin voilà... J'ai pensé que ça vous intéresserait.

– Henderson est au courant ?

– J'en doute. Mais je ne suis pas pressé de le lui dire. Mieux vaut ne pas dévoiler ses batteries à moins d'y être obligé.

– Ginny aurait bien besoin d'un témoin comme Horrocks.

– Oh oui, fit-il comme s'il y avait déjà songé. Ça aiderait beaucoup.

Je réveillai Ginny pour le déjeuner puis descendis à la cuisine préparer deux assiettes de pâté, saumon fumé et salade. Je ne m'étais pas essayé à confectionner une vinaigrette depuis des années, mais je me débrouillai honorablement avec le vinaigre balsamique et l'huile d'olive que Ginny utilisait toujours, plus une lichette de moutarde.

Ginny apparut et vint docilement s'asseoir à la table de la cuisine, comme l'invitée dans une maison étrangère. Elle ne semblait pas moins lasse que le matin même. Tandis que je l'amadouais pour manger, nous discutâmes de sa santé. Ou du moins, j'essayai de lui montrer l'importance de prendre soin d'elle-même tandis qu'elle acquiesçait d'un air absent et conciliant. Ce sujet épuisé, je bifurquai sur celui des dispositions pratiques de la vente de Melton et nous en parlâmes pendant le reste du repas. La liquidation du mobilier sembla éveiller une lueur d'intérêt en elle, comme si elle était impatiente de se débarrasser de ce qui n'était pas essentiel.

Afin d'éviter de rencontrer les acheteurs potentiels, nous demandâmes à Mrs. Hoskins de se charger de l'accueil tandis que nous partions en voiture jusqu'aux collines pour nous promener. Le vent n'était pas froid mais il soufflait par bourrasques, et Ginny me prit le bras pour gravir lentement la pente sillonnée de pistes de lapins.

– Te rappelles-tu nos vacances en Bretagne ? demandai-je, me plaçant sur le terrain confortable de la nostalgie. Quand nous avons été pris sous ces trombes d'eau ? (Elle répondit par un unique hochement de tête.) Bon Dieu, quel déluge !

A deux jours près, le temps était resté bouché et pluvieux pendant la totalité de notre séjour. D'ailleurs, La Baule, avec ses longues plages de sable et ses hôtels Belle Epoque ne nous avait vraiment plu ni à l'un ni à l'autre. J'en étais venu à rêver de la côte déchiquetée du nord de la Bretagne, qui avait été le théâtre de nombreuses vacances d'enfant sur le *Ellie Miller*, alors qu'à Ginny, il manquait la chaleur de la Méditerranée et des amis avec qui dîner le soir.

– Ce n'étaient pas les vacances du siècle, plaisantai-je.

– Tu voulais faire du bateau.

– Moi ? fis-je avec un petit sourire. Tu crois ?

– Il me semble, oui. (Elle se corrigea.) Je suis sûre.

– Mais j'ai quand même profité des vacances.

– Absolument pas, répliqua-t-elle avec un franc-parler qui lui était nouveau. Ces vacances ont été pires que tout, chacun essayant de faire plaisir à l'autre et finissant par faire ce dont ni l'un ni l'autre n'avait envie. Tu aurais dû dire ce que tu voulais. Et moi aussi. C'est peut-être là que nous avons commencé à pécher.

Elle n'avait jamais parlé ainsi auparavant. Si, d'un côté, j'étais bien content de rouvrir ces vieux coffres à souvenirs, j'avais de l'autre une certaine appréhension de ce qui pouvait en émerger.

– Mais tu n'aimais pas le bateau, avançai-je.

– Pas les longues sorties, non. Mais j'aurais pu prendre l'avion pour traverser la Manche et te rejoindre en France. Je n'aurais pas détesté caboter de port en port.

– Je croyais que c'était trop demander.

– Je me serais adaptée. J'essayais désespérément de m'adapter, murmura-t-elle presque comme pour elle-même, je supposais que c'était une condition nécessaire à l'amour de quelqu'un.

Cette pensée me mit mal à l'aise tandis que nous gravissions les derniers mètres qui nous séparaient du sommet de la colline avant de marquer une pause pour contempler les champs labourés de la plaine en contrebas.

– En Provence, nous étions heureux, n'est-ce pas ?

– Oh oui, répondit-elle sans hésitation. C'est le seul endroit où tu étais vraiment libéré de tout. Du travail. De ta famille.

– De ma famille ?

Elle me jeta un regard comme pour s'apprêter à dire quelque chose qui ne me plairait pas.

– De ta famille, confirma-t-elle. De ton père, surtout, mais aussi de David et Mary.

– Mais je n'avais pas besoin d'être *libéré* d'eux. (En prononçant ces mots, l'idée vint se loger dans mon esprit comme une troublante possibilité, rendue plus présente encore par la conscience soudaine d'avoir jusqu'alors toujours refusé de l'envisager.) Pourquoi dis-tu cela ?

– Parce que c'est de toi qu'ils attendaient tout. La poursuite de l'entreprise, de la tradition.

– Mon père ne s'est jamais mêlé de rien. Il ne m'a jamais rien demandé.

– Ah ? (Le ton de sa voix trahissait ses doutes. Puis elle essaya de mettre un terme à cette fâcheuse discussion.) Mais en Provence, oui, nous avons été heureux.

– Attends un peu, repris-je, décidé à ne pas en rester là. Crois-tu que ma famille a fait pression sur moi ? Tu te trompes complètement, tu sais.

Le vent balaya ses cheveux en travers de son visage. Elle les repoussa en arrière et les maintint contre sa tête.

– Pas au sens où tu l'entends, pas… ouvertement. Mais la pression était là quand même. (Elle me regarda de cet air d'incertitude qu'elle avait auparavant.) Par la façon dont tu as été conditionné pour prendre la suite, dont ton père a fait de toi son préféré, dont il a magnifié et sanctifié cette affaire. Son héritage sacré. J'ai toujours pensé, fit-elle avec amertume, que tu faisais cela pour lui.

– Pour lui ? Mais c'était pour nous aussi ! Pour nous avant tout ! Comment peux-tu imaginer une chose pareille ?

Elle renonça à argumenter par un geste d'abandon des deux mains et reprit la promenade. Mais tandis que nous suivions à pas pesants les ondulations du sommet, ses mots m'écorchaient toujours.

– Tu as vraiment cru que je ne faisais pas ça pour nous ? m'insurgeai-je. Mais pourquoi ?

Elle s'arrêta progressivement, comme si dans sa lassitude elle ne pouvait se concentrer et marcher tout à la fois.

– Parce que tu te menais la vie de plus en plus dure. Tu passais de moins en moins de temps à la maison, jusqu'à ne presque plus y être du tout. Tu préférais cela à être avec moi. J'avais donc l'impression que tu ne le faisais pas pour nous.

– C'est seulement que tout allait mal, Ginny. Dans l'entreprise, je veux dire. J'essayais par tous les moyens de la sauver. Je me suis dit qu'en faisant un effort… Et puis j'ai été *submergé*.

Elle écouta sans mot dire et porta son regard au loin, dans le vent.

– Et moi, pendant tout ce temps, je me sentais inutile, vois-tu. Comme si je ne pouvais plus rien t'apporter.

– C'est ridicule.

– Non, ce n'est pas ridicule ! répliqua-t-elle avec une soudaine dureté dans la voix. Tu fais toujours ça, tu balaies ce qu'on te dit d'un revers de la main pour éliminer le problème. Eh bien je te le répète : c'est ainsi que je l'ai ressenti. J'avais l'impression de ne plus rien pouvoir t'apporter. (Elle martela ces mots avec exaspération, comme si je n'avais jamais fait de réel effort pour la comprendre.) Oh, il m'en a fallu du temps, pour m'apercevoir que j'avais tout faux, que tu détestais les gens, les soirées, les mondanités. Il m'en a fallu du temps, pour prendre conscience que ce n'était pas ce que tu voulais. J'ai commis la même erreur que toi, vois-tu : je me suis cramponnée. Quand les choses ont commencé à mal tourner, j'ai essayé encore plus fort. Parce qu'il n'y avait qu'à cela que j'étais bonne, à organiser l'événement, à le susciter. Je ne connaissais pas d'autre moyen. (Elle eut un léger frisson.) Mais j'ai compris, à la fin. Ce fameux week-end où tu es parti te réfugier à Dittisham, j'ai enfin reçu le message. Seulement voilà... il était trop tard.

– Oh, Ginny... (Ces incompréhensions accumulées au cours des années semblaient peser sur nous comme autant d'occasions manquées.) Tu parles d'un couple !

A ces mots, ses émotions refirent surface et elle se détourna vivement pour rentrer à la maison.

– Il n'était pas trop tard, tu sais, fis-je après que nous eûmes marché quelque temps en silence. Pas pour moi.

Elle ne répondit pas. Parce que là, nous évoquions l'été, et que l'été, c'était Sylvie.

De retour à la maison, elle s'installa dans le salon et s'endormit devant un vieux film. Pendant que j'épluchais les pommes de terre pour le dîner, ses commentaires tournaient dans ma tête. J'admettais ne pas être capable de porter un jugement très objectif sur ma famille – qui le pouvait ? Mais m'être trompé à ce point sur moi-même pendant toutes ces années ? Avais-je réellement été davantage motivé par mes obligations envers eux que par mes propres besoins, ou ceux de Ginny ? Je m'étais toujours efforcé de faire plaisir à mon père, certes, effort qui ne s'était jamais démenti. Et à choisir, j'avais préféré l'approbation de David à son mécontentement, qui pouvait être redoutable. Mais pour autant, ma motivation n'avait-elle tenu qu'à la peur de les décevoir ? Désolante pensée.

Mon saumon était trop cuit, mes pommes de terre pas assez. Ginny m'assura qu'elle n'avait pas très faim et qu'elle n'aurait pas mangé grand-chose de toute façon. Elle but du pouilly fumé, en revanche, deux verres, et elle attendit le milieu du troisième pour ralentir la cadence.

– Tingwall – Charles – aura besoin de te voir cette semaine, lui dis-je. Je dois descendre à Hartford jeudi, alors je pourrai peut-être te déposer à Exeter en chemin si tu es d'accord ?

Elle prit une longue inspiration malaisée.

– Il faut que tu le voies, chérie. Tu dois lui faire confiance.

Elle acquiesça sèchement d'un signe de tête.

– Il est extrêmement consciencieux, tu sais. En fait, je suis très impressionné par lui. Je le crois tout à fait adapté à la situation. Du moment qu'on lui apporte tous les éléments dont il a besoin, bien sûr, glissai-je à tout hasard.

Elle regardait par la fenêtre, les yeux grands ouverts, plongée dans un monde intérieur, et ne donna pas l'impression d'avoir entendu.

Réprimant un mouvement d'humeur, je poursuivis.

– Tu iras lui parler, n'est-ce pas, chérie ? Tu peux te confier à lui en toute sécurité, tu sais. Je veux dire qu'il ne me répétera rien à moi si tu le désires.

Il m'était impossible de discerner ce qui se passait dans son esprit. Elle ne me renvoyait aucun signal. Après ses révélations pendant la promenade, après ce soudain élan de communication, elle avait de nouveau refermé la porte.

– Il s'est démené, poursuivis-je dans un effort de relance de la conversation, pour chercher des experts qui examinent les preuves matérielles. Oh, et puis le croiras-tu, ajoutai-je dans ma laborieuse quête de points d'intérêt, un témoin s'est présenté pour confirmer mon heure d'arrivée à Dittisham, ce jour-là. C'est assez cocasse. Henderson en faisait une montagne, de cette heure d'arrivée manquante. Il pensait pouvoir me coincer, comme un détective à la Agatha Christie.

Cela éveilla enfin son intérêt.

– Un témoin ?

– Un certain Horrocks. Il travaille à la capitainerie du port. Il m'a vu juste à la sortie de Totnes.

Ses yeux soudain brillants me pressaient de continuer.

– Il m'a vu à sept heures moins vingt, apparemment. Il est absolument catégorique : c'était bien moi. Il a reconnu la voiture. Il m'a même fait signe, bien que je ne l'aie pas vu.

– Alors... alors..., fit-elle en clignant rapidement les paupières, cela signifie que tu es hors de cause ?

Un long silence embarrassé s'ensuivit.

– Tu croyais que je ne l'étais pas ?

– J'étais inquiète, au cas où... Tu sais, je craignais qu'ils s'imaginent que nous avions... ensemble. Que tu étais impliqué... (Elle écarta le reste de cette pensée d'un secouement de tête nerveux avant de répéter avec insistance sa question.) Donc tu es hors de cause ?

Des pensées contradictoires se bousculèrent désagréablement dans mon esprit.

– Je suppose que oui.

– Et après ? Après ton arrivée ? Ils ne vont pas s'imaginer que tu aurais pu descendre au bateau me donner un coup de main ?

Je réfléchissais à toute allure pour combler les vides de ce surprenant nouveau scénario.

– Non, David m'a vu en ville, souviens-toi.

– Et après ça ?

– Eh bien, tu étais là. Et puis David a débarqué.

– Exact, exact. Oui... Tu n'aurais donc pas eu le temps. (D'un coup, elle se mit à cligner les yeux pour refouler des larmes, et à rire tout à la fois.) J'avais tellement peur... je pensais... (Elle riait plus qu'elle ne pleurait, à présent, d'un rire paroxystique.) Dieu merci.

Je contournai la table et vins m'asseoir à côté d'elle.

– Dieu merci, répéta-t-elle plusieurs fois avant d'être reprise d'un doute soudain. Mais est-on sûrs, peut-on être sûrs que ce témoignage sera suffisant ?

– Charles pourra le savoir, je suppose.

– Tu crois ? (Elle se raccrocha à cette idée.) Alors...

J'essayai de poser ma question suivante sur un ton badin.

– Tu pensais que Henderson allait peut-être me retomber dessus, donc ?

– Quoi ? (D'un état de semi-apathie, elle était passée à une nervosité extrême, comme sous l'effet d'une drogue à effet rapide, et je me demandai si les cachets qu'elle prenait ne faisaient pas réaction avec le vin.) Oui. Oui, insista-t-elle, il y avait toujours un risque.

– Ah bon ? fis-je sur le même ton souriant.

Dans la frénésie de son soulagement, elle ne m'écoutait déjà plus.

– Ginny ? la rappelai-je. Il y avait un risque qu'il m'inculpe ?

– Oui. *Mon Dieu !* C'était mon cauchemar, mon pire cauchemar. Je croyais qu'ils allaient repartir te chercher. Qu'on allait se retrouver tous les deux en prison.

Elle grimaça un sourire à cette pensée.

Quelque chose de fondamental m'échappait, là, quelque chose qui m'alarmait et me survoltait à la fois.

– Donc, fis-je en avançant à pas de loup tant je savais avec quelle soudaineté la porte pouvait se refermer, si ce gars ne m'avait pas vu et si j'avais eu le temps de – je cherchai des mots anodins – descendre au fleuve... alors Henderson aurait pu insinuer que... que j'avais...

– Que tu avais tué Sylvie, absolument. Et que je t'avais aidé à te débarrasser du corps ensuite. (Elle poursuivit.) Tu vois... c'est ce que j'ai cru, moi aussi. Que tu l'avais tuée.

J'étais très calme, à présent. J'étais sur le point de comprendre, encore me fallait-il l'entendre de sa bouche.

– Je ne l'ai pas tuée, avançai-je doucement.

– Je le sais, maintenant. Mais le temps que j'en prenne conscience, il était trop tard.

Elle secoua de nouveau lentement la tête.

– Pourquoi trop tard, Ginny ?

Au travers de ses larmes, elle m'adressa un sourire, un beau sourire perdu.

– Parce que j'avais déjà fait disparaître le corps. Par-dessus bord.

# 11

– BIEN sûr, je connaissais la théorie, je savais qu'il fallait serrer les dents et laisser passer l'orage, commença Ginny d'une voix crispée. Attendre que tu t'en lasses, que tu te la sortes de la peau. Je savais que c'est ce que font les femmes intelligentes, mais je ne me sentais pas ce genre d'intelligence. D'autant que, vois-tu, je n'étais pas du tout certaine que l'orage passerait. En fait, plus cela se prolongeait, plus j'étais convaincue que j'allais te perdre pour toujours, que tu ne reviendrais jamais. Et ça, je n'aurais pas vraiment pu le... *supporter*.

Nous étions installés dans la plus petite des trois salles de séjour de Melton, celle que nous appelions le salon de lecture. C'était une pièce à éclairage tamisé, aux murs couverts de livres, avec de moelleux canapés et une cheminée qui n'était pas avare de chaleur. Nous étions installés côte à côte dans le petit sofa, regardant le feu, du vin posé devant nous sur la table basse.

– C'était déjà dur de sentir anguille sous roche. Mais avoir confirmation... de mes propres yeux... a été *atroce*. (Sa voix devint haletante.) Quand je vous ai vus ensemble, ce week-end-là, quand je vous ai vus partir au bateau, je me suis dit que c'était fini. Elle était plus jeune. Elle était plus belle. Elle savait naviguer. Alors... je ne voyais pas quelle raison tu aurais eue de rester avec moi. Inutile de demander ce que tu éprouvais pour elle, les signes parlaient d'eux-mêmes. Je voyais bien que tu étais complètement mordu.

Je me forçai à ne rien dire, à ne pas me lancer dans le genre de dénégations immédiates que Ginny semblait trouver tellement vides de sens.

– Alors voilà, reprit-elle avec âpreté. Encore un week-end où je me retrouvais seule, encore un week-end à te savoir avec elle. Je ne pouvais plus me résigner à attendre comme une bête qu'on mène à l'abattoir. Plus j'y songeais, plus je pensais n'avoir rien à perdre à te suivre, quitte à me rendre ridicule. Je serais devenue folle si j'étais restée une minute de plus à la maison. Folle, littéralement. (Elle me lança un regard à la dérobée avant de prendre son verre pour boire une gorgée de vin.) Au volant de la voiture, en route pour Dittisham, je me suis trouvée face à ce dilemme : la confrontation directe, ou le dialogue dit civilisé, du genre : « Est-ce que tu l'aimes, Hugh ? As-tu l'intention de me quitter ? Dans ce cas, bon vent, mon vieux. » Non, cela, je savais que c'était au-delà de mes forces. Je n'ai jamais été capable de régler les problèmes de cette manière, avec *sang-froid*. Pas quand je...

Elle se débattit avec cette idée mais la laissa inachevée.

– C'était donc parti pour la grande confrontation : arriver comme une folle, faire une scène, te lancer un ultimatum. Je savais que je finirais par me montrer... pitoyable. Larmoyante. Par passer pour une idiote. Je savais que tu m'en voudrais sans doute à mort, que je risquais de te perdre pour de bon – moi, l'épouse hystérique qui avait bu toute honte – mais je ne voyais pas d'autre moyen. Au moins aurais-je crevé l'abcès. Au moins n'aurais-je plus cette sensation de tout le temps vouloir mourir. Surtout, Hugh, ajouta-t-elle en surprenant mon expression, ne crois pas que je te dise cela pour te mortifier. Ce n'est pas le cas, je t'assure. Je voulais seulement que tu comprennes ce que je ressentais, à quel point j'étais malheureuse.

J'acquiesçai vivement de la tête, toujours déterminé à ne rien dire.

Elle appuya sa nuque contre le dossier du canapé avant de reprendre d'une voix de moins en moins assurée.

– Je croyais que tu étais allé directement à Dittisham, ce samedi-là. Quand tu m'as dit que tu devrais passer quelques heures au bureau, j'ai pensé que c'était pour me dissuader de t'accompagner, pour me tenir éloignée. Aussi, dès que je t'ai estimé assez loin sur la route, j'ai pris le volant à mon tour. Pendant tout le trajet, j'ai réfléchi à ce que je dirais quand je vous surprendrais ensemble. Parce que je voulais attendre de vous surprendre ensemble, évidemment. C'est moche, je sais. Moche de partir dans l'intention de faire une scène. Mais j'avais mal. J'étais en colère. J'étais folle d'angoisse. J'avais envie de te tuer. (Elle me décocha un regard farouche.) Ou de me tuer moi. Plutôt moi, d'ailleurs. Seulement une fois sur place, je ne t'ai pas trouvé. J'avais laissé la voiture sur le parking du village pour arriver à pied par le chemin qui traverse le jardin. J'ai fait sur la pointe des pieds le tour de la maison en lorgnant par les fenêtres comme une cinglée, puis j'ai remarqué que ta voiture n'était pas là, alors j'ai immédiatement pensé au bateau. Je suis allée sur la terrasse, j'ai regardé en direction du fleuve et j'ai vu le dinghy attaché au *Ellie Miller*. Pour moi, cela ne pouvait signifier qu'une chose, bien sûr : que tu y étais avec *elle*. En faisant vite, je pourrais vous surprendre en pleine roucoulade. De préférence pas au lit, je n'étais pas masochiste à ce point, mais ensemble en tout cas. Je voulais d'abord la contempler, voir combien elle était jolie. Puis faire irruption devant vous pour... je ne sais pas, vous mettre vraiment mal à l'aise, vous *culpabiliser*. C'était idiot, bien sûr. (Elle poussa un soupir de dérision.) Il ne sort jamais rien de bon de ce genre d'attitude, n'est-ce pas ? On ne récupère jamais quelqu'un de cette manière.

Je ne pouvais pas laisser passer cela.

– Il n'y avait pas à me récupérer, je voulais arrêter, justement arrêter. Je savais que c'était sans avenir.

– Mais je ne pouvais pas le deviner, rétorqua-t-elle avec une pointe de ressentiment. Je te croyais fou d'elle, je te croyais sur le point de me quitter. Oh, j'ai bien essayé de me... *raisonner*, de me dire que tout n'était peut-être pas aussi noir. Mais en vain. Je ne voyais pas ce qui pourrait t'inciter à rester avec moi, tu comprends. Manque de confiance. Mon éternel manque de confiance. Désespérant.

Il lui fallut un moment pour gommer cette pensée de son esprit.

– Bref..., reprit-elle d'une voix faiblissante, je n'avais qu'une hâte, rejoindre le *Ellie*. Je ne pouvais manquer cette occasion de vous surprendre ensemble. Je me suis ruée jusqu'au quai. Je n'avais pas songé à la façon de parvenir au bateau, bien sûr. Mais il y avait du monde autour de moi. Des gens embarquaient précisément à bord d'un dinghy en caoutchouc, et je m'apprêtais à leur demander de m'emmener lorsque j'ai aperçu celui du *Ellie* posé là sur le ponton. Pas d'erreur, il portait bien l'inscription *Ellie Miller*. Interloquée, je me suis demandée si je ne m'étais pas trompée sur toute la ligne, si quelqu'un d'autre n'était pas à bord, un réparateur, que sais-je ? Et puis j'ai pensé : un samedi après-midi ? Personne ne travaille le samedi après-midi. Alors me voilà repartie. Je savais encore ramer, tu m'avais bien appris à l'époque où je faisais semblant d'adorer le bateau. (Sa voix s'adoucit un peu.) En fait, c'était pour être avec toi, pour partager tes loisirs, alors dans un sens, oui, j'ai aimé le bateau pendant un temps.

Elle prit son vin et tint le verre dans le berceau de ses deux mains réunies, comme s'il pouvait lui transmettre de la chaleur.

– Quand je suis arrivée au mouillage, je tremblais comme une feuille. J'eus toutes les peines du monde à amarrer le canot, d'autant que j'essayais de faire le moins de bruit possible. Mon cœur battait si fort la chamade que je pouvais à peine respirer. C'est alors que j'ai pensé à mon inhalateur. Oublié dans la voiture, bon sang ! (Elle leva les yeux au ciel à ce souvenir.) Je suis donc restée un moment dans le dinghy pour essayer de reprendre mon souffle et d'éviter la crise, assise comme une gourde à faire mes exercices respiratoires, à écouter, m'attendant à être découverte à tout moment. Rien ne s'est passé, bien sûr, aucun bruit ne venait du bateau. (Un bref silence vint illustrer ces paroles.) Quand je suis enfin arrivée à me calmer un peu, je suis montée à bord et... (L'horreur revint sur son visage.) Je suis entrée dans le cockpit. J'ai regardé dans la cabine. Je... *je l'ai vue*, articula-t-elle de façon à peine audible.

J'attendis un long moment.

– Elle était morte ? demandai-je enfin.

Un rictus déforma ses traits.

– Oui.

Elle tourna les yeux vers moi, en quête de réconfort.

D'un hochement de tête, je l'encourageai à continuer.

– Je t'assure que oui.

– Je n'en doute pas, me hâtai-je de dire.

– Mais eux, ils ne vont pas me croire ! Jamais de la vie !

Le désespoir perçait dans sa voix.

– Si, voyons, pourquoi pas ?

Elle aspirait de l'air à grandes goulées.

– Tu me crois, hein ?

– Naturellement !

– Tu es certain ?

– Oui, Ginny. Certain. Je ne m'avancerais pas, sinon.

Mais aucune assurance n'était suffisante pour Ginny, et elle continua à me dévisager jusqu'à ce qu'elle eût repris suffisamment confiance pour continuer. Même là, elle me lançait de brefs coups d'œil, jamais vraiment rassérénée, jamais vraiment convaincue.

– Ça m'a déclenché une crise terrible, évidemment, reprit-elle avec un soupir. J'ai cru mourir. Affalée dans le cockpit, c'était une des pires que j'aie jamais connues. J'ai presque perdu conscience, à un moment. Je ne sais pas comment je suis parvenue à continuer à respirer. J'avais l'impression que ça ne finirait jamais. Mon Dieu, j'ai vu ma dernière heure arriver, j'ai même dit mes prières. Et puis soudain… il y a eu un mieux. Quand j'ai pu récupérer, je suis restée allongée un long moment, sans oser bouger, sans vouloir bouger, comme si mon immobilité pouvait repousser ou m'éviter l'instant du face-à-face avec ce qu'il y avait dans le bateau. Au milieu de tout cela, passé le choc, j'ai commencé à réfléchir à ce que j'allais faire. Rentrer à la rame et donner l'alerte ? Crier et gesticuler sur le pont jusqu'à ce que quelqu'un me voie depuis la rive ? Et soudain… la pensée a surgi dans mon esprit, comme ça sans crier gare, que je ne pouvais pas donner l'alerte. Que je ne *devais* pas, parce que… (Elle en fit une affirmation.) Parce que.

– Parce que tu as cru que c'était moi qui l'avais tuée.

Ses lèvres parurent hésiter, elle leva une main comme pour entamer un plaidoyer.

– Ne le prends pas mal, je t'en prie… Mais je ne voyais pas qui d'autre aurait pu le faire.

– Non, bien sûr.

– Ce comportement délirant, que tu avais… Tu perdais la tête… Alors je ne pouvais pas imaginer… (De nouveau, elle m'adressa la question.) Qui d'autre ?

– Je comprends. J'aurais eu la même réaction.

Elle se raccrocha à cette parole.

– Vraiment ? Tu l'aurais pensé aussi ?

– Absolument. (Je tentai derechef de la rassurer.) La trouver ainsi dans le bateau alors que tu croyais que j'étais venu à bord... ça me désignait tout naturellement.

– Oui, ça te désignait, s'écria-t-elle avec véhémence. *Toi ! Toi !*

Elle fit un geste si brusque avec son bras quelle renversa son vin. Je lui ôtai son verre, le posai sur la table basse et cherchai dans la penderie un chiffon à humidifier.

Elle en tamponna son pull, le souffle lourd, les lèvres pincées. Puis je lui donnai de l'eau qu'elle but avec avidité.

– Ce ne pouvait être que toi, répéta-t-elle sur un ton de reproche quand le calme se fut réinstallé. Que toi.

Elle me lança furtivement un regard du coin de l'œil et je m'empressai d'acquiescer.

– Oui, ce ne pouvait être que moi.

Enfin quelque peu rassurée, elle se lança dans la poursuite de son récit.

– Je suis restée un moment anéantie, dit-elle d'une voix tremblante, tout cela paraissant tellement abominable, tellement in... – le mot lui échappait – irréparable. Tu sais, il arrive des situations si terribles qu'on est impuissants à les remettre d'aplomb. Ce qui est fait est fait, on a beau vouloir de toutes ses forces que ce soit différent, on ne peut pas défaire les événements. Jamais. Eh bien là, c'était deux fois plus épouvantable que ce que j'aurais pu imaginer. C'est alors que je me suis dit... je me suis dit... (elle se redressa, sa voix se raviva)... *si*, après tout, il y a peut-être moyen d'en défaire un peu. D'habitude, je refuse les difficultés, n'est-ce pas ? Je me contente de les chasser de mon esprit. (Elle leva une main impérative comme pour prévenir tout démenti de ma part.) Je le sais. Toute ma vie, j'ai été comme ça. Mais cette fois... je pouvais peut-être remettre les choses d'aplomb. Pas totalement, bien sûr, mais presque. Pour *toi*, en tout cas. Pour nous. Et vois-tu, Hugh, ajouta-t-elle en ouvrant grand les yeux : j'en ai eu le frisson. J'étais contente, contente d'y avoir pensé, contente de savoir que j'allais le faire. Et déterminée, vois-tu, absolument déterminée à ne pas être faible et lamentable. Déterminée à aller jusqu'au bout.

Le téléphone sonna. Ni l'un ni l'autre ne fîmes le moindre mouvement pour aller répondre et il finit par se taire.

Ginny était toujours en plein dans son récit.

– J'imaginais qu'en état de choc, tu étais rentré en catastrophe à Londres. J'avais donc tout le temps, me semblait-il, de mettre correctement mon projet à exécution. Alors je l'ai planifié, peaufiné ! Je me suis assise au fond du cockpit où personne ne pouvait me voir et j'ai réfléchi à tous les détails, décidée que j'étais à ne rien omettre. (Sa bouche prit un pli amer.) Seulement vois-tu, il est impossible de ne commettre aucune erreur. Je n'en étais pas consciente, à ce moment-là.

Sa maîtrise d'elle-même sembla l'abandonner et elle plaqua une main sur ses yeux. Mais elle l'ôta tout aussitôt et poursuivit, comme si tout frein dans son élan risquait d'annihiler ses chances d'achever son histoire.

– J'avais vu qu'il y avait du sang, enchaîna-t-elle rapidement. Je savais donc qu'il me fallait quelque chose pour l'envelopper, pour arrêter le sang et l'empêcher de se répandre sur moi. Alors j'ai cherché dans les rangements du cockpit et j'ai trouvé de grands plastiques et une corde. J'ai pris mon courage à deux mains pour descendre. Bizarrement, ça n'a pas été aussi dur que je pensais. En partie parce que je m'y étais préparée, en partie parce que j'avais décidé de ne pas me laisser impressionner. Prépondérance de l'esprit sur la matière, s'exclama-t-elle avec un soupçon de fierté. Comme les chirurgiens face aux opérations. (Elle reprit son souffle avant de repartir de plus belle.) J'ai évité de la regarder cependant. Les yeux mi-clos, je n'ai cessé de me parler, de bavarder toute seule, ce qui a semblé m'aider, Dieu seul sait pourquoi. Le plus difficile a été d'enrouler le plastique autour d'elle sans qu'il y ait de sang à l'extérieur. (Elle s'arrêta net, prise d'une soudaine angoisse.) Mon Dieu, et moi qui te raconte ces horreurs ! Tu n'as peut-être pas envie de les entendre !

Une partie de moi-même voulait ne manquer aucun détail, une partie de moi-même qui ne me plaisait guère.

– Ne dis que ce que tu as envie de dire.

– Que ce que j'ai envie de dire, répéta-t-elle avec ironie en clignant les paupières pour refouler les larmes qui s'annonçaient. Le plus affreux, c'est que j'étais fière de ce que je faisais ! Efficace ! Méthodique ! L'œil à tout ! N'oubliant rien ! (Elle eut un rire de dérision. Après s'être mouchée, elle reprit en essayant de se montrer forte.) Donc, je l'ai enroulée dans le plastique, j'ai entortillé plusieurs fois la corde autour, j'ai fait un nœud. Ensuite, j'ai nettoyé autant que j'ai pu, avec déjà dans l'idée de revenir le lendemain pour frotter par terre, frotter le moindre centimètre carré du bateau. A l'eau de Javel, je savais que c'était ce qu'il y avait de mieux. Mais ne pouvant rien faire de plus ce soir-là, pas avant que la nuit ne vienne en tout cas, je me suis assise dans l'escalier de descente et j'ai attendu. C'était ça le pire, attendre. La nuit semblait mettre une éternité à arriver.

Cette force qu'elle affectait de montrer l'avait quittée, à présent. De grosses larmes roulaient sur ses joues et tombaient silencieusement sur son pull. Elle se trouva à court de Kleenex, je partis lui en chercher. Elle se moucha et s'essuya furieusement les yeux, comme si cela pouvait suffire à tarir le flot.

– La bouger. C'était dur. (Elle faisait un effort violent pour parler, sa voix paraissait étranglée entre ses halètements.) J'ai utilisé un filin – une drisse ou quelque chose comme ça – pour la hisser. J'ai d'abord voulu me servir d'un winch mais le filin s'est embrouillé et il m'a fallu un temps fou pour le démêler. Alors j'ai eu l'idée de le passer par-dessus la bôme et j'ai hissé le corps de cette manière. Bon Dieu que c'était dur ! Mais vaille que vaille... j'y suis arrivée. Je l'ai amenée sur le pont et...

Elle laissa sa phrase inachevée, et avec un sourd gémissement, se pencha en avant pour enfouir sa tête dans ses mains.

Je lui entourai les épaules de mon bras et lui murmurai des paroles de réconfort, mais sans trop savoir ce que je disais tant les images qui se bousculaient dans mon esprit étaient douloureuses. Je me la représentai en train de tirer cette masse sur le pont, de la pousser sous les filières. Je vis le corps pendre un instant contre le flanc du bateau, puis glisser d'un coup dans le noir. Je l'entendis heurter l'eau avec un léger bruit d'éclaboussure, je le vis être ballotté et s'éloigner au gré de la marée. Je vis tout cela et commençai à comprendre l'énormité de l'entreprise de Ginny. Je fus étonné de sa force mentale et de l'absolue fermeté de sa détermination.

Doutant pour l'instant de trouver les bonnes paroles, je me limitai à proposer du thé. Le visage toujours caché dans ses mains, elle me fit signe que oui. Quand je revins avec les tasses, elle s'était redressée et se mouchait.

– Parfois, la nuit, je rêve que ça ne s'est jamais produit, dit-elle dans un souffle. Je rêve... que ce n'était qu'un rêve. Alors quand je me réveille...

Elle prit son thé. Ses mains tremblaient.

– Tu vas raconter cette histoire à Charles, d'accord ?

Elle fit sèchement non de la tête.

– *Ginny*, pour l'amour du ciel !

– Bon, si tu veux, capitula-t-elle avec lassitude. Pour ce que cela change. On verra le résultat.

– Ginny, ne sois pas... (Je faillis dire ridicule.) Il doit y avoir moyen de prouver ce qui s'est passé, et nous ne pouvons attendre de lui ne serait-ce qu'une *ébauche* de défense tant qu'il ne connaîtra pas la vérité.

– Mais tout le monde va croire que j'invente de toutes pièces, voyons. Que je mens. Comment comprendre que j'aie pu faire une chose pareille si ce n'était pas pour te couvrir ? Pourquoi me serais-je donné cette peine si ni toi ni moi ne l'avons tuée ? Si ce n'est pas nous... pourquoi...

De lassitude, elle s'emmêla dans sa propre argumentation et porta sa main à sa tête.

– Ça ne marchera pas, ajouta-t-elle simplement quand elle eut retrouvé ses esprits. J'y ai réfléchi des milliers et des milliers de fois. Tu sais, Hugh... (son regard ressembla à celui d'un animal aux abois)... je ne vois aucune issue. Et ça me terrifie.

J'essayai de ne pas laisser paraître ma propre peur sur mon visage quand je l'attirai contre mon épaule, quand je lui murmurai des mots rassurants qui sonnaient creux même à mes oreilles.

Nous tombâmes tous deux dans le silence de l'épuisement. Quand je le rompis enfin, je compris qu'elle n'était plus en état de parler. Je la conduisis au lit, la regardai compter ses cachets puis les avaler avec un verre d'eau. Nous nous allongeâmes dans le noir, elle me saisit le bras.

– Merci de me croire, chuchota-t-elle craintivement.

Je savais ce qu'elle voulait entendre, et qu'elle ne s'endormirait pas avant de l'entendre.

– Je n'ai pas douté de toi un seul instant, ma chérie. Pas un seul instant.

Plus tard, les yeux grands ouverts sans le moindre espoir de trouver le sommeil, je me surpris à – presque trop – croire ce qu'elle avait dit : qu'il n'y avait pas d'issue.

*
* *

– C'est exact, non ?

Je ne savais pas exactement ce que George venait de dire, mais j'acquiesçai néanmoins par un hochement de tête péremptoire.

Nous étions assis dans l'une de ces salles de conférences stéréotypées de la City, avec des stores californiens aux fenêtres panoramiques, des murs neutres et une table elliptique ostentatoire qui s'étirait sur presque toute la longueur de la pièce. Notre petit groupe s'était réparti à l'une de ses extrémités. Il y avait George, Alan et moi-même, un de nos avocats et trois personnes de la Chartered Bank. Fait révélateur – ou coïncidence – les deux cadres en costume gris qui étaient venus, sourire accroché aux lèvres, faire la visite de Hartford, n'étaient pas présents. Nous étions montés en grade : à leur place, nous avions cette fois droit à deux vrais directeurs.

Maintenant que j'écoutais correctement, George revenait péniblement sur une question qu'il avait déjà abordée par deux fois dans la matinée. Par deux fois, les banquiers ne s'étaient pas rendus à ses arguments et faisaient à présent grise mine à les entendre une troisième. George leur demandait de baisser d'un point le taux d'intérêt qu'ils exigeaient. Il ne comprenait pas pourquoi nous devrions payer au-dessus du taux en vigueur des prêts aux entreprises. C'était sans voir que nous n'étions pas en position de force pour négocier et que les banquiers, qui s'étaient déjà bien fait tirer l'oreille pour nous accorder un prêt, n'étaient pas disposés à nous consentir d'autres faveurs. La réunion avait déjà trop duré, nous perdions du terrain. Au risque d'encourir ses foudres, je l'interrompis en plein milieu d'une phrase.

– Si nous acceptions ce supplément pour une période d'un an ? proposai-je.

Ils ne s'engagèrent pas, mais ne refusèrent pas non plus. Ils feraient sans doute une contre-proposition de quatre ans, nous transigerions à trois, voire deux ans avec un peu de chance, ce qui ne serait pas trop mal vu les circonstances. Ils répondirent qu'ils nous recontacteraient le lendemain.

Je sentais les regards meurtriers que George me lançait dans l'ascenseur, tandis que nous descendions. Il parvint à se contenir jusqu'à ce que nous fussions dans la rue.

– J'aimerais bien que vous ne me coupiez pas l'herbe sous les pieds, lâcha-t-il en masquant à peine son indignation.

– Nous n'allions pas avoir gain de cause sur ce point, George.

– Peut-être, mais il aurait été préférable d'en discuter, de montrer que nous parlions d'une seule voix.

– Nous devions leur faire une concession.

– Pourquoi diable faut-il que nous payions en sus ?

– Parce que nous n'avons pas le choix, c'est tout.

– Mais ça représente mille livres de plus par an !

– Il faudra qu'on se débrouille.

– J'ai peur qu'on ne puisse pas !

– Alors nous n'avons rien à faire ici !

– Heureux de vous l'entendre dire, répliqua-t-il sur un ton acerbe.

Puis avec un grand soupir, traînant les pieds dans sa démarche maladroite, il prit un air confus.

– Ça me fiche en rogne, c'est tout, la façon dont ils nous pressurent.

– Je sais.

Il jeta un regard méprisant en direction des falaises de verre.

– D'abord qu'est-ce qu'ils savent faire, eux, à part toucher de gros salaires ? Voyez-vous, aucun des soucis liés à l'entreprise ne me gêne vraiment : les problèmes de personnel, de fournisseurs, de retards de livraison, tout ce que vous voudrez, je m'en arrange. Mais ceux-là ! Ils trahiraient leur grand-mère ! Et voilà qu'il faudrait provoquer une autre réunion pour renégocier les termes du contrat. Ce sont de véritables anguilles, on ne sait jamais où on en est avec ces types. C'est ça que je n'arrive pas à admettre !

– Ce ne sera plus très long, maintenant, George.

– Là, c'est sûr ! Ça passe ou ça casse, fit-il en levant les yeux au ciel.

Il prit une expression conciliante et me demanda prudemment :

– Ecoutez, Hugh... est-ce que vous n'auriez pas deux heures à me consacrer ? Je ne voudrais pas vous ennuyer, mais les avocats de Cumberland essaient de nous mettre des tas de bâtons dans les roues. Et ce n'est qu'une partie de nos problèmes.

J'eus un moment d'hésitation pendant lequel il se fit clair dans mon esprit que tout un engrenage dépendait de cette décision mineure, anodine en apparence. Deux heures deviendraient immanquablement trois, puis ce serait l'après-midi, et je ne serais pas de retour à Melton avant neuf ou dix heures du soir. Je devais le lendemain me trouver à Hartford pour une réunion en fin de matinée qui, selon toute probabilité, se poursuivrait l'après-midi. Avant longtemps, j'en serais revenu à des journées de vingt heures et à des week-ends en peau de chagrin. Et Ginny se retrouverait seule avec tout le temps de penser et de déprimer.

– Non, répondis-je. Désolé.

Il accusa le coup.

– Demain, alors, après la réunion ?

– Ce ne sera pas possible, George. Je ne peux pas vous consacrer davantage de temps.

– Juste ces deux prochaines semaines, jusqu'à l'assemblée générale extraordinaire ? Le temps de régler les problèmes légaux ?

– Désolé.

– Et si je me déplaçais dans le Wiltshire ?

– Non, persistai-je au risque de paraître buté.

– C'est notre seule chance, Hugh !

– Ne croyez pas que je l'ignore.

Si nous ne parvenions pas à gagner le soutien des actionnaires de Cumberland lors de l'AG extraordinaire, le rachat serait définitivement mort et enterré.

George resta muet et détourna le regard. Il prit et retint une profonde inspiration qui parut augmenter son considérable tour de taille, avant d'exhaler et d'adoucir le ton.

– Je ne suis pas... insensible, vous savez. Je sais que vous avez vos priorités.

– Navré de ne pouvoir faire davantage.

– Mais vous déposerez la motion à l'AG, tout de même ?

– Oui, je la déposerai.

– Alors à demain pour la réunion, fit-il en me donnant une tape sur le bras.

En retournant à ma voiture, je me demandai comment je réagirais si le rachat échouait à la dernière minute en raison d'une erreur évitable, si je m'apercevais trop tard que George avait commis un quelconque impair. Je serais furieux, sans doute, mortifié, mais je n'en mourrais pas. L'engagement avait ses limites, j'avais atteint les miennes. En décidant de garder mes distances par rapport à Hartford, je me déracinais pour transplanter ma vie sur un terrain nouveau, mais c'était mon choix, ma décision. La première peut-être que j'eusse jamais prise en toute indépendance, si Ginny avait vu juste.

En suivant la route de la maison, j'appelai Melton. Julia me dit que Ginny faisait un petit somme et qu'elle paraissait bien. Ce qui me rassura quelque peu, mais comme une douleur momentanément endormie par un analgésique, ma lancinante angoisse ne tarda pas à revenir. Je ne parvenais pas à totalement m'ôter de l'idée que le psychiatre de la prison avait peut-être raison de voir Ginny au bord de l'acte de désespoir.

Le répondeur de Furze Lodge me donna, pour joindre Mary, un numéro de mobile qui ne répondit pas à mes premières tentatives.

– J'ignorais que tu avais un portable, lui dis-je quand je pus enfin lui parler.

– Mais tu ne sais pas tout sur moi, plaisanta-t-elle. Une femme doit être joignable à tout moment, pas vrai ? (Elle parlait d'un endroit calme, sans aucun bruit de fond.) Laisse-moi deviner : tu es quelque part sur la M4 et tu te diriges vers l'ouest.

– Comment as-tu deviné ? m'esclaffai-je.

– J'ai triché. J'ai parlé avec Ginny, à l'heure du déjeuner.

– Merci, Mary, merci de l'avoir fait. Comment est-ce qu'elle t'a semblé ?

– Ma foi, assez fatiguée. Mais ça n'a rien d'étonnant, n'est-ce pas ? D'ailleurs elle est suivie par quelqu'un de bien, je crois ? Un psychiatre ?

– Oui. D'après David.

– Jones, c'est ça ?

– Oui.

– C'est vraiment le meilleur. Quant aux médicaments, ils ont fait des progrès incroyables, aujourd'hui. Le Prozac, entre autres. Ginny m'a appris que vous cherchiez un petit cottage du côté de Dartmoor ? enchaîna-t-elle en sautant allégrement du coq à l'âne. J'ouvrirai l'œil, si tu veux. Il m'arrive d'avoir des tuyaux, de temps en temps.

– Tu pourrais ? Ce serait sympa.

J'en vins à l'objet de mon appel.

– Mary, j'aurais besoin d'un coup de main.

– Tout ce que tu voudras.

Derrière la chaleur de la réponse, je perçus un soupçon de lassitude.

– Blackwell Cottage… Sais-tu qui en est le propriétaire ? Ou plus précisément, qui l'a mis en location et à qui exactement ?

Le bref silence qui suivit fut éloquent.

– Hugh, je ne pense pas que ce genre de renseignement puisse être utile à quiconque.

– Je veux juste un nom, Mary.

– Certes, mais *pourquoi* le veux-tu ? Contacter des témoins peut être mal interprété.

– Il y a quelqu'un à qui je veux parler.

– Je ne crois pas que ce soit une bonne idée.

J'oubliais parfois que Mary était juriste dans l'âme autant que de formation et que, dans des situations de ce genre, sa prudence prendrait le dessus.

– Très bien, fis-je sans discuter.

Il y eut un instant de tension.

– Ce qui signifie que tu vas t'adresser ailleurs pour savoir quand même, je suppose ? bougonna-t-elle en affectant le ton grondeur d'une maîtresse d'école.

Je ne répondis pas. La ligne s'estompa au moment où un camion me doubla sur la voie de dépassement.

– Tu es toujours là ? s'inquiéta-t-elle.

– Je suis toujours là, Mary.

– A qui veux-tu parler, au fait ? demanda-t-elle en essayant de maintenir son intonation désapprobatrice. Ne me dis pas que c'est à ce chevelu ?

– Si.

– Te rends-tu compte qu'il sera vraisemblablement un témoin clé de l'accusation ?

– J'en doute. Il était toujours complètement défoncé.

– Raison de plus pour rester à l'écart, prévint-elle. Qu'espères-tu trouver, de toute façon ?

– Je ne suis pas sûr, répondis-je autant pour la prendre à son propre jeu, que par réflexe de prudence pour éviter les jugements hâtifs sur Ginny et son histoire.

– Voyez-vous ça, chantonna-t-elle. Eh bien si tu veux que je t'aide – et je ne dis pas que je le ferai – il va falloir que je sache dans quoi tu nous embarques, toi et moi.

Ne voulant toujours pas trop en dire, je livrai une version abrégée.

– Je veux me renseigner sur les liens de Sylvie avec la drogue, les dealers, les gens qu'elle fréquentait. Joe était toujours dans les parages, il doit être au courant.

– Et c'est censé aider Ginny ? fit-elle avec scepticisme.

– Je le pense.

– Comment cela ?

Je me demandai si elle était aussi incrédule qu'elle le laissait paraître.

– En allant fouiller dans un domaine que la police a négligé, persistai-je.

– Comment sais-tu qu'ils l'ont négligé ?

– Nous avons de bonnes raisons de le croire, bluffai-je.

– C'est le boulot de ton avocat, Hugh. C'est à *lui* de juger si quelque chose mérite une recherche plus approfondie, pas à toi. Et pour ça, il prendra quelqu'un de rompu à ce genre d'enquête, un flic à la retraite par exemple. Quelqu'un en tout cas, appuya-t-elle, qui saura professionnellement s'adresser à un témoin.

– Je ne vois pas Joe parler à un flic, même à la retraite, arguai-je pour le principe.

– Mon petit doigt me dit que tu n'en feras qu'à ta tête.

– Je ne peux pas laisser tomber, Mary, c'est sûr.

– Mais où cela va-t-il te mener, Hugh ? Qu'est-ce que tu espères ?

Je ressentis une onde de ressentiment à cette décourageante énumération de difficultés.

– J'essaie d'aider Ginny, c'est tout, répondis-je avec raideur.

Elle resta si longtemps sans parler que je crus ne plus l'avoir en ligne. J'entendis finalement un long soupir.

– Ah, *Hugh*... Qu'est-ce que je ne ferais pas... Bon, je vais voir. Mais à une condition. C'est que si je trouve l'adresse de Joe-le-taré-aux-cheveux-longs, tu n'iras pas l'aborder toi-même. Que tu la transmettras directement à ton avocat – comment s'appelle-t-il, déjà ?

– Charles Tingwall.

– Tingwall. Et que tu le laisseras agir seul. Tu me promets, Hugh ?

– Je te promets, m'entendis-je répondre.

– Tu ne me feras pas regretter ce que je fais, hein ? lâcha-t-elle au moment de raccrocher.

Je réfléchis un long moment avant de passer le coup de téléphone suivant. Je songeai à toutes les remontrances que Mary me ferait si elle venait à l'apprendre.

L'aboiement laconique de David m'apprit que je le dérangeai en pleine consultation avec un patient.

– Je n'en ai que pour une seconde, promis-je. Pourrais-tu me donner l'adresse de Jean-Paul ?

– Jean qui ? *Ah oui*, fit-il après une seconde, quand le nom lui revint. Attends, ne quitte pas.

Je le voyais se pencher sur son bureau, ouvrir son carnet d'adresses et descendre le doigt jusqu'à la lettre M. Il me lut une adresse dans le quartier Clifton de Bristol, ainsi qu'un numéro de téléphone.

– Merci, répondis-je. Euh, David : il serait préférable que tu ne parles pas de ça à Mary.

Soit par manque de temps, soit parce qu'il ne lui serait pas venu à l'idée d'en parler à Mary de toute façon, il acquiesça d'un air pressé sans me demander pourquoi.

– Autre chose ? fit-il sur un ton légèrement plus amène.

– Pas pour l'instant, merci.

Puis soudain, presque gentiment :

– On te voit bientôt ? Ce week-end, peut-être ? Je crois que ce serait bien, ce week-end. Je vais en parler à Mary.

– Super, répondis-je machinalement, me demandant tandis que je raccrochais ce que Ginny penserait de l'invitation.

*
* *

J'allais entrer dans la maison. Entendant rire, je m'arrêtai sur le seuil, interdit. Je suivis la direction de la provenance du bruit et trouvai Julia et Ginny installées à la table de la cuisine. Ginny était encore en train de sourire, la tête penchée de côté, sa chevelure retombant en une courbe cannelle sur son épaule.

Me voyant, elle tendit la main vers moi.

– Tu rentres tôt, dit-elle.

Le rire lui avait rendu sa beauté. Elle me donna un baiser, gardant ma main dans la sienne.

– Nous faisions la fête, déclara-t-elle sur un ton qui me mit sur mes gardes.

– Pourquoi ?

– Les gens ont fait une offre pour la maison.

Une onde de soulagement m'envahit.

– C'est formidable.

Pendant qu'elle me donnait les détails, je l'observai subrepticement. Elle paraissait plus alerte, moins lasse, mais il y avait autre chose, sur quoi je n'arrivais pas à mettre le doigt.

Julia se leva et consulta diplomatiquement sa montre.

– Il faut que j'y aille. J'ai laissé des messages sur votre bureau.

D'un coup d'œil habile, elle me fit signe de la suivre dans le hall.

– Howard a appelé, dit-elle. Il voulait vous parler de toute urgence. Je lui ai répondu que vous n'étiez pas disponible. Mais c'était comme parler à un rhinocéros, il a la couenne aussi dure que le cerveau est petit. Alors méfiez-vous, il pourrait bien rappeler ce soir.

– Merci d'être venue.

– Quand vous voulez. Vraiment. Vous n'avez qu'à me prévenir.

– Peut-être deux jours la semaine prochaine ?

– Sans problème. Ce sera avec plaisir.

Ginny était en train de charger le lave-vaisselle quand je revins dans la cuisine.

– Tu as l'air beaucoup mieux, dis-je.

– Je le suis.

– La présence de Julia ne t'a pas trop gênée, donc ?

Elle me décocha un regard.

– Ne fais pas l'idiot. Je sais pourquoi elle était là.

– Ah, fis-je d'un air confus. C'est juste que... Jones pensait que c'était préférable... jusqu'à ce que nous soyons sûrs que les médicaments sont ceux qui te conviennent.

– J'ai arrêté de les prendre. Sauf un.

Mon angoisse refit aussitôt surface.

– Crois-tu que ce soit prudent ? bredouillai-je.

– Je me sens comme une somnambule quand je les prends.

Elle commença à fouiller dans le réfrigérateur.

– Mais chérie, dis-je en contournant la table, ne vaudrait-il pas mieux en parler à Jones d'abord ?

– Je ne changerai pas d'avis, répondit-elle d'une voix qui s'éleva d'un cran. J'ai l'esprit beaucoup plus clair, il me semble que je pourrai m'en sortir. Ils ne me faisaient aucun bien.

J'observai ses longs doigts effilés tirer un film alimentaire transparent : ses mouvements me parurent saccadés et mal coordonnés.

– Si c'est ce que tu ressens…

Elle posa le paquet de nourriture.

– Rien ne pourra m'ôter mon désespoir, Hugh. Rien. (Sa voix se fit plus nerveuse.) Mais je préfère me sentir désespérée et vivante que tout le temps à moitié morte. Je prends encore un peu de Librium. C'est l'autre truc qui me rend si malade. Je t'assure, j'éprouve un grand mieux.

Elle dut discerner une expression de doute sur mon visage car elle ajouta, avec une pointe d'indignation :

– Je ne vais pas me tuer, tu sais.

J'esquissai un sourire stupide.

– Tu promets ?

– Je te préviendrai si je mijote quelque chose, d'accord ?

J'acquiesçai de la tête, peu rassuré de savoir que c'est précisément le genre de promesse qu'un candidat au suicide ne tient jamais.

Ginny tint à préparer le dîner elle-même. Je lui ouvris une bouteille de chablis – la récompense du chef, comme nous l'appelions – et quand je revins du côté de la cuisine une demi-heure plus tard, je remarquai qu'elle était déjà presque à moitié vide.

Ginny suivit la direction de mon regard.

– Oui, je bois. Il faut bien que j'aie quelque chose pour me faire dormir.

– Très bien, dis-je.

Elle prit son verre et, verrouillant ses yeux sur les miens, avala une longue gorgée provocatrice.

– Tu devras peut-être me porter jusqu'au lit, fit-elle en m'envoyant un regard amusé qui était aussi une discrète invite.

Nous nous embrassâmes. Son baiser exprimait une passion trop longtemps contenue, de l'empressement, aussi, comme si le temps lui était déjà compté. Elle se serra contre mon corps, d'une façon pour elle inhabituelle et effrontée.

– Tu vois ce que ça me fait, de boire ? susurra-t-elle d'une voix enfiévrée.

Je l'embrassai de nouveau, beaucoup plus fougueusement que la première fois. Nous gravîmes les marches quatre à quatre comme deux adolescents, éparpillâmes nos vêtements à même le sol de la chambre. Elle ne ferma pas les yeux quand nous fîmes l'amour, me regardant au contraire avec une intense fixité. Je crus tout d'abord qu'elle faisait cela pour apporter plus de réalisme à nos ébats, pour bannir les démons, quels qu'ils fussent, qui lui venaient quand elle les gardait clos, mais au moment où j'allais m'abandonner à mes propres sensations, il me sembla qu'elle était en quête de quelque chose sur mon visage, d'une vérité ou d'une confirmation qu'elle redoutait à demi d'y trouver. Elle cria quand elle atteignit la jouissance.

Tandis que nous restions allongés côte à côte, épaule contre épaule, légèrement haletants, je lui chuchotai « Je t'aime » et m'attendis aux habituelles expressions de doute que cette simple déclaration avait si souvent engendrées dans un passé récent.

– Ça fait longtemps que nous n'avions pas fait l'amour avant de dîner, se borna-t-elle à remarquer.

– Par manque de temps plus que d'envie, commentai-je. (Je fouillai nonchalamment dans ma mémoire.) On le faisait pourtant souvent, au début, il me semble ? Dans ton appartement.

– *Mon Dieu* que je n'ai pas aimé cette époque, fit-elle avec une grimace à ce souvenir.

Je pris un air faussement vexé, faisant mine en riant de me dresser sur mes ergots.

– Je ne suis pas certain de la façon dont je dois prendre cette remarque.

– Oh, je trouvais ça très excitant, bien sûr. Mais je vivais mal de t'aimer autant sans avoir la certitude de te garder. Moi qui voulais tellement t'épouser, je commençais à désespérer que tu me fasses ta demande un jour.

C'était une de ces situations où il est quasi impossible de savoir quoi répondre.

– Tu me connaissais, à l'époque, tentai-je : monsieur Prudent. Une étape à la fois. Ne mesurant pas trop la chance que j'avais.

Il est vrai que j'avais longtemps et fortement hésité avant de franchir le pas. J'avais remarqué en Ginny un besoin de soutien émotionnel qui m'avait un peu effarouché et dont mon instinct me disait qu'il ne serait pas facile à satisfaire. Bien que n'ayant jamais été ouvertement possessive, elle était toujours parvenue à me faire éprouver un sentiment de culpabilité dès que je passais du temps loin d'elle. Je savais qu'aucun mariage n'était jamais parfait, que beaucoup de mes amis avaient dû faire des compromis et se contentaient d'être relativement satisfaits de leur sort, je savais que Ginny m'aimait plus qu'il n'était bon pour elle et sans doute aussi pour moi, et pourtant je n'avais pas été capable de déterminer si mon quota d'appréhensions restait dans la norme et permettait d'envisager un mariage vaille que vaille correct, ou s'il constituait un motif valable de rétractation.

– Et une fois que nous avons été mariés ? demandai-je sur un ton léger.

– J'ai été très heureuse.

– Moi aussi.

– Vraiment ?

C'était une simple question, sans arrière-pensée.

– Oui, confirmai-je. Je me suis senti bien plus détendu. Ça m'a fait beaucoup de bien d'être marié.

– Et après, j'ai tout gâché, fit-elle sur un ton évocateur et lointain.

– C'est absolument faux, chérie.

– Oh si, je le sais. J'ai voulu trop bien faire, sans doute. Par compensation pour ce que je ne *pouvais pas* faire, comme avoir des bébés. Toujours à me ronger les sangs, à t'embêter pour un oui ou pour un non. Pour des choses si insignifiantes ! s'exclama-t-elle avec mépris. Que de temps perdu !

– Vraiment, Ginny, tu es trop dure avec toi-même. Je n'ai pas eu à me plaindre.

Elle tourna la tête vers moi et me fixa avec la même ardente intensité qu'auparavant.

– J'aimerais tant qu'on puisse recommencer de zéro. Que tout soit différent. Je voudrais tant pouvoir te montrer combien je serais capable de t'aimer maintenant, sans toutes ces... ces *absurdités.*

Emu par cette étrange déclaration, je répondis sans réfléchir.

– On a six mois, laissai-je échapper avant d'essayer maladroitement de rattraper mon manque de tact. Et ce n'est qu'un début...

– Non, ne dis pas ça ! m'interrompit-elle avec un frisson. Je t'en prie... non ! Tablons sur six mois. N'envisageons rien au-delà.

Ce sur quoi elle me donna un gros baiser avant de pivoter hors du lit et de ramasser ses vêtements. Je la regardai se diriger vers la salle de bains en me disant que de cette épreuve, Ginny retirait une certaine dose sinon de confiance, du moins de maîtrise d'elle-même qui lui donnait une force jusque-là insoupçonnée. J'en éprouvai de l'admiration. Un peu d'appréhension aussi, peut-être.

Cependant qu'elle préparait un plat exotique avec le poulet, je dressai la table de la cuisine avec cristal et chandelles. Quand nous y prîmes place, je songeai combien six mois paraissaient une lointaine échéance et combien ils passeraient vite aussi.

J'attendis ce qui me parut être le bon moment pour lui poser doucement une question.

– Je ne reviendrai plus là-dessus, mais... (Elle se raidit aussitôt.)... qu'est devenu l'autre dinghy ? Celui de Sylvie ?

Elle baissa les yeux sur la table, tournant son couteau entre ses doigts, le temps de se concentrer lentement sur le sujet.

– Je l'ai ramené et attaché au ponton. (Elle eut un petit rire ironique.) J'y avais pensé, à ce détail-là. Non, c'est juste que... (Elle releva la tête et porta son regard au-delà de moi, perdue dans ses souvenirs.)... je n'ai pas assez nettoyé. Je croyais pourtant être passée partout. J'ai frotté par terre. Le rebord des couchettes. Les housses des sièges. Les pieds de la table. Tout. J'y ai mis des litres d'eau de Javel. Je voulais ne rien oublier. J'ai tout refait une seconde fois, pour être sûre. Il faut croire que je n'ai pas été aussi minutieuse que je pensais, conclut-elle avec une grimace. (Elle prit une profonde inspiration comme pour laisser tout cela derrière elle.) Et puis... j'ai trouvé son sac. Un petit sac à bandoulière. Je ne l'avais pas remarqué, la nuit précédente. Je me suis demandé quoi en faire. Je ne pouvais pas le balancer par-dessus bord, quelqu'un aurait pu me voir et le récupérer. Alors... je l'ai ramené à terre avec moi et je l'ai jeté dans une poubelle du village. (Le rappel de ce geste la fit sourciller et je me demandai si on l'avait vue faire.) Ensuite, je me suis débarrassée des ustensiles de nettoyage dans un container. Et puis je suis rentrée. Te retrouver.

A ces mots, nos pensées prirent un cours séparé.

– Il n'y avait rien d'autre dans le bateau ? demandai-je enfin. Aucun signe d'une autre présence ?

– Des signes... que veux-tu dire ?

– Je ne sais pas, moi. Tu n'as vu personne évoluer à la rame du côté du *Ellie* ?

Elle secoua négativement la tête.

– Aucun des deux jours ?

– Non.

– Ni même quand tu y es allée la première fois, avant de découvrir le corps ?

Je m'entendis prononcer ces mots, « le corps », comme s'il ne s'était pas agi de celui de Sylvie.

– Non.

Percevant la tension de sa voix, je tentai de calmer le jeu.

– C'était juste une idée comme ça. Rien d'autre.

Elle hocha la tête, clignant nerveusement les paupières, et rassembla son courage pour poser la question suivante.

– Pourquoi Sylvie était-elle là-bas ? Pour te retrouver ?

C'est ce que je m'étais demandé un nombre incalculable de fois depuis sa mort.

– Je ne pense pas. On ne se parlait plus depuis belle lurette. Deux semaines, en fait. Nous avions... coupé les ponts. (Ginny cilla légèrement et recommença à tripoter son couteau.) La seule explication qui me vienne – je m'interrompis un instant pour réexaminer la question en fonction de ce que je savais de Sylvie – c'est qu'elle aurait planqué de la drogue à bord et qu'elle serait venue la récupérer. Ou alors en déposer davantage. Elle savait où on laissait la clé, elle savait comment entrer dans le bateau.

– Mais pourquoi aurait-elle fait ça ?

– Parce qu'elle revendait de la drogue, ou la passait, ou les deux. Je crois que ses amis et elle l'importaient de France et l'écoulaient. Elle ne devait pas oser la garder chez elle. Elle était incroyablement organisée, dès qu'il s'agissait de drogue, toute sa vie était planifiée autour. (Je songeai à l'adhésif d'emballage qu'elle avait utilisé pour fixer le paquet dans son dos, ainsi qu'au matériau étanche dans lequel elle l'avait enveloppé.) Elle utilisait toutes les occasions, toutes les personnes qu'elle rencontrait. Y compris moi. *Surtout* moi. Cette traversée en France, admis-je sans me voiler la face, c'était uniquement dans ce but.

Ginny porta son regard au loin et reprit la chronologie de son récit.

– Aussitôt rentrée à la maison, cette nuit-là, quand je t'ai vu si normal, si... « peu tracassé », j'ai compris. Quelque part au fond de moi, j'ai su que ce n'était pas toi. Seulement je ne pouvais me résoudre à regarder les choses en face, à accepter l'idée effarante que j'avais fait tout cela, du début à la fin, pour rien. Pour *rien* ! (Cette évocation contracta son visage comme sous l'effet de la douleur.) C'est alors, bien sûr, que j'ai compris...

– Compris ?

– Que ça ne changeait rien.

Je ne saisissais toujours pas.

– Pour eux, tu restais le coupable. J'aurais beau dire – tu aurais beau dire – ils ne nous croiraient jamais. Pourquoi le feraient-ils, d'ailleurs ? J'ai donc su que, de toute façon, j'avais choisi la bonne solution, la seule solution.

Je la regardai, abasourdi. Prise dans le film de ses souvenirs, elle poursuivit.

– Il fallait que je termine le travail le lendemain, donc. Je devais retourner nettoyer le bateau. A l'eau de Javel, donc. Des litres d'eau de Javel. Le sol, c'était le plus dur. Les couchettes, aussi. Un vrai cauchemar, cette recherche du moindre centimètre carré…

Elle était de nouveau lancée. Je lui pris les deux mains par-dessus la table.

– C'est passé, maintenant, fis-je pour l'apaiser. C'est terminé.

Elle s'arrêta non sans une dernière profession de foi.

– N'empêche que c'était la seule solution.

La seule solution ? Je ne savais dire. Elle l'avait fait pour moi. Elle avait réussi à me protéger – si c'était le verbe qui convenait – mais à quel prix ? Cela en valait-il la peine ?

– Je crois qu'il faut que j'aille au lit, maintenant, exhala-t-elle enfin dans un souffle. C'est la faute du vin.

Elle eut un vague ricanement. Je lui offris cérémonieusement mon bras et, laissant la table du dîner en l'état, nous nous apprêtions à traverser le hall après avoir éteint les lumières lorsque le téléphone sonna.

– C'est peut-être Tingwall, dis-je.

– Hugh ! fit la voix de Howard, te voilà enfin. Tu n'es vraiment pas facile à joindre, tu sais.

Il eut un petit rire pour me montrer que, bon prince, il ne m'en voulait pas.

« Howard », articulai-je silencieusement à destination de Ginny en levant les yeux au ciel.

– Maintenant écoute, à propos de cette histoire d'assemblée générale extraordinaire, enchaîna-t-il sans transition, c'est une perte de temps pour tout le monde. Tu devrais retirer tes billes et t'épargner un tas de désagréments. Vraiment, Hugh, ça ne t'avancera à *rien.* (Cela exprimé sur l'air du « Ce-que-j'en-dis-c'est-pour-ton-bien ».) Nous avons effectué un petit sondage parmi les actionnaires institutionnels, et je dois te prévenir qu'ils vont tous soutenir le bureau jusqu'au bout. Cela n'arrangera pas les affaires de ton groupuscule, n'est-ce pas ? Sans compter la contre-publicité. (Il marqua une pause théâtrale.) Alors tu ne peux qu'y laisser des plumes, entre une chose et l'autre...

Un mélange de colère et de jubilation déferla dans mes veines. Pour une fois, je savais exactement que répondre à Howard.

– N'oublies-tu pas un petit détail ? commençai-je calmement. Juste un tout petit ? C'est que je ne suis plus tenu d'écouter tes salades, mon vieux. Tu peux te les garder. J'en ai fini avec les délices de travailler avec toi. Le conseil d'administration de Cumberland détient ce privilège, à présent, grand bien lui fasse ! Tu n'as aucun droit sur moi, et plus tôt tu le comprendras, plus tôt tu comprendras que rien de ce que tu pourras dire ne me fera varier d'un pouce dans mes décisions. A propos de l'assemblée générale : grâce aux clauses que tu as *toi-même* négociées pour nous tous, David et moi détenons des parts à Cumberland. Nous sommes donc parfaitement fondés à provoquer une AG extraordinaire si nous le désirons. Or nous le désirons, avec tous les actionnaires qui ne sont pas satisfaits de ce qui se passe. (Mon cœur cognait sous l'effet d'une excitation sauvage.) Par ailleurs, je déteste ce genre de tentative d'intimidation arbitraire et insultante. Alors tu peux remballer tes histoires de contre-publicité et tes roulements de mécaniques, tes menaces ne me font ni chaud ni froid. Et puisque nous en sommes au chapitre de ce que je déteste, sache que je déteste que tu m'appelles chez moi tard le soir. J'ai un excellent secrétariat, un numéro pour les heures de bureau, et je ne veux pas que tu gâches mes soirées au téléphone ou de quelque manière que ce soit...

La tonalité d'occupation résonna à mon oreille.

– Zut, il a raccroché, dis-je.

Ginny rigolait doucement.

– Alors là, tu l'as sacrément remis à sa place !

– Tu crois ?

– Vraiment super !

– Il y a pourtant une chose que j'aurais aimé lui dire.

– Quoi donc ?

– Qu'il aille se faire foutre !

Mais j'étais quand même content de moi.

# 12

LA secrétaire de Tingwall leva les yeux de ses papiers.
– Vous ne voulez vraiment pas que j'aille prévenir de votre arrivée ?

– Non. J'attendrai, merci.

L'entretien avec Ginny s'était déjà prolongé de près d'une demi-heure mais je ne voulais pas les interrompre, pas plus que je ne voulais donner à Ginny l'impression d'écouter dans son dos.

Feuilletant distraitement *La Vie Rurale*, je tombai sur une annonce pleine page pour la vente de Melton. La photo, prise en début d'été, montrait les glycines et les lilas en pleine floraison, une dernière touche de jacinthes sous les arbres et les pelouses tondues au millimètre. La maison apparaissait idyllique avec ses vastes baies, sa maçonnerie aux briques patinées et sa rassurante symétrie classique. Elle était le genre de demeure rurale que présentent les magazines de luxe vendeurs de rêves quintessenciés. Nul n'est immunisé contre le rêve, et moi-même, drogué de travail, y avais été plus sensible que la plupart, enjôlé par des visions de tranquillité immédiate. Néanmoins, malgré toutes les ambitions que Ginny et moi avions attachées à Melton, le rêve n'avait pas été impossible, un peu trop épuisant peut-être, juste un peu au-delà des possibilités de nos vies affairées.

Tingwall mit la tête à sa porte et m'appela.

– Entrez, Hugh.

Sur le seuil, je croisai Ginny qui sortait.

– Je reviens tout à l'heure, murmura-t-elle.

Je ne pus rien lire sur son visage quand elle passa. L'expression de Tingwall, moins hermétique, montrait un mélange de gravité et d'appréhension.

– Elle vous a expliqué ce qui est arrivé ? demandai-je quand il eut refermé la porte.

– Oui.

– Alors, qu'en pensez-vous ?

Il réfléchit un long moment avant de répondre.

– Strictement entre vous et moi, Hugh, c'est une défense qui me paraît très aléatoire. Ce n'est que mon avis, bien sûr, et il faudra que vous preniez celui de Grainger, mais à tort ou à raison, je ne puis m'empêcher de penser que ce sera très difficile à faire passer. Bien plus que… les autres solutions envisagées.

– Que suggérez-vous, donc ? m'alarmai-je. Pas qu'elle plaide coupable ?

– Non, répondit-il prudemment en s'asseyant sur le bord de son bureau. Non, jamais de la vie. Mais plaider non coupable comporte certains dangers : un verdict plus intransigeant, une sentence plus lourde. En plus de quoi, convaincre le jury qu'un tiers inconnu a commis le crime n'ira pas sans poser de sérieux problèmes. Pour espérer l'emporter avec ce genre de défense, il faut des arguments en béton. De quoi vraiment étayer une plaidoirie. Certes, Ginny fera peut-être bonne impression à la barre – excellente, même, je n'en doute pas. Mais en soi, cela risque d'être insuffisant quand la partie adverse détient ce qui semble être des preuves médico-légales inattaquables. (Jetant un regard en direction de la porte, il baissa la voix.) Et puis… qui serait cette tierce personne ? S'agit-il d'un total inconnu ? Dans ce cas, pourquoi Ginny n'a-t-elle pas signalé le meurtre tout de suite ? Qu'est-ce qui l'en a empêchée ? C'est cela qui m'ennuie beaucoup, fit-il d'un air navré. Si elle dit au jury qu'elle a cru que vous aviez tué Sylvie et qu'elle essayait de vous couvrir, ça ne fera pas très bon effet, pour dire le moins. Aux yeux du monde, vous passerez pour un criminel sans même avoir été jugé. Ginny est dans un cercle vicieux. (Il ne chercha pas à masquer sa consternation.) Si elle dit la vérité, elle est fichue ; si elle ne la dit pas, elle est fichue aussi.

– Mais si nous pouvions prouver que quelqu'un d'autre est monté à bord ? L'assassin ? (Tingwall leva les mains et les yeux au ciel : si seulement...) Que faudrait-il comme genre de preuve ?

Il eut un soupir indécis, croisa et décroisa les bras d'un air maussade.

– J'ai besoin d'y réfléchir, dit-il enfin. Un témoin, je suppose. Quelqu'un qui aurait vu un tiers monter à bord avant l'arrivée de Ginny. Ou alors... un indice médico-légal qui démontre que ce tiers était à bord au moment du meurtre. (Sa voix ne débordait pas d'optimisme.) Oui, je dois y réfléchir.

Devant le découragement de Tingwall, je me sentis moi-même flancher.

– Si on engageait un détective ? demandai-je. Quelqu'un qui puisse trouver des témoins que la police aurait négligés, qui cherche parmi les amis toxicos de Sylvie, par exemple, dont personne ne s'est jamais préoccupé ?

Qu'il se rendît soudain à cet argument ou bien que, confronté aux insuffisances de l'histoire de Ginny, il fût trop heureux de saisir une perche qui se tendait vers lui, il se montra pour la première fois véritablement intéressé par l'idée d'une filière de la drogue.

– Nous pouvons toujours essayer, acquiesça-t-il comme pour se convaincre lui-même. Il y a un gars que j'utilise à l'occasion, ici à Exeter. Et un autre à Bristol, un ancien de la police judiciaire. C'est peut-être lui qui conviendrait le mieux pour ce genre d'affaire, d'ailleurs. Il est d'un autre calibre. Il s'appelle Pike. Pas donné, par contre. (Voyant mon expression, il poursuivit.) Bon, je le contacte immédiatement. Bien entendu, ajouta-t-il, il pourrait s'agir de gens que l'accusation utilise comme témoins à charge, vous en êtes conscient ?

Je confirmai ostensiblement de la tête.

– Remarquez, ajouta-t-il en retrouvant un peu de son allant, même s'ils sont de l'autre côté, ce ne sera pas une mauvaise chose de les sonder un peu, comme ça nous saurons ce qui nous attend. Donc... par qui faisons-nous commencer Pike ? Vous avez une idée ?

– Il y a un certain Hayden. Le propriétaire du bateau sur lequel Sylvie avait l'habitude de naviguer, le *Samphire*. Amarré dans le fleuve. D'après les on-dit locaux, Hayden serait un skipper professionnel de yacht qui vit, ou vivait, près de Totnes. (Tingwall prenait des notes.) Ensuite, bien sûr, il y a Joe, qui partageait le cottage avec Sylvie – ou qui ne faisait peut-être qu'y dormir. Sans doute connu de la police, j'imagine, vu la façon dont il se défonçait. Complètement à côté de ses pompes, la plupart du temps. Je m'occupe en ce moment de chercher son nom de famille et son adresse.

Si Tingwall pensait que j'outrepassais mes limites avec ce travail de détective amateur, il n'en souffla mot. Et s'il s'étonnait du nombre de faits que je n'avais pas précédemment révélés à la police ou à lui-même, il n'en laissa rien paraître non plus.

– Une autre fille naviguait également sur le *Samphire*, mais je ne sais pas qui elle est.

Il en attendait davantage, j'en vins donc au trafic de drogue.

– J'ignore avec quelle fréquence ils s'approvisionnaient Outre-Manche, mais Sylvie avait un contact à Cherbourg. Il lui a remis un gros paquet d'une sorte de poudre. De l'héroïne ou de la cocaïne, j'imagine.

Tingwall me décocha un regard surpris, non exempt de reproche.

– Je n'ai aucune idée de ce qu'elle faisait de la drogue une fois introduite en Angleterre, poursuivis-je. Mais ma théorie est la suivante : elle l'entreposait dans le *Ellie Miller* qu'elle utilisait comme – quel est le mot ? – comme cache. C'est pour ça qu'elle est allée au bateau ce jour-là. Et c'est pour ça qu'elle a été tuée. Peut-être une dispute avec quelqu'un de la filière. Une dette non réglée. Un lot supplémentaire de marchandise qu'elle leur aurait dissimulé.

Tingwall avait cessé d'écrire.

– Vous n'avez aucune preuve ? demanda-t-il tranquillement.

– Non. Mais je ne vois pas d'autre explication. Elle était fine mouche, croyez-moi. Elle savait qu'ils avaient flairé sa piste.

– Ils ?

– Les douaniers.

Tingwall reposa son bloc.

– Je regrette que vous ne m'ayez rien dit de tout cela plus tôt, bougonna-t-il.

– Je pensais que complicité de trafic de drogue ferait un peu désordre sur mon CV, répondis-je avec désinvolture. Quant à dire que je n'étais pas au courant, que ça s'est passé dans mon dos – vous croyez encore à la vieille rengaine de l'innocent trompé, vous ? Eh bien moi non plus.

Tingwall m'écoutait d'un air quelque peu dépité lorsque Ginny réapparut. Il rectifia aussitôt la position et sourit d'un air benêt. Ce qui semblait en faire un second amoureux d'elle.

★
★ ★

Je conduisis Ginny jusqu'à Bristol pour l'un de ses deux rendez-vous hebdomadaires avec le docteur Jones. Pendant le trajet, elle devint d'humeur apathique et non communicative. Mauvaise nuit ou crise de dépression ? Je ne pus déterminer. Au moment d'aller nous coucher, la veille au soir, elle s'était montrée nerveuse et préoccupée. A plusieurs reprises au cours de la nuit, je m'étais réveillé sans qu'elle soit dans la chambre. Ces absences ne disaient rien qui vaille à mon imagination angoissée, et par deux fois, j'étais parti à sa recherche. La première, je l'avais trouvée à la cuisine, debout devant la fenêtre, le regard vague perdu dans les ténèbres tandis que la bouilloire sifflait à qui mieux mieux. La seconde, je l'avais découverte, toujours dans la cuisine, en train de frotter la table.

– Il reste des traces, s'était-elle plainte en s'affairant. Détergent et eau de Javel, il n'y a rien de mieux. On n'arrive jamais à avoir les taches de graisse, sinon.

Les résonances symboliques que cela contenait ne semblaient pas l'effleurer. Une petite sonnette d'alarme avait commencé à tinter dans mon esprit. Me sentant incompétent sur ce terrain, je m'étais souvenu de la toute prochaine visite chez le docteur Jones avec un profond soulagement.

Le cabinet de consultation du psychiatre se trouvait dans une villa semi-indépendante du quartier Kingsdown de Bristol, non loin de l'université et des hôpitaux. Je m'arrêtai juste à l'entrée.

– Si j'ai du retard pour venir te rechercher, ça ne t'ennuiera pas d'attendre un peu ? lui demandai-je.

Elle secoua la tête et fouilla le contenu de son sac. Je fis le tour de la voiture, lui ouvris la portière et l'aidai à descendre. Elle m'embrassa sur la joue d'un air absent avant de gravir les quelques marches qui menaient à l'entrée et de sonner. En la regardant franchir le seuil, je me demandai si elle aurait la franchise d'avouer à Jones qu'elle avait réduit sa posologie médicamenteuse de son propre chef, et si ce serait une trahison de ma part que de le contacter après coup pour m'en assurer.

Un plan de la ville de Bristol plaqué sur le volant, je partis dans la direction de Clifton. Je me perdis presque aussitôt, redescendant une côte que je venais de gravir quelques instants auparavant, mais après m'être arrêté pour mieux étudier la carte, je parvins à me remettre sur le bon chemin. Une dizaine de minutes plus tard, j'avançais au ralenti dans la rue passante où habitait Jean-Paul, écarquillant les yeux pour lire les numéros. Le dix-neuf correspondait à une maison de trois étages à façade plate située au milieu d'un alignement. Les fenêtres étaient crasseuses, le stuc blanc tombait en lambeaux et des détritus parsemaient les marches de l'entrée. Il y avait des noms à côté de trois des sonnettes, mais pas celui de Mathieson. J'appuyai donc sur le quatrième bouton, marqué Appartement 2.

Un chien se mit à japper frénétiquement quelque part, non loin, et une succession de véhicules lourds passèrent dans la rue derrière moi. J'appuyai de nouveau sur la sonnette. Je me demandais si Jean-Paul n'avait pas changé d'avis lorsque la porte s'ouvrit soudain et que sa haute silhouette apparut en retrait du seuil. Je fus étonné de voir combien il avait peu changé. C'était un grand échalas au visage hâve, à la tignasse brune et aux épais sourcils en permanence froncés. Il portait toujours cheveux longs et jeans serrés, bien qu'après quinze ans, son aspect tînt moins de l'étudiant famélique que du cérébral universitaire décharné. Je ne vis pas de ressemblance avec Sylvie jusqu'à ce que, se reculant pour me livrer passage, quelque chose dans son profil, dans le dessin de sa bouche, suscitât en moi une frémissante réminiscence.

– C'est aimable à vous de me recevoir, dis-je tandis qu'il refermait d'une poussée la porte dont le claquement fit trembler la maison.

Indiquant les escaliers d'un bref mouvement de tête, il me précéda au premier étage. Son appartement consistait en une grande pièce qui s'étendait sur toute la largeur de la maison, avec un coin cuisine d'un côté, un lit de l'autre et une porte qui était probablement celle de la salle de bains. Des livres faisaient ployer les étagères sur chaque mur. Ils s'élevaient aussi en piles désordonnées autour du lourd bureau victorien orienté vers les fenêtres et dont la surface disparaissait presque entièrement sous la paperasse. Mozart égrenait ses notes sur la chaîne quadriphonique.

Arrivé au milieu de la pièce, Jean-Paul se retourna face à moi.

– Alors ? fit-il sur un ton brusque.

Je n'avais pas répété cet entretien en détail.

– Tout d'abord, permettez-moi de vous dire combien je suis navré de...

Il m'interrompit d'un geste impatient de la main.

– Je crois qu'on peut s'épargner ce couplet.

Je comprenais cette réaction, peut-être m'y attendais-je plus ou moins. Je repris donc, toujours en marchant sur des œufs.

– Je vous assure que ma femme n'a pas commis cet acte affreux. Ils se trompent complètement. C'est une monumentale erreur.

– Vous me l'avez déjà dit au téléphone, répondit-il avec froideur.

– En fait... Je suis à la recherche de gens ayant connu Sylvie pour voir s'ils auraient une idée de l'auteur... du mobile... et je me demandais si vous seriez en mesure de me mettre en relation avec certains de ses amis, des personnes qui l'auraient vue cet été. Eux pourront peut-être me dire, je ne sais pas, si quelqu'un l'a importunée d'une manière ou d'une autre... l'a suivie... vous voyez, ce genre de renseignements.

Il haussa un sourcil évasif et s'assit sur le bord du bureau.

– Elle ne me disait pas grand-chose de ses affaires, lâcha-t-il d'une voix chargée d'indifférence. On ne se voyait pas très souvent.

– Y a-t-il quelqu'un à qui vous pourriez penser, un détail dont elle vous aurait parlé ?

Il poussa un soupir excédé, comme s'il regrettait déjà d'avoir accepté de me recevoir.

– Tout ce que je sais, c'est qu'elle vivait à Dittisham et qu'elle faisait de la sculpture, un truc de ce genre.

– A-t-elle parlé d'un certain Hayden, avec qui elle faisait du bateau ?

– Peut-être. Me rappelle pas.

– Ou de Joe, avec qui elle partageait le cottage ?

– Un peu.

– Connaissez-vous son nom de famille ?

Il eut un haussement d'épaules éloquent.

– Wilson. Willis. Wilkins. Quelque chose comme ça.

– Sauriez-vous comment je peux entrer en contact avec lui, par hasard ?

Une lueur froide passa dans ses yeux.

– Peut-être.

– Vous avez son numéro ?

– Et s'il n'a pas envie de vous parler ? répondit-il sur un ton qui montrait combien cette hypothèse était vraisemblable.

– Peut-être pourriez-vous lui demander quand même, lui expliquer combien c'est important ? (Avant qu'il n'ait eu le temps de refuser, je sortis ma carte et, la calant dans ma main, griffonnai au dos mes numéros de portable.) Je vous en serais vraiment reconnaissant.

Avec la mauvaise grâce qui semblait le caractériser, Jean-Paul jeta la carte sur le fatras de son bureau, derrière lui, où elle sembla s'engloutir, petit rectangle de carton, dans un océan de papier blanc.

– A-t-elle mentionné d'autres personnes ? demandai-je. Pas seulement à Dittisham, mais ailleurs, à Londres, par exemple.

– Pas spécialement. Elle avait des amis partout.

– Et des associés d'affaires ?

– Des *affaires* ? répéta-t-il dédaigneusement. Quelle sorte d'affaires ?

Je me jetai à l'eau.

– De la drogue.

– Oh, je vous en *prie* ! fit-il avec un geste coléreux de la tête.

– On dit qu'elle était dans les drogues dures.

– Qui c'est, « on » ? Foutaise ! Elle prenait du hasch, un peu de speed peut-être, mais c'est tout. Qui vous a dit ça ?

– La police.

– A d'autres ! Ils n'ont jamais pu vous dire une chose pareille. Alors, qui ?

– Ce hasch, fis-je en éludant la question, où se le procurait-elle ?

– Là où tout le monde peut s'en procurer, pardi. (Il me parlait comme à un parfait imbécile.) N'importe où.

– Je me disais qu'elle s'était peut-être disputée avec son fournisseur.

Il eut un rire de mépris.

– Vous regardez trop de mauvais films. Les gens ne se font pas zigouiller par leur fournisseur de hasch, sinon la moitié de l'université serait déjà morte. Qu'est-ce que vous imaginez, qu'elle devait de l'argent à quelqu'un et qu'on l'a tuée pour ça ? Mais le hasch ne coûte rien et chacun paie rubis sur l'ongle, de toute façon. Et même si on fait crédit, ce n'est jamais pour beaucoup et pour bien longtemps, croyez-moi. (Il eut de nouveau ce ricanement de dérision.) Bon Dieu, quelle idée grotesque !

J'hésitai, me remémorant l'aspect et le toucher du paquet dont elle s'était ceint la taille la nuit où elle avait plongé dans le fleuve.

– Une fois, elle a eu autre chose. Une poudre.

Un éclair d'hostilité passa dans ses yeux.

– Et alors ? lâcha-t-il sèchement.

– Je pensais qu'elle s'était peut-être mise à fréquenter les trafiquants.

Ses lèvres se pincèrent et il me fusilla du regard en guise de réponse. Le Mozart arriva à sa fin et l'on n'entendit plus que le grondement assourdi de la circulation et le cliquetis d'une canalisation de chauffage central.

– Parmi ses amis, fis-je pour nous ramener sur un terrain moins miné, y en avait-il un dont elle aurait été particulièrement proche ?

– J'imagine.

– Savez-vous qui ?

– Je vous l'ai dit : des amis, elle en avait partout.

– Et des petits copains ? demandai-je en contrôlant mon expression.

– Elle m'en a mentionné un, oui.

Je fis tout pour masquer ma curiosité.

– Ah ? Qui donc ?

– Vous.

Il s'était délecté de cet instant, délecté de m'avoir piégé.

Je répondis par un lent hochement de tête, qu'il pouvait prendre comme un compliment pour son coup d'éclat s'il le désirait.

– En tout cas, j'ai supposé que c'était vous, poursuivit-il comme pour profiter encore un peu de ce moment. Sylvie a dit qu'elle avait un amant « dans le verre ». Je ne comprenais pas ce qu'était un amant « dans le verre », alors elle m'a expliqué que sa famille *fabriquait* du verre. J'ai demandé si c'était vous, cette histoire de verre me rappelant quelque chose.

– Y a-t-il eu quelqu'un d'autre ? Un autre amant ?

– Pourquoi, ça ne suffisait pas ? demanda-t-il avec une pointe de sarcasme.

Je compris alors que si Jean-Paul se montrait tolérant avec la prise de hasch de sa sœur, il ne voyait pas d'un aussi bon œil sa vie amoureuse.

Au-delà des fenêtres embuées, la pluie commençait à tomber sur les arbres rabougris.

– A-t-elle dit quoi que ce soit d'autre à mon sujet ? m'enquis-je sans vraiment savoir ce que je voulais entendre.

– Non, jeta-t-il avec dédain. (Puis, comme s'il se lassait de sa propre animosité, il s'accorda le temps de réfléchir à la question.) Sinon que vous aviez un bateau, qu'elle allait à bord. Quoi d'autre ? (Il eut un soupir indécis.) Ça fait un bout de temps, je ne me rappelle pas bien.

– Ça remonte à quand ?

– Peut-être fin avril ou début mai, dans ces eaux-là. Ah oui, fit-il comme si quelque chose lui revenait à l'esprit, elle a parlé d'un voyage que vous deviez faire.

– En France ?

Il fronça le sourcil.

– Possible, je ne m'en souviens pas.

Sans raison apparente, sa mauvaise humeur le reprit. Il se redressa et croisa les bras pour me faire bien comprendre que l'entretien était terminé.

– En tout cas, merci pour votre aide, dis-je. Vous parlerez à Joe ?

Il répondit par un geste intentionnellement ambigu.

– Je pourrais peut-être vous appeler dans un jour ou deux ?

– Non merci, répondit-il sans détour.

– Je voulais seulement...

– Si Joe veut prendre contact, je lui dirai de vous joindre directement.

Une fois parvenu à la porte, je me retournai.

– Il y a quelque temps, mon frère m'a dit que vous vouliez me voir.

– C'était il y a quelque temps.

– Je me demandais juste...

– Je n'avais déjà pas grand-chose à vous dire à l'époque, déclara-t-il avec le ressentiment d'autant plus vif d'avoir été temporairement oublié. J'en ai encore moins maintenant.

La porte se referma sèchement. Quand j'atteignis le rez-de-chaussée, les échos assourdis d'une violente musique orchestrale semblèrent dégringoler les marches derrière moi. A la façon dont les dernières remarques de Jean-Paul résonnaient dans ma tête, j'eus la nette impression que je n'aurais jamais de nouvelles de Joe.

*

* *

– Je suis content que vous ayez pu venir, se réjouit Jones en me désignant vaguement une chaise.

Il se mit à chercher quelque chose qui semblait lui manquer, palpant ses poches à plusieurs reprises avant d'ouvrir un pan de son veston pour passer à une investigation interne et de revenir aux poches extérieures, plongeant ses mains plusieurs fois dans les mêmes fentes comme un danseur de rap endiablé. Puis il accepta sa défaite avec un sourire affable.

– Mes lunettes..., expliqua-t-il.

C'était un homme d'âge indéterminé, quelque part entre cinquante et soixante ans, court sur pattes et à la calvitie naissante. Je ne pus déterminer si sa distraction était authentique ou faisait partie d'une stratégie destinée à mettre les patients à l'aise.

Avec une exclamation de victoire, il exhuma ses lunettes de dessous des papiers et, s'installant derrière son bureau, m'adressa un sourire hésitant.

– J'espère ne pas vous avoir dérangé, fit-il avec une forte intonation galloise, mais il m'a semblé utile que nous bavardions un peu.

Il m'avait appelé la veille au soir après la visite de Ginny pour me demander si je pourrais passer le voir et discuter « certaines petites choses », ce qui m'avait immédiatement mis la peur au ventre, une peur profonde et irrationnelle.

– Vous m'avez inquiété, dis-je. A vous entendre, ça avait l'air sérieux.

– Vraiment ? Non, je ne pense pas qu'il y ait matière à se faire trop de souci, fit-il sur un ton précautionneux qui parvint à véhiculer exactement l'impression contraire. J'ai simplement cru bon de vous informer de certains problèmes.

– Je sais qu'elle ne prend pas tous ses médicaments.

Il arqua immédiatement les sourcils.

– Ah bon ?

– Elle ne vous l'a pas dit ?

– Non, fit-il avec l'air peu surpris du médecin habitué à ce que ses patients n'en fassent qu'à leur tête.

– Elle prend toujours le tranquillisant, je crois, mais pas le Prozac. Elle dit que ça la détraque encore plus.

– J'aurai un petit mot avec elle la prochaine fois, fit-il en prenant rapidement note. Je verrai si je peux trouver quelque chose qui lui convienne mieux. (Il y eut un silence pendant lequel il rassembla les éléments de ce qu'il avait à me dire.) Oui... nous avons eu une séance très intéressante, hier, Virginia et moi. En apparence, elle se débrouillerait plutôt bien. Elle ne semble pas trop accablée par sa situation et paraît même envisager l'avenir – y compris l'idée de la prison – avec une certaine dose de sérénité. Pour autant, je ne suis pas absolument certain que sa vision du futur, et du passé en tout cas, soit basée sur la réalité. Je ne pense pas qu'elle soit capable de faire la distinction entre ce qui est réel et ce qui ne l'est pas, ou entre la vérité telle qu'elle est et la vérité telle qu'elle la souhaiterait. Il arrive que, pour certaines personnes, éluder la vérité soit une façon de gérer leurs peurs : ils l'éludent, mais au tréfonds d'eux-mêmes, ils ne la perdent jamais vraiment de vue. Dans son cas, en revanche, j'ai l'impression que Virginia a effectivement perdu de vue la réalité, que dans son esprit le réel et l'imaginaire se mêlent en une profonde confusion.

Je pataugeais là dans des eaux inconnues.

– Mais avec moi, elle a semblé parfaitement... claire. Elle n'a jamais montré de confusion sur quoi que ce soit.

– Oh, elle s'exprime clairement, c'est sûr, s'empressa-t-il de convenir. Mais elle est claire sur l'interprétation d'événements qui sont confus au fond d'elle-même, si vous saisissez la différence. Elle voudrait que certaines choses soient vraies sans parvenir à discerner si elles le sont ou non. Il ne s'agit pas seulement d'occulter les faits ou de gommer les événements fâcheux, mais de s'être peint un tableau parallèle de la réalité et d'être incapable de le distinguer du vrai.

Je m'efforçais toujours de surnager.

– Vous pensez qu'elle ne dit pas la vérité ?

– Je pense qu'elle dit la vérité telle qu'elle la voit, ce qui, vous le comprendrez certainement, est une autre histoire. Ce peut fort bien être la vérité, rien ne nous prouve le contraire, mais elle n'a aucun moyen de distinguer le vrai du faux, voyez-vous, aucun moyen de faire le tri dans son esprit. Et au bout du compte, c'est peut-être ce qui la perturbe.

J'avais l'impression d'être tombé dans un bourbier émotionnel, dans un trou noir absolu sans aucun point de référence.

– Vous a-t-elle parlé, alors, de la mort de Sylvie ? demandai-je, redoutant à demi d'entendre la réponse.

– Elle m'a dit certaines choses, fit-il prudemment.

– Elle vous a dit qu'elle était innocente ?

Il eut un geste d'excuse.

– Je suis désolé, monsieur Wellesley, mais je briserais la confidentialité si je vous répondais.

Je réprimai une onde de frustration.

– Ce que j'essaie de comprendre, c'est comment vous en êtes arrivé à cette conclusion sur elle. Comment savez-vous qu'elle confond les choses ?

– Il existe des procédés qui vous permettent de déterminer l'état d'esprit d'un patient, d'établir son niveau de conscience de la réalité. Ces techniques incluent des discussions de toutes sortes de situations existantes – relations, famille, travail, tout ce que vous voudrez. Au cours de ces discussions, Virginia a constamment manifesté de la confusion dans son appréhension des réalités existantes, y compris quotidiennes. Et une telle perte du sens des repères matériels est invariablement symptomatique chez le sujet d'une perte générale et omniprésente du sens des réalités. Les fausses idées qu'il se fait sur des points de détail trouvent leur aboutissement – et leur origine – dans le traumatisme de base et ses fantasmes concomitants.

Fantasmes. Un de ces mots, comme paranoïa ou psychose, qui n'appartiennent qu'aux autres, à des étrangers avec de vrais problèmes, pas à quelqu'un qui vous est proche et que vous aimez. Je dus faire effort pour lutter contre le désordre de mon propre esprit.

– Dans quelle sorte de domaine se trompe-t-elle ? demandai-je avec fébrilité.

– Se tromper est un terme excessif, commenta-t-il sur le ton apaisant de son accent gallois. Que je réfléchisse... Tenez, pour vous donner un exemple, elle m'a dit qu'elle était équipière confirmée, en voile, qu'elle avait beaucoup navigué avec vous, traversé la Manche à maintes reprises. Or je ne crois pas que ce soit tout à fait le cas, ai-je tort ?

Il lut ma réponse dans mon silence consterné.

– J'ai deviné que c'était inexact à une de ses remarques précédentes. Bien sûr, je ne la contredis jamais sur des détails de ce genre, je prends bien garde à ne saper sa confiance d'aucune manière, mais si je mets par inadvertance quelque chose en doute, elle est tout de suite complètement bouleversée. Elle ne supporte pas d'être contredite, même sur des broutilles. Elle devient alors gravement perturbée.

Je scrutai son visage à l'affable bienveillance et me trouvai dans la même position que Ginny, coincé entre plusieurs vérités déroutantes, chacune bien distincte, mais entourée d'un flou si funeste qu'il était impossible de savoir à laquelle croire. Un homme que je venais à peine de rencontrer me disait que ma femme était mentalement perturbée et, pour preuve de la validité de ce jugement, je ne pouvais que me raccrocher au fait qu'il avait une ribambelle de qualifications et qu'il paraissait relativement bien intentionné.

– Bon, d'accord, soupirai-je. Ginny affabule. Et alors, quelle importance ? Où est le mal ?

– Il n'y en a aucun pour le moment, répondit obligeamment Jones. Mais si la situation devait perdurer, elle finirait par ne plus pouvoir la supporter. Les fantasmes peuvent apparaître comme un excellent mécanisme d'autodéfense, mais ils sont porteurs d'une énorme charge de culpabilité et de confusion. C'est pourquoi le véritable risque serait de la confronter trop tôt à la réalité, avant qu'elle ne soit capable de régler elle-même le problème à sa manière.

– Le risque ? Qu'entendez-vous par là ?

Jones prit un ton de voix soudain très professionnel.

– Elle pourrait tomber sérieusement malade.

La pièce parut alors se resserrer sur moi. Je me levai péniblement, m'approchai de la fenêtre et dirigeai un regard vide sur la cour arrière.

– Je ne dois donc rien dire qui risque de la bouleverser ?

– C'est un premier point, certainement.

Je me retournai.

– Quoi d'autre ?

Il avait la lumière de l'extérieur en plein dans les yeux en me regardant depuis son bureau, et il cligna les paupières comme une chouette aveuglée.

– Il serait bon qu'elle vienne me voir plus souvent. Trois fois par semaine si possible.

– Mais moi, qu'est-ce que je peux faire ?

– Etre attentif à tout signal de détresse. A tout comportement obsessionnel. A des préoccupations excessives et continuelles pour des problèmes insignifiants tels que la bonne fermeture des fenêtres ou l'emplacement d'un objet sur une étagère. Et à des attitudes répétitives : la même tâche sans cesse recommencée, de trop fréquents lavages de mains, bains et nettoyages de peau.

Ou frottages de table, songeai-je, effaré que le lien se soit fait aussi naturellement dans mon esprit.

Je le remerciai avant qu'il n'eût le temps de me donner encore d'autres motifs d'inquiétude.

– Elle va aller mieux, n'est-ce pas ? demandai-je néanmoins avant de partir.

Je vis à son visage que c'était précisément la question à laquelle il ne pouvait répondre.

★
★ ★

– Bonjour, chéri, s'écria Ginny en me plantant un baiser quelque part vers la joue gauche. Tu es en avance, dis donc ?

Il était seize heures, le moment précis où je lui avais dit que je rentrerais.

– La réunion a été rapide, expliquai-je vaguement.

Par réflexe, mon regard biaisa inexorablement vers la table de la cuisine et examina la surface en pin brut pour y détecter d'éventuels indices de grattage récent. Je ne décelai aucune trace d'humidité, ce qui certes ne prouvait rien mais semblait repousser le moment du jugement fatal.

– Julia a dû partir il y a une demi-heure, m'informa-t-elle en plaçant la bouilloire sur la gazinière. Il y avait plein de messages. George a appelé deux fois au moins. Et plusieurs personnes pour le travail : des avocats et des comptables, d'après ce qu'a dit Julia. Ah, et puis Mary. Elle veut que nous descendions déjeuner avec eux dimanche pour jeter un coup d'œil sur un cottage. (Elle se retourna vers moi.) Tu as manigancé derrière mon dos, fit-elle d'une voix chargée d'une émotion que je ne pus définir.

– Quoi, à propos du cottage ? Mary a simplement proposé d'ouvrir l'œil, c'est tout.

– J'aurais préféré que tu ne le lui demandes pas, répondit-elle sèchement. J'aimerais que tu ne la mêles à rien de ce qui nous concerne.

– Mais c'est elle-même qui s'est proposée.

– Pas étonnant, elle adore s'immiscer dans tout. (Je n'avais jamais entendu Ginny formuler de critiques aussi violentes à l'encontre de Mary. Prise d'un soupçon soudain, ses pupilles se contractèrent.) Tu ne lui as pas parlé de *nous*, au moins ?

– Non, répondis-je de façon guère convaincante.

– Parce que, bon sang, si tu l'as fait...

– Non, je lui ai seulement parlé de Sylvie, c'est tout. Rien d'autre.

– De Sylvie ! haleta-t-elle. Qu'est-ce que tu lui as raconté, sacré nom ?

– Ginny, est-ce important ?

– *Oui*, c'est important !

Je m'assis avec lassitude sur une chaise.

– Je lui ai parlé de cet été. De ce qui s'est passé.

Sa respiration commençait à devenir lourde.

– Quoi... tu lui as tout dit ?

– Plus ou moins.

Elle pinça les lèvres et, faisant pour se contenir un effort qui déforma ses traits, elle secoua la tête en me regardant.

– Comment as-tu pu !

Je levai les mains d'un air désemparé.

– Mary est une amie. Elle était là. J'avais besoin de parler à quelqu'un.

– Mais tu es aveugle, ou quoi ? s'écria-t-elle aussi fort que le lui permettait son souffle. Elle est tellement à part, hein ? C'est une si bonne amie ! Eh bien, laisse-moi te dire que non, ce n'est pas notre amie, elle ne l'a jamais été !

– Voyons, *Ginny* !

– Non, *non* ! s'écria-t-elle avec une fureur soudaine. Je te le dis, elle donne cette impression d'être... une petite sainte, tellement compréhensive, mais c'est du théâtre ! Une simple façade ! Ah, elle sait jouer les bonnes samaritaines, s'occuper de son prochain, mais seulement quand ça l'arrange ! Ce n'est pas la sœur de Howard pour rien, oh non ! C'est dans la famille : déplacer les gens comme des pions, les dresser les uns contre les autres. (Elle eut un soupir excédé.) Je sais que tu n'es pas capable de voir plus loin que le bout de ton nez !

Pour toi, elle ne peut pas faire de mal, elle est parfaite. Alors laisse-moi te dire, elle *utilise* les gens, elle s'immisce dans leurs confidences pour mieux les contrôler ensuite. Contrôler, c'est son credo. (Ses yeux me foudroyèrent.) Tu me regardes comme si j'étais folle, mais c'est la pure vérité ! Tu es aveugle. Cette bonne vieille Mary ! Généreuse, gentille Mary ! Qui enfourche les grands chevaux de la charité ! Seulement elle n'a qu'un centre d'intérêt en ce bas monde, qu'une seule préoccupation : son cher David, et comment se cramponner à lui. Sorti de là, rien, le reste n'est qu'une façade. (Elle brandit une main farouche devant moi.) Oh, je sais bien ce que tu penses. Tu crois que je suis jalouse d'elle, que je la déteste ! Eh bien ce n'est pas ça, c'est que... (elle sembla chercher son idée dans les airs)... c'est que j'ai *peur* d'elle. J'ai peur de ses petites manœuvres. Elle te fera un enfant dans le dos sans la moindre hésitation, tous les moyens seront bons pour rester sur son piédestal : la grande, la bonne Mrs. Wellesley. Elle...

Les mots et le souffle lui manquèrent simultanément. Elle se dirigea à grands pas vers un tiroir qu'elle ouvrit sans ménagement, en sortit un inhalateur et aspira.

– C'est vrai que je ne suis pas d'accord, dis-je posément après un long silence. Mary a toujours été une bonne amie pour nous. Mais puisque tu le ressens ainsi... (Je me levai.) Je suppose que tu ne veux pas les voir dimanche ?

– Tout ce que je veux, insista-t-elle lourdement, c'est que tu cesses de lui parler de *nous* et de notre vie privée, rien d'autre. Ça ne me dérange pas d'aller les voir, je n'ai jamais rechigné jusqu'à présent, que je sache ? Je m'en accommode très bien tant qu'elle ne commence pas à se mêler de nos affaires. Et je ne voudrais surtout pas qu'il me soit reproché de t'empêcher de les voir.

Je me frottai vigoureusement le visage et ne répondis pas. Elle revint à la table.

– Peut-être aurais-je dû dire tout ça depuis longtemps, fit-elle avec un regard rédempteur, radouci et repentant.

– Peut-être.

– C'est ce que je pense.

– Oui, je le vois bien.

Elle commença à cligner les paupières, à se tortiller les doigts.

– Ce serait bien... si tu pouvais me confier à *moi* toutes ces choses.

– Bien sûr que je le ferai. Vraiment.

Il y eut un silence pendant lequel ses paupières continuèrent leur ballet papillonnant.

– Alors tu peux me répéter ce que le docteur Jones t'a dit ? Oh, je me doute que c'est là que tu es allé, n'est-ce pas ? fit-elle en voyant mon expression de surprise. C'est bien lui qui a appelé hier soir ?

Je n'essayai pas de le nier.

– Tu sais, il n'a pas dit grand-chose, commençai-je. Il veut juste que je garde un œil sur toi.

– Pourquoi ? Il croit que je perds la boule ?

Je souris.

– Pas du tout.

– Qu'est-ce qu'il en pense, alors ?

– Il en pense... (J'eus un haussement d'épaules tandis que je cherchais ce qui se rapprochait le plus possible de la vérité.) Il pense que trop de tension pourrait te faire craquer les nerfs.

Son expression se radoucit.

– Tu sais ce que j'adore avec toi, Hugh ? C'est que tu essaies toujours de me protéger. (Elle eut un sourire torve qui parvint à montrer autant d'affection que de reproche.) Moi, je sais ce qu'il pense, le docteur Jones, affirma-t-elle sur un ton péremptoire. Il pense que je suis une malade, que j'invente des histoires, que je ne veux pas reconnaître mes actes. Il pense que j'ai tué Sylvie mais que je veux tout occulter, comme une détraquée mentale. Il s'est fait son idée depuis le début, je l'ai compris et senti tout de suite, et maintenant quand je le vois, c'est comme si je parlais à un mur. (Elle exhala un âpre soupir.) C'est super, de savoir que ton psy croit en toi

– Il veut te voir trois fois par semaine.

– Ah oui ? fit-elle d'une voix chancelante. Ça ne m'étonne pas.

– Tu n'es pas obligée. Ta liberté sous caution ne prévoit que deux visites.

– Deux fois par semaine, c'est bien assez pour ce qu'il veut faire ! s'écria-t-elle sombrement. Il n'a pas besoin de plus pour me démolir.

*
* *

– Est-ce qu'on peut confirmer plus tard pour dimanche prochain ? demandai-je à Mary. Ça pourrait se décider en dernière minute.

– Bien entendu ! s'exclama-t-elle. Ne te fais pas de souci. J'ai réservé dans un restaurant, mais je peux très bien annuler. Par contre, il faudra absolument que tu voies cette maison ! Elle est ravissante. Joliment meublée, une vue splendide, un merveilleux jardin, et à quelques kilomètres à peine de l'autoroute.

– Bon, si ce n'est pas dimanche…

– J'en ai entendu parler par un ami auquel j'ai rendu service. Les propriétaires veulent des gens qui en prendront bien soin pendant qu'ils sont à l'étranger. Ils ne seront pas exigeants pour le loyer.

– Ça paraît intéressant.

Elle émit un marmonnement de doute.

– Tu n'as pas l'air convaincu.

– Ça dépendra de Ginny.

– Bien sûr, répondit-elle sur un ton à la fois compatissant et apitoyé.

– Au fait, as-tu réussi à avoir l'adresse ?

– L'adresse ? (Elle savait pertinemment de quoi je parlais.) Ah, celle du chevelu, tu veux dire ? Ecoute, j'ai bien essayé, Hugh. J'ai fait tout ce que je pouvais – sans me créer de problèmes, du moins. J'ai découvert les propriétaires du cottage. Ils habitent quelque part dans le Somerset. Je leur ai téléphoné, mais ils n'ont rien trouvé de mieux que de me renvoyer à l'agence de location. Et là, ça n'a pas été commode, crois-moi. Je pouvais difficilement leur dire la vérité, alors j'ai un peu brodé, j'ai expliqué que je cherchais l'adresse de ce Joe quelque chose parce qu'il me devait de l'argent. Ils m'ont répondu qu'ils ne savaient rien à son sujet, que l'endroit avait été loué à la jeune femme récemment décédée. C'est le terme qu'ils ont employé : *décédée*. Alors voilà. Désolée.

– Merci d'avoir essayé.

– Vas-tu chercher par d'autres voies ?

– Tingwall a mis un détective privé sur l'affaire.

– Ah, ça, c'est une meilleure idée, approuva-t-elle. Il est préférable que tu gardes tes distances, Hugh. Passe au large. Quel est son nom, à ce bonhomme ? s'enquit-elle d'un air guilleret.

– Euh… Pike. Il est basé à Bristol.

– *Pike*, fit-elle en fouillant dans sa mémoire. Non, ça ne me dit rien. Mais tiens-moi au courant, veux-tu ? Dis-moi s'il trouve quelque chose. On ne sait jamais, je pourrais peut-être rendre service à un moment ou à un autre. Promis, tu me tiens au courant ?

– Oui, Mary.

– Hugh ? Tu es sensationnel, tu sais cela ? Absolument sensationnel.

Je raccrochai avant qu'elle n'eût le temps d'expliquer ce qu'elle voulait dire par là.

*
* *

George s'assit, dos tourné à la fenêtre du cabinet de travail. Même en tenant compte de la sombre luminosité de cette journée pluvieuse, son teint avait pris la malsaine coloration grisâtre du surmenage et des soucis. A l'observer tandis qu'il m'égrenait les derniers chiffres des ventes, je songeai qu'avec ce ventre hypertrophié, son absence totale d'exercice physique et son niveau de stress, il allait tout droit à l'infarctus. Même là, il prenait d'assaut la boîte de biscuits au chocolat, qu'il faisait descendre avec une deuxième tasse du café fort de Ginny.

Je l'interrompis en plein milieu d'une phrase.

– Quels sont vos projets si on se retrouve sans travail, George ?

– Mes projets ? répéta-t-il en essayant de paraître surpris, mais je pus voir qu'il y avait déjà réfléchi. Je crois que Dorothy aimerait partir en croisière. Quant à moi, je ferais bien un peu de golf. Après ça... (Il eut un air désabusé.) A cinquante-cinq ans, on ne vient pas se bousculer à votre porte.

– La retraite, alors ?

– Je suppose. Mais je me verrais bien faire une babiole ou une autre. De la décoration de jardins, par exemple.

– De la décoration de jardins ? (Je ne pus réprimer un sourire.) Vous n'allez pas fabriquer des nains ?

– Si, répondit-il, parfaitement sérieux. Mais surtout des vasques à oiseaux ou de la grande statuaire. On vient de sortir un nouveau matériau composite qui a l'aspect de la pierre la plus fine pour la moitié du poids. Je crois qu'il y a un marché, là. Au juste prix.

Nous échangeâmes un sourire : « Le juste prix » avait été une des expressions favorites de mon père.

– Et vous ? demanda George.

– Moi ? Oh, je peignais, auparavant, et il ne me déplairait pas de m'y remettre. Pas professionnellement, je veux dire, il est trop tard pour ça, mais pour mon plaisir. De l'aquarelle, je pense, des paysages, comme tout amateur.

– Et comme travail ?

Dans le jardin, une bourrasque de pluie fouetta les feuilles des massifs de roses et arracha les pétales des dernières maigres fleurs.

– Quelque chose où il faut mettre la main à la pâte, dis-je en récupérant une idée que j'avais vaguement conçue. Quelque chose d'idéaliste. Un vignoble. Une ferme.

– A l'étranger ?

– Probablement. (Je laissai l'idée prendre corps.) Ça ne fera pas de moi un homme riche, c'est sûr.

– Vous ne cherchez pas quelque chose de plus ambitieux ?

– De plus ambitieux ? De plus stressant, vous voulez dire, de plus astreignant ? Non merci. (Je fus à la fois étonné et rassuré de ma propre certitude.) J'ai assez donné, assez vécu sur les montagnes russes. J'ai besoin de souffler un peu. D'avoir le temps de prendre le temps. De profiter et de me souvenir de chaque jour qui passe.

Il resta un moment songeur et légèrement perplexe avant de rebaisser les yeux sur les chiffres des ventes.

– On n'en est pas encore sortis, des montagnes russes.

Je faillis ajouter : « Dommage pour vous. »

Nous en arrivions au récapitulatif financier du mois lorsque le téléphone sonna.

– Quelqu'un sur la ligne directe, annonça Ginny. Joe quelque chose. Tu lui as demandé de t'appeler, paraît-il.

Mon estomac se noua.

– Passe-le-moi, fis-je sur un ton faussement calme, tu veux bien ?

J'emmenai le téléphone de l'autre côté de la pièce autant que le permit le cordon.

– Joe ? (Un « Ouais » tout sec.) Merci d'avoir appelé. Est-ce que je pourrais vous voir ?

Un silence. J'eus un moment de panique.

– Joe ? fis-je dans le silence.
– Ouais.
– J'aurais besoin de vous voir, répétai-je.
– Donnez-moi une bonne raison.
– Jean-Paul a dû vous expliquer... (Conscient de la présence de George, je baissai encore un peu plus la voix.) Ils font erreur. Ce n'est pas ma femme.
– Ben voyons. C'est vous qui le dites.
– Peut-être, répondis-je prudemment, mais n'empêche que c'est vrai. Je peux vous expliquer pourquoi.
– Ah ouais ? (De nouveau le même ton méprisant.) Et qu'est-ce que j'ai à voir là-dedans, moi ?
Je soupirai.
– Nous voulons tous les deux la même chose : trouver la personne qui a tué Sylvie.
– Ouais, bon..., exhala-t-il à contrecœur dans le téléphone. Mais à la moindre embrouille, je vous éclate la tête, d'accord ?

*
* *

Les trombes d'eau et la sortie des spectacles du samedi soir avaient ralenti la circulation des accès de l'ouest à une allure d'escargot. Le temps que je m'extirpe de Marylebone Road pour pénétrer dans le labyrinthe dégoulinant des rues de Camden Town, j'avais déjà une demi-heure de retard. A la lumière criarde des boutiques, le *Tout Londres de A à Z* m'offrit quelques obscures indications et, après avoir négocié par deux fois le circuit des sens uniques, je ralliai Camden Road pour enfin, plus par chance que par science, me retrouver dans la bonne rue.

Le repaire de Joe se situait tout au bout d'un alignement de maisons victoriennes identiques, aux murs de briques noircies et aux fenêtres sinistres qui laissaient voir des ampoules électriques sans abat-jour et des rideaux affaissés. L'entrée n'était pas éclairée et s'il y avait des noms aux sonnettes, je ne pus pas les lire à la trop faible lueur des réverbères. J'appuyai sur chaque bouton tour à tour, et au troisième, la porte s'ouvrit avec un fort déclic.

Le hall sentait le vieux graillon, l'humidité et la moquette moisie. Des lettres non ramassées et des circulaires jonchaient le sol et, épinglé au mur, un message griffonné avertissait le reste du monde que Jake et Jane avaient émigré sous d'autres cieux.

Je montai jusqu'en haut de la maison, mais ne trouvai que portes closes. Faisant demi-tour, je redescendis vers la musique tapageuse d'un appartement du premier étage et frappai. Un rasta jamaïquain à coiffe en tricot eut un haussement d'épaules au nom de Joe et me renvoya d'un geste incertain vers le haut de la maison. Gravissant derechef la dernière volée d'escaliers, je levai les yeux et vis Joe qui attendait sur le palier du dessus.

Par l'entrebâillement de la porte, derrière lui, je distinguai un papier mural miteux et une affiche d'une exposition de Monet. Il ne m'invita pas à entrer, au lieu de quoi il s'adossa au chambranle, un bras replié, tenant une cigarette comme une fléchette dans l'autre main. Ses cheveux retombaient en longues mèches raides sur ses épaules cependant qu'une éteule de barbe noire se répandait inégalement sur ses joues hâves et son cou décharné. Il ne donnait pas l'impression de s'être lavé très récemment.

– Je désire m'entretenir avec vous des gens que Sylvie connaissait, entamai-je de façon hésitante. Savoir si quelqu'un aurait eu des raisons de lui faire du mal.

– On veut résoudre l'affaire tout seul comme un grand, hein ? railla-t-il d'un affreux rire.

– Peut-être pas, admis-je, mais au moins, j'aurai essayé.

– Les poulets, ils ont retourné ça un millier de fois dans leur tête, ils ont posé des tas de questions. Alors pourquoi qu'ils se goureraient, tout d'un coup ?

– C'est pourtant diablement le cas. Ma femme a juste... découvert le corps, rien d'autre.

Il me lança un regard du style « Arrête ton charre » et tira sur sa cigarette dont il rejeta de façon experte la fumée en filet au coin de sa bouche.

– Et bien sûr, vous n'êtes coupable de rien, vous non plus ?

– Je ne serais guère ici autrement.

– *Je ne serais guère ici autrement*, répéta-t-il en une imitation narquoise de mon accent.

Je poursuivis imperturbablement.

– C'est au sujet de la drogue, que je me posais des questions. Avec qui Sylvie trafiquait, si elle s'était mis quelqu'un à dos, un dealer peut-être.

Son regard se figea soudain, sur la défensive derrière son écran de fumée.

– Un *dealer* ? (Il secoua négativement la tête.) Elle a pas pu se mettre de dealer à dos, elle en a jamais approché un de sa vie.

– Qui l'approvisionnait, alors ? Et pour qui la passait-elle ?

Il me dévisagea comme s'il me soupçonnait de lui tendre un piège subtil.

– Passait ?

– Elle est allée chercher de la drogue en France. Assez pour une armée.

Il tira une dernière bouffée de sa cigarette avant de la laisser tomber sur la moquette criblée de brûlures et de l'écraser d'un mouvement tournant du talon.

– C'était pas grand-chose, ça.

– Il y en avait un gros paquet.

– Elle faisait les courses pour tout le monde. Et alors ?

– Pour tout le monde ?

– Des gens, des copains. On casquait tous pour ça. Une sorte de coopérative. C'est elle qu'allait chercher.

Je pris une longue inspiration et tentai une autre voie.

– L'homme chez qui elle s'est approvisionnée, à Cherbourg, c'était un... *fournisseur* régulier ?

– Naan, un pote. Qui nous a rendu un petit service.

Il m'observait à présent avec une nonchalante curiosité, se demandant jusqu'où j'irais et peut-être jusqu'où il me laisserait aller.

– Et à propos de Hayden ?

– Quoi, à propos de lui ?

– Savez-vous où je pourrais le trouver ?

– Pour quoi faire ?

Je fis appel à toute ma patience.

– Pour lui poser les mêmes questions.

– Ah ouais ? fit-il en haussant les épaules. Pas de bol, il est à l'étranger. En Grèce, ou en Turquie, un coin comme ça. Sur un yacht de rupin. Ecoutez, fit-il, soudain pris d'une forme de pitié, il ne pourra guère vous en dire plus.

Je remarquai que sa grammaire, tout comme son accent, avait des hauts et des bas, que parfois, le jargon jeuniste politiquement correct dérapait pour laisser place à de manifestes traces d'éducation sous-jacente. Petit collège privé des environs de Londres, estimai-je au jugé.

– Alors s'il ne peut pas m'aider, qui le pourra ? fis-je avec un petit geste de découragement.

Il me jaugea un moment de ses yeux troubles puis, après un long et profond soupir, sembla prendre une sorte de décision.

– Ecoutez... on a eu de la marchandise en France, d'accord. Elk connaissait ce gonze à Cherbourg...

– Elk ?

– Charlie Hayden. La came venait de Paris. Mais ça s'est passé deux fois, pas plus. Juste un petit service entre potes. Rien de bien méchant.

– Qu'est-ce que c'était, comme drogue ? demandai-je d'un ton que je voulus désinvolte.

Il détourna les yeux d'un air renfrogné, hésitant à répondre à cette question.

– De la coke, reconnut-il enfin. Et un peu de junk.

– Sylvie marchait à l'héroïne, dis-je à l'instinct.

Il acquiesça d'un léger mouvement de sourcils.

– Elle était clean quand elle est arrivée à Dittisham. Elle avait suivi un traitement complet, la totale : thérapie, séances de groupe. Mais là... (Il eut un haussement d'épaules fataliste et extirpa un paquet aplati de Lucky Strike de la poche de sa chemise. Je le laissai sans mot dire trouver du feu, s'étouffer sur sa première goulée, replier un bras sous l'autre et reprendre sa position d'échassier.) Là, quelqu'un lui a redonné ses doses.

– Qui ?

– J'sais pas. J'étais pas là, à ce moment-là. Mais ce quelqu'un l'approvisionnait régulièrement.

– Un dealer, donc ?

– Naan, pas un dealer. Un ami.

– Quelle sorte d'ami ? (Question stupide, peut-être.) Un amant ?

– Possible.

– Elle avait un amant ?

Cette pensée me noua immédiatement l'estomac.

– J'imagine. Mais comme j'ai dit, j'étais pas là à ce moment-là.

– Quand êtes-vous arrivé ?

– Alors là... (Le souffle qu'il exhala pour se souvenir lui gonfla les joues.) En juin, peut-être ? Ouais, par là.

Je ne savais trop où cela me menait ni comment poursuivre au mieux cet entretien.

– Qui pourrait savoir, alors ? Qui était là avant vous ?

Il passa sa langue entre ses dents pendant qu'il réfléchissait.

– Ouais... Elk, peut-être. Ouais, il était là.

– Mais il ne s'agissait pas de lui ?

– Quoi ? Non, pas du tout. Elk n'a jamais fait dans le junk.

– Mais était-il son amant ?

Il partit d'un rire qui ressemblait à un gros braiment.

– Non, jamais de la vie. Entre Sylvie et lui, ça collait pas. Ils étaient toujours ensemble, je veux dire, mais ils arrêtaient pas de se bouffer le nez. Non, répéta-t-il catégoriquement, pas Elk.

– Et la femme qui travaillait à la poterie, est-ce qu'elle aurait pu connaître les amis de Sylvie ?

– J'en doute.

– Comment s'appelle-t-elle ?

– Liz. (Il fit décrire une courbe imprécise à sa cigarette.) Jamais su son nom de famille.

J'étais à court d'idées.

– Et vous ne voyez personne d'autre..., prononçai-je d'une voix lasse.

– Quoi, qu'aurait pu la tuer ? Non. (Il prit une expression rusée.) A part vous.

– Ne faites pas l'imbécile, dis-je, pris d'une soudaine colère. Vous savez très bien que ce n'est pas moi.

– Non, justement, je le sais pas ! lâcha-t-il. Pourquoi, que je le saurais ?

– Parce que je ne la voyais plus depuis des semaines. Parce qu'elle n'avait pas rendez-vous avec moi cet après-midi-là.

– Elle a dit qu'elle allait au bateau.

C'est donc cela qu'il avait rapporté à la police.

– Ce qui ne revient pas tout à fait au même, fis-je remarquer.

Mais il n'était pas d'humeur à concéder quoi que ce soit.

– Ben voyons. C'est vous qui le dites.

*
* *

L'endroit était ravissant. C'était une robuste maison de ferme en pierre grise avec un jardin abrité et vue sur Dartmoor.

Elle n'était pas très grande, guère plus qu'un gros cottage, et donnait cette impression rassurante que vous pouviez vous y retrancher du monde.

Elle me semblait pleine de promesses. Mary était de cet avis, elle qui ne cessait de vanter ses qualités en termes dithyrambiques, mais à mesure que David et moi suivions nos femmes dans le jardin, une certaine inutilité parut entourer l'expédition. Je sentais que Ginny prenait ce lieu en grippe et que rien de ce que nous pourrions dire ne la ferait changer d'avis.

– Comment la trouves-tu ? demandai-je discrètement à David.

– Ginny ? Oh... surprenante, en vérité. Ça marche bien, Jones et elle ?

Nous fîmes halte à côté d'un cadran solaire qui portait la patine du temps. J'hésitai, tiraillé entre mon désir de ne pas trahir Ginny et le besoin impérieux d'être rassuré.

– Il croit qu'elle souffre d'une certaine forme de fantasmes psychotiques.

– Grands dieux, n'en avons-nous pas tous ?

– Tu ne penses pas que ce soit grave, donc ?

– Ecoute, je ne suis pas apte à répondre, se récria-t-il. Les médecins ne connaissent fichtre rien à la psychiatrie. Nous ne faisons que refiler des patients aux hommes en blouse blanche et poussons un ouf de soulagement quand ils acceptent de s'en charger. De plus, la plupart d'entre nous redoutons de nous trouver nous-mêmes un peu déficients du côté mental, rigola-t-il. Tu connais les statistiques : les médecins arrivent en tête au hit-parade des suicides, sans parler de l'alcoolisme.

– C'est juste que j'estime difficile de savoir jusqu'où va sa compétence.

– Moi comme toi. Il n'y en a pas un pour être d'accord avec l'autre. Ils se disputent comme des fous entre eux. Tout ce que je puis dire, c'est que Jones semble être le meilleur dans les environs.

– Il pense qu'elle pourrait ne pas supporter la tension.

– Là, je le prendrais au sérieux. Tout baratin psychiatrique à part, c'est la chose sur laquelle il peut le moins se tromper.

Acceptant cela du mieux que je pouvais, nous passâmes sous une arche pour parvenir sur le dallage d'un jardin d'herbes aromatiques. Nos femmes, loin devant, contournaient déjà l'arrière de la maison.

– Comment se présente le procès ? demanda brutalement David. Est-ce que je peux aider à quelque chose ?

– Pas vraiment. Tout est en suspens en attendant que l'accusation dépose ses conclusions. (Nous nous arrêtâmes de nouveau.) Une chose, pourtant... (Je formulai la question avec précaution.) Je sais que tu n'as vu Sylvie que deux fois en consultation et qu'il n'était pas possible de dire si elle se droguait. Mais à l'héroïne ? Est-ce que ça se verrait ?

David leva les yeux en direction de l'élévation de la lande.

– Il paraît que chez les femmes, la peau acquiert une sorte d'aspect lumineux – assez beau, apparemment. Mais à moins de bien connaître la personne... (Il eut un haussement d'épaules évasif.) Autrement, il y a les traces de piqûre, bien entendu, encore faut-il les chercher.

– Donc personne n'aurait pu le remarquer ?

– A la voir comme ça, non. Pourquoi ?

Je n'étais pas vraiment sûr de ce que je devais répondre.

– Je me demandais, c'est tout.

Il émit un grognement.

– Elle prenait de l'héroïne, n'est-ce pas ?

– Oui. (Nous considérâmes tous deux ce fait.) Où pouvait-elle se la procurer si ce n'était pas auprès d'un dealer ?

Il me lança un regard aigu et perplexe.

– *Pas* auprès d'un dealer ? Eh bien... (Il s'y reprit à deux fois.) Ce n'était pas auprès d'un dealer, tu es sûr ?

– Apparemment.

Il se remit le masque de la réflexion.

– Bon, ce pouvait être légalement, auprès d'un docteur, du moment qu'elle est officiellement fichée comme toxicomane. Mais elle n'était pas inscrite chez moi. Bien entendu, fit-il en fronçant le sourcil, elle pouvait l'être auprès d'un confrère. Quand elle est venue chez moi, son dossier médical m'a été transmis par un docteur privé du secteur de Sloane Square, mais elle pouvait fort bien en avoir consulté un second ailleurs. Un second qu'elle aurait persuadé de lui signer une ordonnance de complaisance renouvelable pour une longue période. Certains médecins se font une spécialité d'inscrire des toxicos afin de gonfler leurs listes de patients, et de distribuer les ordonnances de complaisance en veux-tu en voilà sans véritable intention de les sevrer de quoi que ce soit.

– Si elle avait des ordonnances, elle devait bien les utiliser localement ?

Il omit la question.

– Autrement, elle pouvait s'en procurer auprès d'un autre toxico fiché, songea-t-il mais sans grande conviction. Quelqu'un qui aurait accepté de partager son quota. J'ai quatre ou cinq toxicos dans mes registres, seulement ils sont tous à la méthadone. (Il eut un grognement sardonique.) Je persiste dans cette idée folle qu'ils finiront un jour par sortir de la drogue, vois-tu, alors je ne fais que semblant de leur en donner.

– Un pharmacien local remarquerait, donc, une ordonnance pour de l'héroïne ?

– Pour de la diamorphine – c'est le nom médical – oui, je pense. Normalement, on ne l'utilise que pour les cancers en phase terminale. Elle est largement diffusée dans les hôpitaux et autres établissements de santé, en revanche. (Il me lança un regard oblique.) Tu penses que ça pourrait être important ?

J'eus un haussement d'épaules indécis.

– Qui sait ? Oui… oui, je crois.

– Tu penses… (Il prit l'air irrité qui était toujours le sien quand il était obligé de dire tout haut quelque chose qui, pour lui, pouvait paraître stupide.) Tu penses que la drogue aurait à voir avec sa mort ?

– C'est une théorie qui vaut bien celle de la police, non ?

Il me considéra d'un œil pensif comme s'il se rendait compte pour la première fois que je n'avais pas abandonné l'idée de l'innocence de Ginny.

– Je vais voir si je peux trouver quelque chose, dit-il avec une petite moue et un docte hochement de tête.

La proposition m'étonna.

– Tu veux bien ?

– Oui. Il n'y a pas tant de pharmaciens que ça, dans les environs. Ils m'appellent à tout bout de champ, grogna-t-il : paraît qu'ils n'arrivent pas à lire mon écriture.

– Merci, David. Je crois qu'il faut vraiment que j'essaie, ajoutai-je comme si j'avais à me justifier.

– Bien sûr.

Je reconnus son ton de voix annonciateur d'une imminente perte d'intérêt.

Nos femmes réapparurent à l'autre bout du jardin. Ginny tenait ses bras serrés contre son estomac comme si elle était frigorifiée.

– Cette assemblée générale extraordinaire, fit David d'une voix si distante et cassante que je ne pus que m'émerveiller de sa facilité à passer du coq à l'âne, elle va se tenir, oui ou non ?

– Oui. Tu aurais dû être prévenu. Vendredi prochain.

– Est-ce que ce n'est pas qu'une perte de temps, Hugh ? Ne ferait-on pas mieux de prendre le fric et de laisser tomber ? Ou plutôt de garder notre fric et de laisser tomber ?

– Nous avons peu à perdre, David, et beaucoup à gagner.

– Vraiment ? Tu peux m'avoir mené en bateau. A mon avis, ceux de Cumberland savent très bien ce qu'ils font. Ils ont pris leur décision et nous devons l'accepter.

De l'autre côté des massifs de fleurs, Ginny capta mon regard tandis qu'elle écoutait d'une oreille inattentive ce que Mary lui disait. C'était un appel au secours.

– Ils vont fermer l'usine, David. Mettre un tas de gens au chômage. N'est-ce pas une raison suffisante pour tenter le coup ?

– Bon Dieu non, protesta-t-il en s'échauffant, certainement pas ! C'est comme ça qu'on prend les mauvaises décisions.

– Ecoute, il n'y a plus longtemps à attendre, fis-je pour jouer l'apaisement. Ce sera réglé vendredi.

– Quand un bateau coule..., grogna-t-il, implacable.

Je lui touchai le bras.

– Une dernière chose, David : quand Sylvie s'est-elle inscrite sur ta liste de patients ?

– *Quoi ?* s'écria-t-il, furibond à présent. Qu'est-ce que ça vient faire là-dedans ?

– Je voulais savoir vers quel moment elle est arrivée à Dittisham.

– Ah, fit-il en se radoucissant quelque peu. En mars. Début mars.

Ginny nous rejoignit et se blottit contre moi.

– Tu as froid, fis-je en lui mettant mon veston sur les épaules.

– Alors, qu'est-ce que tu en penses ? demandai-je tandis que nous suivions David et Mary pour rejoindre les voitures.

– Je n'aime pas, murmura-t-elle.

– Bon.

– Et pas parce que ça plaît tellement à Mary, si c'est ce que tu penses.

– Mais non, quelle idée. Ne t'en fais pas, nous trouverons autre chose.

– Cette maison a quelque chose qui me donne la chair de poule, frissonna-t-elle. Comme si quelqu'un y était mort.

Dissimulant la pointe d'inquiétude qui me gagnait, je serrai sa main un peu plus fort.

– Dans ce cas...

Elle s'arrêta soudain et leva vers moi des yeux ardents.

– Si tu savais comme je t'aime, fit-elle sans raison apparente. Je me demande parfois ce que j'ai fait pour te mériter.

Je lui déposai doucement un baiser sur les lèvres.

– C'est moi, qui ai de la chance.

Mon regard se porta sur Mary qui, à l'angle de la maison, s'était retournée vers nous. Elle eut instantanément un large sourire.

– David et moi connaissons tous deux la route pour le restaurant. Pourquoi ne nous partageons-nous pas, au cas où nous serions séparés ? (Elle prit une expression comiquement perplexe et s'esclaffa.) Si vous voyez ce que je veux dire !

Je me tournai vers Ginny qui, d'un haussement d'épaules, montra qu'elle n'y voyait pas d'inconvénient.

David partit devant dans sa Mercedes et, démarrant à sa suite, je le vis tourner la tête vers Ginny pour lui demander quelque chose, ou répondre.

– Cette maison n'a pas plu à Ginny, fit Mary en mettant sa ceinture de sécurité.

– Je crains que non.

– Tant pis, ça valait le coup d'essayer, répondit-elle, imperturbable. Comment ça va, autrement ?

– On n'avance pas beaucoup, pour l'instant.

– Et ce détective, Mr. Pike ? Drôle de nom, tout de même. Ce n'est pas celui d'une sorte de brochet, un terrible prédateur qui gobe tout ce qu'il voit ?

– Pas de nouvelles pour l'instant. Mais ça ne fait que quelques jours.

– Donc il n'a toujours pas trouvé trace de cet affreux Jo-Joe ?

– Non, répondis-je sans mentir, vu l'énoncé de la question.

Elle m'adressa un long regard du coin de l'œil.

– Je suis tellement rassurée que tu ne t'en sois pas mêlé toi-même, Hugh. Ce n'était vraiment pas un bon plan.

– Non, je comprends bien.

Nous poursuivîmes un moment notre route en silence.

– Au fait, demandai-je incidemment, connaîtrais-tu la femme qui travaille à la poterie avec Sylvie ? Liz quelque chose ? J'ai essayé de téléphoner là-bas mais ils ont dû mettre la clé sous la porte. La ligne est coupée, en tout cas.

– Pas la moindre idée ! Je ne sais même pas de quelle boutique il s'agissait. Mais, *Hugh* ! s'écria-t-elle en essayant de tempérer son incrédulité et son exaspération par un éclat de rire, le risque est le même : ce pourrait être un témoin à charge, sacré nom ! (Elle poussa un soupir en me regardant comme un être irrécupérable.) Pourquoi cette question, d'ailleurs ?

– Je pensais qu'elle pourrait peut-être me dire qui était l'amant de Sylvie. Celui d'avant moi.

– *Celui ?* s'étonna-t-elle sèchement. Je croyais qu'elle en avait toujours une flopée à la fois.

– Il y en avait un en particulier.

– Qui peut savoir, alors ? Un quelconque chaud lapin local, sans doute.

– Celui-ci la fournissait en drogue.

Mary me lança un brusque regard.

– Ah, vraiment ? Eh bien voilà, c'est le bouquet. Elle tirait profit de tout, hein ? Tous les mêmes, ces toxicos. Toujours à entraîner les gens dans leur petit cloaque. A tout polluer sur leur chemin. Ce sont eux qui commettent le plus de délits, de nos jours, sais-tu ? Agressions, cambriolages. C'est le nouveau rebut du genre humain.

Je n'avais rien à répondre à cela.

– Et tu penses pouvoir le trouver, cet... *amant* ?

– Aucune idée.

– Si tu veux mon avis, mets ton Mr. Brochet là-dessus. Il doit tout savoir sur ce petit monde. Il doit être habitué à fouiller dans la pourriture des fonds vaseux.

# 13

La lumière du bureau de Tingwall luisait en solitaire dans le bâtiment éteint. Un employé pressé de partir me fit entrer. Je longeai le couloir, traversai le secrétariat plongé dans la pénombre et parvins à la porte de Tingwall qui était ouverte. Quand il me vit, il se leva tout en finissant d'avaler une boisson chaude qu'il avala de travers. Il s'étouffa, reposa vivement sa tasse et m'adressa du geste un salut silencieux.

– Désolé de n'avoir pu arriver plus tôt, dis-je. Il y a eu une poussée de fièvre à Hartford.

Il aurait été plus exact de dire : une nouvelle poussée de fièvre parmi une succession d'urgences. Cette fois, il s'était agi d'une panique de dernière minute sur la documentation à préparer pour l'assemblée générale.

Toujours sans voix, Tingwall porta la main à sa gorge et me fit signe de m'installer. Je m'assis tout au bord de mon siège habituel et, n'essayant pas de masquer ma nervosité, regardai directement la pendule. Ce que remarqua Tingwall qui, s'excusant par gestes, alla se verser un verre d'eau qu'il descendit d'un coup avant de le remplir à nouveau.

– C'est juste que Ginny va attendre, expliquai-je.

– Je ne vous aurais pas dérangé..., haleta-t-il, si ce n'avait été... important.

Il s'éclaircit la gorge, approcha une chaise et s'assit penché en avant, les bras sur les genoux, les mains jointes, l'œil grave.

– Ecoutez, je crois que nous devons prendre avec beaucoup de précaution ce que je m'apprête à vous dire jusqu'à ce que tout soit confirmé et clarifié, que nous ayons eu un troisième avis et que nous soyons réellement sûrs de notre fait, mais... il pourrait bien y avoir du nouveau du côté de l'expertise médico-légale.

– Quel genre de nouveau ?

Il leva la main comme pour prévenir toute réaction excessive de ma part.

– Je répète qu'il ne faut pas s'enflammer trop vite, prévint-il. (Pourtant, derrière son apparence calme, j'eus bien l'impression que c'était lui qui s'enflammait.) C'est l'expert en empreintes digitales, un gars qui s'appelle Armstrong...

– Notre expert à nous ?

– Oh oui, le nôtre. Il a examiné l'empreinte digitale que la police a relevée sur le bateau et a établi deux choses. Premièrement, qu'elle est de très mauvaise qualité. Il s'agit d'une empreinte partielle d'index prélevée sur du bois naturel à gros grain, ce qui signifie que l'empreinte n'est pas cohérente. Je ne suis pas sûr que ce soit le terme technique exact, mais comme vous pouvez l'imaginer, le bois n'est pas la plus lisse des surfaces. Plus important encore, il n'a trouvé que quatorze points de similitude entre cette empreinte et celle de Ginny, ce qui est deux de moins que le nombre requis pour une identification formelle devant une cour de justice anglaise. (Il marqua une pause pour me laisser le temps de bien saisir la pleine signification de ses paroles.) Ce qui revient à dire que, pour lui, cette empreinte ne peut être irréfutablement reconnue comme étant celle de Ginny. S'il a raison – et c'est une autorité – alors les implications sont absolument... (Le mot lui échappa, il s'aida d'un impatient tournoiement de la main avant de se décider.)... capitales.

– Mais ces quatorze – c'est ça ? – points de similitude, m'entendis-je demander tandis que des pensées aussi nombreuses que diverses se bousculaient dans mon esprit, n'est-ce pas déjà beaucoup ?

– Seize est l'absolu minimum requis par la loi pour qu'une identification soit déclarée positive, répéta Tingwall, pesant chaque mot comme s'il était à la cour. Armstrong m'a tout expliqué – il faudra que nous attendions son rapport, bien sûr – mais ses conclusions étaient sans équivoque, Hugh. Il dit qu'à son avis, il serait hasardeux d'affirmer que ces deux empreintes sont celles de la même personne.

Au cours des semaines passées, j'avais perdu toute aptitude à l'espoir ou à la joie, et si ma raison convenait de l'importance de cette nouvelle, mes émotions restaient muettes.

– A partir de là, que faisons-nous ?

– Nous sollicitons un autre expert, Hugh. J'ai trouvé un type qui s'appelle Benyon, à Londres. Le meilleur indépendant, paraît-il. Il a dit qu'il nous rappellerait dans quelques jours, un peu plus si le travail s'avérait complexe.

– Que se passera-t-il s'il n'est pas d'accord ? S'il conclut que l'empreinte est bien celle de Ginny ?

Tingwall n'était pas prêt à de telles pensées négatives.

– Armstrong paraît sûr de lui, Hugh. Et un homme de son expérience ne livre pas un avis de ce genre sans y avoir très consciencieusement réfléchi.

Mais une partie de moi-même cherchait à faire retomber son optimisme, ne fût-ce que pour me protéger de toute désillusion.

– Et l'expert de la police ? Pourquoi aurait-il tort et les nôtres raison ?

– Ah, s'écria Tingwall avec une pirouette de la main, tel un flamboyant prestidigitateur sur le point d'exécuter son meilleur tour, c'est que nous parlons de doute raisonnable, voyez-vous. Si nous parvenons à faire planer le doute sur la fiabilité de la preuve, si deux éminents experts viennent affirmer qu'à leur avis toute conclusion définitive serait hasardeuse, alors les arguments de la police seront sapés à la base. Le doute raisonnable, Hugh. Dans une affaire de meurtre, le juge fera tout auprès du jury pour que le doute bénéficie à l'accusé.

– Pourtant, je ne dois pas m'enflammer ? rétorquai-je ironiquement.

Tingwall, dont l'enthousiasme était devenu de plus en plus évident, eut la bonne grâce de sourire.

– Peut-être était-il prématuré que je vous informe à ce stade et auriez-vous préféré que je m'en abstienne, excusez-moi. Mais si Armstrong a raison et que Benyon le confirme, notre stratégie va considérablement changer. L'accusation n'aura plus à sa disposition que le témoignage direct, et un témoin oculaire est toujours le point faible d'un dossier. Aussi catégorique que soit ce témoin – nous ne savons d'ailleurs rien de lui pour l'instant – nous en revenons au doute raisonnable. Un bon défenseur sautera sur la moindre petite inconsistance dans la déposition, sur la moindre hésitation, pour montrer la faille et faire voler en éclats cet élément de l'accusation. Grainger a cette réputation de démolisseur de témoins.

Mon instinct me souffla que ce ne saurait être aussi simple. A l'appui de quoi une pensée troublante vint m'effleurer l'esprit puis fondit sur moi.

– Mais elle a nettoyé le bateau, Charles. Ils vont se servir de cela. Pourquoi l'a-t-elle fait ? Ou alors, suggérai-je avec lassitude, en revenons-nous à l'idée qu'elle voulait me couvrir ?

– Le nettoyage du bateau ne constitue qu'un indice indirect, Hugh, il n'est pas suffisant en soi. Quant au fait que Ginny vous pensait coupable, j'espère que nous n'aurons pas à en venir là, d'autant moins si l'affaire ne va pas jusqu'aux assises.

– N'allez pas me faire croire qu'ils pourraient laisser tomber ! m'écriai-je, si profondément perturbé à présent que je prenais un malin plaisir à argumenter contre mes propres intérêts.

– Non, mais... (Un débat intérieur se refléta sur le visage de Tingwall.)... nous devons prendre conseil, bien entendu, hasarda-t-il enfin, et plutôt deux fois qu'une, mais il est possible que nous options pour une procédure de mise en accusation dite à l'ancienne devant un juge d'instruction professionnel en espérant obtenir l'abandon des charges. Mais bon, se hâta-t-il de préciser, ne vous fiez pas trop à ce que je dis, je peux très bien tomber complètement à côté.

Deux choses me frappèrent : que, s'il était à la hauteur de la tâche, Tingwall sentait également peser sur lui toute la responsabilité de l'affaire, et que, malgré son dévouement et sa ténacité, il n'était peut-être pas aussi confiant qu'il voulait le laisser paraître.

– J'ai pensé que, dès que nous serions en possession du rapport Benyon sur les empreintes et du dossier des éléments à charge, qui devrait arriver d'un jour à l'autre maintenant, nous devrions nous rapprocher de Grainger et le sonder pour voir s'il estime que la mise en accusation devant un juge professionnel est une bonne base de départ. Qu'en dites-vous ?

Mon regard se porta au-dehors, dans la nuit noire de novembre, inquiet de savoir Ginny seule aussi longtemps et du temps qu'il me faudrait encore pour la rejoindre.

– Puis-je téléphoner à ma femme ?

Tingwall sembla perplexe.

– Croyez-vous qu'il soit bon de la mettre au courant ?

– Je ne vais pas le faire au téléphone, Charles, si c'est ce que vous voulez dire.

Ce n'était pas ce qu'il voulait dire, bien sûr, mais qu'il serait peut-être plus prudent ou plus honnête de ne pas en parler du tout. Je songeai néanmoins, en me dirigeant vers le secrétariat pour passer mon coup de fil, que susciter un espoir en Ginny ne serait pas forcément une mauvaise chose, que l'espoir faisait vivre quand vous n'aviez rien d'autre à quoi vous raccrocher.

Je ne pouvais pas, en ce moment, parler au téléphone à Ginny sans être à l'écoute du moindre signe de tension dans sa voix ou de perte de contrôle d'elle-même. A l'entendre à présent, je mesurai avec une petite pointe d'angoisse qu'il avait dû se passer quelque chose.

– Qu'est-ce qu'il y a ? demandai-je.

– Rien.

– Tu as l'air bouleversée. C'est au sujet de Jones ?

Elle poussa un soupir excédé au téléphone.

– Il *refuse* de me croire. Il ne m'écoute même pas ! Il me traite comme une demeurée !

Je maudis ma faiblesse d'être resté à la réunion de Hartford plus longtemps que je n'aurais dû.

– D'accord, fis-je sur un ton apaisant. Nous allons régler ça. D'une manière ou d'une autre, ce sera réglé, je te le promets.

– Il veut me faire craquer, je t'avais prévenu. Il démonte tout ce que je dis, *tout* ! Même à propos de nous deux : il faudrait que j'avoue avoir de la colère contre toi, que je cherchais une sorte de revanche, que j'essayais en fait de te rendre la monnaie de ta pièce... je ne sais pas, des choses démentes !

– Je vais lui dire de te ficher la paix.

– Tu promets ?

– Bien sûr. Qu'il te fiche la paix, sinon nous irons nous adresser ailleurs.

– Vraiment ? Tu vas lui dire ? Je me sens si mal, avec lui, j'ai envie de me faire toute petite et de me cacher sous une pierre.

– Ginny, sois au-dessus de ça, ignore-le. Crois en toi.

– Mais il me met hors de moi, Hugh. Hors de moi.

Je cherchai des mots susceptibles d'avoir un sens pour elle, mais ne trouvai qu'une imploration impuissante.

– Je t'en prie, chérie, je vais arranger ça, je t'assure. Mais tiens bon. Ne te fâche pas, je t'en prie.

– Ça ira, dit-elle d'une voix plus calme. Ça va toujours mieux après que je t'ai parlé.

Tingwall me raccompagna à ma voiture.

– Ce doit être difficile pour Ginny, fit-il comme s'il avait deviné la teneur de notre conversation. C'est toujours plus dur pour les innocents. Ils ont l'impression de se battre contre la présomption de culpabilité. J'ai eu à défendre un gars, une fois, qui avait été accusé de viol. Même après son acquittement, il n'a jamais cessé de se sentir traqué. C'est bien plus facile quand on est coupable.

– Je vous crois sur parole.

Une fois dans la voiture, je me souvins de ce que je voulais lui dire et rouvris la portière.

– Au fait : votre Pike n'a plus besoin de s'embêter à chercher Joe, l'ami de Sylvie. Je l'ai trouvé.

– Voulez-vous que je parle avec lui ? demanda Tingwall.

– Non.

– Non ?

Entrevoyant ce qui s'était passé derrière son dos, il me renvoya un regard dans lequel la curiosité, la réprobation et la retenue de poser d'autres questions étaient étroitement mêlées.

– Pike a-t-il progressé, avec Hayden ? demandai-je.

– Pas pour l'instant.

– Pourrez-vous me prévenir dès qu'il saura quelque chose ?

– Bien sûr.

Il me suivit d'un œil intrigué tandis que je démarrais.

Je voyais déjà ce qui m'attendait à la maison : des pièces dans une semi-obscurité, Ginny, à côté du feu éteint, en train de ronger le contour de ses ongles déjà à vif et prise d'une angoisse qu'elle souhaiterait que je soulage, le restant de la soirée passé à lui remonter le moral, une conversation délicate avec Jones, et enfin le lit pour retrouver pendant quelques heures un semblant de paix. Un autre jour serait passé.

Les lumières de l'allée d'accès étaient allumées, les projecteurs de façade également. Quand je me garai, Ginny sortit à ma rencontre, vêtue d'une simple robe noire et portant un lourd collier doré avec boucles d'oreilles assorties. En l'embrassant, je reconnus une bouffée de son parfum *Je Reviens*.

– Aurais-je oublié quelque chose ? m'étonnai-je. Nous avons une soirée ?

– Absolument, fit-elle en m'entraînant dans la maison.

– Une soirée avec qui ?

– Toi et moi en tête à tête.

– Excellente idée.

Au passage devant la cuisine, je perçus le fumet de délicieux mets en train de cuire et je vis qu'elle avait dressé la table circulaire du petit déjeuner avec nappe blanche, chandelles et fleurs. Elle me dirigea vers le salon et me servit un verre de champagne.

– Tu as l'air inquiet, fit-elle.

– Oh non, répondis-je trop rapidement, juste un peu... surpris.

– Je voulais qu'on fasse la fête, ce soir, pour changer. Tu dois en avoir assez de mes sempiternelles jérémiades. (Elle m'adressa un sourire radieux.) Je veux que tu rentres à la maison avec envie, que tu saches que tu vas être dorloté.

– Mais j'en ai envie. Et je suis dorloté.

– Menteur, sourit-elle.

Il y avait sur son visage un rayonnement que je n'avais plus vu depuis longtemps. En partie, remarquai-je, grâce à son maquillage – un savant mélange de couleur et d'ombre qui rehaussait ses traits et intensifiait son regard – dont elle ne s'était pas embarrassée ces dernières semaines. Mais il y avait aussi une étincelle intérieure, comme une prise de résolution.

J'abandonnai et levai mon verre.

– Aux soirs de fête, alors.

Elle vit que je l'observais, tandis que nous trempions nos lèvres. Elle dut lire le doute dans mon regard.

– Qu'est-ce qu'il t'a raconté, Jones ? Que je perdais la tête ? C'est ça qui te tracasse tout le temps, hein ? fit-elle d'une voix cassante à laquelle elle parvint néanmoins à garder une certaine fluidité. Oh, ne t'inquiète pas, je ne t'en voudrais pas, si tu le croyais, il est tellement persuasif. Même moi, il m'a fait douter de ma raison. Seulement voilà, ajouta-t-elle en m'adressant un sourire complice, il y a une demi-heure, j'ai fait ce que j'aurais dû faire depuis longtemps : j'ai pris mon courage à deux mains et je l'ai appelé ! Je lui ai dit ce que je pensais de lui !

Je m'étais arrêté pile de boire, le geste suspendu.

– Tu... qu'est-ce que tu lui as dit ? demandai-je, inquiet.

– Ce que je lui ai dit ? répéta-t-elle avec un éclair noir dans le regard. Qu'il avait passé les bornes. Qu'il jouait l'intimidation, qu'il m'avait tyrannisée, en fait. Qu'il se permettait des jugements qu'il ne lui appartenait pas de faire. Qu'il me *sapait* le moral, que je ne méritais pas d'être traitée ainsi. Que personne ne méritait d'être traité ainsi. (Au souvenir de son acte de bravoure, elle éclata d'un rire étrangement aigu.) J'ai tellement plus de courage, au téléphone, sans ces regards, sans ces affreux silences qu'il observait pour me faire sentir coupable !

J'étais toujours immobile, le verre juste devant les lèvres.

– Et qu'est-ce qu'il a répondu ?

– Il n'a pas voulu reconnaître ses torts, tu parles. Il a prétendu n'avoir jamais douté de ce que je disais, n'avoir jamais porté de jugement sur quoi que ce soit. Si, pourtant, et il le savait bien. Il a nié avoir fait pression sur moi. Je lui ai fait promettre qu'à l'avenir, il écouterait sans *décider* à ma place. Qu'il se contenterait d'écouter et d'accepter ce que j'avais à dire. D'*accepter*, c'est tout.

Sa mâchoire se contracta. Elle parlait avec une véhémence soudaine qui la fit littéralement frémir.

– Bonté divine, murmurai-je en m'asseyant.

Elle retrouva sa bonne humeur, releva la tête.

– Je me suis sentie tellement mieux, après ça, tu n'as pas idée ! Un peu comme si j'avais récupéré un peu de vie. Oh, je sais, fit-elle avec affection, tu serais intervenu pour moi comme tu le fais toujours. Mais pour une fois, j'ai éprouvé le besoin de me prendre en main, de livrer mes propres combats. Je suis heureuse d'y être parvenue, vraiment heureuse ! Ça m'a fait tellement de bien !

Elle rayonnait devant moi, frémissante d'une confiance et d'une détermination nouvelles.

– Il y a autre chose, dit-elle en venant s'agenouiller par terre à mes pieds et en posant son bras sur mon genou. Je me suis dit que je devais prendre les choses du bon côté ! Quand l'esprit va, tout va, n'est-ce pas ? S'apitoyer sur son sort est pénible et usant. Alors autant me rappeler les bons moments et profiter au mieux de ce que j'ai. (Elle eut un rire surexcité et – déloyale pensée – je ne pus m'empêcher de me demander ce qu'elle avait pris.) Je veux qu'on fasse des projets comme des fous, déclara-t-elle. Sur tout jusqu'à notre vieillesse, maisons, vacances, boulot... que sais-je ! Comme si j'étais là pour de bon. J'en ai besoin, j'ai besoin de croire que ça va arriver.

– Ginny…, commençai-je en posant mon verre. Il y a eu du nouveau, aujourd'hui.

Je l'informai des conclusions de l'expert en empreintes digitales, précisant que rien n'était encore certain, mais que si tout allait bien et qu'une seconde expertise vienne confirmer la première, nos chances augmenteraient de façon considérable.

Elle m'écouta attentivement, posa une ou deux questions puis haussa les épaules avec désinvolture.

– Eh bien tu vois ! Quand je te disais qu'il faut prendre les choses du bon côté !

Dans cet élan d'optimisme pétillant, je retrouvai la Ginny des années passées, la Ginny dont j'étais tombé amoureux. Elle sembla lire dans mes pensées, leva les yeux et nous échangeâmes un regard chargé de souvenirs communs.

Je me penchai pour l'embrasser lorsque le téléphone sonna.

– Je ne vous dérange pas en plein dîner ? fit la voix de David. Du côté des pharmaciens, enchaîna-t-il sans attendre la réponse, ça ne donne rien. J'en ai vu quatre ou cinq qui ont consulté leur registre, mais ils ne trouvent rien qui sorte de l'ordinaire en ce qui concerne les ordonnances de diamorphine. Sauf à leur faire tout éplucher de A à Z, je ne vois malheureusement pas ce que je peux faire de plus.

– Bon, tant pis.

– D'ailleurs, je pensais… ne serait-il pas bien plus vraisemblable qu'elle se soit fournie hors du circuit médical ? Bristol regorge de drogue. On en trouve à tous les coins de rue. Ce n'est pas si loin, après tout.

Bristol me fit penser à Jean-Paul. Le temps ne l'avait pas rendu plus crédible, et je me demandai s'il y avait le moindre soupçon de vérité dans ce qu'il m'avait dit.

– Non, ce n'est pas si loin, acquiesçai-je. Merci quand même. Encore une chose, fis-je après une hésitation. La femme qui travaillait à la poterie avec Sylvie, Liz quelque chose : la cinquantaine, habillée de vêtements ethniques, de gros colliers. Saurais-tu qui elle est ?

Il émit un grognement incertain.

– Je vois qui tu veux dire, je l'ai aperçue une ou deux fois : une sorte de hippie sur le retour avec de longues jupes de gitane. Non, hélas, ce n'est pas une de mes patientes et je ne la connais pas. Pas de chance, encore une fois.

– Merci quand même. Et merci pour le déjeuner d'hier.

– Je t'en prie, arrête.

David considérait les amabilités comme totalement superflues dans le meilleur des cas, et totalement ridicules au sein de la famille. Il raccrocha avec un bougonnement réprobateur.

J'emportai la bouteille de champagne à la cuisine et trouvai Ginny affairée à apporter la dernière main à un plat de bœuf qui embaumait le vin, l'ail et les fines herbes. Elle acquiesça avec enthousiasme quand je proposai de lui remplir son verre. « Le paradis », murmura-t-elle avec un sourire tel que je ne sus exactement à quoi elle faisait allusion. J'allais tenter un autre baiser quand le téléphone se manifesta de nouveau.

– Maudite sonnerie, grommelai-je.

– Caressus interruptus.

J'arrachai presque le combiné et perçus un hurlement d'enfant à l'autre bout.

– Navré de vous déranger, Hugh, fit la voix de Tingwall par-dessus le vacarme, mais c'est au sujet de Pike. Il l'a trouvé, ce Hayden.

– Où ?

Le vagissement atteignit une terrifiante note suraiguë.

– Excusez-moi, je n'arrive pas à le faire taire, cria-t-il d'un air épuisé. Je suis seul à la maison, ma femme est à une soirée de dames. Enfin, à ce qu'elle m'a dit, ajouta-t-il avec un rire censé montrer la plaisanterie. Non, quand je dis trouvé, je suis un peu optimiste. Hayden serait en route pour Heathrow, en ce moment, à destination de l'Extrême-Orient. Pike l'a manqué de peu à Londres.

– Zut. Pourra-t-il l'intercepter à l'aéroport ? criai-je à mon tour.

– Il va essayer. Il fonce là-bas. (Tingwall émit en aparté quelques roucoulements d'apaisement, et pendant un bref intervalle, les cris se limitèrent à une succession de gémissements et de sanglots.) Au mieux, il ne disposera que de quelques minutes, avec Hayden. Je lui ai indiqué quelques questions à poser, mais je voulais m'assurer auprès de vous que je n'avais rien oublié d'important.

– Puis-je parler directement à Pike ?

– Bien sûr. Il a un mobile.

Je notai le numéro et le lui répétai au milieu de la cacophonie renaissante.

– Je reviens dans une minute, lançai-je à Ginny en raccrochant, avant de disparaître en direction du bureau.

Le numéro ne répondit pas la première fois. Quand je réessayai deux minutes plus tard, une voix atone s'annonça comme étant Pike. Je me présentai et il m'apprit qu'il était sur l'autoroute, à quelques minutes de l'aéroport.

– Si vous arrivez à le trouver, dis-je, essayez de l'empêcher de partir, voulez-vous ? Par tous les moyens.

– Je ne suis pas sûr de bien comprendre.

– Offrez-lui ce qu'il voudra pour retarder son départ.

– Quelle est votre limite ?

– Je ne sais pas... cinq cents ? Deux mille ? Ce qu'il faudra.

– Il y a des gens qu'on ne peut acheter à aucun prix.

– Celui-là, si, répondis-je sans savoir ce qui me permettait d'être aussi catégorique.

– Très bien. Je reste en contact.

Je lui donnai mon numéro et revins dîner. J'essayai d'entrer dans le jeu de la soirée de Ginny mais je dus être piètre acteur car son intuition me démasqua bientôt.

– Ce coup de téléphone. Il s'est passé quelque chose, dit-elle.

– Il est possible que j'aie à sortir tout à l'heure. Ça ira si je te laisse ?

– Bien sûr, fit-elle sans enthousiasme.

– Je rentrerai peut-être tard. Très tard.

Cela la contraria vraiment. Elle n'aimait pas rester seule dans la maison la nuit. Tout entrain disparut de son visage.

– C'est-à-dire quelle heure ?

– Je ne sais pas. Je vais peut-être devoir aller à l'aéroport rencontrer quelqu'un. Je pourrais essayer de faire venir Mrs. Hoskins, si tu veux.

– Ça ne peut pas attendre, cette affaire ?

Je secouai la tête.

– C'est une personne qui pourrait détenir des renseignements importants, vois-tu. A propos de Sylvie.

Elle me scruta d'un regard inquisiteur, presque hostile.

– Je croyais que c'était Charles qui s'occupait de tout ça ?

– Il est bloqué chez lui, et l'homme en question est sur le point de s'envoler quelque part. C'est notre seule chance.

Elle restait figée sur place.

– Où tout cela va-t-il nous mener, Hugh ?

– Nous mener ?

– A quoi ça sert ?

Je la regardai en écarquillant les yeux, sidéré par son attitude.

– *A quoi ça sert ?* (J'entendis l'énervement pointer dans ma voix. Je poursuivis plus posément.) Voyons, Sylvie a été tuée, d'accord ? Alors il y a forcément quelqu'un qui détient des informations à ce sujet. Les gens qu'elle fréquentait, les dealers... Si nous ne faisons pas un petit effort pour découvrir la vérité, alors...

L'ahurissement m'empêcha de poursuivre.

– Je crois..., fit-elle en hésitant un long moment, qu'il ne faut pas trop espérer.

– Je n'espère pas *trop*...

Le téléphone sonna et, repoussant brutalement ma chaise, je me levai pour y répondre.

– Gagné, fit la voix de Pike. Mais il va falloir apporter de la monnaie.

Cinq minutes plus tard, muni d'un paquet de traveller's chèques et de cartes de crédit, encore un peu sous le coup de ma discussion avec Ginny, je prenais la direction de l'autoroute.

*
* *

Pike avait installé Hayden dans l'un des plus beaux hôtels de la périphérie de l'aéroport, un établissement relativement récent dont le hall arborait une décoration que Ginny aurait dédaigneusement qualifiée de « style gentilhommière du milieu de l'Atlantique », avec du chintz aux couleurs criardes, des scènes de chasse et des sofas en cuir capitonné. Pike n'avait pas non plus lésiné sur la chambre. Il me conduisit à une suite dont l'entrée était généreusement agrémentée de fleurs fraîches et d'où partaient trois pièces.

Pike était un petit bonhomme indéfinissable, aux yeux éteints, aux épaules voûtées, au teint malsain et à l'expression lugubre. Il referma la porte derrière moi et me parla à mi-voix, sur un ton très flic professionnel.

– Il est plutôt sympathique, mais gourmand. Il a finalement accepté pour mille livres en liquide de la main à la main, plus le remplacement de son billet d'avion à sept cents livres, plus son hébergement. Je pense qu'il fera encore monter les enchères. Vous voulez que je sois présent ?

– Je vous en prie.

Pike me conduisit dans un salon équipé d'un bar complet avec miroir, comptoir et tabourets. Hayden regardait la télévision avachi dans un sofa, les pieds sur une table basse, un bol de cacahuètes en équilibre instable sur son estomac. Détournant sans se presser les yeux du petit écran, il se déplia du sofa pour se dresser du haut de son mètre quatre-vingt-dix ou quinze.

– Salut.

Sa poignée de main d'acier fut accompagnée d'un large sourire nonchalant que le contraste entre l'exceptionnelle blancheur de ses dents bien alignées et l'intensité de son bronzage doré rendait remarquable. Avec ses cheveux souples blondis par le soleil, ses épaules athlétiques et son allure de mannequin, il pouvait sortir tout droit d'une publicité sur le mode de vie californien. C'était l'homme que j'avais observé à la jumelle sur le *Samphire*, mais en plus hâlé.

Pendant que Pike préparait à boire, Hayden étira un nouveau sourire et retourna tranquillement s'enfoncer dans les coussins du sofa, les yeux rivés sur la télévision comme si, la séance de travail n'ayant pas encore débuté, il se considérait toujours en villégiature. Quand je m'installai sur la chaise située en face de lui, il ne montra guère d'empressement à se détourner de la comédie braillarde qu'il regardait, mais attendit la chute d'une réplique bien sentie à laquelle il éclata bruyamment d'un rire forcé avant de se décider à actionner la télécommande.

Il réafficha son sourire superficiel dénué de toute chaleur.

– Vous avez fait bonne route ? demanda-t-il comme si nous en étions à des papotages de cocktail.

– Très bonne, merci.

– Ah, c'est bien. (Il hochait beaucoup la tête. Un peu moins souvent qu'il ne souriait, cependant.) Et vous repartez tout de suite ?

– Je suppose, oui.

– Ah, c'est bien. Je vais avoir besoin de liquide, est-ce que, euh, il vous a mis au courant ?

Il désigna Pike d'un geste de la tête.

– Il m'a mis au courant.

Pike apporta les verres.

Hayden observait d'un œil nonchalant, comme un homme qui a tout son temps devant lui, et je compris qu'il attendait que l'argent fasse son apparition sur la table.

Je sortis les traveller's chèques.

Avec une grimace théâtrale et un haussement d'épaules navré, il fit non de la tête.

– Ça, je regrette.

Derrière son œil rusé, je discernai l'homme qui ne supportait pas la contradiction. Je revis la scène, observée de loin, où Sylvie lui avait tenu tête sur le *Samphire*.

Pike capta mon regard.

– Je vais voir si l'hôtel peut nous dépanner.

Je lui remis mes chèques et ma Gold Card Amex.

– Vous voulez bien que nous commencions ? demandai-je quand Pike fut parti.

– Sûr.

Le ton de sa voix me confirma ce que je savais déjà : qu'il ne me dirait rien de significatif avant d'avoir vu la couleur de l'argent.

– Je suppose que Pike vous a expliqué l'objet de cette rencontre ?

Il recommença à piocher dans ses cacahuètes et à se les projeter dans la bouche d'une main experte.

– Sûr.

– Avez-vous déjà parlé à la police ?

– J'étais en déplacement, répondit-il sur le ton de la conversation. A Gibraltar, en Turquie, en Italie, pour livrer des bateaux. Ils auraient eu du mal à me trouver, s'ils avaient essayé.

– Mais vous étiez dans le Devon jusqu'à quand... en août ?

– J'ai fait des allées et venues. J'ai un mignon petit cottage près de Totnes. Pour mes vieux jours, quoi. (L'idée l'amusa tant elle était lointaine, comme de s'imaginer chauve ou avec les cheveux blancs.) C'est encore un peu une ruine. J'ai refait la toiture. Mais ni chauffage ni électricité. L'année prochaine, j'espère.

– Et avec le *Samphire* ? Vous avez fait pas mal de sorties en mer ?

– Sûr. Je le sors dès que je peux, ce vieux rafiot. Il pourrirait sur place, sinon.

Et il m'adressa son plus affable sourire.

Plutôt que de poser des questions qui risquaient de rester sans réponse, j'ouvris un chapitre plus large.

– Parlez-moi de Sylvie.

– Sylvie ? (Il rigola comme si j'avais dit quelque chose de totalement inattendu.) Ouais..., on se connaissait depuis longtemps, elle et moi. Le Midi de la France, Ibiza... (Il eut un geste vague de la main, évocateur d'autres moments et d'autres lieux.) On fréquentait la même bande de gens. Alors quand elle est venue par là elle a repris contact, quoi.

– Qu'est-ce qui l'a amenée dans le Devon ?

– Un nouveau départ, j'imagine ? fit-il avec un air d'ignorance.

– Elle était heureuse ?

Cette question avait de toute évidence son prix, et un masque impénétrable recouvrit son visage.

– J'ai rencontré Joe, l'autre jour, lançai-je en attendant une réaction qui ne vint pas. Il m'a tout raconté à propos des... (j'allais dire « problèmes »)... habitudes de drogue de Sylvie. Et il m'a parlé des traversées en France du *Samphire*, du dealer qu'il y avait là-bas. (L'expression de Hayden resta immuable.) Ce que j'aurai besoin de savoir quand notre petite affaire sera réglée (je lui livrai ma propre version du sourire de façade), c'est auprès de qui d'autre elle se fournissait.

Il ne se montra pas surpris de ma question. Avalant une gorgée de sa boisson, il plissa les yeux comme s'il comptait quelque chose.

– A quel moment êtes-vous entré en scène, avec Sylvie ? demanda-t-il. J'essayais de calculer.

– Moi ? Qu'est-ce que ça vient faire là-dedans ?

– Après Pâques, hein ?

– En juin, répondis-je à contrecœur.

Il reprit ses lents hochements de tête et ne s'arrêta pas avant un long moment.

– Ouais, fit-il enfin comme s'il avait résolu l'énigme. Ouais.

Pike revint, le responsable de nuit de l'hôtel dans son sillage, et après avoir signé une liasse de traveller's chèques et de récépissés de cartes de crédit, je pris livraison de mille livres en liquide.

J'abattis le paquet de billets sur la table basse en face de Hayden.

Sans hâte, il se pencha et les ramassa.

– Alors ? demandai-je.

– Alors ? répéta-t-il de cette manière traînante et narquoise qui semblait être son unique marchandise en stock. On commence par quoi ?

– La drogue. Où se fournissait-elle ?

– Je ne peux pas vous dire où elle se procurait tout, Sylvie avait un tas de contacts. Pendant un temps, l'hiver dernier du moins, elle a eu des ordonnances médicales. Trafiquées, je suppose. Mais ça ne lui a pas posé de problèmes, elle ne s'est jamais fait virer d'aucune pharmacie. Elle était finaude pour ce genre de trucs, vous savez. Elle changeait de quartier. Parfois à Dartmouth, parfois à Exeter, parfois à Bristol, quand elle se défonçait à ça.

– Les ordonnances, elles étaient rédigées pour elle ?

– Pas du tout, répondit-il sans hésitation. Elle rajoutait les noms elle-même. Elle avait le choix entre trois, vous savez. Mathieson et deux noms de mariage. (Il s'esclaffa.) Ou de divorce, je devrais dire ? (Après s'être un moment amusé de sa propre plaisanterie, il en revint nonchalamment à son récit.) Elle avait deux passeports, en tout cas, un français et un britannique, à des noms différents. De cette façon, elle pouvait toujours montrer une identité. Les ordonnances, ajouta-t-il tandis que j'assimilais tout cela, elle n'en a pas manqué, l'hiver dernier. Elle devait en avoir tout un bloc. M'est avis que ça a dû lui coûter bonbon…

– Lui coûter bonbon ?

– Sûr. Bien que le junk soit pas ma tasse de thé, j'imagine… ouais, qu'elle a dû les acheter.

J'étais peut-être lent, mais il fallait que je comprenne.

– Vous voulez dire que les blocs d'ordonnance se volent et se revendent ?

Passant le relais à l'expert, Hayden lança un regard amusé en direction de Pike.

– On en vole tout le temps, confirma ce dernier. Dans les voitures de médecin, dans leurs cabinets de consultation, bien que souvent, ça ne rapporte pas beaucoup aux voleurs parce que les pharmaciens sont vigilants. Les listes de blocs volés sont diffusées. Les pharmaciens vérifient tout ce qui leur paraît suspect.

Hayden vida son verre et l'agita avec espoir. Pike se leva de mauvaise grâce et le prit pour le lui remplir.

Hayden eut un bâillement.

– Et ensuite ? le pressai-je.

– Ouais, euh… les ordonnances ont commencé à manquer en… vers Pâques, je crois, alors elle s'est mise à me tanner pour aller en France se réapprovisionner. Seulement attention, c'est pas mon business, à moi. Bon, une petite traversée par-ci, par-là, un peu de hasch, je veux bien, vous voyez ce que je veux dire. Mais aller régulièrement chercher du junk ? (Il eut une moue de refus.) C'est vraiment chercher les ennuis et j'ai une réputation à défendre. (Il tourna légèrement la tête comme pour montrer son meilleur profil.) Je me fais pincer une seule fois par la douane et adieu le boulot. Adieu de chez adieu. Alors je lui ai dit d'aller se faire voir, que je touchais pas à ça. Ensuite... mais là, je suis pas sûr, vous comprenez, je crois qu'elle est allée se fournir à Bristol. Enfin, disons qu'elle ne revenait jamais de Bristol sans avoir une bonne provision. Voilà tout ce que je peux vous dire, en fait, je n'ai jamais rien su d'autre. Sylvie n'était pas causante à propos de ses petites affaires. Elle protégeait ses sources si on peut dire.

Je tentai un retour en arrière sur un point en suspens.

– Vous alliez dire quelque chose, il y a un instant ? Au sujet des ordonnances ?

Mais l'idée s'était envolée. Ni Pike ni moi ne parvînmes à la lui faire revenir en mémoire.

– Et à propos de ses petits amis, de ses amants ? demandai-je. Elle fréquentait quelqu'un, au début du printemps ?

Le visage de Hayden prit une étrange expression de jubilation malveillante.

– Il y avait un mec, oui. Elle le voyait tout le temps, l'hiver dernier. Nous avions un marché : elle utilisait mon cottage le week-end comme nid d'amour, en échange de quoi elle entretenait et nettoyait. Elle descendait de Bristol chaque week-end, coupait du bois, faisait du feu, disposait des seaux pour récupérer l'eau des fuites.

– Elle vivait à Bristol ?

– Sûr. Il y avait son frère, là-bas.

– Et l'amant, qui était-ce ?

– Elle ne me l'a jamais dit. Motus et bouche cousue, fit-il avec un sourire narquois. *Mais*... (Il marqua une pause pour ménager ses effets.) Mais je l'ai vu, une fois. Il a débarqué au cottage alors que j'y étais. Il s'est tiré vite fait quand il a compris son erreur. Belles fringues, belle bagnole – une Mercedes dernier cri. Du pognon, assurément.

Ce n'était pas ce à quoi je m'attendais.

– Quelqu'un des environs ?

– C'était pas marqué sur son front, ironisa-t-il lourdement.

– De quoi avait-il l'air ?

Il fit une grimace.

– Friqué. Vieux. Du genre à avoir une Mercedes.

Il était difficile de dire s'il restait volontairement évasif, mais dans le silence qui suivit, je commençai à penser que j'avais perdu mon temps et mon argent.

Hayden me laissa mijoter encore un moment avant d'annoncer sur un ton léger :

– Je l'ai revu, cependant.

Je n'aimais guère me faire mener en barque, surtout par des gens comme Hayden.

– Ah oui ? fis-je sèchement.

– J'ai peut-être même de quoi le situer précisément, dit-il en ouvrant les mains comme un marchand des quatre-saisons allant chercher sa meilleure marchandise au fond de sa voiturette.

– Eh bien, situez.

Une expression rusée et calculatrice passa sur son visage, je vis une lueur de cupidité s'allumer dans ses yeux.

– N'y songez pas un seul instant, sifflai-je sous le coup d'une froide colère.

Avec un air offusqué, Hayden regarda autour de lui comme pour plaider l'innocence auprès d'un large public, mais il profita de cette extravagante pantomime pour évaluer sa situation.

– Moi ? Mais je ne songeais à *rien*, protesta-t-il en riant pour masquer sa marche arrière. J'essaie de vous dire ce que je peux, c'est tout.

– Dites, alors.

– Ce type avait un bateau sur le fleuve. Je l'ai vu sur le ponton mettre un dinghy à l'eau.

Une petite alarme se déclencha dans mon esprit.

Hayden m'observait avec attention, à présent.

– Le dinghy portait le nom du bateau auquel il appartenait. Le *Ellie Miller*.

Mon cœur répercuta le choc en une seule secousse contre mes côtes. Je contrôlai mon expression, ne laissai rien paraître sur mon visage, mais Hayden, avec l'intuition d'un habitué de la dissimulation, perçut anguille sous roche.

– Quelqu'un que vous connaissez ? s'enquit-il.

– Vous êtes bien sûr qu'il s'agissait du même homme ? insistai-je, révélant un peu de mon bouleversement intérieur.

– Ouais. C'était bien lui. Alors je suis allé demander à quelqu'un du comptoir de location des yachts de qui il s'agissait : c'est le toubib du coin, qu'on m'a répondu sans hésiter. Vous voyez, quand je vous disais que vous pourriez le situer.

Mon sang semblait sur le point de faire éclater mes veines, je fus pris d'une terrible bouffée de chaleur. Je m'accrochai à mon verre pour éviter de le renverser. Puis une miraculeuse idée libératrice me frappa, une idée si évidente que j'éclatai presque de rire.

– Sylvie était sa patiente. Il était sans doute en visite quand vous l'avez vu au cottage !

Une onde de soulagement se répandit en moi.

– Sa patiente. Oui, ça pourrait coller avec l'histoire des ordonnances, fit-il d'un air entendu. D'ailleurs c'est ça que je voulais dire, tout à l'heure. Vers la fin, j'ai eu l'impression qu'elle en obtenait comme elle voulait. A la demande, quoi.

– Vous ne comprenez pas ce que je veux dire, fis-je en contenant difficilement mon exaspération. Il devait être allé lui rendre visite au cottage en tant que médecin. Elle était peut-être malade.

Il réfléchit à cette éventualité.

– Possible, admit-il. Il y a juste un petit problème.

(Il eut un sourire soudain, il semblait prendre du bon temps.) Il avait la clé, ce docteur.

*
* *

Je n'essayai même pas de dormir, quand je fus de retour à Melton. Après avoir été jeter un coup d'œil sur Ginny, je m'enfermai dans mon cabinet de travail pour laisser filer la nuit, assis dans le silence et dans le noir, un brandy à portée de main et la détresse au cœur.

Plus j'essayais de donner un sens aux pensées qui se bousculaient et tournoyaient dans mon esprit, plus les quelques certitudes qui subsistaient dans ma vie peuplée d'incertitudes semblaient s'étioler, et j'avais la sensation de glisser tête la première vers des cataclysmes et des calamités toujours plus effroyables. En quittant Hayden, j'étais hébété par l'incrédulité et par un cuisant sentiment de trahison, même si, en matière de double jeu, je n'étais pas blanc comme neige. Mais à présent, dans les longues heures calmes de la nuit, l'incrédulité avait commencé à s'estomper. Obligé de composer avec les révélations de Hayden, je me trouvai confronté à la plus terrifiante incertitude de toutes. Sur quoi étais-je tombé ? Que David ait été l'amant de Sylvie, qu'il m'ait trompé, moi et, semblait-il, tout le monde, c'était indéniable. Mais qu'est-ce que cela pouvait signifier ? Tout et rien. Rien de plus qu'une liaison extra-conjugale, peut-être, ou alors quelque chose de si terrifiant qu'il m'était impossible de l'imaginer sans frémir au point de me refuser de l'envisager.

Héritage d'une longue habitude, mon premier réflexe fut de prendre la défense de David. David, qui avait enduré les reproches paternels pour bien des aspects de sa vie et qui avait ressenti l'amère et grandissante désillusion de ses propres échecs. David, l'aîné, mais qui était toujours passé en second et n'avait jamais totalement réussi à se remettre en selle. Papa avait toujours porté un jugement sévère sur lui et je ne voulais pas faire de même. Je me dis que rien de si terrible ne s'était produit, qu'il n'avait fait, comme moi, que de céder à la tentation, qu'il avait été, comme moi, utilisé puis rejeté par Sylvie. Ce n'étaient pas là des crimes abominables, même si pour lui, avec sa fierté à fleur de peau, ils avaient suffi à expliquer son silence. Je me dis qu'il ne fallait pas chercher plus loin, je parvins même à certains moments à me convaincre. Mais je ne pus totalement empêcher des pensées hideuses de surgir devant moi dans le noir comme d'affreux oiseaux de nuit, et j'étais alors saisi d'un tel mélange de détresse et de peur que j'avais toutes les peines du monde à ne pas empoigner le téléphone pour l'appeler sur-le-champ.

Vers six heures, je pris une douche, me changeai et, après avoir laissé un message à Ginny, partis dans l'aube lugubre.

La route était dégagée. Je traversai Totnes juste avant huit heures. Je ne m'arrêtai pas à Furze Lodge mais poursuivis directement en direction de Dartmouth. La voiture de David n'était pas à son emplacement devant le cabinet, mais le réceptionniste m'informa qu'il était attendu à neuf heures et qu'il avait une suite ininterrompue de rendez-vous jusqu'à onze. Je lui laissai un message laconique disant que j'avais besoin de le voir d'urgence, puis me rendis tout doucement à Dittisham pour patienter.

Arrêté devant la maison, je restai dans la voiture à m'imprégner du silence en espérant qu'il durerait le plus longtemps possible. A neuf heures, mon portable commença à sonner. C'était George, pour son premier appel de la journée. Dès qu'il eut libéré la ligne, j'appelai Julia et lui demandai de me garder tout le monde à distance pour la matinée.

– Faut-il que je descende à Melton ? s'enquit-elle.

– Non, je crois que ça va, pour Ginny.

– Vous voulez que je m'en assure ?

– Non, je l'appellerai moi-même.

– Comme vous voudrez.

Ginny ne répondit ni à ma première tentative, ni à la seconde. La ligne fut ensuite occupée un long moment puis ne répondit encore une fois pas. Me faisant de nouveau un sang d'encre, je rappelai Julia pour lui demander de faire quand même un saut, si elle n'y voyait pas d'inconvénient.

Je restai encore un peu assis dans le silence, après quoi, sortant de mon hébétude, je descendis de voiture, pris la clé sur sa corniche sous le porche et pénétrai dans l'air ranci du hall. Je traversai lentement la maison, examinant chaque pièce d'un œil à présent amer comme si le passé avait laissé là des traces que je n'aurais pas eu le discernement de voir.

Si David avait amené Sylvie ici, ce devait être peu après la mort de Papa. Pas de malaise à éprouver de ce côté-là, donc.

En m'arrêtant devant la cuisine, je me rappelai combien Sylvie avait semblé être en terrain connu, trouvant sans hésiter la place de chaque objet. Etaient-ils venus ici pour prendre le café, s'étaient-ils embrassés, avaient-ils fait l'amour ? Je les vis faire l'amour partout, sur les parquets, sur les sofas, debout, tout nus, habillés.

Et dans le cabinet de travail : je me souvins de la façon dont elle était apparue à la porte-fenêtre, comme si elle avait l'habitude d'arriver par le jardin sans s'annoncer.

Ces fragments de preuve me firent mal, mais m'apportèrent aussi une sorte de satisfaction masochiste. Incapable de me refréner, je gravis l'escalier et m'arrêtai au second palier, mesurant mentalement la distance des différentes portes. Sylvie m'avait-elle entraîné dans la chambre de David parce qu'elle était un peu plus proche, ou par quelque désir pervers de prendre le deuxième frère dans le même lit ?

Je jetai un coup d'œil aux étagères, à côté du lit, j'ouvris les tiroirs de la table de chevet puis les refermai avec colère, ne voulant même pas songer à ce que je m'étais attendu à y trouver. Je m'approchai de la fenêtre, regardai le fleuve en direction du *Samphire* qui était à son mouillage et éprouvai une inattendue gratitude à l'égard de Hayden tant il est vrai que savoir, en fin de compte et aussi dur que ce soit, vous donne une certaine prise sur l'avenir.

De retour au cabinet de travail, je me rappelai la nuit où j'avais fait l'amour avec Sylvie, rideaux non tirés, et le bruit que j'avais entendu venir de la terrasse, souvenir que jusqu'à la nuit dernière, j'avais écarté de mon esprit. Essayant à présent de lui donner substance, il me sembla que c'était un siège de jardin qui avait été heurté par mégarde sur le dallage. Par une pirouette de mon imagination, ce fut non plus Ginny, mais David qui se prenait les pieds dans la chaise.

Entendant une voiture arriver sur l'allée, j'ouvris la porte d'entrée et vis David descendre et s'avancer vers moi. Quand il leva les yeux, son visage se rembrunit, il marqua un temps d'arrêt comme pour exiger une explication puis se ravisa et entra sans un mot dans la maison. Il se dirigea automatiquement vers le cabinet de travail, pièce que depuis le temps de Papa il associait plus que quiconque aux inquisitions et aux châtiments.

Je m'assis au bureau paternel cependant qu'il tirait une chaise du mur vers la porte-fenêtre et s'installait d'un air circonspect.

– Bon alors, qu'est-ce qui se passe ?

A présent que le moment était venu, je ne pus articuler que le minimum.

– Toi et Sylvie.

Dans le silence qui suivit, sa bouche tressaillit mais son regard demeura fixe.

– Oui, exhala-t-il sèchement. Quoi ?

– Tu n'aurais pas quelque chose à me dire ?

– Qu'est-ce que tu veux savoir ?

– Tout.

– Il ne faut peut-être pas aller jusque-là.

– Ce n'est pas à toi de décider jusqu'où aller, sacré nom ! m'emportai-je, en proie à une soudaine colère. Et puis arrête de me parler comme à un gamin ! Pour une fois, pour *une fois*... (je tournai une main furieuse vers lui)... dis-moi juste cette satanée vérité !

Si mon coup de colère m'avait pris par surprise, David le reçut avec impassibilité. Portant son regard du côté du fleuve, il commença son récit d'une voix dénuée de passion.

– Je l'ai rencontrée il y a environ un an, là-bas sur le quai. Papa n'allait pas trop bien, j'étais descendu m'occuper du *Ellie*. J'étais en train de charger le dinghy quand elle m'a abordé en me disant : « C'est vous, David ? » Voilà, comme ça. On est allés prendre un verre. C'est parti de là. On se rencontrait les week-ends. Elle habitait Bristol. Elle empruntait un cottage près de Totnes, celui de Hayden. Et puis en mars, elle est descendue à Dittisham et a loué un appartement... (Il me jeta un regard.) Pour ça, tu es au courant. Elle a rompu en... en mai, je crois. On a repris brièvement, mais... (Son haussement d'épaules montra que cela n'avait pas marché.) Je n'étais pas au courant, à ton sujet, je te le promets. En tout cas, pendant longtemps. Jusqu'à ce que je vous voie ensemble, sur le *Ellie*. Je ne me rappelle plus quand c'était. En août, par là ? Mais avant, j'étais à mille lieues de me douter. Je t'assure. (Il étira un sourire caustique.) Je t'aurais prévenu, sinon.

Il y eut un nouveau silence, lourd comme une chape de plomb.

– Eh bien voilà, c'est tout.

– Tu ne crois pas avoir omis certaines choses ?

Il scruta mon visage dans la pénombre pour chercher à discerner ce que je voulais dire.

– Aah, fit-il pesamment. Notre petit arrangement, tu veux dire ?

– Les ordonnances.

Il hocha la tête d'un air stoïque.

– C'est Hayden, n'est-ce pas ? (Il abandonna aussitôt cette question secondaire.) Oui, dit-il avec un long soupir, c'est fou ce qu'on peut faire quand – comment dirai-je – on n'a pas la tête à l'endroit. J'aurais pu me faire radier dix fois, et même plus. Au début, c'était juste pour l'aider un peu, tu comprends. Un dernier shoot, et puis elle fait la cure. Elle avait fait une cure, cet été-là, mais ça n'avait pas duré longtemps. Elle estimait pouvoir se limiter, soi-disant. Juste une petite prise par-ci, par-là. Mais personne n'arrive à se limiter. Et puis elle n'avait pas vraiment la volonté d'arrêter. Comme les autres, elle ne pensait pas que ça lui faisait du mal. Elle ne pensait pas à l'avenir. Elle croyait pouvoir continuer impunément... (Il s'interrompit soudain, prit une expression plus grave.) Bref, ce fut l'engrenage... Elle en demandait toujours plus. Et je lui en donnais toujours plus. C'était un risque insensé. J'ai eu deux fois des appels de pharmaciens et j'ai cru que j'allais plonger, mais il ne s'est finalement rien passé. Pur coup de chance. Je savais que c'était de la folie.

– Pourquoi n'as-tu pas arrêté, alors ?

Il haussa un sourcil comme pour me dire : « Tu veux vraiment que je te fasse un dessin ? », puis voyant ma détermination, il poursuivit sans ménagement.

– Parce que je la désirais. J'aurais pu arrêter, je ne voulais pas.

Ses yeux luirent à l'évocation de ce souvenir. Recevant l'écho d'une puissante et incontrôlable émotion, j'éprouvai un frisson de jalousie.

– Et Mary ? demandai-je sèchement.

– Quoi, Mary ?

– Etait-elle au courant, sacré nom ?

– Si elle l'était, elle ne m'en a jamais parlé. Et à toi, ajouta-t-il négligemment, elle a dit quelque chose ?

– Non. (J'avais à présent l'impression qu'il était en train de me faire dévier.) Vous vous êtes remis ensemble, disais-tu, Sylvie et toi ?

– Quoi ? Euh, oui... En juin-juillet. Elle voulait de nouvelles ordonnances. Mais à ce moment-là, c'était plutôt du donnant, donnant.

– Du donnant, donnant ? (J'eus à nouveau du mal à ne pas perdre patience.) Sois plus clair, David.

Il me regarda une fois de plus de son air de « Tu veux que je te fasse un dessin ? ».

– Elle voulait de la drogue, je voulais baiser. Voilà, je crois que ça se ramenait à ça.

Je ne pus déterminer si cette formule acerbe était censée me faire du mal à moi ou bien à lui. Quoi qu'il en soit, il y avait dans son attitude quelque chose qui sonnait faux et je crus percevoir un soupçon d'amertume.

– Donc cela a duré pendant tout juin et tout juillet ? demandai-je.

– Mais non, s'exclama-t-il comme excédé par ma lourdeur d'esprit. On se débrouillait très bien l'un sans l'autre, crois-moi, il m'arrivait de ne pas la voir pendant des semaines. Toi, je te jure..., me lança-t-il.

Je connaissais la chanson. Il jouait l'intimidation et l'arrogance. Enfant, c'est toujours par un coup de bluff qu'il cherchait à se tirer d'un mauvais pas. Je commençai alors à le soupçonner. A le soupçonner de mentir.

– Tu la voyais encore au moment de sa mort, affirmai-je abruptement.

Il y eut un silence pendant lequel nous nous regardâmes en chiens de faïence de part et d'autre de la porte-fenêtre.

– Non, Hugh, répondit-il résolument. Et je ne l'ai pas tuée non plus.

– Allons donc, argumentai-je avec un semblant de maîtrise. Elle allait au bateau pour rencontrer quelqu'un. Ce n'était pas moi, ce ne pouvait donc être que toi. Tout bien réfléchi, ce ne pouvait être personne d'autre, d'ailleurs. Tu ne pouvais plus utiliser la maison puisque j'y étais toujours. Tu ne pouvais pas aller chez elle parce que trop de monde aurait pu voir ta voiture garée devant et que Joe s'y trouvait sans cesse fourré. Le cottage de Hayden ? Trop loin.

Il ne restait plus que le bateau, donc.

Il me considéra gravement sans essayer de répondre.

– Alors ? Je me trompe ? insistai-je sèchement. Où vous rencontriez-vous ? *Dis-moi !*

Il détourna de nouveau le regard, toujours silencieux.

– Au bateau. *Au bateau*, scandai-je en retour. (Pendant un moment, ma gorge se serra tellement que je ne pus parler. Et lui restait silencieux. Mes yeux s'embuèrent, j'avais les lèvres tremblantes.) *Mon Dieu...* Qu'est-ce qui s'est passé ? Sylvie a essayé de te faire du chantage ? Elle est devenue mauvaise ? Elle est devenue folle ? Ou es-tu, *toi*, devenu fou ? Parle !

Il regardait toujours vers le fleuve, les yeux plissés face à la lumière.

– Ce n'était pas ça, murmura-t-il.

– Non ? Alors dis-moi ce que c'était, pour l'amour du ciel ! Dis-moi quelque chose... *N'importe quoi !*

Il eut un léger mouvement de refus de la tête, comme si tout commentaire ne serait qu'une perte de temps.

Je me levai d'un coup et vins me placer au-dessus de lui, tremblant de rage à présent.

– Qu'est-ce qui m'empêcherait de filer tout droit à la police, maintenant ? Donne-moi une bonne raison ! *Une seule*, espèce de salaud !

Il réfléchit avec un air de grande lassitude.

– D'abord, ce serait une erreur parce que je ne l'ai pas tuée. Ensuite, ça ficherait ma carrière en l'air. Si tant est que ce soit une bonne raison, ajouta-t-il ironiquement.

– Je me contrefous de ta carrière ! explosai-je de nouveau. Qu'est-ce qu'elle représente, comparée à *Ginny* ?

Il leva les yeux sur moi.

– Je suis vraiment navré de ce qui arrive à Ginny.

Je poussai un hurlement affreux.

– Eh bien je vais te dire quelque chose : elle n'ira pas en prison pour sauver ta misérable peau !

Il se leva avec un air d'abattement infini.

– Je ne l'ai pas tuée, Hugh.

– Et je suis censé te croire ?

Il hocha la tête éperdument.

– Oui.

– Bon Dieu.

Je me laissai choir sur mon siège.

– Ecoute, Hugh… Je ne suis pas encore sûr, mais je crois qu'il y a quelque chose que je pourrai peut-être faire pour aider Ginny.

– Pardon, fis-je sur un ton sarcastique, *quelque chose que tu pourras faire* ?

– Oui. Mais il me faudra encore un peu de temps.

Je restai un instant incapable de prononcer une parole.

Dans ses moments les plus dominateurs, David avait toujours réussi à me mettre dans un état de frustration muette.

– Laisse-moi juste un peu de temps, répéta-t-il avec solennité.

– Du temps… pour *quoi* ? éclatai-je enfin. La seule aide dont elle ait besoin, c'est qu'on la tire de là, sacré nom.

– C'est bien de cela que je parle.

– Oh et puis ça suffit, bon Dieu ! criai-je, emporté par un nouvel accès de colère. Tire-toi d'ici ! Fous le camp hors de ma vue !

# 14

A EN juger par la disposition des sièges, le conseil d'administration de Cumberland n'attendait pas une participation massive. Guère plus de deux cents chaises avaient été alignées en courtes rangées au fond de l'une des plus grandes salles de conférences de l'hôtel, ce qui produisait un effet de vide et de médiocrité, cependant qu'à la périphérie, des entassements de sièges de réserve paraissaient réduits à l'inactivité dans l'attente d'une improbable ruée de dernière minute.

George, assisté de Julia, installait boutique juste à l'extérieur de l'entrée, avec des piles de brochures de Hartford et de documents d'information destinés aux actionnaires qui, pour une quelconque raison, ne les auraient pas reçus par la poste. Il y avait également des copies de la motion que j'avais rédigée puis officiellement mise à l'ordre du jour de la réunion, demandant au directoire de Cumberland d'expliquer pourquoi ils n'avaient pas retenu l'offre la plus forte.

George paraissait exténué et démoralisé, et je supposai que le total de nos pouvoirs n'avait pas dépassé les décevants dix-huit pour cent que nous avions enregistrés la nuit précédente.

– La couverture de presse, fit-il en me passant une chemise d'articles de journaux.

La plupart n'étaient que de petits paragraphes enfouis au fin fond de la section des affaires, mais l'un des titres de la presse populaire y avait consacré un peu plus de place en un émouvant récit à la David contre Goliath, où Cumberland était présenté comme un monolithe marmoréen sacrifiant inutilement et cruellement un personnel hautement qualifié sur l'autel de la rentabilité.

– C'est toujours bon à prendre, comme on dit, fit George d'un air bourru.

Mais nous savions l'un comme l'autre que ce n'était pas une publicité flatteuse qui ferait passer notre motion, et encore moins nous assurerait le vote de confiance, ni le soutien des petits actionnaires, qui commençaient à arriver au compte-gouttes. Le véritable contrôle appartenait aux actionnaires institutionnels, les fonds de pension et les sociétés d'investissement, que la vaste masse de fonds propres qu'elles détenaient mettait en position de force. Je savais que George et Alan avaient passé la plus grande partie de la journée précédente à téléphoner à certaines de ces institutions.

– Ça a marché, hier ? demandai-je.

– Beaucoup ont répondu qu'ils avaient déjà donné leur pouvoir à Cumberland, répondit George avec un haussement d'épaules.

– Mais certains pourraient ne pas s'être encore engagés ?

« Espérons » signifiait le regard que George m'adressa.

Julia me tendit un pli, tout en nous parlant d'un directeur de fonds de pension avec lequel elle avait été en contact. Reconnaissant l'écriture sur l'enveloppe, je me mis un peu à l'écart et ouvris.

*Très cher Hugh,*

*Je croise tous les doigts, et même les orteils pour vous !* écrivait Mary. *En tout cas, s'il s'agit seulement d'une question d'argent, je suis de la partie ! Il est sans doute un peu tard, mais si vous avez besoin d'une rallonge, je serais très heureuse de vous aider. Je suis allée voir mes fiduciaires – oui, j'ai encore un fidéicommis – et je me suis aperçue que j'avais beaucoup plus en réserve que je ne pensais. Un demi-million de livres. Je suis sérieuse, Hugh : si cela peut aider à enlever le morceau, ce serait la fierté de ma vie. Vraiment !*

*Avec des tonnes d'affection,*

*Mary.*

J'éprouvai d'abord une profonde gratitude. Puis un fort soupçon, rendu plus cruel encore par toute l'affection dont il avait été précédé. Où Mary avait-elle soudain trouvé autant d'argent ? Pourquoi une offre aussi tardive ? Qu'est-ce qui l'avait d'ailleurs poussée à faire cette offre ? Laissant libre cours à mes pensées les plus noires, il me sembla que cela ne pouvait provenir que de David, que lui seul pouvait avoir une telle somme en réserve. Ce fut alors un nouvel assaut d'idées déplaisantes : David essayait de m'acheter en étant bien entendu persuadé de réussir, ou alors, trop fier comme d'habitude pour laisser paraître les choses, il voulait effectivement aider mais ne pas le faire en personne. Je ne savais laquelle de ces deux idées me mettait le plus mal à l'aise. L'une comme l'autre utilisait Mary de façon indigne.

Cela dit, peut-être aussi voyais-je le mal où il n'était pas. Peut-être cette offre était-elle tout à fait limpide et Mary, dans sa générosité, essayait-elle de m'aider sans en avoir touché mot à David. Peut-être devenais-je tout simplement paranoïaque, comme Ginny. Nous étions deux anxieux, à présent, à réagir négativement. Charmante perspective.

Je fourrai le message dans ma poche et revins vers les portes pour être intercepté par Julia qui brandissait son portable.

– *Howard*, siffla-t-elle entre ses dents.

Je me mis à l'écart.

– Hugh ? fit-il d'une voix doucereuse. Tu aurais quelques minutes ?

– C'est pour le travail ou c'est personnel ?

– Quelque chose qu'il serait peut-être bon que nous évoquions. Qui pourrait nous être utile à l'un comme à l'autre.

– Tu es sûr de cela ?

– Pourquoi voudrais-tu que je te dérange autrement ? Je suis à l'étage, suite 223.

– Je serai accompagné de George.

– D'accord.

Même en position de demandeur, il paraissait déjà satisfait de lui-même.

George eut l'air abasourdi quand je le mis au courant.

– Quoi… *maintenant* ? Il ne reste que vingt minutes.

– Il joue sans doute là-dessus.

– Qu'est-ce qu'il peut bien vouloir ? fit-il tandis que nous nous dirigions vers l'escalier.

– Nous faire une proposition quelconque, j'imagine.

Il eut un rire nerveux.

– Ça alors, un *marché* ?

– De quoi nous faire avaler la pilule, plus vraisemblablement. Un lot de consolation, style Howard. Ce qui signifie, ajoutai-je sarcastiquement, une misère pour nous.

Howard attendait à la porte de sa suite.

– Bienvenue, fit-il avec son plus gracieux sourire.

Il semblait ne nourrir aucune animosité à mon égard après mon éclat au téléphone, mais Howard avait toujours l'air de considérer que c'étaient les gens qui s'emportaient contre lui qui avaient un problème de personnalité.

Il nous désigna des sièges.

– Vous voulez du café ? Non ? Vous êtes sûrs ?

Tandis qu'il allait se servir d'un pas volontairement lent, je vis George commencer à se tracasser pour l'heure, mais je savais que Howard avait dû calculer son coup pour la dernière minute et qu'il ne servirait à rien de le presser.

Il s'installa élégamment dans un fauteuil avec un large sourire.

– Tu as mené une campagne absolument remarquable, dit-il. Très poussée. Les actionnaires, la presse, tout. Excellent travail.

– Merci, fit George qui prit cela au premier degré.

– Dommage qu'elle n'ait eu aucune chance de succès. De ton point de vue, j'entends. Mais bon, c'était prévisible.

– Tu as eu tes cinquante pour cent, n'est-ce pas ? répliquai-je en parlant des pouvoirs qu'il lui fallait pour gagner la partie.

– Bien sûr, voyons, répondit-il comme si cela allait de soi.

J'eus envie de lui demander : « Alors que faisons-nous ici ? », mais me retins de poser une question aussi évidente.

– Cependant..., fit-il en prenant une gorgée de son café et en nous gratifiant d'un regard bienveillant, la situation a quelque peu évolué. De nouveaux éléments sont intervenus, et sans vouloir entrer dans le détail – sans en être libre non plus – qu'il me suffise de dire que le conseil d'administration pourrait être disposé à reconsidérer ton offre sous un jour plus favorable.

Surpris, j'essayai de déterminer ce qui avait pu changer. La valeur de l'action Donington ? Pour autant que je puisse savoir, elle n'avait pas baissé de façon significative. Peut-être les conseillers juridiques de Cumberland avaient-ils découvert quelque chose qui ne leur plaisait pas, quelque minuscule remarque de bas de page dans l'offre de Donington.

Je vis bien l'œil de George pétiller d'excitation, mais j'évitai délibérément de capter son regard.

– Quelles sont les conditions ? demandai-je à Howard.

– Les conditions ? répéta-t-il avec son air de tomber des nues quand quelqu'un bousculait son raisonnement. Oh... les mêmes qu'avant, avec juste un petit ajustement pour le différentiel entre les deux offres, bien sûr. Pour compenser le décalage. Tu sais comment c'est, fit-il d'un air rayonnant. Le devoir envers les actionnaires.

Je savais qu'il y aurait une entourloupette.

– Mais notre offre était aussi intéressante que celle de Donington, fis-je remarquer. Sinon meilleure.

– Ah, mais il faut prendre en compte la valeur des actions Donington. C'est une société à croissance constante. Nous avions misé sur une hausse annuelle de sept pour cent du cours du titre.

Ça ne tenait pas debout. Personne ne pouvait tabler sur une croissance constante en ce moment, surtout dans le domaine du verre et de la porcelaine, valeurs qui s'étaient montrées très volatiles en cette période d'incertitude économique. Tout cela n'était qu'un tas d'absurdités et Howard le savait comme moi.

– Un différentiel *notionnel*, donc ? Qu'est-ce que tu t'imagines, compte tenu du fait que notre offre est déjà lancée à hauteur, et peut-être même au-delà, de la valeur maximale de la société ? Compte tenu du fait que nous ne pourrions pas justifier de retourner voir nos commanditaires et de leur demander de remettre la main à la poche ? Compte tenu du fait qu'il nous reste exactement dix minutes pour régler ça ? Et compte tenu du fait que la stratégie de la corde raide se joue des deux côtés ?

Howard sourit tranquillement. Il n'aimait rien de plus qu'une bonne empoignade.

– Eh bien nous sommes prêts à composer, à faire une croix sur une partie de ce gain notionnel, comme tu l'appelles. Nous pourrions nous accommoder d'un demi-million.

Je sentis un tiraillement dans mon estomac, un frisson d'incrédulité me parcourut l'échine. Je me dis que c'était une coïncidence, que des choses plus étranges s'étaient déjà produites. Je m'efforçai de rester calme, d'empêcher le ressentiment et le soupçon de s'imprimer sur mon visage.

– Impossible, dis-je.

– Ah ? fit Howard en feignant la surprise. On te laisserait deux semaines pour organiser le financement.

– Pas à ce prix-là.

Il prit l'air navré.

– Je n'ai pas pu obtenir moins du bureau. Sans parler des actionnaires. Ce chiffre est le plus bas que nous puissions proposer. Il n'est pas négociable.

– De notre côté non plus !

Ma violence de ton les fit me regarder avec d'un air ébahi.

– Peut-être pourrions-nous nous entretenir quelques minutes ? avança enfin George.

– Certainement.

Howard termina son café et se leva d'un air nonchalant.

– Je serai à côté.

Il ramassa son portable et disparut par une porte intérieure.

– C'est de l'extorsion, protestai-je avant que George n'ait pu ouvrir la bouche. Du chantage. Nous ne paierons pas un sou de plus.

George commença à griffonner des calculs hâtifs sur son carnet.

– Mais tout ce battage publicitaire pourrait nous permettre de trouver plus facilement l'argent...

– Ce n'est pas l'argent, George, c'est le principe !

Il m'adressa un regard déconcerté, puis un autre, comme s'il ne comprenait pas bien de quoi je parlais.

– Peut-être vont-ils baisser un peu ?

- Ce serait toujours trop payer, sacré nom !

- Oui, mais si peu. Et puis ce sera la fin de la surenchère, ils ne pourront pas revenir une deuxième fois sur leur parole, quand même ? Quant à nous, nous serons sauvés.

Il avait raison, mais je n'étais pas d'humeur à entendre la vérité, et pendant qu'il continuait à jouer avec ses chiffres, je fis les cent pas dans la pièce, habité par une sensation de trahison et d'impuissance d'autant plus vive que je savais mes sentiments inopportuns.

– Les intérêts additionnels ne nous tueraient pas, annonça George. D'ailleurs écoutez, nous devrions mettre la main sur Alan et lui dire de s'occuper de ce...

– Pas le temps. Tout le problème est là, bon sang. Nous n'avons pas le temps.

Je m'arrêtai près de la fenêtre et laissai mon regard errer dans cette rue de Londres sans âme. A ce moment, ce qui me restait de ressentiment s'écoula hors de moi comme autant d'énergie inutile et je cédai à l'inévitable. Si j'avais été manœuvré quelque part, si j'avais été piégé, je n'avais pas encore été acheté, songeai-je. Et quiconque penserait autrement verrait vite la différence.

– Nous avons l'argent, admis-je.

– *Quoi ?*

– Nous avons une promesse de financement. Un investisseur privé.

– *Bonté divine !* Vous voulez dire que… mais alors…

Avec une précision théâtrale, quelques coups doucement frappés à la porte annoncèrent le retour de Howard.

– Je ne voudrais pas vous presser, fit-il avec son intonation la plus melliflue.

– Supposons juste que nous parvenions à un accord maintenant, dis-je, qu'est-ce qui se passerait en bas ?

– Ah… Le conseil annoncerait que nous reprenons votre offre en considération avec tout espoir de trouver une issue favorable.

– Et Donington ?

– Par voie de conséquence, cette offre-là deviendrait caduque.

– Et notre motion ?

– Tu préférerais la retirer, j'imagine.

Je pivotai sur mes talons et partis vers la porte. Puis j'attendis en haut des escaliers que Howard me rattrape.

– Un demi-million est une somme ridicule, dis-je tandis que nous descendions.

Il eut un petit rire.

– C'est ce que nous avons évalué, Hugh.

– Ne me raconte pas de salades, Howard. C'est juste pour sauver la face, n'est-ce pas ? Histoire pour ton conseil de retourner devant les actionnaires et de dire qu'ils leur ont trouvé un meilleur arrangement. Et en dessous de cinq cent mille, tu passerais pour un rigolo. Ce ne serait pas plutôt ça ? Alors qu'est-ce qui est arrivé avec Donington, dis ? Ils se sont complètement retirés ? Ils se sont aperçus qu'ils ne pouvaient pas faire affaire avec vous ?

– Rien de tout cela, affirma-t-il d'un air sûr de lui. Ils font toujours bien partie du jeu.

Howard était tellement bon menteur qu'il était impossible de savoir si ce qu'il disait avait un quelconque rapport avec la vérité.

Nous nous arrêtâmes un peu avant la salle de conférences et ce qui me tracassait toujours, c'était de ne pas comprendre ce qui se passait réellement.

Howard me considéra d'un air interrogateur.

– Alors on est d'accord ?

– Pas de marche arrière ? avertis-je.

– *Certainement pas !* s'exclama-t-il avec une expression de dignité offensée.

Je tendis la main.

– Tu topes à tes risques et périls, mon salaud, dis-je.

Il la saisit avec un sourire qui ressemblait à de l'affection.

– Je savais qu'on pourrait faire affaire, Hugh.

En le regardant s'éloigner, j'eus la sensation d'avoir fait un long trajet et d'être revenu à mon point de départ. Mais au moins, le caractère retors de Howard avait quelque chose de réconfortant et de familier.

Julia m'intercepta au moment où je rejoignais la réunion.

– Deux directeurs de société d'investissement sont arrivés ! me chuchota-t-elle avec enthousiasme. Il y en a un avec lequel j'ai discuté toute la semaine. Il vient de se présenter à l'instant et m'en a indiqué un second. Si ces deux-là ont pris la peine de se déplacer en personne, c'est qu'ils n'ont pas donné leur pouvoir ! Et ils ne sont peut-être pas les seuls : quelques directeurs de fonds de pension, peut-être. J'ai contacté tous les syndicats, vous savez, sans exception. Il pourrait y avoir un paquet de votes qui vont chercher preneur.

C'était peut-être cela : peut-être Howard m'avait-il menti en disant que le conseil d'administration de Cumberland avait le résultat dans la poche. Peut-être aurions-nous emporté le morceau avec un vote de défiance et aurions-nous économisé un demi-million de livres.

– Il pourrait se passer bien des choses, Julia.

En rejoignant la réunion, je sentis le message dans ma poche et les mots de Ginny revinrent planer dans ma mémoire comme un reproche : *Mary n'est pas la sœur de Howard pour rien.*

*
* *

Le cabinet de Grainger était situé dans un bâtiment sombre donnant sur une petite cour dissimulée de Inner Temple, au Palais de Justice, juste derrière les contreforts noircis de suie de l'église. La porte en retrait, avec son chapelet de noms, me rappelait ma vieille cage d'escalier à Trinity College, mais une fois à l'intérieur, toute ressemblance était bannie par la profusion de tapis et de spots, la tapisserie en tissu des murs et le brillant cossu des copies de meubles anciens.

La pièce qu'occupait Grainger était pourvue de rideaux outrageusement drapés sur des stores à la romaine assortis, de grandes reproductions impressionnistes, de lampes de table bulbeuses à abat-jour en soie pâle réparties un peu partout, et d'un faux feu de bois à gaz dans la cheminée. L'ensemble donnait l'impression d'un salon réaménagé, et seuls l'alignement de volumes de droit, sur le mur derrière nous, et le bureau démesuré, devant, avec ses piles de papiers et ses boîtes à archives, démentaient l'atmosphère ambiante d'élégante inactivité.

Tingwall était déjà là et embrassa chaleureusement Ginny sur les deux joues.

– Madame Wellesley..., fit Grainger en s'inclinant pour lui faire le baisemain.

Il lui indiqua un siège à une table étroite ajoutée en T au bureau géant. Tingwall et moi nous installâmes en face d'elle cependant que Grainger prit doctoralement sa place derrière le bureau comme un professeur face à ses étudiants.

Aussitôt le café servi, Grainger fixa ses yeux sur Ginny et commença sans préambule.

– Nous sommes devant une décision difficile, madame Wellesley. J'imagine que maître Tingwall vous en a déjà expliqué les grandes lignes, n'est-ce pas ?

– Oui, répondit Ginny d'une voix si basse qu'elle était à peine audible.

Elle paraissait fatiguée depuis quelques jours, en dépit – ou peut-être à cause – des somnifères qu'elle prenait en constante augmentation.

– Eh bien j'aimerais vous l'expliquer de nouveau, si vous n'y voyez pas d'inconvénient.

La solennité de ton de Grainger, son costume trois-pièces anthracite à fines rayures avec chaîne de montre en or au gilet, ses mains posément entrecroisées, ses cheveux grisonnants à la coupe impeccable et ses traits patriciens, tout contribuait à lui conférer un air d'autorité naturelle entièrement voulu et, d'après Tingwall, entièrement appris. En apparence, le style grand seigneur de Grainger et son accent traînant de Eton occultaient une enfance de pauvreté et de privations de fils de chômeur des mines du Yorkshire. Je n'aimais guère le personnage qu'il s'était choisi, mais je ne pouvais non plus l'en blâmer. Il devait dans son métier impressionner ses clients et intimider ses adversaires, même si je le soupçonnais d'obtenir parfois le résultat inverse.

– Madame Wellesley, commença-t-il d'une voix fluide, c'est une décision difficile parce qu'elle comporte un risque et que, aussi clairvoyants et lucides que nous puissions être dans notre approche des faits, il sera impossible de quantifier ces risques de façon tant soit peu précise. Tout ce que je puis faire est de vous exposer la situation telle que je la perçois, de vous expliquer en quoi consistent les deux principales stratégies qui s'offrent à vous et de vous donner mon avis sur la meilleure direction à prendre. Après cela, ladite décision vous appartiendra. Je ne pourrai pas la prendre à votre place.

Dans l'atmosphère feutrée de son cabinet, la voix de Grainger, qui m'avait tellement horripilé lors de l'audience de mise en liberté provisoire, se faisait moins interpellatrice, moins tonitruante, et prenait des inflexions plus intimes, presque mélodiques.

– Je comprends, fit Ginny avec un hochement de tête.

Grainger afficha une expression outrancière de concentration.

– Notre première option, donc, est de ne présenter aucune défense au stade de la mise en accusation et de laisser l'affaire aller sans opposition en cour d'assises. Ce qui implique une attente de peut-être six mois et une audience complète devant un juge et un jury. Bien entendu, les circonstances peuvent changer au cours de ces six mois, ce qui entraînerait une modification de l'accusation, ou évidemment de notre position à nous. Mais partons du principe que nous plaiderons non coupable en l'état actuel du chef d'inculpation, c'est-à-dire meurtre. La première chose à comprendre est qu'il s'agit d'une accusation très grave et que, si vous êtes reconnue coupable, vous irez en prison pour très longtemps.

Son visage prit un air de gravité de circonstance, sa voix une intonation compatissante, et je ne pus m'empêcher d'admirer son numéro d'acteur dont il semblait savourer chaque instant.

– La seconde chose à savoir est qu'un jury est totalement imprévisible, qu'il est absolument impossible de déterminer à l'avance comment il réagira à tel ou tel élément à charge. La seule constante est sa facilité à surprendre. (Il marqua une longue pause destinée à nous laisser le temps d'absorber ce qu'il considérait comme une vérité décourageante.) Cela étant, pour nous, l'avantage de laisser l'affaire aller sans opposition en cour d'assises est que l'accusation n'aura aucun moyen de connaître ou de tester à l'avance notre défense, ni bien entendu de se rendre compte des faiblesses de sa propre argumentation et d'y remédier. Nous aurons si l'on peut dire caché nos cartes. De cette façon, nous pouvons espérer réserver quelques petites surprises à la partie adverse (ses yeux brillèrent d'excitation à cette pensée) pour discréditer un témoin ou deux, pour travailler sur les failles de leur stratégie sans trop les prévenir de la nôtre. C'est une arme majeure dont un avocat de la défense répugne à se départir sans bonne raison.

Ginny rompit le bref silence qui s'ensuivit.

– Je me demandais...

– Oui, madame Wellesley ? relaya vivement Grainger quand il vit qu'elle n'arrivait pas à continuer.

– Devrai-je déposer moi-même ?

– C'est une chose dont nous ne déciderons que bien plus tard car il faudra y réfléchir très attentivement. Mais il est possible – juste possible – que nous soyons contre.

– Ah, contre..., répéta Ginny en écho avec ce qui pouvait être un soupçon de soulagement. (Elle cligna rapidement les paupières.) Excusez-moi, je vous ai interrompu.

Grainger esquissa un sourire et répéta son élégante démonstration d'entrecroisement de doigts.

– Venons-en à notre seconde option, reprit-il alors. Il s'agit de présenter une défense au stade de la mise en accusation avec pour objectif un abandon des poursuites avant que l'affaire ne soit renvoyée aux assises. Ce qui signifie opter pour ce qui s'appelle une mise en accusation à l'ancienne. Là, tous les éléments à charge sont produits devant – en général – un magistrat professionnel siégeant seul, les témoins majeurs comparaissent en personne, les éléments à charge peuvent être contestés ou soumis à examen contradictoire. En clair, la *seule* raison que l'on ait de choisir cette solution est d'estimer avoir une bonne chance de persuader le magistrat que l'accusation n'est pas fondée, qu'elle ne repose sur rien – *absolument rien.* Il doit être convaincu que les preuves fournies contre l'accusé sont si ténues ou si peu fiables qu'en cour d'assises, aucun jury ne pourrait raisonnablement rendre un verdict de culpabilité.

Le manque de fiabilité des preuves est suffisant en lui-même pour entraîner un non-lieu, *mais* (il leva un doigt) si la cour peut en plus être persuadée que nous avons une défense valable, alors il est évident que nos chances s'en trouveront grandement renforcées. (Il haussa les sourcils en direction de Tingwall.) Or de ce point de vue, il semblerait y avoir des développements assez prometteurs ?

Tingwall prit impatiemment le relais, ses yeux lançaient des éclairs.

– J'ai tenté un coup de dés. Armstrong, notre expert en empreintes, a demandé s'il pouvait s'entretenir avec l'expert de l'accusation. Apparemment, c'est très fréquent quand des experts de ce calibre veulent éviter ce qu'ils appellent de façon imagée une « comparaison des notes » au moment du procès. Armstrong a dit que c'était pour éviter une perte de temps à la cour, mais bon... peut-être préfèrent-ils aussi ne pas risquer de passer pour des incompétents. Quoi qu'il en soit, je lui ai donné le feu vert et le résultat a été qu'Armstrong a démontré par A plus B à son confrère de l'accusation où, d'après lui, il s'était trompé. L'autre a accepté de revoir sa copie. (Il marqua une pause pour ménager ses effets.) Il s'est finalement rétracté sur l'un des points de ressemblance. (Il pinça les lèvres comme s'il n'était pas sûr de parvenir à réprimer un sourire trop satisfait.) Ce qui signifie que l'accusation ne pourra plus le citer comme témoin à charge puisque quinze points de similitude entre deux empreintes ne sont pas suffisants !

– Nous ne pouvons bien entendu pas éliminer la possibilité que l'accusation trouve un ou deux autres experts à l'appui de sa thèse, fit doucement observer Grainger.

– Certes, concéda Tingwall à contrecœur.

– Mais supposons pour le moment qu'elle soit dans l'incapacité de produire d'élément à charge par les empreintes, poursuivit Grainger en levant la tête à cette pensée. Nous nous trouverions alors dans un cas de figure où l'accusation n'a aucune possibilité médico-légale de nous placer sur le lieu du crime. Pas la moindre. Inutile de vous dire que notre position en serait considérablement renforcée. *Seulement attention*, fit-il avec un air de mise en garde, le menton appuyé sur ses mains jointes, il arrive que des affaires soient renvoyées aux assises sur des preuves autres que médico-légales. C'est le premier point. Le second, c'est que l'accusation disposera toujours de son témoin oculaire. (Il s'empara d'une liasse de papiers agrafés et, chaussant des lunettes en demi-lune sur son nez, commença à feuilleter.) Il est impossible de prévoir, à partir de sa déposition, comment un témoin se comportera à la barre, à quel point il sera convaincant, mais si nous nous en tenons à ce qu'il a écrit, celui-ci paraît catégorique dans son identification de Mrs. Wellesley. Il déclare, fit-il en parcourant les lignes, s'être trouvé au bord du fleuve le samedi après-midi en question vers dix-sept heures, avoir vu une femme embarquer dans un canot et s'éloigner sur le fleuve. Il a reconnu Mrs. Virginia Wellesley en cette femme. Il l'a reconnue parce qu'apparemment, il aurait travaillé à Dittisham House comme jardinier quelques années plus tôt et qu'il ne peut pas se tromper sur la famille.

Etonné, je cherchai mentalement qui cela pouvait être.

– Le vieux Gordon ?

Grainger revint d'une pichenette à la première page.

– Il s'appelle... Gordon Latimer.

– Le vieux Gordon, donc, confirmai-je. Il doit bien avoir soixante-quinze ou quatre-vingts ans, pour dire le moins.

– Il n'existe pas encore de limite d'âge pour témoigner, commenta sèchement Grainger.

– Mais sa vue ne doit plus être très bonne...

– Il serait vain de conjecturer là-dessus tant que nous n'aurons pas la possibilité de procéder à un interrogatoire contradictoire, affirma-t-il catégoriquement. Pour l'instant, nous devons prendre cette déposition telle quelle et à mon avis, à moins que son auteur ne soit manifestement récusable, il est vraisemblable que ce témoignage suffira à renvoyer l'affaire aux assises.

Il ôta ses lunettes d'un geste preste qui me rappela tellement David que, l'espace d'un instant, j'eus l'impression étrange de me retrouver devant mon frère.

– Voyez-vous, madame Wellesley, reprit-il, dans votre déposition à la police, vous avez déclaré être allée une seule fois au bateau dans tout le week-end, le *dimanche*. Nulle part vous ne parlez du samedi. Ce qui nous place devant l'alternative suivante : soit nier la version des faits du témoin oculaire, soit l'accepter et expliquer pourquoi nous sommes allés au bateau le samedi et pourquoi nous l'avons dissimulé à la police. (Il fit pirouetter sa main, paume en l'air.) Vous saisissez le problème ?

– J'ai expliqué à..., commença Ginny en désignant Tingwall.

– Certes, fit doucement Grainger, j'ai lu votre compte

rendu des événements, madame Wellesley, je l'ai lu avec la plus grande attention. Mais si nous reconnaissons notre venue sur le bateau le jour du meurtre, avoir découvert le corps et l'avoir jeté dans l'eau, nous allons au-devant de graves difficultés. Premièrement, énuméra-t-il impitoyablement, pourquoi n'avons-nous pas signalé cette découverte sur le moment ? Secundo, reconnaître l'immersion va nous placer sous un jour extrêmement défavorable qui nous portera le plus grand préjudice. Car enfin, pour quelle raison aurions-nous pris de tels risques si ce n'était pour nous protéger, nous-mêmes ou quelqu'un de très proche ? (Il laissa cette pensée planer dans l'air un moment.) Tertio, si nous déclarons avoir essayé de protéger notre mari pour découvrir ensuite qu'il se trouvait à des kilomètres au moment du crime et ne pouvait donc l'avoir commis, quels suspects restera-t-il au jury pour désigner le meurtrier ? (Cela aussi entraîna un silence.) Quarto : sans trop vouloir disserter là-dessus, madame Wellesley, vont-ils nous croire ? Ginny tressaillit légèrement et baissa les yeux sur ses mains avant d'acquiescer de la tête.

– Oui, je vois le problème...

– S'il y avait une explication valable à votre présence sur le fleuve le samedi, raisonna Grainger, et une explication valable à votre dissimulation des faits à la police, alors oui, nous *pourrions* envisager d'avancer ces arguments. Mais je crains que présenter votre version des faits telle qu'elle est maintenant sans rien pour l'étayer ne soit... (Il prit une délicate inspiration.) Non, je ne pense pas que ce soit la meilleure solution. Vous comprenez ce que je veux dire, madame Wellesley ? Vous voyez les difficultés ?

Si j'avais nourri le moindre espoir de voir Ginny s'en tirer, il s'était bel et bien évaporé à présent. L'angoisse au cœur, je mesurai combien l'avenir était sombre pour elle, et que, même sans l'empreinte, les apparences étaient encore contre elle.

– Quelle défense nous conseillez-vous, alors ? demandai-je à Grainger.

Il baissa les yeux d'un air morne. Quand il les releva, ils avaient retrouvé une vivacité nouvelle.

– Au point où nous en sommes à présent, il me semble que la meilleure défense serait de jouer sur la personnalité. L'impossibilité pour quelqu'un d'aussi respectable, vertueux et fragile que Mrs. Wellesley de commettre un crime aussi hideux. Elle dont la vie a été tellement exemplaire, etc., etc. Elle qui ne ferait pas de mal à une mouche. Elle qui, asthmatique chronique, n'a souffert, à l'époque du crime, ni de crises d'angoisse, ni de crises de nerfs ni d'autres symptômes, paraissant au contraire en tous points parfaitement paisible. Votre frère, monsieur Wellesley, sera à cet égard un excellent témoin puisqu'il vous a vus tous les deux le samedi soir. D'autre part, du point de vue pratique, si Mrs. Wellesley avait commis cet acte terrible, n'aurait-elle pas été couverte de sang ? Comment aurait-elle pu se montrer plus tard dans la soirée sans une seule tache sur elle ? Vous pourrez attester, monsieur Wellesley, qu'elle était absolument normale et immaculée. Et ainsi de suite, et ainsi de suite. De cette façon, nous tenterons de faire appel à la fois au cœur et à la raison des jurés, nous essaierons de jeter le doute sur la validité de la déposition du témoin oculaire. Nous pourrions *grignoter* petit à petit en direction du doute raisonnable. N'oubliez pas que c'est cela, notre objectif : le *doute raisonnable*.

– Vous excluez donc la mise en accusation à l'ancienne ? intervint Tingwall d'une voix flûtée.

– Il s'agit de trouver l'équilibre entre ce que nous pouvons peut-être gagner et ce que nous devrons certainement payer, lança Grainger avec un air de grande sagacité. Tout tourne autour de ce témoin oculaire. Si nous jouons – j'utilise le verbe jouer à dessein – sur son manque de fiabilité, nous choisirons la mise en accusation à l'ancienne. L'enjeu sera grand. Le témoin est sujet à caution : nous avons tout à gagner, l'accusation s'écroule. Mais s'il se révèle inattaquable, alors pour un gain minime nous paierons le prix fort, celui d'avoir dévoilé notre défense. C'est une démarche très risquée. L'autre solution est de jouer la sécurité. De tenir nos cartes secrètes, d'essayer de prendre l'accusation au dépourvu et de faire appel au cœur et à la raison des jurés comme je l'ai indiqué tout à l'heure, auquel cas nous devrons attendre.

– C'est le conseil que vous nous donnez ? demandai-je.

Il tapota le bout de ses doigts les uns contre les autres tandis qu'il réfléchissait.

– Il est difficile de *conseiller* quand il s'agit d'un témoin oculaire qui est par définition un paramètre inconnu. Cependant, à en juger par sa déposition, fit-il en levant les yeux comme pour chercher une dernière miette d'inspiration, mon instinct – encore un mot que j'utilise à dessein – me dirait de laisser aller en cour d'assises. De nous en remettre à la bonne conscience de douze hommes et femmes et de ménager notre effet de surprise.

– Quand devrons-nous prendre une décision finale ? m'enquis-je.

Grainger se tourna vers Tingwall.

– Peut-être désirez-vous discuter ce point plus avant avec Mrs. Wellesley, maître ? Revenez me voir si vous avez des questions et prenons une décision, disons, dans une semaine ?

Nous nous levâmes tous et Grainger se dirigea vers la porte pour galamment l'ouvrir à Ginny. Laquelle s'arrêta devant lui au moment de sortir.

– J'ai une question, fit-elle à mi-voix et en fronçant les sourcils. Si le vieux Gordon est un bon témoin et s'il est absolument certain de m'avoir vue, n'aurais-je pas alors... intérêt à plaider coupable ?

– Absolument pas, protestai-je dans le silence tendu qui s'ensuivit.

Grainger observa Ginny un long moment.

– Dans certains cas, plaider coupable pour une sentence moindre peut être payant. Seulement, madame Wellesley, fit-il en plaquant son regard froid sur elle, il n'y a que vous qui puissiez dire si cette solution nous est offerte.

*
* *

– Pourquoi diable as-tu sorti ça ? explosai-je en slalomant de façon agressive entre les voitures.

Ginny regardait devant elle, le profil impénétrable.

– Parce qu'en fin de compte, ce sera peut-être ce qu'il y a de mieux.

– Mais tu ne peux pas plaider coupable d'un acte que tu n'as pas commis ! C'est ridicule.

– Il faut choisir la moins mauvaise solution. Tu as entendu ce qu'il a dit.

Le ton de sa voix ne laissait pas place à la réplique. C'était un point final.

– La moins mauvaise solution... Pour l'amour du ciel, Ginny, comment peux-tu seulement y songer ? (Je ne cessais de la regarder de côté mais elle demeura muette.) Promets-moi de ne pas l'envisager.

– Mais le vieux Gordon était là, répondit-elle enfin. Bien sûr, qu'il m'a vue. Il m'a même fait signe de la tête. Il était juste à quelques mètres de moi.

– Ginny, je t'en *supplie*... c'est encore tôt, tout peut arriver. Des faits nouveaux, je ne sais pas... des témoins qui se présentent, quelqu'un qui...

Je m'interrompis, en proie à un soudain accablement, sachant que je ne pouvais plus repousser davantage le problème de David. J'avais passé la plus grande partie des deux dernières journées à me persuader qu'il n'était pas besoin de l'entraîner dans notre cauchemar, qu'il ne pouvait en rien intervenir dans l'affaire de Ginny. Pourtant, trop de points de son histoire étaient demeurés dans l'ombre, ses omissions et ses dérobades m'avaient laissé le détestable soupçon qu'il était resté en deçà de la vérité.

Percevant quelque peu mon trouble, elle se tourna vers moi. Je ne lui avais pas parlé des révélations de David, en partie parce que j'avais fini par pactiser avec, en partie parce que leurs implications me faisaient trop peur.

– Ecoute, commençai-je à contrecœur, il y a eu du nouveau. Je n'ai pas eu l'occasion de t'en parler avant. Ou plutôt si, confessai-je, mais je n'ai pas pu, ça me rendait trop malade, trop... C'est que, vois-tu... (ma gorge se serra, je parvins à peine à articuler)... je n'étais pas le seul à avoir une liaison avec Sylvie. (Une nouvelle bouffée d'incrédulité m'envahit.) David aussi. David a eu une liaison torride avec elle. Pendant tout l'hiver dernier, et la plus grande partie de l'été. Ils se rencontraient sur le bateau, à certains moments du moins. Et je crois – je dus me forcer à articuler les mots – je crois qu'il était sur le bateau ce jour-là. En tout cas il ne l'a pas nié, sacré nom ! Je crois qu'il y était et je crois... oh et puis *merde* !

Mes émotions remontèrent soudain à la surface, la route se brouilla devant moi.

– Arrête-toi, supplia Ginny en jetant des regards inquiets sur la circulation autour de nous. Arrête, *s'il te plaît* !

Je me rabattis d'un coup vers le trottoir au milieu d'un concert de Klaxon de protestations. Je sortis un mouchoir et m'en frottai furieusement les yeux.

– *David aussi !* répéta Ginny comme si elle venait juste de comprendre ce que j'avais dit. Pendant tout l'hiver ?

– Et l'été.

– C'était sérieux, donc, fit-elle en déglutissant avec peine.

– Sérieux ? m'esclaffai-je. Je ne crois pas que c'était exactement de *l'amour*, d'après ce qu'il m'a dit, mais plutôt une question de sexe. De sexe et de drogue. Il lui permettait de se fournir en drogue. (J'en accentuai plus ou moins intentionnellement l'aspect sordide.) Il jure ses grands dieux que ça n'allait pas plus loin, que ce n'était qu'une liaison, que ça s'est terminé en queue de poisson. Tout ce que je sais, moi, c'est qu'ils se rencontraient régulièrement sur le bateau et qu'il n'a pas nié y être allé ce jour-là ! Il n'a pas... (Je contins une nouvelle fois un bouillonnement d'émotions.) Bon Dieu, si jamais il m'a menti, je lui fais sa saleté de peau !

Et même en disant cela, me revint le vieil instinct de le prendre sous mon aile, de le protéger.

Ginny avait les yeux fixés devant elle, le regard vide.

– Dis-moi, murmura-t-elle en une réflexion rétrospective, qu'est-ce qu'elle avait de si spécial ? Qu'est-ce que vous lui avez trouvé, qui vous fasse oublier tout et tout le monde ?

Je me mouchai violemment, pris mon temps pour réfléchir et ne pus que répondre « Je ne sais pas ».

– C'est peut-être justement cela, ajoutai-je : le fait qu'on ne puisse la cerner, qu'elle soit ce qu'on voulait qu'elle soit. Elle donnait une impression de liberté, de tout rendre possible.

Elle eut un marmonnement ironique comme pour dire « Au contraire de moi, qui te coupais les ailes ».

– Et sexuellement ? demanda-t-elle. C'était tellement extraordinaire ?

Il est des vérités qui ne sont pas bonnes à dire, aussi m'apprêtai-je à mentir.

– Il y avait surtout l'attrait du fruit défendu, comme on dit. Devoir se cacher, risquer d'être découvert – oui, de ce point de vue-là, c'était excitant.

– Elle n'avait aucun talent spécial que je n'avais pas ?

– Non, répondis-je en essayant de bannir de mon esprit les images de Sylvie débridée, dans ses œuvres les plus osées. Rien de ce côté-là.

– *David aussi, donc !* (Revenant à cette idée, elle secoua la tête.) Il paraissait tellement à l'abri de tout ça, de l'émotion et de la passion. Elle devait vraiment avoir quelque chose.

De l'attirance et pas de conscience, répondis-je en moi-même.

Ginny inspira une bouffée de son inhalateur et toussa deux ou trois fois. Une nouvelle cohorte de voitures nous croisa et le bruit sembla emplir la voiture. Je remis le contact et démarrai.

– Alors tu penses que..., commença Ginny sur un ton hésitant.

– Je ne sais pas quoi penser !

Son regard ne me lâchait pas.

– Que comptes-tu faire ?

– Je vais aller le voir, décidai-je.

– Et après ?

– Après, pas la moindre idée ! répondis-je sèchement, ne voulant pas imaginer ce que deviendrait la vie de David s'il était interrogé par la police.

Elle resta silencieuse un moment.

– Ne préjuge pas trop, dit-elle enfin.

Ma tête pivota vers elle, je faillis griller un feu rouge.

– Que veux-tu dire ?

– Ne pense pas au pire.

– Je ne pense rien du tout ! m'écriai-je, piqué au vif car elle avait vu juste.

*
* *

Quand nous arrivâmes à la maison, au crépuscule, la silhouette de Julia apparut à la porte, trois ballons aux vives couleurs dans une main, une bouteille de champagne dans l'autre, et les agitant comme un sémaphore.

– L'affaire est faite ! nous cria-t-elle avant d'annoncer théâtralement au pays tout entier, les bras largement écartés : Hartford est à vous !

– Dieux du ciel ! m'écriai-je avec un rire hésitant.

– L'événement le plus mérité de l'année ! (Elle se précipita sur moi avec ballons et champagne.) George vient d'appeler. C'est dans la poche ! (Elle étreignit Ginny.) *Et en plus*... (Elle eut un autre geste majestueux des deux bras.) La maison : les acheteurs ont signé ! Elle a été vendue à trois heures cet après-midi ! Vous voyez qu'un bonheur n'arrive jamais seul !

Je parvins à sourire non seulement parce que l'humeur était à l'allégresse, mais parce que j'étais réellement heureux, au fond de moi. Heureux pour George et tous ceux de Hartford, heureux pour Ginny qui pourrait enfin s'attaquer au déménagement, heureux pour moi aussi, bien qu'à l'ombre de tous les autres problèmes, le plaisir apparût comme une émotion bien falote.

Le cabinet de David m'informa qu'il était en rendez-vous extérieur. Je laissai un message sur son bip puis, non sans une certaine hésitation, essayai Furze Lodge.

Mary décrocha.

– Je suppose que les félicitations les plus chaleureuses sont de mise ! s'écria-t-elle. Je suis du fond du cœur ravie, Hugh ! Quel triomphe ! Quel bonheur pour toi !

– Absolument. Et cela grâce à toi, Mary.

– Tu sais... disons que je suis fière d'y être pour quelque chose. Fière, oui. Et je sais que tu réussiras, je n'en ai jamais douté.

– Je ferai de mon mieux.

– Tu dois être aux anges !

– Oui.

Elle changea de ton.

– Tu n'as pas l'air si content que ça.

– Je suis juste incroyablement fatigué, c'est tout. Je n'ai pas encore assimilé. (J'essayai de détendre ma voix.) David sera là, ce soir ?

– Ce soir ? Attends un peu... L'agenda, l'agenda... (Je l'entendis chercher à l'autre bout du fil.) Ah, voilà. Il devrait venir vers sept heures et demie. En théorie, du moins.

– Si tu l'as au téléphone, pourrais-tu lui dire que j'aurai besoin de le voir ?

– Quoi... ce soir ?

– Je serai chez vous à huit heures.

Il y eut un bref silence.

– Puis-je lui dire de quoi il s'agit ? demanda-t-elle d'une voix tendue par la curiosité.

– Oh, juste... un problème juridique, répondis-je en prenant la première chose qui me vint à l'esprit.

– A propos du rachat ?

Je me sentis acculé.

– A propos des biens de Papa, en fait.

– *Des biens de Papa ?* répéta-t-elle sans essayer de masquer sa surprise. Et c'est urgent ?

– Je voudrais m'enlever ça de l'esprit.

– Mais tu as l'air si sombre, Hugh. Il y a quelque chose qui ne va pas ? Ce n'est pas Ginny, j'espère ?

– Non. Non, vraiment.

– Bon, si tu ne veux rien me dire…

– Il n'y a rien à dire, m'obstinai-je.

Sa vexation était palpable.

– Tu prendras bien quelque chose pour dîner, quand même ?

– Non, Mary.

– Bon, je préviendrai David de ton passage.

Elle raccrocha d'un air blessé.

Je pris le temps d'envoyer un bref appel de félicitations à George qui, au bruit que j'entendis, devait être en train de faire la fête avec l'ensemble du personnel de Hartford, puis de jeter un coup d'œil sur le courrier et sur les messages que Julia avait classés par ordre d'importance. Je passai rapidement les lettres en revue jusqu'à ce que je tombe sur une enveloppe non ouverte portant la mention « Strictement confidentiel ». Elle venait de Jones. Je m'assis et la parcourus d'abord rapidement, puis une seconde fois plus attentivement.

*« … Rien n'est intervenu pour modifier ma première opinion, … elle souffre de délire paranoïaque avec des tendances marquées à la psychose de persécution… se retranche de plus en plus dans l'irréalité… se convainc être l'objet de machinations parmi lesquelles l'idée que je lui serais hostile et que je chercherais à lui nuire. Je crains, si elle continue à refuser de prendre son traitement, qu'elle ne s'expose à une crise majeure… »*

Un frisson me parcourut et je relus la lettre une troisième fois avant de l'enfermer dans un tiroir.

Sentant peser sur moi un nouveau sentiment d'urgence, je revins au salon pour la retrouver en pleine conversation avec Julia. Elle leva les yeux quand elle me vit.

– Tu t'en vas maintenant ? Ce ne serait pas mieux d'attendre jusqu'à demain ?

– Non. Non, je dois partir tout de suite.

Elle inclina la tête pour recevoir un baiser.

– Ça ira ? demandai-je de façon quelque peu perfide en cherchant dans son expression des signes de crise imminente.

Ginny dut percevoir mon appréhension.

– Oui, pourquoi ? répondit-elle en fronçant le sourcil.

– Je vais me faire un lit de fortune pour la nuit, si ça ne dérange pas, annonça Julia. Les routes ne sont pas sûres.

Elle leva son verre et m'adressa un regard entendu.

Ginny se leva soudain et me suivit dans le hall.

– Tu n'oublieras pas, dit-elle nerveusement dans un souffle.

– Quoi donc ?

– Ne préjuge pas.

– Tu parles comme si j'étais déraisonnable, fis-je sur un ton accusateur. Mais bon sang, Ginny, quelqu'un a tué Sylvie !

Elle baissa les yeux.

– Oui.

Elle m'embrassa de nouveau. Ses lèvres étaient froides contre ma joue.

★

★ ★

– Il a été retardé. Une urgence, fit Mary en refermant la porte derrière moi. Viens prendre un bon verre de quelque chose. Tu dois être épuisé.

Elle me précéda au salon et ouvrit le bar.

– Un whisky, s'il te plaît.

Elle en versa un verre et, en me l'apportant, vint se placer tout près de moi avec un grand sourire.

– Alors maintenant, qu'est-ce que c'est que cette histoire ? demanda-t-elle. Qu'est-ce qui se passe ?

– Ce qui se passe ?

– Oui, pourquoi es-tu ici ?

– Je te l'ai dit.

– A d'autres, fit-elle avec un sourire réprobateur qui montra qu'elle n'était pas dupe.

– C'est un peu difficile à expliquer, Mary, répondis-je d'un air navré.

– Allons, je t'en prie, fit-elle, le ton enjôleur. David et moi n'avons pas de secrets.

« Tout le monde a des secrets », eus-je envie de répondre. Au lieu de quoi je marmonnai :

– Adresse-toi à lui, alors.

Mon intention n'était pas de l'envoyer promener et je levai la main comme pour retirer mes paroles, mais une expression déterminée s'était déjà installée sur le visage de Mary. Me prenant par le bras, elle me dirigea vers un fauteuil, à côté de la cheminée, tira un tabouret face à moi puis s'assit son genou touchant presque le mien, comme elle l'avait fait ces dernières semaines à Dittisham House. Me rappelant mes longs épanchements sans retenue à propos de Sylvie, j'éprouvai un brusque et tardif sentiment de vulnérabilité, l'impression de m'être trop livré.

– Hugh..., commença-t-elle avec l'un de ses plus chaleureux sourires, je t'aime beaucoup, tu le sais. Après David, après les enfants... tu m'es sans doute la personne la plus précieuse au monde, et je tiens par-dessus tout à ce que tu sois bien, à ce que tu sois heureux, à ce que vous vous sortiez, Ginny et toi, de cette horrible affaire. (Le sourire revint, qui ne parvint néanmoins pas à illuminer la lassitude de ses traits.) Mais, Hugh très cher, tu aurais grand tort de croire que David détient la clé de tes problèmes.

Sa voix était devenue plus grave. Ses yeux me scrutèrent ardemment pour voir si j'avais saisi son message.

Elle m'avait pris totalement à contre-pied.

– Mes problèmes ? Je ne comprends pas, bredouillai-je, craignant de trop bien comprendre au contraire.

– Hugh très cher, recommença-t-elle en me jaugeant toujours du regard, je crois que tu te fais sur David certaines idées complètement fausses.

– Ah ?

– Je t'assure, affirma-t-elle catégoriquement avant de poursuivre avec une moue dédaigneuse. Oui, il s'est fait dévoyer par cette femme (elle eut un ricanement de mépris), comme on dit. Oui, il s'est laissé tourner la tête – tu es bien placé pour comprendre. Mais c'est tout, Hugh. (Elle secoua catégoriquement la tête.) Absolument tout.

Je la regardai, ébahi.

– Tu étais au courant ?

– Bien sûr, déclara-t-elle avec une touche de fierté. L'épouse qui tombe des nues, c'est pas mon genre. J'ai compris tout de suite. Je suis ce qu'on veut sauf idiote. Tu parles, il y avait un millier de détails.

– Et tu n'as jamais rien dit ?

– Non, ce ne pouvait être qu'une passade, au rythme où elle les faisait défiler. Au suivant ! Comme des tickets-repas. Je savais qu'elle disparaîtrait tôt ou tard. (Elle eut un haussement d'épaules dédaigneux.) Et j'avais raison. Elle l'a balancé en beauté, pas vrai ? Certes, il a accusé le coup un moment, avec son air de chien battu, mais plus par fierté blessée qu'autre chose. Le besoin de se rassurer, de savoir qu'à son âge, il pouvait encore *tomber les minettes* (elle employa l'expression avec sarcasme en levant les yeux au ciel), ce genre de trucs. Il s'est trouvé largué en un rien de temps. Je savais que ça arriverait. Mais, Hugh (elle se pencha en avant, bras appuyés sur ses genoux, le regard rivé sur le mien), c'est tout ce qu'il y a eu. Il ne mérite pas de voir sa carrière anéantie, sa vie détruite. Vraiment pas.

J'étais en proie à l'énorme tension d'un conflit entre mon instinct et mon sens de la loyauté.

– Il y avait pourtant quelqu'un sur le bateau ce jour-là, parvins-je à articuler, le visage crispé.

– Pas David, fit-elle avec un regard attendri. Ce ne peut pas être lui. Il a eu des patients toute la matinée, nous avons déjeuné ensemble, et puis il a participé à une réunion avec ses associés qui a duré presque tout l'après-midi. (Elle se montrait d'une grande douceur avec moi, à présent.) Il n'y a pas un seul instant dans sa journée dont il ne puisse rendre compte.

J'étais partagé entre accepter cela et m'insurger, crier : « Tu peux difficilement dire autre chose, voyons ! »

– Je sais que ça ne doit pas te paraître évident, reconnut-elle sur le même ton compréhensif, mais je te le *promets* : il n'était pas là-bas. Il n'a pas pu y être.

Je dus me montrer sceptique car une lueur d'exaspération passa dans ses yeux et elle poursuivit avec une véhémence renouvelée.

– Tu ne vas pas détruire son existence, Hugh ! Et pour quoi ? Pour une *liaison* ! Avec une personne comme *ça* ! C'est trop atroce. Trop… injuste. Ce serait mal me remercier.

Un frisson soudain me parcourut l'échine.

– Te remercier ?

Elle baissa les yeux et fit le geste de retirer cette remarque.

– Promets-moi seulement, dit-elle en relevant les yeux sur les miens, de ne pas détruire sa vie – *notre* vie – pour rien.

Je songeai à Ginny, à tout ce que nous avions traversé, et mon cœur se durcit.

– Je ne peux pas, Mary. Je ne puis rien te promettre.

Une succession d'émotions violentes passa sur son visage, ses traits devinrent graves. Elle reprit la parole d'une voix frémissante.

– J'ai pris des risques pour toi, Hugh. Je t'ai protégé, je t'ai aidé, j'ai *menti* pour toi. Alors ne me fais pas ça. Ne me paie pas de retour de cette façon.

– Si c'est question de payer de retour, répondis-je sèchement, tu peux le garder, ton argent. Il ne m'intéresse pas.

Elle me décocha un coup d'œil furieux.

– Mais je ne te parle pas d'*argent*, sacré nom !

Nous nous toisâmes du regard, séparés par un abîme d'incompréhension.

– *Menti pour moi*, répétai-je en écho à ces mots qui résonnaient dans ma tête. Je suis navré que tu te sois aussi sentie obligée de mentir pour moi.

– Pas pour toi, en fait.

– Pour qui, alors ?

Elle secoua la tête comme si elle avait déjà trop parlé.

– Laisse tomber, je t'en prie. Arrêtons là.

Quelque chose dans son attitude me poussait néanmoins vers l'avant, l'impression d'être au bord de révélations capitales et je ressentais les heurts d'une peur étrange.

– Tu en as trop dit ou pas assez.

Elle continuait à secouer la tête.

– Si seulement tu pouvais comprendre que David n'est pas impliqué là-dedans, si seulement tu pouvais me croire…

Ses yeux s'emplirent de larmes. Je ne l'avais jamais vue ainsi bouleversée auparavant.

– Mary, non, pas ça.

– Excuse-moi, dit-elle en faisant effort pour se ressaisir. Je ne voulais pas… (Elle chercha un mouchoir dans sa manche.) Mais, Hugh… promets-moi, je t'en supplie.

– Je ne peux pas, Mary. Il m'est impossible de promettre une chose pareille.

Un frisson lui parcourut tout le corps.

– Dieu que j'aurais voulu éviter d'en arriver là ! sanglota-t-elle. Ne pas avoir à dire un mot – jamais, jamais ! Au moins t'épargner cette peine. (Elle renifla violemment et s'essuya les yeux. Quand elle les rouvrit vers moi, son maquillage avait coulé, une traînée bleue descendait sur sa joue.) Et crois-moi, je t'en supplie crois-moi, je ne te fais pas de chantage – je serais consternée que tu le penses ! Pas question pour moi d'aller à la police ! Plutôt mourir que moucharder ! Mais, Hugh, tu dois comprendre que ce n'était pas David. Mets-toi bien ça dans la tête !

Ses circonvolutions ne faisaient que renforcer mon sombre pressentiment.

– Je ne leur dirai jamais rien, jamais ! insista-t-elle avant de se calmer et de se tamponner de nouveau les yeux. Je continuerai à leur mentir encore et contre tout. (Elle prit une violente inspiration.) Parce que je l'ai déjà fait, vois-tu, je ne leur ai pas dit la vérité la première fois. Quand David et moi sommes allés donner nos empreintes, ils m'ont posé des questions sur ce jour où elle est morte : est-ce que je savais quelque chose, est-ce que j'avais vu quelque chose ? J'ai répondu que non. En fait… ce n'était pas vrai. (Elle s'interrompit et me regarda avec anxiété, comme s'il était encore temps d'éviter ce moment de vérité.) J'ai vu Ginny, vois-tu. J'étais à Dittisham House avec Mrs. Perry et j'ai vu Ginny.

J'avais toujours les yeux rivés sur elle.

– J'étais dans l'ancienne chambre de David, commença-t-elle doucement. En regardant du côté du fleuve, j'ai vu un dinghy amarré au *Ellie*. Je savais que ce ne pouvait être David, il était à la réunion des associés. J'ai alors pensé à quelqu'un du chantier naval. Il y avait des jumelles près de la fenêtre. Je les ai prises, et c'est là que j'ai vu une silhouette monter sur le pont. (Elle eut un petit frisson.) C'était cette fille. Je ne pouvais pas me tromper, avec ses cheveux longs et ses vêtements serrés, c'était bien elle. Alors comme tu peux l'imaginer, j'ai tout de suite cru qu'elle rôdait par là dans l'espoir de voir David, qu'elle essayait de lui remettre le grappin dessus. La rage était en train de me prendre quand… quand… oh, Hugh… (Son visage se crispa, elle serra les lèvres l'une contre l'autre, et quand elle put enfin parler, ce fut sur un ton aigu de désespoir.) Ginny… est arrivée. Dans un dinghy. Elle a ramé jusqu'au bateau. Quand elle est arrivée, elle a parlé avec… l'autre. Pendant une minute, à peu près. Et après…

Ses lèvres bougeaient mais aucun son ne sortait.

– Après ?

Elle se força à poursuivre.

– Après… Ginny est montée à bord. Elles ont… encore parlé. Je crois qu'elles se… Non, je ne pourrais pas dire à cette distance. Disons qu'elles parlaient. Et là… (Chaque mot lui coûtait un effort terrible.) … elles sont toutes les deux… descendues. Dans la cabine.

Mon esprit restait froid et clair, c'est mon imagination qui se brouillait. J'entrevis effectivement deux silhouettes emprunter la descente vers la cabine, mais elles étaient trop lointaines et restèrent dans le flou.

– Es-tu bien sûre que c'était Ginny ? demandai-je.

Mary confirma tristement de la tête.

– D'aussi loin ?

– Hugh, n'en doute pas, c'est bien la dernière personne que je m'attendais à voir là. Je n'en croyais pas mes yeux, au début. J'ai bien regardé. Mais cette chevelure – personne n'a des cheveux comme Ginny, personne. Et elle portait sa veste rose foncé, tu sais, un peu couleur framboise. Je me la rappelais bien, une si jolie veste. Elle avait aussi la longue écharpe vaporeuse assortie qu'elle avait déjà mise avec auparavant. Elégante comme ça, elle n'était pas vraiment en tenue pour aller sur l'eau. Enfin, elle s'est tournée vers moi. (Elle exhala un soupir amer.) C'était elle.

Je restai silencieux pendant un moment.

– Continue, murmurai-je enfin.

Elle poursuivit d'une voix atone.

– Eh bien... j'ai attendu un peu, mais Mrs. Perry devait rentrer et il fallait que je la raccompagne. Il était plus de cinq heures. Je n'arrêtais pas d'aller à la fenêtre jeter des coups d'œil, mais il n'y avait plus signe de vie à bord. J'ai pensé... en fait, je ne savais pas quoi penser. Peut-être que Ginny la connaissait et qu'elles s'étaient mises d'accord pour... (Soudain insatisfaite de cette idée, elle l'abandonna d'un mouvement de tête.) J'ai regardé une dernière fois avant de partir, mais je n'ai rien vu. (Ses derniers mots ne furent qu'un murmure.) Il ne restait plus que les deux dinghies.

Le silence qui suivit ne fut interrompu que par les soupirs de Mary.

– Hugh, dit-elle enfin, je suis navrée d'avoir été obligée... qu'il ait fallu que tu saches.

Je revis Ginny telle qu'elle était apparue cette nuit-là, je revis la veste rose framboise et la longue écharpe vaporeuse fourrée dans une poche. Un calme étrange se répandit en moi, le calme qui vient à la fin d'un long et pénible voyage.

# 15

Le froid s'était installé furtivement comme une main glacée venant des ténèbres de la lande. En sortant du lit, je remarquai le givre sur les vitres de la fenêtre. Il avait commencé à geler deux semaines avant Noël, et dix jours après, il n'y avait toujours pas le moindre signe de redoux. Je partis à tâtons vers la salle de bains, allumai une lumière et jetai un coup d'œil à ma montre : pas encore sept heures. J'enfilai un peignoir et descendis l'étroit escalier du cottage en direction de la chaudière pour voir si je pouvais la mettre en activité. Je donnai quelques rotations au thermostat, vérifiai le programmateur horaire et gratifiai la pompe d'une solide bourrade. Avec un ébrouement plaintif, l'antique fourneau se remit capricieusement en action. La chaudière ne constituait pas l'unique engin primitif du cottage loué : la cuisinière était lente, le frigo d'un autre âge, et par ces frimas, le chemin pentu qui grimpait depuis la route était verglacé et traître. Mais Ginny aimait cet endroit, elle s'y sentait en sécurité et il ne se situait qu'à une vingtaine de minutes de Hartford. Tout bien considéré, il conservait des atouts. Nous ne devions plus y rester très longtemps, de toute façon. Melton vendue et Glebe Place sur le point de l'être, les différents emprunts pratiquement remboursés, nous pourrions bientôt songer à acheter un nouvel endroit. Je consacrais une grande partie de mon temps à ce genre de questions pratiques. Je m'en submergeais littéralement. Je gardais ainsi l'illusion d'être utile à quelque chose.

Je me faisais du café dans cette cuisine toujours aussi étrangère lorsque j'entendis les lattes du plancher craquer au-dessus de ma tête. Je préparai un plateau pour Ginny avec des fruits et deux Cracottes, ce qui constituait l'essentiel de son alimentation du moment. Je la trouvai en train de se faire couler un bain. Sa maigreur, en la voyant nue, m'effraya et je dus me retenir de lui en faire la remarque. Elle me dit bonjour avec un pâle sourire.

– Tu prends le thé ici ? demandai-je.

– S'il te plaît.

Le plateau du matin était l'un de nos petits rituels où Ginny faisait semblant de manger. Normalement, je passais en premier dans la salle de bains pour être prêt à partir vers huit heures, mais depuis que la procédure de mise en accusation avait débuté, nous avions changé nos horaires, et à présent, Ginny prenait son bain en premier cependant que je sirotais mon café en face des infos du matin.

– J'ai fini, annonça-t-elle dix minutes plus tard en passant devant moi pour aller à la penderie. Je ne sais pas quoi me mettre. Qu'est-ce que tu en penses ?

Nous nous approchâmes des portemanteaux. Nous avions déjà opté pour quelque chose de pas trop voyant. Elle s'était mise en gris le premier jour et en bleu marine le deuxième.

– La noire ? suggérai-je.

– Mmm... oui. Mais il faut quelque chose pour l'adoucir un peu. (Elle sortit une écharpe d'un bleu léger.) Comme ça ?

– Parfait.

Ginny était toujours parfaite dans sa mise. Je pensai au juge d'instruction venu de Londres entendre l'affaire et, bien qu'il fût sans doute le plus intègre des hommes, je ne pouvais imaginer qu'il serait totalement insensible à l'apparence physique et que Ginny, avec sa délicate et discrète féminité, ne ferait pas bonne impression.

Une fois vêtus, nous fûmes prêts à partir pour Exeter. Au bout de deux jours, ces départs avaient eux aussi engendré un certain rituel. Je demandai à Ginny de vérifier si elle avait ses deux inhalateurs pleins, elle me demanda si j'avais ma mallette. J'étais sûr qu'elle n'aurait pas assez chaud : elle me répondit que je me faisais trop de souci. Ces petites attentions pleines de sollicitude nous permettaient de garder notre couple à flot, de conserver un semblant de calme.

Le chemin avait été sablé, mais une légère couche de neige fraîche s'était transformée en verglas pendant la nuit, et bien que je me fusse engagé avec moult précautions, je sentis les roues patiner dans la dernière courbe. Un instant plus tard, l'arrière de la voiture heurtait le mur de terre et nous commençâmes à glisser en crabe vers la route. Au dernier moment, les freins mordirent et la voiture s'arrêta, le museau dépassant d'un mètre sur la route. J'eus à peine le temps de faire marche arrière sur le chemin au passage en trombe d'un autre véhicule, Klaxon bloqué.

– Il faudra que je remette du sable, dis-je quand je fus revenu de ma frayeur.

Ginny gardait la tête appuyée contre le dossier du siège, les yeux plissés, le souffle court.

– Ça va ? demandai-je.

– Oui, ouf, bredouilla-t-elle d'une voix sèche.

– Respire bien, conseillai-je. Doucement, apaise-toi. On a tout le temps. On n'est pas pressés.

Je lui fis desserrer les poings, décontracter les épaules, et lui remontai autour du cou le col de son manteau.

Elle émit un petit rire haletant.

– Qu'est-ce que je ferais sans toi ? (Prenant de longues inspirations régulières, elle rouvrit les yeux et tourna la tête de mon côté.) Vraiment, je ne sais pas. Je n'aurais certainement pas pu supporter ce procès. Pas si tu n'avais cru en moi. (Elle prit ma main et l'appuya contre sa joue.) J'ai parfois l'impression que Grainger… non, il ne croit pas en moi, lui. Il ne dit rien, bien sûr, mais depuis que je lui ai demandé si je n'aurais pas intérêt à plaider coupable, il ne m'a plus jamais regardée dans les yeux. Je suis sûre qu'il me soupçonne ! (Elle ponctua ces mots d'un petit rire ironique qui eut du mal à sortir.) Quant à Charles, ajouta-t-elle avec une soudaine perplexité, je me demande s'il n'a pas des doutes, lui aussi.

– Ça, ce n'est pas vrai, contestai-je. Charles n'a pas le moindre doute. Honnêtement.

Elle fronça les sourcils, peu convaincue de pouvoir prendre cette protestation d'honnêteté pour argent comptant.

– En tout cas, fit-elle avec un entrain un peu forcé, tu es la seule personne qui importe. Du moment que toi, tu me crois, le reste du monde peut bien…

Elle disqualifia le reste du monde d'un secouement de tête. Je soutins son regard autant que je pus. Je ne savais quoi dire. Elle approcha son visage du mien.

– Merci, chéri. Merci de me donner la chose la plus importante qui soit.

Je lus la détresse de son regard. Et sa vulnérabilité. J'esquissai un sourire, eus un vague haussement d'épaules et murmurai « Mon cœur... », saisi d'émotions si poignantes que ce fut tout ce que je pus faire pour les empêcher de transparaître sur mon visage.

– Je t'aime, affirma-t-elle avec véhémence.

– Je t'aime, moi aussi.

Ses yeux ne me quittèrent pas, mais je vis passer en eux une lueur de perplexité, comme si elle avait distingué dans mon expression quelque chose qui la troublait.

– Tout se passera bien, chérie, me hâtai-je d'ajouter. Je le sens.

Ses paupières battirent, elle acquiesça nerveusement de la tête puis, serrant ses bras autour de son corps, elle se radossa à son siège.

Je réglai le chauffage et nous redémarrâmes. Redoutant le verglas, je me concentrai sur ma conduite, mais la route avait été salée et me parut finalement sûre.

– Je suis certain que tu as tort, à propos de Grainger, repris-je après un silence de plusieurs minutes. Il est à fond avec toi, je pense.

– Etre avec moi est une chose. Me croire en est une autre.

– Il paraît assez optimiste. Je présume qu'il est finalement heureux que tu aies choisi la mise en accusation à l'ancienne.

– Je crois surtout qu'il est joueur quoi qu'il en dise, observa-t-elle, décochant l'une de ses intuitions acérées. Il aime le risque.

J'avais bien pris garde à me mettre en retrait dans le choix de la procédure de mise en accusation. J'avais laissé Ginny en discuter seule avec Tingwall et n'étais pratiquement pas intervenu lors d'un second entretien avec Grainger. J'avais écouté les incertitudes angoissées de Ginny, j'avais compati avec elle dans son dilemme, mais j'étais parvenu à ne pas livrer d'opinion tranchée. Je comprenais la solitude du prêtre qui en a trop entendu et qui doit rester silencieux.

Une fois la décision prise de se défendre dès la mise en accusation et la date définitivement arrêtée, Ginny avait commencé à donner des signes de tension nerveuse, comme si elle ne se rendait que trop compte de ce qui l'attendait. Elle avait passé les semaines intermédiaires en proie à des crises d'asthme et d'autres réactions nerveuses qui la tenaient fréquemment au lit pendant des heures d'affilée. Elle n'avait cessé de perdre du poids et de cligner les paupières de façon de plus en plus prononcée. Elle criait souvent pendant la nuit, et ces hurlements soudains me laissaient réveillé en sursaut, le cœur battant dans ma poitrine.

Lorsque nous entrâmes dans le bureau de Tingwall, cependant, rien de tout cela n'était visible. Elle affichait en public un masque de sérénité, de calme acceptation de son sort avec une maîtrise qui força mon admiration.

Tingwall était comme moi sur des charbons ardents. Quand nous nous installâmes pour notre récapitulation quotidienne, son sourire fut un véritable étalage de dents et ses yeux dansaient d'excitation.

– Voilà, les arguments de la police sont démontés, à présent. Je trouve que Grainger a marqué de très bons points contre Henderson hier, en l'obligeant à reconnaître la cohérence de toutes vos déclarations, son incapacité à obtenir de vous le moindre aveu au cours de longues heures d'interrogatoire, et en lui demandant comment il imaginait qu'une femme de votre stature puisse hisser un corps en haut de la descente de cabine, une échelle presque verticale. Tout cela s'additionne. (Il eut de nouveau un large sourire.) Mais le plus important, bien sûr, est l'absence de preuve médico-légale. Cela ne saurait passer inaperçu. Bon ! (Il battit des mains comme un chef ravivant le moral de ses troupes.) Au tour du témoin oculaire, à présent.

Ce *au tour du* résonna maladroitement et Tingwall se reprit tout de suite.

– Venons-en à Gordon Latimer.

– Est-ce que son audition va prendre longtemps ? demandai-je.

– Impossible à dire. D'autant qu'il y aura le contre-interrogatoire de Grainger. Non, vraiment, je ne sais pas. Mais je peux essayer de vous faire passer des messages de temps en temps.

– Merci, fis-je avec mon habituelle grimace résignée.

En tant que témoin de la défense, je n'étais pas autorisé à assister aux débats, aussi plutôt que de faire les cent pas à ronger mon frein devant la porte, j'avais passé la plus grande partie des deux derniers jours dans un hôtel voisin à travailler au téléphone et à attendre des appels occasionnels de l'assistant de Tingwall.

A dix heures moins vingt, Tingwall nous conduisit au tribunal. Tandis que nous approchions, Ginny fouilla dans son sac et aspira une longue bouffée de son inhalateur. Elle n'avait pas oublié la nuée de journalistes qui avait attendu notre première apparition, le lundi matin, plaquant leurs objectifs contre les vitres de la voiture et nous bousculant lors de notre entrée au tribunal. Ginny n'avait pas tenté de dissimuler son visage. Nous avions décidé que, n'ayant rien à cacher, elle devait entrer tête haute. Mais leur agressivité l'avait ébranlée, et une fois à l'intérieur, elle avait été prise d'une violente crise d'asthme.

Il n'y avait qu'un photographe, aujourd'hui, un personnage miteux vêtu d'un anorak avachi et qui attendit que nous fussions descendus de voiture avant de prendre quelques clichés sans suite. Une fois à l'intérieur, nous nous retrouvâmes seuls : pour cette audition, le huis-clos avait été prononcé et aucun reportage ou commentaire sur les débats ne serait autorisé de publication.

Dans la salle des pas perdus, il y avait une foule hétéroclite : des prévenus et leurs défenseurs qui attendaient d'autres audiences – en majorité, selon Tingwall, des auteurs d'infractions routières et des fraudeurs à la redevance télévisuelle, agrémentés de quelques voleurs à la tire et autres pochards. Sur un côté, Henderson et ses acolytes, dans leurs plus beaux costumes, nous suivaient des yeux avec leur regard fixe de policiers. De l'autre, tout au fond dans une petite salle attenante, Grainger était entouré de sa petite cour, son adjoint et l'assistant de Tingwall.

Grainger nous accueillit avec son habituel air d'autorité mélancolique.

– Le procureur va appeler Mr. Latimer aujourd'hui. Alors, madame Wellesley, mon contre-interrogatoire sera peut-être long et minutieux, mais ne soyez pas surprise du contraire, s'il apparaît moins complet et réduit à quelques points importants. Tout dépendra de la façon dont le témoin se comportera et de la solidité de sa déposition. Vous saisissez ? (Il jeta un regard impérieux sur nous tous, attendant des questions mais n'en obtenant aucune.) Tout doit être décidé en fonction de l'évolution des débats...

Mon attention fut détournée par la vue d'une silhouette qui traversait la salle des pas perdus d'un pas branlant, celle, familière et étrangère à la fois, d'un homme que je n'arrivais pas à situer. Il me fallut un moment avant de reconnaître, non sans un certain choc, le vieux Gordon dans ce corps amaigri et voûté. Son costume en tweed, qui lui allait peut-être à l'époque de sa jeunesse et de sa vigueur, pendait à présent sur lui comme un sac. Il se déplaçait avec difficulté en traînant les pieds et s'appuyait pesamment sur son accompagnatrice, une femme entre deux âges que je reconnus vaguement comme sa fille. Il était difficile d'imaginer qu'il s'agissait du même homme que j'avais vu pour la dernière fois un an auparavant aux obsèques de mon père. Il paraissait avoir vieilli de vingt ans. Sur son crâne étroit et incroyablement osseux, quelques cheveux épars et rabougris formaient une espèce de duvet. La peau flasque pendait sur ce visage cadavérique et ses yeux aux lourdes poches montraient l'aspect larmoyant de la maladie.

Grainger dut percevoir un peu de mon étonnement car il souleva légèrement un sourcil inquisiteur.

– Gordon Latimer, fis-je à mi-voix.

Il suivit la direction que mon regard avait prise.

– Cet homme qui s'appuie sur cette dame ?

– Oui.

Il observa le vieux Gordon qui s'asseyait, et quand il me fit face de nouveau, une expression fermée s'était installée sur son visage.

– Vous êtes sûr ?

– Absolument. Bien qu'il ait changé de façon terrible, pauvre bougre. Je n'arrive pas à y croire.

– Rien n'est certain dans cette vie que l'incertitude, se murmura-t-il à lui-même, mais assez fort pour que je puisse entendre.

Sans donner plus d'explication, il rassembla son équipe et se dirigea vers la salle d'audiences. Ginny et moi nous étreignîmes brièvement. Quand je vis Tingwall l'emmener à son tour, je ne pus m'empêcher d'éprouver un malaise insidieux, un sentiment irrationnel de destin qui allait se sceller.

– Salut, fit une voix connue.

Et Julia fondit sur moi pour me déposer une bise sur la joue.

– Qu'est-ce que vous faites là ? Je croyais que vous aviez un travail bien assis, à présent.

– Les travaux assis sont le fléau des gens qui montent, assura-t-elle. Non, je suis venue voir si je pouvais me rendre utile.

– Pas vraiment, répondis-je tout net. Mais vous vous êtes fait virer, ou quoi ?

Elle n'avait commencé son nouveau travail que deux mois auparavant.

– Pas que je sache, répliqua-t-elle avec désinvolture. Non, je suis en arrêt de maladie. J'ai la grippe.

Je la regardai, surpris.

– Désolé.

Elle me poussa du coude.

– Hugh... non, pas vraiment.

– Ah, oh, excusez-moi, je n'ai pas l'esprit très vif, aujourd'hui.

– Venez, allons prendre un café.

Il y avait un chariot mobile où l'on servait boissons et sandwiches. Nous emportâmes deux tasses d'eau colorée dans un coin.

– Comment ça va, à Hartford ? demanda-t-elle.

– Euh... (J'avais du mal à penser à Hartford.) Bien. Non, même très bien. Des commandes en hausse de vingt pour cent. Packenhams nous a réintégrés sur son catalogue – vous l'avais-je dit ? (Elle fit signe que oui.) Ils nous ont même réservé une vitrine d'exposition pour Noël. Et puis... tout le personnel a été extraordinaire. Une productivité en hausse, des frais en baisse...

Ma phrase resta inachevée, j'avais l'esprit ailleurs.

– Pan dans les dents à Howard, persifla-t-elle.

Mais j'écoutais à peine. Je regardai le vieux Gordon et mon inquiétude revint, une sorte d'angoisse lancinante que je ne pouvais nommer.

– Voulez-vous faire quelque chose pour moi, Julia ? Pourriez-vous prendre place dans la salle quand la séance commencera et me tenir informé ?

– Vous resterez ici ?

En disant oui, je compris que j'avais fait une croix sur le travail à l'hôtel.

– Vous voulez des notes complètes, ou...

– Non, juste le principal.

Elle eut un regard en direction des gens qui se massaient à l'entrée de la salle.

– J'ai intérêt à y aller tout de suite, grogna-t-elle, si je veux trouver à m'asseoir.

Elle se précipita, doubla toute la queue, dit quelques mots à l'huissier et, sans paraître encourir le moindre reproche, se positionna devant tout le monde.

Je m'apprêtais à chercher un coin tranquille lorsque, jetant un dernier coup d'œil sur elle, je m'arrêtai : Julia parlait à une autre femme, juste derrière elle. C'était Mary. J'attendis de bien voir son visage, mais il n'y avait pas de doute. Pendant un instant, je me sentis un peu contrarié, voire vexé, qu'elle soit venue sans nous le dire. Mais une seconde plus tard, j'eus honte de ces pensées peu charitables. Mary était là pour la plus noble des raisons, pour nous soutenir moralement, et comme pour le confirmer, elle se tourna vers moi, m'aperçut et joignit les mains en un geste d'encouragement et de solidarité. Je lui renvoyai un petit signe.

Quand le hall fut presque désert, je choisis un siège non loin du vieux Gordon. Le vieil homme était tassé sur sa chaise, le regard perdu sur le sol. Sa fille lui dit quelques mots. Il leva ses yeux chassieux et promena autour de lui un regard vide qui ne s'arrêta pas sur moi ni ne montra le moindre signe de reconnaissance.

Un huissier vint l'appeler. Sa fille l'aida à se remettre debout. En le voyant se diriger vers la salle de sa démarche arthritique, mon inquiétude prit une forme nouvelle, m'envoyant des ondes d'angoisse qui me firent me lever, me rasseoir, faire les cent pas jusqu'à ce que Julia ressorte une vingtaine de minutes plus tard.

– Il est vraiment sénile, chuchota-t-elle, et un peu flou. Je ne dirais pas qu'il a fait grosse impression.

– Où êtes-vous assise ?

Elle me lança un regard intrigué.

– Moi ? De ce côté-ci, dans la dernière travée, près de la porte. Pourquoi ?

– Il y a quelqu'un à côté de vous ?

– Personne en particulier. (Elle ne lut que trop bien dans mes pensées.) Croyez-vous que ce soit une bonne idée ? souffla-t-elle.

– Choisissez un moment où il se passe quelque chose qui détourne l'attention des gens.

– Je pense que ce n'est vraiment pas à faire, murmura-t-elle en retournant dans la salle.

Deux minutes plus tard, elle réapparut et me fit le geste hâtif de passer par une seconde porte qui ouvrait sur la tribune du public.

Mon arrivée passa inaperçue au milieu d'une espèce de brouhaha général qui régnait dans la salle. Comme mue par un sixième sens, une seule tête pirouetta lorsque je m'assis : celle de Mary qui se trouvait au premier rang de la tribune. Elle écarquilla d'abord légèrement les yeux en me voyant, puis eut un large sourire avant de se retourner vers la salle.

Je me fis aussi petit que possible sur mon siège et mis une main en visière sur mes yeux. Au banc des témoins, d'un côté de la pièce, le vieux Gordon était installé dans un fauteuil et se voyait offrir un verre d'eau. Ginny était assise dans le box des accusés et me tournait le dos. Devant elle, les avocats, dos tourné vers moi également. Seul le juge faisait face à la tribune.

Le magistrat se pencha en avant.

– Etes-vous en état de continuer, monsieur Latimer ?

Les yeux du vieil homme pivotèrent nerveusement.

– Oui.

Le juge, un homme à visage de chouette, à verres en cul de bouteille et à l'épaisse chevelure grise, fit un signe de la tête en direction du procureur qui se remit debout.

– Monsieur Latimer, pourrait-on revenir au trente septembre de l'année dernière ? commença-t-il. Vous nous disiez que vous vous trouviez près du ferry, cet après-midi-là vers cinq heures : est-ce bien exact ?

Le vieux Gordon sembla faire un gros effort de concentration.

– Près du ferry, oui, souffla-t-il d'une voix ténue et nasillarde.

– Quand vous dites près du ferry, vous parlez de celui qui traverse la Dart au village de Dittisham ?

La bouche du vieil homme bougea plusieurs fois avant de lâcher « Oui ».

– Monsieur Latimer, que faisiez-vous près du ferry ce jour-là ?

Les paupières tombantes de Gordon battirent lourdement, sa mâchoire s'affaissa et il me sembla qu'il avait du mal à comprendre les questions même les plus élémentaires.

– J'étais assis, marmonna-t-il enfin.
– A quel endroit exact ?
Les yeux de Gordon errèrent anxieusement.
– Près du pub. (Puis, après un autre silence.) M'assieds toujours par là.
– Le pub qui s'appelle Ferry Boat Inn ?
Nouveau silence.
– Oui.
– Vous étiez assis sur un banc ?
Il acquiesça de la tête d'un air éperdu.
– Si vous pouviez nous répondre clairement par oui ou par non, monsieur Latimer, lui rappela doucement le procureur.
Gordon hésita un long moment comme s'il avait oublié la question.
– Oui, articula-t-il enfin.
– Merci. Et de ce banc, on a vue sur le ponton du ferry ?
Le vieil homme semblait saisi d'une appréhension grandissante, comme si chaque question l'entraînait un peu plus loin sur un terrain semé d'embûches.
– Oui.
– Pouvez-vous nous dire ce que vous avez vu, depuis le banc en question, ce jour-là ?
– J'ai vu... Mrs. Wellesley, chuchota-t-il, le regard agité.
– Mrs. Virginia Wellesley ?
Le silence s'éternisa.
– Monsieur Latimer ? Cette personne était-elle Mrs. Virginia Wellesley ?
– Mrs. Hugh, répondit-il enfin.
– Mrs. Hugh Wellesley ? Vous voulez dire Mrs. Virginia Wellesley, donc ?
Cela parut l'embrouiller un moment.
– Mrs. Hugh, insista-t-il d'une voix de plus en plus tremblante et effrayée.
– Bon. Mrs. Hugh Wellesley. La voyez-vous dans cette salle, en ce moment ?
Les yeux chassieux montrèrent une forme de désarroi, la bouche haleta comme celle d'un poisson.
– Monsieur Latimer, voyez-vous Mrs. Wellesley dans cette salle ?
Une lueur de compréhension sembla l'éclairer. Il commença à regarder autour de lui d'un air incertain. Ses yeux se dirigèrent vers la tribune du public, s'y attardèrent un instant

avant de reprendre leur vagabondage. Plissant les paupières et se penchant légèrement vers l'avant comme pour mieux accommoder, il fixa finalement son regard sur le box des accusés.

– Oui.

– Vous pouvez voir Mrs. Wellesley ? Pourriez-vous nous la montrer, monsieur Latimer ?

Gordon leva un doigt noueux en direction de Ginny.

– Qu'il soit bien constaté de tous que le témoin a désigné la prévenue. A présent, monsieur Latimer, pourriez-vous nous dire ce que faisait Mrs. Wellesley lorsque vous l'avez vue ce jour-là ?

La mâchoire du vieil homme s'affaissa de nouveau. L'effort de mémoire semblait presque au-delà de ses forces.

– Un bateau. Elle a pris un bateau.

– Vous l'avez vue se diriger vers ce bateau ?

Un silence.

– Oui.

– Où se trouvait-elle quand vous l'avez vue pour la première fois ?

Ses sourcils s'abaissèrent, son regard devint noir.

Le procureur essaya de nouveau.

– Est-elle passée près de vous ?

Gordon inclina légèrement la tête. Avec ses épaules voûtées et sa bouche béante, avec sa tête osseuse pendant au bout d'un long cou décharné, il ressemblait à un oiseau préhistorique.

– Cela veut-il dire oui, monsieur Latimer ? Si vous pouviez parler à haute et intelligible voix… (N'obtenant pas de réponse, le procureur insista.) Est-elle passée près de vous ? Pouvez-vous répondre par oui ou par non ?

– Oui.

– A quelle distance environ ?

La question le troubla.

– Près, lâcha-t-il timidement.

– A la même distance qu'elle est de vous maintenant dans cette salle ? Plus loin ? Plus près ?

– Pareil.

– Donc deux mètres tout au plus. Et vous l'avez bien regardée ?

– Oui… Mrs. Hugh.

– Vous êtes absolument certain que c'était elle ?

Le regard redevint craintif.

– Oui.

– Ce bateau vers lequel elle se dirigeait, maintenant. Quelle sorte de bateau était-ce ?

Il réfléchit un long moment.

– Un petit.

– Un canot à rames, peut-être ?

Il hocha vaguement la tête.

– Etait-ce un canot à rames ? Pourriez-vous répondre par oui ou par non, monsieur Latimer ?

– Euh… Oui.

– Et Mrs. Wellesley est partie avec, avez-vous dit ?

Un autre silence.

– Oui.

Le vieil homme tendit le bras pour prendre son verre. Le procureur attendit qu'il l'eût saisi de ses doigts crochus puis approché en tremblant de ses lèvres. Quand il but, de l'eau dégoulina sur son veston. Un huissier s'approcha, le débarrassa du verre et le reposa à côté de lui. Le vieux Gordon n'esquissa pas le moindre geste pour éponger l'eau versée, qui forma une tache sombre sur son revers.

– Elle est donc partie à la rame, disiez-vous ?

L'attention du vieux Gordon semblait de nouveau s'être envolée et la question dut lui être posée une seconde fois.

– Oui, répondit-il enfin.

Le juge, qui n'avait cessé de prendre des notes, observait à présent Gordon intensément.

– Quelle direction a-t-elle prise sur l'eau ? demanda le procureur.

Silence.

– A-t-elle remonté, descendu, ou traversé le fleuve ?

Gordon fronça longuement le sourcil, la respiration lourde.

– Remonté.

– Remonté. Elle a ramé vers l'amont. (Le procureur baissa les yeux sur ses papiers et sembla prendre une décision soudaine.) Je vous remercie, monsieur Latimer.

Après une légère inclinaison de tête en direction du juge, il se rassit.

Ce fut au tour de Grainger de se lever.

– Monsieur Latimer, commença-t-il posément, vous aimez bien vous asseoir près du pub, n'est-ce pas ?

Un silence.

– Oui.

– Vous aimez regarder la vie autour de vous ?

Les yeux délavés parurent momentanément se concentrer.

– Oui.

– Il y a beaucoup à voir, là-bas, hein ? Le ferry, les bateaux de plaisance qui arrivent, ceux qui partent.

– Oui, exhala-t-il.

– Et vous y allez régulièrement ?

Il grimaça en rentrant ses maigres lèvres.

– Pas trop.

– Pas trop, maintenant. Mais l'automne dernier, en septembre, quand vous avez vu Mrs. Wellesley sur le ponton : vous y alliez souvent, à l'époque ?

Il sembla se replonger dans un abîme de réflexion.

– Assez.

– Combien de fois par semaine, monsieur Latimer ?

Cette expression troublée, de nouveau, cette difficulté à trouver ses mots.

– Le dimanche. Et d'autres fois. Quand y faisait beau.

– Régulièrement le dimanche ?

– Quand y faisait beau.

– Donc, l'automne dernier, vous y alliez le dimanche quand il faisait beau. Et d'autres jours aussi, selon le temps ?

Le vieillard faiblissait. La voussure de ses épaules s'accentuait, son menton descendait presque jusqu'à sa poitrine.

– Oui, lâcha-t-il dans ce qui n'était à peine plus qu'un souffle.

– Vraiment navré, mais... avez-vous dit oui, monsieur Latimer ?

– Euh... oui.

– Alors s'il faisait beau, combien de fois par semaine étiez-vous assis près du pub, monsieur Latimer ? Trois ? Quatre ?

Cela lui demanda un long moment de réflexion.

– Le dimanche. Le mardi, des fois. Et l'vendredi.

– Trois fois par semaine, donc. Et le samedi ?

Gordon parut hésiter sur ce point.

– Y alliez-vous le samedi ?

– Chez ma fille.

– Ah. Le samedi, en général, vous rendiez visite à votre fille ? (Un silence.) J'ai bien compris ?

La bouche de Gordon semblait de plus en plus agitée de mouvements nerveux.

– Oui, à ma fille.

– Où habite-t-elle, monsieur Latimer ?

Un autre long silence.

– Primrose Cottage.

– Qui se trouve dans le village de Dittisham, n'est-ce pas ? (Quand il obtint réponse, Grainger poursuivit sur un ton léger, comme pour évoquer d'agréables souvenirs.) Les jours où vous lui rendiez visite, jusqu'à quelle heure restiez-vous ?

– Jusqu'au thé. Je partais après.

– *Après* le thé ? C'est-à-dire ?

Cette réponse-là vint sans hésitation.

– Six heures et demie.

– Donc, les jours où vous rendiez visite à votre fille, vous ne partiez jamais avant six heures et demie ?

– Non.

– Et ensuite, trouviez-vous le temps d'aller vous asseoir près du pub ?

A cette question, le vieil homme sembla totalement désemparé. Ses yeux pâles jetèrent des regards angoissés tout autour, les coins de sa bouche s'affaissèrent et sa mâchoire inférieure reprit son étrange va-et-vient haletant.

Grainger répéta soigneusement la question.

Personne ne bougeait. La salle tout entière semblait retenir son souffle.

– Chez ma fille, le samedi, égrena de nouveau l'âpre filet de voix.

– Pardonnez-moi, fit Grainger en choisissant un ton de compassion, je récapitule pour être clair. En septembre dernier, vous aviez l'habitude de rendre visite à votre fille tous les samedis jusque vers dix-neuf heures. Nous devons donc comprendre que vous n'alliez jamais vous asseoir à côté du pub le samedi ?

Le visage du vieil homme sembla se ratatiner plus encore, il paraissait complètement désarçonné, à présent. Il finit par faire un vague mouvement de tête.

– Cela veut-il dire oui, monsieur Latimer ?

Nouveau geste vague.

Grainger se tourna vers le juge comme pour demander assistance. Le magistrat se pencha en avant et prit la parole en claironnant ses paroles comme à un malentendant.

– Monsieur Latimer, comprenez-vous la question ?

La bouche du vieux Gordon recommença ses frénétiques contorsions.

– Je vais demander à maître Grainger de vous la poser de nouveau, voulez-vous ? Maître, s'il vous plaît.

Grainger répéta.

– En septembre dernier, vous aviez l'habitude de rendre visite à votre fille tous les samedis jusque vers dix-neuf heures. Pouvons-nous en déduire que vous n'alliez jamais vous asseoir à côté du Ferry Boat Inn le samedi ?

Le vieux Gordon hocha distinctement la tête.

– Oui.

– Je vous remercie. (Le ton de Grainger montra qu'il était à l'évidence parvenu à ce qu'il cherchait.) A présent, monsieur Latimer, j'aimerais si possible revenir à la fois où vous avez vu Mrs. Wellesley partir dans un canot. Quel jour de la semaine était-ce ?

Ce fut comme si le vieil homme comprenait soudain l'inconfort de sa situation. Il sembla de plus en plus désemparé, son visage se convulsa en un rictus de misère et de confusion, sa bouche tremblait. Finalement, il secoua la tête.

J'étais comme électrisé. Mon esprit me disait que c'était fini, la logique confirmait que nous avions gagné, mais les conséquences de cette pensée étaient tellement gigantesques que, sur le moment, mes émotions refusèrent de suivre.

Grainger poussait son avantage jusqu'au bout.

– Vous ne savez plus ? C'était peut-être un dimanche, alors ?

Le vieil homme leva une main courbée jusqu'à sa poitrine comme s'il avait du mal à respirer.

– C'était peut-être un dimanche ? répéta Grainger avec l'insistance d'un homme qui sait que le temps presse. Monsieur Latimer ?

– Sais plus.

Le juge se pencha en avant.

– Monsieur Latimer, vous ne vous sentez pas bien ?

– Sais plus, répéta pitoyablement Gordon.

– Monsieur Latimer, fit le juge en haussant la voix, est-ce que ça va ?

– Me rappelle plus aussi bien qu'avant, s'apitoya Gordon.

– C'est votre mémoire qui vous crée souci, monsieur Latimer, ou vous sentez-vous mal ?

Le vieux Gordon hocha désespérément la tête, il semblait au bord des larmes.

– Afin d'éclairer définitivement la cour, monsieur Latimer, poursuivit avec beaucoup de précautions le juge, vous dites ne pouvoir être sûr du jour où vous avez vu Mrs. Wellesley partir dans le bateau ?

Les coins de la bouche du vieil homme s'abaissèrent presque jusqu'à son menton, il battit rapidement des paupières et secoua la tête.

– Ma mémoire… c'est terrible.

Le juge prit son temps pour rédiger ses notes avant de s'adresser de nouveau à Grainger.

– D'autres questions, maître ?

– Non, monsieur le juge.

Le silence régna pendant que l'huissier aidait Gordon à sortir du banc des témoins. Les joues parcheminées du vieil homme étaient striées de larmes, ses yeux restaient toujours aussi atterrés et désorientés.

Le procureur se leva brièvement d'un air penaud.

– Monsieur le juge, c'est tout pour l'accusation.

Le juge se tourna alors avec intérêt vers Grainger, lequel se remit debout et prit la parole d'une voix ferme.

– Monsieur le juge, j'aimerais faire apparaître qu'il n'y a ici aucunement matière à statuer. L'accusation n'a pas apporté la *moindre* preuve médico-légale qui puisse attester de la présence de ma cliente sur le lieu du crime. Pas plus qu'elle n'en a apporté qui établisse un lien entre elle et la victime. Toute l'affaire repose donc sur le témoignage de monsieur Latimer, lequel affirme ne plus pouvoir se rappeler quel jour il a vu ma cliente « remonter le fleuve » à la rame. Nous ne contestons pas le fait que ma cliente ait pris un dinghy sur le ponton pour rejoindre à la rame le bateau de plaisance *Ellie Miller* le *lendemain* du crime, le *dimanche*. Ma cliente elle-même a livré cette information à la police dès son premier interrogatoire, et l'a volontiers répétée dans ses dépositions ultérieures. Ce que nous nions farouchement, par contre, c'est qu'elle ait été sur l'eau la veille, le *samedi*, et l'accusation n'est même pas parvenue à établir qu'elle se soit trouvée dans les environs ce jour-là. J'affirme donc, monsieur le juge, qu'il serait à tous points de vue infondé de poursuivre cette procédure et je réclame le non-lieu.

Grainger se rassit. Le juge consulta ses notes avant de se pencher en avant pour s'entretenir avec le greffier. Puis il releva les yeux et s'adressa à la cantonade avec un long soupir d'exaspération.

– Je suis entièrement d'accord avec vous, maître Grainger, et je me range aux raisons que vous avez invoquées…

Il y eut un brouhaha de surprise et des claquements de portes tandis que des gens quittaient précipitamment la tribune publique.

– L'accusation n'a produit aucun élément permettant d'établir le moindre lien entre Mrs. Wellesley et le crime…

J'enfouis ma tête dans mes mains.

– … Et à mon avis il serait particulièrement infondé de renvoyer cette affaire en cour d'assises. Je décide le non-lieu et la prévenue est par conséquent relaxée.

Il s'adressa alors à Ginny – sans doute pour lui dire qu'elle était libre de partir – mais l'intensité de mes émotions était telle que je ne pus saisir ses paroles. La voix de Julia résonna à mes oreilles, son bras m'enserra les épaules. Peut-être pleurait-elle aussi.

Avant même le départ du juge, il y eut dans la salle une éruption soudaine de tumulte et de mouvement. Près de moi, un homme se mit à crier et me bouscula en sortant. Julia me fit quitter la tribune publique pour me conduire jusqu'au barreau de la salle d'audiences. Au milieu de tous ces gens qui la congratulaient, Ginny paraissait minuscule et hébétée. Quand je la rejoignis, nous nous étreignîmes en hésitant d'abord comme si nous n'avions ni l'un ni l'autre encore vraiment compris, puis ses bras se resserrèrent autour de ma taille, elle haleta et rit tout à la fois.

Tingwall tournait tout autour de nous, un grand sourire illuminant son visage à l'œil torve.

– Il n'est pas trop tard pour me virer, fit-il en rigolant.

– J'ai toujours dit que vous étiez trop jeune pour ce métier.

Et je l'étreignis à son tour.

– Ginny ! (C'était la voix de Mary. Elle passa devant moi et se précipita sur Ginny qu'elle engloutit dans une vaste embrassade.) Je suis tellement, *tellement* heureuse ! Ah, Ginny, je vais sur-le-champ téléphoner à David ! C'est fantastique !

Jetant les bras en l'air comme si elle était à court de mots, elle éclata d'un étrange rire surexcité et enveloppa de nouveau Ginny de son étreinte.

Je me dirigeai vers Grainger qui rangeait ses papiers.

– Merci, dis-je simplement en lui serrant la main.

– C'eût été difficile de perdre, commenta-t-il avec un soupir de désappointement comme un boxeur professionnel privé d'un bon combat. Ce vieil homme… En l'occurrence, cela s'est révélé payant que votre femme ait le goût du jeu.

– Vous avez quand même manœuvré de main de maître.

Ses pupilles se contractèrent.

– Ah bon ? Vous étiez dans la salle ?

Je ne pus m'empêcher de sourire en voyant avec quelle facilité il m'avait démasqué.

– Juste à la fin, admis-je.

– Voyons, monsieur Wellesley... (Il secoua la tête avec un air ironiquement désapprobateur.) Si nous avions dû aller aux assises, cette petite incartade aurait pu nous coûter fort cher.

– Peut-être suis-je un peu joueur moi aussi.

Il songea un instant.

– Oui, fit-il avec son inimitable accent traînant. Je crois que vous l'êtes, probablement.

Avant que je ne puisse lui demander ce qu'il entendait par là, Tingwall revint en pleine ébullition avec un papier qu'il voulait absolument me faire lire.

– J'ai préparé ça pour la presse, hier soir. Un communiqué. (Il brandit le papier en l'air en s'esclaffant comme un gamin.) Je le savais, vous voyez, je le savais !

Il attendit mon sourire, se rengorgea légèrement quand il l'obtint et entreprit lui-même la lecture du manuscrit.

– Mrs. Wellesley n'a cessé de protester de son innocence avec la dernière énergie depuis qu'elle a été inculpée. Le non-lieu montre de façon éclatante qu'elle avait raison. Il n'y a jamais eu le moindre soupçon de preuve contre elle, et pourtant elle a dû inutilement endurer des mois de détresse en raison d'une arrestation qui, à tous points de vue, était abusive. Sa famille désire qu'on la laisse en paix, à présent. (Il leva les yeux.) J'aurais aimé pouvoir passer un peu plus de temps dessus, mais qu'en pensez-vous ?

– Je trouve que c'est très bien.

Je me tournai pour voir Mary à côté de moi. Elle m'entraîna à l'écart.

– Hugh, tu n'as pas idée de ce que cela signifie pour moi. Tu n'as pas idée. J'ai *prié* pour cette issue depuis le début. (Ses yeux aux paupières bleu vif plongèrent dans les miens.) *Oui, prié !*

– Je le sais.

– Ce qu'il nous faut maintenant, poursuivit-elle sur un ton de confidence, c'est oublier. *Oublier* que nous avons eu cette conversation. *Oublier* ce que j'ai dit.

Je la regardai, littéralement abasourdi, me demandant comment elle pouvait imaginer que je parvienne jamais à oublier un secret si écrasant qu'il assombrirait ma vie à jamais.

– *Oublier ?*

Elle m'empoigna le bras.

– Autant que nous pourrons, bien entendu. (Je secouai la tête.) Tout cela est du passé, maintenant, Hugh. Du passé. (Elle repartit soudain de son rire étrange.) Bon, il faut que j'aille téléphoner à David ! Il sera littéralement ravi !

Et avec un signe guilleret de la main, elle partit en trombe.

Les quelques heures qui suivirent furent le déversement désordonné d'un trop-plein d'émotions. Tingwall sortit sur le perron du tribunal et lut son communiqué à la horde de reporters qui, comme toujours, avaient surgi de nulle part. Puis quand son assistant eut approché sa voiture au pied des marches, nous quittâmes l'abri du bâtiment pour nous lancer – je l'espérai, ô combien, pour la dernière fois – dans la cohue glapissante et gesticulante des photographes et reporters. Ginny ignora toutes leurs questions jusqu'à ce que, au moment d'atteindre la voiture, un journaliste de la BBC vînt lui coller un micro sous le nez en lui demandant ce qu'elle ressentait.

– Un immense bonheur que tout cela soit terminé, répondit-elle.

De retour au bureau de Tingwall, nous bûmes le champagne et passâmes quelques coups de fil pour répandre la bonne nouvelle et recevoir les félicitations des associés de l'entreprise, avant d'aller déjeuner dans un restaurant voisin. Tingwall et Julia discutèrent avec animation. Ginny et moi étions un peu éteints, trop éprouvés émotionnellement pour ressentir des sensations aussi directes que joie ou soulagement. Je bus trop de vin et commis l'erreur d'y ajouter deux brandies, si bien que lorsque nous rentrâmes à la maison, ce fut Ginny qui dut prendre le volant et conduire dans la nuit tombante.

Le cottage était glacial. Je tambourinai sur la chaudière sans résultat pendant que Ginny répondait à un flot ininterrompu d'appels d'amis et de gens bien intentionnés. Finalement, à neuf heures, nous débranchâmes le téléphone et nous pelotonnâmes l'un à côté de l'autre devant le feu, avec un sandwich et un bon verre de vin.

– Je repense à l'hiver dernier, se souvint Ginny. Je revois tout ce que nous avions et combien nous étions malheureux. Quand je compare à ce que nous avons maintenant… eh bien, je ne changerais pas pour tout l'or du monde. Je ne voudrais pas être ailleurs que dans ce misérable petit cottage tout froid avec toi. J'ai tellement de chance, Hugh. Je suis la plus heureuse du monde. Et ma plus grande chance, fit-elle d'une voix soudain plus rauque et plus basse, c'est de t'avoir toi.

– Ma chérie.

Elle se recula un peu et me regarda droit dans les yeux.

– Parce que je t'ai, n'est-ce pas ?

– Bien sûr, fis-je avec un sourire. Bien sûr que tu m'as.

Et quelque chose, dans mon cœur, éprouva une immense lassitude.

– C'est tout ce que j'ai toujours voulu, vois-tu. Toi et moi. Que nous soyons heureux.

Je posai mon verre de vin, la débarrassai du sien et nous nous enlaçâmes. Je vis l'avenir s'ouvrir devant nous, sur l'infini. Je vis Hartford en expansion continue, je nous vis dans une jolie maison toute proche, je vis des étés en France et, quand Hartford n'aurait plus besoin de moi, je nous vis nous retirer là-bas au milieu des vignes. Je vis toutes ces images, et pourtant aucune ne put apaiser mon sentiment de solitude.

Ginny se serra contre moi, ses lèvres glissèrent contre ma joue, elle ouvrit sa bouche tendre à la mienne. Nous montâmes bientôt retrouver la chaleur de notre lit, et tandis que son corps passionné se pressait contre le mien, je sentis une vague d'amour s'élever en moi au-dessus d'une abysse de néant.

# 16

En pénétrant dans cette maison silencieuse, humant l'odeur mélangée de renfermé, de cire de meubles et de feu de bois qui me renvoyait directement à mon enfance, je songeai : c'est la dernière fois que je suis ici, la dernière fois que je me trouve aussi près de mon passé.

Le restant des meubles avait été déménagé la semaine précédente sous la houlette de Mary, comme tout ce qui avait trait à la vente. Deux formes géométriques de couleur plus foncée sur la moquette du cabinet de travail montraient l'endroit où s'était trouvé le bureau de Papa, et d'anciennes traces de brûlures, depuis longtemps dissimulées sous un tapis de foyer bien placé, s'étalaient en éventail devant l'âtre, témoignage du temps où Papa préférait les grands feux ouverts. De sombres rectangles de tableaux descendaient le long des murs de l'escalier, et dans mon ancienne chambre, les rideaux poussiéreux encadraient des fenêtres aux vitres obscurcies par la crasse du long hiver.

Le lit était parti, la table de chevet également mais, comme Mary m'en avait prévenu, tout ce que ni Ginny ni elle ne voulaient garder et qui était destiné aux ventes de charité avait été rassemblé là : un amoncellement de vieilles lampes, de chaises branlantes, de boîtes en carton remplies à ras bord d'ustensiles de cuisine, de porcelaine ébréchée et de livres brochés malmenés – tout le fatras accumulé pendant cinquante ans de vie familiale.

Je découvris mes vieilles peintures dans une boîte en carton, à demi écrasées par une pile du magazine *Eagles* remontant aux années soixante. Les aquarelles Windsor & Newton et les pinceaux en poil de martre, pour lesquels j'avais si consciencieusement économisé à l'âge de quatorze ans, ne se trouvaient pas avec, en revanche, et j'eus beau fouiller çà et là dans quelques boîtes avoisinantes, je mesurai bientôt que cette recherche était vaine. Ma vieille lampe, avec son abat-jour en parchemin, reposait sur une chaise, mais quand je voulus la prendre, le dessus bascula de côté et je vis que l'abat-jour s'était fendu en un second endroit.

Refermant la porte, je descendis les peintures dans la voiture et, après avoir jeté un dernier coup d'œil dans le hall, je verrouillai la maison . En proie à un dernier accès de nostalgie, je contournai la propriété et laissai mes pas me guider jusqu'à la terrasse. Des cercles sombres marquaient sur les dalles l'ancien emplacement des jarres à fleurs, et la terre fraîchement retournée d'une des plates-bandes montrait qu'une plante avait été enlevée. Ce devait être Mary, toujours à l'affût d'ajouts à faire à son jardin.

Le fleuve était grisâtre comme le ciel de cette froide journée de mars, et une marée exceptionnellement haute avait élevé le niveau de l'eau presque jusqu'aux branches des arbres qui surplombaient la rive opposée. Un autre bateau était à présent amarré au mouillage du *Ellie Miller*, une de ces carcasses modernes au nom étalé outrageusement sur le flanc. Le *Ellie* avait été emmené à Plymouth pour être réaménagé, rebaptisé et, nous l'espérions, vendu. Il n'avait aucune chance de trouver preneur par ici.

Je descendis les marches de la terrasse intermédiaire et m'avançai dans la partie basse du jardin. Sous les arbres dénudés, les derniers crocus étaient couchés comme des guerriers tombés au combat tandis que les pousses de jonquilles se dressaient, hautes et raides, en attendant leur heure.

En levant les yeux, j'aperçus parmi les pommiers, au-delà de la gloriette, la silhouette torse d'un homme qui contemplait quelque chose au-dessus de lui. Il me tournait le dos mais, en m'approchant, je reconnus la tête osseuse et les épaules voûtées sous le vieux veston en tweed.

– Hé, bonjour, criai-je.

Le vieux Gordon se retourna.

– M'sieur Hugh ! répondit-il aimablement. Bien l'bonjour à vous ! (Il leva sa main noueuse en guise de salut et montra les arbres.) Ils auraient besoin d'une bonne taille. Y aura guère de fruits, sinon.

– Ah oui, fis-je en examinant consciencieusement les branches. C'est vrai que tout ça a un peu été négligé.

– L'est pas trop tard si on fait vite, dit-il avec un hochement de tête et en toussotant. Elle tient à ses pommes, Mrs. Bennett. Des tartes, qu'elle fait, pour la kermesse du village. L'en débite des douzaines, de ces choses, gloussa-t-il.

– Ah, je vois. (Les Bennett, qui avaient plusieurs années habité de l'autre côté du village, étaient les nouveaux propriétaires de Dittisham House.) Vous allez continuer à travailler ici, alors ? Je croyais que vous vous étiez arrêté, Gordon ?

– Oui et non, oui et non. Je fais encore des babioles par-ci, par-là. Sûr que je m'risquerais pas à la taille moi-même. J'serais pas plus tôt sur l'échelle que je m'flanquerais par terre, rigola-t-il en découvrant un joli dentier. Mais j'dis pas non à un peu de bêchage ou de désherbage. Ça me maintient.

– Vous vous sentez en forme, donc ?

– J'peux pas me plaindre, m'sieur Hugh, vraiment pas. Ça me semble bon de me retrouver sur mes pieds, je vous garantis.

– Oui, euh… J'ai entendu dire que vous n'étiez pas très bien.

Il força une grimace.

– Un hiver terrible, fit-il. Terrible. Les rhumatismes. Le cœur. Une angine de poitrine. Quelque chose d'affreux, là-dedans. (Il gonfla ses joues hâves à ce souvenir, avant de paraître soudain plus guilleret.) Mais maintenant, je suis remis.

– J'en suis ravi.

Le visage du vieil homme se fronça de nouveau et il me lança un regard troublé.

– Désolé pour cette histoire de tribunal, m'sieur Hugh.

– Ça n'est pas grave, Gordon, vraiment.

– Ils sont venus me poser des questions, les policiers. Ils me lâchaient pas. Des dates, des heures. Des dates, des heures. Sans arrêt. Quels bavards ! (Il leva au ciel ses yeux affaissés et secoua sa main crochue en un geste d'incrédulité.) Après, ils m'ont fait signer cette déposition avec mon nom dessus. Je pensais vous donner un coup de main, moi, que ça serait utile. Et les v'là qui me disent qu'il fallait que j'aille au tribunal. Je vous jure que si j'avais su, m'sieur Hugh…

– Je comprends, Gordon, vraiment.

– Je savais pas que je disais des choses contre Mrs. Hugh. Ils me l'ont bien caché.

– J'en suis convaincu.

– Parce qu'autrement, eh ben... je l'aurais bouclée.

– Vous ne pouviez pas savoir. Je vous assure qu'on ne vous en a pas voulu, Gordon. A aucun moment.

Il était de nouveau plongé dans ses souvenirs.

– Dites exactement comme dans votre déposition, qu'ils me répétaient. Mais quand le jour est arrivé, tout s'est embrouillé dans ma tête. Faut dire que mon cœur me causait du tracas. Depuis des semaines. Entre nous, m'sieur Hugh, j'ai bien cru que j'allais y passer, que c'était mon tour, cette fois.

– Ne vous inquiétez pas, Gordon. Tout s'est bien terminé, finalement.

– Comme quoi on peut jamais prédire, grogna-t-il.

Je hochai la tête solennellement en méditant sur la vérité de cette remarque. Je levai les yeux vers les arbres.

– J'espère que vous ferez bonne récolte, dis-je.

– Vaudrait mieux, hein, pour garnir toutes ces tartes !

Un paisible sourire éclaira le visage cadavéreux.

– Prenez bien soin de vous, Gordon.

– Vous pouvez compter sur moi, m'sieur Hugh !

Je démarrai et partis au ralenti. Mes pensées tournoyaient sans relâche dans ma tête, remuant des idées que j'avais depuis longtemps enfouies et que je m'étais presque persuadé d'oublier. Le tout convergeant en un sentiment général de mal-être, qui commença à me tarauder comme une dent douloureuse. J'en vins à la conclusion que l'objectif de vérité n'était vraiment pas aussi souhaitable qu'on le disait et qu'en le poursuivant, on ne parvenait pas à la satisfaction espérée de l'ordre rétabli, mais au contraire à de nouvelles sources de trouble et de chagrin.

Une incertitude plus angoissante encore qu'une triste vérité me rongeait à présent. J'accélérai jusqu'au carrefour suivant et bifurquai vers Furze Lodge.

La maison était ouverte. Personne ne répondit à mes appels et je passai de pièce en pièce jusqu'à ce que, parvenu à la cuisine, j'aperçoive par la fenêtre David en train de creuser un trou dans la pelouse.

Je vis en m'approchant qu'il s'agissait d'une petite tranchée.

– Pour l'écoulement ? demandai-je.

Il pivota sur lui-même, l'air surpris, et me décocha un regard furibond avant de se calmer tout aussitôt.

– Un câble électrique, répondit-il.

– Tu vas éclairer ?

– Mary voudrait une gloriette dans le coin au fond, là-bas, et peut-être même un jour une piscine. Pour moi, c'est du temps perdu, tout ça. (En un geste presque violent, il enfonça la bêche dans le sol et rejeta la terre.) Comment va Ginny ?

– Ça va.

– Et la nouvelle maison ?

– Bof, poussière et désordre. On campe au gré des entrepreneurs.

– Hartford ?

– En touchant du bois, mieux que je n'aurais jamais osé l'espérer.

– Ça doit faire un plaisir fou à Howard, répondit-il sèchement.

Il ôta encore quelques mètres de terre avant de se reposer sur sa bêche.

– J'aurais dû louer une pelleteuse.

– Je te donnerais bien un coup de main, si...

Je lui fis signe de me trouver une seconde bêche.

Je vis à son regard qu'il était d'humeur hargneuse.

– Qu'est-ce qui t'amène ici, après tout ce temps ? Je commençais à croire que c'était la guerre froide.

– Je suis passé prendre des affaires à Dittisham, répondis-je. J'en ai profité pour faire un saut.

Il leva un sourcil sceptique dans l'attente d'une explication plus plausible.

– Je voulais te demander quelque chose, confessai-je. Est-ce que le vieux Gordon était un de tes patients ?

– Bien sûr, fit-il avec un ricanement. Comment crois-tu que je l'aurais shooté, autrement ? Et pour répondre à ta question suivante, c'était un mélange de codéine, d'antihistaminique et de thioridazine, un tranquillisant. Ramollissement du cerveau garanti, à la bonne dose. Ne me regarde pas avec cet air scandalisé, me rembarra-t-il brusquement. Ce n'est pas ça qui allait le tuer. Il se porte comme un charme, maintenant.

Il est un bref instant, après confirmation d'une vérité, même attendue, où les faits vous apparaissent d'une choquante nudité.

– De plus, grogna David, sa mémoire lui jouait des tours depuis des années. Il se trompait sans doute, de toute façon.

Sur la date, sur la personne, qui sait ? Alors je n'ai pas provoqué d'erreur judiciaire majeure, disons.

Je ne répondis mot. Il me jeta un regard décapant.

– Tu découvres, peut-être ? fit-il, en se mettant dans un étrange courroux.

– Je me suis douté de quelque chose. Quand je l'ai vu au tribunal...

– Allons, tu le savais bien ! Je t'avais promis, oui ou non ?

– Promis ?

– Je t'avais dit que je t'aiderais. *Que je t'aiderais !* répéta-t-il, presque fâché. Alors tu aurais dû comprendre !

– Je pense que j'ai préféré ne pas me poser de questions. Ne pas... (j'eus un haussement d'épaules)... m'en mêler. Mais maintenant, tout ce que je peux te dire, c'est... merci. Dieu que ce mot a l'air plat. Sache que je n'oublierai jamais, David. Jamais.

– Remballe ta gratitude, Hugh, fit-il avec une certaine véhémence. Je veux bien être infidèle et menteur, à côté d'autres travers de ce genre, mais je n'aurais jamais laissé Ginny aller en prison pour un acte qu'elle n'avait pas commis. Même *moi*, je trouvais ça un peu dur. C'est le genre de truc, vois-tu, qui m'aurait tarabusté pour le restant de mon existence. Salaud peut-être, mais pas à ce point.

– Ne t'en fais pas, répondis-je calmement. Je sais exactement ce qui s'est passé. Mary m'a tout raconté.

Je l'avais pris par surprise. Il me regarda d'un air consterné, ou effrayé, ou les deux.

– Qu'est-ce qu'elle t'a raconté, Mary ?

– Euh... (Je trouvais toujours cela difficile à exprimer.) Qu'elle a vu Ginny aller au bateau, parler à Sylvie, monter à bord et...

Je m'interrompis brutalement. Il secouait la tête avec incrédulité.

– Elle a dit *ça* ? Non ? Mon Dieu. (Il partit d'un rire qui perdit soudain toute assurance.) Tu devrais savoir qu'il ne faut pas toujours croire Mary sur parole.

Je me sentis momentanément déconnecté de la conversation, comme si elle avait lieu à un autre moment de mon passé ou de mon futur.

– Elle a vu Ginny, insistai-je d'une voix rauque. C'est vrai, elle a même décrit ses vêtements. Elle...

L'expression du visage de David me fit taire.

– Pauvre idiot, murmura-t-il avec un air de pitié. Tu as cru… tout ce temps…

Le doute m'envahit instantanément. Je sentis une tension traverser ma poitrine, puis une soudaine bouffée de chaleur suivie des premiers frémissements d'une effroyable colère.

– Qu'est-ce que tu me chantes ?

– Hugh… je dis que Mary a menti.

– Elle n'a pas vu Ginny ?

– Elle n'a pas vu Ginny, soupira-t-il. Pas à ce moment-là, en tout cas. Ginny est arrivée beaucoup plus tard. Je suis désolé. Vraiment désolé. (Il paraissait sincèrement secoué.) Mais quand a-t-elle pu te raconter ça, Mary ? Ah, tu étais sur le point d'aller à la police ? C'est pour ça ? Elle aurait fait n'importe quoi, je le crains, pour t'en empêcher. Dis-moi, c'est pour ça ?

Je préférai ne pas répondre.

– Je suis vraiment navré, Hugh, fit-il en haussant les deux épaules en un appel pathétique à ma compréhension.

– Salopard ! C'est *toi* qu'elle protégeait ! explosai-je enfin.

Il tressaillit et prenait son visage penaud lorsque ma colère me submergea comme une vague ardente. Je m'élançai sur lui, j'empoignai à deux mains sa chemise que je tordis sous son menton.

– Salaud, *salaud* !

Ma fureur était terrible, hideuse, irrépressible. Je me sentis envahi d'un impérieux désir de vengeance. Je voulais lui infliger les plus insupportables souffrances, comme il l'avait fait avec moi, et aucun châtiment ne paraissait assez affreux à cet instant. Je serrai de plus en plus haut avec mes poings sous son menton, lui rejetant la tête en arrière jusqu'à ce qu'il fût obligé de se dégager. Au moment où il se redressait, je lui lançai un coup au visage, mais mon swing, décoché à l'aveuglette, fut lamentablement imprécis et, le voyant arriver, il réussit à parer. J'enchaînai par un timide crochet du gauche mais il esquiva et mon poing ne rencontra que le vide. Dans ma rage impuissante, je devins un peu plus rusé. Je baissai les bras comme si j'abandonnais, et au moment où il se relâchait, je lui expédiai un petit direct bien appuyé au creux de l'estomac qui le plia en deux. Quand il releva la tête pour chercher de l'air, je me campai bien sûr mes pieds, pris une bonne assise et mis toute ma force dans un lent mais puissant uppercut qui l'atteignit à la pointe du menton. Avant même que mes phalanges n'entrent en contact, je savais que j'allais faire mal.

Il y eut un craquement, l'impact se répercuta douloureusement dans ma main. David cria et fut projeté en arrière avant de s'affaisser comme au ralenti sur un genou. Portant la main à son menton, pantelant, il me regarda d'un air suppliant. S'il crut que j'en avais terminé, il allait être déçu.

Il se remit debout vaille que vaille et nous restâmes face à face, sur nos gardes. Il essaya de me dire quelque chose. Je ne l'écoutai pas et repartis à l'assaut en voulant feinter par un gauche qui serait suivi d'une bonne droite, mais il attrapa mon premier bras et s'y accrocha en tentant de me déséquilibrer. Je passai mon épaule sous son aisselle en une vague prise de judo qu'il contra en plaçant son pied derrière ma cheville, et l'instant d'après, nous roulions pêle-mêle à terre. Pendant quelques secondes, nous nous colletâmes sans grande efficacité. J'entendis alors les aboiements et grognements frénétiques d'un de ses chiens. Je ne sais si la peur d'être mordu me donna une force nouvelle, mais je parvins à retourner David et à lui appliquer un rapide coup en plein visage. Je ne pensais pas l'avoir frappé très fort jusqu'à ce que je voie une fontaine de sang lui jaillir du nez. Alors que je regardais le sang s'étaler sur son visage, son poing, surgi de je ne sais où, m'atteignit à la pommette, juste en dessous de l'œil. Je sentis ma tête partir en arrière, je vis des étoiles et, tombant de côté, je roulai lentement sur le dos.

Il y eut un silence de quelques secondes. Puis un halètement vint se mêler aux nôtres et je sentis une truffe humide me humer le visage. Je repoussai le chien qui alla inspecter David. « Fous le camp, Bodger », lâcha ce dernier, ce qui me laissa supposer qu'il n'était pas trop gravement atteint.

Je palpai avec précaution ma pommette et ma main endolories, mais pour autant qu'il me semblât, je n'avais rien de cassé. Ma seule véritable bagarre, à l'école, s'étant soldée par une défaite au premier assaut, je fus plutôt surpris d'avoir réussi à porter des coups à David, et surtout d'avoir par deux fois touché ma cible. Je n'en retirai pas le moindre sentiment de satisfaction, encore moins de triomphe, mais qu'une impression de déprimante inutilité.

Appuyant ma main contre ma joue cuisante, je me redressai prudemment sur mon séant et regardai du côté de David. Il était toujours allongé sur le dos. Entrouvrant à peine un œil, il m'adressa un regard trouble avant de le refermer. Le chien se tenait toujours à côté, remuant sporadiquement la queue.

– J'ai pas pu la laisser partir, articula David sans prévenir.

Je pris une profonde inspiration et me forçai à ne pas bouger d'un pouce, comme si de l'ignorer pouvait l'inciter à ne pas revenir sur le sujet.

– Je pouvais pas rester sans elle.

– La ferme, bon Dieu ! répliquai-je furieusement. Je ne veux pas entendre tes foutues explications !

– S'il te plaît, demanda-t-il simplement avant de continuer en haletant, voyant que je ne répondais pas. Je n'aurais jamais cru que quelqu'un puisse jamais avoir une telle emprise sur moi. Jamais... de toute ma vie... Je n'ai jamais été aussi... pris, aussi... hypnotisé. Obsédé, peut-être. (Il parlait sur le ton hébété de quelqu'un qui n'est pas encore totalement sorti d'un problème.) J'errais comme une âme en peine quand elle n'était pas là, je n'arrivais plus à penser, plus à fonctionner. Elle était tellement différente, tellement... *dingue*. Elle me faisait rire, elle me faisait me sentir... bien, confessa-t-il comme si j'avais contesté quoi que ce soit. D'accord, c'était une histoire de sexe, au début. Tu comprends, je n'avais pas commis d'écart depuis très longtemps et j'avais oublié... bon sang, j'avais oublié combien ça pouvait être super. (Sa voix frémit rien qu'à ce souvenir.) Mais après... après, c'est devenu plus que ça. Beaucoup plus. Je me sentais toujours si bien, avec elle. Si bien, pour la première fois de ma vie. C'est donc ça, me suis-je dit, c'est donc ça que les gens recherchent. Elle me faisait revivre, Hugh. (Un soupir.) Oui, revivre. (Son ton devint plus grave.) Je croyais que nous avions un avenir. Je croyais pouvoir la guérir, la sortir de la drogue. Je croyais qu'elle le ferait pour moi. La voilà, l'erreur fatale : s'imaginer que quelqu'un va changer parce qu'on le veut. Mais je pensais vraiment...

Il s'interrompit soudain. Je le regardai et vis son visage maculé de sang tellement tordu par la douleur que je détournai vite les yeux.

– Je pensais qu'elle le ferait pour moi, poursuivit-il enfin d'une voix rauque. Mais j'avais tort. Elle ne pouvait pas changer. Jamais. J'ai continué à essayer, pourtant. Jusqu'au bout. J'ai conçu un plan. Je l'emmènerais loin. Un nouveau départ pour nous deux dans un ailleurs totalement différent. L'Amérique. L'Italie. Quelque part où elle ne connaîtrait personne dans le monde de la drogue. Quelque part où elle pourrait suivre un cours de sculpture et étudier son truc New Age. On a fait des projets. Un tas de projets. (Il émit un bruit âpre, un soupir qui était aussi une exhalaison de désespoir.) Jusqu'à la fin, jusqu'au dernier jour. Encore des projets.

Le chien, qui s'était assis, se leva et, en gémissant doucement, essaya de lécher le visage de David. Celui-ci le maintint d'une main à distance et poursuivit.

– J'ai cessé de la fournir en drogue quand j'ai compris qu'elle ne faisait aucun effort pour diminuer. Enfin, c'est la raison que j'ai invoquée pour ne plus lui en procurer – son absence d'effort – mais en réalité, j'essayais de la forcer à partir avec moi. Je ne voyais pas d'autre moyen. Elle ne voulait jamais donner de date, elle s'esquivait toujours d'une manière ou d'une autre. Jusqu'au moment où elle n'a même plus voulu en entendre parler. Alors j'ai commencé à imaginer le pire, la rupture. J'étais terrifié à l'idée qu'elle fiche le camp un beau matin et que je ne la revoie plus jamais. J'ai donc pensé qu'en lui supprimant la drogue, elle supplierait à genoux. (Il émit un grognement à cette évocation.) Tu parles, ce n'était pas dans le style de Sylvie, de supplier à genoux. Elle a simplement trouvé d'autres moyens d'obtenir ce qu'elle voulait. Son frère à Bristol. Ce type, Hayden, et les excursions en France.

Et moi, songeai-je. Mets-moi dans le lot.

Comme s'il lisait dans mes pensées, il aborda sans émotion le sujet.

– Quant à toi, je n'ai rien pigé jusqu'au bout, je t'assure. C'est dingue ce qu'on est aveugle quand on ne veut pas voir. Je croyais simplement que tu avais des problèmes avec Ginny. Que si tu venais si souvent au bateau, c'était pour t'évader. Ce n'est que tout à la fin que j'ai compris. Juste avant...

Prudemment, se tamponnant très doucement le nez, il se redressa sur un coude. Puis, toujours aussi lentement, se mit en position assise, rapprocha ses pieds vers lui, posa ses avant-bras sur ses genoux et leva les yeux sur le jardin. Notre respiration formait des jets de vapeur blanche dans le froid, le sol était détrempé, mais ni l'un ni l'autre ne songions à bouger.

– Elle était furieuse contre moi, poursuivit-il. Quand j'ai fermé le robinet de la drogue, j'ai vu son côté sauvage. Mais ça n'a rien changé. Ça ne m'a pas empêché de la désirer. Rien ne l'aurait pu, fit-il rudement. Elle était ma drogue à moi. Je n'étais jamais rassasié d'elle, même après tous ces mois. Jamais de la vie. (Sa voix se brisa, il secoua la tête comme si lui-même ne concevait pas qu'elle eût pu détenir un tel pouvoir sur lui.) Je la connaissais, bien sûr, je savais qu'elle ne s'engageait pas, qu'elle n'avait pas de suite dans les idées. Mais d'un autre côté, je pensais que ce serait différent une fois que nous serions partis et qu'elle serait libérée de cette saleté de poison.

Il leva la main et se frotta les yeux en un geste las.

– Elle revenait toujours vers moi, dit-il d'une voix sourde. Toujours. Oh, parfois pour me soutirer une ordonnance, sans doute. Mais la plupart du temps, c'est parce qu'elle avait besoin de me voir, tout comme j'avais besoin de la voir. Parce qu'on ne pouvait pas rester loin l'un de l'autre. Au fond, vois-tu, il y avait quelque chose de fort entre nous. On était du même sang, tous les deux, c'est ce qu'elle disait toujours. Du même sang. (Sa voix s'étrangla un instant.) Je crois qu'on aurait pu y arriver, tu sais. Je crois qu'on aurait pu être heureux. Je crois... Je crois... (Il eut du mal à prononcer ces mots.) Je crois que je l'aimais. Vraiment.

Il enfouit sa tête dans ses mains et essaya de reprendre son souffle.

Je détournai le regard et suivis des yeux une pie qui rôdait parmi les arbres.

– Et Mary ? demandai-je au bout d'un moment.

Il leva pesamment la tête, laissant glisser ses mains le long de son visage.

– Mary, soupira-t-il. *Mary.* Au début, bon, ce qu'elle ne savait pas ne pouvait pas lui faire de mal. Mais après, c'est vrai que je l'aurais quittée sans hésiter si Sylvie s'était équilibrée, si elle s'était engagée. (Il eut un léger haussement d'épaules.) Je ne peux pas dire que notre mariage ait été à proprement parler malheureux, mais c'était quelque chose d'assez mécanique, en fait, sans plus. Je pensais à l'époque que tu choisissais pour femme quelqu'un de gentil, d'efficace, qui partageait certains de tes goûts, qui saurait élever les enfants. Pas beaucoup de sentiment, dans tout ça ? Certes, mais je croyais que c'était ça, le mariage. Que Mary ne soit pas une beauté ne m'a jamais dérangé. Je voulais une femme qui soit bonne épouse, qui s'intègre bien dans ma vie, qui me soutienne.

– Et elle a découvert le pot aux roses, lançai-je sur un ton mi-interrogatif mi-affirmatif quand je vis qu'il s'en tenait là.

– Sans doute, répondit-il d'un air perdu, j'imagine.

Il se détourna et nous demeurâmes assis en silence pendant un certain temps. Seul le chien remuait, pointant les oreilles vers quelque bruit lointain et levant le museau pour humer l'air.

Ma colère s'était envolée. Il n'en subsistait qu'un arrière-goût de violence. Je ne ressentais plus rien à l'égard de David, sauf peut-être de la pitié. Et, en cet instant au moins, une forme de gratitude pour m'avoir raconté son histoire et m'avoir libéré. Je faillis partir alors, je faillis me lever et marcher vers cette nouvelle existence qui s'ouvrait subitement et miraculeusement devant moi, vers ma nouvelle vie avec une Ginny dont le seul crime avait été d'essayer de sauver un mari qui ne le méritait pas. Je faillis me lever et partir, mais quelque chose me fit hésiter.

– J'étais loin, très loin de me douter, murmura enfin David comme s'il songeait tout haut. (Quand il reprit la parole, ce fut avec une voix chargée d'une émotion nouvelle.) J'avais rendez-vous avec Sylvie sur le bateau, ce jour-là. Presque tout l'été nous nous étions rencontrés dans la maison d'un gars qui était parti pour des mois. Cette fois pourtant, nous avions décidé de nous retrouver sur le *Ellie*. (Il s'arrêta et ne parvint à reprendre qu'au prix d'un effort visible.) J'ai été retardé – une stupide réunion, puis un appel au bip pour une crise cardiaque. Le temps que j'arrive au bateau, j'avais près d'une heure de retard. Mais je savais qu'elle attendrait. Quand elle m'avait appelé, elle s'était montrée vraiment impatiente de me voir. (Il se passa la main sur le visage, à nouveau au bord de la détresse.) Or une fois sur place, je n'ai pas trouvé les rames du dinghy. Ni le dinghy lui-même. J'ai cru qu'on l'avait piqué. Au moment d'en emprunter un autre, j'ai levé les yeux... (il inspira profondément)... et j'ai vu quelqu'un qui rentrait avec dans ma direction. J'ai cru que c'était Sylvie et que, pour une raison quelconque, elle avait pris mon canot à la place de celui du *Samphire*. J'ai failli l'appeler. Il m'a fallu un bout de temps pour m'apercevoir que c'était Mary. Elle portait ce vieux ciré tout déformé, une des reliques de Papa, le capuchon sur la tête. J'ai tout de suite compris qu'elle revenait du *Ellie*, elle ne pouvait être allée nulle part ailleurs. Je me suis d'abord dit que Sylvie se serait éclipsée d'une manière ou d'une autre, qu'elle l'aurait vue venir. C'est ce que je voulais croire, du moins. Mais au fond de moi, ajouta-t-il sombrement, tout au fond... j'avais déjà un affreux pressentiment.

J'avais évité, repoussé ce moment de vérité, mais il n'y avait pas d'échappatoire possible, à présent. Au bord de la nausée, je mis un nom sur cette évidence. *Mary*.

– Mary n'allait jamais sur le *Ellie*, normalement, poursuivit David. Elle savait à peine ramer. Il devait donc y avoir une raison, et la seule raison… (Cette pensée lui était trop pénible, il la laissa en suspens.) Moi, j'étais là… Je ne voulais pas d'une scène au bord du fleuve. Alors j'ai remonté la route jusqu'au premier virage, où Mary ne pourrait pas me voir. Dès qu'elle a eu accosté, elle est partie à toute allure en passant devant moi. Je me demandais quoi faire. Je voulais apprendre ce qu'il était advenu de Sylvie, bien sûr. Je lui avais acheté un portable mais elle oubliait toujours de l'emporter ou elle le laissait dans des endroits impossibles, aussi n'ai-je pas été trop surpris de ne pas avoir de réponse. Alors j'ai cherché son dinghy. Je ne l'ai pas vu amarré au *Ellie*, ni au *Samphire*.

Il se mit soudain à pleurer, maladroitement, les traits déformés. Un petit ruisseau de larmes se mêla au sang séché et s'écoula en gouttes rosées par son menton.

– Il devait pourtant être là-bas, bien sûr, au *Ellie*, masqué à ma vue. Je ne peux m'empêcher de penser que, si j'avais pu aller là-bas voir ce qui se passait, j'aurais peut-être pu la sauver.

Il fut secoué par un sanglot. Il cria son désespoir de cette perte irrémédiable, au point de faire reculer le chien qui se mit à geindre, l'oreille basse.

Je le regardai, je regardai ce frère que je connaissais à peine. Je tendis la main et lui pris le bras.

– Tu ne dois pas penser à ça…

– Je ne peux pas m'en empêcher ! s'écria-t-il sur un ton de détresse. Je ne pense qu'à ça ! Si seulement je n'avais pas été en retard, si seulement on ne m'avait pas appelé ailleurs, si seulement… Mon Dieu, gémit-il, je ne pense qu'à ça !

Je me rapprochai et lui mis un bras sur les épaules. Dans mon film mental, je vis la silhouette indistincte de Mary nous espionner, Sylvie et moi, depuis la terrasse de Dittisham House, je vis Mary avancer en tapinois jusqu'à la fenêtre et heurter la chaise en métal sur les dalles, et je me demandai combien de fois elle avait fait de même avec David et Sylvie, combien de fois elle les avait vus ensemble.

– Après cela, impossible de me débarrasser de cette… sensation, fit-il avec désespoir. Je savais… je *savais* qu'il s'était passé quelque chose. J'ai passé la plus grande partie de la soirée au volant. Je suis allé à son cottage, je suis allé à Dittisham House et je suis tombé sur vous deux, Ginny et toi. Je ne l'ai trouvée nulle part. Aussi le lendemain, quand on a découvert son corps... mon Dieu... (Il se remit à pleurer, à secouer sans fin la tête.) Mais il fallait que j'en aie le cœur net, tu comprends, j'avais besoin de certitude, alors avant que Mary ne sorte, je suis allé jeter un coup d'œil à sa voiture. Le ciré se trouvait dans le coffre, dans un sac en plastique. Avec des vêtements. Des vêtements qui étaient... couverts, absolument couverts...

Un vent s'était levé, qui intensifiait le froid. J'avais les mains gelées et je sentais David frissonner.

– Rentrons, dis-je.

– Je n'aurais pas laissé Ginny aller en prison, fit David tandis que je l'aidais à se remettre debout. Je te le jure. (Il me fit face depuis la première fois où je l'avais frappé et je vis qu'un de ses yeux enflait fort.) Je te le jure, répéta-t-il.

– Je sais.

Il eut un hochement de tête ému et nous marchâmes vers la maison.

– Mary s'en est-elle rendu compte ? demandai-je.

– Que je savais ? Que je l'avais vue ? Non. Nous n'avons jamais abordé le sujet, ni de près ni de loin. Je ne crois pas qu'elle s'en doute. De toute façon, je vais bientôt m'en aller, affirma-t-il résolument. Je ne l'ai pas encore fait parce que j'ai pensé que ce serait trop risqué, que la police pourrait s'imaginer... Dieu sait quoi... Mais je vais partir sous peu, maintenant. D'ici une dizaine de jours. Les enfants vont me manquer, bien entendu...

Il eut un geste résigné.

Nous allâmes dans la cuisine. David prit une bouteille de cognac, en servit deux rasades et nous les avalâmes d'un coup.

– Tu ferais bien de te nettoyer un peu, dis-je tandis qu'il nous resservait.

Il explora son visage du bout de ses doigts et me renvoya un regard sévère.

– Toi aussi. Tu vas avoir un beau coquard, je le crains.

Je descendis la fin de mon verre.

– Je me laverai en sortant.

Nous restâmes immobiles, à nous regarder.

– Ne lui en veux pas trop, fit-il avec un tintement d'amertume dans la voix. Elle a beaucoup travaillé Howard, tu sais, pour gagner le conseil d'administration de Cumberland à ta cause. En fait, je suis pratiquement sûr que c'est elle qui a tout fait basculer pour toi.

– Tout fait basculer ? Comment ?

– Oh, je crois qu'elle savait des choses sur Howard qu'il ne tenait pas trop à voir divulguer.

Les mots de Ginny me revinrent de nouveau en mémoire : *Mary n'est pas la sœur de Howard pour rien*, et l'impression de nausée se réinstalla en moi.

Nous entendîmes en même temps la voiture arriver.

Je lui touchai le bras et me précipitai vers les toilettes du bas pour m'asperger d'eau, cependant qu'il se versait un autre cognac, levait son verre en un toast ironique et que son visage bosselé reprenait son habituelle expression d'indifférence sardonique.

Je sortis de la salle d'eau au moment où les enfants faisaient bruyamment irruption dans la maison. Ils m'adressèrent sans le moindre étonnement un joyeux bonjour de la main avant de se précipiter vers la cuisine.

– Hugh ! Quelle bonne surprise ! fit Mary en avançant rapidement sur moi. Bonté divine, s'exclama-t-elle, qu'est-ce que tu t'es fait ?

– Je me suis cogné, expliquai-je.

Rassemblant tout mon courage pour sourire, m'accrochant une expression de plaisir sur le visage, je me penchai pour l'embrasser.

*
* *

Fidèle à leur réputation de créer un maximum de désordre, les entrepreneurs avaient laissé un tas de gravats juste à l'intérieur du portail. Obligé d'abandonner la voiture, je pris la boîte de dessins sous mon bras et remontai l'allée à pied jusqu'à la maison. Manipulant maladroitement la poignée, j'envoyai dinguer la porte à moitié peinte contre son butoir.

– C'est toi ? demanda Ginny qui apparut à l'entrée de la cuisine.

Je laissai tomber la boîte sur une chaise et me tournai vers elle.

– Mon Dieu ! s'écria-t-elle en plaquant une main contre sa bouche. Qu'est-ce qui t'est arrivé ?

Elle s'approcha et m'effleura le visage du bout des doigts.

– J'ai fait un truc bête.

– *Toi ?* fit-elle sur un ton merveilleusement incrédule, comme si c'était la dernière chose dont je pouvais être capable.

– Bête à un point inimaginable.

Un voile d'inquiétude descendit aussitôt sur elle.

– Pas avec la voiture ? fit-elle d'une voix étranglée. Tu n'as pas eu un accident ?

– Non, rassure-toi.

Sa pire frayeur apaisée, elle pressa une main contre sa poitrine et prit une série de brèves inspirations.

– Quoi donc, alors ?

– Je me suis cogné.

– *Cogné ?* Dans quoi ?

– Un grand balèze dans un bar.

Ce n'était pas le genre d'humour qui parviendrait à lui clouer le bec.

– Ben voyons ! fit-elle sèchement.

– D'accord, rigolai-je, prêt à faire étalage de toute la bêtise nécessaire, c'est avec la voiture – mais pas pendant que je conduisais. J'ai ouvert la portière pour mettre quelque chose à l'intérieur et je me suis tourné trop vite sans regarder. La portière s'est rabattue et le coin m'a tapé en pleine figure, juste là.

Montrant la bosse, je composai fort bien l'expression ahurie du parfait imbécile.

Elle fronça les sourcils, pas vraiment convaincue. Je la vis se poser des questions, puis, faisant un effort manifeste, elle balaya ses doutes et un sourire vint éclore sur ses lèvres.

– Je crois que l'histoire du grand balèze m'arrachera plus de compassion.

– Alors va pour le grand balèze !

Elle se dressa sur la pointe des pieds et vint délicatement poser un baiser sur ma joue tuméfiée.

– C'était ça, la compassion ?

Elle m'entoura les épaules de son bras.

– Tu auras droit à un steak cru pour ton œil au beurre noir, si tu es bien sage.

Je ne parvins même pas à lui dire que je l'aimais tant mon cœur chavirait.

## *CHEZ LE MÊME ÉDITEUR*

### Les Aventuriers de la Mer
*par Robin Hobb*

LE VAISSEAU MAGIQUE *
LE NAVIRE AUX ESCLAVES **

•

### La Citadelle des Ombres *
### La Citadelle des Ombres **
*par Robin Hobb*

L'un des chefs-d'œuvre de la littérature fantastique du XX^e siècle.

•

### Le Trône de Fer
*par George R.R. Martin*

Un univers de délices et de terreur, dans la lignée des *Rois maudits* et d'*Excalibur.*

LE TRÔNE DE FER *
Prix Locus 1997
LE DONJON ROUGE **
LA BATAILLE DES ROIS ***
L'OMBRE MALÉFIQUE ****
L'INVINCIBLE FORTERESSE *****
LES BRIGANDS ******

•

### La Tapisserie de Fionavar
*par Guy Gavriel Kay*

Une trilogie fantastique couronnée dans le monde entier
par de nombreux prix littéraires.

L'ARBRE DE L'ÉTÉ *
LE FEU VAGABOND **
LA VOIE OBSCURE ***

•

LES DAMES DU LAC
LES BRUMES D'AVALON
(Les Dames du Lac **)
*par Marion Zimmer Bradley*
Prix du grand roman d'évasion 1986.
Plus qu'un roman historique, une épopée envoûtante
qui relate la lutte sans merci de deux mondes inconciliables.

•

LA COLLINE DU DERNIER ADIEU
*par Marion Zimmer Bradley*
Longtemps avant les Dames du Lac, près de l'Ile d'Avalon,
quand Merlin, déjà, agissait dans l'ombre.

•

LA TRAHISON DES DIEUX
*par Marion Zimmer Bradley*
Le récit légendaire de la Guerre de Troie
superbement ressuscité par l'auteur des « Dames du Lac ».

## *CHEZ LE MÊME ÉDITEUR*

### *Collection « Romans »*

LE DIVAN DES MORTS
*par Lisa Rivers*
La mystérieuse disparition d'une amie journaliste
lance une jeune femme dans une dangereuse enquête.

•

L'OISEAU DE SAINT-NY
*par Juliane Georges*
Au cœur de la Bretagne, l'étrange mystère d'une maison marquée par un lourd passé.

•

LES LARMES D'ISIS
*par Barbara Erskine*
Une croisière sur le Nil où la malédiction s'abat.

---

### *Collection « Bibliothèque infernale »*

GILLES DE RAIS
*par Georges Bordonove*
Compagnon de Jeanne d'Arc, violeur et assassin d'enfants.

•

LA COMTESSE DE SANG
*par Maurice Périsset*
Six cents jeunes filles martyrisées pour le plus grand plaisir d'une comtesse,
au XVIe siècle, en Hongrie.

•

L'AUBERGE ROUGE - 1833
*par Michel Peyramaure*
A Peyrebeille, sur la lande des Cévennes, un fameux coupe-gorge.

•

LE VAMPIRE DE DUSSELDORF
*par Marcel Schneider et Philippe Brunet*
A la fin des années 1920, un ignoble meurtrier sème la terreur à Berlin.

•

LA MESSE NOIRE DES INNOCENTS
*par Michel Subiela*
La Haye-du-Puits, 1668-1672 : un grand procès démoniaque.

•

LES POSSESSIONS DIABOLIQUES
*par Roland VIlleneuve*
Des personnages hors-série, des affaires notoires : le satanisme traverse l'Histoire.

*Impression réalisée sur CAMERON par*

BUSSIÈRE CAMEDAN IMPRIMERIES

GROUPE CPI

*à Saint-Amand-Montrond (Cher)*
*pour le compte des Éditions Pygmalion*
*en janvier 2002*

N° d'édition : 746. N° d'impression : 020462/4.
Dépôt légal : janvier 2002.

*Imprimé en France*